Christof Weigold

DER BLUTROTE TEPPICH

Hollywood 1922:
Hardy Engels zweiter Fall

Christof Weigold

DER BLUTROTE TEPPICH

Hollywood 1922:
Hardy Engels zweiter Fall

Kiepenheuer
& Witsch

Bei dem vorliegenden Roman ist die Handlung fiktiv, auch wenn sie mit dem Verlauf eines authentischen Falles verwoben ist. Es treten historische Persönlichkeiten auf, ihr Handeln, Reden und Denken ist jedoch so frei erfunden wie das der anderen Romanfiguren.

MIX
Papier aus verantwortungsvollen Quellen
FSC® C083411
FSC www.fsc.org

Verlag Kiepenheuer & Witsch, FSC® N001512

1. Auflage 2019

Zitatnachweis S. 5: Auszüge aus Friedrich Nietzsche: Also sprach Zarathustra. Sämtliche Werke Bd. 4. München: dtv 1999, und aus einem Gespräch zwischen Sigmund Freud und Stefan Zweig, zitiert nach Stefan Zweig: Die Welt von Gestern. Erinnerungen eines Europäers. Frankfurt a. M.: S. Fischer Verlag 2010.
Umschlaggestaltung: Rudolf Linn, Köln
Umschlagmotiv: © getty images / Hulton Archive / Freier Fotograf
Autorenfoto: © Gerald von Foris
Gesetzt aus der Apollo und der Trade Gothic
Satz: Buch-Werkstatt GmbH, Bad Aibling
Druck und Bindung: CPI books GmbH, Leck
ISBN 978-3-462-05141-4

»Wer sucht, der geht leicht selber verloren.«

Friedrich Nietzsche

»Es gibt ebenso wenig eine hundertprozentige Wahrheit wie hundertprozentigen Alkohol.«

Sigmund Freud

PROLOG

Noch heute, zwanzig Jahre später, erinnere ich mich ganz deutlich an das erste Erdbeben, das ich in Los Angeles miterlebt habe. Vielleicht liegt es daran, dass es sich ereignete, während ich gerade zwei Mörder verfolgte.

Sie waren in großer Eile losgefahren, nachdem sie ihr Opfer von dem hohen Haus gestoßen hatten, direkt vor meine Füße. Es war einer der Kronzeugen in dem Fall, den ich damals bearbeitete. Als sie in der Dunkelheit die Feuerleiter hinunterstiegen, konnte ich sie nicht erkennen, doch es gelang mir, ihnen unbemerkt zu folgen, zunächst zu Fuß und dann im Automobil, bis zum Rückstau einer nächtlichen Baustelle. Hier erwischte uns das Beben.

Leitungsmasten knickten um und fielen auf Fahrzeuge, abgerissene Elektrokabel entzündeten Feuer in den frisch aufgebrochenen Gräben. Ich erinnere mich nicht gern daran. Es reicht, dass ich häufig davon träume.

Als die Erdstöße endlich aufhörten, dachte ich schon, ich hätte die beiden verloren. Doch kaum hatte ich es geschafft, aus dem Chaos der zerstörten Baustelle herauszufahren, entdeckte ich an der nächsten Kreuzung erneut ihren Packard. Ich erkannte ihn an dem linken Rücklicht wieder, das schon zuvor defekt gewesen war und rötlich flackerte.

Nun fuhr ich ihnen einfach weiter hinterher, so, als wäre nichts Besonderes geschehen.

Der Packard pflügte vor mir mitten durch eine große Pfütze,

das Wasser spritzte auf meine Windschutzscheibe, und ich betätigte den Scheibenwischer, um wieder klare Sicht zu bekommen.

Wir fuhren den Sunset Boulevard entlang nach Osten.

Die beiden Männer gaben mächtig Gas, trotz der unsicheren Straßenverhältnisse nach dem Beben, und so musste auch ich meinen Wagen in hohem Tempo um gestrandete Automobile und um querliegende Palmen und Trümmerteile herumlenken. Wir fuhren im Licht der schiefen Laternen unter Wasserfontänen hindurch, die aus geborstenen Rohren neben der Straße hoch in die Luft schossen. Immer wieder rumpelten wir über einen Asphaltbrocken oder eine Schwelle.

Hoffentlich platzten die Reifen nicht. Noch einmal würde ich den Packard kaum wiederfinden in der Hölle, die nun losgebrochen war, inmitten der mit heulenden Sirenen hin und her rasenden Feuerwehr- und Polizeiwagen. Überall loderten Feuer auf den zahlreichen Ölfeldern.

Lass sie nicht entkommen, Hardy, dachte ich. Ich hatte schon zu viel erlebt in diesem Fall, um diese Spur nun zu verlieren. Und ich war der Lösung noch nie so nahe gekommen wie jetzt.

Die Ermittlungen hatten mich zu jenem Zeitpunkt schon bis an die Ostküste geführt, nach New York, und wieder zurück nach Los Angeles. Viele Menschen waren bereits tot, viele sollten in ihrem Verlauf noch sterben, und die meisten von ihnen auf dem Hollywood Memorial Cemetery beerdigt werden.

Plötzlich wurde der Packard langsamer und bog dann scharf nach rechts ab, in eine Auffahrt hinein. Ich bremste und folgte ihm, mit etwas Abstand und so vorsichtig wie möglich, auf einen großen Platz.

Vielleicht, dachte ich, trafen sie sich hier mit irgendwem, dem Auftraggeber oder Komplizen. Ich schaltete die Lichter aus und ließ den Wagen langsam und leise ausrollen.

Das Automobil vor mir sah ich mit tastenden Scheinwerfern über den Platz fahren, dann wendete der Fahrer es in einem langgezogenen Bogen, und sie erloschen plötzlich. Er hielt am Ende des Platzes an.

Ich beugte mich vor zur Frontscheibe und spähte ins Dunkel. Ich riss das Auge weit auf und versuchte mit meinem eingeschränkten Sehvermögen zu erfassen, ob jemand ausstieg oder jemand an das Fahrzeug herantrat. Doch es stand einfach nur da, mit laufendem Motor, seine Vorderfront mir zugewandt.

Mit einem Mal strahlten die Scheinwerfer wieder auf. Sie erfassten meinen Oldsmobile und blendeten mich.

Sie hatten mich entdeckt.

Der Packard fuhr mit durchdrehenden Rädern an und direkt auf mich zu.

ERSTER TEIL

NACHT

1

Die Geschichte begann im Winter, an einem ausnahmsweise wirklich kalten Februartag, so als wollte Hollywood uns schon mit dem Wetter vorwarnen, was für ein grimmiges Jahr 1922 werden würde.

Mein Telefon hatte damals schon sehr lange nicht mehr geläutet, und würde es auch bald nicht mehr können: Ein Schreiben der Pacific Telephone Company informierte mich, dass der Anschluss des Teilnehmers Mr. Reinhard Engel, 5858 Wilshire Boulevard, Hollywood, Kalifornien, in einer Woche abgeschaltet werden würde, sollten bis dahin die ausstehenden Rechnungen von Dezember 1921 und Januar 1922 nicht beglichen worden sein.

Ich konnte sie aber nicht bezahlen. Meinen Job als Sicherheitschef des Universal Studios, das von meinem deutschen Landsmann Carl Laemmle geleitet wurde, hatte ich vor knapp zwei Monaten gekündigt, und seither kein Geld mehr verdient. Eigentlich hatte ich noch genug damit zu tun, mich von meinem letzten Fall zu erholen. Meine Reserven waren rapide geschrumpft. Ich hatte siebzig Dollar für eine Operation und das Einsetzen eines Glasauges bezahlt, dazu waren die laufenden Kosten für Miete, Telefon, Essen und Whisky gekommen.

An Weihnachten waren noch zwanzig Dollar übrig gewesen. Natürlich hatte ich davon keinen Weihnachtsbaum gekauft. Ich für mich alleine brauchte keinen. Ich hatte überlegt, ob ich sie für einen Heizkörper oder für Whisky ausgeben sollte. Da auch Whisky einen warm machen konnte, mir jedoch nichts davon bekannt war, dass elektrische Radiatoren Räusche verursachten, hatte ich mich für Whisky entschieden.

Am Nachmittag jenes 1. Februars allerdings hätte ich gut einen Heizkörper gebrauchen können. Für Los Angeles war es sehr kalt, kaum über vierzig Grad Fahrenheit. Es war nie kälter als fünfundfünfzig geworden, seitdem ich hier lebte. Ich konnte meinen Atem sehen, auch ohne das Fenster in meiner karg möblierten Zweizimmerwohnung zu öffnen. Das empfahl sich schon deshalb nicht, weil es draußen wie stets unheimlich stank: Ich wohnte direkt neben den La-Brea-Teergruben und ihrem rülpsenden Asphaltsee. Deshalb war die Wohnung so billig. Ich konnte sie mir trotzdem nicht mehr leisten und war schon zwei Monate mit der Miete im Rückstand.

Irgendetwas musste geschehen, doch ich war unfähig, selbst eine Veränderung herbeizuführen.

Immerhin machte ich regelmäßig Übungen, um das räumliche Sehen zu trainieren. Sie bestanden vorwiegend darin, mit dem verbleibenden Auge die beiden Fotografien an der Wand zu fokussieren, die Pepper Murphy zeigten.

Um wenigstens einmal irgendetwas Neues zu tun, ging ich hinüber, hängte sie ab und legte sie vorsichtig in die Schublade des Schreibtisches.

Ich atmete durch und beschloss, dass ich mich von dieser gewagten Aktion erst einmal bei einem Glas Whisky erholen musste. Da er mir ausgegangen war und ich kein Automobil zur Verfügung, aber noch ein paar Münzen in meiner Hosentasche hatte, nahm ich die Straßenbahn nach Osten, zur Silver Lake Junction.

Dort befand sich das Jail Café, eine Flüsterkneipe, auf deren Existenz außen nichts hinwies. Doch die unscheinbare Tür des kleinen, zur Tarnung vorgelagerten Ladenraums war vierundzwanzig Stunden geöffnet, und dahinter konnte man sich illegale Substanzen in bester Qualität beschaffen.

Es war meine Stammbar, seitdem ich vor anderthalb Jahren nach Hollywood gekommen war. Der Mann in dem Laden vorne winkte mich durch, ohne dass ich das Passwort nennen und den Vierteldollar bezahlen musste.

Erst wenn man durch die nächste Tür gegangen war, schlug einem der Lärm einer vollbesetzten Bar entgegen. Sie war aufgemacht wie ein Gefängnis, mit kargem, grauem Betonboden, und vor dem Tresen und in den eisernen Gitterzellen drängten sich die durstigen Gäste, die hier alles bekamen, was sie *wirklich* hinter Gitter bringen könnte.

Jazzmusik aus einer Victrola mischte sich in das laute Stimmengewirr, einige angetrunkene Frauen in knappen Kleidern tanzten wild und warfen die Beine. Männer beobachteten sie rauchend, Kellner in gestreiften Sträflingsjacken und mit besonders fiesen Gesichtern streunten zwischen den Zellen umher und achteten darauf, dass niemand ohne Drink dastand.

Mein bester Freund Buck Carpenter, der Chef hier, sah mir hinter dem Tresen entgegen, ein rundlicher Schotte Mitte dreißig mit gespaltenem Kinn, perfekt gekleidet in einem Glencheck-Maßanzug, und verzog das Gesicht zu einem spöttischen Grinsen: »Hardy Engel!«

Ich setzte mich auf einen Barhocker am Tresen und begrüßte ihn mit Handschlag. »Hallo, Buck, altes Haus.«

Buck drückte mir herzhaft die Rechte und schlug mir auf die Schulter.

»Lange nicht mehr hier gewesen, Hardy«, sagte er und holte eine Flasche aus dem Regal. Mit dem besten Single Malt der Stadt darin, vierundfünfzigprozentigem. Er produzierte ihn seit dem Inkrafttreten des *Volstead Acts* im Januar 1920 selbst, zunächst nur für seine eigene Bar, und mittlerweile für viele weitere.

»Ist das nun ein gutes Zeichen, dass du mal wieder aus deinem Bau rauskommst?«, fragte er. »Hast du dich entschlossen, wieder am Leben teilzunehmen?«

Ich streckte die flache Hand aus und bewegte sie hin und her.

»Bin noch nicht sicher.«

Er goss uns zwei Gläser ein, und wir tranken.

»Du weißt, du kannst hier immer anschreiben lassen.«

»Das muss ich auch«, sagte ich und beobachtete ein Pärchen in einer der Gitterzellen. Die angetrunkene Frau verriegelte mit einer Haarnadel die Tür und lachte auf, da sie nun wirklich eingeschlossen waren. Ein Kellner und ihr Begleiter versuchten, sie davon abzubringen und von zwei Seiten die Tür zu öffnen, die sie kreischend blockierte. So etwas kam andauernd vor.

»Wenn du meinen Rat hören willst, such dir einen Auftrag und arbeite wieder als Privatdetektiv«, sagte Buck. Er holte eine Zigarre heraus, die er zurechtstutzte und dann anzündete. »Ganz ehrlich, es würde dir guttun. Das kann so nicht weitergehen.«

Wir hatten zu Beginn unserer Bekanntschaft hier an diesem Tresen herausgefunden, dass wir uns seinerzeit in Frankreich an der Front gegenübergelegen hatten. Wahrscheinlich hatten wir sogar ein paarmal versucht, uns da drüben umzubringen. Und nur ein paar Jahre später waren wir zu Freunden geworden. Er kannte meine ganze Geschichte und hatte mir in den letzten schwierigen Monaten stets zur Seite gestanden.

»Ich glaube, ich kann das nicht mehr«, sagte ich.

»Und was willst du dann tun? Wieder als Schauspieler arbeiten?«, fragte er wegwerfend. »Meinst du, irgendwer gibt dir noch mal eine Rolle?«

Ich zuckte die Achseln. »Hast ja recht.« Ich war Anfang dreißig, hatte kaum Nennenswertes vorzuweisen, mich inzwischen auf etwas anderes verlegt und es mir überdies mit allen verscherzt. Es war aussichtslos, und selbst ich wusste das.

Er zog unsere Gläser zu sich heran und schenkte nach.

»Jetzt hör mir mal zu«, sagte er. »In der Filmbranche tut sich einiges.«

»Ach wirklich?«, fragte ich mürrisch.

Das Jail Café befand sich gegenüber dem Studio, in dem Mack Sennett seine Komödien produzierte, und Buck, der früher einmal als Kameramann gearbeitet hatte, hatte als Barbesitzer jede Menge Kontakt zu Filmleuten. Er wusste genau, was in dieser Stadt vor sich ging, und er war einigermaßen stolz darauf.

»Du hast es nur nicht mitbekommen, weil du dich aus verständlichen Gründen in deine Wohnung zurückgezogen hast«, sagte Buck sanft und klopfte die Asche ab. Er beugte sich vor und redete so leise, dass nur ich ihn verstehen konnte. »Seit dem Skandal im letzten Jahr ist da draußen die Hölle los. Die Angst geht um vor dem nächsten großen Skandal. Die Produzenten und die Studiobosse scheißen sich alle in die Hosen. Seit Will Hays den Vertrag als neuer Chef und Zensor der Branche unterschrieben hat, sind sie dabei, schwarze Listen zu erstellen. Sie schreiben alle potenziellen Sünder auf, die ihnen Probleme machen könnten. Stars, Regisseure, alle, vor und hinter den Kameras. Sobald Hays seinen Job antritt, wollen sie ihm die Listen übergeben.«

»Wie schön«, sagte ich grimmig. »Das haben sie damals schon angekündigt. Und es wird ganz bestimmt helfen, Skandale zu verhindern.« Ich zog eine Grimasse.

»Aber sie arbeiten daran. Jeden Tag«, sagte Buck eindringlich. »Studioangestellte schnüffeln überall herum, und Privatdetektive, erheblich schlechtere als du, verdienen sich dumm und dämlich, indem sie Leute überprüfen – und manchmal auch denunzieren.«

»Zum Kotzen«, sagte ich. »Nichts für mich.«

»Man weiß nicht mehr, was man glauben soll, auch anständige Menschen bekommen Probleme«, redete Buck weiter. »Und auch sie beauftragen dann wiederum Detektive, um ihre Unschuld zu beweisen. Ein völlig vergiftetes Klima da draußen, leider. Aber es sind goldene Zeiten für Privatdetektive.«

»Goldene Zeiten interessieren mich nicht«, sagte ich.

»Wer wüsste das besser als ich«, sagte er. »Aber da gäbe es auch für dich was zu tun. Du könntest ja denen aus der Patsche helfen, die es nicht verdient haben.«

»Mal sehen. Was gibt es denn bei dir Neues?« Ich fragte es nicht nur, weil ich das Thema wechseln wollte. Es interessierte mich wirklich.

Buck sah sich schnell um und beugte sich zu mir herüber. »Auch ein paar kleine Probleme«, sagte er und dann noch leiser: »Sie haben mir die Destille draußen in Pasadena hopsgenommen und einfach dichtgemacht. Die ganzen Bestände haben sie abtransportiert – angeblich um sie zu vernichten, in Wahrheit natürlich, um sie selbst zu verhökern. Zum Glück lief ja alles über einen Strohmann, mich haben sie nicht gekriegt.«

Ich blinzelte überrascht. Der Whisky schmeckte nicht anders als sonst.

»So ein Mist. Und was machst du jetzt?«

Buck grinste verschmitzt. »Ich weiß mir zu helfen, kennst mich ja. Das Zeug selbst zu brennen ist sowieso viel zu aufwendig und zu auffällig.«

»Und was machst du stattdessen?«, fragte ich gespannt.

Er zuckte die Achseln. »Ab sofort schmuggle ich den Whisky ins Land. Bourbon aus Kanada, die Mounties lassen sich mindestens so gut schmieren wie die Leute hier …« Er holte eine Flasche unterm Tresen hervor und zeigte mir das Etikett: *Canadian Club, Originalabfüllung.*

»Und die Patrouillen unterwegs auf den Straßen?« Ich hatte schon eine Menge Geschichten darüber gehört. Und auch selbst eine Zeitlang Alkoholladungen transportiert, damals, auf dem Weg nach Hollywood, im Mittleren Westen.

Buck schüttelte nur den Kopf. »Ich werde mich da mit ein paar anderen zusammentun. Die basteln sich gerade ein paar Fahrzeuge, Spezialanfertigungen: mit doppeltem Boden und besonders starkem Motor. Die lassen die Automobile der Prohibitionsagenten dann einfach stehen. Wir haben die besten Fahrer. Sie gewinnen jedes Rennen, und das müssen sie auch: Wir haben nämlich die strikte Regel gesetzt, dass keiner von ihnen Waffen dabeihaben darf.«

»Verstehe«, nickte ich.

»Sonst wandern sie doppelt so lange in den Knast«, erklärte Buck und wies mit dem Kopf zu der Gitterzelle, wo die Frau noch immer kreischte und Spaß hatte. Er entkorkte die Flasche und schenkte uns ein. Er hob sein Glas.

»Wenn du einen Job bei mir willst, sag Bescheid.«

»Nicht als Schmuggelfahrer«, sagte ich. »Da arbeite ich lieber als Detektiv, das weißt du doch.«

Er pustete blauen Rauch aus und wiegte den Kopf. Wir tranken beide. Der kanadische Bourbon hatte einen angenehm weichen Geschmack.

»Dann mach das auch, Hardy. Nicht, um jemand anderem zu helfen. Tu es für dich. Sei nicht dumm. Du brauchst Geld, und du brauchst Ablenkung.«

Er schenkte uns noch mal nach und stellte mir eine neue Flasche zum Mitnehmen hin.

»Na schön«, sagte ich. »Ich werde versuchen, nicht dumm zu sein.«

Der Kellner drüben an der Zelle hatte die Gittertür endlich aufbekommen. Die Frau stolperte heraus und lachte auf.

Buck hob sein Glas und grinste.

»Was auch immer du tun wirst, versprich mir nur, dass diesmal niemand auf dich schießen wird«, sagte er.

»Versprochen«, sagte ich, stieß mein Glas an seines und kippte den Bourbon hinunter.

Es war leichtsinnig von mir. Dass ein Versprechen gehalten wurde, kam in Hollywood etwa so selten vor wie ein Eskimo mit Schlitten.

2

Zwei Minuten nachdem ich mit der Flasche zu Hause angekommen war, geschah ein Wunder – zumindest dachte ich das damals: Mein Telefon klingelte. Zum ersten Mal seit Wochen.

Im ersten Augenblick konnte ich es gar nicht glauben. Im nächsten sah ich mechanisch auf die phosphoreszierenden Ziffern meiner Armbanduhr. Es war kurz vor acht Uhr abends. Ich war überzeugt, dass sich jemand verwählt hatte.

Ich hob ab und sagte: »Hardy Engel. Wer spricht?«

»Hier ist Bill Taylor«, sagte eine dunkle, wohlklingende Männerstimme, die ich kannte. »Ich wollte mich endlich wieder einmal bei Ihnen melden, Hardy.«

Ich brauchte einen Moment, um mich zu besinnen.

»Hallo, Mr. Taylor«, sagte ich nach einer Pause. »Ich freue mich, von Ihnen zu hören.«

William Desmond Taylor war einer der bekanntesten und erfolgreichsten Regisseure in dieser Stadt, ein Brite Ende vierzig mit ausgesucht guten Umgangsformen. Er hatte wirklich Klasse. Was ich deshalb wusste, weil er mir, einem völlig Unbekannten, im letzten Jahr nach einem Casting eine Rolle gegeben hatte, die größte, die ich jemals hatte spielen dürfen, vier Drehtage in seinem Filmdrama *The Witching Hour*. Eine richtig ernsthafte Figur.

»Wie geht es Ihnen denn, Hardy?«

Mein Blick glitt durch das Zimmer, über das ungemachte Bett, die ungeordneten Papiere auf dem Schreibtisch.

»Oh, danke, Mr. Taylor«, sagte ich. »Ganz ausgezeichnet. Wie geht es Ihnen?«

Der Film war ein Flop gewesen, doch Taylor hatte gesagt, er würde sich wieder melden. Ich hatte oft an ihn gedacht, war jedoch zu stolz gewesen, ihn selbst anzurufen.

»Danke, viel Arbeit, aber sehr gut«, sagte er, und er wirkte etwas abgelenkt, oder vielleicht in Eile, aber man konnte es bei all seiner Höflichkeit nur erahnen. »Hören Sie, Hardy, ich habe etwas für Sie.«

»Das freut mich aber sehr«, sagte ich und versuchte, mir meine Erleichterung nicht allzu sehr anmerken zu lassen. »Ich würde sehr gerne wieder für Sie spielen.«

Also doch, dachte ich. Man musste nur lange genug warten und Geduld haben. Die guten Leute vergaßen einen nicht. Ich freute mich schon auf Bucks Gesicht, wenn ich ihm davon erzählen würde.

»Oh, nur dass Sie mich nicht falsch verstehen«, sagte Taylor schnell und nun etwas verlegen. »Ich schätze Sie nach wie vor immens als Schauspieler, aber hierbei geht es um etwas anderes.«

»Ja?«, sagte ich mechanisch.

»Ich suche für einen Auftrag einen vertrauenswürdigen Privatdetektiv. Und wie ich höre, haben Sie sich mittlerweile auf diese Arbeit verlegt.«

Verdammt, dachte ich.

»Da haben Sie richtig gehört«, sagte ich. »Eine Zeitlang habe ich das getan.«

»Aber Sie nehmen noch Aufträge an, hoffe ich doch?«, fragte er, und er wirkte jetzt doch recht ungeduldig und unruhig. »Es ist wirklich dringend. Ich kann Ihnen auch ein großzügiges Honorar dafür zusagen. Und danach reden wir gerne wieder über Filmrollen für Sie, das verspreche ich Ihnen.«

Ich zögerte nur für einen kurzen Moment. Schließlich hatte ich ihm eine ganze Menge zu verdanken. Und ich hatte ihn kennengelernt als einen sehr netten, stillen, ausgeglichenen

Mann, der an seinem Filmset niemals laut wurde, im Unterschied zu Cholerikern wie Cecil B. DeMille oder verschrobenen Genies wie Charlie Chaplin oder David Wark Griffith.

»Na schön«, sagte ich. »Also, worum handelt es sich denn?«

Seiner Stimme war nun anzuhören, dass er sehr in Eile war. »Es geht um eine Freundin von mir. Mabel Normand.«

»Oh«, sagte ich.

Die hübsche, kulleräugige junge Mabel war seit Jahren eine der prominentesten Komödienschauspielerinnen, mehr noch: ein absoluter Superstar. Sie war bekanntermaßen die Muse von Starproduzent Mack Sennett, aber auch die Ex-Partnerin von Charlie Chaplin und Fatty Arbuckle. Auf und jenseits der Leinwand.

»Sie war zuletzt in sehr guter Verfassung und auf ihre Arbeit konzentriert, aber ich mache mir gerade ein wenig Sorgen um sie«, sagte Taylor vorsichtig.

Und sie war in ganz Hollywood bekannt für ihre lebenslustige Art, als Konsumentin von Alkohol, Drogen und Männern.

»Ach wirklich? Weswegen?«

»Ich glaube, dass sie sich, nun ja, mit den falschen Leuten einlässt. Ihr Job wäre ganz einfach, Hardy, sofern Sie Zeit dafür haben. Mabel war eben bei mir und ist jetzt nach Hause gefahren. Sie müssten sich nur vor ihrem Haus postieren und heute Abend und den Rest der Nacht dort warten und beobachten, ob jemand kommt und sie besucht. Und wer es ist. Ich will es einfach nur wissen.«

Ich hatte Mabel bisher nie persönlich kennengelernt, aber nach allem, was ich gehört hatte, war sie genau die Art von Frau, als deren Kindermädchen man eine ganze Menge zu tun bekommen würde.

»Ich verstehe«, sagte ich. »Wie weit sollte ich dabei gehen – soll ich einschreiten und es verhindern?«

»Nein, das nicht. Berichten Sie mir dann nur. Sie hat ab morgen einen Dreh bei Sennett, und ich hoffe, dass sie nicht in Schwierigkeiten gerät, das ist alles«, sagte Taylor. »Da wird nichts passieren – ich weiß, was man über sie redet, aber sie hat mit meiner Hilfe zu einem ganz anderen, vernünftigen Lebenswandel gefunden. Ich will bloß überprüfen, als Freund, ob sie sich auch wirklich daran hält.«

»Selbstverständlich«, sagte ich.

»Sicher, es ist äußerst kurzfristig, und ich verlange viel von Ihnen, aber ich weiß mir nicht anders zu helfen. Sie bekommen fünfzig Dollar dafür, Hardy, gleich morgen Vormittag. Kommen Sie doch bitte um sieben Uhr zu mir, wenn es Ihnen recht ist«, sagte Taylor.

Fünfzig Dollar waren eine Menge Geld. Eine verdammt große Menge Geld. Buck hatte recht, dies schienen goldene Zeiten zu sein. Und dass offenbar wegen der schwarzen Listen eine gewisse Hysterie herrschte, auch das bestätigte sich.

»Soll ich für dieses Honorar noch öfter auf Miss Normand aufpassen, oder wie denken Sie sich das?«, fragte ich.

»Nein, nur heute Nacht, aber morgen habe ich noch einen weiteren Auftrag für Sie, den Sie dann gleich für mich erledigen sollten. Hätten Sie Zeit dafür?«

Ich wartete einen Moment mit meiner Antwort.

»Für Sie kann ich es heute einrichten, morgen sehen wir weiter«, sagte ich. »Hat es etwas mit diesen Leuten zu tun, mit denen Miss Normand sich nicht einlassen soll?«

»Den Rest erzähle ich Ihnen morgen persönlich, Hardy«, sagte Mr. Taylor rasch. »Sie waren noch nie bei mir zu Hause, nicht wahr? Es ist nicht weit von Mabels Haus. Meine Adresse ist Alvarado Court 404 B, im Westlake District.«

»Gut«, sagte ich. »Und die von Mabel?«

Er nannte mir eine Adresse in der Seventh Street. »Fahren Sie bitte gleich los. Ich weiß, dass ich Ihnen vertrauen kann. Sie vertrauen mir doch auch, Hardy?«

»Ihnen vertraue ich, Mr. Taylor«, sagte ich, und ich meinte es ernst.

»Ich muss jetzt auflegen.«

»Dann bis morgen«, sagte ich und hängte den Hörer ein.

Ich ging ins Bad und holte aus dem Versteck hinter der losen Fliese meine Fünfundvierziger heraus. Ich überprüfte, ob sie geladen war.

Ich machte mir einen Kaffee und nahm meine Handschuhe und meinen Wintermantel aus dem Schrank und zog beides an. Der Mantel hatte ganz unten links ein Loch, das Motten hineingefressen hatten. Ich steckte die Waffe ein und mein Notizbuch und die Flasche Canadian Club. Dann trank ich den Kaffee in einem Zug aus.

Es war noch kälter geworden, als ich in die Dunkelheit hinaustrat. Selbst auf der anderen Straßenseite, in dem kleinen See mit den sprudelnden, giftiggelben Asphaltblasen darin, schien der Teer etwas abgekühlt zu sein. Die Stelle, wo bereits seit prähistorischen Zeiten, seit dreißigtausend Jahren, glühende Lava aus dem Inneren der Erde nach oben stieg, mitten in der Gegend, die nun Hollywood hieß, sonderte heute nur einen schwachen Schwefelgeruch ab.

In der erleuchteten Trambahn diskutierten ein paar andere abendliche Passagiere darüber, ob es bald schneien würde. Ich hatte in den anderthalb Jahren, in denen ich in Los Angeles lebte, noch keinen Schnee gesehen. Aber ein alter Mann, der mit einem langen weißen Bart aussah wie der Prophet Paulus, behauptete steif und fest, dies sei möglich. Es habe nämlich, meinte er stolz, in Los Angeles schon einmal geschneit, nicht nur vor drei Jahren, 1919, sondern davor auch schon, in dem Jahr, in dem der Präsident ermordet worden sei. McKinley, Anfang des Jahrhunderts, im Jahr 1901, wie er auf Nachfragen erklärte.

Unter einem schiefergrauen Himmel fuhren wir nach Osten, durch eine Wohngegend mit Villen im spanischen oder maurischen Stil, die wie Filmkulissen und erheblich älter aussahen, als sie wirklich waren. Fast an jeder Ecke wurden neue Häuser gebaut, und an jeder Haltestelle stiegen Bauarbeiter ein oder aus, die für heute ihr Tagewerk beendet hatten. An manchen Baustellen wurde auch nachts gearbeitet, im Licht aufgestellter Jupiterlampen.

Die Seventh Street lag in Downtown. Mabels Haus war eine zweigeschossige, allein stehende Villa in Sonnengelb mit einem kleinen Vorgarten und einem hohen, weißen Portal. Ich postierte mich auf der anderen Straßenseite im Schutz einer großen Zypresse auf einer Holzbank, die, wie ein Schild verkündete, die City of Los Angeles mit Hilfe einer Spende von Harry Chandler, dem Chef der *L. A. Times,* aufgestellt hatte. Ich schlug den Kragen hoch und begann meine Nachtwache.

Nur im unteren Stockwerk war ein Raum erleuchtet. Ich nahm an, es war die Küche. Zwei Schlucke Whisky später ging im oberen Stockwerk das Licht in dem Zimmer rechts außen an, vermutlich das Schlafzimmer. Es war gerade mal zehn Uhr abends, eine undenkbare Schlafenszeit für jene Mabel, von der die vielen Gerüchte handelten, ein Paradebeispiel jener potenziellen Sünder, von denen Buck vorhin gesprochen hatte und vor denen die Hollywood-Bosse so viel Angst hatten.

Das Fenster wurde geöffnet, und eine junge Frau kam in Sicht. Ihr Gesicht lag im Schatten, doch Mabels krause Locken waren deutlich zu erkennen, und als sie sich zur Seite drehte, auch ihr weltbekanntes Profil. Eine Zigarette an einer Spitze in der einen Hand und ein aufgeschlagenes Buch in der anderen waren jedoch die einzigen Anzeichen für Exzesse. Ich trat einen Schritt zurück und nahm einen Schluck Whisky, und dann schnell noch einen weiteren für sie mit. Ich prostete ihr sogar stumm zu.

Mabel beugte sich vor und sah nach unten, als erwartete sie jemanden, doch niemand näherte sich dem Haus; nur ab und zu erschien ein einsames Automobil mit aufgeblendeten Scheinwerfern und fuhr röhrend durch das kranke, gelbliche Gaslicht der Straßenlaternen.

Für einen Augenblick hatte ich die Vision, dass Mabel sich über das Fenstersims schwingen und an dem Wasserrohr nach unten rutschen würde, um dann in Richtung vielversprechenderer Gefilde zu entschwinden. Doch stattdessen gähnte sie und schloss das Fenster. Die Vorhänge wurden zugezogen. Eine halbe Stunde später erlosch das Licht. Entweder ging der

Filmstar Miss Normand früh zu Bett. Oder sie ahnte, dass sie beobachtet wurde, und hatte einen perfiden Plan, um mich hereinzulegen.

Aus dem unteren Stockwerk hörte ich noch einige Zeit Geschirr und Besteck klappern, das vermutlich abgewaschen wurde. Ich sah die Silhouette des Dienstmädchens mitsamt Haube. Dann ging auch dort das Licht aus, und es herrschte Stille.

Ich passte genau auf, um es nur ja nicht zu verpassen, falls wirklich jemand käme und Mabel Normand dazu zu bringen versuchte, dass »sie sich mit ihm einließ«.

Ich ging einmal um das Haus herum, um mir alle Zu- und Ausgänge anzusehen. Der kleine Garten, der an den Seiten und nach hinten hinaus nur aus einem schmalen Streifen Gras bestand, war eingefasst durch eine hohe, efeubewachsene Steinmauer mit geschmiedeten Spitzen darauf. Es gab zwar ein kleines Tor, ebenfalls aus Eisen, doch war es fest verschlossen und mit einer Kette samt Vorhängeschloss gesichert. Und es gab nach hinten hinaus noch nicht einmal eine Tür, nur Fenster. Es erschien äußerst unwahrscheinlich, dass jemand sich auf diesem Weg hineinschleichen konnte.

Ich ging zurück auf meinen Posten vor dem Haus und beobachtete weiter; wobei ich darüber nachdachte, was genau wohl den Komödienstar Mabel Normand und den Regisseur William Desmond Taylor, der sich als ihr Freund bezeichnet hatte, miteinander verband. Zwar hatte ich mit Taylor vier Tage lang gedreht, doch privat wusste ich kaum etwas von ihm, zumal er wenig von sich gesprochen hatte, und von Mabel war damals, im Frühjahr 1921, nicht die Rede gewesen.

Einmal kam ein Polizeiwagen langsam die Straße hochgefahren, und ich ging hinter der Zypresse in Deckung. Er kroch den Bordstein entlang, einer der Streifenpolizisten darin ließ den Strahl einer Handlampe über die Fassaden wandern, dann fuhr der Wagen auf und davon.

Ich dachte weiter über die Dreharbeiten vom letzten Jahr mit William Desmond Taylor nach.

Nachdem unser Film sich als einer von Taylors seltenen Flops entpuppt hatte, hatte er mich extra zu einem Dinner im feinen Musso & Frank Grill eingeladen, um mir persönlich zu erklären, dass er mich nun nicht gleich wieder als Besetzung beim Studio vorschlagen könne, und um mir zu versichern, dass er trotzdem irgendwann wieder mit mir arbeiten wolle. Danach hatte ich dann erst als Kleindarsteller bei Sennett spielen müssen und war schließlich, als ich dort gefeuert worden war und auch sonst keine Rollen mehr bekommen hatte, Privatdetektiv geworden. Und war letzten Endes hier gelandet, unter diesem Baum in der Kälte.

Taylor hingegen war inzwischen der Vorsitzende des Regieverbandes von Hollywood geworden und der Chefregisseur von Famous Players-Lasky, dem größten Filmstudio der Stadt. Dank all dieser repräsentativen Aufgaben wurde ständig in der Presse über ihn berichtet, und wenn ein Senator aus Washington oder ein indischer Maharadscha die Studios besuchten, führte er sie herum. Man wunderte sich beinahe, wie er noch die Zeit fand, die Abenteuerfilme zu drehen, auf die er sich so erfolgreich spezialisiert hatte, wie *Tom Sawyer* oder *Anne of Green Gables*. Oder private Beziehungen zu den Stars anderer Studios zu unterhalten. Immerhin hatte er sich trotz alledem an mich erinnert und sich wieder bei mir gemeldet.

Kurz nach Mitternacht war ich beinahe eingeschlafen, als mich ein Motorradfahrer hochschrecken ließ. Er knatterte in hohem Tempo heran, kam vor dem Nachbarhaus zum Stehen, ließ den Motor noch etwas laufen und schaltete ihn dann aus, wie auch das Licht. Ich musste mich anstrengen, um ihn noch zu erspähen, mit meinem verbliebenen, kostbaren Auge.

Ich lauschte ins Dunkel hinein und hörte Stiefel auf Asphalt. Näherte sich der Mann Miss Normands Haus? Dann entflammte ein Licht über dem Eingang des Hauses daneben, und der Motorradmann polterte dort hinein und schloss die Tür hinter sich.

Danach wurde es wieder dunkel.

Von da an bestand die größte Herausforderung darin, mir den Whisky vernünftig einzuteilen und mich warm zu halten.

Es passierte nicht mehr viel, es kamen auch keine Automobile mehr, und ich hätte mich problemlos mitten auf die Seventh Street legen können. Gegen fünf war ich beinahe so weit, es spaßeshalber und aus purer Langeweile zu tun, doch es war viel zu kalt dafür. Da hörte ich einen Fahrradfahrer kommen, und einen trockenen Aufprall von etwas. Unter der Laterne sah ich nun den Zeitungsboten, der so geübt wie gelangweilt eine zusammengerollte Zeitung in Richtung des Hauseingangs von Miss Normand warf. Dann fuhr er weiter. Ich ging hin und sah mir die Zeitung sicherheitshalber an, doch darin fand ich nur die Schlagzeile: JURY BERÄT URTEIL IM ZWEITEN ARBUCKLE-PROZESS. Keine versteckten Botschaften.

Kurz darauf kam der Milchmann in seinem Wagen, ein Schwarzer in einem weißen Overall mit Mütze. Die beiden Flaschen, die er auf der Schwelle abstellte, enthielten wirklich nur Milch, wie ich mittels einer Geruchsprobe überprüfte.

Leicht verdientes Geld so weit, dachte ich und bewegte meine kälteklammen Finger in den Handschuhen. Aber warte lieber erst mal ab, Hardy, was Mr. Taylor sonst noch von dir will.

Ich nickte kurz ein, doch ein Sprengwagen der Stadtreinigung weckte mich mit seinem kalten Wasserstrahl. Die nachfolgenden Straßenkehrer mit ihren Reisigbesen fegten die bereits saubere Straße noch einmal so gründlich, als hätten sie das Gefühl, dass ganz Los Angeles eine doppelte Säuberung dringend nötig hätte. Sie grüßten mich im Vorübergehen grinsend. Vermutlich hielten sie mich für einen Suffkopf, der auf der Straße eingeschlafen war. Und sie hatten ja nicht mal unrecht damit.

Um halb sieben begann es zu dämmern, und ich trank den letzten Schluck von meinem Whisky, als die Vögel in den Bäumen tirilierend die Sonne begrüßten, die durch die grauen Wolken hindurch nur gerade so zu erahnen war, als blickte man durch ein beschlagenes Monokel.

Oben in dem Zimmer ging das Licht an, und das Fenster wurde bis zur Hälfte geöffnet, wobei ich kurz Mabels nackte Arme und ihre Silhouette sah. Auch die Stadt erwachte nun zum Leben. Automobile fuhren in beide Richtungen an mir vorbei, Lastwagen und Lieferwagen, und mich passierten Menschen in Anzügen und Menschen in Overalls und Ladenmädchen mit klappernden Absätzen auf dem Weg zur Arbeit, die meisten mit Blechkannen, in denen sich ihr Lunch befand.

Nun war es Zeit, dass ich mich auf den Weg zu Taylors Haus in der Alvarado Street machte.

Unterwegs ging ich in einen Drugstore und trank einen Kaffee am Tresen.

Von dort dauerte es nur fünfzehn Minuten, hinüberzugehen.

3

Meine Armbanduhr zeigte kurz nach sieben, als ich an der Third Street ankam. Sie lag auf einer Anhöhe, und man sah auf der einen Seite die Innenstadt und dahinter im Dunst die ferne Bergkette im Osten. Ich ging nach Norden die Alvarado Street hinunter, atmete eisige Wolken in die Luft und schlug meinen Mantelkragen hoch.

Alvarado Court war eine neu erbaute Anlage aus acht eleganten, quadratischen, luxuriös aussehenden Bungalows, die in Hufeisenform einen Hof umstanden. Wer hier wohnte, hatte es geschafft, so wie Mr. Taylor, und jenes *es* war etwas anderes als das, was ich bisher geschafft hatte. Zu dieser frühen Stunde war noch keiner der Bewohner draußen zu sehen.

Im hinteren Teil des Hofs waren neben einer halb fertig gemauerten Pergola Arbeitsgeräte und Baumaterial übereinandergestapelt. Zwei mit Steinplatten ausgelegte Wege rahmten eine gepflegte Rasenfläche ein.

Seines war das hinterste Haus von dreien auf der linken Seite. Ein Schild verkündete *404 B – Taylor.* Im unteren der beiden Stockwerke waren alle Jalousien heruntergezogen.

Ich ging auf den Eingang zu, der von Säulen im ionischen Stil eingefasst wurde. Auf den Stufen stand eine Milchflasche bereit, und daneben lag zusammengerollt die Morgenausgabe des *Los Angeles Examiner.* Alles wie bei Mabel Normand. Ich lauschte. Im Haus rührte sich nichts.

Ich drückte auf den Klingelknopf. Drinnen ertönte ein sonorer Glockenton. Nichts geschah. Ich drückte erneut, zweimal. Wieder nichts. Auch Mr. Taylor schien noch nicht wach zu sein. Sosehr mich das angesichts unserer Verabredung wunderte.

Ich legte die Hand auf den Türknauf. Er ließ sich drehen, und die Tür ging auf. Ich betrat einen Vorraum mit einer geschmiedeten Garderobe, von dem aus eine Treppe nach oben in den ersten Stock führte. Alle Lichter waren eingeschaltet, obwohl es bereits seit fast einer Stunde hell war. Ich rief: »Mr. Taylor?«

Es war nicht geheizt, und ein metallischer Geruch lag in der Luft. Meine Nackenhaare sträubten sich. Ich trat in das hell erleuchtete Wohnzimmer.

Vor einem geschnitzten Schreibtisch lag auf einem purpurrot leuchtenden Teppich, auf dem Rücken ausgestreckt und mit einem Anzug bekleidet, William Desmond Taylor. Die Arme lagen eng am Körper an, und der Kopf war leicht zur Seite geneigt, mit geschlossenen Augen. Er sah aus, als hätte er sich auf seinen weichen, dezent gemusterten Teppich gelegt, um zu schlafen. Das Einzige, was das friedliche Bild störte, war ein Stuhl – offenbar der zum Schreibtisch gehörende –, der genau über dem rechten Fuß quer stand, angelehnt an einen Sessel, so als wäre er umgekippt. Dies irritierte mich gewaltig.

Ich ging langsam näher und ließ den Blick meines intakten Auges über die Schuhe wandern, hellbraune Oxfords, und über den dunklen Gabardine-Anzug, und zu dem länglichen, scharf geschnittenen Gesicht Taylors, dem eines gutaussehenden Gentlemans in den besten Jahren. Es wirkte seltsam fremd auf mich.

»Mr. Taylor?«, fragte ich erneut.

Mr. Taylor blieb stumm.

Ich hielt abrupt inne und ließ einen lauten Fluch los.

Dann ging ich in die Knie und sah ihn mir aus der Nähe an. Ich zog einen Handschuh aus, hielt ihm die Hand vor die Nase und spürte nichts. Ich legte die Spitze meines Zeigefingers vorsichtig, nur ganz leicht auf seine Halsschlagader und spürte wieder nichts. Sein Gesicht war eine wächserne Maske.

»So ein Mist!«

William Desmond Taylor schlief nicht, sondern war tot.

Bye-bye Auftrag, bye-bye Honorar.

Ich stand wieder auf und sah auf ihn herab. Nun zog ich den Handschuh wieder an und schaute mich in dem Wohnzimmer um.

Wenn man einmal Polizist gewesen ist, in Deutschland, in einem anderen Leben vor dem Krieg, dann melden sich sofort die alten Instinkte wieder, sobald man weiß, dass man sich an einem Tatort befindet. Ich zweifelte keinen Moment lang daran, dass Taylor ermordet worden war. Dafür sprach alleine schon seine Position und die des Stuhls über seinem Fuß, auch wenn ich auf den ersten Blick keine Wunden an dem Toten ausmachen konnte, ebenso wenig wie Blutspuren auf dem leuchtend roten Teppich.

Ich hütete mich jedoch, ihn genauer zu untersuchen oder anzufassen, denn ich wollte auf keinen Fall Spuren hinterlassen. Ich sah mich lediglich um.

An Taylors linkem Handgelenk prangte eine teuer aussehende Uhr mit einem Platinarmband, und an einem der Finger ein Ring mit einem eingefassten Diamanten. Beide Stücke kannte ich von damals. Auf dem Schreibtisch hinter ihm lag neben Blätterstapeln und einem aufgeschraubten Füllfederhalter eine lederne Brieftasche, aus der ein Bündel Dollarscheine herausragte.

Rechts stand ein Klavier aus Mahagoni, die Abdeckung der Tasten hochgeklappt, als hätte vor kurzem noch jemand darauf gespielt, und obendrauf sah ich auf einem silbernen kleinen Tablett zwei Cocktailgläser, in denen sich Reste von Orangen und etwas Wasser befanden, sowie einen Shaker. Daneben lagen in einem Kristallaschenbecher mehrere Zigarettenstummel; die eine Sorte war weiß, die zweite schwarz mit einem Goldfilter. Auf dem Klavier reihten sich außerdem zahlreiche gerahmte Fotos aneinander, eine ganze Galerie der Hollywoodstars: Mary Pickford, die blutjunge Mary Miles Minter, Gloria Swanson, nicht zuletzt auch Mabel Normand. Alle Fotografien waren mit persönlichen Widmungen versehen und signiert.

William Desmond Taylor war mit ihnen allen befreundet.

Das musste einen gewaltigen Aufruhr geben, dachte ich sofort. Es war der nächste große Skandal, vor dem sich ganz Hollywood so sehr fürchtete.

Ich beugte mich vor und las die Widmung auf einem der Fotos: *In tiefer Zuneigung und Verehrung, immer die Deine – Mabel Normand.*

Mein Blick wanderte zurück zu den beiden Cocktailgläsern und dem Aschenbecher mit den verschiedenen Zigarettenresten.

Mir fiel ein, was Taylor am Telefon erwähnt hatte: »Miss Normand war bis eben hier und fährt jetzt nach Hause.«

Ich ging wieder zurück in den Vorraum und sah auf die Stufen, die nach oben führten. Und dann stieg ich sie hinauf. Langsam und vorsichtig.

Das Schlafzimmer lag direkt über dem Wohnzimmer, und die Tür stand offen. Auch hier war das Licht an.

Das große Bett aus dunklem, gebeiztem Holz war unberührt und mit einer lachsfarbenen Tagesdecke zugedeckt. Darüber hing ein großes Ölgemälde, das mit wildem Pinselstrich einen Meeresstrand bei Sturm zeigte. Links und rechts des Bettes standen zwei Nachttische, auf dem einen sah ich ein Tablett mit einer Kanne Wasser und einem leeren Glas. Auf einem stummen Diener hing ein Anzug und ein frisches Hemd; Kleidung, die für den neuen Tag zurechtgelegt worden war. Davor stand ein Paar blankgewichster schwarzer Reitstiefel mit hohen Schäften bereit.

Ich warf einen Blick aus dem Fenster. Es ging nicht zum Hof, sondern nach hinten hinaus, und ich sah einen schmalen Pfad, der zur Maryland Street führte.

Ich wandte mich rasch den anderen Räumen zu, die vom Schlafzimmer abgingen. Der erste Raum erwies sich als ein begehbarer Wandschrank, in dem Taylors Anzüge und Hemden hingen; Kleidung, die ich mir nie im Leben hätte leisten können.

Ich lief weiter ins Bad und betrachtete mich in dem großen, goldgefassten Spiegel. Im Regal darunter erblickte ich ein Glas mit einer Zahnbürste, Rasierzeug und zwei Flakons von herben Herrenparfüms, wie ich feststellte, als ich mich herabbeugte und an ihnen roch.

Kurzum, ich fand keinen Hinweis darauf, wer Taylor noch besucht haben könnte oder ob Taylor und Mabel am Abend zuvor etwas anderes getan hatten, als nur zu trinken und zu rauchen.

Eilig ging ich die Treppe wieder nach unten und ins Wohnzimmer zu dem Toten auf dem Teppich. Ich stand da, sah auf ihn hinunter und dachte nach.

Zum einen lag hier vor mir die Leiche eines Regisseurs, dem ich mich verpflichtet fühlte, weshalb ich einen Auftrag von ihm angenommen hatte. Nun war er offensichtlich ermordet worden, und das Einzige, was ich noch für ihn tun konnte, war, herauszufinden, wer es getan hatte. Ich fragte mich, ob das, was ich für Taylor noch hätte erledigen sollen, etwas mit seiner Ermordung zu tun hatte.

Zum anderen dachte ich: Da siehst du mal wieder, wie es im Filmgeschäft zugeht. Als ob du es nicht sowieso schon gewusst hättest, Hardy. Sei froh, wenn du damit, was auch immer dahintersteckt, nichts weiter zu tun bekommen wirst.

So oder so, ich musste auf jeden Fall entscheiden, ob ich die Polizei benachrichtigen oder einfach verschwinden sollte, und ich musste mich schnell entscheiden.

Ich konnte nicht anders. Ich musste mehr erfahren, sonst würde es mir keine Ruhe lassen. Also beugte ich mich zu Taylors Leiche hinab, um sie nun doch zu untersuchen.

»Hände hoch!«, sagte plötzlich eine zitternde, hohe Frauenstimme von rechts, im toten Winkel meines Glasauges. »Sofort! Und dann stehen Sie ganz langsam auf. Ich habe eine Waffe auf Sie gerichtet, und wenn Sie nicht gehorchen, schieße ich Sie nieder, Sie gemeiner Mörder!«

Verdammt. In der Hocke über den Toten gebeugt, hielt ich inne.

Man hörte ihrer Stimme regelrecht an, wie nervös sie war,

kurz vor dem Weinen, dem Zusammenbruch nahe, und dass es nur einen Hauch oder einen ganz dummen Zufall brauchte, damit sie abfeuerte, was auch immer sie in ihrer Hand hielt. Langsam hob ich beide Hände über den Kopf.

»Gut«, sagte ich beschwichtigend. »Kein Problem. Ich bin kein Mörder. Und ich will mich nur zu Ihnen umdrehen, Mylady, damit ich Sie ansehen und Ihnen alles in Ruhe erklären kann …«

Ich ging ganz vorsichtig aus den Knien hoch und drehte mich dann Inch für Inch zu meiner Geiselnehmerin um, so langsam wie ein Filmcowboy vom Pferd stieg, wenn der Kinovorführer an der Kurbel vollkommen betrunken oder ein sehr alter Mann oder beides war.

Ich sah zunächst eine kleine 22er, deren Lauf direkt auf mein Glasauge gerichtet war. Doch dieser zitterte dabei auf und nieder in einer Weise, dass sowohl mein ganzer Körper als auch die Decke des Zimmers gefährdet waren.

Die Person, die sie hielt, stand zehn Fuß von mir entfernt, am Eingang des Zimmers, und es war zu meiner großen Überraschung ein schwarzer Mann mit der seltsamsten Kleidung, die ich jemals gesehen hatte.

Er trug kanariengelbe Kniestrümpfe, darüber lindgrüne Knickerbocker und dazu eine Art Golfjacke aus lachsrotem, gemustertem Tweed und einen hellbeigen Mantel sowie einen Bowlerhut, der schief auf seinem schwarzen Lockenkopf thronte. Er musste gerade von draußen hereingekommen sein und hielt die zusammengerollte Morgenzeitung in der anderen Hand.

»Sie haben den armen Mr. Taylor umgebracht«, sagte er vorwurfsvoll mit seiner hohen Stimme, und sie brach genau auf der letzten Silbe.

»Nein, das habe ich nicht«, sagte ich. »Ich habe ihn soeben gefunden. Sie sind sein Butler?« Er nickte. »Und Sie wohnen nicht hier, sondern sind gerade zum Dienst erschienen?« Er nickte wieder. Die Hand mit der Waffe zitterte noch immer. »Ich bin ein Privatdetektiv, Hardy Engel. Mr. Taylor hat mich gestern Abend angerufen und für heute früh wegen eines Auftrages zu sich bestellt. Deswegen bin ich hier.«

Er hielt die Waffe nun auch noch mit der zweiten Hand fest, sodass sie jetzt bewegungslos auf meinen Kopf gerichtet war. Dafür begann seine Unterlippe zu zittern.

»Davon weiß ich nichts«, sagte er misstrauisch. »Sie sind ein Mörder, und dafür werde ich jetzt *Sie* umbringen.«

»Wir haben gestern Abend telefoniert, um ungefähr acht Uhr, Mr. Taylor und ich«, sagte ich so verbindlich wie möglich.

»Ich bin Punkt halb acht nach Hause gegangen«, sagte er mit seiner hohen Stimme. »Da war er noch am Leben. Also habe ich nichts dergleichen mitbekommen, und er hat auch nicht erwähnt, dass er noch telefonieren wollte. Worum sollte es denn bei diesem Auftrag gehen?«

Ich hatte schon schwule Butler gesehen, doch noch keinen, der so hysterisch war. Allerdings waren ihre Herren auch noch quicklebendig gewesen und hatten sie umhergescheucht, wie es sich gehörte.

»Das weiß ich nicht. Mr. Taylor wollte es mir persönlich sagen. Er und ich kannten uns, ich habe in einem Film von ihm mitgespielt. Nehmen Sie bitte die Waffe herunter, ich habe Angst, dass sie versehentlich losgehen könnte, – Mr. …«

Ich sah ihn fragend an.

»Ich heiße Henry Peavey, und mich können Sie nicht hereinlegen«, sagte er hochmütig. »Ich werde jetzt Hilfe holen und die Polizei anrufen. Aber vorher kommen Sie hier rüber, na los!«

Er winkte mich mit der Waffe zum Eingang. Sein Fuchteln machte mich nervös, also folgte ich seinem Winken und trat wieder in den Vorraum. Ohne den Blick von mir zu wenden, mit dramatisch weit aufgerissenen Augen, langte er nach hinten und öffnete unter der Treppe eine kleine Tapetentür zu einem Kabuff, nicht größer als ein Schrank.

»Gehen Sie da rein!« Er fuchtelte mit der Waffe direkt vor meiner Nase herum. Es war unmöglich, sie zu greifen, ohne ein gewaltiges Risiko einzugehen.

»Ganz vorsichtig mit dem Ding!«, sagte ich und trat langsam heran; mit dem Vorsatz, mich auf keinen Fall einschließen zu lassen. »Lassen Sie uns reden …«

»Umdrehen!«

»Machen Sie keinen Fehler, Mr. Peavey«, sagte ich. »Es wird sich alles aufklären. Und ich kann Ihnen dabei helfen.« Er presste mir den kurzen Lauf an den Kopf, während ihm Tränen über das Gesicht liefen. Ich befürchtete, er würde vielleicht im Affekt abdrücken. Also drehte ich mich um.

Im nächsten Moment erhielt ich einen gewaltigen Tritt in den Rücken, wie von einem Pferd, und taumelte in die winzige Kammer hinein. Ich verlor meinen Hut und stieß mir die Stirn an etwas Hartem an, und während ich noch damit beschäftigt war, mich aufzurappeln, schlug Peavey die Tür hinter mir zu. Es wurde dunkel, und ein Schlüssel wurde zweimal herumgedreht.

4

Ich ärgerte mich über mich selbst, während ich meine Stirn betupfte. Ich drückte mein Taschentuch auf den schmerzenden Riss, schlug gegen die Tür und versuchte Peavey zu überzeugen, mich herauszulassen, doch es kam keine Antwort. Stattdessen hörte ich ihn telefonieren, ohne dass ich die Worte verstand, und direkt darauf schrie er dann weit entfernt herum, vermutlich im Hof. Natürlich probierte ich, die Tür aufzudrücken, doch anscheinend hatte er auch noch etwas davorgerückt und sie blockiert.

Den Geräuschen nach zu urteilen, begannen nun verschiedene Leute hereinzuströmen, gewiss die Nachbarn, die im Vorbeigehen aufgeregt durcheinanderredeten und dann das Wohnzimmer bevölkerten, wohl um die Leiche anzusehen. Peavey brüllte irgendwann direkt vor der Tür, laut und mit hoher Stimme, er werde mich erschießen, wenn ich versuchen sollte, auszubrechen, und fügte überflüssigerweise hinzu, er sei nicht alleine.

Ich ergab mich meinem Schicksal und vertrieb mir im Dunkeln die Zeit damit, die Blutung zu stoppen und mir Gedanken über meine Situation zu machen.

Diese verdammte Dunkelheit. Sie ließ sofort die Angst in mir aufsteigen, wieder zu erblinden, die mich quälte, seitdem ich als kaiserlicher Soldat in Frankreich nach einem Giftgas-Angriff monatelang nicht mehr hatte sehen können. Inzwischen war sie zusätzlich verstärkt worden durch den letztjährigen Verlust des einen Auges. Doch ich hatte Strategien entwickelt, mit meiner Panik umzugehen. Ich versuchte, ruhig zu atmen und mich einfach auf mein weiteres Vorgehen zu konzentrieren.

Natürlich konnte ich damals noch nicht ahnen, welche Dimensionen dieser Mordfall später annehmen würde. Mir war nur klar, die Polizei würde in Kürze anrücken, und darauf musste ich mich vorbereiten. Es würden Leute von der Mordkommission dabei sein, die mich kannten. Es war gerade einmal ein paar Wochen her, dass ich mit ihnen schwer aneinandergeraten war. Wohlwollen war von ihnen nicht zu erwarten, aber ich musste versuchen, vernünftig mit ihnen zu reden, und mir sehr gut überlegen, was ich ihnen über meinen Auftrag und die Vorgeschichte sagte.

Das Kabuff war mit Kleidern, Schuhen und allerlei Krimskrams vollgestellt, sodass ich nur wenig Bewegungsspielraum hatte. Ich lehnte mich gegen eine Wand und machte es mir so bequem, wie es unter diesen Umständen möglich war. Ich hätte gerne geraucht, doch dazu war es zu eng.

Die Polizei – wen auch immer der Butler benachrichtigt hatte – brauchte erstaunlich lange, um einzutreffen. Derweil gingen Leute im Haus ein und aus, deren Stimmen ich weiterhin nur dumpf als unverständliches Murmeln hörte.

Es mochte eine gute Stunde vergangen sein, als ich erneut Geräusche vor der Tür wahrnahm. Jemand hämmerte mit der Faust dagegen, und dann sagte eine tiefe Stimme: »Hallo, dadrin, hier spricht Sergeant of Detectives Edward King, vom Büro des Bezirksstaatsanwalts. Wir werden diese Tür jetzt öffnen und Sie herausholen. Heben Sie Ihre Hände über den Kopf. Ein halbes Dutzend Waffen ist auf Sie gerichtet, und beim geringsten Anzeichen von Widerstand werden wir Sie erschießen. Haben Sie das verstanden?«

Ich antwortete, dass ich das sehr gut verstanden hätte und dass ich nicht vorhätte, mich zu wehren, sondern mich nur zu gerne einer Befragung stellen werde.

Als die Tür aufgerissen wurde, traf mich der grelle Lichtstrahl einer Taschenlampe wie ein Schock. Mit dem Auge blinzelnd, erblickte ich gerade noch zahlreiche Uniformierte, die auf mich zielten, bevor ich dann mit erhobenen Händen von zweien von ihnen herausgezogen und zu Boden gerissen wurde. Einer bog mir sofort die Arme nach hinten und fesselte mich hinter dem Rücken mit Handschellen.

»Los, durchsucht ihn«, sagte die Stimme von vorhin. »Der Schwarze hat ihn blöderweise nicht gefilzt, sagt er. Sucht nach seiner Waffe.«

Ein anderer Polizist tastete mich rasch ab und quetschte mir dabei mit einer Hand tüchtig die Hoden.

Ich grinste ihn an: »Oh ja, *das* ist eine Waffe …«

Er fand jetzt die Fünfundvierziger und zog sie hervor. Er fasste sie am Lauf und reichte sie King. Ich sah nach oben. »Wieso, King, wurde er erschossen? Dann bin ich aus der Nummer raus. Meine Waffe wurde jedenfalls nicht abgefeuert.«

Da ich immer noch niedergedrückt und durchsucht wurde, sah ich nur im Augenwinkel, wie er an dem Lauf roch.

»Sucht die Kammer ab«, sagte King zu den anderen. »Vielleicht ist da noch was. So gründlich wie den Babypopo eures Jüngsten nach Pusteln, verstanden!«

Zwei Polizisten quetschten sich sofort nebeneinander in das Kabuff unter der Treppe. Mehr passten nicht hinein, sonst hätten die anderen es ihnen gleichgetan. Einer zog mich auf die Füße.

Mit Edward King hatte ich bisher noch nicht zu tun gehabt. Er war einen Kopf größer als ich, Mitte vierzig, hatte eine fleischige Nase und graue Knopfaugen, die vollkommen stumpf blickten. Um sie herum und auch auf der Stirn direkt über der Nase hatten sich tiefe Falten eingegraben, was ihm das Aussehen eines zutiefst skeptischen Veteranen gab. Er steckte sich eine Zigarette zwischen die Lippen und zückte ein Sturmfeuerzeug.

»Ich bin Hardy Engel, Privatdetektiv. Hallo, Sergeant.«

King schnippte das Feuer an und hielt die Flamme vor mein Gesicht.

»Deutscher, was?«, sagte er abfällig. »Noch gar nicht so lange her, da haben wir auf Deutsche geschossen. Und die auf uns.«

Er betrachtete mich noch für einen Moment, bevor er seine Zigarette anzündete und das Feuerzeug zuschnappen ließ. Er trug eine Fliege. Ich halte grundsätzlich nichts von Männern, die eine Fliege tragen.

»Befragen Sie mich, Sergeant«, sagte ich. »Ich kann erklären, warum ich heute hierhergekommen bin.«

»Sie können drauf wetten, dass ich das als Allererstes tue.« King wandte sich an zwei Uniformierte. »Bringen Sie den rüber, ins Haus nebenan, zu Maigne.«

Ich wurde von den beiden Polizisten gestoßen und konnte nur noch einen kurzen Blick über die Schulter werfen. Im Wohnzimmer sah ich zahlreiche Menschen durcheinanderwuseln. Ein Magnesiumblitz erhellte die Szenerie für einen Augenblick. Dann schob sich Kings massiger Körper dazwischen. Er bellte noch ein paar Ansagen.

»Die Freunde von der Mordkommission sollen den Tatort absichern und die Reporter fernhalten«, hörte ich ihn in Richtung des Wohnzimmers rufen. »Und Sie, befragen Sie weiter die Nachbarn und melden Sie mir alles, was Sie herausfinden!«, bellte er dann hinüber zu den Uniformierten, die das Kabuff umlagerten.

Wir gingen vor dem Bungalow durch ein Spalier aufgeregt schnatternder Menschen, die sich mir nun neugierig zuwandten und plötzlich verstummten. Ich erkannte Douglas MacLean, einen prominenten Schauspieler. Er trug keinen Mantel, ganz offensichtlich war er ein Nachbar und herbeigeeilt, so wie viele andere. Natürlich hielten sie mich alle für den Mörder, als ich abgeführt wurde. Auf dem Steinplattenweg passierten wir das Automobil des Gerichtsmediziners mit seinem kastenförmigen Aufbau.

Als wir daran vorbei zum Nachbarhaus gingen, sah ich Arthur Blowfish, einer der leitenden Redakteure des *Los Angeles Examiner* und ein alter Bekannter von mir. Allerdings einer, mit dem ich aneinandergeraten war und dem hübsche dicke Schlagzeilen wichtiger waren als alles andere, zum Beispiel die Wahrheit.

»Sie?«, fragte er mich überrascht, seinen Notizblock schreibbereit gezückt. »Was ist denn passiert? Taylor soll ermordet worden sein?«

Ich antwortete nicht und ging weiter.

Ein Mann mit einem hellen Hut sprang vor, zückte die Kamera und schoss ein Foto von mir mit einem Magnesiumblitz. Ich wandte zu spät das Gesicht ab, und einer der Polizisten schubste den Fotografen unwillig zurück in die Menge.

»Wer ist das?«, fragte er im Zurücktaumeln.

»Hardy Engel«, sagte King mit einem Grinsen zu mir.

»Privatdetektiv«, ergänzte Blowfish, noch bevor ich irgendetwas dagegen unternehmen konnte. »Und Idealist. Denkt er.«

Mehrere Männer sprangen vor und machten Fotos. Ich drehte den Kopf weg.

Wir traten in einen Bungalow, der genauso aussah wie der von Taylor. Auf dem Türschild stand: *404 A – Maigne*. Wie sein Nachbar war Charles Maigne ein bekannter Regisseur von Famous Players-Lasky. Ich war offensichtlich in eine Kolonie von Filmleuten geraten. Sie bugsierten mich in ein Wohnzimmer, in dem ein Kaminfeuer knisterte, und stießen mich in einen Sessel.

King winkte meine Begleiter nach draußen, und sie schlossen die Tür hinter sich.

»Sie sind der Ermittler des Bezirksstaatsanwalts?«, fragte ich ihn. »Und Sie haben gleich die Leitung übernommen, nicht die Mordkommission?«

»Glauben Sie im Ernst, wir überlassen das den niederen Rängen, bei der aufgeheizten Stimmung, die wir hier zurzeit haben? Bei einem solchen Fall? Sie haben ja die Reporter draußen gesehen!«

King griff ohne weiteres in meine Jacke und holte meine Brieftasche heraus. Er setzte sich auf einen verschnörkelten Couchtisch aus Holz und filzte sie mit ausdruckslosem Gesicht.

»Zunächst mal haben *Sie* einiges zu erklären, Mr. Engel. Ich höre.«

»Meine Detektivlizenz ist dadrin, und meine Identität haben Sie ja gerade schon bestätigt bekommen.«

Er faltete das Dokument auseinander und kratzte sich am Kopf.

»Wo wohnen Sie?«

»5858 Wilshire Boulevard. Direkt an den Teergruben, Soerensens Apartmenthaus. Es ist auch mein Büro.«

»Was dagegen, wenn wir uns dort umsehen?« Ich schüttelte den Kopf.

»Gibbs!«, schrie er nach draußen. Einer der Polizisten riss die Tür auf und sah herein. King wiederholte meine Adresse und befahl eine genaue Durchsuchung. Der Polizist verschwand gleich wieder.

»Sie wurden bei der Leiche angetroffen. Was genau wollten Sie in dem Haus?«

»Das habe ich dem Butler schon gesagt. Mr. Taylor hatte mich gestern Abend wegen eines Auftrags angerufen und mich gebeten, heute um sieben Uhr zu ihm zu kommen.«

Ich hatte beschlossen, Mabel Normand aus dem Spiel zu lassen. Ich wusste ja, dass sie unschuldig war, hätte sogar bezeugen können, dass sie die Nacht zu Hause verbracht hatte. Doch wenn ich Taylors Bitte, sie zu observieren, erwähnte, würde sie unweigerlich in den Mordfall hineingezogen werden, und das wollte ich nicht. Natürlich kam ich damit nicht einfach durch.

»Worum ging es bei dem Auftrag?«, fragte King sofort.

»Mehr wollte er mir dazu am Telefon nicht sagen, das wollte er dann persönlich tun«, sagte ich nur. »Als ich vorhin ankam, lag er tot auf dem Boden.«

King legte den Kopf schräg und wies auf meine Stirn.

»Woher haben Sie die Wunde da?«

»Von Peavey. Er hat mich mit einem Tritt in diese Kammer befördert, nachdem er mich aufgegriffen hatte.«

King nahm seinen Hut ab und fuhr sich durchs Haar. Es hatte die Farbe von Schneematsch, im November in Berlin.

»Wenn jemand bei einem Mordopfer ertappt wird, mit einer blutigen Wunde, könnte es auch einen Kampf gegeben haben.«

»So war es aber nicht. Es ist eine frische Wunde, und Taylor muss schon länger tot sein, so wie er aussieht. Ich habe außerdem keinen Grund, jemanden umzubringen, der mein Klient werden will.«

King setzte eine Miene auf, mit der er wohl beim Pokern häufig Erfolg gehabt hatte.

»Kannten Sie Taylor denn persönlich?«

Die Frage musste ja kommen.

»Ja, ich habe einmal mit ihm gearbeitet«, sagte ich vorsichtig. »Als Schauspieler, für sein Studio. Vier Tage im letzten Frühjahr.«

King richtete sich auf und zog einen grauen Gummischlauch aus seiner Tasche, zwei Fuß lang und zwei Daumen dick. »Verstehe. Sie und der Regisseur Mr. Taylor kannten sich also schon länger. Noch mal, worum sollte es bei Ihrem Auftrag gehen?«

»Das weiß ich wirklich nicht«, sagte ich. »Wie gesagt, er wollte es mir erst heute verraten.«

Ich sah auf den Gummischlauch. Polizisten liebten diese Dinger, weil sie keine Spuren hinterließen, wenn sie einen damit verprügelten.

»Ich hatte seit den Dreharbeiten nichts von ihm gehört«, sagte ich schnell. »Deswegen weiß ich auch nicht mehr.«

King grinste, als würde ihm das alles Spaß machen.

»Und woher wusste er dann, dass Sie jetzt Privatdetektiv sind?«, fragte er schlau.

»Es wird sich herumgesprochen haben«, sagte ich. »Reden Sie doch mit Byron Hamilton, dem Sicherheitschef von Famous Players-Lasky, Taylors Studio, er wird ja bestimmt den Fall übernehmen. Ich hatte schon mit ihm zu tun.«

King legte den Kopf schief und hielt noch immer den Schlauch in der Hand.

»Klingt nicht sehr plausibel, dass Sie gar nichts über Taylors Auftrag wissen«, sagte er. »Wann war denn das Telefongespräch, können Sie das sagen?«

»Es war kurz vor acht Uhr, ich habe auf die Uhr gesehen«, erwiderte ich rasch.

King stutzte, und sein Tonfall wurde unangenehm ironisch. »So ein Zufall. Genau gestern um acht Uhr haben die Nachbarn ein lautes Geräusch gehört. Sie hielten es zunächst für die Fehlzündung eines Automobils, wie so oft, und haben deshalb nicht weiter reagiert. Aber in Wahrheit war es ein Schuss.«

»Er wurde also wirklich erschossen?«, fragte ich. Ich hatte bei der Leiche weder eine Wunde noch Patronenhülsen gesehen. »Und Sie nehmen an, um acht Uhr abends?«

King nickte und ließ prüfend den Schlauch durch die Luft sausen, was ein pfeifendes Geräusch verursachte. »Gibt's denn irgendwelche Zeugen? Für das Telefongespräch?«

»Nein. Nur mich«, sagte ich, und da wusste ich schon, dass er mich schlagen würde. »Aber es ist doch logisch, dass ich sicher nicht hergekommen wäre, wenn ich das alles geahnt hätte. Hören Sie, ich hatte Taylors Auftrag ja noch nicht einmal angenommen. Ich wollte erst hören, ob der Fall etwas mit der Filmbranche zu tun hat.«

»Warum eigentlich?«, fragte er. »Was haben Sie denn für ein Problem mit der Filmbranche?«

»Ich habe jedenfalls kein Problem mit Taylor«, begann ich warnend. Ein Satz zu viel. Schon sauste der Gummischlauch auf mich nieder und erwischte mich seitlich am Nacken. Es tat höllisch weh, und ich zuckte zusammen.

»Ich hatte letztes Jahr einen Fall, bei dem ich in den Studios ermitteln musste. Ein wahrer Scheißfall. Noch nicht lange her. Auf so was habe ich einfach keine Lust mehr. Das ist alles«, sagte ich gepresst.

King beugte sich vor und kam mit dem Gesicht nahe an mich heran. Er roch nach Lakritzpastillen und der Katzenkacke, die er rauchte. Ich hasse Lakritzpastillen.

»Ach, Sie sind das. Engel, natürlich, ich habe von Ihnen gehört … Der Arbuckle-Fall. Dann haben Sie da ja womöglich noch eine Rechnung offen. Hat vielleicht auch mit dem Auge zu tun, das Sie verloren haben. Ich erkenne ein Glasauge, wenn ich es sehe.«

»Taylor hatte damit nichts zu tun. Er war bei den Dreharbeiten sehr nett zu mir, und deshalb wollte ich ihm helfen.«

Er drehte sich weg, und dann schlug er noch einmal mit dem Schlauch zu. Diesmal erwischte er mich seitlich an den Rippen, sodass mir die Luft wegblieb.

»Helfen wobei?«, fragte er rau.

Ich rang nach Atem. »Wobei auch immer. Wenn Sie den Fall lösen wollen, lassen Sie uns gemeinsam herausfinden, welchen Auftrag Taylor mir erteilen wollte … Es schien dringend zu sein. Da liegt die Lösung, ganz bestimmt.«

King grinste mich an. Er hielt den Schlauch weiter in die Höhe.

»Was können Sie mir noch von dem Anruf erzählen?«

Ich dachte nach. Ich hatte keine Antwort, die ihn befriedigen würde.

King legte nach. »War er allein? Taylor?«

Dann schlug er ein drittes Mal zu. Auf dieselbe Stelle wie eben.

Ich stöhnte auf und krümmte mich.

»Ich glaube schon … Was wollen Sie hören, King?«

»Mabel Normand«, sagte er. »Der allseits beliebte Filmstar. Die Nachbarn haben ausgesagt, dass sie Mr. Taylor gestern Abend besucht hat. Um sieben Uhr.« Er nickte vor sich hin. »Der Butler hat es auch bestätigt. Sie ist sogar noch da gewesen, als er um halb acht gegangen ist. Sie war nicht zufällig anwesend bei Ihrem Telefonat um kurz vor acht?«

»Nein. Taylor redete, als ob niemand zuhören würde«, sagte ich. »Es muss danach gewesen sein.«

»Ein paar Nachbarn haben sie weggehen sehen. Wenn er wirklich erst danach mit Ihnen telefoniert hat – hat er dann von ihr gesprochen?«, fragte er böse.

»Nein, er hat sie nicht erwähnt«, beharrte ich. »Hören Sie, wenn Sie nicht Hamilton nach mir fragen wollen, sprechen Sie mit Ihren Kollegen von der Mordkommission aus Hollywood, den Detectives Ulisses Gordon und Vincent Catanza. Sie kennen mich auch … von dem alten Fall.«

King richtete sich auf, den Schlauch nach wie vor in der Hand.

»Gordon und Catanza? Die beiden suchen da drüben gerade alles für mich ab. Sie werden hier heute viele Detectives treffen, aus Hollywood, von der zentralen Mordkommission aus Downtown, die ganze Fußtruppe, aber sie arbeiten alle für mich. Ich treffe hier die Entscheidungen, schließlich bin ich der Sonderermittler für Bezirksstaatsanwalt Thomas Lee Woolwine. Über mir kommt nur noch er. Verstanden?«

»Verstanden«, sagte ich.

King steckte ganz langsam den Schlauch ein, sah mich aber weiter drohend an.

Es klopfte. Er brummte etwas, die Tür öffnete sich, und ein älterer, drahtiger Mann mit buschigen Augenbrauen sah herein, der die sechzig schon überschritten haben musste. Er trug einen Tweedanzug mit grauem Fischgrätmuster und einen Hut, der viel zu groß war für seinen Kopf.

»Ja, Zeigler, was ist denn?«, fragte King unwirsch.

Das musste Sergeant of Detectives Thompson Zeigler sein, der Chef der zentralen Mordkommission und damit von meinen speziellen Freunden Gordon und Catanza. Ich hatte schon von ihm gehört, war ihm aber noch nie begegnet.

Die Stimme des älteren Mannes klang unterwürfig, als er raunte: »Er fragt nach Ihnen, will Sie sprechen. Außerdem haben wir etwas …«

King sah ihn warnend an, woraufhin Zeigler sofort verstummte, und machte Anstalten, mit ihm hinauszugehen. Er pfiff einen Uniformierten von draußen herein, um mich zu bewachen, und schloss die Tür hinter sich.

5

Er musste hinübergegangen sein, denn wir warteten ziemlich lange. Ich dachte über das nach, was ich soeben erfahren hatte: Taylor schien unmittelbar nach unserem Telefonat umgebracht worden zu sein. Mabel Normand war die letzte Besucherin von Taylor gewesen, und ich glaubte nicht, dass der Mörder schon bei ihm gewesen war, als er mich angerufen hatte. Nichts an unserem Telefonat hatte darauf schließen lassen.

Der Uniformierte, der mich bewachte, hatte pechschwarze Haare und war gewiss an jedem 17. März betrunken. Er grinste mich an, spitzte die Lippen und machte ein pfeifendes Geräusch.

»Er kann mit dem Ding wirklich umgehen, was, Freund?«

»Kann ich etwas zu trinken haben, Freund?«, fragte ich wie ein Echo zurück.

Er schüttelte den Kopf. »Erst wenn du ein Geständnis abgelegt hast.«

»Oder wenn ich frei bin«, sagte ich.

Er grinste wieder und versuchte den Rest der Zeit, Löcher in den gemauerten Kamin hinter mir zu starren. Ich konnte nicht auf die Uhr sehen, doch ich schätzte, es verging ungefähr eine Stunde, bis King wieder zurückkam.

Er zog die Tür gleich zu und machte ein geheimnisvolles Gesicht.

Ich sagte, was ich mir zurechtgelegt hatte. »Überlegen Sie doch mal, King. Wenn ich ihn umgebracht hätte, was sollte ich dann all die Stunden später hier noch machen? Ich bin ja nicht vollkommen verblödet. Es war doch klar, dass jemand vorbeikommen würde.«

King schüttelte den Kopf.

»Sie könnten auch etwas vergessen haben, ein wichtiges Beweisstück vielleicht, und zurückgekehrt sein, um es verschwinden zu lassen. Freuen Sie sich nicht zu früh«, sagte er. Dann schnippte er mit den Fingern in Richtung Tür.

Ein dürrer Mann Mitte vierzig mit eisgrauem Haar kam herein. Er sah sich misstrauisch um, als überprüfte er, ob irgendetwas hier drin gestohlen oder kaputt gemacht worden war.

»Mister Maigne«, sagte King. »Haben Sie diesen jungen Mann gestern Abend hier gesehen?« Er blickte mich höhnisch an. »Um kurz vor acht Uhr abends?«

Der grauhaarige Mann schaute schnell zu mir und schüttelte dann entschieden den Kopf. »Nein, Sergeant. Als ich gestern nach Hause gekommen bin, habe ich nur Mabel Normand gesehen, die gerade mit Taylor aus seinem Bungalow herausgekommen und nach vorne zur Straße gegangen ist.«

»Sie haben sie weggehen sehen?«, fragte ich.

»Aber ja, das habe ich doch gerade zu Protokoll gegeben«, sagte Maigne, an dessen hypertonisch rotem Kopf eine Ader beständig pochte. »Ich habe die beiden gegrüßt, und sie sind an mir vorbei zu Mabels Wagen gegangen, der die Einfahrt blockiert hat. Sie redeten noch ein bisschen und verabschiedeten sich, und sie stieg ein und fuhr weg. Da war sonst niemand. Hier empfing mich meine Frau Violet mit dem Essen, und das Zimmer, wo wir anschließend dinierten, geht nach hinten hinaus.« Er zeigte zum Raum nebenan. »Wir haben dabei die Acht-Uhr-Nachrichten im Radio gehört.«

King nickte nur unfroh vor sich hin.

»Und was, Mr. Maigne, würden Sie sagen, wann Miss Normand gegangen ist?«, fragte ich freundlich und ignorierte King dabei völlig.

»Na ja, kurz davor«, sagte Maigne. »Ziemlich genau um zehn vor acht.«

»Taylor kehrte also um kurz vor acht wieder dorthin zurück?«, fragte ich. »Haben Sie die beiden vorher auch aus dem Haus kommen sehen?«

»Nein, das nicht, sie waren schon fast an der Straße. Aber ich habe ihn dann wieder hineingehen sehen – die Tür hatte er offen stehen lassen …«, sagte Maigne und fügte erklärend hinzu: »Ich hatte meinen Schlüssel nicht dabei und musste deswegen klingeln und warten, bis meine Frau …«

»Ist ja schon gut«, sagte King und schnitt damit dem Regisseur das Wort ab.

»Sind Sie dann fertig? Können Violet und ich wieder hier herein?«, fragte Maigne ihn. Ohne seine Antwort abzuwarten, ging er hinaus, offenbar, um seine Frau zu holen.

»Und ich kann dann ja wohl auch gehen«, stellte ich fest. King schien nichts dagegen zu haben. »Vermutlich haben Ihre ›Fußtruppen‹ inzwischen meine Wohnung durchsucht? Und keine andere Waffe dort gefunden?«

King sagte nichts. Doch der mürrische Ausdruck, mit dem er jetzt hinter mich trat und mit dem Schlüssel meine Handschellen öffnete, war Antwort genug.

Ein junger Mann kam hereingeeilt. Es war Byron Hamilton. Er trug einen eleganten, teuren Zweireiher mit einer gelben Nelke im Knopfloch, und seine pechschwarzen, straff zurückgekämmten Haare glänzten vor Pomade. Der Mund unter dem bleistiftdünnen Schnurrbart verzog sich zu einem süffisanten Lächeln, als er mich sah. Ihn umgab die Aura eines vielbeschäftigten Chefs, und er übernahm ganz selbstverständlich die Regie.

»Hallo, Hardy, so sieht man sich wieder.«

Wir kannten uns, wie gesagt, von meinem vorherigen Fall. Ja, genau von dem erwähnten Scheißfall. Und man konnte nicht gerade sagen, dass wir uns mochten.

»Hallo, Byron«, sagte ich. »Du hast ja richtig was aus dir gemacht. Ständig im Einsatz, was?«

Er verdrehte theatralisch die Augen. »Das kann man wohl sagen«, seufzte er. »Ich komme direkt aus Lone Pine oben in der Sierra Nevada, wo ich mir gerade die ganze Nacht bei einem Dreh um die Ohren geschlagen habe. Nun ja, und dann das. Sie haben mich sofort hierherbestellt. Wirklich, eine schöne Bescherung.«

Lone Pine war ein beliebter Drehort am Fuß des weit nördlich gelegenen Gebirges am Westrand des Death Valley. Drei Stunden Fahrt von Los Angeles entfernt, und gewiss hatte er einen brandneuen, schnellen Wagen, einen vom Studio.

»Eine schlimme Sache für Famous Players-Lasky«, sagte ich. »Zumindest könnte es das werden.«

»Paramount«, fiel er mir ins Wort. »Wir nennen das Studio jetzt Paramount, nach unserer Vertriebsfirma, es ist der einprägsamere Name.«

»Packen Sie hier zusammen«, sagte King wie angeekelt zu dem Polizisten. »Wir gehen rüber zum Tatort. Alle!« Er wollte sich schon abwenden.

»Darf ich Sie an unsere Abmachung erinnern?«, fragte Byron schnell und scharf. »Sie lassen mir die Sachen doch bringen?«

»Selbstverständlich«, sagte King mit einem beißenden ironischen Unterton. »Sind schon unterwegs. Auf Wunsch von Mr. Woolwine. Wir kennen Sie, wir respektieren Sie, und wir alle lassen Sie und Ihr Notfallteam vom Studio erst mal machen. Niemand will hier einen großen Skandal, Sie nicht und wir auch nicht, und wir sind ja nicht so blöd, dass wir nicht wüssten, was uns allen hier droht.«

Ich zog eine Grimasse des Grübelns, als müsste ich über das Letztere noch mal kurz nachdenken. Ihm gefiel es nicht. Mir schon. Er trat näher an Byron heran.

»Aber ich wiederum darf Sie daran erinnern, dass Sie uns sofort informieren müssen, wenn Sie etwas finden, was für die Aufklärung des Mordes aufschlussreich sein könnte.«

»Das versteht sich doch von selbst.« Byron hatte sich verändert, war bleicher und erwachsener geworden. Und vor allem, er sprach so, als hätte er das Showbusiness erfunden. Grußlos verließ King den Bungalow, der Polizist eilte hinter ihm her.

Byron schien noch nicht fertig zu sein. »Mit dir möchte ich noch einmal in Ruhe sprechen«, sagte er zu mir, in einem Ton, als erwarte er keinen Widerspruch. Er hatte damals für mich gearbeitet. Wenn sich die Rollen dann irgendwann vertauschen, ist das meistens keine angenehme Lage für den früheren Vorgesetzten.

Er bot mir eine von seinen Zigaretten an.

»Ich habe King schon alles gesagt«, erwiderte ich.

Ich lehnte ab und holte mein eigenes Etui heraus. Ich nahm eine Zigarette und steckte sie mir zwischen die Lippen. Er zündete sie an, wobei er nahe herankam. Mir fiel dabei wieder ein, dass er Männer liebte. Ich konnte sein süßliches Parfüm riechen.

»Aber du scheinst ja ein wichtiger Zeuge zu sein. Jedes Detail ist wichtig.«

Er war jetzt, mit siebenundzwanzig Jahren, der Sicherheitschef des größten Filmstudios in Hollywood; zuständig dafür, sich mit drohenden Skandalen und Fällen wie diesem zu befassen. Und er hatte ein großes Talent dafür.

»Würdest du es mir noch mal erzählen, um der alten Zeiten willen?«

Er holte aus seinem Jackett eine kleine, silberne Flasche, schraubte sie auf und hielt sie mir hin. Er kannte mich ziemlich gut.

Ich griff trotzdem noch nicht danach.

»Die Behörden lassen dich wirklich alles zuerst anschauen? Was sind das für Beweisstücke, die er dir geben wird?«, fragte ich.

In diesem Augenblick entstand draußen vor der Tür Lärm, und wir hörten Grölen und Lachen. Wir drehten uns um.

Durch die Tür kamen hintereinander zwei Männer, die ich kannte. Es waren der bullige, große Detective Sergeant Ulisses Gordon und der schmächtige, kleine Detective Vincent Catanza von der Mordkommission in Hollywood.

Beide trugen Kartons in der Hand. In dem von Gordon stapelten sich Papiere und Briefe, ganze Bündel davon, manche mit einem Band zusammengehalten.

»Bitte schön! Die haben wir alle bei Taylor gefunden«, sagte Gordon. »Lauter Liebesbriefe an ihn, von diversen weiblichen Stars. Die glühendsten sind von Mabel Normand, aber da sind auch viele von der kleinen Mary Miles Minter.« In seinem wie immer purpurroten Gesicht blinkten unter dem Schnauzbart die zahlreichen Goldzähne auf, als er jetzt den Mund zu einem breiten Grinsen verzog.

Dahinter kam Catanza. Er war zwei Köpfe kleiner und wog weniger als die Hälfte seines Partners, war aber mindestens doppelt so dumm und giftig, und wie immer schaffte er es, mich auf die Palme zu bringen, kaum dass er den Mund aufgemacht hatte. »Wie alt ist die eigentlich? Regisseur müsste man sein!«

Er setzte die Kartons ab und zeigte darauf. »Die hier waren in seinem Nachttisch«, sagte er und kniff ein Auge zu. Es waren lauter Damenhöschen, ein ganzer Berg. Eines der Höschen zog er sich jetzt doch tatsächlich über den Kopf, den Zwickel über der Nase. Und imitierte schrill eine Frauenstimme: *»Hallo, ich bin Mabel Normand. Nimm mich, Billy, oh du geliebtester unter den Männern!«*

Das Höschen auf seinem Kopf war aus pinker Seide, und daran war ein Zettel befestigt, auf dem handschriftlich die Buchstaben standen: *M. N.* Und ein Datum: *07.01.21*.

Ich war im ersten Moment viel zu überrascht, um richtig wütend zu sein. Erst jetzt wurden die beiden, die sich bisher an Byron gewandt hatten, auf mich aufmerksam.

»Sieh an, wen wir da haben. Hardy Engel«, sagte Catanza übermütig. »Natürlich: Wo Engel ist, ist eine Leiche. Ist inzwischen ja schon ein geflügeltes Wort in Hollywood. Wir sollten ihn künftig am besten überallhin mitnehmen, oder was meinst du, Gordon? Wir sollten ihm ein Halsband umbinden und ihn an einer Leine führen.«

Gordon sah kurz zu mir und verdrehte nur die Augen. Er kratzte sich verlegen am Kopf, mit feuerroten schuppigen Händen. Er litt unter Ekzemen und sonstigen Hautproblemen, über die man lieber nicht mehr wissen wollte.

»Ganz schön kranke Fantasie für einen Detective«, sagte

ich zu Catanza. »Aber immerhin, Fantasie. Guten Morgen, die Herren. Was, zum Teufel, ist das?«

»Nimm endlich das Ding herunter, du Idiot«, sagte Gordon zu seinem Partner.

»Ja verdammt noch mal, das ist ein Beweisstück!«, herrschte Byron ihn an.

Catanzas Lächeln erstarb, dann nahm er das Höschen mit einer Hand langsam herunter. Er legte es zurück in den Karton, in dem die anderen Damenunterhosen in jeglichen Farben lagen.

»Das da passt nicht zu ihm«, sagte ich. »Das passt ganz und gar nicht zu dem Taylor, den ich kannte.«

Ich meinte es absolut ernst: Ich war vollkommen irritiert. Auch die anderen Höschen waren, jedes einzelne davon, mit einem Zettel versehen, auf dem von Hand Initialen und ein Datum geschrieben waren. Es waren viele verschiedene Kürzel. Taylor, wenn er es denn wirklich gewesen war, hatte seine Sammlung offensichtlich sorgfältig kuratiert. Aber diese Vorstellung störte mich ganz gewaltig.

»Stille Wasser sind eben tief«, sagte Gordon achselzuckend zu mir.

»Zu Mabel passt es aber schon, hervorragend sogar!«, sagte Catanza glucksend.

Ich nahm mechanisch Byrons silberne Flasche an mich und trank einen tüchtigen Schluck daraus. Im Grunde hoffte ich, endgültig blind zu werden. Doch es war hervorragender Stoff, leider.

»Sie haben das alles drüben so gefunden, Hardy«, nickte Byron.

»Die gute Miss Normand wird es uns ja bestätigen können«, sagte Catanza und prustete dann los: »Wenn sie leugnen sollte, dass es ihres ist, lassen wir sie es einfach anziehen, dann sehen wir's ja schon! Und danach wird sie ein paar wirklich interessante Fragen zu beantworten haben.«

Ich war kurz davor, zu ihm zu gehen und ihm eine Ohrfeige zu geben, die sich gewaschen hatte.

»Halt's Maul!«, sagte Gordon, stieß ihn beiseite und drückte Byron den Karton in die Hand.

»Die nehme ich alle mit ins Studio«, sagte Byron indigniert. »Und die Briefe auch. Die sehen wir sorgfältig durch. Bevor damit noch mehr Unfug geschieht.«

Ich schaute auf den Karton mit den Briefen und dann auf den mit der Höschensammlung.

»Also gut, Byron, ich stehe dir für Fragen zur Verfügung«, sagte ich. »Ich komme nachher gleich zu euch, und dann können wir uns dort unterhalten.« Ich gab ihm die Flasche so schwungvoll zurück, dass etwas auf seinen makellosen Anzug schwappte, und dann ging ich an ihm und den beiden anderen vorbei nach draußen.

Ich atmete auf, wieder an der frischen, kalten Luft, während der Alkohol mich mit einer tröstenden Wärme durchflutete. Ganze Heerscharen von Schaulustigen und Reportern standen inzwischen auf dem Rasen vor den Bungalows verteilt, doch niemand achtete in diesem Moment auf mich.

Die hintere Tür des Wagens der Gerichtsmedizin stand jetzt offen, und gerade wurde ein Sarg von zwei uniformierten Polizisten aus Taylors Bungalow hinausgetragen. Alle sahen dorthin. Die Reporter sprangen vor und fotografierten die Szene. Einer der Fotografen fiel zu Boden, dann stolperte ein weiterer über ihn. Die Polizisten schoben den Sarg auf die große Ladefläche des Wagens und schlossen schnell die Tür.

Der Coroner kam mit seiner Arzttasche aus dem Bungalow, begleitet von King, und die Reporter stürzten sich auf sie und begannen laut zu schreien: »Wie wurde er ermordet?« – »Wann ist es passiert?« – »Stimmt es, dass er erschossen worden ist?« – »Und Mabel Normand soll ihn gestern Abend noch besucht haben?«

King wehrte sie alle ab.

Ich ging schnell davon, in die andere Richtung zur Straße. Als ich sie erreichte, kam eine dunkelgrüne Limousine herangefahren. Es war ein neuer LaSalle. Auf dem Fahrersitz saß Mabel Normand, und sie sah gar nicht gut aus. Unter ihren

Augen waren tiefe Ringe, ihre Wimperntusche war verschmiert vom Weinen. Sie parkte am Bordstein und wollte eben aussteigen.

»Miss Normand«, sagte ich warnend und eilte zur Fahrertür und stellte mich davor. »Warten Sie.«

Sie sah hoch, und ihre großen braunen Augen, die auf der Leinwand so keck strahlen konnten, waren blind vor Tränen.

»Ja?«, fragte sie. »Wo ist er? Bill Taylor? Ist er noch …?«

»Sie können jetzt hier nicht aussteigen«, sagte ich rasch. »Die Reporter sollten Sie auf keinen Fall sehen, und die anderen auch nicht.«

Ich legte ihr die Hand auf den Arm.

»Ich bin Hardy Engel«, fügte ich an. »Ein Bekannter von Mr. Taylor, Privatdetektiv, und er hat mir gestern Abend noch den Auftrag erteilt, mich um Sie zu kümmern.«

»Was?« Sie warf mir einen verwirrten, skeptischen Blick zu. »Beweisen Sie es«, sagte sie knapp. »Man erzählt mir so viel.«

»Ich habe Sie letzte Nacht beobachtet, er hatte mich darum gebeten, in der Seventh Street. Sie haben ein Buch gelesen und um halb elf das Licht ausgemacht«, sagte ich.

Sie blinzelte, dann nickte sie. »Okay.«

Ich sah hinüber zum Bungalow. Die Schaulustigen waren immer noch um den Wagen des Coroners versammelt.

»Ich kann es Ihnen nachher erklären, aber Sie sollten hier schnell wieder wegfahren.«

»Er ist tot«, sagte sie. »Ermordet, heißt es, und ich möchte helfen, es aufzuklären …«

»Das können Sie auch, aber nicht hier«, erwiderte ich. »Sie können es mir erzählen, und ich werde Ihnen helfen. Es ist aber sehr heikel, denn Sie sind bereits im Visier der Ermittler und der Presse, und in diesem Moment eine der Hauptverdächtigen. Ihre Karriere ist in höchster Gefahr, Miss Normand.«

»Wieso? Weil ich gestern bei ihm war?«, fragte sie verwirrt.

»Die Polizei hat all Ihre Liebesbriefe sichergestellt«, sagte ich.

Sie seufzte auf.

»Und nicht nur das. Sie haben auch Ihr Höschen«, ergänzte ich und beobachtete sie genau. Sie sah überrascht hoch.

»Welches Höschen?« Es war echte Überraschung.

»Das habe ich mir gedacht«, sagte ich. »Fahren wir am besten zu Ihnen nach Hause, da haben wir Ruhe, um zu reden.« Noch, verkniff ich mir hinzuzufügen. Ich eilte um den Wagen herum und stieg auf der Beifahrerseite ein. »Los, fahren Sie schon.«

Sie wischte sich übers Gesicht, dann drückte sie den elektrischen Anlasser und fuhr los, mit einem Lächeln, das nicht wirklich eines war.

Ich war mir vollkommen sicher, dass Mabel nicht wusste, womit Taylor mich noch hatte beauftragen wollen. Es blieb wieder mal an mir hängen, mehr darüber herauszufinden.

6

Unterwegs überholte uns der Kastenwagen des Gerichtsmediziners, der zwei Querstraßen weiter nach Downtown abbog, eine Schleppe von Automobilen mit Journalisten darin hinter sich herziehend, und danach ein großer, neuer cremefarbener Rolls-Royce, in dessen Fond ich Byron Hamilton sitzen sah, den Sicherheitschef von Paramount, gewiss mit den beiden Kartons auf dem Weg zum Studiogelände. Er zischte davon wie ein Geschoss.

Vor Mabel Normands Haus in der Seventh Street warteten noch keine Reporter.

Ich ließ sie den Wagen in die Garage fahren, und dann huschten wir schnell ins Haus.

Nun sah ich es also auch einmal von innen. Wir gingen ins Wohnzimmer, das im Erdgeschoss neben der Küche lag, und sie bot mir auf einer Couch aus weißem Chintz einen Platz an. Es war ein fröhlicher Raum, ausstaffiert wie das Set einer ihrer Komödien; man erwartete fast, dass sie gleich mit einem ihrer Sessel umkippte, auf einen Rechen träte oder dass alles mit Wasser geflutet würde. An den Wänden hingen gerahmte Filmplakate und Porträts von ihr, und die Regale, die die Wände säumten, waren voller Requisiten, darunter ein Paar Boxhandschuhe und ein Baseballschläger. Es gab mehrere große Lampen aus buntem Muranoglas und einen eleganten Couchtisch, auf dem zwei Bücher bereitlagen, eines davon aufgeschlagen und umgedreht. Es war *Also sprach*

Zarathustra von Friedrich Nietzsche, die amerikanische Ausgabe, und daneben entdeckte ich *Die Traumdeutung* von Sigmund Freud.

»Ich habe mein Dienstmädchen Maisie einkaufen geschickt«, sagte sie. »Sie soll so viel besorgen, dass es für längere Zeit reicht, vielleicht werden wir ja belagert …«

»Das war ein guter Gedanke«, sagte ich und nickte ihr aufmunternd zu.

Jeder mochte Mabel. Sie hatte ein hübsches Clownsgesicht mit einer Stupsnase und riesigen Augen, die sich auf der Leinwand und auf Fotos prächtig machten. Mabel sah lustig aus und war doch sexy: ideal für Komödien.

Ich setzte mich ihr gegenüber und legte meinen Hut auf mein Knie.

»Die Ermittler wollen natürlich auch mit Ihnen reden, aber vorher möchte ich das tun«, sagte ich.

»Könnte ich vielleicht dazu …«, begann sie nervös. »Könnte ich mir vielleicht erst einen Drink machen?«

Ich sah hinüber zu einem Barwagen, der zur Hälfte mit Flaschen gefüllt war.

»Eventuell später«, sagte ich.

»Sie sind wie Bill Taylor«, sagte sie und presste sich schnell die Hand auf den Mund. »So fürsorglich. Beinahe streng.«

Sie wirkte müde. Ich sah ihr an, dass sie jemand war, der gerne flirtete. Aber heute war sie eigentlich zu traurig dazu. Also flirtete sie nur ein bisschen.

»Hören Sie, Miss Normand. Ihr Besuch bei Taylor gestern Abend macht Sie verdächtig, und man wird Sie befragen, und die Presse wird darüber berichten. Wir müssen verhindern, dass unangenehme Details an die Öffentlichkeit gelangen, und auch deswegen brauchen Sie meine Hilfe.«

»Ich verstehe«, sagte sie. Sie versuchte jetzt, sich zu konzentrieren, und es schien ihr zu gelingen.

»Ich habe im letzten Jahr schon einmal erleben müssen, wie der Ruf eines Stars durch die Verwicklung in einen Skandal ruiniert worden ist, Fatty Arbuckle.«

»Der arme Fatty«, sagte sie. »Oh ja …«

Sie hatten in den Anfängen ihrer Karrieren als Komik-Duo zusammengearbeitet und waren sehr erfolgreich gewesen. Es hieß, sie seien nach wie vor befreundet.

»Schuld oder Unschuld spielen dabei keine Rolle. Wenn die Zeitungen anfangen, Geschichten über Sie zu verbreiten, werden Sie nicht mehr zu retten sein. Und wir tun gut daran, schnell herauszufinden, wer wirklich hinter der Tat steckt. Um die Wahrheit präsentieren zu können, bevor eine andere Geschichte die Runde macht.«

»Bevor sie an die Briefe kommen und sie veröffentlichen«, meinte sie plötzlich.

»Ich werde dafür sorgen, dass sie unter Verschluss bleiben, Miss Normand. Ich werde sofort in Ihrem Sinne tätig werden. So wie es mir Mr. Taylor noch aufgetragen hat.«

Sie legte die Hand auf mein Knie. Nur dass dort schon mein Hut lag. Sie zog sie wieder zurück, und dann nestelte sie an ihrer Handtasche herum.

»Danke«, sagte sie. »Ich werde Sie dafür natürlich bezahlen. Dass Sie für mich arbeiten, mich beschützen und natürlich auch, dass Sie den Mord an dem armen Bill aufklären. Denn das ist es, was mir am wichtigsten ist.«

Sie hielt mir einen Hundert-Dollar-Schein hin.

»Mir auch«, sagte ich. »Und Ihr Geld werde ich dabei brauchen, Miss Normand. Ich habe nur eine Bedingung.«

»Sagen Sie doch Mabel zu mir«, sagte sie. »Welche?«

»Mit Ihrem Chef Mack Sennett möchte ich dabei nichts zu tun haben. Nicht das Geringste. Nur mit Ihnen, Mabel.«

Miss Normand war erst seit kurzem wieder bei Sennett, und sie war nicht dort gewesen, als ich bei ihm gespielt hatte und mich für Macks Komödien wieder und wieder hatte auf den Hintern fallen lassen müssen. Bis er mich aus diesem ehrenvollen Job entlassen hatte, weil ich einer vielversprechenden jungen Dame zu nahe gekommen war, der er selbst hatte zu nahe kommen wollen.

»Das verspreche ich Ihnen«, sagte sie.

»Abgesehen davon müssen Sie ganz ehrlich zu mir sein. Sie dürfen nichts zurückhalten.«

Ich nahm den Schein und steckte ihn in meine Brieftasche.

»Natürlich, das werde ich tun«, sagte sie und stutzte, dann fügte sie gewissenhaft hinzu: »Ich meine, ehrlich sein, nichts zurückhalten.«

»Gut. Welcher Art war denn Ihre Beziehung zu Bill Taylor? Offenbar sehr eng und intim – Sie haben ihn gestern besucht, und Sie haben ihm viele Liebesbriefe geschrieben. Sie waren ein Paar?«

»Ja, das waren wir«, sagte sie leise.

Sie richtete sich auf und tupfte sich die Tränen mit dem Taschentuch ab. Wimperntusche blieb schwarz darin hängen.

»Im letzten Sommer. Ein wunderschöner Sommer, dann fuhr er nach Europa in die Ferien, für längere Zeit. Und als er zurückkam, nun ja – da beschlossen wir, nur noch Freunde zu sein, beste Freunde, und das waren wir seitdem.«

»Sie haben sich ohne Streit getrennt, Sie hatten nichts mehr miteinander, und hatten auch seither keine Probleme?«

Sie schüttelte nur den Kopf. »Es war einvernehmlich. Ich hatte andere Männer, und er hatte andere Frauen, glaube ich. Das war kein großes Thema zwischen uns.«

»Was ist mit dem Höschen? Die Unterwäsche ist wirklich nicht von Ihnen?«

Sie runzelte die Stirn, und eine steile Falte erschien.

»Nein, Mr. Engel. Ich wüsste wirklich nicht, dass ich … warum denken Sie, dass es von mir ist?«

»Die Ermittler denken das«, korrigierte ich. »Ihre Initialen sind darauf. Nicht reingestickt, sondern auf einem Zettel notiert, mit Datum. Es ist pink.«

Sie schüttelte empört den Kopf.

»Das kann nicht meines sein. Ich besitze keine Höschen in Pink! Flieder oder Pfirsich oder Champagner, das ja, aber …«

»Ich möchte das gar nicht so genau wissen«, unterbrach ich sie schnell. »Sie haben eine ganze Sammlung sichergestellt, mit diversen Initialen, ich habe sie gesehen. Taylor hat offenbar jedes einzelne Höschen beschriftet.«

Sie sah mich fassungslos an. »Eine ganze … – eine Trophäensammlung?«

»Ja. Hat er so etwas Ihnen gegenüber jemals erwähnt? Oder haben Sie sie gesehen?«

»Nein«, sagte sie und stampfte mit dem Fuß auf. »Niemals! So etwas Perverses passt gar nicht zu ihm! Er war ein feiner, anständiger, stiller Mann.«

»Das habe ich auch sofort gedacht«, sagte ich. »Schließlich kannte ich ihn ein bisschen. Ich halte das ebenfalls für ausgeschlossen.«

»Aber woher soll die Sammlung denn dann kommen?«

»Der Mörder könnte sie dort platziert haben«, sagte ich.

Ihre Augen wurden noch größer als ohnehin schon.

»Aber warum?«

»Genau das müssen wir herausfinden«, sagte ich. »Worüber hat Mr. Taylor gestern mit Ihnen geredet? Über irgendwelche Probleme, die er hatte?«

»Nein, gar nicht«, antwortete sie, und es war nicht schwer, zu erkennen, dass sie die Wahrheit sagte. »Er wirkte ganz normal, vollkommen unbeschwert. Ich kam nur vorbei, um mir zwei Bücher abzuholen, die er für mich gekauft hatte.« Sie zeigte auf den Nietzsche-Band und den von Freud. »Das sind sie. Ihm war sehr daran gelegen, mich weiterzubilden. Ich habe ihm von meiner neuen Rolle erzählt und einige Szenen vorgespielt. Er riet mir, ich solle Freud lesen, um mir das Unbewusste in meinem Spiel bewusst zu machen, und wir haben einen Cocktail dazu getrunken. Er machte sehr gute Cocktails … Wir wurden richtig fröhlich, beinahe albern, und haben spontan Klavier gespielt und gesungen. Dann bin ich nach Hause gefahren«, sagte sie langsam und nun sehr traurig. »Das war alles. Aber kein Wort über irgendwelchen Ärger … Oh mein Gott, der arme Bill!«

»Wahrscheinlich wollte er nicht, dass Sie sich Sorgen machen, auch das ist es, was einen guten Freund ausmacht«, meinte ich. »Mir sagte er am Telefon, ich müsse etwas für ihn erledigen, das dringend sei. Wir telefonierten unmittelbar nachdem Sie gegangen waren, und etwas später wurde er dann umgebracht.«

Sie stutzte. »Bill hat mich zum Wagen begleitet. Ich sehe ihn noch vor mir, wie er an der Straße steht und mir nachwinkt ... Er war insgesamt vielleicht fünf Minuten weg und ließ in dieser Zeit die Tür offen ... Sie meinen also, der Mörder ...?«

Sie verstummte und sah mich entsetzt an. Ich nickte.

»Ja, es könnte sein, dass der Täter gewartet hat und hineingeschlüpft ist«, begann ich vorsichtig. »Oder er kam kurz nachdem Taylor mit mir telefoniert hatte. Mabel, vielleicht haben Sie eine Vermutung, wer Anlass gehabt hätte ...« Die Finger ihrer rechten Hand drehten nervös einen Ring an der linken. Plötzlich hielten sie inne. »Jemand, mit dem er Streit hatte«, setzte ich nach. »Vielleicht hatte es auch etwas mit dem Auftrag zu tun, Sie zu beschatten. Ich sollte beobachten, ob Sie nächtlichen Besuch bekommen, denn Taylor sagte, er mache sich Sorgen, dass Sie sich mit den falschen Leuten einlassen könnten. Wen kann er gemeint haben, Mabel?«

Sie schloss für einen Moment die Augen.

»Ich glaube, ich weiß es«, sagte sie und biss sich auf die Unterlippe. »Dieser Mann hat mir einmal Drogen verkauft. Kokain und Morphin, kein Heroin ... Diese Zeit ist vorbei, Mr. Engel, aber damals ...«

»Wann war das?«, fragte ich.

»Kurz vor Weihnachten«, sagte sie. »Und dann kam Bill dahinter. Er merkte es mir natürlich an, dass ich Drogen nahm. Er folgte mir eines Tages heimlich und kam so darauf, wer sie mir verkaufte. Bill hat ihn zur Rede gestellt und ihm gedroht, wenn er mir noch einmal etwas gäbe, würde er ihn anzeigen und auffliegen lassen. Sie haben sich sogar geprügelt und gegenseitig bedroht ...«

»Ich verstehe«, sagte ich.

»Danach hat Bill mir ins Gewissen geredet – da haben wir uns wirklich einmal gestritten –, und dann hat er dafür gesorgt, dass ich mit dem ganzen Zeug aufhöre, und gleichzeitig hat er den Vorsitz des Komitees gegen Drogenmissbrauch übernommen und sich öffentlich sehr für die Sache engagiert.«

Ich nickte. Ich erinnerte mich, in den Zeitungen davon gelesen zu haben.

»Das klingt durchaus danach, als könnte dieser Mann etwas mit seinem Mord zu tun haben. Es wäre möglich, dass Mr. Taylor noch immer Ärger mit ihm gehabt hat, ja, dass dieser Mann ihm vielleicht sogar damit gedroht hat, Ihre Drogensucht öffentlich zu machen. Es ist verständlich, dass Taylor das vor Ihnen geheim gehalten hat, nachdem Sie die Sucht nun überwunden hatten«, sagte ich. »Sie haben sie doch überwunden? Sie nehmen keine Drogen mehr, Mabel, oder? Ansonsten müssen Sie es mir jetzt sagen.«

»Nein«, sagte sie und legte die Hand auf die Brust, »das tue ich nicht. Ehrenwort.«

Ich ging hinüber zu dem Barwagen, holte eine Whiskyflasche heraus und schenkte uns zwei Gläser ein. Sie sah mir dabei zu und fuhr sich mit einem Finger über die linke Schläfe.

»Gut. Wer ist er?«

Ich reichte ihr eines der Gläser. Sie trank nicht gleich, sondern drehte es erst nur in der Hand.

»Er heißt ›der Duke‹, so nennen ihn zumindest alle«, sagte Mabel Normand mit einer unendlich müden Stimme. »Er ist eigentlich freier Schauspieler und hat wechselnde Engagements.«

Ich dachte nach und schüttelte den Kopf. »Der Name sagt mir nichts«, sagte ich. »Ist er wirklich ein Herzog?«

»Wer ist schon der, der er behauptet zu sein?«, sagte sie düster. »In einer Zeit, in der Leute Benzin mit Wacholderaroma als Gin ausgeben? Auf den armen Bill!« Wir prosteten uns zu, und sie nahm einen tiefen Schluck von dem guten Single Malt.

»Aber er sieht wie ein Duke aus, und er ist Brite«, fuhr sie fort, nun sichtlich belebt. »Er heißt Alexander Rumford.«

»Hatten Sie eine Affäre mit diesem Duke? Ich muss alles wissen, Mabel, um Ihnen wirklich helfen zu können, einen Skandal zu vermeiden.«

»Ja«, sagte sie, »das hatte ich. Aber nur ... nur kurz. Er ist ein Schwein. Er sammelt Frauen wie Trophäen ... Das mit den Höschen würde ich ihm sofort zutrauen.«

»Wo finde ich ihn?«

»Ich kann Ihnen nur sagen, dass er zur Zeit in einem Film bei Sennett mitspielt. In einem anderen als ich, irgendetwas Kleines, glaube ich. Meine Maskenbildnerin hat mich neulich deshalb gewarnt. Ich habe es bisher vermeiden können, ihm im Studio wieder zu begegnen.«

»Gut, dann werde ich dort nach ihm sehen«, sagte ich.

Sie wurde plötzlich sehr ernst. »Glauben Sie denn, dass ich vielleicht verantwortlich bin für den Tod ... von Bill?«

Jetzt trank sie den Rest in ihrem Whiskyglas recht schnell, nacheinander in drei Schlucken.

»Das sind Sie nicht«, sagte ich. »Sie konnten ja nicht wissen, dass so etwas passiert. Es war eben Taylors Art, sich um so etwas zu kümmern, auch wenn es großen Ärger bedeutete. Wichtig ist, dass Sie jetzt die Ruhe bewahren. Die Staatsanwaltschaft wird Sie schon bald in die Mangel nehmen. Erwähnen Sie den Duke nicht, bis ich der Spur nachgegangen bin. Sagen Sie ansonsten wahrheitsgemäß aus. Für die Tatnacht haben Sie ein Alibi: Ihr Dienstmädchen kann bezeugen, dass Sie zu Hause waren. Erwähnen Sie mich mit keinem Wort. Geben Sie die Briefe und die frühere Beziehung zu Taylor zu, mehr nicht. Sie waren nur noch gute Freunde, und Sie trauern um ihn. Das ist ja auch die Wahrheit.«

Ich nahm meinen Hut und setzte ihn auf. Dann ließ ich mir noch ihre Telefonnummer geben und schrieb ihr meine und die Adresse auf. Visitenkarten hatte ich natürlich immer noch nicht.

»Ich werde jetzt als Erstes dafür sorgen, dass Ihre Briefe sicher sind.« Ich sah zu dem Barwagen hinüber. »Und ich weiß, wie schwer das ist – aber versuchen Sie, nicht zu viel zu trinken.«

7

Ich nahm von meinem allerletzten Kleingeld die gelbe Straßenbahn nach Hollywood.

Es dauerte eine halbe Stunde, bis ich hinübergefahren und dann von der Haltestelle zu dem Studiogelände an der Vine Street gelaufen war.

Dass Byron mich befragen wollte, war mir natürlich ein willkommener Vorwand. Das Ganze roch schon sehr nach Vertuschung und Manipulation, ich kannte mich schließlich ein bisschen aus in den Studios. Umso mehr war mir daran gelegen, die Briefe von Mabel Normand zu lesen und dafür zu sorgen, dass sie nicht in falsche Hände gerieten.

Über dem Studioeingang mit der Schranke stand immer noch Famous Players-Lasky. Aus dem Pförtnerhäuschen sah mir Eugene freudig entgegen, ein Deutschstämmiger, der mich noch von früher her kannte.

»Ja, wer kommt denn da – Hardy!«

Er umarmte mich und schlug mir dabei mehrfach so kräftig auf die Schultern, als wollte er ein Schnitzel flach klopfen. Ich erklärte ihm nur, dass ich einen Termin mit Byron Hamilton hätte, und wich seinen Fragen aus, ob ich Näheres über den Mordfall wisse, über den alle sprachen. Byron habe es sehr eilig gehabt. Ich sagte, mir ginge es ebenso.

Schließlich stellte Eugene mir einen Besucherausweis aus. Auf der kleinen Pappkarte stand bereits vorgedruckt der neue Studioname Paramount.

Im Vergleich zu meinem letzten Besuch schien das Gelände noch bevölkerter zu sein, und ich entdeckte auch ein paar neue Bauten. Ich bahnte mir den Weg durch die Menge an Leuten, die zwischen den verschiedenen Gebäuden und Bühnen unterwegs waren: Statistinnen und Statisten in Kostümen der Jahrhundertwende, Beleuchter, die zu zweit schwere Jupiterlampen trugen, ein Kameramann, der seine Kamera mit dem zusammengeklappten Stativ schleppte, begleitet von jemandem, der auf ihn einredete und nichts trug – gewiss ein Regisseur. Der Fahrer eines Automobils neben mir betätigte die röhrende Warnhupe, und eine hinreißende Blondine in einem Westernkleid machte einen Satz in die Luft. Er grinste ihr zu, als er an ihr vorbeifuhr.

Ich ließ nun den alten Teil des Famous-Players-Geländes hinter mir, das nach und nach rund um die Scheune herum, in der sie 1913 mit dem Filmen angefangen hatten, mit Studiobühnen bebaut worden war, und betrat den zweiten Block an der Vine Street, den sie dazugekauft hatten und wo die in den letzten Jahren errichteten Gebäude standen.

Endlich kam ich vor dem neuen prachtvollen, mit weißen Säulen verzierten Haupthaus an, der riesigen Villa, die ich kennengelernt hatte, als hier noch Byrons Vorgänger residierte, mein deutscher Landsmann Fritz Roth. Ich ging hinein und stieg die Treppe hinauf ins erste Stockwerk.

Oben angekommen, stand ich vor dem Büro des Sicherheitschefs.

Byron Hamilton stand seit letzten Dezember auf dem Schild der Tür, die nur angelehnt war. Ich klopfte und sah dann hinein, doch Byrons Büro und Vorzimmer waren verwaist. Ich ging wieder auf den Flur und schaute mich um.

Rechts lagen die Büros der Studiobosse – Jesse Lasky, Cecil B. DeMille und Adolph Zukor. Ich hörte ein Geräusch von links und wandte mich dorthin. Die übernächste Tür stand offen, und ich lief hinein. Drinnen sah ich einen Schreibtisch mit einem Stuhl davor und einem dahinter.

»Halt bloß die Klappe!«, fuhr mich von hinten eine energische, dunkle Frauenstimme an. »Kein Ton, setz dich nur einfach dahin! Na los!«

Ich drehte mich um und sah eine junge Frau, die schräg hinter der Tür stand. Sie war klein und zierlich, hatte dunkelbraune Locken bis über die Ohren, trug ein schwarzes Kleid, das auf Höhe der Knie endete, und hatte eine Hand in die Hüften gestemmt. In der anderen hielt sie eine Zigarette.

»Ihnen auch einen guten Tag«, sagte ich. »Ich setze mich, wann ich möchte.«

Die Brünette wandte sich zu mir um und sah mich überrascht an. Sie war sehr jung, höchstens Anfang zwanzig. Ihr strenger Gesichtsausdruck verschwand, und der Mund verzog sich zu einem schelmischen Lächeln.

»Oh hallo«, sagte sie. »Ich habe genau genommen gar nicht Sie gemeint.«

Sie hatte dunkelbraune Augen, war hübsch und lebhaft und redete sofort so vertraut mit mir, als wäre ich ihr großer Bruder.

»Ach nein?«, sagte ich und sah sie herausfordernd an. »Wen haben Sie denn dann gemeint?«

»Na, Enrico«, sagte sie wie selbstverständlich und zeigte mit ihrer Zigarette auf den Schreibtisch. Ganz langsam trottete ein kleiner Hund um die Ecke. Es war ein schwarzer Mops, und die Augen in dem faltigen, breiten Gesicht mit der flachen Schnauze blickten schuldbewusst von ihr zu mir.

»Hallo, Enrico«, sagte ich.

Die Brünette nahm einen Zug von ihrer Zigarette und wiederholte im gleichen Tonfall wie eben: »Setz dich endlich hin!« Sie verdrehte die Augen und schüttelte den Kopf mit den Locken.

Enrico setzte sich langsam hin und leckte sich die Lippen.

»Na also, war das jetzt so schwer?«, fragte sie ihn. »Er sieht aus wie Enrico Caruso, finden Sie nicht auch?«

Ich und der Mops sahen uns an.

»Nein. Warten Sie hier eigentlich auf mich? Ich habe eine Verabredung mit Mr. Hamilton«, meinte ich.

»Oh Entschuldigung«, sagte sie und wandte sich mir zu. »Sind Sie Hardy Engel, dieser Privatdetektiv?«

»Erraten«, sagte ich und streckte ihr die rechte Hand hin. Sie schüttelte sie sehr förmlich, prüfend, so wie man zum allerersten Mal einen Tennisschläger in die Hand nimmt, sah zu mir hoch und meinte plötzlich: »Sie habe ich mir irgendwie viel größer vorgestellt!«

Sie war mindestens einen Kopf kleiner als ich.

»Das tut mir leid«, sagte ich. »Soll ich jetzt wieder gehen?«

Sie erstarrte und schlug sich grinsend die Hand auf den Mund.

»Nein, natürlich nicht … Ich sage andauernd solche Sachen, wissen Sie, ich trage eben mein Herz auf der Zunge …«

»Und wer sind Sie?«, fragte ich.

»Ach Mensch … Polly!«, sagte sie und gab mir schon wieder die Hand. »Ich bin Polly Brandeis.«

Die Art, wie sie mich ansah, war irgendwie seltsam. Durchaus angenehm, aber seltsam.

»Ich verstehe«, sagte ich der Einfachheit halber und ließ ihre Hand los. »Na, dann setze ich mich mal, Polly, wenn's recht ist.« Ich ging hinüber zum Schreibtisch und nahm auf dem Stuhl davor Platz. »Sie sind also Mr. Hamiltons Sekretärin …«

»Nein!«, unterbrach sie mich mit fester Stimme. »Ich bin vom Verband der Regisseure in Hollywood. Die *Directors Association* hat mich abgestellt, um mit Mr. Hamilton gemeinsam den Mordfall Taylor zu untersuchen.«

Es war gut, dass ich schon saß. Spätestens jetzt hätte ich mich hinsetzen müssen.

»Wie bitte?«

»Mr. Taylor war der Vorsitzende dieses Verbandes, falls Sie es nicht wussten«, sagte sie, jetzt sehr ruhig und selbstsicher. »Wir wollen natürlich herausfinden, wer ihn ermordet hat, genau wie Paramount, das Studio, für das auch ich arbeite. Wir machen uns Sorgen um unsere Reputation und wegen des drohenden Skandals. Deswegen bin ich gerade sofort hierhingeschickt worden, als wir davon erfahren haben.«

Sie drückte ihre Zigarette im Aschenbecher aus.

»Aha«, sagte ich. »Was genau machen Sie in diesem Verband?«

»Na, ich bin Regisseurin«, sagte sie achselzuckend. »Das war jetzt aber wirklich nicht sehr schwer zu durchschauen, Mr. Engel. Sie scheinen mir ja ein schöner Ermittler zu sein!«

Ich maß sie verblüfft von oben bis unten. »Sie?«

»Ja. Oder wie haben Sie sich eine Regisseurin vorgestellt?« Sie stemmte wieder eine Hand in die Hüfte.

»Habe ich bisher noch gar nicht«, sagte ich.

»Wenn wir Frauen nun endlich den Präsidenten wählen dürfen, dann können wir auch Regie führen, oder?« Sie blickte mich herausfordernd an und grinste. »Ich weiß, dass ich sehr jung aussehe. Aber ich habe schon vier Filme in Hollywood gemacht, und sie waren sehr erfolgreich.«

Sie ging auf den Schreibtisch zu.

»Herzlichen Glückwunsch«, sagte ich. »Wie alt sind Sie?«

»Ich bin zwanzig«, antwortete sie und beugte sich unvermittelt vor. »Bleiben Sie genau so sitzen.«

Ich runzelte die Stirn und rührte mich nicht.

Sie lehnte sich weit über den Schreibtisch und starrte mich aus einem Fuß Entfernung an. Sie schaute nun sehr ernst drein, ernst und traurig. Sie studierte mein Gesicht genau, und ich derweil ihres.

Es war ein sehr intensiver Blick. Und ein sehr schönes Gesicht. Sie hatte eine dieser Nasen, die einen Mann um das bisschen Verstand bringen, das ihm der Alkohol gelassen hat.

»Nein«, sagte sie plötzlich, »nein, Sie haben es nicht getan. Sie haben ihn nicht ermordet, das sehe ich.«

»Schön, dass wir das abschließend geklärt haben«, sagte ich schnell. »Aber geben Sie mir bloß nicht noch einmal die Hand. Das kann nicht so weitergehen, Polly.«

»Hatte ich ja gar nicht vor«, sagte sie.

»Doch, hatten Sie.«

»Hatte ich nicht«, sagte sie und schürzte die Lippen. »Was glauben Sie denn, wer ihn umgebracht hat? Sie haben einen Auftrag von Mr. Taylor erhalten, nicht wahr?«

»Ich warte lieber auf Mr. Hamilton«, sagte ich. »Tut mir leid. Er wollte mich als Zeugen befragen und … Wo ist er denn?«

»Er gibt gerade Mr. Lasky einen ersten Rapport«, sagte Polly Brandeis. »Ich soll mir derweil die Briefe durchsehen. Sie sind nebenan.«

Bevor ich darauf reagieren konnte, berührte mich etwas am rechten Bein. Der Mops sah mich hechelnd von unten an. Ich tätschelte ihn. Er kniff die blutunterlaufenen Augen zusammen, dann begann er mir die Hand zu lecken, mit einer sehr feuchten Zunge.

Polly betrachtete uns beide und legte den Kopf schief.

»Enrico mag Sie«, sagte sie.

»Leidensgenossen erkennen einander sofort«, sagte ich.

»Nein, er mag nur Männer, die ich mag.« Sie setzte sich auf den Schreibtisch.

»Sie mögen mich also.«

»Ich glaube schon. Ich mag irgendwie komische Typen«, sagte sie und sah mich freundlich und leicht kritisch an. »Na ja, das heißt natürlich nicht, dass ich gleich was mit Ihnen anfangen werde, das nicht.«

»Interessant«, sagte ich. »Ich rede da manchmal auch ein Wörtchen mit.«

»Wissen Sie, ich habe zurzeit schon zwei Liebhaber«, erklärte sie und sprang auf. »Wollen Sie einen Kaffee?«

»Vielleicht ... ja danke ...«, sagte ich, in Gedanken noch bei ihrem ersten Satz. Sie war schon auf dem Weg zur Tür.

»Dann holen Sie sich selbst welchen«, sagte sie und zwinkerte mir über die Schulter zu. »Ich bin nicht dazu da, Ihnen Kaffee zu holen. Bis gleich, ich bringe mal die Briefe.«

Sie ging aus der Tür. Nur um direkt danach noch einmal hereinzusehen.

»Eigentlich sind es sogar drei. Liebhaber. Aber den dritten hab ich noch nicht so richtig rangelassen«, verkündete sie ernsthaft und quasi der Vollständigkeit halber. Dann verschwand ihr Lockenkopf wieder.

Ich und der Mops sahen uns an.

»Ach du Scheiße«, sagte ich. Und ich schwöre, er nickte.

8

»Ich mache Ihnen ein Angebot«, sagte ich, als sie kurz darauf zurückkam. »Lassen Sie uns Informationen austauschen. Ich sage Ihnen, was ich bisher herausgefunden habe, und Sie lassen mich einen Blick auf diese Briefe werfen.«

Sie hatte den betreffenden Karton mitgebracht und stellte ihn auf dem Schreibtisch ab. Byron ließ weiter auf sich warten. Und ich wollte das ausnutzen.

Um ihre Augen herum erschienen kleine Fältchen. »Na ja«, sagte Polly, »aber sind Sie deswegen nicht sowieso da – um unsere Fragen zu beantworten?«

Ich holte das silberne Zigarettenetui heraus, das mir mein Vater hinterlassen hatte, zündete mir eine Chesterfield an und blies den Rauch in ihre Richtung.

»Das schon«, sagte ich. »Aber ich könnte Ihnen darüber hinaus noch etwas verraten, das ich bei meinen Ermittlungen erfahren habe.« Sie überlegte. »Na kommen Sie. Dass es Liebesbriefe von Mabel Normand sind, weiß ich ja, ich will sie nur mal lesen«, legte ich nach. »Weil ich nämlich ihre Interessen vertrete.«

»Das ist aber noch keine Information, die mir etwas bringt, Mr. Engel«, wandte sie ein.

»Na gut, hier kommt eine«, sagte ich. Sie sah mich erwartungsvoll an.

»Mabel Normand kann es nicht gewesen sein.«

»Aha«, sagte sie skeptisch. »Und warum nicht? Dass die

Nachbarn gesehen haben, wie Taylor sie zu ihrem Wagen gebracht und verabschiedet hat, weiß ich schon. Sie könnte aber auch zurückgekommen sein.«

»Ich habe mit ihr gesprochen. Sie war den ganzen Abend und die ganze Nacht zu Hause. Und ihr Dienstmädchen kann das bezeugen.«

Ich hielt ihr mein Etui hin und bot ihr eine Zigarette an.

Sie dachte kurz darüber nach, dann nickte sie vor sich hin und warf ein paar Briefe auf den Tisch. »Na schön, lesen Sie halt mit«, sagte sie und nahm die Zigarette. Sie gab sich selbst Feuer mit einem Streichholz, das sie an der Tischplatte anriss.

Sie lehnte sich in dem Schreibtischstuhl zurück, legte die Beine auf den Tisch und las nun rauchend in den Briefen.

Enrico kauerte neben ihr auf dem Boden. Ich zog meinen Stuhl heran und nahm mir auch einen Brief.

Ich las: *Denn Du bist der beste und edelste Mann, den ich kenne, und was Du für mich tust, ist bewunderungswürdig. Mein Leben und meine ganze Liebe gehören Dir, Deine Mabel Normand.* Ich sah auf das Datum. Er war vom 16. Januar 1922, also gerade mal zwei Wochen alt.

In den anderen Briefen stand ähnliches Zeug. Nichts Peinliches oder Erotisches, aber es waren schwülstige Ergüsse, die die Einzigartigkeit ihrer Beziehung betonten.

Man hätte daraus schließen können, dass sie immer noch ein Liebespaar waren. Doch offenbar drückte Mabel sich einfach so aus, und vielleicht verehrte sie Taylor noch immer, auch wenn sie nicht mehr zusammen waren.

»Mabel, Mabel«, sagte Polly kopfschüttelnd. »Der arme Hase ist ja ganz entflammt.«

Sie hatte die Beine lässig übereinandergelegt. Ihr Kleid war über die Knie hochgerutscht, und es schien ihr vollkommen egal zu sein. Vielleicht war es auch nur ihre Absicht, mich aus der Reserve zu locken.

»Das hier heißt nicht unbedingt, dass sie ein Paar waren«, sagte ich. »Ihrer Aussage nach waren sie es nicht mehr. Und wie gesagt, sie kann nicht die Täterin sein, aber wenn diese

Briefe hier in falsche Hände gerieten, würde sie in den Fall hineingezogen werden, und ihr Ruf wäre ruiniert.«

»Sie war ja nicht die Einzige«, sagte Polly. »Hier, die hab ich mir vorhin schon angesehen ...«

Sie warf mir ein weiteres Bündel Briefe zu.

»Die sind von der kleinen Mary Miles Minter, dem neuesten Star von Paramount«, sagte sie. »Junge, ist die verknallt in ihn!«

Sie beugte sich nach vorn, um abzuaschen. Dabei rutschte ihr Kleid noch etwas höher.

Ich löste die Schleife, mit der die Briefe zusammengehalten wurden, und sah mir den obersten an. Er war parfümiert mit Lavendel und hatte einen Schmetterling im Briefkopf. Der vollständige Text lautete:

Für immer Dein, Du wunderbarer Mann – ich liebe, liebe, liebe Dich xxxxxxxxx Mary Miles Minter.

Neunmal der Buchstabe X – das Symbol für einen Kuss. Ich überlegte. Mary Miles Minter, ein Mädchen mit blonden Korkenzieherlocken und hellblauen Augen, war gerade erst vom Kinderstar zur Hauptdarstellerin aufgestiegen. Sie war neunzehn, und William Desmond Taylor war neunundvierzig Jahre alt. »Auch das heißt nicht unbedingt, dass er etwas mit ihr hatte«, sagte ich und stand auf. »Ich muss mal austreten. Bin gleich wieder da.«

Ich ging den Flur hinunter zur Toilette, klatschte mir Wasser ins Gesicht und kam fünf Minuten später wieder zurück. Ich hatte die Tür einen Spalt offen gelassen, und bevor ich wieder hineinging, spähte ich zunächst einmal vorsichtig hinein, einfach aus Neugier.

Polly Brandeis saß an dem Tisch, las einen der Briefe, und Tränen liefen ihr übers Gesicht. Ich sah ihr ein paar Augenblicke lang dabei zu. Ohne mich zu bemerken, versuchte sie sich jetzt wieder zusammenzureißen und wischte sich mit fahrigen Fingern über die Wangen. Und als ich dann geräuschvoll die Tür aufstieß und wieder ins Zimmer kam, wandte sie sich ab und überspielte es, indem sie den Brief weglegte, den nächsten heranzog und eine angestrengt konzentrierte Miene aufsetzte.

»Das da zeigt nur, dass Taylor viele Verehrerinnen hatte«, griff ich in harmlosem Tonfall meinen letzten Gedanken wieder auf.

Sie fasste sich beiläufig unter ihr Kleid, nestelte an irgendetwas herum und brachte eine kleine silberne Flasche zum Vorschein, die offenbar an ihrem Strumpfband befestigt gewesen war.

»Auch einen?«

Sie hob die Flasche und wischte sich einmal schnell über das linke Auge.

Ich nickte. Sie schraubte sie auf und gab sie mir herüber. Ich nahm einen tüchtigen Schluck.

»Gute Idee.« Es war Gin, und er schmeckte kräftig, fast so gut wie der von meinem Freund Buck. Ich reichte ihr die Flasche zurück.

Polly nahm ebenfalls einen tiefen Schluck – sie legte sogar den Kopf in den Nacken.

Sie beugte sich hinab und goss etwas aus der Flasche vor Enrico auf den Boden. Er schnaubte und begann es dann aufzulecken. Ich warf nebenbei unauffällig einen Blick auf den Brief, den sie gelesen hatte. Es war der von Mabel Normand, den ich schon gesehen hatte, nichts Besonderes.

Die Tür wurde ohne Klopfen aufgerissen, und Byron kam schwungvoll herein.

»Hardy«, sagte er und stellte den Karton, den er auf dem Arm hatte, auf den Tisch. Es war der mit den Höschen. Er wirkte außer Atem und ziemlich angespannt. Kein Wunder bei seinem Job und nach dem, was heute geschehen war. »Gut, dass du auch da bist.«

»Wie vereinbart«, sagte ich und lächelte süßsauer.

»Ich sehe, ihr habt euch schon miteinander bekannt gemacht.«

»Ein bisschen«, sagte ich.

Polly grinste nur und zog an ihrer Zigarette. Sie blieb sitzen. Byron warf die druckfrische Mittagsausgabe des *Los Angeles Examiner* auf den Tisch. Die fetteste Schlagzeile auf der Titelseite lautete: HOLLYWOOD-REGISSEUR IN SEINEM HAUS ERMORDET AUFGEFUNDEN. Darunter war ein Foto von Taylor abgedruckt, und direkt daneben jenes, das der Reporter heute Morgen von mir gemacht hatte, mit der Unterzeile: WAR ER ES? ALS VERDÄCHTIGER VERHÖRT: HARDY ENGEL.

Polly guckte mich anerkennend an. »Gut getroffen!«

Byron setzte sich auf die Schreibtischkante. Er sah nicht auf Pollys Beine, sondern erfasste mit einem Blick die Situation.

»Du hast sie also auch gelesen?«, fragte er mich. Polly rauchte in aller Seelenruhe und streichelte ihren Mops, als ginge sie das alles gar nichts an.

»Ich vertrete jetzt die Interessen von Mabel Normand«, erwiderte ich.

»Wirklich?«, sagte Byron. »Du hast schon mit ihr geredet?«

»Nur kurz«, sagte ich beiläufig und zeigte auf die Briefe. »Taylor scheint ja ein ziemlicher Frauenheld gewesen zu sein.«

»Da sind auch welche von Mary Miles Minter«, meinte Polly zu Byron und deutete auf den linken Teil des Tisches, auf dem die Briefe lagen, die die Büroluft mit ihrem Lavendelgeruch verpesteten. »Die Liebesbekundungen sind beinahe genauso heftig.«

Byron legte die Stirn in Falten. »Das wundert mich. Er hat mit dem jungen Ding ein paar Filme für uns gedreht, aber sie wohnt mit ihrer Mutter zusammen. Und die hält sie ganz schön an der Kandare. Ein Glück für uns … Vielleicht hat die Kleine sich auch nur in etwas hineingesteigert.«

»Klingt sehr danach«, sagte ich langsam. »Wir kennen ja seine Antworten nicht, zumindest noch nicht.«

Ich angelte mir eine neue Chesterfield aus meinem silbernen Etui.

»Weitere Briefe gibt es nicht?«, fragte Byron. »Von anderen Absendern?«

Polly und ich sahen uns an.

»Nein«, sagte sie und zog den anderen Karton zu sich heran. »Und was ist das hier?«

»Die hat man auch bei Taylor gefunden«, sagte Byron ungeduldig. Er schien nicht sonderlich begeistert von ihrer Anwesenheit zu sein.

Sie zog eines der Höschen hervor, hob es hoch und starrte es entzückt an.

»Mensch, das da ist ja todschick!«, sagte Polly impulsiv. »Sehr süß, ich glaube, so eins muss ich mir auch kaufen …« Sie hob ein anderes Höschen hoch, das pinke mit dem Zettel *M. N.* daran.

»Noch einmal zu deinem Auftrag«, sagte Byron und sah mich an. »Schildere doch bitte ganz genau, was Taylor dir am Telefon gesagt hat.«

»Das habe ich doch schon getan«, antwortete ich und verdrehte die Augen. »Also: Er sagte, er habe einen Auftrag für mich, und fragte, ob ich heute vorbeikommen könne. Außerdem, ob ich im Anschluss Zeit für etwas hätte, das dringend sei. Ich sagte ja, wir legten auf.«

»Es ist keines mit Marys Initialen dabei«, sagte Polly, die noch immer in der Höschensammlung wühlte.

»Jetzt lassen Sie das mal, Miss Brandeis«, sagte Byron unwirsch. »Noch einmal, Hardy, er hat nicht gesagt, was du für ihn erledigen sollst …? Vielleicht in irgendeiner Weise angedeutet, dass es … vielleicht um eine Erpressung gehen könnte?«

»Nein«, sagte ich und richtete mich auf. »Eine Erpressung? Wieso das denn?«

Auch Polly horchte auf. Enrico erhob sich und knurrte Byron an. Offenbar hatte sein Tonfall ihm nicht gefallen.

»Ich habe unter den Briefen nämlich noch etwas gefunden«, sagte Byron schnell. Er zog ein zusammengefaltetes Blatt Papier hervor, ein beschriebener Briefbogen, ohne Umschlag. »Ich habe ihn mir vorhin unterwegs angesehen und gleich Mr. Lasky gezeigt.« Er hielt ihn weiter fest. »Es ist ein anonymer Brief, ohne Unterschrift und Datum, und der Absender fordert Taylor auf, ihm Geld zu zahlen. Nur weswegen oder wofür, das geht leider nicht daraus hervor.«

Polly und ich starrten beide auf das Papier in seiner Hand.

»Darf ich ihn sehen?«, fragte ich und streckte die Hand schon aus.

»Nein«, erwiderte Byron knapp. »Erzähl mir erst, was du darüber weißt.«

»Nichts«, sagte ich.

Polly schwang die Beine vom Tisch, sprang auf und versuchte, ihm den Brief aus der Hand zu nehmen. Byron hielt ihn einen Moment lang fest.

»So, dass er nicht mitlesen kann«, sagte er mit Blick zu mir. Sie ging damit ein Stück weg, faltete das Blatt auseinander und las konzentriert.

»Und du kanntest diesen Brief nicht? Als Sicherheitschef?«, fragte ich.

»Taylor hat sich damit nicht an mich gewandt. Sondern offenbar an dich. Hast du zufällig eine Ahnung, worum es geht?«, fragte Byron misstrauisch zurück.

»Nein«, sagte ich. »Ich wollte, ich hätte eine, aber ich höre davon zum ersten Mal. Taylor hat nichts von einer Erpressung erwähnt, nicht mal eine Andeutung gemacht.«

Es kam nicht in Frage, Mabels Verdacht gegen den Duke zu erwähnen. Zum einen wusste ich ja selbst noch nichts Genaueres. Und zum anderen war mir vollkommen klar, was dann geschehen würde: Mabels Verwicklung in den Mordfall würde früher oder später herauskommen und große Schlagzeilen machen. Auch wenn sich hinterher herausstellen sollte, dass sie unschuldig war, meine Klientin wäre am Ende.

»Es könnte um alles Mögliche gehen, aber Mensch, das ist ja ein Ding … er will zweitausendfünfhundert Dollar …«, sagte Polly grübelnd. Byron sah sie warnend an, doch sie redete einfach weiter. »Taylor hat nämlich genau diese Summe gestern bei der Bank abgehoben. Hat mir sein Fahrer heute Morgen erzählt, Howie Fellows. Er ist ein Freund von mir und sehr niedlich, ich habe die Nacht mit ihm verbracht.« Sie schlug mit der flachen Hand auf den Tisch. »Demnach war das Geld also ganz offensichtlich für den Erpresser!«

Byron sah überrascht zwischen uns hin und her. Ich hob nur die Schultern.

»Kann sein, dass ich das für ihn erledigen sollte. Haben die Ermittler das Geld am Tatort gefunden? Zweitausendfünfhundert Dollar?«, fragte ich.

»Nein. Und du?«, fragte Byron böse.

»Natürlich nicht, und im Übrigen haben sie mich ja durchsucht«, erwiderte ich. »Wie genau wurde Taylor getötet?«

»Er ist mit einer Achtunddreißiger erschossen worden«, sagte Byron widerwillig, »aus größter Nähe, das hat der Gerichtsmediziner am Tatort festgestellt. Die Eintrittswunde ist seitlich unter der linken Achselhöhle. Keine Austrittswunde, das Projektil ist im Nacken stecken geblieben.«

»Seltsam«, sagte ich. »Also ging der Schuss von unten nach oben, und auf diese Weise war das nur möglich, wenn Taylor seine Arme erhoben hatte.«

»Na ja, ist ja möglich«, meinte er. »Wenn er überfallen oder bedroht wurde.«

»Zum Beispiel von einem Erpresser«, warf Polly ein.

Sie wog den Brief nachdenklich in der Hand.

»Kein Mensch, der erschossen wurde, liegt so, wie Taylor gefunden wurde«, sagte ich. »So, als ob er sich zum Schlafen auf seinen Teppich ausgestreckt hätte.«

»Womöglich wurde er ja vom Mörder so platziert, um etwas zu verschleiern«, sagte Byron, und er wirkte schon wieder in Eile und gehetzt. »Sein Körper lag auf der Blutlache. Vielleicht bringt die Autopsie noch was Neues. Sie haben die Leiche in Overholtzers Bestattungsinstitut in der Tenth Street gebracht.« Er sah auf seine Armbanduhr, ein Gähnen unterdrückend. Sie war mit zwei Brillanten geschmückt. »Polly, bringen Sie diesen Brief bitte rüber zur Staatsanwaltschaft? Ich habe King schon angerufen, und er will ihn so bald wie möglich haben.«

»Na schön, kann ich machen, mit den Knaben dort will ich

sowieso mal sprechen«, sagte Polly und hielt den Brief hoch. »Aber dann werde ich den vorher fotografieren!«

»Sie werden *was*?«, fragte Byron irritiert.

»Bevor ich den Brief aus der Hand gebe«, sagte sie achselzuckend. »Er ist schließlich ein wichtiges Beweismittel. Enrico, bleib sitzen, ich bin gleich wieder da!«

Sie drückte Byron den Brief in die Hand, und schon verschwand sie rennend aus der Tür. Wir hörten auf dem Flur ihre Absätze klappern.

»Was zum Teufel soll das mit ihr?«, sagte ich, kaum dass sie draußen war. »Vom Regieverband?«

Byron machte genervt eine wegwerfende Handbewegung.

»Das Studio will sie nun mal unbedingt dabeihaben«, sagte er.

»Schon klar, Byron«, sagte ich. »Sie sollte mich aushorchen und manipulieren. Gut ausgesucht, das muss ich sagen. Hat aber nicht funktioniert.«

Enrico sah zwischen uns hin und her, als würde er alles verstehen, was über sein Frauchen geredet wurde.

»So war es gar nicht«, sagte Byron ausweichend. »Offenbar ist sie die Freundin von irgendwem, verdammt noch mal, sie bumst mit jemandem, der wichtig ist, kapiert, Hardy? Und deswegen wollen die Bosse sie unbedingt dabeihaben.«

»Du weißt nicht, mit wem?«, fragte ich.

»Nein, und das heißt, es muss jemand sein, der *wirklich* ganz oben ist, verstehst du?«

»Sie hat da schon einiges angedeutet. Und dass du es nicht bist, ist mir klar«, sagte ich nachdenklich. »War es vielleicht sogar Taylor? Hat sie mit ihm geschlafen?« Ihre Tränen erwähnte ich nicht.

Er starrte mich an und sagte beinahe aggressiv:

»Keine Ahnung. Und ich weiß auch nicht, was sie als Ermittlerin draufhat, aber sie ist Regisseurin, also wird sie eine gute Beobachtungsgabe und Ideen haben. Ich muss mit ihr auskommen, und dir kann es egal sein.«

Polly kam mit einer Ledertasche zurück und zog eine Kamera daraus hervor. Sie nahm Byron mit einem kecken Blick den Brief aus der Hand, legte ihn auseinandergefaltet auf den Tisch und machte ein Foto davon. Byron trat vor mich und versperrte mir so die Sicht. Ich grinste ihn nur an.

Sie verstaute die Kamera wieder in der Tasche und legte den Brief dazu.

»War ein Umschlag dabei?«, fragte Polly.

»Nein, er lag so bei den anderen Sachen«, sagte Byron.

»Ihr müsst die Briefe sicher verwahren«, sagte ich.

»Selbstverständlich. Wir werden das alles natürlich strikt unter Verschluss halten. Wir können keinen großen Skandal gebrauchen, jetzt weniger denn je. Das hier sollte möglichst wenig Schlagzeilen machen.«

Byron stapelte die beiden Kartons übereinander und ging mit ihnen auf dem Arm hinaus. Polly, Enrico und ich folgten ihm.

Wir gingen den Flur entlang in Richtung seines Büros. In seinem Vorzimmer saß jetzt eine junge Frau. Offenbar war sie vorher mit ihm unterwegs gewesen.

»Den Rest sehe ich dann noch durch, auch die Schecks. Die Briefe kommen in diesen Safe«, sagte Byron und zeigte auf einen Stahltresor, der die Ecke verschönerte. »Das ist meine Sekretärin Cathy, sie wird sich darum kümmern, nicht wahr, Cathy?«

Er stellte die beiden Kartons auf ihrem Schreibtisch ab, direkt neben den Telefonapparat. Cathy war eine hübsche junge Frau, sichtlich darum bemüht, jedem ein gutes Gefühl zu geben, die, wenn ein Mann mit ihrem Chef in den Raum kam, gleich nervös an ihren dunkelblonden oder hellbraunen Haaren zupfte.

»Selbstverständlich, Mr. Hamilton«, sagte sie. Sie lächelte mir scheu zu und strich sich eine Strähne hinter eines ihrer rosa Ohren.

»Hardy Engel«, sagte ich und gab ihr die Hand. »Sehr angenehm.«

»Auch die hier, da kann Miss Normand ganz unbesorgt sein«, sagte Byron und zeigte auf den Karton mit den Höschen. Er schaffte es, dabei ganz und gar nicht unseriös oder schmierig, sondern verbindlich zu wirken.

»Wir zischen dann mal ab«, sagte Polly. »Komm, Enrico.«

Sie nahm ihre Ledertasche, winkte mir zu und ging hinaus. Der Mops trottete langsam hinter ihr her, als fiele es ihm schwer, sich von mir zu trennen.

»Du wirst jetzt aber nicht in dem Fall ermitteln, oder?«, fragte Byron, und ich hörte durchaus Besorgnis heraus. »Am besten, man überlässt es der Staatsanwaltschaft, diesen Erpresser zu finden.«

»Natürlich«, erwiderte ich und grinste ein bisschen. »Ich will nur die Interessen von Miss Normand schützen. Auf Wiedersehen, Byron. Auf Wiedersehen, Cathy.«

»Auf Wiedersehen, Mr. Engel«, sagte Cathy.

Ich wandte mich ab und verließ mit schnellen Schritten den Raum.

Vor mir ging Polly Brandeis die Treppe hinunter. Der Mops drehte sich zu mir um und wartete auf mich. Dann sprang er neben mir die Stufen hinab. Polly blieb unten stehen und sah uns entgegen.

»Miss Brandeis, ich habe mich gefragt«, sagte ich, »ob Sie und Enrico mich vielleicht in die Stadt mitnehmen könnten? Mein Automobil ist nämlich gerade in der Werkstatt und …«

»Gut, dann können Sie mir helfen, die Kurbel anzuwerfen!«, sagte Polly ohne Zögern. »Ich fahre nämlich einen Cadillac, und der hat manchmal seine Macken.«

9

In der Tat mussten wir den Motor ihres Wagens, ein älteres Baujahr, mit der Handkurbel in Gang setzen. Dabei musste ich vorsichtig sein: Die Kurbel durfte nur strikt im Uhrzeigersinn und niemals über zwölf Uhr hinaus gedreht werden, da ihr Rückschlag einem sonst den Arm brechen könnte. Nach mehreren Fehlversuchen, bei denen die Kurbel gefährlich zurückschwang, gelang es schließlich, als ich sie erneut drehte und Polly dabei ihrem Cadillac einfach einen herzhaften Tritt gegen den Kühlergrill versetzte. Der Motor tuckerte los, und sie sprang auf den Fahrersitz, drehte den Gashebel auf und betätigte die Kupplung. Ich nahm die Kurbel heraus, schloss die Motorhaube und schwang mich auf der anderen Seite in den Wagen.

»Mr. Hamilton ist schwul, oder?«, fragte sie, als wir die Melrose Avenue überquerten. Sie fuhr so schnell und gewagt wie eine Stuntfahrerin in einem der beliebten Rennfilme. Leider nicht ganz so sicher.

»Herzlichen Glückwunsch«, sagte ich. »Woran haben Sie denn das gemerkt?«

Ich muss gestehen, dass ich zunehmend Gefallen fand an der Art, wie sie ihre braunen Locken schüttelte. Außerdem war ich noch auf etwas anderes aus.

»Na, woran wohl«, sagte sie und fasste das Lenkrad fester. »Er guckt mich nicht so an wie andere Männer das tun. Wie Sie, zum Beispiel.«

Wir mussten laut sprechen, um gegen das Rauschen des Fahrtwindes anzukommen.

»Wie gucke ich denn?«, fragte ich und fügte hinzu: »Können Sie nicht endlich mal langsamer fahren?«

Ich hatte sie schon nach den ersten Kurven darum gebeten. Sie ignorierte mich und beschleunigte nur noch mehr.

»Sie wissen genau, was ich meine. Sie haben sogar versucht, unter meinen Rock zu sehen«, sagte sie, ohne Widerspruch zu erwarten. »Der gute Byron dagegen – sie hätten dem Jungen einen männlichen Sekretär geben sollen, wie?«

Enrico saß mit wackelndem Kopf auf dem Rücksitz und sah ebenfalls nicht so aus, als hätte er sich schon an den Fahrstil seiner Herrin gewöhnt.

»Wenn ich Ihnen noch etwas erzähle, würden Sie mich dann den Brief lesen lassen?«, fragte ich.

Sie zögerte nicht. »Schießen Sie los.«

»Miss Normand sagt, das Höschen sei nicht von ihr.«

Sie sah mich erstaunt an. »Bedienen Sie sich«, sagte sie dann und zeigte auf die Ledertasche. »Sowieso albern von ihm, das Wichtigste wissen Sie doch schon.«

Ich nahm den Brief heraus, faltete ihn auseinander und las ihn. Es waren ein paar schnell hingeworfene Zeilen in einer Männerhandschrift.

Lieber Mr. Taylor, hören Sie auf, mir hinterherzuspionieren, es wird nichts bringen. Zahlen Sie mir stattdessen lieber schnell 2500 Dollar. Denn Sie wissen, was ich sonst öffentlich mache.

Hier schien sich mir alles zu bestätigen, was ich schon vermutet hatte, auch ohne die Unterschrift oder dass konkrete Details auf den Duke hinwiesen. Ich holte mein Notizbuch heraus und schrieb die Zeilen ab. Dann legte ich den Brief zurück.

»Sie müssen nicht denken, dass ich alles mit Mr. Hamilton absprechen werde«, sagte Polly derweil. »Ich tue immer nur, was *ich* will!«

»Oh, da bin ich ganz sicher!«, entgegnete ich.

»Und von wem ist das Höschen dann? Und die anderen?«

»Das ist eine gute Frage! Ich weiß es nicht!«

Sie hatte erst vor einem halben Jahr zu fahren begonnen, so viel gestand Polly mir auf Höhe des Beverly Boulevard, wo nicht einmal das Stoppzeichen eines Polizisten ihre wilde Jagd in Richtung Downtown unterbrach; sie fegte einfach an ihm vorbei und ignorierte seine Trillerpfeife. Sie schien sie nur noch mehr anzuspornen, die nächsten Kurven mit vollem Tempo zu nehmen.

Als sie mit quietschenden Bremsen vor dem Hall of Records an der Temple Street anhielt, in dem die Staatsanwaltschaft des Bezirks residierte, atmete ich auf und entstieg kopfschüttelnd ihrem Rennwagen, unsicher wie ein Seemann auf Landgang.

»Du wartest schön brav dadrin, Enrico«, sagte Polly zu dem Mops und schloss die Tür. Er legte sich auf den Rücksitz und zog einen Flunsch; zumindest sah es so aus.

»Danke fürs Mitnehmen und für den Brief«, sagte ich, als wir den Eingang erreichten. »Aber den Rest gehe ich gerne zu Fuß.«

Vor dem großen, hellen Backsteinkasten standen aufgereiht einige schwarze Polizeiwagen mit weißen Dächern. In diesem Moment stiegen aus einem von ihnen gerade Gordon und Catanza aus, die einen sehr gut aussehenden, sehr jungen Mann dabeihatten, den sie offenbar gerade zur Befragung hergebracht hatten.

»Sieh an«, sagte Catanza zu Gordon, »wen er da dabeihat, unser Detektiv. Während ich mit einem Unhold wie dir vorliebnehmen muss.«

Polly guckte etwas seltsam zu dem jungen Mann hinüber.

»Das ist Polly Brandeis, vom Regieverband«, sagte ich. »Sie arbeitet mit Byron Hamilton zusammen.« Gordon sah sie an und steckte eine Zigarette in Brand.

»Du weißt doch genau, dass die Kleine schon einen Liebhaber hat«, sagte er zu Catanza. »Mr. Fellows hat uns ja gerade gesagt, dass er mit ihr den gestrigen Abend und die Nacht verbracht hat. Das ist sie doch, die Frau, die Ihnen ein Alibi geben kann, oder?«, wandte Gordon sich an den jungen Mann.

Polly und Howard Fellows sahen sich an. Er war verlegener als sie.

»Ja, das ist sie«, sagte er. »Hallo, Polly.«

»Hallo, Howie. Es ist genau so, wie er es sicher ausgesagt hat«, bestätigte Polly. »Ich habe ihn gegen sieben in der Werkstatt abgeholt, wo er Taylors Wagen überholen ließ.«

»Ein McFarlan, Spezialanfertigung«, sagte Howie stolz. »Nur ein kleines Problem mit den Ventilen.«

»Und dann sind wir damit zusammen zu ihm gefahren«, sagte Polly. »Die Werkstattjungs werden sich gewiss erinnern.«

Ich fand gar nicht, dass Taylors Chauffeur so »niedlich« aussah. Jung und kräftig, ja. Immerhin bestätigte er *ihr* Alibi.

»Oh, da bin ich sicher. Dann nehmen wir das so zu Protokoll. Bei Ihnen irgendwas Neues?«, fragte mich Gordon. »Ich meine natürlich, außer der Kleinen.«

»Pass nur auf, Hübsche«, sagte Catanza zu Polly und sah auf ihre Beine. »Die Frauen machen es nicht lange bei Engel. Halte dich lieber an den Chauffeur.«

Ich stieß wie zufällig mit der Schulter gegen ihn, und Catanza fuhr sofort herum. Polly ergriff schnell das Wort.

»Ich komme von Paramount und habe etwas Wichtiges für Mr. King. Ist er da?«

Gordon sah sie nur kurz an. Er nahm sie nicht ernst.

»Oh ja. Er nimmt die Zeugen gerade nacheinander in die Mangel.«

»Im Moment ist Taylors Butler dran, dieser Mr. Peavey. Das alte Mädchen war ganz schön durch den Wind«, tönte Catanza.

»Und davor Mary Miles Minter. Hat ihm die Ohren vollgeheult mit ihrer Liebe zu Taylor, aber er hat sie trotzdem gefragt, wo sie letzte Nacht war«, sagte Gordon.

»Und?«, fragte Polly.

»Sie war brav bei ihrer Mutter und Großmutter, die das auch bestätigen können. Diese Intelligenzbestien von der Staatsanwaltschaft holen eben wirklich sensationelle Bekenntnisse aus den Zeugen raus, besser als unsereiner«, sagte Gordon sarkastisch. »Was wissen wir Normalsterblichen schon, wir sind ja keine hochwohlgeborenen Primadonnen wie die, und wir tragen auch nicht solche feinen Anzüge.«

»Vielleicht kommt hier wirklich was Neues«, sagte ich und zeigte mit dem Daumen auf Polly. »Etwas, von dem selbst die Staatsanwaltschaft noch nichts weiß.«

»Na, dann packen Sie es ihm mal auf den Tisch«, sagte Gordon und unterdrückte ein Grinsen. »Falls Ihnen Mr. King eine Audienz gewährt.«

»Oh, ich gehe nicht mit«, sagte ich. »Ich muss woandershin.«

»Macht die Kleine das alleine?«, fragte Catanza.

»Ich bin größer als du«, sagte Polly und zwinkerte ihm zu. Es stimmte beinahe. Catanza versuchte, in ihren Ausschnitt zu sehen, als er mit den anderen an uns vorbei die Stufen hochging.

»Übrigens, mit Mabel Normand will King auch noch sprechen. Sie wissen nicht zufällig, wo sie ist?«, fragte Gordon über die Schulter, an mich gerichtet.

»Ich habe keinen Schimmer«, antwortete ich.

Er ging achselzuckend hinein. Wir blieben stehen.

»Na dann«, sagte ich zu Polly. »Viel Spaß dadrin mit diesen netten Männern, die garantiert nicht schwul sind.«

»Viel Spaß mit Mabel«, sagte sie und strahlte mich an.

»Ich habe nicht gesagt, dass ich sie treffe.«

Polly stieß mir einen Finger gegen die Brust. »Und falls Sie wieder mal was austauschen wollen, jederzeit gerne.«

»Sie können mir auch immer alles erzählen, ist doch klar!«

Ich pikte sie zurück, in den Oberarm. Sie schlug meinen Finger weg und grinste.

»Ich schreibe Ihnen meine Nummer zu Hause auf, für alle Fälle, und Sie geben mir Ihre. Sie können mich jederzeit anrufen«, sagte Polly. Sie griff in ihre Ledertasche und holte Papier und Füllfederhalter heraus.

»Und wenn es nur ist, um Enricos Stimme zu hören«, sagte ich.

Ich ging hinüber zum Sunset Boulevard, besuchte Buck im Jail Café und fragte ihn, ob er mir sein Automobil leihen könnte.

»Sollst du haben«, knurrte er. »Dafür?« Er hatte eine Zeitung vor sich liegen. Ich erklärte ihm in kurzen Worten, wie ich in den Fall Taylor hineingerutscht war. Er schüttelte nur den Kopf und schenkte uns gleich zwei Gläser ein.

»Herzliches Beileid. So bekommst du es also doch wieder mit den Filmstudios zu tun.«

»Nicht nur. Mit der Staatsanwaltschaft und sogar mit dem Regieverband.«

Er beugte sich vor.

»Mit dem Regieverband?«

Wir stießen an und tranken die Gläser zur Hälfte leer. Ich behielt den Whisky noch eine Weile im Mund und genoss seinen Torfgeschmack, bevor ich ihn hinunterschluckte.

»Taylor war dessen Vorsitzender. Eine von Paramounts Regisseurinnen soll in dem Fall fürs Studio ermitteln. Polly Brandeis.«

Er blinzelte überrascht und biss die Spitze einer Zigarre ab.

»Sie haben jetzt Regisseurinnen? Eine Drehbuchveteranin, die befördert worden ist, nehme ich doch an, so ein altes Schlachtross?«

»Eher ein Fohlen«, sagte ich. »Ein wahres Wildpferd. Aber so eins mit glänzendem Fell und einem perfekten weißen Fleck auf der Stirn.«

Er schloss die Augen und stöhnte voller Unmut.

»Natürlich. Wieder mal kommt dir eine junge Frau in die Quere. Bau bloß keinen Mist, Hardy!« Er zündete seine Zigarre an und paffte blauen Dunst in die Luft.

»Jaja, ich halte mich von ihr fern. Kennst du einen gewissen Verkäufer, der sich ›der Duke‹ nennt?«

Bucks Gesicht verdüsterte sich noch mehr.

»Von dem Zeug, das der verkauft, solltest du die Finger lassen, Hardy, auch wenn es noch so schwer ist. Ich hatte gehofft, du hättest das hinter dir.«

»Es geht nicht um mich«, sagte ich. »Er hat Mabel Normand beliefert. Und was ihn schwer verdächtig macht: Er hat Ärger mit Taylor gehabt. Und vermutlich hat er ihn erpresst.«

»Das klingt ganz nach ihm. Der Mann zieht Ärger an. Genau dein Fall, sollte ich meinen.«

»Weißt du, wo er wohnt?«

Er grübelte und paffte Zigarrenrauch an die Decke.

»Alexander Rumford … Das wird schwierig, er macht ein ziemliches Geheimnis daraus. Kann mich mal für dich umhören.«

»Gut.« Ich nahm mir noch zwei neue Flaschen Canadian Club nach Hause mit.

Mein Vermieter, Mr. Soerensen, war ein seltsamer Kauz: Norweger, aber schwarzhaarig, und alles, was passierte, schien ihm vollkommen gleichgültig zu sein. Er berichtete mir lediglich, dass die Polizei heute da gewesen sei und ein paar sehr aufdringliche Menschen vor dem Haus herumgelungert hätten, offenbar Journalisten.

»Vielleicht haben sie gehört, dass der Asphaltsee drüben kurz vor einem Ausbruch steht, wer weiß«, sagte ich und schob ihn beiseite.

»Ein Arthur Blowfish sagt, Sie sollen ihn anrufen«, rief Soerensen mir nach. »Er habe ein paar Fragen an Sie, und es wäre besser für Sie, sie zu beantworten. Worum geht's denn, Mr. Engel?«

»Lesen Sie einfach mal die Zeitungen, sollten Sie sowieso regelmäßig machen.« Ich gab ihm Geld für meine Miete und für die Telefonrechnung, die ich ihn zu begleichen bat, und ihm fielen fast die Augen aus dem Kopf, als er den Hundert-Dollar-Schein sah. Er begutachtete ihn erst genau im Licht der Deckenlampe, bevor er mir das Wechselgeld gab. Ich ließ ihn stehen und besah mir meine Wohnung, in der einiges durcheinandergeworfen war, entkorkte den Whisky und legte mich damit ins Bett. Erst jetzt fiel mir auf, wie müde ich war, schließlich hatte ich mir die letzte Nacht um die Ohren geschlagen.

Es war viel passiert, und mir ging noch eine Menge im Kopf herum. Doch als ich endlich eingeschlafen war, war alles, wovon ich träumte, die dunklen Locken und die braunen Augen von Polly Brandeis.

10

Am nächsten Vormittag um neun bog ich in Bucks schwarzem 1921er Sedan auf das Gelände des Sennett-Studios in Edendale ein, nicht weit vom Jail Café entfernt.

Es war das erste Mal, dass ich wieder ein Automobil fuhr, seitdem ich mein Auge verloren hatte. Mit dem Fahren ging es einigermaßen, doch es erforderte ständige Aufmerksamkeit und besonders viele Drehungen des Kopfes, vor allem wenn ich eine Rechtskurve fuhr.

Unterwegs hatte ich mir eine Luger gekauft, Parabellum 08, das Modell, das ich auch schon in meiner Zeit in der kaiserlichen Armee benutzt hatte, und passende Munition. Ich ahnte, dass ich eine Waffe brauchen würde. Und meine Fünfundvierziger war ja konfisziert.

Auf dem Studiogelände hatte sich viel geändert seit meinem Rausschmiss im letzten Spätsommer. Noch immer standen hier aufgereiht die vielen nach einer Seite offenen, primitiven Bühnen und die moderneren Studiosets mit den Glasdächern. Doch ein neuer, hoher Turm überragte nun all die anderen Gebäude. Es hieß, Mack Sennett würde von dort aus das ganze Gelände überwachen wie ein Falke, wenn er nicht Regie bei einer seiner Komödien führte. Dies tat er wohl zum Glück gerade, denn ich konnte mich ungestört umsehen.

Ich fragte mich durch, wo »der Duke« zu finden sei, und erfuhr, dass er gerade eine Kostümprobe habe. Ich eilte dorthin, und ein Arbeiter zeigte auf einen neuen taubenblauen Rolls-Royce, der eben das Gelände verließ und nach links abbog.

Ich rannte zu Bucks elegantem, unauffälligem Sedan, drückte auf den elektrischen Anlasser und folgte ihm.

Auf der Hauptstraße kam der Rolls wieder in Sicht. Der Wagen war beinahe doppelt so lang wie meiner, sein Wert lag weit über dem, was sich Rumford als Darsteller kleinerer Liebhaberrollen eigentlich leisten konnte.

Wir fuhren den Wilshire Boulevard schnurgerade nach Westen. Wir passierten erst den wuchtigen, langgestreckten Bau des Ambassador Hotels, dann mein Wohnhaus und den La Brea Park mit den Teergruben; ihr Gestank wehte kurz durch das Seitenfenster herein.

Ich war ungeheuer gespannt, wohin es gehen sollte. Links und rechts gab es allmählich immer weniger Gebäude. Bald begann das unbesiedelte Stück Land, das Hollywood von Beverly Hills trennte, es waren Meilen bis zu den nächsten Häusern. Das Einzige, was man sah, waren Dutzende von Ölbohrtürmen und -pumpen, die in dieser Prärie überall emporgewachsen waren, denn tief in der Erde unter uns befanden sich gigantische Ölfelder.

An der Ecke des La Cienega Boulevards, der in einem spitzen Winkel auf den Wilshire Boulevard traf, bog das Automobil auf das große Areal des DeMille-Flugfeldes ab. Es war eine staubige Fläche mit einer notdürftig abgesteckten und nivellierten langen Start- und Landebahn und einem Wellblech-Hangar, vor dem vier oder fünf Junkers-Larsen-Doppeldecker und ein paar Curtiss-Maschinen standen. Die Limousine des Dukes steuerte auf den Hangar zu und hielt dort an. Ich fuhr langsam zu einer Tankstelle, die direkt danebenstand und sowohl Flugzeuge als auch Automobile mit Benzin versorgen konnte.

Ich hielt an und ließ den Tank auffüllen, während ich beobachtete, was vor sich ging.

»Ich kann Ihnen aber nur eine Gallone geben, Sir, Vorschrift wegen der aktuellen Benzinknappheit«, sagte der Tankwart und wies mit einem entschuldigenden Grinsen auf die Ölförderpumpen, die uns hier umringten wie ein Wald. »Die da sind wohl einfach nicht schnell genug.«

Er hatte rote Haare und entweder ungeheuer viele Sommersprossen im Gesicht oder einen leicht missglückten Ölwechsel hinter sich.

Am Hangar ging ein kleiner, dünner Mechaniker in einem zu weiten, befleckten grünen Overall zu dem Rolls-Royce, wobei er sich die Hände an einem Tuch abwischte, und beugte sich zum Fenster des Fonds. Er besprach dort einiges, wie ich annahm mit dem Duke, und nickte, als nehme er Anweisungen entgegen.

Die Mercury Aviation Company war die erste kommerzielle Fluglinie, die Fracht und Passagiere zwischen Los Angeles und anderen Städten hin- und herbeförderte. Sie war gegründet worden von Cecil B. DeMille, der in der ganzen Stadt nicht nur als Filmregisseur und Produzent von Famous Players-Lasky bekannt war, sondern auch als jemand, der ein gewaltiges Faible für Flugzeuge hatte. Der Flughafen war nach ihm benannt. *DeMille-Airfield No. 2* stand auf einem großen Schild.

Gerade rollte eine Junkers-Larsen, eine ganz neue mit großer, geschlossener Passagierkabine, auf die Startbahn. Der Propellermotor lärmte auf, als sie sie entlangraste. An deren Ende erhob sie sich in die Lüfte und gewann immer mehr an Höhe.

»Die Elf-Uhr-dreißig-Maschine nach San Diego«, sagte der Tankwart, während er meine Motorhaube schloss, und wies mit dem Kinn hinüber. »Sie haben Platz für vier Passagiere. Mittlerweile bedienen sie auch die Strecken nach San Francisco, Santa Catalina und neuerdings nach Tijuana, Mexiko.«

»Nach Mexiko?«, fragte ich ungläubig.

»Das Geschäft boomt. Sie experimentieren jetzt sogar schon mit Postflügen«, sagte Red – so stand es auf seinem Overall – und zeigte auf die andere Straßenseite. »Da drüben ist der Rogers-Flughafen, die haben ihre eigene Linie gegründet, für Fracht und Passagiere. Hat vor kurzem noch Charlie Chaplins

Bruder Sydney gehört. Dann haben DeMille und Chaplin an Rogers verkauft, aber DeMille kommt trotzdem noch oft her. Keine Ahnung, warum diese Filmtypen sich so sehr für Flugzeuge interessieren.«

»Vielleicht wissen sie auch einfach nur nicht, wohin mit ihrem vielen Geld«, sagte ich und streckte ihm im nächsten Moment einen Zehn-Dollar-Schein entgegen. Er ging murrend davon, um Wechselgeld zu holen, hinüber zu dem Holzhaus mit dem Abfertigungsschalter, an dem die Flugpassagiere ihre Tickets bezahlten. Der Mechaniker war derweil immer noch in eine Diskussion mit dem – oder den – Insassen der Limousine verstrickt. Eine Maschine näherte sich hoch in der Luft dem Flugfeld, erst surrend wie ein Moskito, dann immer lauter, kam taumelnd herunter und landete sicher auf der langen Bahn aus festgestampfter Erde.

Der Tankwart kam zurück und drückte mir ein paar Scheine und Münzen in die Hand.

»Viele glauben ja, die werden sich nicht halten«, sagte er schmunzelnd. »Dass nicht so viele Menschen fliegen wollen, oder höchstens einmal und nie wieder. Sei ja auch viel zu teuer. Und wohin sollten sie auch immer wollen? Und vielleicht haben sie ja recht. Aber dann bleiben mir immer noch all die Automobile.«

Ich sah, wie sich jetzt drüben der Wagen wieder in Bewegung setzte, der Mechaniker blieb zurück. Ich gab dem Tankwart ein großzügiges Trinkgeld und fuhr los, dem Rolls-Royce hinterher, der eine dichte Staubfahne hinter sich herzog.

Wir fuhren nach Norden und dann nordwestlich auf die winterlich kahlen Berge zu. Wir ließen Beverly Hills hinter uns, dann ging es hinauf in einen Canyon, und der Weg war holprig und voller Erdlöcher. Ich ließ mich etwas zurückfallen, damit es nicht zu auffällig wurde. Vor einer Biegung, fast schon ganz oben, hielt ich an und ging zu Fuß vorsichtig weiter. Ich spähte um die Ecke und sah den Rolls, der auf einem Plateau von mittlerer Größe gehalten hatte. Drei Männer waren ausgestiegen. Einer von ihnen gestikulierte, und es schien, als diskutierten sie lebhaft. Jetzt kam von der Bergkuppe ein anderes Automobil heruntergeholpert und hielt bei ihnen an. Ein Mann mit Hut und Mantel stieg aus.

Ich lief zurück zum Automobil, startete es wieder und fuhr langsam um die Ecke, bis hinauf zu dem Plateau. Die Männer sahen mir entgegen. Ich hielt direkt vor ihnen an, stellte den Motor ab und stieg aus. Zwei von ihnen blieben abgewandt am Abhang stehen. Offenbar tauschten sie etwas aus. Die anderen zwei kamen auf mich zu.

Der eine, groß und kompakt, hatte den stieren Blick eines paranoiden Alkoholikers. Der andere war kleiner und dicklich und sah dadurch auf den ersten Blick harmloser aus – doch dieser Eindruck täuschte.

Noch bevor sie mich erreichten, drehte sich der Mann, der als Letzter hinzugestoßen war, um. Er steckte etwas in die Innentasche seines Mantels, sah fahrig auf und erschrak. Es war Lon Chaney, der führende Horrorfilm-Darsteller der Universal. Er wich meinem Blick aus, zog sich den Hut in die Stirn und ging schnell, etwas Unverständliches murmelnd, zu seinem Wagen. Ich wollte zu dem Mann gehen, mit dem er gesprochen hatte, doch ich lief gegen etwas Weiches, Großes.

»Was wollen wir denn hier?« Der Kompakte sah mich mit stechendem Blick an. Er hatte sich vor mir aufgebaut.

»Na, vermutlich das Gleiche, was er wollte«, sagte ich mit Blick zu Chaneys Automobil, das soeben auf den Bergkamm zufuhr.

»Aber um kleine Aufträge kümmert sich der Duke nicht selbst, sondern wir«, sagte der Kleine mit einer quengeligen Stimme, »und es geht um eine kleine Sache, das sehe ich sofort. Auch wenn Sie uns ja wohl extra gefolgt sind.«

»Ein Gramm höchstens«, sagte der andere und zog die Nase hoch. »Und die zwei Dollar muss er erst noch zusammenkratzen.«

»Falsch geraten«, sagte ich und ließ sie kurz meinen Fünfzig-Dollar-Schein sehen, den größten Schein, den ich noch hatte. Besser als jeder Ausweis, wie sich zeigte. Der Kompakte trat beiseite. Ich schob mich an ihm vorbei, in Richtung Abhang.

Der Duke war ein niedlicher Mittdreißiger mit einem winzigen Stupsnäschen, aber einem Kinn wie eine Baggerschaufel. Die Teile seines Gesichts waren so zusammengesetzt, dass eine bestimmte Sorte Damen bei seinem Anblick gewiss schneller atmete. Er strahlte ein entsprechendes Selbstbewusstsein aus. Er hatte sich ein freundliches Schwiegersohn-Grinsen antrainiert, das ihn wirken ließ, als schiene genau über ihm stets die Sonne. Auch wenn es so trüb und kalt war wie heute. Er hielt ein langes Maßband in der Hand, vor ihm auf dem Boden stand eine Flasche Champagner, und daneben lag ein Spaten.

»Hardy Engel, Mr. Rumford. Ich komme im Auftrag eines Kunden.«

Er sah auf, damit beschäftigt, das Maßband bis an den Rand des Plateaus auszurollen und etwas abzumessen. Seine Kleidung war vom Feinsten.

»Sehr angenehm, Mr. Engel«, sagte er verbindlich und reichte mir eine manikürte Hand. Ich wies auf das Maßband und sagte, als könnte ich es kaum zurückhalten:

»Ich muss einfach fragen: Was tun Sie denn hier, mitten im Nirgendwo?«

Er lachte lautlos und sah sich um: Pure Wildnis, nur ganz weit hinten in der Ferne sah man ein paar einzelne Häuser im Dunst.

»Das ist nicht das Nirgendwo, es ist Bel Air«, sagte er schwärmerisch. Er zeigte auf den Boden unter uns, sein Finger zog einen Kreis, der das Plateau einschloss. »Schöner Name, was? Der Mann, dem das alles gehört und der es gerade erschließen lässt, ist Alphonzo Bell, der Tennis-Champion. Dies hier ist mein Grundstück, ich habe es gerade erst gekauft. Und ich werde darauf ein Haus bauen. Was sage ich, eine exklusive Villa.«

Jetzt war es an mir, zu lächeln. »Hier oben in den Bergen?

Da leben doch nur Pumas und Waschbären. Sie scheinen die Einsamkeit sehr zu lieben.«

»Es wird nicht lange so bleiben. Die Aussicht ist zu gut. Wissen Sie was, wir werden sogar das Wohnzimmer nach oben verlegen, damit man sie genießen kann. Nur die Besten werden es hier herauf schaffen, warten Sie's ab. Mr. Bell wird schon dafür sorgen. Und ich werde noch viele weitere Häuser bauen. Trinken Sie etwas Champagner mit? Import aus Frankreich.« Er zwinkerte mir zu und nahm die Flasche vom Boden auf.

»Nein, danke. Ich weiß, warum es Sie hierherzieht. Es ist Ihr Geschäft, das Einsamkeit und Heimlichkeit benötigt, Mr. Rumford. Auch wenn es sehr lukrativ ist und es vermutlich andauernd Anlass zum Feiern gibt. Noch mehr als bei Ihrer Tätigkeit als Schauspieler.«

Er war nicht im Geringsten verlegen.

»Oh ja, sehr einträglich«, sagte Rumford. »So sehr, dass ich aufhören werde zu spielen. Es ist ja auch kein Beruf für einen erwachsenen Mann, herumzuhampeln und sich Anweisungen zubrüllen zu lassen.«

»Ja, mit Mr. Sennett haben eine Menge Leute so ihre Erfahrungen gemacht«, sagte ich trocken. »Sehe ich es richtig, dass dies dann in Zukunft Ihre Geschäftsadresse sein wird?«

Er entkorkte die Flasche mit einem satten Ploppen. Champagner spritzte auf den Boden. »Ja, und ich werde nur noch Immobiliengeschäfte machen, nichts anderes mehr. Trinken Sie doch mit. Ich werde gleich den ersten Spatenstich setzen. Dies ist ein großer Moment«, sagte er und trank aus der Flasche. Champagner schäumte ihm aus dem Mund und tropfte auf seine perfekte Garderobe. Es war ihm egal. Er bot mir die Flasche an. Ich schüttelte den Kopf.

»Na schön, dann verraten Sie mir doch, warum genau Sie hier sind, Mr. Engel.«

Ich nickte.

»Der Kunde, für den ich tätig bin«, sagte ich. »Es ist genau genommen eine Kundin. Allerdings soll ich nichts für sie bei

Ihnen kaufen – die Zeiten sind vorbei –, sondern in ihrem Auftrag ermitteln. Ich bin Privatdetektiv, und ich arbeite für Mabel Normand.«

Er richtete den Blick auf die Ferne hinter mir.

»Und sie behauptet, dass wir uns kennen?«

Immerhin rief er seine beiden Männer nicht zu sich. Ich nahm das als Zeichen, dass ich auf dem richtigen Weg war. Mir war sowieso nichts anderes übriggeblieben, als in die Offensive zu gehen.

»Hat keinen Zweck, es zu leugnen. Sie sagt, Sie hätten ihr Drogen besorgt.«

»Ach ja, habe ich das?«

»Sie sagt noch mehr. Es gab Streit wegen Mabel mit William Desmond Taylor. Er fand heraus, dass Sie es waren, der ihr das Zeug verkaufte, er redete mit Ihnen, versuchte, Sie davon abzubringen, und das gefiel Ihnen gar nicht.«

»Ach wirklich, das hat sie behauptet? Vielleicht war es ja anders«, sagte er.

»Wie war es denn in Wahrheit, Mr. Rumford?«

Er sah auf die Flasche in seiner Hand und schüttelte sie langsam in einer kreisenden Bewegung, worauf ein leises Zischen der Kohlensäure zu hören war.

»Vielleicht hat ja der arme Mr. Taylor, dem so viel am Wohlbefinden seiner Freundin gelegen hat, gar nicht zu mir gesagt, dass sie nicht mehr beliefert werden soll. Vielleicht hat er ja vielmehr um etwas gebettelt und es gekauft. Weil sie anders gar nicht ruhigzustellen war, weil sie danach schrie und vollkommen unleidlich war. Das passiert eben, wenn man mit gewissen Substanzen nicht verantwortlich umzugehen imstande ist, die dies aber erfordern.« Er trank erneut von dem Champagner. Die anderen Männer schienen nichts abbekommen zu dürfen. »Es ist wie mit Medizin, Mr. Engel – im Grunde ist es ja Medizin – es kommt auf die Dosierung an. Man muss sie gezielt einsetzen und nicht maßlos. Nicht jeder ist dazu in der Lage. So eine Sucht kann sehr hässlich sein, aber jeder ist nun mal leider für sich selbst verantwortlich. Ich habe weiß

Gott genug Beispiele im Kundenkreis ...« Er schüttelte leise lächelnd den Kopf.

»Wie dem auch sei«, sagte ich. »Jedenfalls haben Sie Taylor erpresst, und er hat Mabel Normand davon erzählt. Sie haben ihm gedroht, öffentlich zu machen, was Sie wissen, wenn er nicht bezahlt. ›Seine Schulden‹, so haben Sie sich ausgedrückt.«

»Ach wirklich, habe ich das? Wie kommen Sie denn darauf?«

»Wir haben den Brief«, sagte ich einfach.

»Welchen Brief?«, fragte er lächelnd und trank erneut. Seine kleinen Nüstern öffneten sich genießerisch. »Glauben Sie, nach dem, was ich gerade gesagt habe, ich wäre so dumm, einen Brief zu schreiben?«

Er ließ die Flasche zu Boden fallen. Sie kullerte weg, und der letzte Rest des teuren Nasses versickerte im Erdreich.

»Sie haben ihn nicht unterschrieben, so clever waren Sie immerhin. Er hat daraufhin zweitausendfünfhundert Dollar abgehoben. Am selben Abend ist er gestorben. Wir glauben, dass es bei der Übergabe zum Streit gekommen ist und Sie ihn dann umgebracht haben.«

»Ich habe ein Alibi für den fraglichen Zeitpunkt, ich habe natürlich in den Zeitungen davon gelesen«, sagte er routiniert. Er bückte sich und nahm den Spaten auf.

»Natürlich haben Sie das«, sagte ich. »Die beiden Dumpfbacken da haben mit Ihnen gepokert, oder waren mit Ihnen essen, oder haben im Abendgottesdienst mit Ihnen zusammen das Vaterunser gebetet.«

»Keineswegs«, sagte er ohne einen Anflug von Unsicherheit. »Ich habe den Abend vielmehr mit einer Frau verbracht. Sie ist sogar sehr prominent. Einer der großen Stars in dieser Stadt.«

Er sah mich grinsend an.

»Sagen Sie den Namen«, forderte ich ihn auf. Er grinste nur weiter.

»Das kann ich leider nicht«, sagte er. »Ich würde sie dadurch vollkommen kompromittieren, und schließlich bin ich ein Gentleman.«

»Und diese beiden Gentlemen?«, fragte ich und zeigte auf das Komiker-Duo, das sich am anderen Ende des Plateaus die Beine vertrat.

»Die waren dabei.«

»Na schön, Mr. Rumford«, sagte ich. »Wenn das so ist, dann haben Sie sicher nichts dagegen, mir eine Schriftprobe zu geben, damit ich sie abgleichen kann mit dem Erpresserbrief.«

Er lachte auf, warf den Kopf in den Nacken und schüttelte seine Mähne.

»Oh doch«, sagte er. »Dagegen habe ich eine ganze Menge. Vergessen Sie's.«

»Hören Sie«, erwiderte ich, »die Ermittlungen der Staatsanwaltschaft und der Polizei laufen auf Hochtouren. Man ist noch nicht auf Sie gekommen, aber es ist nur eine Frage der Zeit. Dies ist ein einmaliges Angebot von Miss Normand. Wir können das Ganze auch unter uns regeln. Noch.«

Er sah auf den Spaten und wiegte ihn in den Händen.

»Heißt das etwa, dass Sie jetzt mich erpressen wollen?«

»Das heißt zunächst einmal, dass Sie *Ihre* Erpressung zugeben sollen«, sagte ich und entschied mich für einen hemmungslosen Bluff. »Dass Sie bestätigen, was Bill Taylor Mabel Normand erzählt hat, am Abend, bevor er gestorben ist. So haben wir die Chance, die Sache aus den Ermittlungen herauszuhalten, das ist ja sowohl in Ihrem als auch in Mabels Interesse. Und wenn Sie für den Mord sowieso ein Alibi haben, sind Sie doch fein raus.«

Er trat einen Schritt zurück, so als wollte er mich Prachtkerl, der ihm mit einem solch genialen Vorschlag kam, einmal in voller Gänze in Augenschein nehmen.

»Wissen Sie was, wenn ich jemanden erpressen wollte, dann hätte ich noch ganz andere Möglichkeiten.« Er grinste. »Sie haben ja nicht die leiseste Ahnung, wie lang meine Kundenliste ist. Ich führe genauestens Buch darüber, wem ich was verkaufe. Es ist von jedem Studio in der Stadt jemand dabei, was denken Sie denn? Mit zweitausendfünfhundert Dollar würde ich mich da bei weitem nicht zufriedengeben. Wenn irgendwer auf die dumme Idee käme, mich mit diesem unglückseligen Mordfall in Verbindung zu bringen – dann würde ich einfach meine Kundenliste veröffentlichen. Und da das niemand will, angefangen bei Miss Normand, wird es nicht geschehen.«

Ich stand da und sagte nichts. Lächelnd legte er nach:

»Es ist eine mächtige Liste, glauben Sie es nur, fein säuberlich stehen darauf alle Namen, alle Mengen, alle Summen. Wenn herauskäme, wer davon betroffen ist, wäre das ein viel größerer Skandal als dieser Mordfall. Ich könnte sie in der Presse platzieren, ohne dass mein Name verwendet würde, auch so würde es Hollywood treffen wie ein Erdbeben. Stellen Sie sich vor, die größten Stars, die lustigsten und aufrechtesten Jungs, die süßesten Mädchen …«

Und er stieß den Spaten in den Boden, trat mit dem Fuß darauf und hebelte ein Stück Erde mit Grassoden heraus. Er betrachtete es auf seiner Schaufel.

»Möglich. Aber wissen Sie, wie das dann aussieht?«, sagte ich langsam.

Er warf die Erde den Abhang hinunter. »Prächtig. Ich werde mir nämlich einen Swimmingpool bauen, genau hier«, sagte er.

»Es sieht so aus, als wollten Sie gleich die gesamte Filmwelt erpressen«, fuhr ich fort. »Wenn ich Sie wäre, würde ich das Risiko wirklich nicht eingehen und diese Drohung schnell zurücknehmen, solange es noch nicht zu spät ist. Sie sollten stattdessen lieber zugeben, was Sie getan haben, oder aber mir das Gegenteil beweisen, und das alles, ohne irgendwelche Stars in den Abgrund zu ziehen. Sonst können Sie sich gleich ein Grab schaufeln. Gerne hier in Bel Air.«

»Wenn ich hingegen *Sie* wäre«, erwiderte er höhnisch. »Dann würde ich mir schleunigst einen anderen Job suchen. Denn Mabel Normand wird in diesem Skandal untergehen. Husch, husch.«

Und damit scheuchte er mich weg. Und da die anderen beiden herüberkamen, ging ich schnell davon, und spuckte ihm nur noch einmal auf sein staubiges Stück Land in den Bergen.

11

In den nächsten zwei Tagen folgte ich dem Duke und beobachtete ihn, soweit das möglich war, um mehr über seine Liste, seine Geschäfte und seine Kunden herauszufinden. Denn vielleicht hatte er ja auch nur ungeheuer angegeben. Vor allem aber wollte ich unbedingt wissen, was mir bisher noch niemand hatte sagen können: wo er wohnte. Dort würde ich gegebenenfalls auch sein Alibi überprüfen und herausfinden können, ob es jene prominente Dame gab und wer sie war.

Ich wartete zunächst beim Sennett-Studio auf ihn, und als er den Drehtag um fünf Uhr nachmittags beendet hatte und das Gelände in dem Rolls-Royce verließ, fuhr ich ihm und seinen Handlangern wieder hinterher. In der Folge sah ich zu, wie er nacheinander zu diversen Filmstudios fuhr und dort offenbar Kunden besuchte.

Ich folgte ihnen zunächst hinunter zum Santa Monica Boulevard, wo sie auf das Gelände des Pickford-Fairbanks-Studios fuhren. Eine riesige mittelalterliche Burg aus Pappmaché, gestützt von einem Holzgerüst, überragte die Studiohallen. Fairbanks, einer der größten Stars, drehte dort gerade für United Artists den monumentalen Abenteuerfilm *Robin Hood,* wie ich gehört hatte.

Nach kurzer Zeit kam der Rolls-Royce wieder heraus und fuhr in Richtung Cahuenga-Pass und hinüber ins San Fernando Valley. Dort bog er auf das weitläufige Studiogelände von Universal ein, das von meinem deutschen Landsmann Carl

Laemmle aus Laupheim gegründet worden war, meinem früheren Arbeitgeber. Ich wartete ungeduldig, mit gemischten Gefühlen, die Erinnerungen an das vergangene Jahr zurückdrängend, bis der Rolls-Royce weiterfuhr, zurück nach Hollywood, wo an der Romaine Avenue die Metro ihren Sitz hatte. Sie besaßen einen eigenen Zoo auf dem Gelände, wie Universal. Ich konnte die Affen brüllen hören. Vielleicht waren es auch die Produzenten.

Danach führte die Tour des Drogenhändlers uns zu den Fox-Studios an der Western Avenue. Ihre Gebäude waren so elegant wie ihr Gründer William Fox, mit dem ich es auch schon zu tun bekommen hatte.

Man hätte beinahe den Eindruck haben können, es gäbe mehr Studiokulissen als Wohnhäuser in der Stadt. Ich kam mir wieder vor wie früher, als ich noch Schauspieler war und bei Castings all diese Orte abgeklappert hatte – vergeblich.

Anschließend fuhr der Duke in der mittlerweile hereingebrochenen Dunkelheit noch mehrere Privathäuser an, in West Hollywood und in Beverly Hills, meistens größere Villen. Einige der Häuser waren mir bekannt, sie gehörten Leuten aus der Filmbranche. Es waren sehr prominente darunter. Manchmal ging der Duke selbst hinein, manchmal nur seine Handlanger.

Ich konnte natürlich nicht mit Sicherheit sagen, was er da tat, aber er blieb jeweils nur recht kurz.

Gegen Mitternacht blockierte mich dann plötzlich ein zweiter Wagen, gesteuert von seinen Handlangern, und zwar genau so lange, bis der Rolls-Royce entschwunden war, sodass ich ihm nicht weiter folgen und seine weitere Route oder den letztlichen Wohnort nicht ausmachen konnte. Ihr Wagen musste um die Ecke geparkt gewesen sein, und ich hatte nicht bemerkt, dass sie eingestiegen waren.

Auf dem Heimweg besorgte ich mir in einer Buchhandlung, die noch offen hatte, die beiden Bücher, die Taylor Mabel geschenkt hatte. Sigmund Freuds *Die Traumdeutung* und *Also sprach Zarathustra* von Friedrich Nietzsche. Toller Anlass für mich, sie beide mal ganz zu lesen. Den Freud hatte ich drüben in Deutschland durchgeblättert, aber nichts damit anfangen können. Den Nietzsche hatte ich im Schützengraben dabei, fand ihn dann aber so düster, dass ich froh war, ihn schon bald im Schlamm zu verlieren.

Als ich nach Hause kam, rief ich meine Auftraggeberin Miss Normand an. Sie war noch wach. Ich informierte sie, dass ich jemanden – ich sagte am Telefon nicht den Namen – nach meinen Recherchen für sehr verdächtig hielte. Möglicherweise verfüge diese Person auch über gewisse Unterlagen; ob sie sich denken könne, welche? Sie klang etwas angeschlagen, war aber klug genug, anzunehmen, dass ihre Leitung abgehört wurde, und drückte sich entsprechend vorsichtig aus. Ja, sie könne es sich denken, und es sei von höchster Wichtigkeit … Ich unterbrach sie sofort und versicherte, ich würde mich um alles kümmern und das Problem lösen. Leider hätte ich noch keine bedeutsamen Fortschritte in der Frage gemacht, wo er sich aufhielte, doch arbeitete ich daran, es herauszufinden. Es war somit völlig klar, dass er auch ihr mit seinem Kundenbuch gedroht hatte, in dem ihr Name stand, und dass es nun meine Aufgabe sein würde, es an mich zu bringen und sicherzustellen.

Sie fügte kurz hinzu, der Ermittler der Staatsanwaltschaft habe sie verhört und sie habe sich wie besprochen verhalten.

»Hat King gesagt, wen er für den Erpresser hält?«, fragte ich offen.

»Sie glauben, es könnte Bills früherer Butler sein. Peaveys Vorgänger, Edward Sands. Er hat ihn im letzten Sommer, während Bill auf Reisen war, bestohlen und ist danach spurlos verschwunden, mit vielen seiner persönlichen Gegenstände.«

»Ist das plausibel?«, fragte ich.

»Seither wird nach ihm gefahndet, doch ohne jedes Ergebnis. Ich glaube, sie tappen einfach im Dunkeln.«

Ich beruhigte sie, soweit das ging, und wir verabschiedeten uns.

Ich legte mich ins Bett und las in Freuds *Traumdeutung,* in der vagen Hoffnung, darin auf etwas zu stoßen, was mir in meinem Fall weiterhelfen könnte. Nun ja. Es war so, wie ich es in Erinnerung hatte. Wenn man davon träumte, Gras zu rupfen, dann ginge es in Wahrheit um Sex, und wenn einem im Traum die Zähne ausfielen, habe man Angst vor Krankheit und Tod, sagte Freud. Solche verrückten Sachen.

Nietzsche war nicht besser, im Gegenteil. Er hätte sich sofort von Freud behandeln lassen sollen. Als ich sein Zeug las, kam es mir noch düsterer vor als damals im Schützengraben in Frankreich. So düster, dass es mir nach allem, was mir seither widerfahren war – dem Krieg, und dem ganzen Mist hier in Amerika –, wie eine ganz und gar angemessene Beschreibung der Welt erschien. Mir fiel wieder ein, was ich über Nietzsche gehört hatte: Dass er ein Pferd umarmt habe und dabei verrückt geworden sei. Eigentlich perfekte Voraussetzungen, um in Hollywood ein Westernstar zu werden.

Ich klappte die Bücher zu und musste an meine Dreharbeiten mit William Desmond Taylor denken. Er hatte nicht viel mit uns Schauspielern geredet, die bloßen technischen Ansagen seinem Assistenten überlassen, doch seine einzige Regieanweisung an mich war so bizarr wie effektiv gewesen. Er nahm mich vor der ersten Aufnahme beiseite und sagte: »Stellen Sie sich vor, Ihre Figur hat ein Geheimnis, etwas, das niemand wissen darf und niemand ahnt. Denken Sie sich etwas aus, behalten Sie es für sich, und es wird alles, was Sie tun, bereichern.«

Ich tat es, und spielte wie noch nie.

Ich grübelte noch ein wenig darüber nach, wie Taylor wohl auf die Idee mit dem Geheimnis gekommen war und ob er selbst auch ein echtes für sich behalten hatte, und dann fiel ich in einen zum Glück traumlosen Schlaf.

Mitten in der Nacht schreckte ich hoch, weil jemand an meinem Bett stand und mich wach rüttelte. Leider niemand, den ich gerne dort drin gesehen hätte, sondern Vincent Catanza von der Mordkommission Hollywood, angestrahlt vom grellen Licht der nackten Glühbirne, die von meiner Decke hing.

»Hallo, Engel«, sagte er grinsend. »Na, kommen Sie mal hoch.«

»Was ist denn los?«, fragte ich, noch halb im Traum.

Hinter ihm sah ich das purpurrot leuchtende Gesicht seines Partners Ulisses Gordon. »Eine Menge«, sagte er. »Der Durchsuchungsbeschluss kam eben. Sofort auszuführen, hat Zeigler gesagt, wegen Verdunkelungsgefahr.«

»Das ist doch blödsinnig«, sagte ich und setzte mich auf.

Catanza grinste immer noch.

»Ist die Kleine gar nicht hier?«, fragte er mit Blick auf meine Matratze. »So kenne ich Sie gar nicht, Engel, nicht gleich in die Vollen gegangen?«

»Ach, sind Sie gekommen in der Hoffnung, sie anglotzen zu können? Da hab ich Sie aber schön ausgetrickst.«

Ich sah, dass Catanza wieder kurz davor war, hochzugehen. Ich schaffte es doch immer wieder.

»Wir sind gekommen, um Ihre Wohnung nach dem Geld zu durchsuchen«, sagte Gordon, wie um seinen Partner zu besänftigen. »Die zweitausendfünfhundert Dollar.«

Jetzt war ich es, der Wut in sich aufsteigen spürte. »Bei mir?«, sagte ich. »So ein Blödsinn. Mich haben die Polizisten doch schon am Tatort durchsucht, und ein paar Beamte haben sich währenddessen hier umgeschaut.«

»Das kommt nicht von uns, sondern von den Leuten vom Bezirk«, sagte Catanza patzig. »Für die sind Sie verdächtig, weil Taylor Ihnen einen Auftrag geben wollte. Vielleicht haben Sie das Geld dafür bereits, sagen die. Sie sehen nur nicht selbst nach, denn sie haben Angst, sich ihre feinen Anzüge schmutzig zu machen.«

»Ist auch besser, weil die womöglich nicht so gründlich arbeiten wie wir«, sagte Gordon und bleckte seine Goldzähne, als wollte er sie am liebsten in die Hälse der höhergestellten Kollegen schlagen.

»Ich habe das Geld nicht«, sagte ich. »Wenn ich's hätte, würde ich sicher nicht mehr als Privatermittler arbeiten, sondern mich zur Ruhe setzen.« Ich stieg aus dem Bett und zog meinen Morgenmantel an. Er war nicht in Bestform. Ebenso wenig wie ich.

»Wie sind Sie überhaupt hereingekommen?«

»Ihre Tür schließt irgendwie nicht richtig«, sagte Catanza.

»Tun Sie, was Sie nicht lassen können«, sagte ich. »Aber gehen Sie gnädig mit den Sachen um. Das Geld ist nicht hier. Ich habe es nicht genommen, so wie ich ihn auch nicht umgebracht habe.«

»Wird leider nicht als Beweis angesehen, wenn wir es nicht finden«, sagte Gordon. »Aber wir müssen es trotzdem suchen. Überall.«

Und dann durchwühlten sie die beiden Zimmer, die Küche, den winzigen Balkon, und »gründlich« war das richtige Wort dafür, wie sie es taten. Sie zerschnitten sogar meine Matratze, die Daunendecke, das Kissen, alles. Der Verdacht drängte sich auf, dass es ihnen noch um etwas anderes ging, vielleicht um Ergebnisse meiner Ermittlungen. Mein Protest beeindruckte sie nicht.

Als sie ins Bad gingen, übersahen sie mein Versteck in dem Hohlraum hinter der einen Fliese, in dem sich meine Luger und mein Notizbuch befanden. Wie schon im letzten Jahr, *so* gründlich arbeiteten sie nun auch wieder nicht. Obwohl Catanza immerhin sogar auf meinen Toilettensitz stieg und oben im Spülkasten nachsah, ohne Erfolg.

Den Sedan, der draußen an der Straße parkte, hatten sie nicht auf der Rechnung, und ich sagte nichts davon.

Und natürlich fanden sie das Geld nicht. Sie fanden lediglich den Rest des Geldes, das mir Mabel gegeben hatte. Den Fünfzig-Dollar-Schein musste ich Catanza wieder wegnehmen. Er behauptete doch tatsächlich, er wolle bei Taylors Bank überprüfen, ob die Banknote von dort stammte. Wenn Gordon nicht auf meiner Seite gewesen wäre, hätte ich sie nicht behalten dürfen.

»Ich bekam hundert Dollar Vorschuss von Mabel Normand, meiner Auftraggeberin«, sagte ich. »Sie können sich das ja von ihr bestätigen lassen.«

»Das werden wir tun«, sagte Catanza böse.

»Was ermitteln Sie denn genau für sie?«, fragte Gordon und durchwühlte eines meiner Kissen, das sowieso nur noch ein Haufen Gänsefedern war. »Verfolgen Sie andere als die Spuren, denen wir nachgehen? Jemand Bestimmtes im Auge?«

Ich machte mir keine Illusionen darüber, dass sie mein Telefonat mit Miss Normand mitgehört hatten und mal auf den Busch klopfen wollten.

»Welchen Spuren folgen Sie denn?«, fragte ich, so arglos ich konnte.

»Es gibt wirklich jede Menge«, sagte Gordon und zückte sein Notizbuch. »Mal ganz abgesehen von den Nachbarn, die aussagen, dass das Licht in Taylors Wohnzimmer die ganze Nacht gebrannt hat, und die angenommen haben, dass er wieder einmal durchgearbeitet hätte. Es melden sich auch ständig neue Zeugen. Da ist ein Mann, der kurz vor dem Mord an der Tankstelle um die Ecke gesehen wurde, und nach Aussage des Tankwarts hat er nach dem Weg zu Taylors Haus gefragt. Dann gibt es noch einen Mann, der etwa um die gleiche Zeit von einem Straßenbahnfahrer gesehen wurde, wie er an der Haltestelle Maryland Street ausgestiegen ist. Hinter Taylors Haus wurde ein halbes Dutzend Zigarettenstummel gefunden, vielleicht hat dort jemand gewartet und dabei geraucht. Und eine Nachbarin, die den Hund ausgeführt hat, hat jemanden kurz vorher die Straße hinaufgehen sehen.« Er klappte das Notizbuch wieder zu.

»Demnach war es also auf jeden Fall ein Mann. Und wer soll das gewesen sein?«, fragte ich. »Sein früherer Butler, dieser Sands?«

Beide sahen mich überrascht an – oder zumindest taten sie so.

»Was wissen Sie denn von dem?«, fragte Catanza. »Das haben sie doch noch gar nicht der Presse gesteckt.«

»Oh, Woolwine und King haben ein paar wirklich tolle Theorien, was ihn betrifft«, sagte Gordon gequält. »Aber keine exakt mit ihm übereinstimmenden Beschreibungen der Zeugen. Und sie wissen genauso wenig wie wir, ob er etwas mit dem Erpresserbrief zu tun hat, den uns die Kleine gebracht hat. Was haben Sie denn noch, Engel?«

»In Wahrheit glaubt King nämlich, dass Sie es waren«, sagte Catanza und fand zu seinem blödsinnigen Lächeln zurück.

Ich zuckte nur die Achseln und sah auf mein verwüstetes Bett.

»Wussten Sie übrigens, dass Sie im Schlaf sprechen?«, fragte Catanza höhnisch und verzog sein knochiges Gesicht, um mich nachzuäffen.

»Sie wollen mich nur reinlegen«, sagte ich und sah Gordon an. »Schaffen Sie ihn hier raus. Schaffen Sie ihn bloß sofort hier raus!«

Gordon nickte grinsend und schob Catanza zur Tür. »Wenn es mit der Kleinen doch noch was wird, hoffe ich jedenfalls, wir sind zur Hochzeit eingeladen.«

»Wird sowieso eine Knastheirat!«, sagte Catanza über die Schulter. »Weil Sie uns gewiss bei irgendwas anlügen, und wir werden es rausfinden!«

Ich schmiss ihnen einen meiner Schuhe nach. Er traf nur die Tür, deren Schloss hinüber war.

Am nächsten Tag achtete ich sorgfältig darauf, dass mir niemand folgte. Als ich sicher war, steuerte ich erneut das Sennett-Studio an, wo der Duke drehte.

Ich wartete, bis er fertig war. Gegen Abend fuhren er und seine beiden Männer wieder los und drehten ihre Runde durch die Stadt, um ihre Kunden zu treffen. Nach einem Besuch beim Studio der Goldwyn-Pictures am Washington Boulevard ging es zum Ambassador Hotel und dort in Hollywoods angesagtesten Nachtclub, das Cocoanut Grove.

Ich schummelte mich ebenfalls hinein, was mir gelang, indem ich dem Portier zuraunte: »Ich gehöre zum Duke.« Er ließ mich sofort durch, in den vollbesetzten, dampfenden, lärmenden Raum, wo künstliche Kokospalmen, an denen sich Plüschgorillas mit blinkenden Augen festkrallten, die Tische umstanden. Im Schutz der Menge konnte ich beobachten, wie direkt vor der Tanzkapelle auf der Bühne der Duke von Tisch zu Tisch ging, die Hände von Damen und Herren schüttelte und dabei offenbar Drogen verteilte und Geld entgegennahm. Danach blinkten ihre Augen wie die der Gorillas, jedoch aus anderen Gründen.

Später, als der Duke sich auf den Nachhauseweg machte, war es dasselbe Spiel wie zuvor: Ein Automobil versperrte mir den Weg, nachdem der Rolls um eine Ecke gebogen war, und ich hatte keine Chance, ihm zu folgen. Die Handlanger winkten mir diesmal höhnisch zu.

Es schien dem Duke vollkommen egal zu sein, dass ich ihn auf seiner Kundentour beobachtete und auf diese Weise bestätigt fand, was er behauptet hatte: Er belieferte ganz Hollywood mit Drogen, und das vor aller Augen. Nur eines wollte er unbedingt vor mir verbergen: wo er wohnte und die Nacht verbrachte. Gewiss bewahrte er dort Unterlagen auf, anhand derer ich hätte überprüfen können, ob er William Desmond Taylors Erpresser und Mörder war. Und ein Kundenbuch, das Mabel Normand so bald wie möglich in sicheren Händen wissen wollte.

Als ich nach Hause kam, fand ich eine Nachricht von Buck vor. Ich hatte mit meinem Vermieter Mr. Soerensen die Abmachung getroffen, dass er mit Hilfe seines Generalschlüssels Anrufe für mich entgegennahm, wenn ich nicht da war. Er richtete mir aus – zusätzlich zu dem Hinweis, dass meine Tür repariert werden müsse, auf meine Kosten –, dass mehrmals ein Mr. Blowfish angerufen hätte sowie eine Polly Brandeis, und dass außerdem ein Mr. Buck Carpenter etwas für mich habe, das er mir »persönlich übergeben« müsse.

Es hatte sich wirklich gelohnt, dass ich meine Rechnung bei der Pacific Telephone Co. doch noch beglichen hatte.

Also machte ich mich, obwohl ich hundemüde war, gleich wieder auf den Weg, ins Jail Café. Die beiden Bücher nahm ich mit.

12

Im Jail Café lagen Druckerzeugnisse anderer Art aus: Ausgaben der vielen Zeitungen, die täglich in Los Angeles herauskamen. Der *Examiner,* das Blatt von Mediengroßmogul William Randolph Hearst, und die *Los Angeles Times,* die zum Imperium von Harry Chandler gehörte, der *Los Angeles Express* und der *Record*.

Ihre Spekulationen im Fall Taylor gingen in alle Richtungen, und jeder Konzern schien seine eigenen Theorien zu haben: Während die Hearst-Presse darüber berichtete, dass Mabel Normand von der Staatsanwaltschaft verhört worden war, ohne Details, wählten die *Times* und ihr Schwesterblatt *Record* eine andere Schlagzeile: WAR ES EINE FRAU? Sie kamen auf diese Theorie, weil der Schusskanal vermuten ließ, dass Taylor von jemand Kleinerem erschossen wurde. Es folgten Spekulationen – ohne Angabe von Quellen –, dass Taylor diverse Geliebte gehabt habe, die nun natürlich alle zu ihrem Alibi befragt würden; wobei ich ja aber schon wusste, dass sie wohl alle eins hatten. Der *Express* wiederum veröffentlichte Skizzen des Tatorts und der Bungalow-Anlage, in denen verzeichnet war, wer darin wohnte und wer, nach dem bisherigen Stand der Zeugenaussagen, wo und wann wen oder was gesehen habe an jenem fatalen Abend.

Der *Examiner* machte auf mit der Geschichte des früheren diebischen Butlers Edward Sands, den Staatsanwalt Woolwine jetzt auch im Zusammenhang mit dem Mord suchen lasse. Offenbar war ihnen nichts Besseres eingefallen. Vielleicht war sogar mein Gespräch mit den beiden Detectives daran schuld, dass sie damit an die Presse gegangen waren.

STAATSANWALT WOOLWINE: »WIR VERFOLGEN ZAHLREICHE HINWEISE« lautete die Schlagzeile. Darunter war ein Foto vom Bezirksstaatsanwalt abgebildet, der vor dem Bungalow posierte, in die Ferne sehend, so als zeichneten sich jene Hinweise dort am Horizont ab. Thomas Lee Woolwine war ein bösartiger Bastard Ende vierzig mit kantigem Schädel und kalten Augen, die einen obsessiven Ehrgeiz ahnen ließen.

Mir folgten jede Menge Blicke, als ich mich durch die wie immer vollbesetzte Bar zum Tresen vorarbeitete; zumindest kam es mir so vor. Offenbar hatten einige der Gäste noch jene Zeitungen in Erinnerung, die mein Foto abgedruckt hatten.

Ich begrüßte Buck, der sofort zwei Gläser füllte. »Du hast etwas für mich?«

Er nickte mir zu und verzog das Gesicht zu einem spöttischen Grinsen: »Du ziehst die Scheiße aber auch wirklich an, Hardy.«

»Das kannst du laut sagen. Irgendwas stinkt hier. Ich weiß noch nicht, was, aber irgendetwas an dem Fall stinkt ganz gewaltig.«

»Nämlich?« Buck tippte auf die Zeitung auf seinem Tresen mit dem Foto des Staatsanwalts. »Schon, dass Woolwine dabei ist, würde mir ziemliche Kopfschmerzen bereiten.«

Ich nickte. »Das letzte Mal, als ich gesehen habe, wie sich ein Bezirksstaatsanwalt an einem Tatort hat fotografieren lassen, hatte der die falschen Motive, solche, die einem Angst machen müssen.«

Ich dachte dabei an Matthew Brady, den Staatsanwalt von San Francisco, der sich damit hatte profilieren wollen, dass er Fatty Arbuckle vor Gericht gebracht hatte.

»Jeder weiß, dass Woolwine bestechlich ist und sein Fähnchen nach dem Wind dreht«, bestätigte Buck. »Er ist gerade mitten im Wahlkampf. Will unbedingt Gouverneur von Kalifornien werden.«

»Wahrscheinlich hat er sich deshalb auf eine Abmachung mit dem Studio eingelassen. Beide haben kein Interesse an einem weiteren Skandal, der aus dem Ruder läuft.«

»Was ist das für eine Abmachung?«, fragte Buck und biss die Spitze einer Zigarre ab.

»Paramount darf alles zuerst untersuchen. Das riecht danach, dass sie alles vertuschen, was ihnen nicht passt.«

»Mich wundert das überhaupt nicht«, sagte Buck und entzündete die Zigarre. »Die Ermittler von Hollywood sind korrupt, das wissen wir ja. Die County-Ermittler vom Staatsanwalt sind auch korrupt, aber anders, sie agieren in besseren Kreisen, in größeren Dimensionen. Und beide hassen sich, die gönnen sich nicht das Schwarze unterm Fingernagel. Die Frage ist nicht, ob die einen mit dem Studio eine Abmachung haben. Die Frage ist, mit wem haben die anderen eine Abmachung, und welche Vertuschung findet zusätzlich zu dieser Vertuschung statt? Und arbeiten sie zusammen oder gegeneinander? Ich beneide dich wirklich nicht, in dieser Gemengelage herausfinden zu müssen, was wirklich passiert ist. Du wirst dich durch mehrere Schichten von Lügen arbeiten müssen, wie bei einer Zwiebel, bis du auf die Wahrheit stößt, die im Inneren verborgen ist.«

Er paffte blauen Rauch in das grelle Licht seiner Lampen, die schnurgerade, wie in einem Zellenblock, an der Decke angeordnet waren.

»Also wie immer«, sagte ich und stieß mein Glas gegen seines. »Genau das Richtige für Hardy Engel.«

»Herzlichen Glückwunsch«, sagte Buck. »Mein Rat: Beschäftige dich so wenig wie möglich mit dem, was die anderen Ermittler dir erzählen. Es sind vermutlich nur Nebelbomben.«

»Mache ich nie«, sagte ich und kippte meinen Drink herunter. »Ich folge nur meiner eigenen Nase. Von dem Duke wissen sie bisher nichts. Also, was hast du rausgefunden?«

Buck grinste und reichte mir einen Zettel über den Tresen. Ich steckte ihn ein, ohne hinzusehen.

»Alexander Rumfords aktuelle Adresse«, sagte er. »Mein

Kellner Zack kennt jemanden, der jemanden kennt, der behauptet, dass er eine Ahnung hat, wo er wohnt.«

Ich wusste, dass die Information seriöser war, als er sie klingen ließ.

»Danke, Buck.«

»Was hast du denn vor, dort zu tun?«

»Na was wohl«, sagte ich. »Einbrechen und mich gründlich umsehen. Nach seinem Kundenbuch suchen.«

Er lachte laut auf und schüttelte den Kopf.

»Damit er Mabel Normand nicht auch noch erpressen kann?«

»Und damit ich die Schrift vergleichen kann mit der in dem anonymen Erpresserbrief«, sagte ich. »Um ihn als Mörder zu überführen.«

»Falls er es war«, sagte er und schenkte mir und sich einen neuen Drink ein.

In diesem Moment tippte mir ein Mann auf die Schulter. Er tat es mit einem Finger, der sich wie ein dicker Nagel schmerzhaft ins Fleisch grub.

»Entschuldigen Sie mal! Sie sind doch Mr. Engel, der aus den Zeitungen? Der Mann, der Taylor umgebracht hat?«

Ich drehte mich langsam um.

»Nein, das bin ich nicht.«

Da standen sogar drei Männer, und dem ersten Eindruck nach zu urteilen, schienen sie eher nicht mit dem Kopf zu arbeiten. Sie rückten mir auf die Pelle.

»Der uns hier den nächsten großen Filmskandal bescheren will? Der uns alle um unseren Arbeitsplatz bringen möchte?«

Ich mache es kurz. Es waren Stuntmen, die für die Universal und für Goldwyn Pictures arbeiteten und richtig aufgebracht waren. Ich hatte keine andere Wahl, als ihnen sehr deutlich klarzumachen, dass ich keineswegs war, wofür sie mich hielten. Und ich machte es ihnen mit Freud und Nietzsche klar. Es geht eben nichts über gute, dicke Bücher. Ich ließ *Zarathustra* sprechen und schickte einen anderen mit Freud ins Reich der

Träume. Buck erledigte den Dritten mit der Prachtfibel *Hundert neue Cocktails* und ließ die Störenfriede hinausbringen, bevor jemand die Polizei rufen konnte.

Zu Hause fand ich eine weitere Nachricht von Soerensen vor, dass Polly Brandeis noch zweimal angerufen habe. Ich verzichtete auf einen Rückruf.

13

Die Adresse, unter der ich den Duke finden sollte, war ein vierstöckiges Mehrparteienhaus im westlichen Teil der Melrose Avenue. Ich beobachtete es von der anderen Straßenseite aus, in Bucks Sedan sitzend und voller Hoffnung, dass es das richtige war und ich mir weitere Verfolgungen sparen konnte. Doch seit ich hier wartete, hatte sich nichts getan, ich hatte Alexander Rumford oder seine beiden Handlanger noch nicht zu Gesicht bekommen, und es gab bisher keinerlei Anzeichen dafür, dass sie sich dort drüben aufhielten. Ich war entschlossen, sehr vorsichtig vorzugehen, denn mir war klar, dass ich nur eine Chance haben würde.

Zum Glück war es wenigstens wärmer geworden, das Thermometer war auf etwa sechzig Grad gestiegen. Es war nun wieder ein ganz normaler Hollywood-Winter: ein scheinbar ewiger Frühling, der die Palmen entlang der Straße mit Stärke und Zuversicht erfüllte, ihn überleben zu können.

Ich zündete gerade eine neue Zigarette an dem glimmenden Stummel der letzten an, als jemand gegen die Scheibe meines Beifahrerfensters klopfte. Ich griff instinktiv nach meiner Waffe, doch noch bevor ich richtig hinsehen konnte, wurde die Tür aufgerissen, und ein schwarzer Mops sprang mit einem Satz herein, beinahe direkt auf meinen Schoß, gefolgt von Polly Brandeis, die sich auf den Sitz rechts von mir setzte und mich angrinste.

»Upps«, sagte sie. »Hier sind Sie also.«

Enrico leckte mir die Hand ab und ging auf die Hinterbeine, um beim Gesicht weiterzumachen. Er freute sich sichtlich, mich zu sehen. Was ich umgekehrt nicht gerade behaupten konnte.

»Was tun Sie denn hier, Miss Brandeis?«, fragte ich sauer.

»Na, scheint so, als hätten wir dasselbe Objekt im Auge«, sagte sie und strahlte mich an. Sie trug ein »todschickes« Jäckchen mit einer silbernen Brosche in Form einer Schlange und hatte ihre braunen Locken unter ein Hütchen mit Feder gesteckt, das wohl der letzte Schrei war. Sie sah erstklassig aus, aber deswegen konnte ich sie trotzdem nicht gebrauchen bei dem, was ich vorhatte.

»Ach wirklich?«, sagte ich und bemühte mich darum, keinen allzu freundlichen Eindruck zu machen. Enrico stieg wieder hinunter und verzog sich auf den Rücksitz, wo er sich zusammenrollte und uns beobachtete.

»Wie sind Sie auf diese Adresse gekommen?«, fragte ich.

»Wie wohl«, sagte Polly und gab mir verschwörerisch einen Ellbogenstoß. »Ich bin Ihnen vorhin einfach gefolgt. Haben Sie nicht mal gemerkt, was? Von zu Hause aus!«

Ich schaute in den Rückspiegel. Ihren Cadillac sah ich nicht, aber zwei Automobile hinter mir parkte ein neuerer Ford. Meine Adresse hatte sie sich neulich zusammen mit meiner Telefonnummer aufgeschrieben.

»Hab mir vom Studio extra einen anderen Wagen geben lassen, war ja sowieso kein Zustand mit meiner alten Karre«, sagte sie pfiffig.

»Polly, Polly«, sagte ich. »Allmählich könnte man auf die Idee kommen, dass Sie schwer hinter mir her sind. Ich habe aber gerade keinen Sinn dafür. Verschwinden Sie jetzt also bitte. Ihr Mops kann meinetwegen bleiben. Sie nicht!«

Ich sah Enrico an. Er blickte dankbar zurück. Polly wechselte den Tonfall.

»Na kommen Sie schon, Hardy. Ich hätte allen Grund, sauer zu sein, schließlich haben wir eigentlich vereinbart, Informationen auszutauschen. Wir wollten uns alles sofort erzählen!« Sie schlug mit der geballten Faust auf die Armatur, sehr wütend jetzt. »Ich habe Sie sogar mehrfach angerufen, aber haben Sie zurückgerufen? Nein!« Sie schüttelte energisch den Kopf. »Da habe ich die Sache einfach selbst in die Hand genommen.«

»Ja, wir haben einmal Informationen getauscht«, sagte ich und blickte zwischendurch hinüber zu dem Haus, um nicht wegen ihr noch etwas zu verpassen. »Aber ich hatte nicht vor, das jetzt dauernd zu tun. Schließlich arbeiten Sie für Paramount und haben offenbar eine ganz besondere Beziehung zu den Studiobossen.« Ich konnte mir schon denken, wer ihr die Brosche geschenkt hatte. Dieser geheimnisvolle Liebhaber, der mächtige Mann. »Warum sollte ich Ihnen, und damit auch denen, also immer brühwarm sagen, was ich herausgefunden habe? Wir haben vollkommen unterschiedliche Interessen!«

»Haben wir nicht«, sagte sie. »Wir wollen beide den Mordfall Taylor aufklären. Und deshalb jagen wir den Erpresser. Wohnt er da drüben?«

Sie zeigte auf das Haus.

»Steigen Sie jetzt sofort wieder aus!«, sagte ich. »Sie sind ja nicht mal eine richtige Ermittlerin!«

»Na und, Sie sind doch auch kein richtiger Ermittler!« Sie wandte sich empört ab.

»Halten Sie sich aus der Sache heraus. Es könnte gefährlich werden«, sagte ich.

»Das entscheide ich immer noch selbst, aus was ich mich heraushalte und aus was nicht. Das macht nicht irgendein Mann für mich! Meinen Sie, ich hätte Angst vor den wirklich unangenehmen Dingen?«

Enrico auf dem Rücksitz richtete sich auf und ließ ein bedrohliches Knurren hören. Ich drückte meine Chesterfield aus und zündete mir sofort eine neue an. Natürlich ohne ihr eine anzubieten. War ja ein unabhängiges Mädchen. Brauchte mich nicht, um rauchen zu können.

»Außerdem habe ich meine eigenen Informanten«, sagte sie. »Glauben Sie, ich wäre auf Sie angewiesen, um auf den Duke zu kommen?«

Ich hatte mir gerade ernsthaft überlegt, wie ich sie loswerden könnte. »Was wissen Sie denn über den Duke? Und vor allem, wissen das Byron und King auch?«

»Wo denken Sie hin?«, sagte sie.

»Na schön«, sagte ich und lehnte mich zurück. »Dann tauschen wir mal wieder Informationen aus, wir beide. Ich habe die Adresse geliefert, jetzt sind Sie dran.«

»Ich habe mit Henry Peavey geredet, dem Butler, und ihn mal unter vier Augen gefragt, was bei Taylor so alles los war. Da hat er mir von dem Streit mit dem ›Duke‹, dem Dealer von Mabel Normand, erzählt. Na, ich bin ja aus dem Filmgeschäft und nicht von vorgestern, also habe ich schon von dem gehört, auch wenn ich ihn nicht persönlich kenne. Herauszufinden, wo er wohnt, hat sich allerdings schwierig gestaltet. Wer hat es Ihnen gesagt, Mabel natürlich, oder?«

»Die Information habe ich von meinem Bootlegger Buck aus dem Jail Café«, sagte ich widerwillig. »Er ist einer von meinen engsten Freunden, er weiß am besten, was passiert in dieser Stadt, und er ist nur einer von vielen Leuten, die mir solche Informationen geben. Wir Detektive nennen das ein ›Netzwerk‹.«

Sie warf mir einen unbeschreiblichen Blick zu und sah dann wieder weg und zischte durch die Zähne.

»Ts – Sie scheinen ja schöne Freunde zu haben! Aber das passt zu Ihnen!« Nach einer Pause fügte sie wütend hinzu: »Meinen Sie vielleicht, ich habe kein Netzwerk?«

»Oh, da bin ich sicher. Und ich glaube, es bezahlt diese Brosche.«

»Blödsinn! Die habe ich mir selbst gekauft.«

Wir sahen uns für einen Moment an, so böse, dass es fast komisch war. Ich musste ein Grinsen unterdrücken.

»Was ist denn?«, schnappte sie.

Ich sagte nicht das, was ich eigentlich sagen wollte: wie sehr sie mir gefiel, besonders weil sie so impulsiv war. Ich sagte stattdessen: »Natürlich können Sie den Duke von der Staatsanwaltschaft vorladen und befragen lassen. Aber um zu überprüfen, ob er der Erpresser ist, ist es nun mal besser, inoffiziell vorzugehen.«

Sie verdrehte die Augen. »Solange ich nur einem Verdacht nachgehe, brauchen die nichts davon zu wissen.«

»Sie können natürlich mitkommen, wenn ich mich in seine Wohnung schleiche und dort nach der Liste suche. Es kann aber ganz schön gefährlich werden, und da sind ja noch diese beiden Männer, die ihn bewachen …«

»Meinen Sie, ich kneife?«, sagte sie stolz. »Ich habe keine Angst!«

»Ich will nur erst sichergehen, dass er auch wirklich dort wohnt«, schob ich hinterher. »Und gerade nicht zu Hause ist.«

»Ach, Sie sind also gar nicht sicher?«

»Ich will es erst überprüfen, verdammt. Seinen Rolls-Royce sehe ich hier nicht, aber sie nutzen mehrere Wagen. So wie Sie. Kann sein, dass die zwei unterwegs sind, aber er da ist.«

»Das heißt, wir warten, bis es dunkel wird?« Sie sagte es voller Verachtung.

Ich zuckte die Achseln. »Wenn Sie wollen, können wir ja mal etwas versuchen.«

Ich nahm einen letzten Zug von meiner Zigarette, stieß die Tür auf und stieg aus dem Wagen.

Auch Polly sprang auf die Straße, schob Enrico, der mitkommen wollte, schnell zurück und schloss die Tür.

Wir überquerten den Fahrdamm.

»Na also! Wir stehen unter Zeitdruck, oder? Dann wird jetzt hier mal gemacht, was *ich* sage«, meinte sie. In diesem Augenblick platzte mir einfach der Kragen.

»Bitte, nach Ihnen. Dann zeigen Sie mir doch mal, wie Sie solche Dinge angehen.«

Wir waren an dem Haus angelangt, und noch bevor ich sie davon abhalten konnte, klopfte sie heftig gegen die Tür. Ich grinste sie an. Sie grinste zurück, ohne damit aufzuhören, gegen das Holz zu hämmern.

Die Tür wurde geöffnet, und ein dicker Italiener in einer Art

Overall und mit einer Schirmmütze auf den verfilzten Haaren sah missmutig heraus.

»Lassen Sie bloß meine Tür in Ruhe, junge Lady. Worum geht es denn?«

Polly riss sich zusammen, doch sie war sichtlich nicht auf eine solche Frage vorbereitet.

»Ja, worum geht es denn eigentlich?«, fragte ich sie süffisant.

»Wir suchen einen Freund von uns, Mr. Alexander Rumford«, sagte Polly mit ausgesuchter Höflichkeit und allem Charme, den sie hatte. Hatte ich erwähnt, dass sie welchen hatte? Der Italiener nahm sofort den Zahnstocher aus dem Mund, auf dem er herumgekaut hatte. Zusätzlich rauchte er, und was er da rauchte, roch sehr süßlich, nach Marihuana.

»Ja, der wohnt hier«, sagte er und machte eine unbestimmte Geste.

»Ist er zu Hause, Mr. …?«, fragte Polly gedehnt.

»Baresi«, sagte der Italiener und reckte das Kinn. »Ich bin der Hauswirt. Aber Sie dürfen Toto zu mir sagen.«

»Danke, Toto. Ich bin Heather, und das ist mein großer Bruder Ron. Ist er zu Hause, Toto?«

»Sehr angenehm. Nein.«

»Können wir vielleicht in seiner Wohnung auf ihn warten, Toto?« Polly schenkte ihm ihr schönstes Lächeln und schickte sich schon an, sich an ihm vorbeizudrängen.

»Ich würde Sie ja hereinlassen, aber das hat wohl keinen Sinn«, sagte Toto. »Er war schon lange nicht mehr zu Hause, und da oben ist alles ausgeräumt, nur eine Zahnbürste und etwas schmutzige Wäsche ist noch da.«

Polly war stehen geblieben. »Ach so?«

»Hat Ärger bekommen mit dem Besitzer, hier war viel Besuch, und dann … Aber er ist ohnehin die meiste Zeit woanders und hat's da besser getroffen, das ist der wahre Grund. Ist natürlich weiblich, dieser Grund.«

»Wirklich?«, sagte ich und streckte neugierig den Kopf vor. »Wer ist es denn diesmal?«

»Nicht mehr ganz jung, aber dafür eine richtige Legende. Florence Lawrence, wenn die Ihnen noch was sagt.«

»Die Schauspielerin?«, fragte ich verblüfft.

»Ja, sie ist doppelt so bekannt wie er. Und doppelt so reich. Da würde ich's mal versuchen, eigentlich ist er nur noch bei ihr. Die Miete zahlt er hier trotzdem. Oder sie, wer weiß, mir soll's egal sein.«

»Und wo ist das, Toto?«, fragte Polly, und sie sah ihn dabei an, als wäre sie unheimlich scharf auf seinen Zahnstocher. Oder seine süßliche Zigarette. »Hat er Ihnen zufällig die Adresse aufgeschrieben?«

»Er hat sie mir gesagt. 369 Ivar Avenue«, antwortete er und geriet dabei trotz des wirklich kurzen Namens zweimal ins Stottern.

»Haben Sie vielen Dank, Toto«, sagte Polly und legte ihm im Weggehen die Hand auf den Arm. »Komm mit, großer Bruder!«

Zu mir war sie nicht so nett. Vor allem, nachdem die Pforte wieder zu war und wir drüben an meinem Sedan angekommen waren. Sie riss die hintere Tür auf und winkte Enrico heraus.

»Na, was sagen Sie jetzt? ›Könnte zu Hause sein‹, wie?«, sagte sie nach hinten.

Sie ging hinüber zu ihrem Ford, öffnete den Schlag und pfiff. Enrico sprang hinein. Es war ein brandneues Modell, elegant, schnittig und weinrot.

»Sie haben nur Glück gehabt. Sie hätten auch ins offene Messer laufen können.«

»Was soll das jetzt schon wieder heißen?«

Sie ging zur Fahrerseite, stieg entschlossen ein und knallte die Tür zu, ohne auch mich einzuladen.

Ich stellte mich an ihr Fenster. Heute brauchte sie keine Starthilfe. Sie drückte einfach den elektrischen Anlasser des Fords, und der Motor sprang an.

»Ist ja gut, Polly. Na fein. Er lässt sich also offenbar von der großen alten Dame des Films aushalten und operiert von dort aus. Auf zur Ivar Avenue und …«

Und schon fuhr sie mit quietschenden Reifen los, mitten in meinem Satz.

Mir blieb nichts anderes übrig, als mit dem Sedan hinterherzufahren.

14

Die Ivar Avenue ging vom Hollywood Boulevard ab. Hausnummer 369 war ein hübscher Apartment-Komplex im spanischen Stil, vier Stockwerke hoch mit weißen Mauern, Rundbögen und dunklen Holzfenstern mit Rollläden. Die Buchsbaumhecken, die das Grundstück umgaben, waren so akkurat geschnitten, dass sich gewiss ein Gärtner jeden Tag, den der liebe Gott bescherte, daran zu schaffen machte, und es schien nicht einmal ausgeschlossen, dass der liebe Gott selbst auch hier wohnte. Im Vergleich zur Melrose Avenue, nur einige Blöcke entfernt, schien es sogar ein paar Grad wärmer zu sein. Die Sonne sandte die letzten Strahlen auf das Haus hinab.

Polly und ich hatten uns für heute auf einen Kompromiss geeinigt: Wir observierten von ihrem Automobil aus – dafür saß sie am Steuer. Ich hatte praktisch null zu zwei verloren. Mein verwaister Sedan parkte direkt davor.

Auf der anderen Seite der Straße standen nur neue, teure Automobile, die meisten von ihnen Sonderanfertigungen, mit Drahtspeichen, Weißwandreifen, Speziallackierungen in exotischen Farben und anderem Schnickschnack. Der taubenblaue Rolls-Royce war auch darunter. Der Duke war ganz offenbar wirklich im Hollywood-Adel angekommen.

In unserem Wagen herrschte gewaltig dicke Luft. Enrico lag wieder auf dem Rücksitz und hielt sich raus.

»Ist dir klar, wer Florence Lawrence ist, Polly?«, fragte ich, während wir zu dem prächtigen Haus hinübersahen. Ich hatte beschlossen, sie jetzt konsequent nur noch beim Vornamen zu nennen.

»Aber ja doch, eine Ikone«, sagte sie ungerührt. »Sie drehte ihren ersten Film schon 1906, und sie war der erste Filmstar, deren Name auf einem Plakat genannt wurde, weil so viele Zuschauer nach ihr gefragt hatten. Vorher war das nicht üblich.«

»Eine geschickte Marketingkampagne meines lieben Landsmanns Carl Laemmle von der Universal«, warf ich ein.

Uncle Carl, wie jeder ihn nannte, war ein mit allen Wassern gewaschener Mogul, das hatte ich während unserer Zusammenarbeit feststellen dürfen, für den das Geschäft über allem stand. Weswegen wir immer wieder aneinandergeraten waren.

»Und als die Branche aus New York hierhergezogen ist, ist sie als eine der ersten Schauspielerinnen mitgekommen«, fuhr sie fort. »Meinst du etwa, so etwas weiß ich nicht, Hardy?«

»Du bist erst zwanzig«, sagte ich. »Du warst damals ein Kind.«

»Und du warst in Deutschland, natürlich habe ich mich über dich schlaugemacht«, konterte sie. »Ich lese Filmmagazine, seit ich denken kann. Ich war schon immer ein großer Kinofan, du hast ja keine Ahnung, wie sehr. Und deswegen weiß ich auch, dass Miss Lawrence seit 1916 keinen Film mehr gedreht hat. Da hat sie Verbrennungen erlitten, als ein Studio abgefackelt ist. Seither lebt sie völlig zurückgezogen.«

»Aber offenbar sehr gut«, sagte ich mit einem Blick zum Haus hinüber.

»Entweder hat sie ihre Gagen gut angelegt, oder sie war perfekt versichert – oder beides«, sagte sie.

»Oder sie ist beteiligt an dem, was er da macht«, entgegnete ich. »Vielleicht ist ihr Haus sein Lager, oder sein Büro.«

»Das kann ich nicht glauben«, sagte sie.

Gerade fuhr ein weiteres Automobil vor. Es war ein nagelneuer Buick in einem Kanariengelb, das regelrecht in den Augen wehtat. Er hielt auf einem reservierten Parkplatz direkt vor dem Eingang. Der Fahrer, der ausstieg, war Alexander Rumford.

»Was sage ich – mehrere Wagen«, brummte ich und deutete hinüber. »Das da ist unser Mann, nur damit du es weißt.« Er bewegte sich elegant in einem neuen gestreiften Anzug um die Limousine herum.

»Sehr süß«, sagte Polly fachmännisch. Sie meinte nicht den Wagen.

Rumford öffnete den hinteren Schlag und half einer Dame, auszusteigen. Sie trug einen Hut, so groß wie eines der Wagenräder, der ihr Gesicht vollkommen beschattete und über den zusätzlich ein Schleier gelegt war. Rumford schloss die Tür und führte die Dame an seinem Arm galant zum Eingang des Hauses. Sie begann, langsam die Treppe hochzugehen, und schien Probleme dabei zu haben.

»Keine Chance für dich«, sagte ich. »Er hat schon eine Liebhaberin. Das muss sie sein. Vielleicht bestätigt sie die Geschichte ja gleich.«

Ich stieg aus dem Wagen und ging schnell hinüber. Polly war zu überrascht, um mir zu folgen, blieb sitzen und sah mir einfach nur nach.

Als die beiden oben angekommen waren, drückte Rumford der Dame einen Kuss auf das verschleierte Gesicht, wie zur Belohnung. Sie hing noch immer an seinem Arm.

In diesem Moment kam ich bei ihnen an.

»Schönen guten Abend«, sagte ich ausgesucht höflich. »Miss Florence Lawrence?« Rumford fuhr herum. Die Dame drehte sich zu mir. Ich konnte durch den Stoff lediglich ihre dunklen, großen Augen ausmachen.

»Was wollen Sie hier?«, fragte der Duke kalt.

»Nur Ihr Alibi überprüfen. Miss Lawrence, haben Sie den Abend des 1. Februar mit Mr. Rumford verbracht?«

Die Dame stand halb abgewandt da, nun mit gesenktem Kopf.

»Muss ich das beantworten, Alexander?«, fragte sie abweisend. »Wer ist dieser Mann?«

»Hardy Engel. Können Sie das bezeugen? Oder war es jemand anderes?«, fragte ich drängend.

»Er ist kein offizieller Ermittler«, sagte Rumford zu seiner

Begleiterin und streckte die Hand aus, die in einem orangenen Lederhandschuh steckte. Er klopfte hektisch an die Eingangstür und sah mich böse an. »Woher wissen Sie hiervon, Engel? Hören Sie auf, uns zu belästigen, oder ich lasse Sie von diesem Grundstück verweisen.«

Ein Portier in Uniform öffnete und ließ beide ein. Er sah mich kühl an und ließ die Pforte krachend wieder ins Schloss fallen.

Ich ging zurück zum Ford und setzte mich hinein.

»Das Alibi hat sie nicht bestätigt«, sagte ich. Polly rauchte nachdenklich.

»Du meinst, er wohnt jetzt richtig bei ihr?«, fragte sie. »Und hat seine ganzen Sachen hier?«

»Toto hat es doch gesagt. In der anderen Wohnung scheint ja gar nichts mehr zu sein.«

Erneut fuhr drüben ein Automobil vor, ein Chevrolet diesmal. Der Fahrer war ein Japaner, er öffnete die Tür. Doch da stieg sein Herr hinten bereits aus. Er war gut gekleidet und nicht sehr groß und eilte nun die Treppe hinauf. Oben angekommen, drehte er sich noch einmal um und rief seinem Chauffeur, der sitzen geblieben war, etwas zu. In diesem Moment sahen wir beide, dass es Charlie Chaplin war.

Er drückte zweimal auf den Klingelknopf und wurde sofort eingelassen. Offenbar hatte er als höchst prominenter Besucher das Privileg eines direkten Zugangs. Der Chauffeur fuhr auf den Parkplatz. Polly und ich sahen uns mit großen Augen an.

»Ich glaube, mein Schwein pfeift«, sagte Polly kopfschüttelnd und nahm eine Zigarette aus ihrem Etui. »Der größte Dealer Hollywoods wickelt seine Geschäfte im Haus von Florence Lawrence ab. Und zwar …« Weiter kam sie nicht.

Ein Schuss zersplitterte die Seitenscheibe direkt neben ihr. Sie schrie auf und drehte sich weg, zu mir. Glasscherben flogen durch die Luft. Ich hielt instinktiv die Arme über Pollys Kopf.

»Ihr habt hier nichts verloren, haut ab!«, rief laut eine Stimme, die ich kannte.

Auf der anderen Straßenseite sah ich die beiden Männer

von neulich stehen. Der größere trug einen Baseballschläger. Der kleine zielte mit einer Pistole auf uns. Ein ziemlich großes Kaliber, wie mir schon ihr sonorer Klang verraten hatte.

Polly wischte sich panisch Glassplitter aus dem Gesicht. Enrico bellte.

»Schnell!«, schrie ich. Polly drückte auf den Anlasser. Der Motor des Fords wimmerte kurz auf, verstummte dann aber wieder. Verdammt, dachte ich, jetzt keine Mucken. Wie dumm, dass wir nicht meinen Wagen genommen haben.

Die beiden Männer liefen los, in unsere Richtung. Der lange hatte seinen Schläger drohend erhoben, bereit für ganz großen Sport.

Polly drückte panisch erneut auf den Knopf. Diesmal sprang der Wagen an.

»Fahr los!«, überbrüllte ich den puckernden Motor. Polly gab Gas, und der Ford machte einen Satz nach vorn. Der Große erreichte in diesem Moment die Fahrerseite und schlug mit dem Baseballschläger zu. Es war zum Glück kein Homerun: Er erwischte nur den Außenspiegel und rasierte ihn sauber ab, verfehlte aber das Chassis des Wagens und wurde von seinem eigenen Schlag mitgerissen, sodass er zu Boden fiel und den Knüppel fallen ließ.

Unser Automobil schoss mit quietschenden Reifen davon und verfehlte nur knapp den Sedan, der vor uns parkte. Auf der Straße beschleunigte Polly mit röhrendem Motor.

Ich sah im Rückspiegel, wie der Kleine seine Pistole auf uns richtete. Er feuerte sie ab, ohne zu zögern, und die rückwärtige Scheibe des Fords ging klirrend zu Bruch. Wir schrien auf. Die Frontscheibe war genau in der Mitte gesplittert, doch nicht zerbrochen. Ich war nicht getroffen und sah schnell hinüber zu Polly.

»Ah«, stieß sie hervor, irgendwo zwischen Schreck und Erleichterung, und sah mich an, beide Hände am Lenkrad. »Hast du was abgekriegt? Und ich, im Gesicht?«

»Später«, sagte ich knapp, den Blick wieder auf den Rückspiegel geheftet. »Drück drauf, sie werden uns folgen!«

Weit hinter uns fuhr der Rolls-Royce auf die Straße. Ich konnte ihn trotz der Dämmerung gut erkennen. Er blendete seine Lichter auf und kam schnell näher. Ich ließ einen lauten Fluch los.

»Nun zeig mal, was du als Stuntfahrerin draufhast!«, sagte ich.

»Ja, jetzt bettelst du darum«, sagte Polly grimmig und schlug das Steuer in voller Fahrt zur Seite ein. Sie nahm die Kurve schlitternd, aber gekonnt, und bog auf den Hollywood Boulevard. Ich hielt mich an der Seitentür fest und sah im Spiegel, wie sich Enricos faltiges Gesicht durch die Bewegung abrupt zu einer seltsamen Grimasse verzog. Automobile um uns herum bremsten quietschend und hupten laut. Wir zogen nach links, der Wagen drohte auszubrechen, doch Polly lenkte gegen, hielt ihn in der Spur und raste fast ohne Geschwindigkeitsverlust nach Westen.

Ich sah den Rolls hinter uns in den palmengesäumten Boulevard einbiegen. Die Lichter des Rolls tasteten schon wieder unerbittlich nach dem Ford.

Polly nahm schwungvoll die nächste Abzweigung nach rechts, wodurch ich heftig gegen die Seitentür geworfen wurde, beschleunigte den Wagen gleich wieder und fuhr auf die Hollywood Hills zu.

»Na, denkst du immer noch, ich wäre eine furchtbare Fahrerin?« Polly blickte mich triumphierend von der Seite an.

Das Luxusgefährt war erneut hinter uns aufgetaucht und holte auf.

»Polly! Ich weiß nicht, was sie mit uns machen, wenn sie uns kriegen«, sagte ich.

Sie lächelte mich souverän an. Der Motor jaulte auf, und sie holte alles aus ihm heraus. Die Straße machte einen Bogen, und der Rolls kam für ein paar Momente außer Sicht. Da wurden wir plötzlich tief in unsere Sitze gedrückt – die Straße senkte sich hier überraschend ab –, und im nächsten Augenblick machte der Ford einen Sprung, der uns aus der Spur katapultierte. Polly schrie auf – ich glaube, Enrico auch –, und wir flogen in unserem Wagen auf eine Scheune am Straßenrand zu. Wir durchbrachen das Tor, dann wurde es schwarz, und es folgte ein Aufprall, der jedoch erstaunlich sanft war.

Als Nächstes hörte ich Hühnergackern und sah mich um. Wir waren in der Mitte des Holzhauses gelandet, gebremst von einem Misthaufen. Schwer atmend lauschten wir. Enrico kroch aus einer Ecke des Wagens zu uns, schnaubte und schüttelte sich. Auf der Straße ertönte ein Röhren, das erst anschwoll und dann wieder leiser wurde.

Pollys Gesicht war nahe vor mir, ihre Locken unter dem schief sitzenden Hütchen standen wild ab.

»Sie sind weitergefahren«, flüsterte sie. »Junge, ich hab uns wirklich rausgebracht …«

»Ich werde dich als Stuntfahrerin empfehlen«, sagte ich und biss mir wie entsetzt auf die Lippen: »Nur leider, dein Gesicht ist vollkommen hinüber.«

15

Sie boxte mich immer noch, als wir uns die Stufen zu ihrer Wohnung hochschleppten. Natürlich hatte sie sofort den Rückspiegel zurechtgebogen, um nachzusehen, und erkannt, dass sie bis auf einen kleinen blutigen Kratzer am Kinn unversehrt war. Und, dass ich sie reingelegt hatte.

Polly wohnte in der Franklin Avenue, Ecke Orchid Avenue, am Fuß der Berge. Wir hatten kein Taxi gebraucht und nicht weit gehen müssen.

An ihrem Haus stiegen wir eine Holztreppe hoch und gingen im ersten Stock einen Gang bis zum Ende. Ihre Wohnung war ein möbliertes Zwei-Zimmer-Apartment, kleiner als meines, das so unaufgeräumt war, wie ich es mir vorgestellt hatte. In der Küche stapelten sich schmutzige Töpfe und Teller in der Spüle, als sollten sie eine dadaistische Skulptur bilden. Polly schob den Haufen ein wenig beiseite und hielt den Kopf unter den Wasserhahn.

»Zum Glück wissen die nicht, wer du bist«, sagte ich. »Vorerst zumindest nicht.«

Enrico trottete langsam zu einem Korb mit einer Decke und ließ sich darauf nieder, den Kopf auf die Vorderpfoten gelegt: Endlich zu Hause!

»Meinst du, sie schnüffeln uns nach?«, fragte sie. »Die sollen ruhig antanzen!«

Sie kam mit triefenden Haaren hoch. Auch das stand ihr. Sie schnappte sich aus dem Bad ein Handtuch und rubbelte sich vor einem Spiegel die Haare, während sie den kleinen Kratzer in Augenschein nahm und das Blut wegwischte.

»Hier werden sie uns nicht vermuten«, sagte ich.

»Ich kann uns ein Chili kochen«, sagte sie. »Ich koche ein höllisch gutes Chili, zumindest sagen das alle, die es bisher gegessen haben. Und ich habe alles dafür da.«

Sie band das Tuch um den Kopf.

»Ich liebe Chili«, sagte ich. »Und ich denke, wir können beide etwas zu essen gebrauchen.« Sie nickte.

»Dann mach mal einen großen Topf sauber. Ich muss aus diesen Klamotten raus.«

Sie sprang schnell hinüber ins Schlafzimmer, wo ich sie durch die offene Tür ohne weitere Umstände den Hut ablegen und die Bluse ausziehen sah. Zuerst dachte ich, sie wäre darunter nackt, doch sie trug einen fleischfarbenen Büstenhalter, eines der neuesten leichten Modelle.

Ich riss mich von dem Anblick los und ließ das leicht gelbliche Wasser aus dem Hahn in den Topf laufen, den ich nun ein wenig schrubbte. Sie hatte ein Foto des Erpresserbriefs gemacht. Irgendwo hier musste der Abzug sein.

Die Küche ging in das Ess- und Wohnzimmer über. Im Schlafzimmer nahm Polly eben eine neue, hellgraue Bluse aus einem Schrank und zog sie sich über den Kopf. Dann kam sie zurück.

»Wie hast du dein Auge verloren?«, fragte sie und blieb vor mir stehen.

»Ich rede nicht gern darüber«, sagte ich.

»Wir alle haben etwas, worüber wir nicht gerne reden«, sagte sie und hielt mir ihre kleine silberne Flasche hin.

»Ich hab bloß ein Auge verloren. Und ein paar Illusionen. Einigen Leuten ist es schlimmer ergangen als mir. Sie sind gestorben.«

Ich nahm die Flasche und trank. Danach trank sie.

»Ermordet worden?«, fragte sie.

Ich nickte nur.

»Hatte es etwas mit dem Arbuckle-Skandal zu tun?«, fragte

sie. »Ich hab in den Zeitungen alles darüber gelesen, aber du bist dabei nicht vorgekommen.«

Ich zuckte die Achseln, in der Hoffnung, dass sie nicht weiterfragen würde. Natürlich hoffte ich vergeblich.

»Was noch? Hast du eine Freundin?«, fragte sie. »Oder Frau?«

»Nein, zurzeit nicht.«

»Warum nicht?«

Ich hatte es drei Monate lang geschafft, nicht darüber reden zu müssen, und wollte auch jetzt meine Trauer nicht zum Thema machen.

»Die Geschichte will ich wirklich nicht erzählen.«

»Es hat auch etwas damit zu tun, nicht wahr? So was hab ich mir schon gedacht«, sagte sie. »Du siehst sehr traurig aus manchmal.«

»Ich bin drüber weg«, behauptete ich. »Was bleibt mir auch anderes übrig. Aber ich will so etwas nie wieder erleben.«

»Ich habe mitbekommen, dass du das Filmgeschäft verabscheust«, sagte sie. »Aber was willst du dann noch für Fälle lösen als Detektiv?«

»Gute Fälle«, sagte ich. »Wo ich auf der richtigen Seite stehe.«

»Hier in Hollywood?« Sie zog eine Grimasse.

Ich hob die Schultern: »Ich habe die Hoffnung noch nicht aufgegeben, dass es die in dieser Stadt geben kann. Aber vielleicht werde ich irgendwann woanders hingehen.«

Sie sah zu mir hoch und blies sich eine Strähne aus der Stirn.

»Was willst du denn überhaupt im Leben?«

»Im Moment nur ein Chili«, anwortete ich. »Und vielleicht noch mehr zu trinken dazu.«

Sie winkte mich hinüber, und wir betraten neben ihrem Schlafzimmer das Bad. »Hast du ein Glück, dass ich dadrin jede Menge Gin angesetzt habe.«

Sie zeigte mir in der Ecke drei Tonkrüge mit Korkverschluss – so groß, dass sie nur unter dem Badewannen-Wasserhahn aufgefüllt werden konnten, weswegen alle Welt von

»Badewannen-Gin« sprach. Sie öffnete den einen und ließ mich daran schnuppern. Es roch kräftig nach gegärten Wacholderbeeren, und sie schwammen zusammen mit weiteren Gewürzen oben auf der rötlich verfärbten Flüssigkeit.

»Ja, der ist gut«, sagte sie und reichte mir eine Schöpfkelle. »Muss er auch sein, steht genau seit zwei Wochen. Gieß uns mal was ein.«

In der Ecke stand für die Herstellung anderer Spirituosen eine kupferne Destillieranlage mit Kolben und Glasröhren bereit. Sie hatte wirklich alles da, was man so brauchte.

Und darüber hingen, an einer Wäscheleine, mehrere leicht gewellte Abzüge des Fotos, das sie von dem Erpresserbrief gemacht hatte. Polly benutzte das Bad auch als Dunkelkammer.

Während sie kurz darauf in der Küche alle möglichen Dinge klein schnitt und zusammenwarf und im Topf zum Kochen brachte – Tomaten und Speck und Fleisch und Bohnen und Zwiebeln und kleine, rote Chilis –, sah ich mich ein wenig in der Wohnung um.

Was mir auffiel, war ein signiertes Foto an der Wand. Es zeigte William Desmond Taylor, groß und gutaussehend und beleuchtet wie ein Filmstar, der eine britische Uniform trug und aristokratisch in die Kamera lächelte. Das gleiche Foto, das auch die Zeitungen abgedruckt hatten, ihres trug eine handschriftliche Widmung: *Für die wunderbarste, vielversprechendste junge Frau in Hollywood – William Desmond Taylor.*

»Essen ist gleich fertig«, rief sie aus der Küche.

Darunter stand auf einem Schreibtisch, der mit Skripts und Notizblöcken und zwei Schmuckkästchen vollgestapelt war, ein Telefonapparat, und er klingelte in diesem Augenblick. Noch bevor Polly etwas tun konnte, hob ich ab.

»Bei Brandeis?«

»Bist du das, Hardy?« Es war Byron Hamilton, und er war alles andere als begeistert.

Das änderte sich nicht, als ich ihm am Telefon erzählte, dass ich und Polly gemeinsam recherchiert hätten und dass er da eine gewisse Sache mit einem Scheunenbesitzer regeln müsse. Ich sagte natürlich, dass ich es gewesen sei, der den Studio-Ford dabei leider zu Schrott gefahren hatte, und hielt Polly den Mund zu, die mich unbedingt korrigieren wollte.

»Wir haben noch ein ganz anderes Problem«, sagte er. »Eine neue, beschissene Wendung. Schon die Abendzeitungen gelesen? Die von Hearst?«

»Nein, wieso?« Ich wich Polly aus, die nach dem Hörer greifen wollte und dann gegen ein Bücherregal taumelte, woraufhin sie erst einmal damit beschäftigt war, es davon abzuhalten, auf sie zu fallen. Sie hatte erstaunliche Kräfte dafür, wie zierlich sie war, und war doch tatsächlich imstande, ein volles mannshohes Regal mit beiden Händen wieder in die Senkrechte zu stemmen! Viele Bücher fielen trotzdem zu Boden. Sie sammelte sie in der Folge alle wieder ein. Schien eine kleine Leseratte zu sein.

»Erfreu mich doch einfach mit der Schlagzeile, Byron. Oder gleich mit einer Zusammenfassung der Fakten.«

»William Desmond Taylor hieß in Wahrheit William Deane-Tanner und lebte früher in New York«, sagte er.

»Was?«, fragte ich verblüfft.

»Er war dort Antiquitätenhändler. Bis 1908, dann hat er eines Tages sechshundert Dollar aus der Kasse seines Arbeitgebers genommen und sich einfach aus dem Staub gemacht. Er wurde polizeilich gesucht, aber sie haben ihn nie gekriegt. Viel später nannte er sich William Desmond Taylor, reüssierte als Schauspieler und tauchte irgendwann in Hollywood auf. Von da an kennen wir die Geschichte. Er hat 1913 bei Famous Players angeheuert und wurde dann zu dem Starregisseur, den jeder kannte.«

Ich verdaute das mühsam.

»Und ihr habt davon nichts gewusst, niemand von euch?«

»Nein, aber kein Wunder, dass er uns diese Vergangenheit verschwiegen hat. Oder wusstest du etwa davon?«

»Nein, natürlich nicht. Wie haben die Journalisten es herausgefunden?«

»›Recherchen‹. Vielleicht wissen sie noch mehr. Dann kommen vielleicht noch schlimmere Fakten ans Licht, als dass unser Opfer ein gemeiner Dieb war und ein Hochstapler mit falschem Namen. Schöne Grüße an Miss Brandeis.«

Und damit legte er auf.

»Was ist los?«, fragte Polly, einen Stapel Bücher, den sie sich unter das Kinn geklemmt hatte, auf dem Arm balancierend.

»Das erzähle ich dir gleich. Lass uns essen«, sagte ich. »Ich habe Appetit auf was richtig Scharfes.«

Sie ließ die Bücher einfach auf den Boden fallen und stapfte zurück in die Küche.

Kurz darauf saßen wir vor zwei dampfenden Schüsseln mit Chili darin. Ich schnitt zwei Brotscheiben ab.

Sie hatte das Handtuch abgenommen und sich die Haare zurechtgebürstet. Ihre dunklen Locken strahlten in neuem Glanz.

»Was weißt du eigentlich über William Desmond Taylor?«, sagte ich, bevor sie etwas sagen konnte. »Den du nur flüchtig gekannt hast, wie du gesagt hast? Und was genau hattest du mit ihm zu tun? Immerhin hängt da an der Wand sein Foto mit einer Widmung.«

Den Löffel in der Hand, hielt sie jetzt inne.

»Er hat mir einen Tipp für meinen ersten Regiejob gegeben, weil er mich für talentiert hielt. Hat er da ja auch geschrieben.«

»Wie das? Ist ja nicht selbstverständlich, dass eine junge Frau Regie führen darf in Hollywood.«

»Immerhin haben wir 1922«, sagte sie und zuckte mit den Achseln. »Und dir hat er doch auch einen Job gegeben. Vermutlich aus den gleichen Gründen, oder nicht?«

Sie tauchte den Löffel in das Chili und begann zu essen.

Ich nahm nun ebenfalls den ersten Bissen. Sie sah mich erwartungsvoll an. Ich kaute dreimal, und dann brandete eine Welle von Feuer durch meinen Mund. Ich öffnete die Lippen und ließ Luft hinein. Ein schwerer Fehler. Mir blieb der Atem weg.

»Na«, fragte sie, »schmeckt's denn?«

Sie wirkte absolut unschuldig. Als wollte sie gelobt werden.

»Das«, sagte ich mühsam, »ist das beste Chili, das ich jemals gegessen habe.«

Wahrscheinlich würde sie sowieso gleich über mich lachen. Eindeutig eine Revanche für vorhin.

»Siehst du«, sagte sie stolz, »das sagt nämlich jeder.« Sie tauchte zufrieden den Löffel ein und schob sich erneut eine große Portion in den Mund. Es war wirklich nicht auszumachen, ob sie mich nur bombastisch austrickste oder es ernst meinte. Sie kaute eine Weile, schluckte und sagte dann: »Obwohl – schon leicht scharf, oder?«

Jetzt wusste ich's. Polly meinte es wirklich ernst.

Ich schüttelte nur den Kopf und trank einen Schluck Wasser. Einen großen.

»Vielleicht hab ich heute etwas mehr Chili dran getan als sonst …?«, sagte sie grübelnd. Dann aß sie weiter, mit einem Gesichtsausdruck, als schmeckte sie dieser Frage nach. Ich konnte es kaum fassen, dass die Schärfe ihr nicht so viel ausmachte wie mir.

»Wie hast du Taylor kennengelernt?«, fragte ich weiter und räusperte mich. »Zu jemandem wie ihm musstest du ja erst einmal vordringen. Wie kam es dazu, dass er dir geholfen hat?«

Ich nahm mir etwas Brot. Eigentlich aß ich von da an überhaupt nur noch Brot.

»Ganz einfach, ich habe ihn um ein Treffen gebeten. Ich bekam einen Termin, und dann haben wir uns sofort sehr gut verstanden. Und da er in der Position war …«

»Lass mich offen fragen. Der große Frauenliebling Taylor – ist er einer deiner Liebhaber gewesen?«

»Nein, oh nein«, sagte sie, als wäre das völlig abwegig, und schwang den Löffel in meine Richtung. »Natürlich nicht. Meinst du, ich habe meine Karriere der Besetzungscouch zu verdanken …?«

Sie sah mich tadelnd an.

»Hast du ihn oft besucht?«

»Nein. Wir haben uns nur ein paarmal getroffen, Bill und

ich. Wie gesagt, er hat mir bloß Ratschläge als Regisseur gegeben«, sagte sie ernst und aß weiter das Chili.

»Was weißt du noch über ihn, über seine Vergangenheit, seine Herkunft? Habt ihr darüber mal geredet?«

Ihre Gesichtszüge verschlossen sich wieder.

»Nein. Er war, soweit ich das sagen kann, ein ziemlich diskreter Mann, ein Junggeselle, der viel gearbeitet hat.«

»So habe ich ihn auch erlebt. Aber er muss ja noch eine ganz andere Seite gehabt haben, wenn ich an Mabel und Mary denke und was die Ermittler so alles gefunden haben. Die Höschen – ist da auch eines von dir dabei gewesen, Polly?«

»Nein«, sagte sie trotzig. »Solche Sachen könnte ich mir auch gar nicht leisten. Was denkst du nur von mir?«

»Das frage ich mich auch gerade«, entgegnete ich.

Sie legte wütend ihren Löffel auf den Tisch. »Sag mir endlich, was du eben erfahren hast«, sagte sie plötzlich. »Das mit den Schlagzeilen. Ich habe ein Anrecht darauf, es zu wissen.«

Ich ging hinüber zu Enrico und streichelte ihn. Er leckte mir die Hand, dann hörte er damit auf und schmatzte. Er hatte wohl das Chili geschmeckt.

»Der *Examiner* hat enthüllt, dass Taylor eine sehr bewegte und bislang unbekannte Vergangenheit hatte. Er hieß eigentlich William Deane-Tanner und kam aus New York.«

»Was?«, fragte sie, ungläubig und wie betäubt.

»Und er hat vor vielen Jahren dort einen Diebstahl begangen, ist untergetaucht und wurde von da an vergeblich gesucht. Hat er irgendwas davon erwähnt?«

»Nein, nie«, sagte sie langsam. »Einen Diebstahl …? Wieso hätte er davon erzählen sollen?« Sie sah hoch.

»Du kniest dich also nur deshalb so in den Fall rein, weil er dein Mentor war?«

»Ja! Und weil der Regieverband mich damit beauftragt hat.«

Sie stellte ihr Chili beiseite. Der Appetit war nun auch ihr vergangen.

»Gibt es etwas, das du mir noch nicht gesagt hast?«

Sie zog die Schultern hoch und dachte nach.

»Da fällt mir nur ein, was mir Howie Fellows erzählt hat ... sein Chauffeur. Wo überall er mit Taylor am Tag vor dem Mord gewesen ist. Du kannst es gerne wissen. Ich habe es mitgeschrieben.«

Sie ging zu ihrer Ledertasche und entnahm ihr ein Notizbuch.

»Na, dann spuck's mal aus.« Ich holte mein Zigarettenetui hervor, bot ihr eine an, nahm selbst eine und gab uns beiden Feuer. Dann lehnte ich mich zurück.

»Also, der 1. Februar«, sagte sie, die Zigarette im Mundwinkel und den Finger im aufgeschlagenen Buch. »Taylors erster Termin war um zehn Uhr, Frühstück im Los Angeles Athletic Club. Am Pool oben im fünften Stock, mit Charlie Chaplin. Taylor war gut befreundet mit ihm.«

Ich sah sie überrascht an. Sie blickte weiter in ihr Notizbuch und aschte ab.

»Danach ist Taylor zu Paramount gefahren und hatte um elf Uhr dreißig eine Besprechung mit unserem Studiochef, Mr. Lasky. Es ging um den Schnitt für seinen aktuellen Film *The Green Temptation,* da scheint es ein paar Probleme gegeben zu haben.« Sie sah hoch und kniff ein Auge zu. »Im Schnitt gibt es *immer* ein paar Probleme. Er hat im Studiorestaurant zu Mittag gegessen.«

»Hatte er das Steak oder den Fisch, steht das da auch?«, fragte ich sauer. In Wahrheit war ich ziemlich beeindruckt. Sie überging es mit einem Lächeln.

»Danach hat Howie ihn in die Stadt gefahren. Taylor hat bei seiner Bank zweitausendfünfhundert Dollar abgehoben – er hat sie im Wagen noch einmal nachgezählt – und sich dann zu einem Juwelier bringen lassen, Berenson. Er hat nichts gekauft, nur einige Stücke angesehen«, sagte sie.

»Und ist mit seinem Geld wieder gefahren ...«, konstatierte ich.

»Mir hat ein Mann mal eine Perlenkette von dort geschenkt«, sagte sie nachdenklich und platzte dann heraus: »Weil er mich sehr verletzt hatte …« Sie verstummte. »Ich hab ihm trotzdem den Laufpass gegeben«, sagte sie dann achselzuckend und sah wieder in das Buch. »Danach war er in einer Tanzschule in Downtown und hat eine Stunde lang einen Tangokurs besucht.«

»Alleine, oder hat er dort jemanden getroffen?«

»Nicht, dass Howie wüsste. Man wechselt die Partner doch jeweils durch bei so einem Tanzkurs.«

»Natürlich. Wie im sonstigen Leben halt. Nur mit einer roten Rose zwischen den Zähnen«, sagte ich und zündete eine neue Zigarette an der letzten an. Enrico sah mich so an, als verstünde er meinen Sarkasmus genau. Ich nickte ihm zu.

»Danach machten sie sich auf den Weg nach Hause. Unterwegs ließ Taylor bei einer Buchhandlung halten und erstand zwei Bücher.«

»Den Freud und den Nietzsche, die er Mabel geschenkt hat.«

Sie sah mich überrascht an.

»Aha. Das wusste er nicht. Mit Büchern kennt Howie sich nicht so gut aus, dafür mit anderen Dingen, auf eine ganz hinreißende Weise.« Sie grinste versonnen. »Er hat Taylor dann zu Hause am Alvarado Court abgesetzt, das war gegen halb sechs am Abend. Taylor wollte sein Scheckheft durchsehen und alles für seine Steuerberaterin sortieren, mit der er für den folgenden Tag verabredet war, das hat er ihm erzählt.«

»Und später kam Mabel Normand vorbei, wie wir wissen … Gute Arbeit«, sagte ich anerkennend. Sie klappte ihr Notizbuch zu und legte es beiseite.

»Und das hat dir Howard Fellows erzählt, nachdem du die Nacht mit ihm verbracht hattest? Am Morgen, als ihr von dem Mord erfahren habt?«

»Ja …«, sagte sie gedehnt und offenbar in Erinnerungen schwelgend. »Ich war bei Howie …«

»Und sonst?«, drängte ich. »Wer sind deine Liebhaber? Außer Howard Fellows?«

»Na schön, Hardy. Ein Schauspieler«, sagte sie, als ginge es um eine Topfpflanze. »Aber er ist verheiratet.«

»Und der dritte?«

»Es sind ja nur zweieinhalb«, sagte sie.

»Und wer ist der, den du noch nicht rangelassen hast?«, fragte ich. »Ist es Lasky?«

Sie lachte laut auf und drehte sich um. Ich ärgerte mich, teils über sie und teils über mich selbst.

»Wir haben einen Mord aufzuklären, und du scheinst ein experimentierfreudiges Mädchen zu sein. Wir müssen darüber reden, vielleicht ist ja irgendjemand eifersüchtig geworden«, fügte ich hinzu.

»Mach dich nicht lächerlich«, sagte sie. »Eifersüchtig, wegen mir?«

»Du weißt genau, wie Männer auf dich reagieren.«

Selbst Enrico guckte hin.

Sie zuckte die Achseln, als wäre das alles ganz selbstverständlich: »Stimmt schon. Aber ich sag ihnen doch immer gleich, dass es noch andere gibt. Und noch einmal, Hardy, ich hatte nichts mit Taylor, also konnte auch niemand deshalb eifersüchtig sein.«

»Na gut«, sagte ich und akzeptierte vorerst, dass sie mir ihren dritten Liebhaber nicht verraten würde. »Aber mit seinem Chauffeur hast du was gehabt, also habt ihr doch vermutlich mal darüber geredet, wen sein Boss geliebt hat?«

Sie verdrehte die Augen.

»Ich weiß ja nicht, was *du* mit deinen Liebschaften machst, aber wir reden nicht über so etwas.«

»Wie dem auch sei. In Kürze ist die Beerdigung«, sagte ich. »Das wird schwer genug für Mabel. Sie hat gewiss Angst, dass die Reporter und alle anderen über sie herfallen. Also werde ich sie beruhigen müssen.«

Ich hatte in der Tat schon länger nicht mehr an sie gedacht.

»Das verstehe ich«, sagte sie. »Die Beerdigung, ja …«

Sie starrte grübelnd ins Leere, für einen Moment wirkte sie verloren. Dann fasste sie sich wieder.

»Und was wirst du nun also tun?«, fragte sie und hob sofort einen Finger. »Nein, stopp – du brauchst es mir nicht zu sagen. *Ich* werde dir sagen, was du denkst.«

Und sie beugte sich vor, weit über den Tisch, und sah mich aus nächster Nähe an, so wie neulich im Büro.

»Blödsinn. Das wirst du niemals erraten«, entgegnete ich.

»Doch, werde ich«, sagte sie. »Aber weißt du was, sollte ich mich irren, werde ich heute Nacht mit dir schlafen.«

Sie starrte mich an und sagte nichts mehr. Ihr Gesicht war verlockend nahe. Das ging eine ganze Weile so. Ich musste mich ziemlich zusammenreißen.

»Du denkst«, sagte sie dann, »ich hielte es nun für das Beste, dich den Job, den Duke zu überführen, alleine erledigen zu lassen.«

Sie hob erwartungsvoll die Augenbrauen. Ich überdachte die Konsequenzen und sagte dann: »Genau das habe ich gedacht. Herzlichen Glückwunsch, Polly.«

Sie lachte auf und pikte mir wieder gegen die Schulter. »Aber da bist du vollkommen schiefgewickelt! Ich habe doch gesagt, ich kneife nicht. Wir werden das zusammen machen, wir beide.«

»Mist«, sagte ich. »Dann werden wir heute Nacht nicht miteinander schlafen.«

»Du machst jedenfalls nichts mehr auf eigene Faust, versprich mir das! Das ist viel zu gefährlich.« Sie fügte hinzu: »Ohne mich.«

»Das ganze Leben ist gefährlich«, sagte ich und erhob mich. »Manchmal setzt man sich nur zum Essen hin, und schon brennt es lichterloh. Das nächste Mal koche ich.«

Sie hielt sich die Hand vor den Mund und hauchte dagegen. »Puh, ich hab eine richtige Zwiebelfahne! Ich glaube, sonst wäre ich trotzdem mit dir ins Bett gegangen … Aber ich werde ein Gedicht über dich schreiben!«

Sie wandte sich dem Tisch zu und begann aufzuräumen.

»Mach das. Ich wollte sowieso nach Hause gehen und mich ausschlafen«, sagte ich.

Bevor ich mich verabschiedete, half ich ihr, die Teller hinüberzutragen.

Und ich schaute im Bad vorbei, nahm mir einen der Fotoabzüge und steckte ihn ein.

16

Eine Stunde vor Mitternacht fuhr in der Ivar Avenue, am Haus Nummer 369, ein geschlossener Lieferwagen mit der Aufschrift *Gardiner's Eisservice* vor. Ein kräftiger, mittelgroßer Mann mit einer Schürze und einer Schirmmütze stieg aus, öffnete die Hecktüren, hievte sich mit einer riesigen Zange einen gewaltigen Eisblock auf den Rücken und schleppte ihn die Treppe hoch zum Eingang.

Gardiner's Eisservice war die Firma, die jeden Tag Buck Carpenters Bar belieferte, der Mann mit der Schürze war ich, und der echte Eismann war um zwanzig Dollar reicher und betrank sich in diesem Augenblick im Jail Café.

Eine Stunde zuvor hatte ich, auf den Beifahrersitz von meinem Sedan geduckt, mitangesehen, wie der Duke und seine beiden Handlanger in dem Rolls-Royce weggefahren waren. Danach hatte ich Buck angerufen, und er hatte alles eingefädelt, der Eismann war herübergefahren, und wir hatten in einer Querstraße die Automobile und die Kleidung getauscht.

»Lieferung für Miss Lawrence«, sagte ich zu dem Nachtportier, gebückt unter meiner Last und kaum zu ihm hochsehend. »Das heißt, der Duke hat es für sie bestellt.«

»Ist ja mal ganz was Neues, sonst sind es nämlich die, die etwas ausliefern«, sagte der Portier grinsend und zeigte mit dem Daumen zum Aufzug. »Dritter Stock. Und ich könnte hier unten auch ein bisschen Eis gebrauchen.« Er zeigte mit dem

Kinn auf eine halb volle Flasche und ein Glas, die neben seinem Stuhl nahe der Tür bereitstanden.

Er sah mich nicht genau an. Er sah nur einen großen Eisblock und eine Lieferantenuniform.

»Kommt sofort danach«, sagte ich und tippte an den Rand meiner Schirmmütze, wie ich es mir von ein paar echten Proletariern abgeguckt hatte.

Es war in dieser Nacht so kalt, dass der Eisblock im Aufzug nicht einmal die kleinste Pfütze bildete. In der dritten Etage stieg ich aus und humpelte schief auf eine goldumrahmte Tür zu. Links zog die Luger meine Hosentasche nach unten. Ich sah keine Klingel und überlegte erst, ob ich klopfen sollte.

Dann drehte ich einfach den Knauf, und es zeigte sich, dass die Tür zu Florence Lawrence' Wohnung nicht abgeschlossen war und aufschwang.

Vor mir lag im Halbdunkel ein langer Flur, der von Wand zu Wand mit einem flauschigen grünen Teppich ausgelegt war, sodass er aussah wie eine Wiese. Ich entschied mich dafür, vorerst nicht auf mich aufmerksam zu machen.

Vorsichtig schritt ich voran. Auf der linken Seite erreichte ich eine Tür, öffnete sie und sah hinein. Es war eine Toilette. Ich ging weiter. Ein paar eisige Tropfen liefen mir hinten in den Kragen. Ich öffnete die nächste Tür.

Die Deckenlampe war eingeschaltet. Vor mir lag ein größerer Abstellraum mit mehreren Eisenregalen, die alle gefüllt waren. Ich sah auf einem Tisch eine Lebensmittelwaage, Papierbögen und zurechtgeschnittene Briefchen. Manche von ihnen waren bereits verschlossen, andere noch nicht.

Ich starrte auf das Drogenlager des Dukes.

Eben wollte ich den Eisblock absetzen, um es näher untersuchen zu können, da nahm ich plötzlich im Augenwinkel eine Bewegung wahr.

Ein Mann in einem grauen Anzug trat herein. Ich drehte mich halb zu ihm um, meine Last immer noch geschultert.

»Der Eismann ist da«, sagte ich, so kühl ich konnte. Der Mann sah mich aus brutalen, schiefergrauen Augen an und zog eine Waffe. Ich schwenkte herum und rammte den Eisblock gegen ihn. Er taumelte zurück, ich setzte nach und drückte ihn gegen die Wand. Er stöhnte auf und sank langsam nach unten, als wäre er die Titanic. Ich ließ das Eis auf ihn fallen, beugte mich hinab und versicherte mich, dass er tatsächlich von Grönland träumte. Und ich sah mir seine Pistole an, als ich sie an mich nahm. Es war keine Achtunddreißiger.

Ich ging hinaus auf den Flur und lief ihn hinunter, bis ich eine Art Salon betrat, der ein viktorianischer Albtraum aus Plüsch war. Gelber Plüsch, der einen regelrecht blendete, in allen Schattierungen dieser schönen Farbe und beleuchtet von einem goldenen Deckenlüster. In einem Kamin prasselte ein kleines Feuer.

Plötzlich bewegte sich eines der Plüschmöbelstücke. Es stellte sich heraus, dass es Florence Lawrence war, die in einem gleichfarbigen Hausmantel von einem gelben Sessel aufstand. Sie trug selbst hier drin einen Hut mit einem Schleier, der bis auf ihr Gesicht herabfiel, in einem anderen Gelbton.

»Miss Lawrence«, sagte ich. »Ich war heute schon einmal da, erinnern Sie sich? Ich ermittle im Mordfall Taylor, für Mabel Normand, und ich bin ein Landsmann von Uncle Carl Laemmle, Ihrem alten Förderer. Sie müssen mir helfen.«

Sie betrachtete mich stumm und bewegungslos.

»Was wollen Sie?«, fragte sie dann mit einer Geste der Resignation. »Ich bin eine einsame, wehrlose Frau und offensichtlich in Ihrer Gewalt, also fragen Sie schon.«

Sie bot mir einen Platz auf einem Sofa an und setzte sich wieder hin. Auch ich setzte mich und sank so tief ein, als wollte der Plüsch mich verschlucken. Ich wusste nicht, ob meine Schultern und Achselhöhlen nass von Schweiß oder von geschmolzenem Eis waren. Es war eine gespenstische Atmosphäre, wie in einem Beerdigungsinstitut. Sie wirkte gefasst und freundlich, soweit man das durch ihren Schleier beurteilen konnte.

»Ich muss wissen, ob Sie das Alibi des Dukes bezeugen können. Das wäre das Erste.«

»Und was wollen Sie sonst noch wissen, junger Mann?«

»Ich brauche die Kundenliste des Dukes. Ich weiß, dass sie hier ist, und sie kann viel Unheil bringen, nicht nur für Miss Normand, sondern auch für viele andere Kolleginnen und Kollegen von Ihnen. Das möchte ich verhindern. Sagen Sie mir, wo sie ist. Ich werde sie sowieso finden.«

»Ihr Deutschen«, sagte sie beinahe zärtlich. »Immer frei heraus und zielorientiert, undiplomatisch, aber nicht zu ignorieren. Wie geht es Uncle Carl?«

»Er ist wohlauf und produziert nicht nur schöne, aber immer erfolgreiche Filme«, sagte ich, ohne zu zögern. »Und er lässt Sie grüßen. Er erwähnt Sie fast bei jeder Gelegenheit, wenn man ihn auf die Gründung Hollywoods anspricht.« Es stimmte immerhin, dass er im vergangenen Jahr, als ich für ihn gearbeitet hatte, häufig und sehr warm von ihr gesprochen hatte. »Und diese Stadt aus der aktuellen Krise zu retten, ist auch ihm natürlich ein großes Anliegen.«

Sie sagte erst einmal gar nichts, stand einfach nur da und schien es zu verarbeiten. Ich wartete ab, bis sie so weit war.

»Ich werde es Ihnen vielleicht erzählen«, verkündete sie feierlich, ganz die große Diva, und hob mahnend die Hand: »Wenn Sie sich mein Gesicht ansehen.«

Ich konnte es hinter dem Schleier nur erahnen.

»Also gut«, sagte ich. »Selbstverständlich, gerne, Miss Lawrence.«

Sie setzte sich aufrecht hin, und dann zog sie den Schleier hoch und legte ihn über ihre Hutkrempe.

Ich sah sie an. Ich zwang mich, nicht wegzusehen. Ich krallte die Finger in das Polster des Plüschsofas.

»Sie sind eine interessante Frau«, sagte ich. »So viel interessanter als all die Püppchen, die heute Karriere machen.«

»Ich danke Ihnen«, sagte sie und machte keine Anstalten, den Schleier wieder herabzulassen. Ich musste sie weiter ansehen. Der flackernde Schein des Kaminfeuers tanzte auf der vernarbten linken Seite ihres Gesichts.

»Mr. Rumford hat behauptet, den Abend des 1. Februar mit einer prominenten Dame verbracht zu haben. Waren Sie das?«

»Ja. Ich habe diesen Abend mit ihm verbracht, Mr. Engel. Wir haben hier gespeist, ein Menü mit drei Gängen. Wir sind uns sehr verbunden, und er lebt bei mir.«

»Und seine beiden Handlanger?«

»Die waren auch hier, ich habe sie gesehen«, sagte sie. »Sie haben in den vorderen Räumen an etwas gearbeitet.«

»Er hat sein Drogenlager hier«, sagte ich. »Und lässt es bewachen.«

»Er hat seine Räume, in denen er machen kann, was er will, und empfangen kann, wen er will«, sagte sie kühl. »Aber ich werde ihn schon wieder auf den rechten Weg zurückbringen. Reicht Ihnen das aus?«

»Noch nicht ganz«, sagte ich und räusperte mich. »Kannten Sie Mr. Taylor?«

»Natürlich«, sagte sie würdevoll, »ich habe mit ihm in ein oder zwei Filmen gespielt, das ist lange her. Lange, bevor mir dies hier passiert ist.« Sie zeigte auf ihr Gesicht. »Wir kannten uns damals alle. Heute …« Sie winkte ab.

»Wo ist die Liste?«, fragte ich, bevor sie noch weitere Erinnerungen hervorkramen konnte. »Das Kundenbuch von Mr. Rumford?« Sie blickte abwesend in Richtung des Fensters, hinaus ins Dunkle.

»Ich sehe ein Feuer«, sagte sie langsam, mit einer Stimme, die nicht klang wie von dieser Welt.

»Ja, ich weiß, Ihr Unfall«, fiel ich ihr schnell ins Wort. »Wie furchtbar, denken Sie besser gar nicht mehr daran.«

»Nein. Ich sehe *Sie,* in dem Feuer«, sagte sie. »Und Sie werden darin umkommen.«

Ein eiskalter Schauer lief mir den Rücken hinunter.

»Wo ist die Liste?«, fragte ich. Es gelang mir, meine Stimme unter Kontrolle zu behalten. »Sie können mir eine Menge erzählen – auch dass der Weihnachtsmann der Osterhase ist. Aber eines weiß ich: Sie leben hier mit dem Duke zusammen, und Sie wissen bestimmt, wo diese Liste ist.«

Sie zeigte hinter sich.

»Bel Air«, sagte sie fast träumerisch. »Wir kaufen ganze

Grundstücke dort, Mr. Rumford und ich, haben Sie das schon gehört? Wir werden unsere Vermögen damit vervielfachen. Ich habe schon seit Jahren keinen Film mehr gedreht, wissen Sie, aber ich werde trotzdem wieder in Hollywood Geld verdienen. Auf ganz legale Weise. Mit Immobilien. Und ich habe ihn dazu überredet, dass wir das gemeinsam tun, was auch immer er bisher für Geschäfte betreibt, die mich nicht interessieren.«

Sie sah mich bedeutungsvoll an. Ich wurde allmählich wütend.

»Antworten Sie mir, Miss Lawrence! Er soll die Liste in Bel Air aufbewahren? Dort ist nichts.«

»Aber nein, nicht da, Sie Dummerchen«, rief sie aus und deutete auf einen Schreibtisch am Fenster. »Dort.«

Ich stand auf und ging hinüber. Dabei achtete ich darauf, dass ich dieser Frau stets das Gesicht zuwandte.

Auf dem Schreibtisch waren Papiere ausgebreitet. Ich durchstöberte sie, doch ich sah nichts Handschriftliches dabei. Ich sah sie fragend an.

»Verstehen Sie nicht?«, sagte sie theatralisch. »Er hat große Pläne …«

Am Schreibtisch lehnte eine lange Papprolle. Ich öffnete sie und ließ große Papierbögen herausgleiten. Diese breitete ich auf dem Tisch aus. Es waren Baupläne für ein Haus, gezeichnet von einem Architekten, und in der linken oberen Ecke stand: *Bel Air, Anwesen Lawrence/Rumford*. Ich rollte den Bogen weiter aus, und als ich ihn glatt strich und das rechte Ende weghielt, fiel ein zusammengerolltes schmales Kassenbuch mit einem dünnen Pappeinband heraus.

Ich nahm es und schlug es auf. Es war eng von Hand beschrieben, ich sah mehrere Spalten. Ganz links stand eine Liste von Namen. Dahinter waren Gramm- oder Literzahlen verzeichnet, und jeweils die Substanzen *(Morphin, Heroin, Kokain)*, in einer dritten Spalte weitere Zahlen – Zahlungseingänge in Dollar –, ganz rechts die Daten. Es begann im März des Jahres 1921, und es gab beinahe an jedem Tag, mit wenigen Lücken, Einträge.

Ich hatte gefunden, was ich gesucht hatte.

Ich blätterte es einmal sehr schnell durch, hingerissen und verblüfft, und konnte kaum glauben, was ich da alles sah. Und wen. Mabel Normand war mehrfach vermerkt, wie ich registrierte.

Die Liste ging bis ins Jahr 1922, bis zum gestrigen Tag. Es waren noch viele Seiten frei.

Die Schrift war gestochen scharf, mit sehr markanten Bögen. Ich holte den Abzug der Fotografie heraus, legte ihn neben das Buch und fand meine Vermutung bestätigt: Die Schrift war eindeutig nicht dieselbe wie in dem Erpresserbrief.

»Die Liste hier hat Alexander Rumford selbst geschrieben?«, fragte ich.

»Jeden Abend vervollständigt er sie«, sagte Miss Lawrence, »an diesem Tisch.«

Ich nickte und steckte die Fotografie wieder ein. Ich klappte das Kassenbuch sorgfältig zu, rollte es in die Papierbögen ein und schob alles zurück in die Papprolle. Diese klemmte ich mir unter den Arm. Sie beobachtete mich die ganze Zeit.

»Haben Sie vielen Dank, Miss Lawrence.«

»Keine Ursache«, sagte sie freundlich. »Grüßen Sie Uncle Carl von mir. Er hat mir damals meinen Namen gegeben und ihn auf Plakate schreiben lassen. Und jetzt gebe ich ihm dafür viele Namen, die ein anderer aufgeschrieben hat.«

»Gleich das nächste Mal, wenn ich ihn sehe. Grüßen Sie auch Mr. Rumford von Mr. Engel. Richten Sie ihm aus, ich sehe mir seine Baupläne einmal an. Und prüfe, ob sie ihren Zweck erfüllen.«

»Das mache ich«, sagte sie lächelnd.

Ich verbeugte mich vor ihr.

»Passen Sie auf das Feuer auf, Mr. Engel«, fügte sie hinzu.

Ich warf einen letzten Blick auf die Brandnarben auf ihrer linken Gesichtshälfte und ging. Ich verließ die Wohnung und nahm diesmal die Treppe, hinten zum Dienstbotenausgang heraus. Das Eis für den Portier hatte der Eismann glatt vergessen. Aber einen guten Whisky trinkt man sowieso ohne.

17

Ich fuhr von der Ivar Avenue zu Buck ins Jail Café, wo ich dem Eismann sein Gefährt und seine Kleidung übergab. Im Hinterzimmer sah ich mir das Kassenbuch noch einmal genau an und verglich es mit der Fotografie des Erpresserbriefes. Aber an dem Ergebnis gab es nichts zu rütteln: Die Schrift in dem Brief war viel steiler, gedrängter, ganz anders.

Laut dem Kassenbuch hatte Mabel Normand drei Mal Drogen bei dem Duke gekauft, nicht nur ein Mal, wie sie behauptet hatte – am 27. November des vergangenen Jahres, dann am 6. Dezember und noch einmal am 22. Dezember. Es waren jeweils Kokain, zweimal zu einer halben und dann zu einer ganzen Unze, in einem Wert von zehn Dollar bis vierzig Dollar, und jeweils sechs Flaschen Morphin. Dann hatte Taylor das Ganze offenbar unterbunden, ziemlich genau vor Weihnachten. Danach gab es keine weiteren Einträge mit Mabels Namen.

Ich verpackte alles wieder und bat Buck, die Papprolle sicher für mich aufzubewahren. Nicht der erste Gefallen dieser Art, und er konnte sich denken, was es damit auf sich hatte, als ich sagte: »Baupläne.«

Er nickte und brachte die Rolle hinunter in seinen geheimen Whisky-Keller, den man über einen dunklen Gang hinter einer großen Eisentür erreichte und der mit einer weiteren schweren Eisentür und zwei Schlössern gesichert war.

Als ich sagte, in meiner Wohnung trieben sich zur Zeit womöglich Ratten herum, ließ Buck mich in seinem Hinterzimmer übernachten. Ich besah mir noch den *Examiner* mit dem Artikel über Taylor, von dem mir Byron erzählt hatte, schrieb mir noch ein paar Stichpunkte in mein Notizbuch und schlief dann ein wie ein Mann, der etwas Gutes vollbracht hatte.

Am Morgen erhob ich mich erfrischt von meinem Lager auf der bequemen Couch, trank zwei Tassen schwarzen Kaffee und fuhr dann in sehr aufgeräumter Stimmung – wieder mit Bucks Sedan – hinüber nach Downtown, um Mabel Normand Bericht zu erstatten.

Vor der Tür ihres Hauses in der Seventh Street standen einige Reporter herum. Das Dienstmädchen ließ mich erst ein, nachdem es offenbar Miss Normand geholt und diese mich durch den Türspion begutachtet hatte, und schloss die Tür sofort hinter mir. Maisie war eine magere Blondine mit strähnigen Haaren und huschte gleich wieder in die Küche davon.

Mabel Normand sah aus, als hätte sie nicht viel geschlafen, wirkte verschwitzt, und ihre Frisur war in Unordnung. Sie geleitete mich heute in einen Salon, dessen Fenster nach hinten hinausgingen, neben dem Wohnzimmer von neulich. Der rechte Teil des Raumes war mit Gymnastikmatten ausgelegt, auf denen zwei große Medizinbälle aus Leder lagen. Daneben war eine Sprossenwand installiert, vor einer Tapete, die ein wildwucherndes Blattmuster in Grün zeigte, wie einen Dschungel.

Sie wies mir einen Lesesessel zu neben einem niedrigen Tisch. Dort lagen auf einer Marmorplatte diverse Zeitungen, obenauf der *Examiner,* die Ausgabe von neulich mit der Schlagzeile: STAATSANWALTSCHAFT HAT MABEL NORMAND VERHÖRT – LETZTE BESUCHERIN VON TAYLOR, garniert mit einem Foto von ihr.

»Sie haben schon über mich geschrieben«, sagte sie nervös. »Und jetzt belagern sie mich. Haben Sie die Geier draußen gesehen?« Sie ging hinter einen Paravent in der Ecke, den japanische Motive zierten.

»Nur ein Blinder hätte sie übersehen können«, sagte ich.

Sie kam wieder hervor und hatte nun ihre Bluse ausgezogen,

darunter trug sie ein Trikot. Sie ging hinüber zur Sprossenwand und stellte sich mit dem Rücken davor.

»Entschuldigen Sie«, sagte sie und griff mit beiden Händen eine Stange über ihrem Kopf. »Ich muss meine Übungen machen. Muss mich fit halten.«

»Selbstverständlich«, sagte ich.

Mabel zog sich hoch und ließ sich dann wieder heruntersacken, und wiederholte die Bewegung mehrmals.

»Außerdem … lenkt es mich ab …«, sagte sie zwischen ihren Atemstößen.

Sie kam jetzt richtig ins Schwitzen, und ihre riesigen Augen traten hervor. Sport schien nicht ihre große Leidenschaft zu sein, aber offenbar wollte sie mir und vielleicht auch sich selbst beweisen, wie diszipliniert sie war.

»Ich habe gute Nachrichten, Mabel«, sagte ich. »Ich konnte gestern die Kundenliste des Dukes sicherstellen. Ihr Name steht darin, aber sie ist jetzt gut versteckt, und niemand kann mehr Unfug damit veranstalten.«

Mabel ließ von der Wand ab und nahm sich einen Medizinball.

»Oh Hardy. Das ist eine große Erleichterung.« Sie hob den Ball hoch über ihren Kopf, dann streckte sie ein Bein zur Seite und balancierte aus. Sie verharrte so und fragte mit etwas gepresster Stimme: »Ich nehme an, Sie wollen mir nicht verraten, wie Sie es angestellt haben?«

»Nein«, sagte ich, »und Sie sollten auch keinesfalls irgendwem davon erzählen. Es bleibt unser beider Geheimnis, dass wir die Liste haben.«

»Gut«, sagte sie und wechselte die Pose, stand jetzt auf dem anderen Bein.

»Die andere Nachricht ist nicht so gut«, fuhr ich fort. »Der Schriftvergleich mit dem Kassenbuch ist negativ. Der Duke war nicht der Erpresser. Und so plausibel der Verdacht gegen ihn geklungen haben mag, er hat ein wasserdichtes Alibi, ebenso wie seine Handlanger. Von Florence Lawrence, seiner Freundin, und ich glaube ihr.«

»Florence«, sagte sie schwer atmend. Mabel richtete sich auf und ließ den Ball zu Boden fallen. Er kullerte zur Seite weg. »Aber wer war es dann?«, fragte sie. »Dieser Edward Sands?«

»Das will ich nach wie vor herausfinden«, sagte ich und zeigte ihr das Foto des Erpresserbriefs. »Erkennen Sie die Schrift?«

Sie grübelte. »Er hat mir hier und da mal etwas aufgeschrieben, Termine, Adressen ... Das könnte seine Schrift sein, aber ich bin mir nicht sicher. Zutrauen würde ich es ihm. Er hatte immer etwas Verschlagenes, Intrigantes.«

»Und es könnte auch sein«, sagte ich, »dass gar nicht diese Drogengeschichte und Sie der Grund waren, warum jemand Taylor erpresst hat. Haben Sie gelesen, was der *Examiner* berichtet hat – dass er in Wahrheit Deane-Tanner hieß und nach einem Diebstahl untergetaucht ist?« Sie nickte düster und zeigte zum Tisch.

»Ja. Er hat mir natürlich nichts davon erzählt, Hardy.«

Es klopfte plötzlich. Zweimal, dann nach einer Pause noch dreimal. Ich sah verwirrt in die Richtung, aus der das Klopfen kam, zur Wand. Mabel öffnete eine Tapetentür, die bis dahin nicht zu erkennen gewesen war, zum hinteren Teil des Gartens auf.

Ein Mann kam herein. Er trug eine Halbrandbrille, über die hinweg er Miss Normand routiniert und sachlich ansah, nicht im Geringsten fasziniert von ihrer Prominenz. Sie schloss die Tür wieder, ging hinter den Paravent und rollte einen Barwagen hervor, der mit zahlreichen Flaschen bestückt war.

Sie trugen kein Etikett und waren mit klarer oder mit dunkelbrauner Flüssigkeit gefüllt. Womöglich waren das die Vorräte, die ihr Dienstmädchen hatte besorgen sollen. Mabel setzte sich wie selbstverständlich zu mir und tupfte sich die Stirn. Offenbar war sie ganz froh, ihre Leibesübungen damit beenden zu können.

»Hallo, Stewart. Schauen Sie sich's rasch an, wie immer.«

Der Mann ging hinüber und klappte seine große Tasche auf.

Darin waren Pipetten und Fläschchen. Er war eindeutig der Apotheker ihres Vertrauens; so wie praktisch jeder in Hollywood einen hatte.

Im Folgenden schenkte er aus den Flaschen jeweils eine Winzigkeit in Gläser. Er hielt sie gegen das Licht, roch daran und träufelte dann mit einer Pipette etwas von einer bräunlichen Substanz hinein.

»Es gibt also einen Ausgang nach hinten?«, fragte ich und sah zu der Tapetentür.

Der Apotheker schüttelte jedes einzelne der Gläser, dann zündete er sie nacheinander mit einem Feuerzeug an und beugte sich zur Flamme hinab.

»Ja. So etwas sollte jeder haben«, sagte Mabel. Sie wischte sich mit einem bereitliegenden Handtuch den Schweiß ab und zündete sich eine Zigarette an.

»Haben Sie oder irgendwer ihn benutzt in der Nacht, als ich Sie beobachtet habe?«, fragte ich.

Sie runzelte die Stirn. »Nein. Da habe ich tief und fest geschlafen, Mr. Engel.«

Als der Apotheker nun bei allen Gläsern mit seiner Prüfung fertig war, verkündete er: »Der hier ist in Ordnung, auch wenn er nicht besonders gut riecht. Sie können ihn trinken, aber ich würde nur Cocktails damit mixen, um den Geschmack zu überdecken. Schon von Screwdriver gehört? Zwei Drittel Orangensaft und ein Spritzer Angostura, ein Drittel Wodka oder Gin. Drei davon, und Sie sind aller Sorgen ledig.

Den Zweiten da können Sie pur trinken, so etwas hätte jeder gerne zu Hause. Den Dritten würde ich zurückgeben, zu viel Methanol, verbrennt mit grüner Flamme. Beinahe reiner Sprit, womöglich gefährlich, auf jeden Fall das Geld nicht wert.«

Er klappte sein Köfferchen wieder zusammen. Mabel griff in eine Tasche ihres Rocks und reichte ihm einen Zehn-Dollar-Schein zwischen zwei Fingern. Er nahm ihn im Vorübergehen, hob grüßend die Hand an die Hutkrempe, und schon schlüpfte er wieder durch die Hintertür nach draußen, vermutlich auf dem Weg zu seinem nächsten Klienten. Er zückte dabei einen Schlüssel, wohl für das kleine, schmiedeeiserne Gartentor.

»Wollen Sie einen? Screwdriver?«, fragte sie, und schon stand sie auf und ging hinüber zum Barwagen.

»Nein, ich brauche einen klaren Kopf.«

»Ich genehmige mir einen«, sagte sie. »Herrgott, wenn ich schon nicht mehr kokse, dann muss ich wenigstens trinken können nach allem, was passiert ist …« Sie goss sich nacheinander Gin und Orangensaft ein. »Für das Sicherstellen der Kundenliste erhalten Sie natürlich den versprochenen Bonus. Nur, ich habe gerade nicht so viel da … Sie haben mir meine Karriere gerettet.«

Ich zögerte. »Hoffen wir es. Kein Problem, geben Sie es mir später.«

»Und ja, ich will, dass Sie weiter ermitteln, Hardy«, sagte sie. »Und herausfinden, wer den armen Bill umgebracht hat. Mir graut jetzt schon vor der Beerdigung übermorgen …« Sie setzte sich mit dem Cocktail zu mir, rührte mit einem Glasröhrchen darin und sog kräftig daran.

»Ich habe eintausend von seinen liebsten Rosen in die Kathedrale bestellt«, sagte sie. »Es soll eine würdige Zeremonie werden. Ganz Hollywood wird da sein, der Regisseur Charles Maigne hat es übernommen, sie in Szene zu setzen.«

»Taylors Nachbar?«, fragte ich und sah den grauhaarigen Mann vor mir, in dessen Bungalow ich mit Byron geredet hatte. Und leider auch die schwülstigen Filme, die er in Serie für die Paramount anfertigte.

»Bill wird in einem Katafalk aufgebahrt werden, und eine königlich-britische Ehrengarde wird ihm das letzte Geleit geben, er war schließlich Kriegsveteran«, sagte sie und wischte sich den Schweiß von der Stirn. »Das hat Maigne angeordnet. Er sucht dafür gerade noch ein paar Statisten.«

Ich stutzte. »Das ist eine gute Idee«, sagte ich.

»Sie kommen doch auch?«, fragte sie und blickte mich hoffnungsvoll an.

»Natürlich«, antwortete ich. »Und ich werde vorher alles über diesen Edward Sands in Erfahrung bringen. Bis dahin, mehr davon«, ich zeigte auf den Medizinball, »und weniger davon.« Ich zeigte auf ihr Glas, das schon zur Hälfte leer war. Dann ging ich zur Vordertür wieder hinaus.

18

Ich muss Ihnen an dieser Stelle ein Geständnis machen: Ich habe – vielleicht ist es Ihnen schon aufgefallen – eine gewisse Schwäche für große Auftritte. Möglicherweise kam das daher, dass ich es mir einmal in den Kopf gesetzt hatte, Schauspieler zu werden. Oder daher, dass ich damit nicht allzu erfolgreich gewesen bin. Wer weiß, was Sigmund Freud dazu zu sagen hätte. Als Detektiv war es mir jedenfalls ganz nützlich, hier und da einen Überrumpelungseffekt zu erzielen.

Natürlich ging es mir darum, Byron zu befragen. Vielleicht fuhr ich an diesem Vormittag aber auch nur zu Paramount, weil ich eine gewisse Schwäche für Polly Brandeis hatte und sie mit meinen Ermittlungsergebnissen beeindrucken wollte. Ich schuldete ihr ohnehin noch die Auflösung.

Auf dem Studiogelände wimmelte es nur so von Geschäftigkeit. Ich fuhr mit dem Wagen vor und ließ mir an der Schranke einen Besucherausweis ausstellen, um Polly Brandeis und Byron Hamilton zu sprechen. Der Pförtner – ein neuer, den ich nicht kannte – ging in sein Häuschen, durchsuchte seine Unterlagen und kam mit dem Ausweis zurück: »Sie erwarten Sie bereits, Mr. Engel.«

»Wirklich?«, fragte ich voller Vorfreude. Ich nahm den Ausweis an mich und fuhr unter der geöffneten Schranke hindurch.

Ich parkte das Automobil drüben vor dem prächtigen Hauptgebäude und eilte die Treppe mit langen Schritten hinauf. Ich hoffte, Polly dort zunächst allein anzutreffen und ihr elegant und möglichst beiläufig die neuesten Nachrichten überbringen zu können.

In Byrons Vorzimmer entdeckte ich sie auch prompt, mit Enrico zu ihren Füßen. Polly trug ein samtglänzendes schwarzes Kleid, in dem sie noch dünner und zierlicher aussah als sonst. Doch mein großer Auftritt wurde vermasselt. Neben ihr saßen Byron und die Sekretärin Cathy, und sie alle starrten den Safe an, dessen Eisentür schief in den Angeln hing. Er war aufgebrochen worden. Gestern schien ein ganz schlechter Tag gewesen zu sein für all jene, die Schriftstücke unter Verschluss halten wollten.

»Hardy«, sagte Byron und blickte mich scharf an. Polly hatte die Arme verschränkt, eine Zigarette im Mund, und pustete Rauch zur Seite weg. Enrico schnaubte. Cathy sah so drein, als wäre sie heute schon ein wenig angeschrien worden.

»Was ist passiert?«, fragte ich.

»Ist das nicht offensichtlich?«, entgegnete Byron von oben herab. »Jemand ist hier eingebrochen und hat die Briefe gestohlen. Es fehlen nur die von Mabel Normand.« Ein Vorwurf lag in seiner Stimme.

»Und die von der kleinen Mary Miles Minter?«, fragte ich.

»Die sind noch alle da«, sagte Cathy und räusperte sich.

»Die gute Mabel wird doch nicht unter die Safeknacker gegangen sein?«, fragte ich. »Davon hat sie mir gar nichts erzählt, ich habe sie vorhin erst gesehen.«

»Lass den Blödsinn«, sagte Byron. »Nur die vier Menschen, die jetzt in diesem Raum sind, konnten wissen, dass die Briefe in diesem Tresor waren.«

»Und ein Mops«, sagte ich und sah Enrico an. »Rück sie schon raus, Kleiner.«

Polly nahm die Zigarette aus dem Mund und kicherte gegen ihren Willen los. Sie hatte Mühe, wieder ernst zu werden. Cathys Mundwinkel zuckten, als wolle sie mitmachen, doch sie behielt sich unter Kontrolle.

»Bitte keine dummen Scherze«, sagte Byron böse.

»Und die Staatsanwaltschaft und deine Bosse wussten es sicher auch«, sagte ich. »Jeder hätte hier einbrechen können, und der Dieb tat es nicht zwangsläufig deshalb, weil er vorher wusste, was in dem Safe war.«

»Es passt aber schon ziemlich gut, dass ausgerechnet diese Briefe nun fehlen.«

»Bevor das hier zum Tribunal wird«, sagte ich. »Ich wollte euch etwas ganz anderes erzählen.«

»Hardy kann es nicht gewesen sein«, sagte Polly zu Byron. »Das habe ich doch schon gesagt. Wir haben ermittelt und den Abend zusammen verbracht.«

Sie lächelte mir versonnen zu. Ich lächelte nicht zurück und begann: »Na ja … Den Abend, aber nicht die Nacht.«

Polly hörte auf zu lächeln und sah aus, als käme sie sich mit einem Mal sehr dumm vor.

»Ich kann es aus einem anderen Grund nicht gewesen sein«, erklärte ich. Und nun war mein großer Moment gekommen: »Nachdem ich mich von Miss Brandeis verabschiedet hatte, habe ich in der Tat einen kleinen Einbruch begangen. Allerdings bei unserem Hauptverdächtigen zu diesem Zeitpunkt – Alexander Rumford, genannt ›der Duke‹.« Polly schnaubte, ein bisschen wie ihr Mops. »Dem früheren Drogendealer von Mabel Normand, der Streit mit Mr. Taylor hatte und den ich für den Erpresser hielt«, fügte ich für die beiden anderen hinzu.

»Miss Brandeis hat mir von der Spur erzählt«, sagte Byron knapp. »Allerdings erst heute Morgen, lange nachdem er auf euch geschossen und sich schwer verdächtig verhalten hat. Und sie unseren Ford ruiniert hat.«

Polly hatte es ihm also doch gestanden. Er sah sie strafend an. Doch sie hatte keine Augen für ihn.

»Du hast *was* gemacht?«, fragte Polly mich fassungslos.

»Er ist es aber nicht gewesen«, fuhr ich fort. »Ich bin eigentlich nur vorbeigekommen, um euch das zu sagen.«

Byron wollte etwas fragen, doch vorher entlud sich Pollys Zorn.

»Heute Nacht? Und du wolltest mich nicht dabeihaben?«

»Ja, und das habe ich auch offen gesagt. Mehrmals. Es ist zu gefährlich, der Schuss hätte dich auch töten können. Du bist Regisseurin, lass den Detektiv die Detektivarbeit machen.«

Polly sprang auf und zeigte wütend auf mich.

»Du hast es mir gestern Abend versprochen. Von wegen ›offen gesagt‹, du hast mich angelogen!«

Byron sah aufmerksam von ihr zu mir. Ich zuckte die Achseln.

»Ich habe etwas offen gesagt, und ich habe bei etwas anderem gelogen. Oh mein Gott. Bin ich der Einzige in diesem Raum?«

Sie trat gegen den Schreibtisch. Einige Papiere segelten zu Boden.

»Ich hasse dich, Hardy Engel.«

Sie ging ans Fenster, zog die Schultern hoch und zündete sich eine neue Zigarette an der letzten an.

»Komm schon, Polly«, sagte ich. »Ich musste das alleine machen.«

Sie stemmte die Arme in die Hüften und stand abgewandt da, als wollte sie mich nie wieder ansehen. Byron ließ sich durch unseren Streit nicht ablenken.

»Das reicht mir noch nicht, Hardy. Ich habe von diesem Duke gehört, wie wir alle, und weiß, dass er ein ziemlich großes Kaliber ist. Wie hast du es angestellt, und warum bist du so sicher, dass er es nicht war?«

»Ich habe einen Schriftvergleich gemacht. Ich nahm ein Foto des Erpresserbriefs …«

Ich sah Polly an.

»Du hast es mir geklaut«, presste Polly zwischen den Zähnen hervor.

Cathy sah zwischen uns hin und her, als folge sie einem Tennisfinale. Die Frage, was sich zwischen uns abgespielt haben mochte, schien ihre Fantasie beträchtlich anzuregen.

»Und verglich es mit einem Schriftstück in der Wohnung

des Verdächtigen, die der Schauspielerin Florence Lawrence gehört.«

»Kannst du es uns vorlegen?«, fragte Byron kühl. »Was war es denn?«

»Nein, du wirst es mir so glauben müssen.«

»Er ist also nicht der Erpresser«, sagte Byron und strich sich über seinen Schnurrbart. »Deswegen könnte er aber doch trotzdem der Mörder sein, schließlich hatten sie Streit.«

»Er hat ein Alibi für den Tatabend«, sagte ich. »Seine Mäzenin, oder was auch immer sie ist, Miss Lawrence, hat es mir bestätigt. Sie hat mit ihm diniert, und auch seine beiden Handlanger sollen da gewesen sein. Der Duke ist nicht unser Mann – es sei denn natürlich, sie lügen alle. Das wollte ich euch nur sagen.«

Ich grinste ihn an. Ich hätte auch Polly angegrinst, noch lieber sogar, aber sie sah mich gerade nur mit dem Hintern an.

»Ihr müsst euch nicht weiter um ihn kümmern. Und das ist auch gut so, denn er kann euch auf andere Weise gefährlich werden. Er hat nicht nur Mabel Normand mit Drogen beliefert, sondern viele andere Stars, aus allen Studios. Es ist besser, ihr lasst ihn in Ruhe. Und im Austausch für diese Information möchte ich selbst eine haben …«, fügte ich an. Polly reagierte immer noch nicht.

»Schön langsam«, unterbrach mich Byron. »Und du glaubst, dass dich das jetzt entlastet, was den Einbruch hier betrifft?«

Er zeigte wieder auf den aufgebrochenen Safe.

»Miss Lawrence kann ja bestätigen, dass ich gestern Nacht da war«, sagte ich ungeduldig, »Sie ist ohnehin gerade dabei, Alibis zu vergeben.«

»Womöglich gibt es noch jemand anderen, dem sie das bestätigt hat«, sagte Polly plötzlich und zeigte mit spöttischem Lächeln aus dem Fenster.

Ich verstand nicht gleich. Dann sah ich hinaus.

Der Duke stapfte gerade über den Parkplatz auf den Haupteingang zu, und er sah sehr wütend aus. Er machte nicht den Eindruck, als wollte er in Ruhe gelassen werden.

»Sie Schwanzlutscher!«, brüllte er mich an, kaum dass er hereingestürmt war. »Glauben Sie, ich weiß nicht, wo ich Sie finde? Dafür werden Sie büßen.«

Die anderen ignorierte er vollkommen.

Gute alte Flo. Sie hatte es ihm alles haarklein erzählt. Vielleicht hatte es ihr sogar Spaß gemacht.

»Wieso«, sagte ich zu ihm. »Ich habe doch nur Ihre Behauptungen überprüft, dass Sie weder der Erpresser seien noch der Mörder und dass Sie ein Alibi hätten.« Ich sah ihn warnend an. Natürlich war er gekommen, um mich wegen seines Buches anzugehen. Weiter hatte er bestimmt nicht gedacht. Byron blickte gespannt von mir zu ihm.

»Und ich kann es nun bestätigen, das habe ich Mr. Hamilton und Miss Brandeis auch gerade gesagt. Sie sind der falsche Mann.«

Es war nicht auszumachen, ob der Duke kapierte, worauf ich hinauswollte.

»Wie können Sie es wagen«, sagte er, nun ruhiger, und rückte seinen Krawattenknoten zurecht, »in das Haus von Miss Lawrence zu kommen und …«

»Wenn es um die Baupläne geht, die ich mitgenommen habe«, sagte ich schnell, »die habe ich nur für einen Schriftvergleich gebraucht. Nun ist das erledigt, niemand verdächtigt Sie mehr, und alle werden Sie in Ruhe lassen.«

Leider schien der Duke ein ebenso riesiger Fan von großen Auftritten zu sein wie der Mann, dem er seinen gerade ruiniert hatte. Er war schließlich Schauspieler.

»Das ist auch verdammt noch mal gut so«, sagte er mit einem drohenden Unterton. Er bemühte sich jetzt darum, nicht zu dick aufzutragen. »Ich habe nämlich zu Hause ein Kassenbuch, in dem all meine Kunden stehen, namentlich und mit detaillierten Angaben zu ihren Einkäufen. Es sind auch welche von diesem Studio dabei.«

Du Idiot, dachte ich, halt bloß den Mund.

Byron sah ihn misstrauisch an. Er war hellhörig geworden.

»Ach ja?«, fragte er. »Wollen Sie uns etwa drohen?«

»Ich kann es jederzeit hervorholen, an die Presse geben und Sie damit gewaltig in die Bredouille bringen. Wenn ich es will.«

»Ach ja? Wenn Sie wollen?«, wiederholte Byron wütend.

»Aber das tun Sie ja nicht«, sagte ich beschwörend. »Weil ich es mit Miss Lawrence so besprochen habe. Das hat sie Ihnen doch gesagt. Nicht wahr?«

Ich konnte Rumford durchaus ansehen, welchen Kampf gerade seine Eitelkeit und die Vernunft in ihm austrugen.

»Ich wiederhole einfach«, meinte er nach einer Pause, nun etwas bedächtiger, »was ich Mr. Engel schon einmal gesagt habe: Ich werde mich für den Moment damit begnügen, dass ich von Ihnen und der Polizei mit dem Mordfall nicht weiter in Verbindung gebracht werde. Und Miss Lawrence ebenso. Das ist uns beiden nämlich das Wichtigste.«

»Ihr Alibi ist mir von Miss Lawrence bestätigt worden«, sagte ich ungeduldig.

»Gut. Belassen wir es also vorläufig dabei.«

»Vorläufig?«, sagte Byron scharf.

»Ich gebe Ihnen keine Garantien«, sagte der Duke hochmütig. Er sah mich immerhin nicht direkt an. »Und kommen Sie bloß nicht auf die Idee, mir mein Kundenbuch klauen zu wollen. Denn ich kann jederzeit aus dem Gedächtnis aufschreiben, welche Kunden ich beliefert habe.«

Byron zündete sich eine Zigarette an und dachte über seine Bemerkung nach.

»Das stimmt«, sagte Polly mit einem anzüglichen Blick. »Wenn er nur halb so intelligent ist, wie er hübsch ist, wird er das schon noch zusammenkriegen.«

Der Duke gab ihr den gleichen Blick zurück. »Da haben Sie recht, Kindchen.«

Dieser Dummkopf, dachte ich.

»Einen Augenblick noch«, sagte Byron scharf. »Wo Sie gerade vom Klauen reden. Was ist mit dem Einbruch hier? Waren Sie das? Ihnen ist ja offenbar selbst etwas geklaut worden«, er sah zu mir, »und dann sind Sie vielleicht auf die Idee gekommen, im Gegenzug hier etwas mitzunehmen?«

Der Duke sah auf die schief hängende Tür des Tresors und legte einen Finger an die Lippen, als müsste er überlegen.

»Wer weiß«, sagte er geheimnisvoll.

»Verschwinden Sie besser, bevor Sie noch etwas sagen«, blaffte ich ihn an.

»Haben Sie eine Ahnung, auf wen ich mich alles stützen kann«, sagte er und platzte fast vor Eitelkeit und Stolz. Und dann, zu Byron gewandt: »Und Sie, tun Sie nur nicht so. Auch dieses Studio bestellt und bezahlt Drogen.«

Er grinste ihm triumphierend zu und verließ den Raum. Byron sah ihm nach, und sein Gesichtsausdruck gefiel mir ganz und gar nicht.

»Ich glaube nicht, dass er das war«, sagte ich zu Byron und zeigte auf den aufgebrochenen Safe. »Darauf hast du ihn erst gebracht. Wollen wir uns jetzt weiter mit ihm beschäftigen, obwohl wir ihn als Mörder ausschließen können, oder wollen wir uns den interessanteren Spuren zuwenden?«

»Was wären denn die interessanteren Spuren, der Meinung des großen Detektivs nach?«, fragte Polly.

»Erzähl mir mal mehr über diesen früheren Butler von Taylor, Edward Sands«, sagte ich, zu Byron gewandt. »Den die Staatsanwaltschaft offensichtlich für schwer verdächtig hält.«

»Frag doch gleich die«, sagte er missmutig.

»Ich habe euch meine Informationen gegeben, und bin extra deshalb hierhergekommen. Jetzt gebt mir eure. Sands soll Taylor bestohlen und betrogen haben. Das Studio hat sich doch sicher mit dem Fall befasst? Wer ist dieser Edward Sands? Kann er den Brief geschrieben haben? Habt ihr die Schrift mit seiner verglichen?«

Byron legte die Fingerspitzen aneinander und zog die Stirn in Falten. Er zierte sich noch.

Der Telefonapparat auf Cathys Schreibtisch klingelte. Sie sprang hin wie eine Katze, die ein unachtsames Vögelchen entdeckt hatte.

»Paramount, Büro von Mr. Hamilton, guten Tag?« Sie

lauschte, dann sagte sie: »Ja, Mr. Lasky. Einen Augenblick, Mr. Lasky.« Sie sah Byron an und verkündete: »Mr. Lasky für Sie.«

»Danke, Cathy, ich nehme das Gespräch in meinem Büro an«, entgegnete Byron und erhob sich. Er hielt kurz inne und sagte zu ihr: »Zeigen Sie ihm die Fotografie, die wir von King bekommen haben.«

Dann verschwand er im Nebenraum und schloss die Tür aus schwarzem Ebenholz hinter sich. Cathy, den Blick gesenkt, drückte einen Knopf, hielt den Hörer wieder ans Ohr, lauschte und legte dann feierlich auf. Nun erst richtete sie ihre Aufmerksamkeit wieder auf uns.

Cathy zog den Abzug eines Fotos aus einer Schublade und reichte ihn uns herüber. »Das ist das Bild, mit dem nach ihm gefahndet wird«, sagte sie.

Polly und ich beugten uns beide darüber und stießen beinahe mit den Köpfen zusammen.

Es war das Bild eines dicklichen brünetten Mannes in den Zwanzigern mit einem Seitenscheitel und verschlagenen Augen in einem fast quadratischen Schädel. Cathy griff wieder in ihre Schublade und legte weitere Bilder dazu, es waren Zeichnungen desselben Mannes in leicht variierten Haltungen, mit verschiedenen Frisuren, Haarfarben und Klamotten.

»Er könnte sein Aussehen verändert haben«, setzte sie erklärend hinzu.

Polly wandte sich ihr zu, und ich sah ihr an, dass sie eine spitze Bemerkung machen wollte, wie offensichtlich das sei, aber dann biss sie sich auf die Lippen. Sie konnte es also wirklich auch mal bleibenlassen.

»Vor allem könnte er überall sein«, sagte ich. »Also könnte er sich auch in Los Angeles aufhalten.«

Byron kam wieder aus seinem Büro zurück. Er schien sehr in Eile und zugleich bemüht um einen neutralen Gesichtsausdruck.

»Gut, gut …«, sagte er. »Ich muss jetzt sofort los, Hardy, zu Mr. Lasky, eine dringende Sache, na, du kennst so was ja. Aber ich kann dir heute Abend mehr über Sands erzählen. Lass uns doch zusammen essen. Ich denke, wir könnten eine Stärkung gut gebrauchen, nicht wahr?«

»Ich muss dann mal los«, sagte Polly.

»Wir sehen uns doch auf der Trauerfeier?«, fragte ich.

»Komm, Enrico!« Sie drehte sich um, ohne mich noch einmal anzusehen, und ging mit ihrem Mops hinaus.

»Ich lade dich ein«, sagte Byron, »um Punkt acht, zum Musso & Frank Grill.«

»Aha«, sagte ich.

19

Ich verbrachte den Nachmittag damit, meine Gedanken zu ordnen, meine Notizen noch einmal zu lesen und den nächsten Tag vorzubereiten, für den ich etwas ganz Besonderes in die Wege leitete.

Nachdem es dunkel geworden war, fuhr ich um kurz vor acht hinüber zum Hollywood Boulevard. Musso & Frank Grill war ein sehr angesagtes Restaurant, in dem ich erst einmal gewesen war, im letzten Frühjahr, als mich William Desmond Taylor freundlicherweise dorthin eingeladen hatte. Um mir dann beizubringen, dass er mir erst einmal keine weitere Rolle geben könne nach dem Flop, den wir zusammen gedreht hatten.

Diese Filmleute geben dir nichts umsonst. Wenn sie für dich bezahlen, ist allerhöchste Vorsicht geboten.

Byron begrüßte mich am Eingang und lotste mich zielsicher durch die Tischreihen nach hinten.

Der große, hohe Raum war ausgestattet mit dunklem Holz und roten Lederbezügen, seine Wände bedeckt mit Freskenmalereien von anno 1919, und die Hauptattraktion war ein großer Grill in der Mitte, an dem sie die Steaks für alle sichtbar zubereiteten und wo kleine Stichflammen aufloderten, wenn das Fett zischend nach unten tropfte.

Eine weitere Attraktion waren natürlich die Gäste, beinahe allesamt Prominente, die an der Mahagoni-Bar, an den Tischen und in den kleinen Nischen saßen. Wir passierten Charlie Chaplin an einem Zweiertisch, der mit dem Rücken zum Raum mit einer Blondine sprach, die die ganze Zeit kicherte. Er aß Fettuccine Alfredo mit großen Gesten, als probe er einen neuen Gag.

Byron ging mit mir zu dem hintersten der großen Tische auf der rechten Seite des Ganges. Dort befand sich nicht nur Jesse L. Lasky, Byrons Chef und der Boss des Paramount-Studios. Nein, dort saß eine ganze Runde von Männern, zu der wir uns nun gesellten. Es waren die Bosse praktisch aller großen Hollywood-Studios. Sie waren in Maßanzüge aus feinstem Tuch gekleidet und sahen mir erwartungsvoll entgegen. Jetzt verstand ich auch, warum Byron sich erst am Abend hatte treffen wollen: um Zeit zu haben, sie alle zusammenzurufen.

»Hallo, Mr. Engel«, sagte Lasky freundlich und gemessen und ganz selbstverständlich. »Setzen Sie sich doch zu uns.« Er war ein stets verbindlich wirkender Mann Anfang vierzig mit einer runden Brille, ein früherer Musiker und Showman, der mit allen gut konnte. Mir blieb nichts anderes übrig, als der Einladung nachzukommen, in meinem etwas schäbigen, abgewetzten braunen Anzug.

Byron rückte direkt nach, und so war ich zwischen ihnen auf der roten Lederbank an dem runden Tisch eingeklemmt. Die ganze Runde starrte mich an.

Lewis J. Selznick, ein mit allen Wassern gewaschener Geschäftsmann, der nicht so viele Worte machte wie Lasky. Carl Laemmle von Universal, der Älteste und Kleinste von ihnen, mein Bekannter, früherer Boss und Landsmann aus Laupheim. Der sprunghafte Samuel Goldwyn, ein Tunichtgut mit mehr Instinkt als Intellekt, und der elegante, undurchsichtige William Fox, die ihre eigenen Studios betrieben und einander mit größtem Misstrauen begegneten. Und nicht zuletzt, mir direkt gegenüber, mein alter Widersacher Mack Sennett, der Arbeitgeber von Mabel Normand und Alexander Rumford, der im normalen Alltagsleben genauso viel Sinn für Humor hatte wie alle Komiker: überhaupt keinen. Auch deshalb hatte ich gehofft, seinen irischen Sturschädel nicht mehr sehen zu müssen.

Sie alle waren eigentlich Rivalen, doch trafen sich von Zeit zu Zeit, um sich zu besprechen, wenn etwas Besonderes geschehen war. Oder wenn sie einfach nur Lust darauf hatten, mir mal wieder auf die Nerven zu gehen.

»Hardy«, begrüßte mich Carl Laemmle. Der kleine Mann mit dem runden, fast kahlen Kopf und der Brille lächelte sein seltsames Lächeln, das die schadhaften Zahnreihen freilegte. »Wie schön, Sie zu sehen.«

Ich nickte ihm nur stumm zu. Er war ein komischer Kauz, betrieb eine riesige Hühnerfarm auf dem Gelände seines Studios persönlich weiter, für den Fall, dass es mit den Filmen einmal nicht mehr lief. Überhaupt war er äußerst verschroben, sprunghaft und temperamentvoll, und zugleich bieder, ein Mann aus dem vergangenen Jahrhundert. Doch man durfte ihn keinesfalls unterschätzen, denn im Grunde war auch er ein rücksichtsloser Geschäftsmann, ein ganz normaler Filmmogul eben, trotz der Hühner. Ich hatte ein ambivalentes Verhältnis zu ihm, aber ein weitaus engeres als zu den anderen Produzenten: Wir waren zwei Deutsche fern der Heimat. Er vertraute mir, das wusste ich. Ich ihm nicht.

»Nehmen Sie das Entrecôte«, sagte Selznick zusammenhanglos zu mir. »Schön blutig.«

»Nehmen Sie *bloß nicht* das Entrecôte«, sagte Goldwyn. »Nehmen Sie die Pasta!« Er nippte nervös an seinem Martini und spielte mit der Olive darin.

Alkohol servierten sie hier ganz offen, ohne besondere Umstände oder Absicherungen. Entweder bezahlten sie die Prohibitionsagenten besonders gut, oder sie fühlten sich vor deren Razzien angesichts der vielen prominenten Gäste einfach völlig sicher. Wie man sich erzählte, kamen auch Polizeichef Everington oder andere Stadtoffizielle her, auch Bürgermeister George Cryer mit seiner Entourage.

»Ich bin eigentlich hergekommen«, sagte ich, »weil ich etwas über Edward Sands erfahren wollte.«

»Unsere Kooperation müssen Sie sich erst verdienen, Mr. Engel«, sagte Mr. Lasky.

»Sie ermitteln also wieder?«, fragte William Fox, als wäre er erstaunt. »Im Fall Taylor?«

»Für Mabel Normand, wie ich hörte«, ergänzte Mack Sennett.

»Reden wir jetzt von dem Mordfall?«, fragte Goldwyn, der wie immer begriffsstutzig war und häufig etwas ganz anderes verstand als alle anderen.

»Also, Mr. Engel«, sagte Mr. Lasky und beugte sich vor. »Bevor wir über Mr. Sands oder weitere Dinge reden … Was war das mit diesem Drogendealer, dem Duke?«

»Er war nicht der Mörder?«, fragte Selznick, ein früherer Juwelenhändler, wie immer direkt auf den Punkt kommend.

Ich blickte Byron an, der mich ebenso auffordernd ansah wie der Rest der Runde. »Das habe ich Mr. Hamilton doch bereits gesagt«, antwortete ich. »Und er hat's Ihnen bestimmt weitergegeben. Ich muss es doch wohl kaum wiederholen.«

»Du hast dem Duke nicht zufällig gestern Nacht sein Kundenbuch geklaut?«, sagte Byron. »Das ist es nämlich, was ich glaube, nach allem, was ich vorhin gehört habe. Es würde erklären, warum er so wütend war.«

Ich hatte mir schon gedacht, dass er Verdacht geschöpft hatte. Und es war typisch für ihn, mich mit diesem Gespräch in eine Falle zu locken.

»Nein«, sagte ich geduldig. »Ich habe nur einen Schriftvergleich gemacht. Mit Bauplänen, die er beschrieben hatte.«

Kellner in roten Fräcken servierten die Speisen an den Nachbartischen, und Kellner in blauen Fräcken räumten ab. Es gab diese und jene, Obere und Untergebene, wie auch sonst im Leben; nur dass da nicht alle Figuren Uniformen trugen, die diese Hierarchie sofort erkennen ließen.

»Wenn Sie das Buch haben, Hardy«, sagte Mr. Laemmle versonnen, »dann müssen Sie es uns geben. Wir brauchen es.«

»Sofort!«, sagte Selznick und schlug auf das weiße Tischtuch.

»Ich habe es nicht, Mr. Laemmle«, sagte ich. »Genauso wenig, wie die Erde eine Scheibe ist.«

»Ist sie nicht?«, sagte Goldwyn geistesabwesend. Niemand konnte sagen, ob er es ernst meinte oder nur gerade nicht richtig hingehört hatte.

»Lass dir nichts einreden, Sam«, beschwichtigte ihn Sennett, der als Komödiant einer solchen Vorlage nicht widerstehen konnte. Er verzog dabei keine Miene.

Einer der Kellner im roten Frack stellte sich vor mir auf.

»Sir, was kann ich Ihnen bringen?«

»Das Steak, Eric, er nimmt das Steak«, sagte Fox ungeduldig. »Und einen Martini!«

»Ich nehme nur die Hühnersuppe«, sagte ich. »Vielen Dank.«

Ich hätte Lust auf eines ihrer großartigen Steaks gehabt, sehr sogar, und auch auf einen gerührten Dry Martini, doch ich wollte mich keinesfalls korrumpieren lassen.

»Mr. Engel«, hob Lasky an. »Lassen Sie mich kurz ausführen, worum es uns geht. Uns allen hier, heute, am Tag, bevor unser Freund William Desmond Taylor zu Grabe getragen wird …«

Er war bekannt für seine Freude daran, sich reden zu hören. Doch er wurde unterbrochen.

Ein großer, dicklicher Mann in Abendgarderobe kam hereingestürmt, walzte durch den schmalen Gang zwischen den Tischreihen auf uns zu und stieß dabei an mehrere Rücken und Schultern, ohne es zu beachten oder sich zu entschuldigen.

»Ich war noch im Theater«, sagte Louis B. Mayer statt einer Begrüßung und ließ sich außer Atem auf die roten Lederpolster sinken, woraufhin die anderen eilig noch weiter zusammenrückten. »Hab mir so ein Scheiß-Stück angesehen, das wir gekauft haben.«

»Meinst du eine Frau oder eine Story, Louis?«, fragte Goldwyn, brutal wie immer.

Mayer war der mächtigste und skrupelloseste der Moguln. Er schnippte mehrmals ungeduldig mit den Fingern, und als der Kellner Eric herbeigeeilt kam, bestellte er bei ihm einen Martini und den gefüllten Sellerie als Vorspeise.

Er streifte mich mit einem Blick und bellte ohne Umschweife: »Und, hat er es schon rausgerückt?«

»Noch nicht«, sagte Mack Sennett.

Da saß ich nun wieder mit ihnen allen. Mit den Produzenten, denen ich geschworen hatte, dass ich nie wieder etwas mit ihnen zu tun haben wollte. Die taten, als wäre nichts zwischen uns vorgefallen. Als hätte ich noch zwei Augen.

»Ich war gerade dabei, Mr. Engel nahezubringen, in welcher Situation wir sind«, sagte Mr. Lasky freundlich, aber bestimmt. »Wir alle, ganz Hollywood. Ein neuer Skandal in unserer Branche droht, noch verheerender als der, bei dem wir Mr. Engel kennenlernen durften.«

»Das können Sie nicht mit dem Arbuckle-Fall vergleichen«, wandte Mr. Laemmle ein.

»Er war viel schlimmer«, sagte Goldwyn. »Er war eine absolute Katastrophe, mit nichts zu vergleichen.«

»Wir haben ihn in den Griff bekommen«, sagte Mayer und winkte ab.

»Der hier kann genauso verheerend werden«, sagte Mr. Fox. »Oder sogar *noch* verheerender, je nachdem, was so dahintersteckt.«

»Die Skandale nehmen jedenfalls gar kein Ende mehr, und wir müssen das eindämmen«, sagte Selznick mit gerötetem Gesicht. »Schleunigst.«

»Und zwar bevor Will Hays sein neues Amt als Zensor antritt«, sagte Mr. Lasky schnell. »Ich habe versucht, ihn zu erreichen, aber er ist seit einiger Zeit im Urlaub und meldet sich nicht. Wir müssen dies alles regeln, bevor er mit seiner Arbeit beginnt und hier bei uns aufräumt.«

Natürlich: Nachdem sie den Postminister eingekauft hatten, um ihrer neu gegründeten Produzentenvereinigung vorzustehen und als Saubermann für die Öffentlichkeit zu fungieren, hatten sie ihm eigentlich einen reibungslosen Start ermöglichen wollen. Doch nun war Taylor ermordet worden.

Mr. Laemmle legte mir die Hand auf meinen Arm. Er war

mit Mitte fünfzig der Älteste, und alle anderen hörten aufmerksam und respektvoll zu.

»Wir müssen die potenziellen Sünder alle identifizieren und uns um sie kümmern. Mit Ihrer Hilfe, Hardy.«

Mayer bekam jetzt seinen Martini, dem er schon ungeduldig entgegensah. Sie rührten ihn hier besonders sorgfältig und waren mächtig stolz darauf. Er gab gleich einen zweiten in Auftrag und begann zu trinken. Ein weiterer rotbefrackter Kellner brachte ihm seinen mit Blauschimmelkäse gefüllten Stangensellerie, eisgekühlt auf Romanasalat, und jede Stange war gekrönt von einer schwarzen Olive, die dalag, als wäre sie extra für ihn getötet worden.

»Bei Ihrer schwarzen Liste können Sie nicht auf mich zählen, Mr. Laemmle«, erwiderte ich.

»Nennen Sie mich doch Uncle Carl!«, sagte er beleidigt.

»Es ist keine schwarze Liste!«, rief Mayer.

»Eine rote Liste!«, sagte Mr. Goldwyn stirnrunzelnd, in sinnlose Konkurrenz zu ihm tretend.

»Meinetwegen auch eine weiße«, fügte Mr. Fox hinzu. »Einfach nur eine Liste eben, mit allen, die uns Ärger machen könnten, jetzt oder in Zukunft.«

Eric brachte Sennett ein großes T-Bone-Steak, das sie vor aller Augen für ihn zubereitet hatten, und er begann, es in Stücke zu schneiden.

»Würden Sie uns nicht doch dabei helfen, Hardy?«, fragte Mr. Laemmle. »Es ist ja eine ganz neue, dringliche Situation.«

Eilends brachte ein zweiter Kellner auch Mayer sein Steak. Sie wussten offensichtlich, dass er sonst eifersüchtig werden und Alarm schlagen würde.

»Selbst wenn jemand hier am Tisch darauf stünde?«, fragte ich – nicht weil ich es wirklich in Erwägung zog zu helfen, einfach, weil ich gespannt auf die Antwort war.

»Selbstverständlich. Warum nicht«, sagte Mr. Mayer ohne Zögern und begann ebenfalls, sein Messer zu benutzen.

»Es ist niemand hier am Tisch dabei«, sagte Mr. Selznick schnell.

»Selbst wenn Charlie Chaplin drauf wäre, verdammt«, sagte Mr. Mayer.

Alle sahen zu ihm hinüber. Charlie roch an einer Blume aus dem Tischgesteck und grinste schelmisch von unten herauf, so wie in seinen Filmen. Die Blondine warf den Kopf in den Nacken und lachte so hell und rein wie die Kirchenglocken von St. Joan.

»Sie wissen doch ganz genau, dass ich Ihnen dabei nicht helfen werde«, sagte ich.

»Dann hilf uns mit dem Duke«, sagte Sennett lauernd.

»Der ist dein Mann«, gab ich zurück.

»Da hat er recht, Mack, verdammt«, warf Selznick seinem Kollegen vor.

Auch Mayer sah wütend zu Sennett.

»Warum hast du das zugelassen?«, ging er ihn an. »Du hast uns das alles eingebrockt!« Er machte sich über seinen Sellerie her und sprach mit vollem Mund, kleine hellgrüne Bröckchen versprühend.

»Er ist ein freier Schauspieler«, sagte Sennett und säbelte ein Stück fast rohes Fleisch von seinem Steak ab. »Ist nur vorübergehend bei uns unter Vertrag.«

»Willst du nicht wenigstens Druck auf ihn ausüben? Du hättest ja wohl die besten Möglichkeiten dazu. Sag ihm, dass er in dieser Stadt nie mehr Arbeit findet«, sagte Selznick.

»Das wird nichts bringen«, warf ich ein. »Er droht sonst mit Erpressung. Aber er will sowieso aufhören und plant, mit etwas anderem das große Geld zu machen. Nicht mehr mit Drogen, sondern in Zukunft nur noch mit Immobilien.«

Augenblicklich trat Stille ein. Die Runde starrte mich entgeistert an. Mayer nahm seine Zigarre, und Asche fiel auf seinen Sellerie. Er schien es nicht zu bemerken. Sennett hielt mitten in der Bewegung inne. Blicke durchbohrten mich. Byron stieß mich an, wütend über diese Neuigkeit.

»Soll das heißen, er wird seine Lieferungen einstellen?«

»Ja so sieht es aus. Also lassen Sie den Duke besser in Ruhe.

Warum sind seine Aufzeichnungen denn so wichtig? Wir an diesem Tisch wissen doch, dass in dieser Stadt Drogen verteilt werden«, sagte ich ungeduldig und blickte in die Runde. »Sie alle. Mein Gott, ich habe selbst welche geliefert, in Ihrem Auftrag, im letzten Jahr!« Ich sah Lasky an.

»Aber die Öffentlichkeit weiß es nicht«, sagte Lasky, ohne verlegen zu sein. »Und die Presse hat es noch nicht gedruckt. Und das darf auch keinesfalls passieren, schon gar nicht dürfen Details aus dem Kundenbuch eines Großdealers veröffentlicht werden.«

»Dieses Buch von Rumford macht uns in der Tat erpressbar. Nur deshalb sind wir gerade ein wenig hellhörig geworden, Hardy«, bemühte sich Byron zu erklären. »Und wenn er sich aus dem Geschäft zurückzieht, wird er noch weniger davor zurückschrecken, es öffentlich zu machen.«

Ich verzog das Gesicht. »Ich glaube nicht, dass er das tut.«

»Das stimmt schon«, sagte Goldwyn. »Wir alle haben schließlich Leichen im Keller, nicht nur Paramount.«

Alle sahen ihn entsetzt an.

»Wie immer, die falsche Metapher, Goldfish«, bemerkte Selznick kopfschüttelnd, ihn absichtlich bei seinem eigentlichen Namen nennend. Goldwyn hatte sich umbenannt, nach seinem Filmstudio.

»War auch Mabel Normand Kundin des Dukes?«, fragte Sennett mich beiläufig zwischen zwei Schlucken Martini.

»Das kann ich mir nicht vorstellen«, sagte ich und wiederholte: »Aber woher soll ich es wissen?«

Eric brachte die Hühnersuppe und stellte den dampfenden Teller vor mich.

»Weil Sie mit ihm geredet haben«, insistierte Mr. Fox. »Und für sie arbeiten.« Er war der Eleganteste von allen, und er aß sein Steak mit Appetit und ohne kaum jemals davon aufzusehen.

»Irgendwelche Namen?«, fragte Mr. Laemmle. »Von der Universal?«

»Ich werde keine nennen.«

»Wer sind sie, diese schwarzen Schafe?«, rief Mr. Goldwyn empört. »Wir müssen es wissen!«

Ich hob bedauernd die Schultern und begann jetzt einfach zu essen. Ich pustete in die Suppe und führte Löffel für Löffel zum Mund.

»Waren Sie nicht selbst auch verdächtig im Fall Taylor?«, fragte Mayer scheinheilig. »Weil Sie die Leiche gefunden haben und danach Geld fehlte? Ist Ihre Unschuld denn zweifelsfrei bewiesen?«

»Die Polizei hat nichts bei mir gefunden«, sagte ich. »Weil da nichts war.«

»Mein Hauptverdächtiger, wenn ihr mich fragt«, sagte Mr. Goldwyn und sah mich aus zusammengekniffenen Augen an.

Natürlich. Natürlich setzten sie mich unter Druck, um mich doch noch rumzukriegen. So waren sie eben. Ich schlürfte weiter meine Suppe.

»Also schön, sagen wir, Sie haben das Buch von Rumford wirklich nicht, Hardy«, nahm Mr. Laemmle den Faden wieder auf. »Dann *beschaffen* Sie es für uns!«

»Genau«, sagte Byron und verzog das Gesicht zu einem süffisanten Grinsen. »Wie auch immer du das anstellst!«

»Wir werden Sie dafür gut bezahlen, Sie bekommen fünfhundert Dollar, wenn Sie es uns bringen! Die Menschen, die darin genannt werden, sind drogensüchtig und brauchen Hilfe«, sagte Mr. Laemmle entschieden und betonte jedes Wort, indem er mit dem Fingerknöchel auf das weiße Tischtuch klopfte. Alle dachten, dass er als Deutscher besonderen Einfluss auf mich hätte. »Ich möchte das geklärt haben, bevor ich demnächst meine Reise in die Heimat antrete«, setzte er hinzu. »Lassen Sie uns das zusammen machen.«

»Vielen Dank für das Angebot, *Mr. Laemmle*«, sagte ich kalt.

Laemmles Lächeln erstarrte.

»Und es gibt noch viel mehr zu tun«, sagte Mr. Mayer schnell. »Sie können reich werden, Mr. Engel!«

Ich hatte recht gehabt: Irgendetwas stank hier gewaltig.

»Ich verpfeife niemanden«, sagte ich. »Da müssen Sie sich jemand anderen suchen. Aber wenn Sie den Skandal noch eindämmen wollen, dann müssen wir vor allem eines tun – den Mord an Taylor aufklären«, sagte ich. »Und zwar sehr schnell. Zumindest ist es das, was ich als meine Aufgabe ansehe.«

»Das wollen wir doch auch, Mr. Engel«, warf Mr. Fox ein.

»Natürlich wollen wir das«, versicherte Mr. Lasky.

»Telegramm für Mr. Lasky«, rief einer der Kellner aus. Es war ein junger Schotte mit Sommersprossen, der einen Umschlag auf einem bronzenen Tablett heranbrachte. Lasky nahm ihn entgegen und gab ihm eine Münze in die Hand.

Er öffnete den Umschlag und las.

Charlie Chaplin war in seiner Nische gerade aufgestanden, nun erhob sich auch die Blondine. Chaplin warf mit einer eleganten Geste einige Dollarscheine auf den Tisch.

»Es ist von meinen Kompagnons, DeMille und Zukor«, sagte Lasky zu den anderen, die mich immer noch feindselig anstarrten. »Sind auf dem Weg von New York hierher. Werden rechtzeitig zur Beerdigung eintreffen.«

Charlie und die Blondine kamen nun auf unseren Tisch zu. Sie wollten offenbar durch den Hinterausgang verschwinden.

»Hallo, Charlie«, sagte Mr. Lasky freundlich.

Charlie grüßte höflich. Mayer, der mit dem Rücken zu ihm saß, drehte sich kauend zu ihm um, und der kleine Mann erstarrte.

Jeder in der Stadt wusste, dass sie sich einmal geprügelt hatten, im Alexandria Hotel, dessen berühmter »Million-Dollar-Teppich« mit Blut getränkt worden war. Mayer hatte Chaplins damalige Frau Mildred gegen dessen Willen unter Vertrag genommen. Ein höchst ungleicher Kampf: Chaplin, ein junger Schauspieler mit einem perfekt durchtrainierten Körper, der seine Stunts stets mit großer Virtuosität selbst machte und imstande zu sein schien, die Schwerkraft zu überlisten, gegen Louis B. Mayer, einen einige Jahre älteren, beleibten Produzenten mit großem Verschleiß an Whisky, Zigarren, Steaks und Starlets.

Natürlich hatte der Produzent den armen Charlie nach Strich und Faden verprügelt.

»Hallo, Charlie«, sagte Mayer und winkte generös. »Nette Frau.«

Chaplin wandte sich schnell Mr. Laemmle zu und begrüßte ihn mit einer kleinen Verbeugung. Die Blondine sah neugierig von einem Produzenten zum anderen.

»Hey, Charlie«, brüllte ein betrunkener Gast, der auf ihn aufmerksam geworden war, von einem Tisch an der Wandseite herüber. »Lauf mal lustig, zeig uns deinen Watschelgang, na los!«

Chaplin tat so, als hätte er es nicht gehört. Er hatte schnell verschwinden wollen, doch nun war er bei uns aufgehalten worden und für alle Gäste gut zu sehen.

»Wir besprechen gerade den Mord an dem armen Bill Taylor«, erläuterte ihm Mr. Lasky.

»Gott sei seiner armen Seele gnädig«, sagte Charlie ernst und neigte den Kopf. »Ich habe ihn ja noch am Tag seines Todes getroffen. Wie furchtbar, wenn ich darüber nachdenke.«

Eine junge Frau in einem Abendkleid mit glitzernden Pailletten eilte mit hochrotem Kopf herbei und reichte ihm eine weiße, nicht mehr ganz saubere Stoffserviette. »Oh Charlie, ich bin dein größter Fan, würdest du bitte hier drauf für mich unterschreiben? Schreib *›für Marian‹*, ja!«

Chaplin schenkte seiner Begleiterin ein entschuldigendes Grinsen und ließ sich vom Kellner einen Füllfederhalter geben. Ich legte meinen Löffel weg und stand auf. Ich musste die Gelegenheit beim Schopf ergreifen und nachfragen.

»Mr. Chaplin, Hardy Engel, ich untersuche den Fall Taylor im Auftrag von Mabel Normand. In dem Gespräch, das Sie mit Mr. Taylor geführt haben – hat er da irgendwelche Sorgen oder Probleme erwähnt?«

Hinter der jungen Frau bildete sich eine Schlange von weiteren Fans, die ebenfalls Autogramme haben wollten, Männer wie Frauen.

Chaplin sah hoch und fixierte mich mit seinen kohlrabenschwarzen Augen, die einen noch mehr beeindruckten, wenn man sein weltberühmtes Gesicht aus der Nähe sah, ohne das kleine Bärtchen der Tramp-Rolle. »Oh nein, nicht im Geringsten. Er war sehr fröhlich und guter Dinge und schmiedete Pläne für die Zukunft, Mr. Engel. Ein paar Schnittprobleme, mehr hat er nicht erwähnt.«

Mr. Lasky nickte bestätigend und zuckte die Achseln.

»Ich habe ihm dann erzählt, wie ich die Montage bei meinem aktuellen Film *Pay Day* angehe«, ergänzte Chaplin, während er weiter Autogramme kritzelte, in einer gut leserlichen, beinahe kindlichen Schrift.

»Und das war alles? Wie lange dauerte das Treffen, eine Stunde?«

Ich wollte noch mehr Details hören, doch Chaplin richtete sich abrupt auf und gab dem Kellner den Füller zurück. »Tut mir leid, wir müssen gehen.«

»Fährst du mit mir hinüber nach Santa Catalina?«, fragte die Blondine und hakte sich bei ihm ein.

»Wenn du es möchtest, meine Liebe«, sagte Chaplin und rief dann über die Schulter: »Ich danke Ihnen allen. Einen schönen Tag und bis morgen.«

»Euch auch, Charlie«, antwortete Mr. Goldwyn. Die beiden verließen schnell das Lokal, bevor jemand sie noch aufhalten konnte, und schlüpften hinten hinaus, wo sich der exklusive Parkplatz für die Automobile der prominenten Gäste befand, die heimlich vor- und abfahren wollten.

»Der gute alte Charlie«, sagte Goldwyn laut und ungeniert, stand auf und streckte sich. »Bumst jetzt eine Millionärin, mal ganz was Neues. Das war Peggy Joyce Hopkins, früheres Tanzgirl von Ziegfeld, die hat drei Scheidungen hinter sich.«

Mayer sah auf seine Uhr und erhob sich ebenfalls.

»Ich glaube immer noch, dass Engel das Kundenbuch des Dukes gestohlen hat«, sagte er in einem Ton, der keinen Widerspruch zuließ, und warf seine Serviette auf den Tisch. Sie war rot verschmiert, wie die blutige Schürze eines Metzgers vom Schlachthof.

»Ja, das passt zu ihm«, sagte Mr. Lasky grinsend. Er stand ebenfalls auf, doch nur, um die anderen hinauszulassen.

Die Kellner eilten heran und brachten Mäntel und Hüte.

»Auf Wiedersehen, Hardy«, sagte Mr. Laemmle und schwenkte die Hand.

»Setzen Sie das alles auf die Rechnung von Paramount«, sagte Mr. Mayer zu Eric. Mr. Lasky nickte diesem zu und ließ sich wieder auf das Ledersofa sinken, während die Moguln nacheinander das Restaurant durch die Hintertür verließen.

»Was ist jetzt?«, sagte ich zu ihm und Byron. »Bekomme ich nun endlich Informationen über Edward Sands?«

Lasky sah Byron an und nickte ihm zu.

»Ein ärgerlicher Vorfall im letzten Sommer. Erzählen Sie Mr. Engel ruhig die Details, Mr. Hamilton.«

Byron verdrehte die Augen, legte die Fingerspitzen aneinander und sah zur Decke. Er seufzte, dann begann er in einem leiernden Tonfall zu sprechen.

»Das war vor meiner Zeit, mein Vorgänger Fritz Roth musste sich damals darum kümmern. Sands war angeblich Brite, wie Mr. Taylor, dieser hatte ihn als Diener und persönlichen Sekretär eingestellt. Ich weiß es ja nur vom Hörensagen und aus den Akten, aber ganz offensichtlich war er ein Blender und ein fürchterlicher Schürzenjäger, vor dem keine Frau sicher war.«

»Angeblich ein Schriftsteller mit großen Ambitionen«, warf Lasky ein. »Doch niemand hat je etwas von ihm gelesen, er hat nur immer und überall davon geredet, dass er Kurzgeschichten und Gedichte schreibe. Bill Taylor hat ihm leider vertraut. Als er im letzten Herbst nach England gereist ist, ließ er Sands in seinem Haus wohnen und seine Geschäfte besorgen, und er hat ihm auch sein Automobil überlassen.«

»Er hat ihn dann ausgenommen wie eine Weihnachtsgans«, sagte Byron. »Hat offenbar so ein richtiges Hollywood-Leben gelebt auf Kosten seines Herrn, völlig ungeniert. Hat seinen teuren Wagen zu Schrott gefahren, Schecks in seinem Namen und mit gefälschter Unterschrift ausgestellt und eingelöst, das ist das Einzige, das von Sands' Hand vorliegt, die Schrift taugt nicht zum Vergleichen. Und dann irgendwann war er plötzlich verschwunden, sowie alle möglichen Wertgegenstände und ein paar sehr teure Anzüge …«

»Und alle anderen haben einfach zugesehen? Sein Fahrer, seine Nachbarn?«, fragte ich und zündete mir eine Zigarette an.

»Ihnen waren die Hände gebunden, er hatte eine Generalvollmacht erhalten. Und das mit den Schecks kam erst heraus, als Sands bereits abgetaucht war«, erklärte Byron grimmig. »Als man ihn daraufhin überprüfte, stellte die Polizei fest, dass Sands schon wegen diverser anderer Delikte gesucht wurde und sich eine neue Identität und einen britischen Akzent zugelegt hatte. Sein echter Name ist Richard Snyder, siebenundzwanzig Jahre alt, und er wurde in Ohio geboren. Ein klassischer Hochstapler und Betrüger.«

»Also könnte er auch ein Erpresser sein. Aber womit hätte Sands Taylor denn erpressen können?«, fragte ich.

Lasky, der ungeduldig um sich sah, stand auf.

»Sie glauben wirklich, dass er das war?«, fragte er wegwerfend. »Sands ist seit Monaten spurlos verschwunden. Wenn ich Sie wäre, würde ich woanders suchen!«

Er eilte ebenfalls zum Hinterausgang.

»Na gut«, sagte ich und dann, zu Byron gewandt: »Genau das werde ich auch tun – als Statist in Taylors Ehrengarde.«

Er blickte mich entgeistert an.

»Du meinst, morgen bei der Beerdigung? Und du willst freiwillig …«

»Ist schon passiert. Ich habe mich vorhin beworben und wurde genommen. Wer auch immer Taylor umgebracht hat, wird dort sein, davon bin ich überzeugt«, erklärte ich. »Deswegen werde ich mir die Trauergäste sehr genau anschauen. Und je näher ich dran bin, desto besser.«

20

Ich stand stramm, als Regisseur Charles Maigne am nächsten Nachmittag das Signal gab, und führte die Hand zum militärischen Gruß an mein Barett; so wie die anderen drei Ehrengardisten in königlich-britischer Uniform.

Wir erwarteten den Sarg mit William Desmond Taylor darin, der mit einem großen, geschmückten Leichenwagen über den Pershing Square im Herzen von Los Angeles gefahren wurde. Langsam bewegte er sich auf uns zu, durch zehntausend Schaulustige hindurch, die von einem Polizeikordon zurückgehalten werden mussten.

Die episkopalische St. Paul's-Pro-Cathedral war ein steingewordener Albtraum aus der Architekturhölle, ebenso voluminös wie missraten. Es stand bereits fest, dass sie wenige Wochen später abgerissen werden würde, um Platz zu machen für den Bau des Biltmore Hotels, dessen Investoren das Grundstück der Kirche für viel Geld abgekauft hatten. Das Schild vor dem Eingang, das dieses Vorhaben verkündete, hatten sie heute mit einer Fahne des Union Jack notdürftig abgedeckt. So viel Pietät zeigten sie immerhin. Für mehr hatte es leider nicht gereicht.

Als der Wagen des Bestattungsinstituts vorfuhr, brach in der Menge Panik aus, sie schob sich hin und her. Menschen stürzten zu Boden, Polizeipferde stiegen wiehernd in die Luft. Es dauerte einige Zeit, bis die Polizisten die Lage wieder im Griff hatten und den Vorplatz absperren konnten.

Acht ausgewählte Ehrenträger hoben den offenen Sarg unter Glockengeläut aus dem Wagen, darunter Byron Hamilton, Charles Maigne und DeMilles Bruder William. Feierlich trugen sie ihn die Stufen hinauf, und als wir vier in unseren Uniformen uns umdrehten und in Zweierreihen losmarschierten, folgten sie uns in das Schiff der riesigen Kathedrale und stellten den Sarg dort ab, inmitten des Meers aus roten Rosen, die von Mabel Normand gestiftet worden waren. Sie rochen betörend.

Wir vier Ehrengardisten postierten uns nun rund um Taylors Sarg, einer an jeder Ecke, und salutierten erneut.

Der Gruß wurde leicht asynchron ausgeführt. Auch die anderen drei waren schließlich keine echten Soldaten der Commonwealth-Armee, sondern Filmstatisten. Wir hatten uns beim Umziehen im Nebenraum der Kathedrale einander vorgestellt.

Ich war der Kanadier, zu erkennen an der aufgenähten kleinen Flagge auf der Brust, ein anderer stellte den Schotten dar – er war ein Italiener aus Inglewood –, dann gab es noch einen Australier und natürlich einen Briten, den sie ausgewählt hatten, weil er rötliches Haar und einen prächtigen, hochgezwirbelten Schnauzbart trug. Dabei hatte er den stärksten polnischen Akzent, den ich je gehört hatte.

Charles Maigne hatte sein Bestes gegeben, eine würdige Zeremonie für den Verblichenen zu inszenieren. Doch er war nun mal ein Hollywood-Regisseur, und schon seine Filme waren eher schwülstig und plump. Wenn man ihn ausgerechnet eine Trauerfeier ausrichten ließ, lebte er seinen Hang zum kitschigen Pathos natürlich vollkommen aus.

Taylor war eigentlich zu alt gewesen, um als Soldat am Weltkrieg teilzunehmen, doch er hatte sich freiwillig gemeldet und offenbar irgendwo in einer Sondereinheit Dienst getan. Genaueres wusste man nicht, doch Maigne hatte sich darauf versteift, ihn mit militärischen Ehren und großem Pomp als Veteranen zu betrauern.

Und so lag nun der Brite William Desmond Taylor in seiner

Uniform und mit seinem Barett auf der Brust über den gefalteten Händen im offenen Katafalk vor uns aufgebahrt, damit ganz Hollywood von ihm Abschied nehmen konnte.

Auf den Kirchenbänken saßen die Produzenten versammelt und beobachteten den Sarg, die Trauerfeier und mich. Carl Laemmle lächelte traurig und eher still. Goldwyn lächelte böse, Selznick starrte Löcher in die Luft, Mayer tuschelte ständig mit anderen, und Lasky, Zukor und DeMille lächelten und redeten gar nicht, sondern gaben sich ganz als trauernde Kollegen des Toten, der für ihr Studio gearbeitet hatte. Die beiden Letzteren waren offenbar soeben erst in Los Angeles eingetroffen.

Adolph Zukor war ein sehr kleiner Mann, der völlig unbeweglich dasaß, mit grausamen braunen Augen und einem perfekten Scheitel unter dem schwarzen Zylinder. Er konnte einem regelrecht Angst einjagen und schien, seit ich ihm im letzten Jahr begegnet war, nicht milder geworden zu sein. DeMille daneben schien sichtlich mitgenommen von dem Trauerfall, doch er strahlte immer noch die Würde eines Aristokraten aus, wie an dem Filmset, an dem ich ihn erlebt hatte. Heute trug er jedoch keine Reitstiefel und Breeches, sondern wie die anderen Gäste Cutaway und Zylinder.

Neben ihnen wirkte ihr Mitgesellschafter Lasky wie ein Schaf in einem Wolfsrudel.

Unter den Zuschauern entdeckte ich Detective Sergeant Eddie King, in einem neuen schwarzen Anzug, der sich eifrig umsah. Auch mich registrierte er.

Seitlich vor uns stand Maigne und passte auf, dass nur ja alles so ablief wie von ihm geplant.

Nun begann der episkopalische Chor, Händels *Messias* zu singen, und wir mussten die ganze Zeit strammstehen und salutieren, während die Trauergäste vor Taylors Sarg Aufstellung nahmen, dann nacheinander vorbeidefilierten und von ihm Abschied nahmen.

Ein absurdes Spektakel für einen Unteroffizier der kaiserlich-deutschen Armee, dachte ich bei mir. Das einzig Kanadische an mir war der Whisky, den ich mir vorweg eingeflößt hatte und von dem ich noch mehr in einer praktischen kleinen Flasche bei mir trug. Das braune Wolltuch der königlichbritischen Armee-Uniform kratzte, und leider hatte ich eine erwischt, die mir etwas zu klein war, sodass sie überall kniff und spannte. Doch hatte ich so einen Logenplatz, von dem aus ich in die Gesichter der Trauernden blicken konnte, die in einer Reihe anstanden, nacheinander vor mir stehen blieben und auf den toten Taylor und sein bräunlich wächsernes Gesicht hinabsahen.

Mabel Normand hatte sich hinter Jesse Lasky und Adolph Zukor und Cecil B. DeMille eingereiht, die ernst und feierlich von Taylor Abschied nahmen. DeMille wirkte wirklich mitgenommen, er musste sich auf einen Stock stützen.

Jetzt kam Mabel an die Reihe.

Ich stand nahe genug, um den Alkohol riechen zu können, den sie zu sich genommen hatte, um es durchzustehen. Sie nahm mich gar nicht wahr. Mabel zerfloss in Tränen und rang die Hände, dann bückte sie sich zum Sarg hinab, um Taylor zu küssen. Als nun zu allem Überfluss ein schottischer Dudelsackspieler hinter uns begann, seinem Instrument ein unerträglich lautes, dissonantes Jaulen zu entlocken, zuckte sie zusammen und fiel in Ohnmacht.

Ich sprang vor, gerade noch rechtzeitig, um sie aufzufangen. Ein Stöhnen entfuhr der Menge. Taylors Butler, Henry Peavey, trat von rechts in mein Gesichtsfeld, blind vor Tränen, und half mir, die Bewusstlose hochzuheben. Er war heute ganz in Schwarz gekleidet, nichts Buntes.

Wir trugen sie an den Armen und Beinen weg, was offenbar beinahe so wirkte, als wäre es eine Szene aus einer von Mabels Komödien. Einige Menschen lachten hysterisch auf. Ich warf einen ernsten Blick auf den Toten im Sarg, und sie verstummten wieder. Peavey und ich trugen Mabel zur Sakristei hinüber. Nur gut, dachte ich, dass sie noch nichts von den gestohlenen Briefen wusste. Ich hatte es für besser befunden, sie vor der Beerdigung nicht darüber zu informieren.

Der Dudelsackspieler drehte gewaltig auf und erwies sich als der schlechteste Musiker, der jemals dieses Instrument gequält hatte. Vielleicht war ihm auch einfach nur kalt unter seinem Schottenrock.

In der Sakristei legten wir Mabel auf eine Bank, und ich eilte zur Tür, um sie zu schließen. Die Musik und der Lärm brachen ab. Peavey, ganz der erfahrene Diener, sprenkelte ihr Weihrauch aus einem silbernen Fass unter die Nase, um sie wieder aufzuwecken, was ihm jedoch nicht gelang. Dann zuckte er zusammen und hielt inne. Er erkannte mich erst jetzt – den Mann, den er bei der Leiche seines Herrn ertappt hatte.

»Nur ruhig, Mr. Peavey«, sagte ich. »Ich bin entlastet und arbeite inzwischen für Miss Normand, um ihre Unschuld zu beweisen und ihren guten Ruf zu schützen.«

Peavey fuhr sich durch sein kraus wucherndes Haar. »Oh ja«, sagte er larmoyant. »Eine Menge Leute müssen sich in dieser Sache Sorgen um ihren guten Ruf machen. Und manche vollkommen zu Unrecht.«

»Sie können bestätigen, dass Mr. Taylor und Miss Normand kein Paar mehr waren?«, fragte ich, bevor er sich in Selbstmitleid ergehen konnte.

»Sie waren nur Freunde, soweit ich es weiß«, sagte er. Wir blickten auf die bewusstlose Mabel hinab. »Aber sehr enge Freunde, die sich beinahe jeden Tag sahen oder schrieben.«

»Was können Sie denn über Ihren Vorgänger erzählen, Edward Sands?«, fragte ich ihn.

»Ich habe ihn nie kennengelernt«, sagte er. »Wurde ja erst im September eingestellt, nachdem er verschwunden war.«

»Haben Sie etwas von der Erpressung mitbekommen?«, fragte ich. »Sie müssen doch die Briefe gesehen haben? Die aus New York?«

Er druckste herum. »Nein … Ich legte die Post ja nur hin …« Er sah verlegen weg, mit leerem Blick hinüber zu einer Tafel, an der mit Kreide die Nummern und Titel der Gesänge geschrieben standen.

»Sie sind Analphabet, nicht wahr?«, fragte ich. »Haben nie lesen gelernt.«

Peavey senkte den Kopf. Dann nickte er und wischte sich die Tränen ab.

»Aber es gab doch gewiss irgendetwas, das Mr. Taylor über Sands erzählt hat, nach dem Diebstahl?«

»Nun, eine ganze Menge …«, begann er. »Er befürchtete, noch einmal von ihm zu hören. Und in der letzten Zeit, vor dem … vor der schrecklichen Tat, da gab es andauernd anonyme Anrufe, und wenn man abnahm, wurde sofort aufgelegt, und es wurde im Januar auch einmal eingebrochen und alles durchwühlt, und dann sahen wir Schatten draußen ums Haus schleichen. Es war äußerst unheimlich …«

»Und Mr. Taylor dachte, dass dies sein alter Diener Sands gewesen sei?«, fragte ich.

»Oh ja, er war sicher, dass Sands ihn noch einmal heimsuchen würde«, sagte Peavey und erschauderte.

»Warum haben Sie eigentlich nicht in Taylors Bungalow gewohnt, so wie Sands?«, fragte ich.

»Das wollte Mr. Taylor nach der Sache nicht mehr. Er hat mir eine eigene Wohnung gemietet, in der Third Street«, sagte er und begleitete die Worte mit großen Gesten. Ich schien einen wunden Punkt getroffen zu haben. »Und wegen der nächtlichen Ausgangssperre für Schwarze ging ich jeden Abend um halb acht dorthin und kam jeden Morgen erst um halb acht wieder. Wenn man mich in der Zeit dazwischen außerhalb der Wohnung aufgegriffen hätte, wäre ich doch ins Gefängnis gesperrt worden. Also musste ich ihn dort alleine lassen und …«

Er begann schon wieder zu weinen.

Ich benetzte noch einmal Mabels Gesicht mit Weihwasser, und es belebte sie so, dass sie zu sich kam. Ich drückte ihr die Hand und überließ sie Henry Peavey, dann eilte ich nach draußen. Ich wollte nicht zu viel verpassen.

Das Defilee zog immer noch am Sarg vorbei, doch es waren nicht mehr viele Gäste übrig. Ich stellte mich wieder dazu.

Polly Brandeis suchte ich in der Menge vergebens, doch ich

war nicht unfroh, dass sie mich nicht in meiner Verkleidung sah.

Sonst sah ich niemanden, der mir verdächtig erschien oder aus dem Kreis der Leute stammte, von denen in der Presse zu lesen gewesen war. Der Duke blieb der Feier fern, was mich verwunderte, und dass Florence Lawrence öffentliche Auftritte scheute, war mir klar.

Als es endlich vorbei war und ich vor der Kirchentreppe eine Zigarette rauchte, sah ich DeMille herauskommen, sich auf einen Gehstock stützend. Er hinkte beträchtlich und sah hier draußen im Tageslicht abgezehrt und krank aus. Doch als er in Sichtweite der Menge kam, war es, als setzte er eine Maske auf.

Er ging direkt auf mich zu.

»Sie sind Mr. Engel, nicht wahr?«, fragte er. Vorgestellt worden war ich dem legendären Regisseur noch nicht. »Habe gerade von Jesse Lasky von Ihnen gehört. Sie helfen uns in dem Fall.«

DeMille legte die hohe Stirn in Falten und maß mich trotz seiner gebeugten Haltung mit einem stechenden Blick. Er war um die fünfzig und mit einer natürlichen Autorität gesegnet, so als wäre jeder, auf den er traf, nur einer von Tausenden Statisten in einem seiner vielen, höchst aufwendigen Filme.

»So in etwa«, sagte ich. Er verzog nun vor Schmerzen das Gesicht und drehte seinen Zylinder in der Hand.

»Geht es Ihnen nicht gut?«

»Ich habe mir in den Katakomben von Rom ein schweres rheumatisches Fieber eingefangen«, sagte er mit gepresster Stimme. »Bei der Ankunft in New York haben sie mich auf einer Bahre vom Schiff tragen müssen, und dann erfuhr ich …« Er musste sich unterbrechen. »Ich hoffe, Sie geben sich Mühe«, sagte er dann. »Bill Taylor war nämlich einer meiner besten und ältesten Freunde.«

»Selbstverständlich«, sagte ich. »Ich mochte ihn auch sehr gern. Wir alle geben uns Mühe. Auch Polly Brandeis, die Regisseurin. Wer hat sie eigentlich zur Ermittlerin bestimmt?«

In seinem Gesicht zuckte kein Muskel. »Der Regieverband wollte unbedingt jemanden von uns dabeihaben, und sie hatte wohl Zeit. Scheint außerdem ein patentes Mädchen zu sein, wie man sagt.«

»Das ist mir nicht entgangen.«

Bevor ich weiter dazu Stellung nehmen konnte, fuhr er fort: »Miss Brandeis ist in diesen schweren Tagen bei Mary Miles Minter und steht ihr im Auftrag von Paramount bei. Und hält sie heute auch davon ab, die Trauerfeier zu besuchen. Miss Minter wollte das unbedingt, aber wir waren sicher, das hätte sie nicht durchgestanden.«

Ich dachte an die Bündel von Liebesbriefen von ihr an Taylor, die gefunden worden waren.

Zukor trat aus der Kirche, und DeMille setzte sich seinen Zylinder auf und wollte sich schon zu ihm gesellen.

»Kennen Sie diesen ›Duke‹ eigentlich?«, fragte ich rasch. »Alexander Rumford, er verkehrt auf Ihrem Flugfeld.«

DeMille sah mich überrascht an. »Das tun viele. Es gehört mir ja nicht mehr, und es ist ein kommerziell genutztes, für alle zugängliches Gelände. Den Mann kenne ich nicht, Lasky hat mich auch gerade nach ihm gefragt. Ich selbst fahre zum Flugfeld, um meine Flugzeuge zu fliegen, sooft ich nur kann. Fliegen Sie doch gerne mal mit.«

Er wandte sich ab und ging Zukor am Stock hinkend hinterher. DeMille war ein Gigant, aber Zukor war ein Titan, und er drehte sich nicht einmal um, um zu sehen, ob DeMille oder Lasky ihm folgten. Er ging ganz selbstverständlich davon aus.

Ich wandte mich um, und als ich es tat, sah ich direkt in das Gesicht meines Bekannten Ralph Huston mit dem großen, schiefen Zinken darin, der sich im selben Moment in meine Richtung schob. Uns blieb kaum etwas anderes übrig, als hallo zu sagen.

»Hallo, Ralph«, sagte ich.

»Hallo, Hardy.«

Wir waren im letzten Jahr für einige Zeit Kollegen, er war damals der Sicherheitschef von Selznick. Seitdem ignorierten wir uns nach Möglichkeit, und unter normalen Umständen hätten wir das auch jetzt getan. Aber wir steckten mitten in der Menge fest und so ging es nicht anders, wir mussten ein paar Sätze reden.

»Da bist du ja mal wieder in was Schönes reingeraten, was, Hardy?«, sagte er vage. »Hab natürlich davon gehört …«

»Ja«, sagte ich. »Das bin ich. Macht ihr noch eure Treffen, die ganzen Sicherheitschefs der Studios, und tauscht euch regelmäßig über eure Geheimnisse aus?«

»Nein«, sagte er, »das gibt's nicht mehr. Nicht mit neuen Leuten wie Byron Hamilton. Heute kämpft jeder für sich und feiert seine Orgien alleine. Es ist traurig, wie Hollywood sich verändert hat.«

»Es war schon immer traurig«, sagte ich.

»Wenn du was Geheimes über den Fall wissen willst, musst du jedenfalls Byron fragen, ich bin da raus«, sagte er und grüßte über meine Schulter weg irgendwen in der Menge. »Ich kann dir nur eines raten, das aber mit Nachdruck: Gib Selznick und den anderen Moguln, was sie wollen. Sonst wird es ganz hässlich für dich ausgehen.« Dann schoben uns die Menschen auseinander.

Als ich meinen letzten Zug rauchte und die Zigarette wegwarf, bugsierten die Sargträger den Sarg, dessen Deckel sich nun für immer über der Leiche von William Desmond Taylor geschlossen hatte, zwischen den Trauergästen hindurch zum Wagen.

Der Leichenzug formierte sich nun hinter dem großen, prächtig verzierten Automobil des Bestattungsinstituts Overholtzer und war bereit, ihm durch die halbe Stadt zum Hollywood Memorial Cemetery am Santa Monica Boulevard zu folgen. Der Friedhof, wo alle Toten der Filmbranche landeten.

Da fiel ein Schatten auf mein Gesicht. Eddie King trat zu mir und sah höhnisch an meiner Uniform hinab.

»Habe schon gehört, Sie ermitteln weiter in dem Fall«, sagte er. »Für Miss Normand.«

»Ich bin hier, um Mr. Taylor die letzte Ehre zu erweisen«, erwiderte ich knapp.

Er zog ein Notizbuch und einen Bleistift hervor. »Vorher schreiben Sie etwas für mich, Sie Kanadier«, sagte er und gab mir beides in die Hand. *»›Zahlen Sie stattdessen lieber schnell 2500 Dollar. Denn Sie wissen, was ich sonst öffentlich mache‹.«*

»Das ist nicht Ihr Ernst.«

»Wir wollen sichergehen und die Schrift vergleichen. Der Brief könnte ja auch von Ihnen sein. Sie sind schließlich ein alter Bekannter von Taylor. Vermutlich wissen Sie eine ganze Menge über ihn.«

»Leider nicht. Aber ich habe gelesen, Sie hätten sich mittlerweile auf die Theorie verlegt, dass es Edward Sands war?«, fragte ich, während ich die Worte notierte.

»Oh, alle haben eine Theorie«, sagte King. »Jede verdammte Zeitung in dieser Stadt, jeder verdammte Ermittler, und jeder gottverdammte Bürger.«

»Aber ich habe von Mr. Hamilton und gerade von Henry Peavey einige Dinge gehört, die darauf schließen lassen könnten, dass Sands der Erpresser war.«

»Henry Peavey«, sagte er lachend. »Der schwarze Mann erzählt viel. Hat er Ihnen auch erzählt, dass er wenige Tage vor dem Mord wegen versuchter Verführung von Minderjährigen in einem Park aufgegriffen worden ist? Und dass Taylor ihn mit zweihundert Dollar Kaution auslösen musste?«

»Nein, das hat er nicht«, sagte ich und stellte mir vor, wie sehr King ihn damit bei seinem Verhör unter Druck gesetzt haben musste.

»Mit dem wird sich noch ein Gericht beschäftigen, mit dem sauberen Mr. Peavey.«

»Das entwertet nicht seine Aussage über Mr. Sands und Taylors Befürchtungen wegen ihm.«

»Mr. Sands ist nur einer der Verdächtigen«, sagte er herablassend. »Eine Person von Interesse, die wir gerne befragen würden. Und das sind alles bloß Vermutungen und Spekulationen.«

»Mehr als das. Alle Spuren scheinen jetzt zu ihm zu führen.«

»Klar, dass Ihnen das gefällt, Engel«, sagte er spöttisch. Ich gab ihm das Buch zurück, und er steckte es ein, ohne sich anzusehen, was ich geschrieben hatte.

Es waren die beiden Sätze, die er mir diktiert hatte. Und dann noch die Worte in Großbuchstaben: *DIES IST EINE SACKGASSE, IN LIEBE HARDY ENGEL.*

»Ich werde ein Schriftgutachten in Auftrag geben«, sagte er. »Selbst wenn der Brief nicht von Ihnen ist, dann gibt es immer noch die Variante, die ich sowieso für die wahrscheinlichste halte: dass Sie sich für Taylor um die Erpressung kümmern sollten und viel mehr wissen, als Sie uns sagen. Doch Sie haben sich von dem Geld verlocken lassen, das Sie von ihm zur Übergabe erhalten hatten, einer märchenhaft hohen Summe für Ihre Verhältnisse. Glauben Sie jedenfalls bloß nicht, dass diese Sands-Geschichte Sie entlastet.«

Er grinste mir nochmals zu und verschwand zwischen den Trauergästen, die sich in breiter Kolonne hinter den Leichenwagen drängten, um Taylor zu seiner letzten Ruhestätte zu begleiten.

Ich ging mit zu seinem Grab und sprach dort ein Gebet für William Desmond Taylor, obwohl ich nicht an Gebete glaubte; einfach aus Respekt für ihn. Und aus demselben Grund ging ich danach mit den anderen Ehrengardisten in eine Bar, und es wurde ein langer Abend, bei dem wir wieder und wieder auf ihn anstießen.

21

Am nächsten Tag wachte ich in meiner zu engen kanadischen Uniform auf. Ich brachte sie zu Paramount, und eine Kostümbildnerin nahm sie in Empfang und lieferte sie ganz ordentlich wieder beim Fundus ab, für den nächsten Kriegsfilm.

Dort erfuhr ich, dass sich Polly immer noch bei Mary Miles Minter befand. Da ich Miss Minter auch einmal befragen wollte und hoffte, dass sie mir etwas zu Sands sagen könnte, machte ich mich auf den Weg dorthin.

Es war schon nach Mittag, als ich zu dem Haus im Hobart Boulevard fuhr. Davor parkte ein kleiner Milburn in einem überirdischen Blau, das Automobil eines Filmstars. Und direkt dahinter Pollys alter Cadillac. Ich stellte meinen Sedan daneben ab.

Für einen Superstar wie Mary Miles Minter war es ein erstaunlich kleines Haus. Ein mageres Dienstmädchen in einer Uniform öffnete, im Flur empfing mich eine ältere, muntere Dame von ungefähr siebzig Jahren; offensichtlich die Hauswirtin.

»Ich möchte zu Miss Brandeis«, sagte ich.

Sie geleitete mich in einen kleinen Salon, in dem mehrere Menschen beisammensaßen. Als Erstes begrüßte mich Mops Enrico, der mit einem Schnaufen von einem Hocker sprang, eine freudige Pirouette drehte und auf mich zu wackelte. Er leckte mir die linke Hand, die ich ihm hinhielt, und sah verliebt zu mir hoch.

»Ups«, sagte ich zu Polly, die in einem der Sessel saß und mich betreten ansah. »Hier steckst du also.«

»Hallo, Hardy«, sagte sie missmutig und senkte den Blick. Sie sah angestrengt und übernächtigt aus und so, als machte ihr die Gesellschaft der anderen im Raum keinen Spaß.

»Wir ermitteln beide im Fall Taylor«, erklärte ich. »Hardy Engel, Privatdetektiv.«

Mary Miles Minter, die ich noch nicht persönlich kennengelernt hatte, war eine kleine Schönheit von neunzehn Jahren mit blonden Korkenzieherlocken. Sie sah aus wie eine Figur aus *Tom Sawyer* und benahm sich vollkommen unnatürlich und affektiert. Ich gab ihr die Hand, die sie mir hinstreckte, als würde sie gleich in Ohnmacht fallen.

»Oh, Mr. Engel«, sagte Mary pathetisch. »Ich danke Ihnen, dass Sie gekommen sind, um mir Ihr Beileid wegen Mr. Taylor auszusprechen. Ich weiß das wirklich zu schätzen.«

Ein Mann Ende vierzig erhob sich steifbeinig aus einem tiefen Sessel, gab mir ebenfalls die Hand und deutete eine Verbeugung an.

»Mr. Stockdale, unser lieber Nachbar und mein Schauspiel-Kollege«, erläuterte Mary. »Er steht mir in dieser schweren Zeit bei. Zu allem Überfluss können wir noch nicht einmal in unserem eigenen Haus wohnen, da es gerade umgebaut wird. Nicht wahr, Großmutter?« Die alte Dame legte ihr tröstend die Hand auf den Arm und wandte sich mir zu.

»Aber bitte setzen Sie sich doch, Mr. Engel. Was darf ich Ihnen zu trinken anbieten?«

»Ein Sodawasser, wenn es keine allzu großen Umstände macht«, sagte ich mit einem Blick zu Polly und ließ mich auf den letzten freien Platz auf dem Sofa fallen, neben Mr. Stockdale, der sich ebenfalls wieder setzte.

Stockdale nickte mir zu. Er war ein Nebendarsteller, der oft gravitätische Rollen besetzte, in denen man nicht spielen, sondern nur ernst dreinschauen musste, und genoss sichtlich die Gesellschaft so prominenter Nachbarn.

Mary legte mir eine Hand aufs Knie und beugte sich vor.

»Sie werden diesen grausamen Mörder doch fassen, oder, Mr. Engel? Versprechen Sie mir das?«

Polly wich meinem Blick aus und lächelte unbestimmt in Richtung des Teppichs.

»Wir werden unser Bestes geben, Miss Minter«, sagte ich. Doch bevor ich meine Fragen loswerden konnte, übernahm sie wieder.

»All diese Gefühle ... Ich werde sie in meinem nächsten Film verarbeiten. Die Kunst«, sagte Mary, an Polly gerichtet, und lächelte ein tapferes Lächeln, das jedoch eher zu einer Grimasse geriet, »sie ist das Einzige, was uns aufrecht hält. So wie dieses Buch hier, aus dem ich an jenem Abend vorlas, es war genau in dieser Runde ...« Sie zeigte auf den Couchtisch. Der Titel des Bandes lautete: *The cruise of the Kawa.* »Walter Traprocks göttliche Satire über eine Reise in die Südsee, was haben wir Tränen gelacht ...«

»Es muss genau zu der Stunde gewesen sein, als es passiert ist ...«, sagte Mr. Stockdale, und seine Augen begannen prompt überzulaufen. »Es war ein so unbeschwerter Abend. Wir haben es erst am nächsten Vormittag erfahren.«

Mary schluchzte auf und sah von ihm zu mir: »Und jetzt fließen erneut Tränen, diesmal jedoch aus schwarzer Trauer ...«

Polly biss sich auf die Lippen, und unsere Blicke trafen sich endlich. Ihrer sagte: Hol mich hier raus.

»Finden Sie auch so viel Trost in Romanen, Mr. Engel?«, fragte mich die Großmutter.

»Ich lese eher wissenschaftliche Bücher«, sagte ich bedauernd. »Mit Fakten. In Romanen steht mir zu viel Ausgedachtes.«

Eine farbige Köchin mit Häubchen und Schürze brachte eine Kristallkaraffe und ein Glas und stellte beides vor mir ab. Für eine Köchin war sie recht dünn. Sie vermied es, irgendeinen von uns anzusehen, und goss etwas Wasser in das Glas. Sie wirkte ängstlich und unsicher, beinahe so, als werde sie hier geschlagen.

»Die Neigung zur Fantasie ist eben nicht jedem gegeben«,

sagte Mary und rollte mit den Augen. »Was mich angeht, ich schreibe Gedichte.«

»Wirklich? Ich auch!«, rief Polly mit impulsiver Begeisterung.

Ich ignorierte sie und sprach weiter an Mary gewandt. »Was macht diesen Verlust denn so besonders für Sie, wenn ich das fragen darf?«

Die fidele Großmutter, die mir in der Tat nun wie eine Greisenversion der puppenhaften Minter vorkam, nickte der Köchin zu. »Danke, Belle! Bereiten Sie jetzt das Huhn und Marys Salat zu, aber ohne Dressing, ja?« Diese zuckte zusammen, senkte dann den Kopf und ging wieder nach draußen.

Immerhin hatten sie hier standesgemäß viele Angestellte.

»Ich habe ihn geliebt«, versicherte Mary und legte die Hand dahin, wo sie unter einem kaum sichtbaren Busen ihr Herz vermutete. »Mit allem, was ich hatte. Ich gehörte ihm, seit er zum ersten Mal mein Regisseur war, vor drei Jahren. Wer soll jetzt bei meinen Filmen Regie führen?«

Sie trug ein langes Kleid, das bis zu den Knöcheln reichte, und darüber eine Weste. Pollys rostrote Bluse und der kurze Rock, der ihre übereinandergeschlagenen nackten Beine sehen ließ, bildeten einen scharfen Kontrast dazu.

»Sie gehörten ihm? Sie wollen sagen, Sie waren wirklich und wahrhaftig ein Paar?«, fragte ich Mary.

»Mach dich nicht lächerlich, Mary«, sagte eine schneidende Stimme hinter mir. Eine Frau von Mitte vierzig betrat den Raum und stellte sich energisch zwischen mich und Mary. »Natürlich waren sie das nicht, es war nur eine kleine, mädchenhafte Schwärmerei für einen sehr viel älteren Mann, die bald wieder vorüberging. Und so sind auch die Briefe zu verstehen, von denen uns Miss Brandeis erzählt hat, die, die man bei Mr. Taylor gefunden hat – Mr. Engel, nicht wahr? Sie schreibt jedem ihrer Regisseure welche, täglich, es geht dabei nur um die gemeinsame Arbeit. Sie haben nicht das Geringste zu bedeuten. Charlotte Shelby, Marys Mutter und Managerin.«

Sie war sehr klein und hatte kupferrote, leuchtende Haare,

sodass es aussah, als stünde sie in Flammen. Und genauso ernst und angespannt redete sie auch. Ich erhob mich und gab ihr die Hand. Sie schüttelte sie mir so, dass ich froh war, als ich sie wieder zurückbekam.

»Sie leben hier alle zusammen?«

Ich glaubte mich jetzt zu erinnern, dass ich Mrs. Shelby auch auf der Beerdigung unter den Trauergästen gesehen hatte.

»Selbstverständlich, als eine große Familie. Eigentlich in der New Hampshire Avenue, eine Meile von hier«, sagte die Mutter stolz. »Es ist natürlich ein deutlich größeres Anwesen, doch ich lasse gerade die Garagen und den Swimmingpool vergrößern und einige andere Umbauten vornehmen. Deswegen haben wir hier vorübergehend Asyl gefunden.«

Sie wies mir majestätisch meinen Platz wieder zu, und ich setzte mich.

»Meine Mutter meint das nicht so«, sagte Mary und legte mir erneut die Hand auf das Knie. »Wir wollen jedenfalls alle, dass Sie Ihr Möglichstes tun, diesen Mörder zu finden. Bitte halten Sie mich über jeden Ihrer Schritte auf dem Laufenden.«

Sie funkelte mich mit ihren großen blauen Augen an.

»Nicht sie, mich!«, fuhr Mrs. Shelby dazwischen. Marys Hand zuckte zurück. Die Mutter stellte sich direkt vor mir auf und fixierte mich. »Wenn Sie meiner Mary zu nahe kommen, oder sie ohne mich treffen, dann werden Sie mich kennenlernen, Mr. Engel, verstanden?«

Mary sah mit tränenerfüllten Augen zu Boden. Ich wandte mich Mrs. Shelby zu, die nur wenig größer war als ich im Sitzen. »Keine Sorge, Mrs. Shelby. Ich bin eigentlich nur vorbeigekommen, um Mary etwas zu fragen. Reine Routine, aber vielleicht können Sie alle helfen.«

»Bitte«, sagte Mrs. Shelby.

»Sie hatten ja im letzten Jahr häufig mit Mr. Taylor zu tun und waren auch bei ihm zu Hause«, sagte ich zu Mary. »Dann müssten Sie auch Edward Sands kennengelernt haben, seinen damaligen Butler.«

Sie nickte heftig. »Das habe ich. Er schien sehr nett zu sein, trotz allem, was später herauskam, und er schrieb ebenfalls Gedichte, er hat mir verschiedene davon gezeigt.«

»Wirklich?«, fragte ich. »Haben Sie die noch da? Oder würden Sie seine Schrift erkennen?«

Sie schüttelte den Kopf. »Ich glaube nicht«, sagte Mary. »Aber fragen Sie doch seine Freundin, ihr hat er die Gedichte gewidmet.« Ich blickte sie ratlos an. »Sie lebt hier in Los Angeles. Ich habe Polly eben von ihr erzählt.«

Polly sprang auf.

»Und deswegen müssen Mr. Engel und ich auch gleich schon wieder weiter.«

Ich erhob mich und nickte ihr zu. Auch Enrico verließ seinen Platz auf dem Hocker.

»Ist das eine heiße Spur?«, fragte Mrs. Shelby scharf.

»Wenn es eine gibt, erfahren Sie es natürlich sofort. Von Miss Brandeis.«

Ich nickte beiden Damen zum Abschied zu.

»Selbstverständlich«, sagte Mrs. Shelby eisig.

»Bis bald«, sagte Polly und zwinkerte Mary zu. Sie ging voran und streifte mich im Vorbeigehen.

Draußen fiel sie mir um den Hals. »Oh danke!«, sagte sie. »Es war ja kaum zum Aushalten. Die Alte knechtet die arme Kleine, wo es nur geht. Die kann nicht mal auf die Toilette gehen, ohne dass der Drache dabei ist.«

»Fürchterlich«, sagte ich. »Kein Wunder, dass das Kind davon träumt, mit irgendeinem Mann durchzubrennen.«

Ich roch ihr Parfüm. Es war ziemlich stark und herb, aber es passte zu Polly.

»Und noch dazu ist sie gerade sehr unter Druck, denn ihr Vertrag läuft aus, und sie verhandeln mit Paramount wegen eines neuen«, sagte sie und verdrehte die Augen. »Die Alte will mehr Geld, aber die wollen sich natürlich nicht darauf einlassen. Sie wollte mich von vorne bis hinten manipulieren, damit ich dem Studio was Positives über Mary erzähle. Verdammt penetrant, und verdammt durchsichtig, das Ganze. Danke, dass du mich da herausgeholt hast!«

»War gar nicht meine Absicht«, sagte ich. »Du kanntest sie vorher noch nicht?«

»Nein, ich habe noch nie mit ihr gedreht«, sagte sie und ließ mich wieder los. »Das ist nicht meine Liga. Noch nicht.«

»Also, was ist mit dieser Freundin?«, fragte ich. Sie zögerte, dann überwand sie sich.

»Sie heißt Virginia Volk, offenbar eine Tänzerin. Blond gefärbte Haare, eher was Zweitklassiges, meint Mary, aber ich glaube, das würde sie über fast jede andere Frau sagen.«

»Sonst irgendetwas?«

»Sie weiß noch, dass sie in einem Club namens The Purple Cat getanzt hat«, sagte Polly. »Und dort werde ich sie heute Abend suchen gehen.«

Ich nickte. Eine bessere Spur hatte ich im Moment auch nicht. Doch als Polly die Tür ihres Cadillacs öffnete, erstarrte sie.

»Ach du liebes bisschen«, sagte sie und sah an mir vorbei.

»Was?«, murmelte ich und drehte mich um.

Ein Stück die Straße hinunter befand sich ein Zeitungsstand. Dort wurde eben die neue Schlagzeile des *Examiner* ausgehängt. Ein paar Passanten umringten den Händler. Ich trat näher, und Polly und Enrico folgten mir.

SENSATION: LIEBESBRIEFE VON MABEL NORMAND – LESEN SIE DIE INTIMEN BEKENNTNISSE DES GROSSEN STARS AN WILLIAM DESMOND TAYLOR.

»Das darf doch wohl nicht wahr sein«, sagte ich. Ich ging schnell hin und kaufte dem gummikauenden Zeitungshändler eine ab.

Auf der zweiten Seite waren tatsächlich die Briefe abgedruckt, die in dem Safe in Byrons Büro deponiert, später jedoch gestohlen worden waren. Sie waren offenbar abfotografiert worden, und so konnte nun alle Welt die Briefe von Mabel Normand in Augenschein nehmen und nachlesen, wie sehr sie Taylor geliebt hatte. Alle mussten denken, dass sie bis zuletzt ein Paar gewesen seien. Die sensationelle Aufmachung meines Freundes Arthur Blowfish tat ein Übriges. Ein Szenenfoto von Mabel, auf dem sie verliebt mit den Augen rollte, und eines von William Desmond Taylor waren danebenmontiert.

»Ich fahre jetzt gleich zu Blowfish«, sagte ich grimmig. »Und lasse mir von ihm erzählen, woher er die hat.«

Sie nahm mir die Zeitung aus der Hand. »Wer kann das nur gewesen sein?«

»Sie wurden abfotografiert«, sagte ich.

Sie stemmte empört die Hand in die Hüfte. »So wie ich das neulich mit dem Erpresserbrief getan habe, wie? Du glaubst also, *ich* habe sie weitergegeben?«

Ich versuchte, sie wieder zu beruhigen. »Das habe ich weder gesagt noch gemeint. Du kannst gerne mitkommen!«

Sie verschränkte die Arme. »Ich gehe lieber der anderen Spur nach«, sagte sie. »Also lasse ich den großen Detektiv da mal alleine ermitteln. Obwohl, könntest du Enrico mitnehmen? Diese Tanzclubs sind nichts für ihn. Und ich denke, wir beide brauchen mal eine Pause.«

Sie streckte mir die Hundeleine hin, zusammen mit der Zeitung.

»In die Redaktion?«, fragte ich.

»Ja. Er liebt es, in neue Räume zu kommen. Er schnüffelt dann sofort überall rum. Ihr seid euch ziemlich ähnlich.«

Sie sah mich herausfordernd an. Ich konnte ein kleines Lachen nicht unterdrücken und nahm die Leine. »Warum nicht, wir sind bestimmt ein gutes Team«, ich grinste den Mops an, »ich und Enrico. Na komm.«

Enrico sah zwischen uns hin und her. Polly kniff ein Auge zu. Dann folgte er mir träge zu meinem Wagen und sprang hinein, als ich die Tür öffnete. Ich machte eine Grimasse in ihre Richtung und stieg ebenfalls ein.

22

Enrico und ich spürten jedes Loch in den holprigen Straßen und wurden auf dem Weg durch Central Los Angeles ordentlich durchgeschüttelt. Wegen des starken Verkehrs und einer abgesperrten Unfallstelle auf dem Santa Monica Boulevard, wo ein Lastwagen einen Hydranten gerammt hatte, brauchten wir erheblich länger, als ich erwartet hatte, um unser Ziel zu erreichen.

Das *Examiner*-Gebäude umspannte einen ganzen Block und vereinte in einer pompösen Mischung alle Architekturstile der Welt. Ich beschloss, Enrico nach oben mitzunehmen – jetzt, da wir ein Team waren –, und zog ihn an der Leine hinter mir her. Vor dem Eingang begann er zu knurren und blieb erst einmal stehen, um sein Bein an dem Marmorportal zu heben. Hunde haben eben einen untrüglichen Instinkt.

Ich überredete ihn dazu, hineinzugehen, und wir stiegen die Treppen hinauf in den ersten Stock. Das Treppenhaus war groß wie eine Bahnhofshalle und hätte leicht all die Menschen aufnehmen können, die Anlass hatten, sich über die Lügen der Hearst-Presse zu beschweren.

Vor dem Eingang der Redaktion saß eine junge, streng dreinblickende Blondine an einem Pult und wachte darüber, dass niemand Unbefugtes die bienenfleißige Arbeit der Journalisten störte. Der kleine Mops brach ihr sofort das Herz und erleichterte es mir beträchtlich, mit ihr ins Gespräch zu kommen und mein Anliegen vorzubringen. Sollte ich einmal Interesse an dieser Art Blondinen entwickeln, werde ich mir einen Hund zulegen, dachte ich mir. Ich nannte ihr meinen Namen, und mein Wunsch, den leitenden Redakteur Mr. Arthur Blowfish zu sprechen, dessen alter Bekannter ich sei, wurde von ihr ohne großes Zögern weitergegeben. Kurz darauf holte mich eine zweite Blondine ab, stürzte sich ebenfalls auf den Mops, und als sie mit dem Streicheln und Liebkosen fertig war, folgten Enrico und ich ihr durch die Reihen der Tische, an denen tippend, schwatzend oder rauchend die Redakteure saßen, zum hinteren Ende des großen Raumes. Unter seiner Decke stauten sich wie ein giftiger Nebel Rauch und Ausdünstungen.

Seit meinem letzten Besuch hatte Blowfish einen beachtlichen Aufstieg hingelegt, nicht zuletzt durch die von ihm verantworteten, für Hearst höchst lukrativen Schlagzeilen des Arbuckle-Skandals, und okkupierte jetzt ein eigenes Büro hinter einer großen gläsernen Front. Er sah von seinem Schreibtisch auf und winkte mich herein.

Blowfish hatte das wache Gesicht eines Intellektuellen über einem sportlichen, durchtrainierten Körper, und offenbar ließ sein aufreibender Job ihm immer noch keine Zeit, die wuchernden Nasen- und Ohrenhaare zu stutzen. Er schüttelte mir mit hochgekrempelten Ärmeln die Hand und bot mir einen Platz an.

»Mr. Engel, wie schön, Sie wiederzusehen«, sagte er. »Vor allem, da ich weiß, dass Sie stets für eine Überraschung gut sind.«

Er zog kräftig an seiner dicken Zigarre und paffte blauen Dunst in die Luft.

»Apropos«, sagte ich und zeigte auf den kleinen Mops, der erwartungsvoll zu Blowfish watschelte. »Das ist Enrico, mein Co-Ermittler.«

Blowfish beugte sich hinab und tätschelte den Hund wie jemand, der keine Hunde mochte: am Rücken und eher flüchtig. »Jedenfalls schön, dass Sie jetzt mit der Presse sprechen. Ich hatte mir schon überlegt, wie ich Sie dazu bringen könnte,

Ihr Schweigen zu brechen. Wollte Ihre Version hören, exklusiv, wenn es geht. Anfangs waren ja sogar Sie selbst in Verdacht, auch wenn ich persönlich nicht geglaubt habe, dass Sie es waren.«

»Da haben Sie recht, ich war's nicht«, sagte ich. »Und den Part mit der Überraschung scheinen ja diesmal Sie übernommen zu haben.«

»Wir haben jeden Morgen eine Überraschung im Blatt«, sagte er lächelnd. »Haben Sie eine Ahnung, was uns alles so zugetragen wird. Jeden verdammten Tag. Zeugenaussagen, Anrufe … Die Briefe von Mabel Normand, der Brief über die Vergangenheit von Mr. Taylor …«

Ich zuckte so heftig zusammen, dass Enrico erschrocken herumfuhr.

»Es war ein Brief?«, fragte ich.

Er nickte und hielt dann inne.

»Es war alles etwas dubios: Vor ein paar Tagen bekam ich einen anonymen Anruf. Einer von Dutzenden. Ein Mann bot mir Informationen über Taylor an, es klang sehr unseriös, wie meistens. Er wollte Geld dafür, ich wollte erst mal die Informationen. Er gab sie mir, ich habe sie aufgeschrieben und ihn schnell abgefertigt, weil es nicht glaubwürdig klang.«

»Aber Sie haben sie überprüfen lassen?«, fragte ich. Meine Stimme machte vor Aufregung nicht so richtig mit, aber er verstand alles. Blowfish nickte.

»Der Antiquitätenhändler Bartholomew Wright in New York, von dem der Mann mir erzählt hatte, hat die Geschichte bestätigt: Deane-Tanner ist sein Angestellter gewesen, hat ihn beklaut und ist dann spurlos verschwunden. Und in den Archiven unseres Schwesterblatts und der Polizei dort ist der Diebstahl eines William Deane-Tanner dokumentiert. Es stimmte alles. Also haben wir es gedruckt.«

»Und der Brief?«, fragte ich.

»Das ist es ja. Den habe ich erst heute erhalten. Natürlich hat der Anrufer gemerkt, dass ich ihm nicht geglaubt habe, und wohl das Bedürfnis verspürt, alles noch einmal aufzuschreiben und zu versichern, dass es wahr sei. Er gab ihn auf, ohne zu wissen, dass der Artikel gedruckt wurde.«

Ich merkte, wie ich mich mit der Hand an seiner Schreibtischkante festgekrallt hatte, und ließ sie langsam los.

»Ein Brief von wem? Erzählen Sie mir davon. Lassen Sie uns reden, und ich erzähle Ihnen dann auch, wie ich das alles sehe.«

»Das klingt doch ganz vernünftig«, sagte Blowfish genießerisch paffend und bot mir ebenfalls eine Zigarre an. »Es ist ein anonymer Brief. So wie der, der offenbar bei Taylor sichergestellt wurde, den die Staatsanwaltschaft aber nicht herausrücken mag …«

Er sah mich erwartungsvoll an. Ich lehnte dankend ab und holte meine Chesterfields hervor.

»Der Erpresserbrief?«, fragte ich. Den Abzug, den ich aus Pollys Wohnung mitgenommen hatte, trug ich nach wie vor stets in meiner Jacketttasche mit mir.

»Ich habe mir gedacht, dass es um eine Erpressung geht«, sagte Blowfish und stieß eine dicke blaue Wolke aus. »Aber Genaueres weiß ich nicht. Erzählen Sie mir mehr, und ich lasse Sie den anderen Brief sehen.«

Enrico legte sich unter den Tisch. Wenn geraucht wurde, hieß das für ihn, es wurde gemütlich.

»Ich denke, da kann ich Ihnen helfen«, sagte ich. »Ja, Taylor wurde erpresst, und wir wissen bisher nicht, von wem und womit, aber das ist unsere beste Spur.«

»Sie brauchen nicht drumherum zu reden«, sagte er. »Der ganze Fall Edward Sands ist mir nur zu gut bekannt. Wir haben im letzten Sommer einiges dazu gebracht, das sollen Sie wissen, sofern Sie fünf Cent hatten, um eine Zeitung zu kaufen.«

Das war damals leider nicht immer der Fall gewesen.

»Sands, das wäre eine Möglichkeit«, sagte ich und klaubte einen Tabakkrümel von meiner Unterlippe. »Haben Sie den Brief da?«

Er maß mich mit einem skeptischen Blick, dann zog er seine

Schreibtischschublade auf und holte einen Umschlag heraus, den er mir herüberschob.

»Das ist das Dubiose an der Sache«, sagte er. »Der Brief ist am 7. Februar abgeschickt worden.«

Ich nahm ihn und sah mir den Stempel an. Er stammte von einem Postamt in Greenpoint im Stadtteil Brooklyn, New York City.

»Die Zugfahrt dorthin dauert fünf Tage«, sagte ich. »Taylor wurde am 1. Februar abends ermordet, er könnte also danach zurückgereist sein und diesen Brief abgeschickt haben.«

Blowfish beobachtete mich. »Stimmt. Aber ich meine etwas anderes. Heute ist der 9. Februar. Wie kann ein Brief aus New York so schnell ankommen?«

Ich stutzte. »Seltsam«, sagte ich. »Sie wissen natürlich nicht, woher der Anruf kam?« Er schüttelte nur den Kopf. Ich holte den Brief aus dem Umschlag, faltete ihn auseinander und las ihn.

Es war eine handschriftliche, mit Füllfeder geschriebene Auflistung der Fakten, die der *Examiner* gebracht und die mir Byron am Telefon übermittelt hatte. Keine weiteren Informationen. Am Ende stand nur, der Verfasser werde sich wieder melden.

Ich griff in die Tasche und zog die Fotografie des anonymen Erpresserbriefs an Taylor heraus. Blowfish beobachtete mich weiter aufmerksam. Ich hielt sie so, dass er nicht sehen konnte, was darauf war.

Es war eindeutig dieselbe Schrift.

»Darf ich das auch sehen?«, fragte Blowfish und beugte sich vor.

Ich steckte das Foto wieder weg. »Erst wenn Sie mir erzählen, woher Sie die Briefe von Miss Normand haben.«

Blowfish hielt vornübergebeugt inne und blies die Backen auf.

»Na schön, nichts leichter als das«, sagte er. »Es waren Fotografien der Originale. Wurden beim Nachtportier abgegeben, von einem Boten, der den Umschlag auf einen Anruf hin in einem Drugstore abgeholt hatte, wo er deponiert gewesen war. Nicht weiter zurückzuverfolgen.«

»Sie haben dafür also kein Geld bezahlt?«, fragte ich. Er schüttelte nur den Kopf.

Das war seltsam. Ich hätte jede Summe darauf gewettet.

»Zeigen Sie mir den Umschlag«, sagte ich.

»Er ist unbeschriftet.« Er hob bedauernd den großen leeren Umschlag hoch, der aufgerissen worden war, und drehte ihn hin und her. Der Journalist zeigte auf meine Jacke.

»Und der da? War es die gleiche Schrift?«

Ich zuckte die Achseln.

»Na kommen Sie schon, Engel, zeigen Sie ihn mir, *quid pro quo* …«

»Zunächst müssen Sie mir noch versprechen, dass Sie Mabel Normand künftig aus allem heraushalten.«

»Wenn es die Nachrichtenlage erlaubt. Aber ich habe sowieso den Eindruck, dass Sie hinter etwas ganz anderem her sind. Na los, reden Sie schon, jetzt sind Sie dran … Wo wurde Ihr Brief abgestempelt?«

Ich schüttelte den Kopf. »Ein Umschlag war nicht dabei, soweit ich weiß …« Plötzlich stutzte ich. »Moment mal. Mir kommt gerade eine Idee, was es mit diesem Brief auf sich haben könnte.«

Ich nahm den Brief aus New York, faltete ihn zusammen, schob ihn in den Umschlag und dann in meine Tasche. Blowfish sah stirnrunzelnd zu.

»Und zwar?«

»Lasse ich Sie wissen, wenn ich meine Theorie überprüft habe«, sagte ich, während ich bereits mit Enrico Richtung Ausgang ging.

23

»Sie haben doch neulich von diesen Postflügen erzählt, Red«, sagte ich kurz darauf zu dem rothaarigen Tankwart am DeMille-Flughafen, mit dem ich damals geredet hatte. »Ist da vor kurzem einer angekommen?«

»Richtig«, sagte der Tankwart und kratzte sich im Gesicht, wobei er sich Öl an das Kinn schmierte, »und es war neuer Rekord. Aufgestellt von einem wahren Teufelskerl von Pilot, Pete Holiday. Blutjung, zweiundzwanzig. Ist alleine die ganze Strecke von der Ostküste hierher in einundzwanzig Stunden und neunzehn Minuten geflogen. Er liebt solche Abenteuer.«

»In einem einzigen Flug? Ohne Halt?«, fragte ich ungläubig. Vor drei Jahren hatten Alcock und Brown nonstop den Atlantik überquert, das hatte ich noch von Deutschland aus verfolgt.

»Nein, das geht ja nur, wenn man Spezialtanks angebracht hat. Ohne die muss man Zwischenlandungen machen, in Texas oder Kansas«, erklärte Red. »Trotzdem hat Pete es an einem Tag geschafft, uns die Post aus New York zu liefern. Die Absender mussten nicht mal mehr Geld dafür bezahlen. Unglaublich, was?«

Wir standen an den Zapfsäulen für Flugzeuge. Er tankte gerade einen Doppeldecker auf, eine Junkers-Larsen JL-6, über eine Öffnung in der Tragfläche.

»Wird es das jetzt öfter geben?«

»Das glaube ich kaum«, erklärte er. »Nicht jeder ist so gut

wie Holiday, und vielleicht hat er einfach Glück gehabt. Vorläufig experimentieren sie damit noch. Das Risiko ist hoch, und es gibt viele Unfälle. Immerhin, der Dauerflugrekord innerhalb Amerikas liegt mittlerweile bei sechsundzwanzig Stunden und fünf Minuten. Ich arbeite zwar nur hier an der Tankstelle und nicht im Hangar, mich bringen auch keine zehn Pferde in die Luft, aber ich weiß da sehr genau Bescheid. Ist auch mein Flugfeld …«

»Und wo finde ich diesen Pete Holiday?«, fragte ich.

»Oh, der ist schon wieder weitergeflogen. Er studiert in Berkeley, soweit ich weiß, aber diese Piloten sind dauernd unterwegs, im ganzen Land …« Red unterbrach sich und sah auf die Uhr. »Na, das wurde aber auch Zeit – wird ja schon dunkel, das ist das letzte für heute.« Er zeigte auf ein Flugzeug, das eben aus Norden kommend herunterschwebte und die Landebahn ansteuerte. Es dämmerte bereits, und der Pilot konnte noch gerade so nach Sicht landen. Der Doppeldecker raste die Bahn im letzten Licht des Tages dröhnend entlang. Wir mussten schreien, um uns verstehen zu können.

»War ein Edward Sands jemals hier bei Ihnen?«, fragte ich. »Vielleicht nicht als Pilot, aber als Passagier? Oder wurde er sonst auf dem Gelände gesehen?«

Er kratzte sich wieder am Kopf und beschmutzte sich weiter dabei.

»Ich kenne ihn nur aus der Zeitung, na, da ist er ja ständig drin. Aber ich kann mal rumfragen.«

»Unbedingt«, sagte ich. »Melden Sie sich dann. Mein Name ist Hardy Engel.« Ich schrieb ihm meine Telefonnummer auf einen Zettel, den ich aus meinem Notizbuch riss.

Ich wollte eben gehen, da sagte er: »Wäre nicht der einzige Prominente, den wir hier zu sehen kriegen. Sie sind ganz verrückt danach, zu fliegen, nicht nur Mr. DeMille. Viele nehmen auch selbst Stunden, in unserer Flugschule.«

Ich blieb stehen.

»Das würde ich auch gerne einmal machen«, sagte ich. »Wer denn noch, zum Beispiel?«

Er grinste verschwörerisch. »Warum nicht. Wenn die kleine Mary Miles Minter welche nehmen kann, dann können Sie das auch.«

»Wirklich, das hat sie gemacht?«, fragte ich verblüfft.

»Ja. Sie kam durch Mr. Taylor darauf.«

Ich glaubte, mich verhört zu haben.

»William Desmond Taylor? Der tote Regisseur?«

»Ja. Hat mehrere Filme mit Flugszenen hier gedreht. Aber er ist auch selbst geflogen. Ich glaube, er hat das im Krieg gelernt, bei der britischen Air Force.«

Ich überlegte. »Taylor war Pilot?«

»Ja. Er war ein passionierter Flieger. Er hat nicht darüber gesprochen, aber man hat sich erzählt, dass er bei einer Spezialeinheit gewesen sei, dem Royal Flying Corps. Ich weiß nicht, ob das nur ein Gerücht ist. Sie gehörten jedenfalls zu den erfolgreichsten des ganzen Krieges, die haben zahlreiche Deutsche abgeschossen …« Er stutzte und fügte stotternd hinzu: »Entschuldigen Sie, wenn ich das sage.«

Ich ging mit einer Handbewegung drüber hinweg.

»Wissen Sie, wohin er geflogen ist?«

»Da müssen Sie Jeff fragen, der hat sich immer um Taylor gekümmert. Aber er hat heute seinen freien Tag.«

Ich beschrieb ihm den Mechaniker, den ich damals mit dem Duke beobachtet hatte. Er bestätigte, dass das Jeff gewesen sei.

»Wie oft kommen hier eigentlich Flugzeuge aus Mexiko rein?«, fragte ich beiläufig.

»Jeden Tag. Manchmal auch mehrere«, sagte er achselzuckend.

»Tragen Sie mich doch bitte für Flugstunden ein, so ungefähr in drei Wochen, wenn Jeff da ist, und am besten auch Pete Holiday«, sagte ich. »Ich möchte das Fliegen unbedingt lernen. Ich kann mir gar nichts Schöneres vorstellen.«

»Gut. Kann ich machen«, nickte er und zog den Schlauch aus dem Tank.

Als ich über das Flugfeld zu meinem Wagen ging, kletterte von dem Passagiersitz des soeben angekommenen Doppeldeckers ein Mann, sprang auf den Boden und kam zu mir herübergelaufen.

»Hardy Engel – das sind doch Sie, nicht wahr?«, sagte er aufgeregt und außer Atem.

Ich erkannte trotz der Dunkelheit das markante Gesicht von Douglas Fairbanks. Einer der größten Stars und bekanntesten Liebhaber-Darsteller in dieser Stadt, ein Garant für Riesenhits wie *Die drei Musketiere* im letzten Jahr. Und gerade drehte er für United Artists vermutlich schon den nächsten. Er trug einen großen Koffer aus gelbem Eidechsenleder in der Hand.

»Ich kenne Sie aus der Zeitung«, sagte er.

»Mr. Fairbanks, guten Abend. Ich Sie auch. Was kann ich für Sie tun?«

Er stand nun vor mir, entblößte seine Zähne zu einem breiten Filmstarlächeln und schüttelte mir kräftig die Hand.

»Sagen Sie, ich habe gehört, Sie hätten eine gewisse Liste in die Hände bekommen, Mr. Engel. Ich habe mich extra aus San Francisco herfliegen lassen, um mich der Sache anzunehmen.«

Das schien sich ja verdammt schnell herumzusprechen. Kein Wunder bei der Hysterie, die in der Filmbranche herrschte. Vermutlich gab es gerade kein heißeres Thema.

»Das ist nur ein blödes Gerücht. Ich habe keine Liste.«

Ein Feuerstoß entfuhr der Spitze einer der nahen Ölbohrtürme und zauberte ein flackerndes Leuchten auf das berühmte Gesicht. Wir konnten für einige Momente sehen, wie die Förderpumpen sich unablässig hoben und senkten.

»Natürlich, aber nehmen wir doch nur einmal an, Sie hätten eine«, er sah sich schnell um. »Eine Liste von Mr. Rumford. Sie wären doch in der Lage, diese Liste – nun ja, zu bearbeiten? Zu bestimmen, welche Namen darauf stehenbleiben …«

Enrico wollte gehen und zog an der Leine. Er mochte offensichtlich auch keine Filmstars.

»Ich habe eine solche Liste nicht«, sagte ich. »Und ich denunziere auch keine Kollegen. Keine Sorge.«

Fairbanks stellte den Koffer ab, damit er seine Worte mit eindringlichen, bittenden Gesten unterstützen konnte. Wie Robin Hood vor dem König von England, als die Scharfrichter ihn bereits gepackt hatten.

»Ich habe Geld«, sagte er dramatisch. »Und ich habe eine Familie, Mr. Engel …«

Er unterbrach sich und sah überrascht auf, an mir vorbei. Ein Knattern ertönte, und zwei Motorräder fuhren mit aufgeblendeten Lichtern auf uns zu und hielten direkt vor uns an. Die Fahrer schalteten ihre Maschinen aus. Enrico begann zu bellen. Einer der Männer stieg ab und kam zu uns.

»Hier sind Sie also, Engel«, sagte Sergeant Edward King. »Wir suchen Sie überall. Brauchen Sie für eine Befragung.«

»Warum nicht«, sagte ich. »Ruhig, Enrico.«

»Los, mitkommen«, sagte King barsch und legte mir die Hand auf die Schulter.

Enrico verstummte.

»Wollen Sie ihn verhaften?«, fragte Fairbanks nervös.

»Nein, Mr. Fairbanks«, sagte King. »Wir haben nur ein paar Fragen, unseren Fall betreffend … Würden Sie mir ein Autogramm geben?«

»Selbstverständlich. Ich habe meine Karten immer dabei.«

Fairbanks zog etwas aus der Tasche. Es war ein Werbefoto für den Film, den er gerade drehte, es zeigte ihn als Robin Hood, komplett mit Wams, Strumpfhosen, gefiederter Mütze und Bogen. Bevor er eine Unterlage zum Schreiben suchen konnte, beugte sich King vornüber und bot ihm den Rücken an. Dabei ließ er mich nicht aus den Augen. »Schreiben Sie bitte: *Für Eddie*«, sagte er. »Ich bin Ihr größter Fan!«

»Danke, Eddie«, sagte Fairbanks, kritzelte etwas und reichte ihm dann sein Werk, während King sich wieder aufrichtete.

»*Ich* danke, Mr. Fairbanks.« King wandte sich mir zu und wedelte ungeduldig mit der Hand. »Na los. Der Chef wartet nicht gerne.«

»Der Chef?«, fragte ich.

»Bezirksstaatsanwalt Mr. Woolwine«, knurrte er.

»Das trifft sich sehr gut, denn ich habe etwas gefunden, das höchst aufschlussreich ist«, sagte ich. »Ein wichtiges Indiz.«

»Das können Sie alles im Büro erzählen«, sagte King. »Nehmen Sie Ihren Wagen, wir begleiten Sie.«

»Der Hund muss mit«, sagte ich und zog Enrico hinter mir her. Fairbanks blieb zurück. Es fühlte sich so an, als wäre ich wirklich verhaftet worden.

24

Die amerikanische Flagge nahm fast die gesamte Breite der Seitenwand von Mr. Woolwines Büro ein, und hinter seinem Schreibtisch hing an einer Stange die Fahne von Kalifornien, die einen hungrigen Grizzlybären auf allen vieren zeigte.

Daneben forderte ein großes aufgespanntes Transparent WÄHLT WOOLWINE ZUM GOUVERNEUR vor dem Mr. Thomas Lee Woolwine höchstselbst aufrecht in so stolzer Pose saß, als wäre er bereits Gouverneur und nicht mehr nur der Bezirksstaatsanwalt von Los Angeles County. Er trug das Haar streng gescheitelt, und die kleine Nickelbrille betonte den spöttischen Ausdruck seiner Augen, die eines zutiefst skrupellosen Mannes Ende vierzig.

Ich saß auf dem Stuhl vor dem Schreibtisch, und der Brief von Sands brannte mir ein Loch in die rechte innere Jackettasche. Ich wollte ihn erst im richtigen Moment herausholen. Schräg hinter mir standen King und sein Deputy Sheriff, Miller. Sie hatten mich auf dem Weg hierher mit ihren Motorrädern wie apokalyptische Reiter begleitet.

Zu meinen Füßen lag zusammengekauert Enrico.

»Sie wollen mich nicht verhaften, hat Sergeant King gesagt«, sagte ich zu Woolwine.

»Oh, da hat er recht, Mr. Engel«, erwiderte Woolwine und legte die manikürten Finger wie zum Gebet aneinander.

»Auf welcher rechtlichen Grundlage findet diese Befragung dann statt?«

Woolwine lächelte und wendete die Handflächen nach oben. »Ganz einfach. Ich habe vorhin zu Sergeant King gesagt: ›Ich muss jetzt mit diesem Engel reden, und wenn es sein muss, schleifen Sie den deutschen Bastard an seinen verdammten Eiern hier rein.‹ Miller dort bringt Ihnen gerne das kalifornische Strafgesetzbuch und hilft Ihnen, den passenden Paragraphen darin zu finden.«

Miller, ein über sechs Fuß großes Bergmassiv mit einem rosa Babygesicht, hielt ein schweres, in Leder gebundenes Buch hoch und schwang es grinsend über dem Kopf, als wäre es eine Rassel.

»Ich verzichte«, sagte ich, setzte mich auf und zog mein Jackett vorne so zurecht, dass es besser saß. »Was wollen Sie denn gerne wissen, Mr. Woolwine?«

Der Staatsanwalt stand auf und begann, hin und her zu laufen.

»Haben Sie die Leiche bewegt?«, fragte er plötzlich.

»Wie bitte? Taylors Leiche?«

Woolwine blieb vor mir stehen und sah auf mich herunter.

»Haben Sie sie bewegt, als Sie sie gefunden haben? Sie durchsucht, genauer angesehen?«

Enrico schnaubte, erhob sich und ging ein Stück zur Seite.

»Nein, das weiß King doch längst. Ich habe sie nicht bewegt. Ich habe den Puls gefühlt, mit zwei Fingern an der Halsschlagader, und festgestellt, dass er tot war. Das war alles. Ich habe ihn nicht durchsucht oder mich sonst wie an der Leiche zu schaffen gemacht.«

»Warum nicht?«, fragte Woolwine und zog die Augenbrauen hoch.

»Ich ging äußerst vorsichtig vor, das leuchtet doch wohl ein. Ich wurde nur für eine Auftragsbesprechung dorthin bestellt, von einem Filmregisseur, den ich bloß flüchtig kannte. Als ich eintraf, war er tot, und dies war plötzlich ein Tatort, und ich wollte mir weiteren Ärger ersparen und gleich wieder gehen. Leider kam Mr. Taylors Butler dazwischen.«

»Erstaunlich. Was sagen Sie dazu?«, sagte Mr. Woolwine kopfschüttelnd zu seinen beiden Ermittlern.

»Er wäre der erste Schnüffler, der nicht schnüffeln will«, sagte Miller höhnisch.

»Ich mache die meisten Dinge anders als andere Menschen. Und ich habe Prinzipien, an die ich mich wirklich halte.«

»Und ein Glasauge da, wo ich ein echtes habe, mit dem ich sehen kann«, sagte Woolwine. »Oh ja, die Geschichte, wie Sie dazu gekommen sind, kenne ich, wie fast jeder in dieser Stadt. Kann einen schon davon abhalten, sich weitere Probleme einzuhandeln. Andererseits, diese Dinge, die Sie anders machen als andere Menschen, die beschäftigen mich. Sind Sie schwul?«

»Bin ich *was*?«, fragte ich verärgert.

»Sie haben mich schon verstanden. Sie sind ein Einzelgänger, leben alleine, haben keine Kinder, keine Frau, offenbar kaum Freunde, kaum Geld … Sind Sie schwul?«

»Ich kann Ihnen ein paar Frauen nennen, die Ihnen bezeugen könnten, dass ich es nicht bin. Was soll das überhaupt mit dem Fall zu tun haben?«

Woolwine ging zu seinem Schreibtisch, schlug eine Akte auf und besah sich ein Blatt darin. Er hielt inne und verzog das Gesicht, als hätte er Schmerzen.

King übernahm für ihn.

»Was halten Sie sonst noch zurück?«, fragte er. »Oder Mabel Normand, für die Sie arbeiten?«

So bedrohlich dieses Verhör auch war, natürlich kam es keinesfalls in Frage, ihnen von Taylors Auftrag zu erzählen, Miss Normand zu überwachen.

»Nichts«, sagte ich. »Wir halten nichts zurück. Vielmehr sind jetzt die Briefe von Miss Normand veröffentlicht worden, nachdem bei Paramount in den Safe eingebrochen worden ist. Davon haben Sie doch gehört?«

King trat neben mich. Er fasste beiläufig in seine Tasche und suchte etwas darin. Womöglich einen Schlauch.

»Eine äußerst seltsame Sache, Mr. Engel«, sagte Miller. »Standen Sie da nicht selbst unter Verdacht?«

Ich schüttelte den Kopf. »Das ist doch Blödsinn.«

King nahm die Hand wieder aus der Tasche, er zog bloß eine Zigarette heraus. Er hatte mir nur Angst machen wollen. Offenbar verprügelte er Verdächtige nicht in Gesellschaft.

»Welchen Spuren sind Sie nachgegangen?«, fragte er. »Es waren andere als unsere?«

»Keine, die mich weitergebracht haben. Ich habe einen Mann im Visier gehabt, der ›der Duke‹ genannt wird. Er hatte Ärger mit Mr. Taylor, denn er ist Drogendealer, und dieser war der Vorsitzende des Anti-Drogen-Komitees. Doch ich fand dann heraus, dass er weder der Erpresser noch der Mörder war.« Woolwine starrte mich abwesend an und sagte immer noch nichts. Er holte aus seiner Westentasche eine kleine Pille, steckte sie sich in den Mund und spülte sie mit einem Schluck Wasser hinunter. Dann ergriff er wieder das Wort.

»Wann sind Sie nach Hollywood gekommen, Mr. Engel?«

»Im Sommer 1920. Zunächst habe ich versucht, als Schauspieler Fuß zu fassen. Bis ich im Herbst 1921 meinen ersten großen Fall als Privatdetektiv übernommen habe. Aber das wissen Sie ja alles längst. Warum fragen Sie das?«

Sie wechselten einen Blick, dann verließ Miller den Raum, ohne Erklärung.

»Sie kamen aus New York, oder?«, fuhr Woolwine fort.

»Über Ellis Island, wie jeder Einwanderer. Dann habe ich zwei Wochen in New York verbracht, bei dem deutschstämmigen Onkel, der für mich gebürgt hatte, bevor ich nach Westen aufgebrochen bin. Na und?«

»Taylor kam aus Brooklyn«, sagte Woolwine. »Oder vielmehr Mr. Deane-Tanner.«

»Ich habe ihn erst hier bei einem Casting kennengelernt, und einmal mit ihm gearbeitet«, sagte ich.

»Haben Sie Taylor erpresst? Ist der anonyme Brief von Ihnen?«, beharkte mich Woolwine weiter. Er kam nahe heran, und ich roch seinen schlechten Atem.

»Ich habe doch bereits eine Schriftprobe abgegeben«, sagte ich, an King gewandt. »Die sollte eindeutig belegen, dass ich es nicht war.«

»Mit ein paar Frechheiten garniert«, sagte King grinsend. »Vielleicht belegt sie es aber doch? Und vielleicht wussten Sie ja über Taylors Vergangenheit Bescheid?«

»Das wäre nur möglich, wenn jemand die Probe manipuliert hätte«, sagte ich. »Ich gebe Ihnen gerne noch einmal eine.«

»Kennen Sie Edward Sands?«, fragte Woolwine lauernd.

»Nein. Ich habe zum ersten Mal nach dem Mord von ihm gehört.«

»Sie hatten nicht irgendwann mit ihm zu tun? Zum Beispiel, als Sie im letzten Jahr mit Taylor gedreht haben?«

»Ich war vorher nie bei Taylor zu Hause. Ich stecke nicht mit Sands unter einer Decke, ich bin ihm selbst auf der Spur. Worum geht es Ihnen, um einen Sündenbock?«

»Ich habe eine Pressekonferenz, in einer Stunde«, sagte Mr. Woolwine. »Ich habe sie groß angekündigt, es war höchste Zeit, jetzt, wo das Mordopfer beerdigt wurde. Alle wollen Ergebnisse hören und in den Nachtausgaben bringen. Also muss ich welche liefern. Das ist es, worum es mir geht.«

Mein Stichwort. Es war an der Zeit, meinen Trumpf auszuspielen. Höchste Zeit. Es war klar, dass ich sonst selbst Probleme bekommen würde.

»Hören Sie, ich kann Ihnen etwas mitgeben, das Sie dort verkünden können«, sagte ich. »Etwas über Edward Sands. Ich habe es soeben erst herausgefunden.«

Woolwine wechselte einen höhnischen Blick mit den anderen beiden. »Ach, sieh an … Etwas, was wir noch nicht wissen. *Zufällig* gerade erst herausgefunden.«

»Ja. Es hat tatsächlich etwas mit New York zu tun. Ich habe hier einen Brief, der der Hearst-Presse geschickt wurde und Informationen über Taylors früheres Leben an der Ostküste enthält«, sagte ich. »Und er wurde in New York abgestempelt. Ein weiterer anonymer Brief, den ich soeben bei Arthur Blowfish sichergestellt habe.«

Die drei starrten mich an, als hätte ich behauptet, der Präsident wäre eine schwarze Frau. Woolwine ballte die Hand krampfhaft zur Faust. Er sah aus, als ob er Schmerzen hätte.

»Es gibt einen zweiten Brief?«, fragte er anklagend in Richtung King. Der hob nur sachte die Schultern.

»Sie können Blowfish ja fragen. Und ich habe festgestellt, dass beide Briefe von ein und derselben Person stammen«, ergänzte ich.

»Und wie? Wir haben den ersten Brief«, sagte King mit einer Grimasse. Er war sehr bemüht, den schlechten Eindruck bei seinem Chef gleich wieder zu korrigieren.

»Wir haben ihn fotografiert«, sagte ich, dachte kurz darüber nach, in welche Jackentasche ich greifen musste, und holte aus der linken das Foto. »Sagen Sie nicht, Sie wären noch nicht selbst auf die Idee gekommen, Beweismittel zu fotografieren, um die Bilder zum Abgleich bei sich tragen zu können?«

Ich zeigte ihnen das Foto, dann griff ich in die andere Tasche und legte den zweiten Brief daneben. »Den hier habe ich von Blowfish. Gucken Sie doch mal auf den Stempel. Edward Sands ist unser Erpresser, und er muss in New York sein. Der Brief ist innerhalb eines Tages per Luftpost gekommen, das habe ich gerade auf dem Flugfeld überprüft, als King angekommen ist.«

Woolwine und King wirkten beide enttäuscht.

»Das passt womöglich dazu«, sagte King langsam, »dass soeben eine Nachbarin von Taylor ausgesagt hat, sie habe Sands am Tag des Mordes gesehen.«

»In Los Angeles?«, fragte ich verblüfft.

»Ja. Mrs. Faith MacLean. Aber das schien uns bisher alles andere als glaubhaft. Sie hat sich nämlich erst gemeldet, als Sands in den Zeitungen erwähnt worden ist.«

»Also schön«, sagte Woolwine dann, wie gelangweilt. »Jedenfalls vielen Dank für die Information, Mr. Engel.«

»Ich hoffe, Mr. Blowfish kommt auch zur Pressekonferenz«, sagte ich, »und Sie erwähnen ihn für seinen Beitrag lobend?«

Woolwine lächelte, was bei ihm aussah, als wollte er kleine Kinder erschrecken, und hakte beide Daumen in seine Westentaschen ein.

»Und Sie, Mr. Engel? Jetzt werden Sie natürlich an die Ostküste fahren und Edward Sands dort suchen?«

»In der Tat, das habe ich vor«, sagte ich. »Jeder gute Ermittler würde das tun. Und Sie vermutlich auch?«

»Wissen Sie was«, sagte Woolwine, »jetzt werden Sie die Gelegenheit bekommen, uns mal zu zeigen, was Sie können. Ich ernenne Sie hiermit zum Sonderermittler der Staatsanwaltschaft, Mr. Engel.«

»Danke, nein«, sagte ich. »Ich arbeite bereits für Miss Normand. Und ich möchte immer unabhängig bleiben.«

»Wie wir es nennen, ist mir vollkommen egal«, sagte Woolwine barsch. »Sie wollen besser gar nicht wissen, wie sehr. Jedenfalls werden Sie vor Ort mit den Behörden zusammenarbeiten. Ich will über jeden Ihrer Schritte informiert werden, über alles, was Sie herausfinden. Sagen wir einfach, weil ich Sie für einen so begabten Ermittler halte, Mr. Engel.«

Und das war wahrscheinlich eines der fürchterlichsten Komplimente, die ich jemals bekommen hatte.

25

»Und wir können noch mehr daraus schließen«, sagte Thomas Lee Woolwine kurz darauf mit erhobener Stimme, auf der Treppe in der Eingangshalle des Gebäudes stehend. Er hielt den Briefumschlag hoch, sodass ihn die zu seinen Füßen versammelten Reporter sehen konnten, und zeigte auf den Stempel. »Nicht nur, dass die Schrift mit jener auf den Schecks übereinstimmt, die Sands gefälscht hat, um an Taylors Geld zu kommen. Dieser zweite Brief ist in New York City abgeschickt worden. Und zwar von unserem Hauptverdächtigen im Mordfall Taylor –«

Woolwine zeigte auf ein Bild, das groß auf Pappe gezogen auf einer Staffelei neben ihm stand. Es war das Fahndungsfoto von Edward Sands. »Edward Sands!«, verkündete er laut.

Ich stand am Rand, neben King und dem eilig herbeigeholten Byron Hamilton, und sah dem Auftritt des Staatsanwalts zu.

Fotografen richteten ihre Kameras auf ihn und ließen die grellen Magnesiumblitze zischend explodieren. Dahinter standen die Reporter mit gezückten Notizblöcken, unter ihnen auch Arthur Blowfish, und schrieben eifrig mit.

»Alias Richard Snyder, alias Edward Strathmore. Aus Ohio, siebenundzwanzig Jahre alt.«

»Was ist mit der Theorie, dass es eine Frau war?«, rief eine junge Reporterin mit einem besonders kecken Hütchen.

»Das habt nur ihr von der *Times* vermutet«, sagte Woolwine

mit einem überlegenen Lächeln. »Ich halte das für spekulativen Schwachsinn, der durch nichts belegt ist.«

»Also ein Mann?«, rief ein junger Journalist, der ein Radiomikrofon in der Hand hielt und es ihm hinstreckte. »Sagen Sie es den Hörern von …«

»Womöglich aus Eifersucht?«, unterbrach ihn ein älterer Reporter. Direkt hinter ihm lauerte Arthur Blowfish. »Vielleicht ein Streit zwischen zwei rivalisierenden Liebhabern, in einem Liebesdreieck oder wie auch immer?«

»Boulevard-Quatsch«, sagte Woolwine souverän. »Von welchem Blatt sind Sie, vom *Express*? Es gibt zu viele verdammte Zeitungen in dieser Stadt, und jetzt auch noch diese Radiosender. Wenn ich Gouverneur bin, werden wir uns strikt an Fakten halten, so wie ich es als Staatsanwalt gewohnt bin, und keine absurden Gerüchte streuen. Wir brauchen Beweise. Wie sie uns Mr. Hardy Engel dankenswerterweise geliefert hat.« Er zeigte auf mich.

Ein einzelner Fotoreporter schoss ein Bild von mir. Ich grinste ihm instinktiv zu, ganz der frühere Schauspieler.

»Siehst du, Enrico«, sagte ich zu dem Mops. »Jetzt kommen wir in die Zeitung.«

»Freuen Sie sich nicht zu früh«, sagte King nah an meinem Ohr. »Bewegen Sie lieber Ihren Arsch, um diesen Sands zu finden.«

»Macht er ja gleich«, sagte Byron daneben mit gedämpfter Stimme. »Und ab sofort ziehen wir alle an einem Strang.«

»Wir haben einen ganzen Stapel Meldungen von Zeugen, die Sands da drüben im Osten erkannt haben wollen«, wisperte King mir zu und grinste böse. »Auf Long Island, in New Jersey, und in Little Italy. Wir wollen, dass Sie die alle überprüfen. *Subito.*«

Ich sah weg. Ich hasste es, wenn Nichtitaliener Italienisch sprachen.

»Mr. Woolwine«, rief derweil Blowfish, »wir vom *Examiner* haben ja neulich berichtet, dass verschiedene Nachbarn und Zeugen am Mordtag vor Ort einen Mann gesehen haben wollen. Könnte das Edward Sands gewesen sein? Was können Sie uns dazu sagen?«

»Wir suchen ihn überall, im ganzen Land«, sagte Mr. Woolwine. »Die Aussagen nehmen wir sehr ernst. Wir haben nun den Beweis, dass Sands geflohen ist. An die Ostküste. In Brooklyn, New York, hat er diesen Brief abgeschickt.«

»An den Sie mit Hilfe der Hearst-Presse gelangt sind«, rief Blowfish dazwischen.

»Wofür wir äußerst dankbar sind!«, schob Woolwine ein und zeigte auf mich. »Und dorthin wird in unserem Auftrag auch unverzüglich ein privater Sonderermittler aufbrechen, ebenjener Mr. Hardy Engel.«

Jetzt fotografierten mich alle. Ich bemühte mich, seriös dreinzuschauen.

Blowfish machte eine ironische Verbeugung in meine Richtung und kniff ein Auge zu.

Während Woolwine gesprochen hatte, war ein großer dünner Mann die Treppe heruntergeeilt und beugte sich nun zu King, dem er hastig etwas ins Ohr flüsterte. Es schien etwas Wichtiges zu sein. Ich beobachtete sie aufmerksam, ebenso Byron. King verdaute die Nachricht einen Moment lang, dann trat er rasch hinüber zu Woolwine, um ihm seinerseits etwas ins Ohr zu flüstern. Die Reporter wandten sich wieder von mir ab und ihm zu.

Woolwine zog eine Grimasse, dann lächelte er und hob beide Hände.

»Verehrte Damen und Herren, das wäre schon alles. Ich muss jetzt zurück in mein Büro, und Sie gewiss auch. Helfen Sie uns, Mr. Sands habhaft zu werden. Auf Wiedersehen.«

Die Reporter zerstreuten sich, dabei laut durcheinanderredend. Blowfish sandte mir grinsend einen Gruß, der wohl »Gute Reise« bedeuten sollte, und eilte als Erster zum Ausgang.

Der Staatsanwalt und seine Männer wandten sich zum Aufbruch. Woolwine kam mit ernster Miene zu mir und Byron herüber.

»Sie beide kommen mit. Und vorläufig kein Wort zur Presse.«

»Was ist passiert?«, fragte Byron.

»Dieser Duke ist tot aufgefunden worden. Am Angels Flight.«

26

Alexander Rumfords hübsches Gesicht war in einer schmerzverzerrten Grimasse erstarrt. Er lag auf dem Rücken, angestrahlt von einem Polizeischeinwerfer, auf dem stark abschüssigen Boden inmitten zahlreicher Holzstreben, die die Trambahntrasse hoch über ihm hielten, und die Augen glotzten leer nach oben. Auf der linken Brustseite seines ansonsten makellosen grauen Zweireihers leuchtete ein großer roter Fleck.

Meine beiden speziellen Freunde von der Mordkommission, Gordon und Catanza, waren anwesend, ebenso ihr Boss, Zeigler. Sie hatten den Fundort als Erste erreicht. Über uns lief der Betrieb weiter, die kleine Trambahnkabine quälte sich in einem sehr steilen Winkel langsam den Hügel zwischen Olive und Hill Street hinauf, mit quietschenden Zahnrädern. Da die Passagiere nach oben befördert wurden – und auf einem zweiten Gleis auch wieder hinunter –, sie sozusagen in den Himmel fuhren, hatten die Einwohner von Los Angeles sie scherzhaft »Angels Flight« genannt. Genau darunter lag die Leiche.

»Wer hat ihn gefunden?«, fragte Woolwine in herrischem Tonfall.

»Ein Schaffner«, Zeigler winkte einem Schwarzen in einer Uniform zu, der zu uns eilte. »Erzählen Sie den Herren, wie Sie auf die Leiche aufmerksam wurden.«

»Ich bin schon den ganzen Tag im Dienst, Sir«, sagte der Mann mit einem breiten Akzent, doch er bemühte sich, besonders deutlich zu sprechen. »Ein Kind beugte sich vorhin leichtsinnig aus dem Fenster, und als ich es zurückzog, sah ich hinunter. Da hat gerade der Scheinwerfer von einem Automobil dorthin geleuchtet, und ich bemerkte, dass da etwas lag. Ich bin oben ausgestiegen, den Hügel hinuntergelaufen, und da habe ich ihn gefunden.«

»Haben Sie noch etwas gesehen, jemanden, der weglief zum Beispiel? Oder tagsüber vielleicht etwas beobachtet?«

»Nein, Sir. Man kann nur den geringsten Teil des Hügels einsehen aus der Kabine. Es war reines Glück, Sir, dass dieser Junge sich so herausbeugte, sonst hätten den hier erst irgendwann die Straßenkehrer gefunden.«

»Irgendeine Ahnung, wie lange er da schon liegt? Haben andere etwas gesehen oder gehört, Passanten oder Nachbarn?«, fragte Woolwine in die Runde.

»Die haben wir schon befragt. Ihnen ist nichts aufgefallen, es war ein Kommen und Gehen, wie jeden Tag«, sagte Gordon. »Niemand hat gesehen, wie dieser Mann auf diesen Hügel gelangt ist. Oder wie jemand anderes gekommen oder gegangen ist.«

»Sie könnten aus dem Tunnel gekommen sein«, sagte Zeigler und zeigte auf den Third-Street-Tunnel mit seinen zwei Fahrbahnen, dessen Eingang sich direkt daneben befand. »Und auch wieder dorthinein verschwunden sein.«

»Sieht nämlich ganz so aus, als wäre der Tote nicht hier erschossen worden, sondern als hätte ihn jemand hier nur abgelegt«, sagte Catanza, auf seine übliche Art vorpreschend.

»Todeszeitpunkt ist irgendwann heute Nachmittag, nicht früher. Kein aufgesetzter Schuss«, sagte der Gerichtsmediziner, derselbe hagere Mann mit der Haartolle wie neulich bei Taylor.

»Und er ging glatt durch, aber wir haben hier kein Projektil gefunden«, sagte Gordon.

»Der Größe der Wunde nach zu urteilen, vermutlich eine Achtunddreißiger«, sagte der Coroner zu Woolwine.

»Dasselbe Kaliber wie bei Taylor«, sagte Zeigler und kratzte sich am Kinn.

»Ohne Projektil nicht zu belegen«, sagte der Gerichtsmediziner bedauernd.

»Das kann Zufall sein«, wandte King ein.

Woolwine sah mich fragend an. »Das ist also der Mann, den alle den ›Duke‹ nennen?«

»Alexander Rumford, ein Schauspieler«, soufflierte Gordon.

»Und gegen den Sie im Fall Taylor ermittelt haben? Erzählen Sie mal Genaueres«, forderte Woolwine mich auf.

Byron tat so, als ginge ihn das alles nichts an, als wäre er neulich nicht dabei gewesen. Das war ja prima. Er schob die Verantwortung auf mich ab.

»Ich habe ihn befragt«, sagte ich. »Dachte, der Erpresserbrief an Taylor käme vielleicht von ihm, wie gesagt.«

»Und, was hat er geantwortet?«, fragte Zeigler.

»Er hat es bestritten. Er hatte ein Alibi, das ich überprüft habe. Die Schauspielerin Florence Lawrence hat den fraglichen Abend mit ihm verbracht. Dass der Erpresserbrief nicht von ihm ist, habe ich durch einen Schriftvergleich festgestellt. Wer es wirklich war, wissen wir ja inzwischen.«

»Wer könnte denn ein Motiv für einen Mord haben?«, fragte Woolwine hart.

»Übrigens ist er vor seinem Tod gefoltert worden«, sagte Zeigler. Er zog mit zwei Fingern das Revers von Rumfords Anzug beiseite. Sein Hemd war mit schwarzen Punkten verziert, die sich bei näherem Hinsehen als hässliche Brandlöcher entpuppten, die den Blick auf gerötetes Fleisch freigaben. »Jemand hatte wohl gerade keinen Aschenbecher zur Hand und drückte seine Zigaretten auf ihm aus. Wollte vermutlich dringend etwas von ihm wissen. Wer weiß, was. Wer weiß, ob er's auch erfahren hat.«

Alle sahen wieder mich an.

»Er hat behauptet, er hätte ein Kundenbuch, in dem viele Stars stehen«, sagte ich und nickte Byron zu. »Vor Mr. Hamilton, Miss Brandeis und mir. Vielleicht ging es dem Mörder darum.«

»Wie gesagt, er war ein Drogenhändler«, sagte Byron schnell. »Die ganze Filmbranche weiß das. Hat mit allem gedealt, was es so gibt, und vielleicht ist er dabei ein paar Leuten in die Quere gekommen.«

Ich hörte Byron im Geiste noch einmal sagen, dass der Duke jetzt vor nichts mehr zurückschrecken würde – dass er nun eine Gefahr darstelle. Und erinnerte mich an die vielen Fragen der Produzenten dazu.

»Wissen Sie denn Genaueres darüber?«, fragte Woolwine mich lauernd. »Wie hat er seine Ware bekommen? Haben Sie ihn beschattet?«

Ich zuckte die Achseln und zerrte Enrico, der an der Leiche schnuppern wollte, weg. »Nur eine Zeitlang. Nicht lange genug. Ich fuhr ihm ein paarmal nach, aber ich weiß nicht, wer seine Zulieferer waren«, sagte ich.

»Das werden wir schon herausfinden«, sagte Catanza.

Gordon rieb sich die roten, schuppigen Hände. »Ich frage mal bei den Kollegen vom Drogendezernat nach.«

»Wahrscheinlich die beste Spur«, sagte Byron. »Er verkehrte in gefährlichen Kreisen und machte gefährliche Geschäfte. Mit Leuten, die alles tun würden, um sich zu schützen.«

»Was ist mit seinen Mitarbeitern?«, fragte ich Gordon. »Es waren mindestens zwei. Wurden sie irgendwo in der Nähe gesehen? Ein Großer und ein Kleiner – ähnlich wie ihr beide.«

»Was Sie so alles sehen, Einauge«, antwortete Catanza an seiner Stelle. »Und nein, da war sonst niemand. Aber wir werden sie schon aufstöbern, verlassen Sie sich drauf.«

»Wo waren Sie heute eigentlich die ganze Zeit, Engel?«, fragte Gordon spitz.

»Da bin ich wirklich äußerst froh, dass ich das lückenlos belegen kann«, sagte ich. »Zunächst war ich bei Miss Minter und Miss Brandeis. Im Anschluss bin ich zu Blowfish beim *Examiner* gefahren, dann direkt zum Flughafen, wo mich Sergeant King angetroffen und mitgenommen hat. Und danach war ich bei Mr. Woolwine im Büro und mit ihm auf der Pressekonferenz. Ein besseres Alibi werde ich im Leben wohl nie mehr finden.« Ich grinste Catanza böse zu. »Und diesmal habe nicht ich die Leiche gefunden, sondern Sie.«

Er kniff wieder ein Auge zu.

»Jedenfalls war das Wissen dieses Mannes eine Bedrohung für jeden, der mit ihm zu tun hatte«, beharrte Woolwine. »Und damit kommen einige in Frage, gerade in diesen Zeiten. Darum kümmern sich ab sofort Ihre Leute, King.«

Dieser nickte nur.

»Ich fahre ja sowieso nach New York«, warf ich ein.

Woolwine blickte mich spöttisch an. »Ich gebe Ihnen einen Ansprechpartner vor Ort.«

»Einen Wachhund«, sagte King spöttisch. »Der aufpasst, dass Sie, unser hartnäckigster Ermittler, Sands auch so schnell wie möglich finden.«

»Sands ist in New York?«, fragte Gordon verblüfft.

»Ja«, sagte King barsch. »Er hat gerade erst von dort einen Brief geschickt.« Gordon und Catanza sahen sich betreten an.

Ich verabschiedete mich, um meine Sachen zu packen. Ich bekam noch ein paar Instruktionen von King, zusätzlich zu dem Ordner mit den ganzen Aktennotizen und Kopien der diversen Fahndungsbilder, den man mir bereits gegeben hatte. Im Grunde war mir ganz recht, dass ich nun mit einem klaren Auftrag und ausgestattet mit allen Informationen unterwegs sein würde.

Ich fuhr durch die Nacht über die großen Straßen zurück und passierte dabei den Pershing Square, auf dem die Beerdigung stattgefunden hatte. Der angekündigte Abriss der Kathedrale war bereits in vollem Gang. Im grellen Licht der Arbeitsscheinwerfer sah ich, wie ein monumentaler Bagger seine Schaufelzähne in die Seitenwand des Kirchenschiffs schlug, in dem William Desmond Taylors Trauerfeier veranstaltet worden war, und sie auseinanderriss. Auf der anderen Seite wurde eben eine große Abrissbirne geschwungen, sodass Trümmer, Splitter und Staub durch die Luft flogen.

»Sic transit gloria mundi«, sagte ich zu Enrico, und er guckte mich an, als verstünde er alles.

Von unterwegs rief ich Mabel Normand an und informierte sie darüber, dass der Duke, ihr früherer Drogenhändler, das Zeitliche gesegnet hatte.

»Er kann nichts mehr über Sie erzählen, Mabel.« Sie wirkte betrunken, und ich hörte im Hintergrund Glas klirren. »Diese Gefahr ist vorüber.«

»Meine Briefe«, sagte sie, und ich merkte, dass sie schon nicht mehr klar artikulieren konnte. Ich bedeckte das Gesicht mit einer Hand. Das hatte ich schon wieder ganz vergessen. »Alle Welt hat sie jetzt gelesen. Wie konnte so etwas passieren, Hardy?«

»Jemand hat sie gestohlen und dem *Examiner* übergeben«, sagte ich. »Ich werde herausfinden, wer es war.«

»Ich bin für immer blamiert«, sagte sie.

»Sie haben ihn geliebt, das ist nichts Schlimmes«, sagte ich. »Und die Presse hat eine neue Spur, schon bald wird niemand mehr darüber sprechen. Ihre Unschuld ist damit eindeutig bewiesen.« Ich erzählte ihr, dass ich Edward Sands als Erpresser identifiziert hätte, dass ich mich auf den Weg nach New York machen würde und dass für die Reisespesen die Bezirksstaatsanwaltschaft aufkommen wollte. »Aber mir wäre es lieber, unabhängig zu bleiben. Wären Sie einverstanden, die Kosten zu übernehmen?« Sie willigte ein und versprach, mir das Geld telegrafisch anweisen zu lassen. Dann legte sie ohne Abschied auf.

Eine halbe Stunde später kam ich bei Polly in der Franklin Avenue an und parkte den Sedan. Ich stieg mit Enrico aus, der freudig bellte, als er ihr Haus erkannte, und wollte die Treppe hochgehen.

Da rollte eine große Limousine heran, die offenbar hinter der nächsten Straßenecke gewartet hatte, und hielt vor mir. Der Fahrer stieg aus. Eine riesige Gestalt in einer grauen Uniform, die ich von früher kannte. Es war Mr. Laemmles Chauffeur.

»Igor«, sagte ich. »Na, wohin wollen Sie mich heute bringen?«

Ich bin ein seltsamer Typ: Wenn man mich einmal entführt hat, so wie im letzten Jahr, erwarte ich bei der nächsten Begegnung wieder eine Entführung.

Statt einer Antwort ging er zum Fond und öffnete die hintere Tür. Ich machte keine Anstalten, einzusteigen. Ich bin nämlich von der Sorte, die dazulernt.

»Hardy«, sagte Carl Laemmle aus dem Dunkel des Wageninneren, Igors Boss. »Ich habe gehört, dass Sie jetzt im Zuge Ihrer Ermittlungen nach New York reisen müssen. Es trifft sich, dass ich mich gerade auf den Weg nach Europa machen wollte, also muss ich auch dorthin. Wenn Sie wollen, können Sie mich begleiten – wir können gemeinsam in meinem Zugabteil reisen.«

Igor hielt mir weiter die hintere Tür auf.

»Ich verstehe«, sagte ich. Ein Angebot, das er sicher nicht ohne Hintergedanken machte. Aber immerhin, ein Angebot. Ein großer Fortschritt. »Und dann soll ich fünf Tage lang mit Ihnen über alles sprechen, nicht wahr, Mr. Laemmle?«

»Sagen Sie doch um Himmels willen Uncle Carl zu mir«, sagte er und beugte sich nach vorne, sodass ich sein freundlich lächelndes Gesicht sehen konnte. »Es ist sicher angenehmer, als wenn Sie die Fahrt in der Holzklasse machten.«

»Ich bestehe darauf, Ihnen trotzdem das Geld für mein Ticket zu geben«, sagte ich.

»Wenn Sie unbedingt wollen. Wir können direkt aufbrechen, der Nachtzug geht in anderthalb Stunden. Wir fahren mit Ihnen zu Ihrer Wohnung, und dort packen Sie rasch einen Koffer.«

»Nur einen Augenblick«, sagte ich und sah zum Haus.

»Aber bitte«, sagte er und lehnte sich zurück.

Polly stand in der Wohnungstür und verabschiedete eben eine hübsche junge Blondine mit großen Augen und wulstigen Lippen, die etwas zu stark geschminkt war.

»Dann wünsche ich einen schönen Abend«, sagte Polly zu ihr. »Und vielen Dank noch mal.«

Die Blondine klapperte auf hohen Absätzen die Stufen herunter an mir vorbei und streifte mich nur mit einem kurzen Blick. Sie wirkte gehetzt und verschwand rasch im Dunkeln, ohne die Limousine weiter zu beachten.

Ich ging mit Enrico die Holztreppe hinauf und auf Polly zu, die kühl auf mich herabsah.

»Ich brauche keinen Leibwächter«, sagte sie trotzig zu mir. »Kann selbst auf mich aufpassen.«

Enrico hechelte aufgeregt und begann zu winseln. Er zog an der Leine.

»Den brauchst du wirklich nicht. Der Duke ist tot. Wir haben gerade seine Leiche gefunden. Und seine Leute werden sich in Deckung begeben haben.«

Sie sah mich entgeistert an, die Hand mit der Zigarette auf halbem Weg zum Mund. Ich kam mit Enrico heran und gab ihr die Leine in die Hand. Der Mops sprang an ihr hoch und bellte. Sie streichelte ihn.

»Hier hast du ihn zurück. Ich fahre weg, um in New York zu ermitteln.«

Sie wurde beinahe schon wieder wütend, hatte ich den Eindruck.

»In New York? Na, dann viel Spaß«, sagte sie. »Gute Reise und pass auf dich auf.«

Ich nickte ihr abwartend zu. Mehr als diese Floskel schien nicht zu kommen. Bei aller Impulsivität, wenn man sie mit etwas überraschte, schien sie zunächst zu erstarren und einige Zeit zu brauchen, um es zu verarbeiten.

Dann fragte sie doch noch etwas.

»Was willst du denn dort? Ist es wegen Sands?«

»Ja. Er ist der Erpresser. Und es gibt dort ein paar Hinweise, denen ich nachgehe.«

Sie nickte vor sich hin. »Das passt zu dem, was ich herausgefunden habe. Sands' Freundin sagt, sie sei letztes Jahr mit ihm dort gewesen, bevor er nach Los Angeles kam«, sagte sie betont gelassen, beugte sich hinab und kraulte Enricos Nacken. »Und er gehe in Brooklyn oft in ein Diner namens *Wolf's Deli,* wegen der Pastrami. Es ist in Greenpoint.«

Ich sah ungläubig zu Enrico und dann wieder zu ihr. »Diese Virginia Volk? Du hast sie gefunden? Mit ihr gesprochen?«

»Ja. Das eben war sie gerade. Was meinst du, was ich die ganze Zeit gemacht habe? Hab sie endlich aufgespürt und sie ihr Herz ausschütten lassen. Niemand hat sie bisher befragt. Dabei hätte sie seine Handschrift sofort erkannt.«

Ich sah wütend über die Schulter zurück. Die Blondine war natürlich längst außer Sicht. »Warum hast du das nicht gesagt? Hat sie erzählt, ob sie ihn in letzter Zeit hier gesehen hat? Am Tag des Mords zum Beispiel?«

Sie schüttelte beleidigt den Kopf. »Nein, sonst hätte ich dir das schon weitergegeben. Aber das muss ja nichts heißen! Sie hat ihn nicht gesehen, seit er damals nach dem Diebstahl verschwunden ist, er rufe sie aber noch ab und zu an, sie glaubt, aus New York. Jedenfalls träume er davon, Schriftsteller zu werden, deswegen sei er früher oft in Midtown gewesen, im Theaterdistrikt.«

Ich versuchte, meine Wut zu zügeln, aber ich war nicht sehr erfolgreich dabei.

»Du bist wirklich voller Überraschungen, was? Und mir machst du Vorwürfe wegen meiner Geheimnisse! Hat sie eine Idee, wo er wohnen könnte?«

Sie rauchte jetzt wieder, scheinbar ungerührt.

»Nein. Falls ich noch etwas herausfinde, schicke ich dir ein Telegramm. Ich halte hier die Stellung. Viel Zeit werde ich aber nicht haben. Da ist ja noch dieser kleine Film, den ich drehen werde.«

»Du machst was?«, fragte ich.

»Sie haben mir den neuen Film mit Mary Miles Minter gegeben«, sagte sie, als wäre es das Selbstverständlichste der Welt. »Einen Western.«

»Und du hast angenommen?«, fragte ich.

»Warum nicht?«, sagte sie. »Das Studio wollte mich unbedingt haben, und Mary auch. Es ist eine große Chance.«

»Na dann«, sagte ich. »Viel Spaß mit Miss Minter – und mit ihrer Mutter.«

Sie verzog das Gesicht und ging ohne Lächeln und ohne ein weiteres Wort mit Enrico hinein. Der Mops trottete hinter ihr her und drehte sich noch einmal nach mir um. Und das war für längere Zeit das letzte Mal, dass wir uns sahen.

ZWEITER TEIL

SCHNEE

27

Meine Reise nach New York mit Carl Laemmle dauerte fünfeinhalb Tage. Wir nahmen von La Grande Station aus den California Limited, und Laemmle beanspruchte mit einer Entourage von zweiunddreißig Personen zwei Wagen des Zuges. Sein vierzehnjähriger Sohn Julius und seine neunzehnjährige Tochter Rosabelle fuhren auch mit. Sie kannten mich noch vom letzten Jahr und begrüßten mich herzlich.

Die hochmodernen Wagen der Luxusklasse boten jeglichen Komfort – bequeme Schlafabteile, Aircondition, ein exquisites Speiseabteil und eine Dusche. Wir verbrachten die Zeit damit, vorzügliche Mahlzeiten einzunehmen und Poker zu spielen, wobei meist Laemmle gewann, indem er mir gegenüber vorgab, er hätte nichts auf der Hand. Und mit Diskussionen über den Fall Taylor, in denen er mich wenig subtil wegen der Liste des Dukes bearbeitete, die er nach wie vor in meinem Besitz vermutete. Woraufhin jedoch ich vorgab, ich hätte nichts auf der Hand.

Es war genau, wie ich es erwartet hatte. Er appellierte listig lächelnd an meinen Sportsgeist und meine Ehre, erinnerte mich freundlich an unsere Landsmannschaft als Deutsche und versuchte mich schlicht zu bestechen. Dabei gab er stets den perfekten und großzügigen Gastgeber, der mich sogar im Kreis seiner Familie aufnahm. Da konnte ich mich ihm doch schlecht verweigern? Doch, ich konnte und gab mich generell sehr bedeckt.

An den Abenden sahen wir uns in einem Projektionsraum neue Filme der Studios an, die Laemmle sich hatte mitgeben lassen. Es war alles dabei: Western, Komödien, Dramen, Kostümfilme. Laemmle liebte den Wilden Westen, dessen Spätzeit er selbst noch erlebt habe, und er erzählte stolz, dass sein erster selbstproduzierter Film ein Western über einen Indianerhäuptling gewesen sei, *Hiawatha*.

In Kansas City, unserem ersten Halt, bekamen wir die neuesten Zeitungen, die nun Sands als Hauptverdächtigen aufführten. Sie riefen eine bundesweite Fahndung aus und berichteten nun auch erstmals von der Erpressung. Sie waren jetzt auch darauf gekommen, dass Sands eine Freundin in Los Angeles hatte, und hatten sie mittlerweile aufgespürt. Zum Glück ließ sich Virginia Volk nur mit allgemeinen Äußerungen über Sands zitieren und gab nichts von dem preis, was sie Polly verraten hatte. Außerdem erhielt ich Berge von Telegrammen und Briefen, die mir zu dem Bahnhof geschickt worden waren – Dutzende neue Hinweise aus der Bevölkerung, den angeblichen Aufenthaltsort Sands' an der Ostküste betreffend. Ich sortierte sie sukzessive im Verlauf der Reise, von der geringsten bis zur weitesten Entfernung von New York aus, und malte Markierungen auf eine Landkarte.

Wir erreichten Chicago, einen Moloch mit giftgelber, übelriechender Dunstglocke, gegen die selbst der heftige Wind vom See her nicht ankam. Hier endete der California Limited, und wir stiegen in den Zug nach New York um und erhielten die aktuellen Zeitungen. Sie widmeten sich ausführlich der Vergangenheit von William Deane-Tanner in New York vor vielen Jahren. Ich sandte von dort noch ein Telegramm an Polly mit der Bitte, doch möglichst den Piloten Pete Holiday aufzutreiben, und ein paar dürren Erklärungen, warum.

Wir fuhren von Chicago aus mit dem 20th Century Limited weiter. In Buffalo übergab man mir weitere Telegramme mit Hinweisen, einer kruder als der andere, und Laemmle bekam Berge von Nachrichten, die mit seinen Filmprojekten zu tun hatten. Immerhin erhielt ich über Western Union auch die

Nachricht, dass Mabel Normand die Spesen telegrafisch angewiesen hatte.

Als wir schließlich New York erreichten, durchquerten wir zunächst eine halbe Stunde lang ein braungraues Häusermeer. Dann endlich fuhren wir ins Zentrum Manhattans hinein, mit seinen gewaltig aufragenden Hochhäusern, von denen einige, die wir im Süden der Halbinsel zusammengedrängt stehen sahen, tatsächlich an die tiefhängenden Wolken stießen. In den vergangenen zwei Jahren, die ich in Los Angeles verbracht hatte, waren zahlreiche neue Wolkenkratzer erbaut worden, und weitere wurden gerade hochgezogen. Überall hörte man Baulärm, und in den Straßen lag Schneematsch. Hier herrschte ein grimmig kalter Winter, wie ich ihn aus Deutschland kannte.

In der Grand Central Station wurde Laemmle auf dem Bahnsteig von der versammelten Belegschaft der Universal aus der Firmenzentrale am Broadway erwartet, zweihundert Mitarbeiter, die ihren Boss hochleben ließen und ihm sogar ein deutsches Ständchen sangen: *Kein schöner Land in dieser Zeit*. Doch anstatt sich zu freuen, bekam er einen Wutanfall: »Und dafür unterbrecht ihr eure Arbeit? Los, zurück in die Büros, ihr verschwendet bloß meine Zeit und mein Geld!«

Zu mir war Carl Laemmle recht freundlich, als er sich verabschiedete, um in das Haus zu fahren, wo er und die Kinder die meiste Zeit des Jahres lebten. »Wir sehen uns noch einmal, bevor ich fahre«, sagte er lächelnd und ohne Widerspruch zu erwarten. Igor, der ihn am Bahnhof in ein bereitstehendes Automobil lotste, nickte ernst.

Ich fuhr mit dem Taxi hinüber nach Brooklyn, zu einem Hotel am East River, in dem ich mir ein einfaches Zimmer nahm. Dort stellte ich meine Sachen ab, zog meinen Wintermantel, Schal und Handschuhe an und machte mich auf den Weg.

Was mir auf den Straßen sofort wieder auffiel, waren die Hektik und der Lärm. Anders als in Kalifornien schien es jeder hier eilig zu haben, man stieß ständig mit jemandem zusammen, ohne dass sich irgendwer entschuldigte. Außerdem war es unglaublich laut – alles, jeder Mensch und jedes Ding –, anders als in den ländlichen, einsamen Gegenden von Los Angeles, wo das sanfte Meeresrauschen oder vielleicht noch ab und zu das entfernte Schreien der Möwen und Filmregisseure alles war, was man hörte.

Hier in New York war das Leben ein ständiger Kampf, den man offen austrug. In Los Angeles hingegen tat man so, als wäre es ein ewig währender Urlaub in der Sonne, bei dem sich alle anlächelten und umarmten, nur um sich dann urplötzlich ein Messer in den Rücken zu stoßen.

Ich stieg hinunter zur Metro und drängte mich in die brechend volle Untergrundbahn, in der man trotz der winterlichen Temperaturen ins Schwitzen kam. So fuhr ich ein paar Stationen hinüber zum 19. Revier des NYPD, meldete mich dort, wie Woolwine es mir aufgetragen hatte, und nahm meine Arbeit auf.

Wolf's Deli war ein einfach eingerichtetes, enges und überfülltes Diner mit Holzbänken an der Kreuzung Meserole Avenue und Guernsey Street. Es lag direkt gegenüber des Postamtes von Greenpoint, dessen Eingang man von den Tischen am Fenster aus sehen konnte. Wenn man das Glück hatte, einen der begehrten Hocker zu ergattern, so wie wir, ein paar Tage später. Es war jenes Postamt, bei dem Edward Sands seinen Brief aufgegeben hatte.

»Ein Pastrami-Sandwich, bitte«, sagte ich. »Und eine Coca-Cola.«

»Ein Reuben-Sandwich für mich«, sagte Hank. »Und einen Schoko-Milchshake.«

Das New York Police Department hatte ihn mir zugeteilt, um mich auf Wunsch von Mr. Woolwine und Mr. King herumzuführen, zu unterstützen, und ganz gewiss auch, um mich zu überwachen. Detective Hank Reiner war ein gebürtiger New Yorker mit semmelblonden Haaren und Seehundbart, ein Jahr älter als ich und bereits seit zwölf Jahren im Polizeidienst, was man ihm trotz der Zivilkleidung sofort ansah. Er wirkte recht abgebrüht, auf alles vorbereitet, und hatte eine eher seltsame, böse, schnelle New Yorker Art von Humor.

»Kommt sofort«, sagte der Besitzer – Sal Wolf stand auf seinem Namensschild – und gab uns Zettel mit Nummern in die Hand. Es war um die Mittagszeit, es herrschte Hochbetrieb, und wir würden unsere Plätze am Fenster verteidigen müssen.

»Und wer hat noch mal gesagt, dass Sands hierherkommt wegen der Pastrami?«, fragte Hank und steckte sich einen Zahnstocher in den Mund.

»Seine Freundin in Los Angeles«, sagte ich. »Er ruft sie ab und zu an, womöglich auch von da drüben aus. Oder von hier.« Ich wies auf die kleine Telefonzelle in der Ecke, die im Augenblick von einer eifrig plappernden Frau in Schwesterntracht besetzt wurde.

»Äußerst vage«, knurrte Hank.

»Es könnte doch sein«, sagte ich, »dass er hier in der Nähe wohnt, dort immer zur Post geht und hier zum Essen. Könnte ein Volltreffer sein.«

»Und wenn meine Freundin Räder hätte, könnten wir mit ihr rumfahren, statt mit dem Schrotthaufen da draußen«, sagte Hank böse und zeigte mit dem Zahnstocher auf den kleinen Milburn, der am Bordstein parkte. Das NYPD hatte ihn mir gegeben. So konnte ich bequem zu all den Zeugen fahren, die sich bei der Polizei gemeldet hatten, weil der berüchtigte Edward Sands angeblich direkt in ihrer Nachbarschaft wohne, in der Wäscherei um die Ecke arbeite oder der neue Freund ihrer Schwester sei. Elf dieser Hinweise hatte ich seit meiner Ankunft bereits überprüft, in allen fünf Stadtbezirken New Yorks, und es war natürlich kein einziger Treffer dabei gewesen.

»Das ist wie die Suche nach einer Nadel im Heuhaufen«, sagte Hank und warf seinen Zahnstocher in das Gewimmel von Kunden hinter uns. »Der Zufall ist kein guter Kommissar, Engel.«

Er nahm sich einen neuen Zahnstocher.

»Toller Spruch, Hank, ist der von einem Abreißkalender?

Aber es ist eine bessere Idee, als all die Wichtigtuer abzuklappern, bis hinauf nach Connecticut«, erwiderte ich.

»Was Sie trotzdem tun müssen«, sagte er böse. »Jeden einzelnen, wie weit entfernt sie auch immer sein mögen.«

»Da kommt doch sowieso nichts dabei raus«, erwiderte ich. »Aber wenn Sands wieder einen Brief aufgibt und die Postbeamten auf Draht sind, dann werden sie uns sofort anrufen, und wir können ihn uns schnappen.«

Wir hatten in dem kleinen Postamt alle fünf Schalterbeamten versammelt und über die Fahndung informiert, und unter jedem ihrer Tresen lag nun sein Foto, damit sie es ständig im Blick hatten. Wir hatten ihnen die Nummer der nächsten Polizeiwache gegeben und die Nummer des Diners, und dann hatten wir hier Position bezogen.

»Einmal Pastrami, einmal Reuben«, sagte Wolf und stellte zwei Teller vor uns, »mit extra viel Senf.« Er hatte seine schwarzen Haare zu einem perfekten Mittelscheitel geteilt und mit einer horrenden Menge Brillantine fixiert.

»Vielen Dank«, sagte ich und zeigte ihm das Fahndungsfoto von Sands. »Ist dieser Mann Kunde bei Ihnen, Mr. Wolf? Haben Sie ihn schon einmal gesehen?«

Wolf sah überrascht von mir zu Hank. Der zückte seine Blechmarke und legte sie auf den Tisch. Dann öffnete er weit den Mund und biss in sein dreistöckiges Sandwich, aus dem es auf den kleinen Tisch und den Holzboden tropfte. Ich zog einen der Zettel hervor, auf die wir das neue, veränderte Fahndungsbild von Sands hatten drucken lassen, das nicht in allen Zeitungen gewesen war. Das, auf dem seine Haare blond gefärbt waren und er ohne Hut zu sehen war. Wolf sah sich beide Bilder an. Dann tippte er auf das zweite.

»Ich kenne jemanden, der so ähnlich aussieht«, sagte Wolf und wischte sich die Hände an seinem Kittel ab. »War eine Zeitlang jeden Tag hier, saß da drüben und hat sein Sandwich gegessen.«

Er zeigte auf einen der Sitzplätze in der Ecke.

»Pastrami?«, fragte ich und nahm einen ersten Happen.

Das geräucherte Rindfleisch, blutrot mit schwarzer Kruste, schmeckte wirklich sehr köstlich zusammen mit dem scharfen Senf und der eingelegten Gurke. »Kann verstehen, dass er deshalb so oft kommt.«

»Ja«, sagte Wolf und nickte. »Hat immer dasselbe gegessen.«

»Gibt bessere in Brooklyn«, sagte Hank mit vollem Mund. »Aber ist nicht schlecht.« Das Reuben-Sandwich war ebenfalls mit Pastrami belegt, dazu noch mit Sauerkraut und geschmolzenem Käse. Sein Seehundschnauzbart war inzwischen mit reichlich Senf verziert, der fast dieselbe Farbe hatte. Das machte es nicht unbedingt besser.

»Hören Sie nicht auf ihn«, sagte ich. »Irgendetwas Besonderes, was Ihnen an ihm aufgefallen ist? Der Mann ist vermutlich Edward Sands, in einer Verkleidung.«

Wolf sah sich überrascht beide Bilder noch einmal an.

»Jetzt, wo Sie es sagen«, meinte er. »Er saß immer lange da und schrieb.«

»Was? Einen Brief?«

»Könnte sein, ich weiß es nicht. Viele schreiben hier drin. Einmal hat er zu Maggie da vorn gesagt, er sei ein Schriftsteller oder wolle einer werden. Wollte wahrscheinlich ein bisschen angeben.« Er zeigte auf eine hübsche, großbusige Rothaarige in einer hellblauen Kellnerinnen-Uniform, die gerade am Tresen mit ein paar Bauarbeitern schäkerte.

»Schriftsteller, das würde passen«, sagte ich. »Haben Sie ihn mal zum Postamt rübergehen sehen?«

»Warten Sie …« Wolf blickte hinüber zu der Kellnerin. »Maggie, schieb deinen Hintern hier rüber!«, rief er durch den Raum.

Sie kam zu uns, und wir weihten sie ein.

»Wissen Sie, wie er sich nennt, wo er wohnt?«, fragte ich.

Sie überlegte lange, dann sagte sie zögernd:

»Er sagte, er heiße Dick. Einmal hatte er es sehr eilig und meinte, er müsse zum Zug …«

Hank und ich sahen uns an.

»Und er behauptete, Schriftsteller zu sein? Ein Schriftsteller namens Dick?«

»Ja. Er gehöre zum Round Table im Algonquin, hat er gesagt, ganz stolz – was auch immer das ist, bei mir hat nichts geklingelt. Mehr weiß ich nicht. Er wollte sich mit mir verabreden, aber ich fange nichts mit Kunden an.«

Sie sah ihren Chef an, die reine Unschuld.

»Schade, Schätzchen«, sagte Hank. »Wir werden nämlich noch ein bisschen hier herumsitzen.«

»Das Algonquin ist ein Hotel in Manhattan, in der 44th Street«, sagte Wolf achselzuckend. »Eines von den feinen.«

Ich gab sowohl ihr als auch Wolf einen der Zettel in die Hand. »Behalten Sie den. Wenn er wiederkommt und wir nicht da sein sollten, benachrichtigen Sie sofort die Polizei. Und halten Sie ihn möglichst auf, bis die Beamten da sind. Egal wie.« Ich sah die Rothaarige an. Sie nickte. Beide gingen wieder zurück an ihre Arbeit.

»Na toll«, sagte Hank zu mir. »Und jetzt? Jetzt können wir nur noch darauf hoffen, dass er wegen ihrer Titten wieder hier auftaucht.«

»Oder wegen der Pastrami«, sagte ich und aß weiter.

»Die Pastrami ist es nicht wert«, sagte er kauend. Trotzdem schob er sich auch noch den letzten Rest seines Sandwiches in den Mund. »Viel zu stark gepökelt.«

»Reicht ja, wenn Sands sie mag«, sagte ich. »Aber den besten Grund, warum er da drüben reingehen sollte, haben wir doch selbst geliefert.«

Ich schob ihm den *New York Examiner* hinüber, Hearsts Schwesterblatt hier im Big Apple. Mit zwei Telefonanrufen von Buffalo aus hatte ich in Absprache mit Woolwine und Blowfish bewirkt, dass darin ein Text des leitenden Redakteurs veröffentlicht wurde, in dem er den anonymen Schreiber aufforderte, ihm noch mehr Informationen über Taylor beziehungsweise Deane-Tanner zu liefern. Man sei bereit, fünftausend Dollar dafür zu bezahlen, gerne per Kabel an ein Konto irgendwo in den USA. Die Idee war mir kurz hinter Chicago gekommen. Wofür lange Zugreisen alles gut sind.

»Das ist unsere beste Chance«, sagte ich und tippte darauf.

»Wer's glaubt«, sagte Hank und putzte sich ausgiebig den Mund und den Bart ab. Er musste dabei mehrfach aufstoßen, kein Wunder bei all dem Sauerkraut und geschmolzenen Käse. »Jedenfalls müssen Sie im Postamt auf ihn warten und nicht hier. Wir können uns nicht auf die Beamten verlassen.«

»Wenn Sie das so sehen, Hank«, sagte ich, »dann müssen Sie dort Position beziehen.«

»Ich muss gar nichts, außer sterben«, sagte er patzig. »Und heute Abend zu den Giants gehen, die spielen gegen die Yankees in den Polo Grounds.«

»Mitten im Winter?«, sagte ich und trank einen Schluck Cola.

»Es ist Vorsaison, die spielen bei jedem Wetter«, sagte er ungeduldig. »Baseball, New York gegen New York, das Spiel des Jahres, ich hoffe, das muss ich Ihnen nicht erklären.« Musste er nicht. Von Yankees-Star Babe Ruth hatte selbst ich schon gehört. Er hatte deutsche Vorfahren. Aber ein Fieber hatte mich deshalb immer noch nicht gepackt.

»Ich bin Fußballfan«, konterte ich, woraufhin er auf den Boden spuckte. »Also schön. Einer wartet hier, einer dort. Wir können ja Zahnstocher ziehen.«

28

Den Rest des Nachmittags passierte nichts Nennenswertes. Außer dass ich in einem Postamt herumsaß, rauchte und mir Briefmarken und lange Kundenschlangen ansah, in denen jeder zweite Mann aussah wie Sands in einer Verkleidung. Doch natürlich war keiner von ihnen er.

Gegen fünf drehte ich gelangweilt den Kopf nach rechts und sah Kellnerin Maggie hereinstürzen und auf mich zueilen.

»Er ist da«, rief sie mir außer Atem zu. »Bei uns drüben.«

»Hat Hank ihn schon verhaftet?«, fragte ich und sprang auf.

»Nein. Der ist vor einer Stunde gegangen. Hat gesagt, er habe noch Besseres zu tun, wie nur in unserem Dunst rumzusitzen. Wollte pünktlich zur Nationalhymne bei den Giants sein.«

»So ein Arschloch!«, rief ich und rannte los. Ich stieß an der Tür mit einem alten Mann zusammen und drückte ihn einfach beiseite. Die Rothaarige folgte mir auf ihren hohen Absätzen, so gut sie konnte. Man sollte Sportwettbewerbe mit dieser Ausstattung organisieren, man würde glatt Millionär werden.

Ich sprintete über die Meserole Avenue auf das Diner zu, ein großer Lastwagen musste abrupt stoppen, und der Fahrer schickte eine Flut von Schimpfwörtern hinter mir her. Passanten sahen uns mit großen Augen nach. Regen schlug mir ins Gesicht, ich tastete im Rennen nach meiner Luger, riss die Tür des Diners auf und stürmte hinein. Ich sah mich um. Die Tische waren nur zur Hälfte besetzt, und Sands war nirgends zu entdecken. Fragende Blicke trafen mich. Sal Wolf kam hinter der Theke hervor und legte den Finger an die Lippen.

»Ganz ruhig, er ist auf der Toilette«, sagte er zu mir und zeigte auf eine der Holzbänke. »Hat da gesessen und geschrieben, es liegt sogar noch da. Er müsste gleich wiederkommen.«

»Wie sicher sind Sie, dass er es ist?«, fragte ich, nach Atem ringend.

»Dass es mein Gast von damals ist, sehr sicher. Ob es Sands ist – Ihre Sache.«

Ich ließ mich auf die Holzbank fallen und sah mir an, was da auf dem Tisch lag. Es war, neben einem Teller mit einem halb aufgegessenen Pastrami-Sandwich und sauren Gurken und einem noch unbeschrifteten Briefumschlag, ein Blatt Papier, das zur Hälfte beschrieben war. Der Füllfederhalter lag aufgeschraubt daneben. Er war aus Platin, in Gold eingefasst; und sah aus wie einer, den ich mal bei William Desmond Taylor gesehen hatte.

Ich beugte mich über das Blatt. Auf den ersten Blick erkannte ich, dass es die Schrift des Erpressers war. Ich überflog, was er geschrieben hatte, und zog dabei langsam die Luger aus dem Halfter unter meiner linken Schulter.

In dem Brief, gerichtet an Arthur Blowfish, stand sinngemäß, dass der Verfasser wie gewünscht eine weitere Information über die Vergangenheit von William Deane-Tanner alias William Desmond Taylor preisgeben werde. Deane-Tanner sei damals verheiratet gewesen. Und habe seine Familie im Stich gelassen, nachdem er den Diebstahl begangen hatte, seine Frau Ethel Deane-Tanner und sein kleines Kind.

Weitere Informationen, fuhr der Schreiber fort, gebe es erst, wenn er das Geld bekommen habe. Dann hatte er angesetzt, die Modalitäten für die Übergabe der fünftausend Dollar zu klären, doch hatte mitten im Satz abgebrochen.

»Langsam, ganz vorsichtig hier«, sagte Wolf mit Blick auf die Luger.

Die Rothaarige stand neben ihm und presste aufgeregt eine Hand auf den Mund.

Ich legte den Finger auf die Lippen und stand auf.

»Wie lange ist er schon dadrin?«

»Fünf, sechs Minuten.«

»Haben Sie irgendetwas getan, das ihn misstrauisch gemacht haben könnte?«

»Ich bin nur ganz langsam hinausgegangen und habe versucht, nicht hinzusehen«, stotterte Maggie.

»Lassen Sie den Brief da genau so liegen und rufen Sie die Polizei«, sagte ich mit gedämpfter Stimme und ging, die Waffe halb erhoben, langsam in Richtung der Toilette am Ende des Raumes.

Eine Frau in der letzten Tischreihe drückte sich panisch mit dem Rücken gegen die Fensterscheibe.

Ich erreichte eine Tür mit der Aufschrift *Washrooms*. Ich hob die Waffe, atmete durch und riss sie auf. Vor mir lag ein kleiner, enger Flur, in dem man sich gerade so einmal umdrehen konnte. Links und rechts gingen zwei weitere Türen ab. Ich wandte mich nach rechts, zu der mit der Aufschrift *Men*.

Ich ging so weit wie möglich zurück, hob den Fuß und trat sie ein. Der Toilettenraum war leer. Das Fenster stand offen, und der Wind blies herein.

Ich stieß einen Fluch aus – »Verdammt – sie hat versucht, nicht hinzusehen!« – und stieg auf den Toilettensitz, lehnte mich aus dem Fenster und blickte in einen Hinterhof. Im selben Moment hörte ich eine Tonne scheppernd umfallen.

Ich zog mich mühsam hoch und sprang draußen auf den Boden. Dann rannte ich los, die Luger in der erhobenen Hand, durch den dichter werdenden Regen, der mir schmerzhaft ins Gesicht schlug. Ich kam an der Mülltonne vorbei, die über den Asphalt rollte. Ich erreichte die Straße und sah einen Mann, der durch die Pfützen rannte, dass es nur so spritzte, die Meserole Avenue überquerte und dann einen Radfahrer, der sich einen schwarzen Schirm über den Kopf hielt, umriss. Beide stürzten, und ihre Hüte kullerten über den Boden. Der

Flüchtende rappelte sich als Erster auf, griff sich das Fahrrad und stieg auf. Er trat kräftig in die Pedale und sah sich dabei nach mir um. Er hatte ein markantes, fast quadratisches Gesicht und sah aus wie auf den Fotos. Allerdings waren die Haare nun blond und so hell, dass sie gefärbt sein mussten.

Ich entdeckte neben mir an eine Wand gelehnt das Fahrrad eines Lieferjungen, der eben einem Händler ein Paket übergab. Ich steckte meine Luger weg, nahm das Fahrrad, rief: »Tut mir leid, ist nur geliehen!«, und schon saß ich im Sattel und nahm die Verfolgung auf.

Der Lieferjunge und der Händler schrien und liefen hinter mir her, dann blieben sie zurück. Ich kurvte kurz vor einem heranbrausenden Buick quer hinüber auf die andere Fahrspur, er bremste und schlidderte auf der nassen Straße.

Der Regen schraffierte die Szenerie. Sands war vielleicht dreihundert Fuß vor mir. Meine Beine gaben alles, was sie zu geben hatten. Ich merkte, dass ich allmählich aufholte. Sands flüchtete nach Süden. Rechter Hand sah ich jenseits des East Rivers die Hochhäuser von Manhattan aufragen, mindestens zwanzig Wolkenkratzer, manche von ihnen noch im Bau.

Ich verhedderte mich mit einem Hosenbein in der Pedale und musste für einen Moment aufhören zu treten. Als ich wieder hochblickte, sah ich, dass Sands nach links abbog. Ich kannte die Gegend ein wenig aus den paar Tagen, die ich nach meiner Ankunft in Amerika hier verbracht hatte. In dieser Richtung lag die Graham Avenue Station, der nördliche Bahnhof von Brooklyn. »Er sagte, er müsse zum Zug«, fielen mir die Worte von Kellnerin Maggie wieder ein.

Ich trat noch kräftiger in die Pedale. Ich durfte ihn auf keinen Fall davonkommen lassen. Der Regen peitschte mir ins Gesicht. Meine Kleider klebten klatschnass am Körper, und ihr Gewicht erschwerte mir das Treten. Meine Lungen ächzten und taten weh, und ich spürte jede einzelne Chesterfield, die ich je in meinem Leben geraucht hatte. Doch Sands war ein dicklicher Mann, und er hatte gerade noch ein halbes Pastrami-Sandwich gegessen – gute Ware, aber etwas schwer verdaulich. Langsam kam ich ihm näher. Ich hörte ein Pfeifen, doch es war keineswegs mein rasselnder Atem, sondern eine Lokomotive, nicht weit entfernt.

Wenn ich die Hand ausgestreckt hätte, hätte ich Sands beinahe schon greifen und vom Rad ziehen können.

Der Pferdewagen auf der Kreuzung kam von rechts in meinem toten Winkel heran, und ich war so fokussiert auf meine Beute, dass ich den Kopf erst wendete, als ich etwas hörte. Ich bremste instinktiv, das Pferd wieherte und stieg, ich wich aus, und die Reifen rutschten auf der nassen Bahn unter mir weg. Hilflos schlidderte ich über den Boden, das Rad weg von mir, gegen den Bordstein. Ich fing mich ab, das Knie war aufgeschürft, doch ich spürte keinen Schmerz.

Ich sah Sands mit neuem Mut davonfahren und mir dabei über die Schulter höhnisch zuwinken. Ich stand ächzend auf, jetzt kam der Schmerz, mein Knie brannte, und ging hinüber zu dem Rad. Doch die vordere Felge beschrieb eher eine Acht als eine Null, und der Reifen war geplatzt. Ich ließ es fallen und lief los, hinter Sands her, auf den Bahnhof zu.

Ich erreichte das Gebäude, sah ihn nicht mehr, aber ich entdeckte das Fahrrad auf dem Boden und lief weiter, hinein. Ein Zug fuhr eben ein. Zwei Gleise, northbound oder southbound, ich musste mich entscheiden. Ich wählte southbound, und rannte los, mit dem heilen rechten Bein immer etwas mehr Schwung nehmend als mit dem linken. Ich kam außer Atem auf dem Bahnsteig an. Der Zug stand noch da, soeben pfiff der Schaffner und stieg ein. Die Türen schlossen sich. Er war vielleicht fünfzig oder sechzig Fuß entfernt, setzte sich schnaufend in Bewegung und nahm Fahrt auf. Ich kam mit Mühe auf Höhe des letzten Wagens, der in dünnen Qualm gehüllt war, schlug gegen die Tür und lief mit.

Doch ich konnte sie nicht mehr öffnen und musste ihn fahren lassen.

Gleichzeitig fuhr drüben auf dem gegenüberliegenden Bahnsteig ein anderer Zug los, begleitet von einem schrillen Lokomotivenpfiff. Für einen kurzen Moment glaubte ich hinter einem Fenster einen blonden Haarschopf aufleuchten und eine Hand, die winkte, zu sehen.

Als die beiden Züge den Bahnhof verlassen hatten, war der einzige Mensch, der noch auf dem Bahnsteig stand, ein nasser, schmutziger Deutscher, der sich die Seele aus dem Leib brüllte.

29

»Sie Versager! Sie Stümper!«

Detective Sergeant Edward King kannte mindestens so viele Schimpfwörter, wie das Alphabet Buchstaben hatte, und ich ließ sie ihn alle erst einmal brüllen und hielt den Hörer dabei von meinem Ohr weg. Es war unser dritter Versuch zu telefonieren, zweimal war die Verbindung von Küste zu Küste unterbrochen worden, und wir hatten länger warten müssen, bis der *Operator* sie wiederhergestellt hatte.

»Das ganze Land wird über Sie lachen. Woolwine wird nichts tun, um die Zeitungen davon abzuhalten, darüber zu berichten.«

»Woolwine und Sie sollten sich lieber mal mit Ihrem Wachhund Reiner beschäftigen«, sagte ich schnell in seine Tirade hinein. »Wenn der gewartet hätte, hätten wir Sands ganz einfach festnehmen können. Er ist es gewesen, der sich unprofessionell verhalten hat.«

»Da war er nicht der Einzige!«

Bei ihm an der Westküste war es noch früh, sie lagen drei Stunden zurück, doch er stand bereits voll unter Dampf.

»Beruhigen Sie sich, King. Ich werde ihn schon ausfindig machen, und dann werden wir ihn schnappen und die Sache aufklären. Immerhin ist er in die Falle gegangen, die ich ihm gestellt habe. Das wird er wieder tun.«

»Ach ja? Ich will, dass Sie jedem verdammten Hinweis zu Sands' Aufenthaltsort nachgehen, den wir vorliegen haben«, sagte King, und ich konnte förmlich hören, wie er mit den Zähnen knirschte. »Niemand kann ja sagen, wohin er gefahren ist.«

»Ich glaube, er saß in dem Zug Richtung Queens, nach Norden, aber das muss nichts heißen. Unser Mann könnte genauso gut zwei Stationen weiter umgestiegen und nach Manhattan rübergefahren sein, oder irgendwo anders hin«, sagte ich und sah aus meinem Hotelfenster hinaus, auf den grauen East River, dessen Wellen weiße Schaumkronen trugen. Das Zimmer war ausgestattet wie das eines Bordells der Jahrhundertwende und roch beißend nach Desinfektionsmittel und Insektengift.

»Und wir haben eine weitere Information aus dem Brief erfahren, den ich sichergestellt habe. Dass Taylor eine Frau und eine Familie gehabt hat, die er seinerzeit aus heiterem Himmel verlassen hat.«

Ich hatte ihn gestern noch Hank Reiner übergeben, wiewohl ich bezweifelte, dass er bei ihm in guten Händen war. Und hatte mir dabei ausgerechnet von ihm einiges anhören müssen.

»Na und? Sie müssten erst einmal herausfinden, wo diese verlassene Familie ist.«

»Vermutlich sind sie hier in New York und werden uns mehr sagen können.«

»Das haben unsere Leute vom NYPD gerade überprüft. Jemanden mit diesem Namen gibt es nicht, weder in New York noch in den umliegenden Staaten. Die Frau hat sich später scheiden lassen und ihren Namen geändert, dann verliert sich ihre Spur, sie ist unbekannt verzogen.«

»Ja«, sagte ich. »Was Leute wie Hank Reiner auf ihre findige Weise so alles erledigen. Ich möchte mich dem lieber selbst annehmen. Herausfinden, ob Sands wegen dieser Familie hier ist oder ob er aus anderen Gründen ans andere Ende der Vereinigten Staaten geflohen ist nach seinem Diebstahl. Ich habe noch einen weiteren Verdacht, wo Sands verkehren könnte: im Algonquin Hotel im Theaterdistrikt.«

Ich wusste, ich musste ihm noch einen Brocken hinschmeißen.

»Woher wissen Sie das denn?«, fragte er misstrauisch.

»Informationen von einem Gewährsmann«, sagte ich schlicht. »Ich werde unterstützt von meinem deutschen Landsmann Carl Laemmle. Er hat mich gerade gebeten, ihn heute Abend am Hafen zu treffen. Er hat mir gesagt, dass er mir etwas sehr Wichtiges mitteilen wolle.« Das war ausnahmsweise die volle Wahrheit. Ich war sehr gespannt.

»Und was, meinen Sie, könnte das sein? Etwas über Sands oder über Taylor?«

»Möglich. Immerhin lebt Laemmle ja schon lange in New York«, sagte ich. »Ich halte Sie auf dem Laufenden.«

Ich legte auf und unternahm dann noch einen Versuch, Polly zu erreichen, doch sie ging zu Hause nicht ans Telefon. Und Enrico auch nicht.

Dann versuchte ich es bei Paramount und wurde sofort zu ihr durchgestellt. Ich hatte den Eindruck, dass sie sich über meinen Anruf freute, doch im nächsten Moment war ihr daran gelegen, es sich nicht anhören zu lassen.

»Hast du es geschafft, diesen Piloten aufzutreiben?«, fragte ich. »Pete Holiday?«

»Was denkst du denn? Ich stecke mitten in den Drehvorbereitungen«, sagte sie missmutig und fügte dann widerwillig hinzu: »Er fliegt offenbar die ganze Zeit quer durch die USA, studiert aber in Berkeley. Vielleicht erwische ich ihn mal, wenn er hier 'nen Zwischstopp einlegt.«

»Es ist wichtig. Es geht darum, Sands' Alibi zu überprüfen.«

»Du denkst, er ist geflogen? Klingt nicht sehr glaubwürdig. Aber das kann Sands dir ja selbst erzählen, wenn du ihn auftreibst«, sagte sie bissig. »Wenn.«

»Ich hätte ihn beinahe gehabt«, sagte ich.

»Warum überlässt du den Rest nicht der Polizei und kommst zurück? Was willst du da drüben denn noch herausfinden?« Dann legte sie auf.

Ich sollte Carl Laemmle um sechs Uhr abends am Pier 54 drüben am Hudson River treffen. Auf dem Weg quer durch Manhattan nahm ich wieder die Subway, in der sich die Menschen zur Rushhour drängten, Ladenmädchen und Banker und Müllmänner, alle zusammengepfercht, Schwarze und Weiße zusammen in einem Abteil, anders als in der Straßenbahn in Los Angeles, wo man sie trennte.

Ich machte zweimal halt, um angebliche Sichtungen von Sands zu überprüfen. In der 23rd Street fand eine Wäschereiangestellte, dass der neue Metzger nebenan dem Gesuchten ähnelte, was jedoch nicht im Entferntesten der Fall war. Und in einer Sozialwohnung in Hell's Kitchen fragte mich der Hinweisgeber gleich als Erstes, was es als Belohnung gebe. Sein Tipp war jedoch noch nicht einmal einen Hornknopf wert. Immerhin zwei Markierungen auf meiner Karte, die ich streichen konnte.

Danach fuhr ich noch nach Greenwich Village und betrat in der 14th Street das Antiquitätengeschäft von Mr. Bartholomew Wright, dessen Adresse ich mir aus dem Telefonbuch herausgesucht hatte. Es war vollgestellt mit vielen geschnitzten Möbeln und bunt bemalten Puttenfiguren aus Gips und geätzten Kristallgläsern und dergleichen. Ich betrachtete einen Louis-Seize-Stuhl, bis Wright sich unter vielen Floskeln von einer älteren Kundin verabschiedet hatte. Er war ziemlich staubig. Mr. Wright, und der Stuhl auch.

»Ein besonders schönes Stück, mein Herr. Sie kommen selbst aus Europa?«

Mr. Bartholomew Wright war ein weißhaariger kleiner Mann mit klugen Augen, der ein bisschen aussah wie ein ausgestopfter Archäopteryx.

»Ich komme aus Hollywood«, sagte ich und zeigte ihm meine Detektiv-Lizenz. Ich wusste, dass ich offiziell klingen musste, um zu verhindern, dass er mich abwimmelte. Er hatte es abgelehnt, mit der Presse über den Fall zu reden, wie in einem Artikel beklagt worden war. »Ich ermittle für die Staatsanwaltschaft von Los Angeles im Fall des Mordes an William Desmond Taylor, oder Deane-Tanner, wie er noch hieß, als er in Ihren Diensten stand.«

Er hörte prompt auf zu lächeln, sah sich die Lizenz genau an und gab sie mir dann zurück. »Natürlich, ich habe gerade von Ihnen in den Zeitungen gelesen«, sagte er. »Was kann ich für Sie tun, Mr. Engel? Nehmen Sie doch bitte Platz.«

Ich klopfte den Stuhl mit der Hand ab, bevor ich mich darauf setzte. Der Staub brachte mich zum Niesen.

»Was können Sie mir über ihn sagen? Ich weiß, es ist sehr lange her, und er hat sie sehr enttäuscht. Aber welchen Eindruck hatten Sie davor von ihm?«

»Einen sehr guten«, sagte Mr. Wright. »So etwas hätte ich von ihm nicht erwartet. Niemand hätte das. Er war ein äußerst gewandter Verkäufer, mit distinguierten Umgangsformen und von blendendem Aussehen. Ein feiner Mensch.«

»Ja, so habe ich ihn auch kennengelernt«, sagte ich.

»Bill hat den Umsatz sehr gesteigert, konnte sich hervorragend ausdrücken und hätte sicher seinen Weg gemacht in meiner Branche. Warum er sich entschieden hat, dies alles aufzugeben – ich weiß es nicht, oder eben doch: für Hollywood.«

»Er ging erst fünf Jahre später nach Los Angeles. Was hat er davor gemacht?«, sagte ich.

»Das entzieht sich leider meiner Kenntnis, Mr. Engel«, sagte er. »Ich hätte sonst die Polizei darüber informiert. Bevor er abgetaucht ist, hatte er sich von mir telefonisch sechshundert Dollar überweisen lassen, angeblich für einen größeren Einkauf. Damit ist er dann verschwunden, und ich habe Anzeige erstattet. Am meisten tat es mir leid für seine ahnungslose Frau Ethel und ihre kleine Tochter. Sie schienen eine so glückliche und harmonische Familie zu sein.«

»Wissen Sie, wo die beiden sich aufhalten? Oder was mit ihnen geschehen ist? Vielleicht haben Sie irgendeine Vermutung?«

»Nein, das tut mir leid. Ich habe damals mit seiner Frau gesprochen, in der Hoffnung auf eine Erklärung, und hätte ihnen gerne geholfen, aber sie brach den Kontakt dann irgendwann ab, offenbar war ihr peinlich, was er getan hatte. Trotz unserer Geschichte bin ich zutiefst erschüttert gewesen, als ich erfahren habe, dass er dieser Regisseur gewesen ist, den man in Hollywood umgebracht hat. Warum tut jemand so etwas? War es wirklich wegen einer Frau, wie ich gelesen habe?« Er wiegte seinen vogelartigen Kopf. »Bill kam ungeheuer gut an bei der weiblichen Kundschaft. Aber Leidenschaft wäre das Letzte, das ich mit ihm in Verbindung bringen würde, er war immer sehr korrekt, ein zurückhaltender, stiller Mann.«

Bevor er fortfahren konnte, mir seinerseits Fragen zu stellen, ging ich lieber und klopfte mir draußen den Staub aus den Kleidern.

30

»Der Round Table im Algonquin ist in literarischen Kreisen eine Institution, wie ich höre«, sagte Carl Laemmle kurz darauf, während wir uns in Korbsesseln am Pier in unsere Mäntel hüllten und auf den Hudson River schauten. Ein kalter Wind wehte herüber. Der Winter hatte die Stadt noch fest im Griff. »Sie treffen sich dort jeden Mittag im Rose Room zum Lunch, seit zwei Jahren: ein paar Journalisten, Schriftsteller und Schauspieler. Elitäre Leute, die sich höchstens mit europäischen Filmen beschäftigen. Uns in Hollywood verachten sie. Sie nehmen neue Mitglieder nur nach einer äußerst strengen Prüfung auf. Viele Menschen wären gerne Teil dieser Runde. Aber dass jemand wie dieser Diener Sands einer von ihnen sein soll, ja, dass er überhaupt literarische Ambitionen hat, das überrascht mich wirklich.«

Er redete mit mir Deutsch, so wie wir es früher immer wieder getan hatten. Es erleichterte vieles; er wollte damit aber auch die Illusion einer gewissen Nähe und Vertrautheit schaffen. Immerhin konnte ich so ein paar Informationen einholen.

»Davon haben sie mir schon in L. A. erzählt, Byron Hamilton und Mr. Lasky«, sagte ich. »Warum auch nicht? Hochstapler und Schriftsteller, beide leben von erfundenen Geschichten.«

»Das ist wahr«, sagte Mr. Laemmle lächelnd. »Als Produzent werden mir eine Menge Storys aufgetischt, von sogenannten Künstlern, aber in Wahrheit nur deshalb, um mir das Geld aus der Tasche zu ziehen.«

Ein Kellner servierte uns einen Darjeeling-Tee. Um uns herum am Pier warteten zahlreiche Menschen ebenfalls auf das Schiff, das gleich ankommen sollte, in Decken und Schals gehüllt und in verschiedensten Sprachen durcheinanderschwatzend.

»Der gute Taylor war ja ebenfalls ein Mann der Bücher, nicht nur, weil er viele Literaturverfilmungen gemacht hat. Er hat Mabel Normand dauernd welche geschenkt, ihr Tipps und Lektionen gegeben«, sagte ich und zündete mir eine Chesterfield an, die Hände um die Flamme gelegt zum Schutz gegen den Wind, der eben einen herrenlosen Hut an uns vorbeitrieb. »Vielleicht hat er Sands ja auch nur deshalb eingestellt, weil er ein Literat und gebildet zu sein schien. Taylor fragte die Leute stets nach ihrem Werdegang und ihren Ambitionen. Und womöglich hat ihn das blind gemacht für dessen schlechte Seiten.«

Laemmle trank kopfschüttelnd von seinem Tee. »Ich habe mir aus alldem nie viel gemacht. Ich komme aus einfachen Verhältnissen. Und ich kenne genügend Menschen, die ihre Bildung nur vortäuschen, weil sie gesellschaftlichen Ansprüchen genügen wollen. Oder weil es zu dem Bild gehört, das sie von sich selbst gerne hätten, vor allem nachdem sie einen gewissen Aufstieg gemacht haben. Selbst unter den Schauspielern gibt es die – *gerade* unter ihnen …«

Das alles war nur das Vorgeplänkel, ich war sicher, er würde mir gleich etwas anderes sagen. Doch auch ich hatte mir noch ein Thema aufgespart, bei dem mich seine Reaktion interessierte.

»Ich soll Sie übrigens von Ihrem ersten Star grüßen, Florence Lawrence.«

Er blinzelte überrascht.

»Ach, die liebe Flo … Wie geht es ihr?«

»Soweit ich das beurteilen kann, gut. Allerdings lebt sie in einer sehr seltsamen Beziehung und macht einen ziemlich verletzlichen Eindruck.«

Er nickte vor sich hin.

»Sie ist ein kluger Mensch, sehr talentiert, allerdings äußerst sensibel.«

»Sie hat ein paar sehr seltsame Dinge gesagt«, sagte ich. »Prophezeiungen, düsterer als die von Nostradamus.«

»Oh, man sollte sie durchaus ernst nehmen«, sagte er. »Sie hat ein feines Gespür für Menschen und Situationen, ahnt Ereignisse voraus, und sie liegt selten falsch.«

Er lächelte versonnen.

»Wirklich, ist das so?«, sagte ich.

Er neigte den Kopf zur Seite und grinste beinahe schelmisch, die schadhaften Zahnreihen entblößend. »Bevor sie damals leider einen Unfall hatte und nicht mehr drehen konnte, hatte sie auch das vorhergesehen.«

»Wie war das denn mit dem Feuer? Wer war dafür verantwortlich?«

Er wischte sich über die Weste. »Das ist nie geklärt worden. Solche Dinge passieren in einem Studio. Ein kaputter Scheinwerfer vielleicht, eine weggeworfene Zigarette … Wir alle wissen ja, wie leicht entzündlich Filmmaterial ist. Natürlich habe ich ihr danach eine sehr großzügige Abfindung gezahlt.«

Ein Kellner servierte uns riesige Hummer aus Maine, die Laemmle geordert hatte. Er legte das Werkzeug dazu, mit dem wir die Schale knacken konnten – Hammer, Zange und die feine lange Gabel –, und wir banden die weißen Lätzchen um, bis unters Kinn. Aus den Räumen des Cafés hinter uns drangen leise, getragene Jazzklänge herüber.

Laemmle zeigte den Hudson hinauf nach Norden. »Dort oben am anderen Ufer haben wir uns einst kennengelernt. Dort liegt Fort Lee, dort habe ich immer noch Studios. Und nicht nur ich, alle großen Firmen. Der Standort war so bedeutend wie Hollywood heute, bis ich nach Kalifornien ging und die anderen folgten. Nicht nur Florence Lawrence.«

Carl Laemmle rieb sich die Hände und nahm sich eine Schere vor, die er mit der Zange aufbrach. Genießerisch schlürfte er das weißliche Fleisch und den Saft daraus.

Er zeigte nun in die andere Richtung, hinunter nach Süden;

da, wo in der Dämmerung das Ufer New Jerseys auszumachen war.

»Und jetzt sehen Sie einmal dort hinunter. Genau da unten kam ich damals in Amerika an.«

Ich pikte meine Gabel in ein bereits aufgebrochen serviertes Hummerbein und steckte mir das köstliche Fleisch in den Mund. Ich hatte seit Monaten nicht mehr etwas so Gutes zu essen bekommen.

Er schnalzte genießerisch mit der Zunge.

»So wie wir alle«, sagte ich und folgte seinem Blick. Wir konnten die Freiheitsstatue erahnen, auf Liberty Island, und direkt daneben Ellis Island, die kleine Insel, auf der alle Einwanderer sich registrieren lassen und die Kontrollen passieren mussten.

Laemmle nickte und hieb mit dem Hammer auf den Panzer, den er mit einem Schlag zertrümmerte. Er schlug noch einmal zu, und Schalensplitter spritzten nach allen Seiten weg.

Er sagte sinnend: »Ich erinnere mich noch sehr gut daran, wie es damals hier aussah – im Jahr 1884 …«

»Da war ich noch gar nicht auf der Welt.«

Ich lutschte eine Schere aus.

In der Ferne sahen wir nun ein hell erleuchtetes, riesiges Passagierschiff, das langsam in den Hudson einbog. Dies musste die *Aquitania* sein, einer der berühmten Ozeandampfer, die den Atlantik überquerten. Laemmle redete weiter, tief versunken in Erinnerungen, und sah zu ihr hin.

»Als mein Schiff hier einlief, gab es nur drei Hochhäuser auf dieser Halbinsel namens Manhattan, aber als sie aus dem Nebel aufgetaucht ist, da erschien sie mir Siebzehnjährigem wie das große Versprechen einer neuen Welt.«

Er pulte mit der Pinzette das Fleisch aus einer Schere. Er tat es sehr gründlich und ließ nichts mehr darin übrig.

»Die Freiheitsstatue gab es damals noch nicht. Sie haben sie erst zwei Jahre später errichtet.« Ich biss knackend auf einen kleinen Splitter des Panzers, griff mir in den Mund und holte ihn heraus. »Es brauchte übrigens eine Spendenaktion dafür, und die New Yorker wollten sie zuerst nicht haben. Das sind die wirklich großen Erfolgsgeschichten, Hardy, am Anfang stößt man immer auf Widerstand. Es braucht dann einen großen Willen, um weiterzumachen und sich durchzusetzen. Und manchmal auch nur einen Zufall, um alles wieder zu zerstören.«

Das Schiff schob sich langsam heran und war jetzt deutlicher zu sehen, mit all seinen riesigen Aufbauten über dem glitzernden Fluss. Die Sirenen tuteten, als verkündeten sie das Ende der Welt. Die Menschen am Pier sprangen auf und sicherten sich einen Platz an den Landungsbrücken. Carl Laemmle blieb gemächlich sitzen, aß weiter und sah ihnen zu, wie sie sich drängten und balgten.

»Wie war es bei Ihnen, Hardy, als Sie herüberkamen? Sie wollten vor allem die Erlebnisse des Krieges hinter sich lassen, nicht wahr?«

»Und Deutschland«, sagte ich. »Ich wollte neu anfangen, kein Polizist mehr sein und es in Hollywood als Schauspieler schaffen.«

Das Erste, was ich von Amerika gesehen hatte, war Coney Island gewesen, zur Rechten, das Riesenrad und die blinkenden Lichter des Vergnügungsparks.

»Dass ich dann doch wieder als Detektiv arbeiten würde, hätte ich nicht gedacht. Auch nicht, dass ich einmal mit Ihnen hier sitzen würde.«

Mr. Laemmle lächelte. »Tja, mit solchen Hoffnungen kommen wir alle hierhin – ich, Sie, der arme William Desmond Taylor, der in England aufwuchs. Aus ihm wurde dann, offenbar nach vielen Irrungen, ein großer Regisseur. So wie vielleicht unser Landsmann Ernst Lubitsch aus Babelsberg, der gerade auf diesem Schiff einläuft.«

Ich blickte überrascht zu dem Dampfer. Das hatte ich nicht gewusst. Laemmle wollte also, wie meistens, zwei Fliegen mit einer Klappe schlagen.

»Nun ja«, sagte ich. »Lubitsch ist bereits ein großer, weltbekannter Regisseur, und wie ich gelesen habe, hat er schon letztes Weihnachten einen triumphalen Empfang hier bekommen.«

Er nickte. »Er macht in Babelsberg die größten Filme, den neuesten hat er im Gepäck, und morgen Abend findet im Criterion Palace die Galaweltpremiere vor achtzehnhundert Gästen statt. Ich habe Ihnen übrigens zwei Tickets beiseitelegen lassen … Es ist seine erste in Amerika, sie wird entscheidend sein. Er ist der Liebling der Kritiker, und wenn er morgen Erfolg hat, wird er vielleicht Vorbild für viele europäische Regisseure sein, die nach Amerika kommen. Auch für weitere deutsche.«

»Haben Sie ihn schon unter Vertrag?«, fragte ich. Ich legte mein Besteck beiseite und reinigte meine Hände in dem bereitgestellten Zitronenwasser. Mein Hummer war ganz und gar zerlegt und ausgenommen.

Das Schiff legte nun direkt vor uns an, riesenhaft, wie eine hell erleuchtete Stadt, und zahlreiche kleine Schlepperboote umringten es wie Putzerfische.

»Noch nicht …«, sagte Mr. Laemmle und wischte sich Mund und Hände ab. Er winkte dem Kellner und bezahlte, natürlich für uns beide.

»Aber Sie haben mich ja wohl kaum herbestellt, um über deutsche Regisseure zu sprechen«, sagte ich und legte meine Serviette auf den Tisch. »Was ist es, das Sie mir erzählen wollten?«

Taue wurden herabgeworfen, um den Dampfer mit Hilfe der Schlepper in den schmalen Hochsee-Anlegeplatz am Pier zu dirigieren.

Laemmle entließ den Kellner mit einem großen Schein als Trinkgeld. Er lächelte weiter beharrlich und beugte sich vor. »Hier in diesem Hafen wird über Schicksale entschieden, Hardy. Man kommt hier an, und alles hängt davon ab, ob man die richtigen Papiere hat. Wenn man sie vorlegen kann, lassen sie einen herein und nehmen einen in ihre Gemeinschaft auf.« Ein Dutzend Männer in Uniformen schob sich an uns vorbei. Es waren die Beamten der Immigrations- und Zollbehörde. Sie würden zuerst an Bord gehen und die Passagiere der zweiten und dritten Klasse kontrollieren, was den ganzen Abend und die Nacht in Anspruch nehmen würde. Laemmle sah wie zufällig zu ihnen. »Ohne die richtigen Papiere wird man abgewiesen. Und so wird es immer laufen«, fügte er hinzu.

»Es geht also um die richtigen Papiere«, sagte ich ungeduldig. »Zum letzten Mal, ich habe das Kundenbuch des Dealers nicht.«

»Sie haben doch selbst erlebt, wie schnell sich Gerüchte in Hollywood verbreiten«, sagte Laemmle und nahm einen Zahnstocher vom Tisch, um in seinem schadhaften Gebiss nach Hummerresten zu stochern. »Inzwischen spielt es keine Rolle mehr, ob Sie es wirklich haben oder nicht. Alle denken es, die Produzenten, die Stars. Also haben Sie es. Sie haben keine Wahl. Die werden nicht lockerlassen, bis Sie ihnen das Buch gegeben haben«, sagte er eindringlich.

»Ist das alles, was Sie mir sagen wollten?«, fragte ich.

»Sie könnten ja ein paar Seiten herausreißen«, sagte er lächelnd und legte den Zahnstocher weg. »Etwa die, auf denen Miss Normand steht. Dann können Sie es übergeben, und alle wären zufrieden.«

»Ich kann nichts herausreißen«, sagte ich, »aus etwas, das ich nicht habe.«

»Hören Sie auf meinen Rat. Aus dieser Sache können Sie sich nicht herauswinden. Dazu geht es um zu viel. Sie müssen ihnen etwas geben, wenigstens ein paar Namen, um zu beweisen, dass Sie keinen Ärger machen wollen. Wenn Sie sich weigern, stellen Sie sich gegen sie. Und dann kann Sie niemand schützen.«

Er sah zu mir hoch, den Kopf schief gelegt, mit einem Lächeln. Es konnte einem eine Heidenangst machen, wie freundlich er war.

»Nein, Mr. Laemmle«, sagte ich und stand auf. »Mit Drohungen kommen Sie bei mir nicht weiter, das müssten Sie doch wissen. Mein Auftrag ist, Sands zu finden, und ich werde ihn erfüllen, bevor ich irgendetwas anderes tue. Sie haben also keinen Hinweis, der mir weiterhelfen könnte?«

»Oh doch, einen wichtigen Hinweis«, sagte Mr. Laemmle verbindlich. »Nicht ich bin es, den Sie zu fürchten haben, Hardy. Ich reise ohnehin bald ab, und dann bin ich den ganzen Sommer über in Europa.« Er senkte die Stimme. »Nehmen Sie sich vor DeMille in Acht. Er ist absolut rücksichtslos, rachsüchtig und ohne Hemmungen, jemanden zu ruinieren.«

Ich sah auf das Atlantikpier vor uns, und mir fiel ein, dass DeMille am Tattag hier aus Europa angekommen war.

»Danke«, sagte ich und stand auf, »für Ihren Ratschlag.«

Als Lubitsch die Brücke für die Passagiere der ersten Klasse herabschritt, gingen wir beide auf unseren Landsmann zu. Gut gekleidete Angehörige drängten sich um uns. Die Zollbeamten winkten ihn durch.

»Carl Laemmle, Laupheim«, sagte Uncle Carl und trat vor, aber wie stets gab er auch Lubitsch nicht die Hand, aus Angst vor Viren und Bakterien. »Universal Studios. Ich bin persönlich gekommen, um Sie zu begrüßen.«

Lubitsch strahlte.

»Ick weeß die Ehre zu schätzen, Herr Laemmle«, sagte er klangvoll. »Lubitsch, Berlin – sehr anjenehm.«

Er war ein kleiner, kräftiger Mann mit einem markanten Profil und sehr spöttisch dreinblickenden Augen.

»Aber nennet Sie mich doch ruhig Uncle Carl«, fügte Laemmle in seinem schwäbischen Singsang hinzu. Er zog aus seiner Tasche eine in Seidenpapier gewickelte Zigarre und hielt sie ihm hin. »Havanna gefällig?«

»Danke sehr, Uncle Carl.«

Lubitsch wickelte sie aus. Mir fiel auf, wie nachlässig und billig er gekleidet war. Offensichtlich waren ihm solche Dinge vollkommen egal. Selbst ich war besser angezogen als er. Lubitsch sah mich fragend an.

»Reinhard Engel, gebürtig aus Mannheim«, sagte ich und reichte ihm die Hand.

Lubitsch lachte und schüttelte sie, als wollte er Wasser aus dem tiefsten Brunnen Brandenburgs pumpen.

Ich gab ihm Feuer. Er paffte grinsend und mit Wohlgefallen.

»Und, Herr Lubitsch, wie gefällt Ihnen Amerika bislang?«, fragte Laemmle.

»Es ist wirklich ein erhebendes Jefühl«, sagte Lubitsch, beinahe auf Hochdeutsch, »sich endlich nicht mehr übergeben zu müssen.«

Wir lachten alle. Laemmle schlug ihm sogar auf den Rücken.

»Das hab ich damals auch gemacht, wie ein Reiher!«, sagte er atemlos vor Lachen.

»Und haben Sie denn auch ein schönes Hotel für mich? So ganz ohne Seegang?«, fragte Lubitsch und blickte uns beide erwartungsvoll an.

»Da haben wir Ihnen etwas besonders Feines herausgesucht«, sagte ich schnell, bevor Mr. Laemmle etwas sagen konnte. »Mitten im Theaterdistrikt, ein Künstlerhotel. Das Algonquin.«

31

Die Lobby und Bar des Algonquin sahen so aus, als hätten die Tudors das Hotel erobert und es wie bei sich zu Hause eingerichtet: mit viel dunklem Walnussholz, Kassettendecken, Lüstern, Säulen und dicken Teppichen. Man erwartete jeden Moment, Heinrich VIII. um die Ecke kommen zu sehen, eine seiner Gattinnen mitsamt Scharfrichter im Gefolge.

Der »Round Table« stand vor einem prachtvollen Jugendstilgemälde und eingeklemmt zwischen zwei dunkel getäfelten Säulen. Der Teppich hatte ein elegantes Muster, das ihn wie einen Irrgarten aussehen ließ. Um den Tisch herum thronten, so wie offenbar jeden Tag zur Lunchzeit, acht eigenwillige Charaktere: In der Mitte präsidierte ein dicklicher Mensch mit Brille und einer wilden Mähne im Cutaway und mit einem Cape, ihm gegenüber eine hübsche Frau Mitte zwanzig, deren dunkle Augen Funken zu sprühen schienen, mit einem kleinen Pudelmischling auf dem Schoß. Neben ihr gehörten noch zwei weitere Damen zu der Runde, und keine von ihnen war ein Mauerblümchen, so viel stand fest. Die vier anderen Männer hatten allesamt echte Charakterköpfe und wirkten so intelligent wie böse.

Was mich vor allem verblüffte, als ich den Rose Room betrat, war die Tatsache, dass der Tisch durch eine rote Kordel vom Rest des Raumes abgegrenzt war. Ein italienischer Kellner hielt davor Wache. Vor der Kordel stand ungefähr ein Dutzend Schaulustiger, die zu dem Tisch hinüberstarrten und sich keine Regung und kein Wort entgehen lassen wollten. Die Mitglieder der Runde taten so, als sähen sie die Zuschauer nicht. Ich stellte mich dazu und lauschte. Es war, als folgten wir einer Aufführung.

»Geht jemand heute Abend zu der Kinopremiere dieses Deutschen, der hier im Hotel wohnt?«, fragte der mit der wilden Mähne, während er schlürfend eine Suppe löffelte.

»Vielleicht. Ich habe schon seinen letzten Film gesehen«, sagte die hübsche Frau neben ihm, die an einer Zigarettenspitze zog und ihren Pudel streichelte.

»Ach, *Sie* waren das?«, sagte ein junger Mann mit schütterem Haar, ohne von seinem Salat aufzusehen. Einige der anderen lachten auf. Ein oder zwei wiegten nur leicht den Kopf. »Wie fanden Sie ihn?«

»Vermutlich, indem er direkt hinter dem Billboard in den Kinosaal lief, Harpo«, sagte ein geckenhaft gekleideter Mann mit erhobenem Zeigefinger.

»Ich fand ihn weit besser als alles, was uns Mr. Griffith in letzter Zeit zugemutet hat.«

»Unser größter Regisseur?«, fragte der Geck spöttisch. »Sie fanden seinen Film schlechter als den dieses kleinen Deutschen? Ich wollte den sogar noch ein zweites Mal ansehen.«

»Wenn Sie nicht stricken können, nehmen Sie ein Buch mit«, sagte die Frau abwertend.

Ihre Nachbarn am Tisch gluckten und klatschten leise Applaus, und ein paar der Mithörer neben mir taten es ihnen gleich, jedoch viel zu laut. Ein strenger Blick des Kellners brachte sie dazu, aufzuhören.

Eine Erdbeerblonde am Tisch, mit einem Gesicht wie von Botticelli gemalt, sagte die ganze Zeit kein Wort – sie hatte einen Fuß auf den Stuhl neben sich gestellt, balancierte auf dem Knie einen Zeichenblock und ließ einen Stift darauf hin und her wandern, während sie einen kahlköpfigen jungen Mann gegenüber im Blick behielt. Offenbar zeichnete sie ihn.

»Beinahe so böse wie meine letzte Buchrezension«, sagte der mit der wilden Mähne und zitierte: »Ein Kleinkind könnte diesen Roman verstehen, bevor es ihn hochheben kann.«

Ein Mittdreißiger mit einem Vogelgesicht lachte auf.

»Danach wurde sie erst richtig gemein, Alex!«

Ein Ober räumte die Teller ab, ein anderer servierte nun den Hauptgang. Der Legende nach wurde die ganze Runde stets vom Hotelbesitzer zum Lunch eingeladen, eine solche Attraktion war sie mittlerweile.

»Man müsste ein Magazin gründen, in dem man die besten Beleidigungen und Sottisen sammelt«, schlug ein blasser Mensch vor, dessen Brille ihm von der Nase zu rutschen drohte.

»Und wie sollten wir es nennen?«, fragte der Geckenhafte.

»Auf jeden Fall wohl eher nicht *The Bostoner*«, sagte die Dunkle, ohne zu zögern. Wieder gab es Gelächter. Sogar ihr Hund bellte, als lachte er.

»Sicher nicht, Dottie. Schließlich sind wir New Yorker«, sagte Alex. »Wie lautet der böseste Satz, den ihr jemals in einer Rezension gelesen habt?«

Einige Augenblicke lang herrschte Stille. Alle dachten angestrengt nach. Die Zuhörer schienen den Atem anzuhalten, um auf keinen Fall etwas zu verpassen.

»Die Aufführung begann um acht«, sagte ich laut. »Als ich nach drei Stunden auf die Uhr sah, war es zehn nach acht.«

Einen Moment lang herrschte Stille, dann brach Dottie in ein Kichern aus und warf mir einen anerkennenden Blick zu, den ich tief in den Eingeweiden spürte. Die Köpfe drehten sich zu mir, und noch andere lachten.

»Ich bin Dorothy Parker«, sagte die Frau und hörte nicht auf, mich anzusehen, als wäre ich ein besonders prickelnder neuer Cocktail.

»Hardy Engel, Miss Parker«, sagte ich und trat einen Schritt vor. »Das eben war ein Zitat von Alfred Kerr aus Berlin. Ich bin auf der Suche nach einem jungen Mann.«

»Wer ist das nicht?«, sagte sie anzüglich und maß mich neugierig mit einem Blick.

»Hat so jemand kürzlich versucht, in Ihren Kreis vorzustoßen?«, fragte ich sie.

»Das passiert täglich«, sagte sie. »Und ich habe sogar den Eindruck, jetzt gerade wieder. Bitte, Luigi.«

Dorothy Parker gab dem Kellner mit der erhobenen Zigarettenspitze einen Wink. Luigi hakte die Kordel aus und ließ mich durch. Ich trat an den Tisch und setzte mich auf den Stuhl, den ein Ober mir eilfertig neben den von Miss Parker schob. Die Kordel wurde hinter mir sofort wieder eingehängt.

»Obwohl, *so* jung ist er auch nicht mehr«, sagte der Geckenhafte mit vollem Mund, wobei er mich kaum ansah.

»Es handelt sich um einen Schriftsteller, zumindest behauptet er, einer zu sein«, sagte ich. »In Wahrheit ist er ein Betrüger und Dieb.«

Miss Parker schenkte mir aus einer Wasserkaraffe ein. Ihr Pudel beschnüffelte mich neugierig.

»Dann ist er wirklich einer von uns«, sagte der Wortführer in der Mitte und guckte beifallheischend in die Runde. Ein paar Mitglieder keckerten amüsiert.

Ich fuhr fort: »Dieser ist vielleicht auch noch ein Mörder. Der bekannteste Gesuchte Amerikas, Edward Sands.«

»Der Taylor-Fall?« Dottie sah mich überrascht an.

Ich prostete ihr zu. »Auch in Hollywood hat er sich in Künstlerkreise eingeschlichen«, sagte ich, »das würde also passen. Sein Bild ist in allen Zeitungen.«

Als ich trank, merkte ich, dass es kein Wasser war.

»Warum zum Teufel sollten ausgerechnet wir Journalisten es dann kennen?«, fragte einer der Männer, der bisher noch nichts gesagt hatte, stirnrunzelnd.

Die anderen schmunzelten still. Harpo zog eine anerkennende Grimasse.

»Wir hätten ihn vermutlich erkannt, Mr. Engel«, sagte Alex. »Wir sind nicht so blöd, wie wir uns geben.«

»Er könnte sein Aussehen stark verändert haben«, sagte ich und zog den Zettel mit dem Fahndungsfoto aus der Tasche. Alle sahen darauf. »Hat damit angegeben, dass er zu Ihnen gehöre. Vielleicht war er mal hier?«

Die Blondine mit dem Zeichenblock hob wortlos einen Finger, dann nahm sie den Block und blätterte einige Seiten zurück. Sie hielt inne, dann drehte sie ihn zu uns und zeigte uns allen eine Zeichnung. Sie wirkte bei alldem so entspannt, dass man einen Drink mit ihr hätte kühlen können.

Der Mann, den sie gezeichnet hatte, hatte ein fast quadratisches Gesicht und blonde Haare. Das Bild sah ganz genauso aus wie das Fahndungsbild von Edward Sands. Oder wie eines des Mannes, der vor mir geflüchtet war.

Dorothy Parker schnippte mit den Fingern. »Natürlich! Dick. Der Kleine hat doch tatsächlich ein Gedicht vorgetragen. Vor ein paar Wochen. Leider mussten wir ihn daraufhin entfernen lassen. Allerdings …« Sie stockte und rief in Richtung der Lobby: »Pat!«

Ein junger Page mit schief sitzender Kappe kam sofort herbeigestürmt, stoppte an der Kordel und nahm eine Art militärische Haltung ein.

»Ja, Miss Parker?«

»Nenn mich Dottie, bitte! Du solltest doch neulich einem Mann nachgehen und herausfinden, wo er wohnt.«

Alex, der mit der Mähne, lachte auf. »Du musst schon genauer werden, Dottie!«

»Der, bei dem ich gesagt habe, wenn er aufhörte, diese fürchterlichen Gedichte zu schreiben, würde ich zum Dank mit ihm schlafen. Er ging dann weg.«

Einige Zuhörer jauchzten und japsten.

»Das ist er«, sagte ich und zeigte auf die Zeichnung. »Dick, so nennt er sich wohl.«

»Hatte ich schon wieder völlig vergessen, dabei war es mir wirklich ein Anliegen«, fuhr sie fort. »Hast du die Adresse herausgefunden?«

»Natürlich, Miss Dottie«, stotterte der Page. »Noch dazu hatte er seine Rechnung nicht bezahlt. Hab nur gewartet, bis Sie fragen. Er wohnt in der 49th Street, das Haus kann ich Ihnen zeigen.«

»Worauf warten wir dann noch?«, sagte Dottie und sprang

auf, mit dem Pudel auf dem Arm. »Es ist sowieso Zeit für das Dessert!«

Ich erhob mich ebenfalls. Fast jeder am Tisch schickte sich an, aufzustehen.

»Ich glaube nicht, dass er der Mörder war«, sagte der mit der hohen Stirn. »Ich glaube, es war eine Frau.«

»Das glaubt die Polizei auch«, sagte der Geck.

»Nur weil die Polizei es glaubt und wir der Polizei niemals glauben, kann es ja trotzdem stimmen«, sagte Harpo. Sie wollten sich uns anschließen.

»Bitte, meine Herrschaften«, sagte ich. »Lassen Sie uns das alleine klären, im Dienst der Poesie. Wir werden Ihnen dann genauestens Bericht erstatten.«

Auf ein Zeichen von Dottie blieben sie zurück. Nachdem der Kellner auch die Zuschauer zurückgehalten hatte, die mit uns gehen wollten, folgten Miss Parker und ich dem Pagen hinaus in das dichte Gewimmel des Mittagsverkehrs. Wir sprangen vor dem Hoteleingang in ein Taxi, der Page zwängte sich auf den Notsitz.

Der Wagen überquerte mehrere Straßen nach Norden, und der Page dirigierte den Fahrer auf der 49th nach Osten. Vor einem roten Backsteingebäude ließ er ihn halten.

»Er wohnt im dritten Stock«, sagte der Page mit glühenden Ohren. »Der Name auf dem Klingelschild ist *Metcalfe*.«

Ich gab ihm ein Trinkgeld und dem Taxifahrer drei Dollar. »Bringen Sie den jungen Herrn wieder zum Hotel zurück«, sagte ich.

Miss Parker war bereits ausgestiegen und nahm entschlossen Kurs auf den Eingang. Wieder trug sie ihren Hund auf dem Arm. Wahrscheinlich durfte er kaum jemals selbst laufen.

»Es ist keine gute Idee, dass Sie mitkommen, und es ist auch nicht nötig«, sagte ich. Sie winkte ab. »Und ob es das ist. Ich bin auf einer Mission, Mr. …«

»Engel. Hardy Engel«, wiederholte ich in ihrem Rücken. Da hatte sie schon die Tür aufgestoßen und betrat das Treppenhaus.

»Dann seien Sie doch auch ein Engel und lassen Sie mir doch den Spaß.«

»Er ist gefährlich, er ist ein Mordverdächtiger. Ich habe ihn neulich verfolgt, und es wird vermutlich hart zur Sache gehen, wenn er mich sieht.«

»Sie wollen mich wohl in Wallung bringen, Hardy?«, sagte sie und gab mir mit der Hüfte einen Stoß. »Wenn er *mich* sieht, auch.«

Wir waren jetzt im dritten Stockwerk angelangt. Vom Flur gingen drei Wohnungstüren ab. An der mittleren stand *Metcalfe.*

Ich zog meine Waffe hervor. Dottie sah grinsend darauf.

»Das ist kein Spaß. Halten Sie sich im Hintergrund«, sagte ich.

Ich klopfte an die Tür. Sie stand direkt hinter mir. Schritte näherten sich.

»Wer ist da?«

»Dorothy Parker«, sagte sie laut und zwinkerte mir zu.

Sofort wurde die Tür aufgeschlossen und dann schwungvoll geöffnet.

Ich hielt meine Luger direkt vor das runde Gesicht einer jungen schwarzen Frau mit krausen Zöpfen, die erst erwartungsvoll dreinblickte und dann heftig erschrak. Ich dachte im ersten Moment, sie würde einen Herzinfarkt bekommen.

»Er ist es nicht«, sagte Dorothy. »Nur mal so als Anfangsverdacht.«

»Wo ist dieser Mann?«, fragte ich die Schwarze, ohne die Luger herunterzunehmen, und hielt den Zettel mit dem Foto hoch.

»Keine Ahnung«, brachte sie mühsam heraus. »War nur kurz mein Liebhaber.«

Die junge Frau griff sich an die Brust und atmete schwer aus. Dottie drängte sich an mir vorbei, packte sie an ihrem Kleid und zog sie zu sich heran.

Nachdem wir Janine Metcalfe in der Küche etwas Tee gekocht und ihn mit Rum versetzt hatten, war sie in der Lage, zu erklären, dass sie ihn unter dem Namen Dick Snyder kennengelernt habe, in der Flüsterkneipe, in der sie die Gläser abräumte und spülte. Sie habe ihn dann mit hierhergenommen, wo sie dann drei Tage und Nächte miteinander verbracht hätten, bevor er spurlos verschwunden sei. Wohin, konnte sie nicht sagen.

»Snyder ist sein echter Name«, sagte ich zu Dottie. »Das war er.« Janine fuhr fort, Dick habe erzählt, er sei Schriftsteller und gehöre zum Kreis der prominenten Literaten im Algonquin, wo er jeden Mittag zum Lunch hingehe. Einen Tag später sei er jedoch sehr niedergeschlagen nach Hause gekommen, er habe getrunken und sei wütend geworden. Offenbar habe er irgendeine Niederlage erlitten, sie aber nicht einfach akzeptieren wollen und gleich wieder neue Pläne geschmiedet. Am nächsten Tag sei er weg gewesen. Dottie und ich wechselten einen Blick.

Mehr wusste die junge Frau nicht zu berichten, und sie war auch nicht besonders gut auf ihn zu sprechen.Er hatte ein paar Dollar von ihrem Ersparten mitgehen lassen.

Sie zeigte uns etwas, das er auf ein loses Blatt Papier geschrieben und hier zurückgelassen hatte. Es war offensichtlich der Beginn einer Kurzgeschichte, mit der Überschrift: DER MANN, DEN DIE FRAUEN LIEBTEN, und der erste Satz lautete: *Er war ein Mann, den die Frauen liebten.* Er war durchgestrichen, darunter stand: *Er war kein Mann, den die Frauen liebten.* Weiter war er nicht gekommen. Es war natürlich die Schrift, die ich schon kannte.

Dottie las es und schnaubte. »Das konnte ja nichts werden«, sagte sie. »Ich hätte wirklich versuchen sollen, das zu verhindern.«

Dann drehte sie sich übergangslos zu mir um. »Gibt es vielleicht irgendetwas, wovon ich *Sie* abbringen kann?«

»Ich bin ein grauenvoller Schauspieler«, sagte ich grinsend.

32

Am Abend saß ich in einem Frack neben Hank Reiner in einer der hintersten Reihen des Parketts, zusammen mit achtzehnhundert anderen Zuschauern, und über die riesige, mit einem goldenen Stuckrahmen verzierte Leinwand vor uns flimmerten die Bilder von Ernst Lubitschs Film *Das Weib des Pharao:* lila verfärbte Nachtszenen, in denen Emil Jannings mit kahlgeschorenem Kopf in seinem Palast umherging, gefolgt von gelb unterlegten Tagessequenzen, in denen Tausende Ägypter in einer großen Schlacht gegen die Äthiopier zu sehen waren, aus der Luft gefilmt von einem Heißluftballon aus, wie die Public-Relations-Abteilung stolz vermeldet hatte.

Der Frack roch intensiv nach Damenparfüm. Als Dottie Parker gehört hatte, dass ich heute Abend einen brauchte, hatte sie mir einen angeboten, den einer ihrer Liebhaber einmal in ihrer Suite im Algonquin zurückgelassen hatte, als er, offenbar nackt, aus ihrem Zimmer geflohen war. Sie und ihr Pudel Misty hatten mir interessiert dabei zugesehen, wie ich mich umgezogen hatte. Das gute Stück passte wie angegossen. Mehr war nicht passiert, außer dass wir einen Wettbewerb um die schmutzigsten Metaphern ausgetragen hatten, den sie gewonnen hatte, »um eine ganze Länge«, wie sie gesagt hatte.

Meine Einladung, mich zur Premiere zu begleiten, hatte sie ausgeschlagen mit der Bemerkung, sie könne die zwei Stunden erheblich besser nutzen: zum Trinken. Aber ich könne sie doch einmal in dem Haus auf dem Land besuchen kommen, in dem ihr Kreis häufig seine Wochenenden verbringe, ein paar Meilen die Küste hoch.

»Danke noch mal für die Einladung«, flüsterte Hank mir zu. »Ist ja nicht oft, dass unsereins mal zu so was kommt.« Er schnupperte und verzog das Gesicht. »Sie stinken wie ein Puff im East Village. Will gar nicht wissen, was Sie gemacht haben, während wir die Beweise aus dem Diner gesichert haben.«

»Ich bin einer äußerst vielversprechenden Spur nachgegangen«, sagte ich. »Hatte gehofft, ihn mit runtergelassenen Hosen zu erwischen, doch es traf dann nur mich selbst.«

Hank schüttelte verärgert den Kopf. Dorothy Parker wäre stolz auf mich gewesen.

Ich sah weiter stur geradeaus und versuchte mich auf den Film zu konzentrieren. Lubitsch hatte sich tatsächlich selbst übertroffen. Es war der aufwendigste und spektakulärste Streifen, der jemals in Deutschland gedreht worden war, und er musste den Vergleich mit den Hollywood-Kollegen Griffith oder von Stroheim nicht scheuen. Ein Orchester seitlich der Bühne spielte eine Sinfonie.

»Ihn einfach entwischen zu lassen, ich kann es immer noch nicht glauben«, sagte der Detective neben mir und bemühte sich kaum, seine Stimme zu senken. »Der Brief ist jedenfalls von ihm, wir haben den Abgleich gemacht.«

»Kein Zweifel«, sagte ich. »Sieht man ja selbst mit nur einem Auge.«

»Aber jetzt ist er auf Nimmerwiedersehen entschwunden«, sagte Hank und stach mir den Zeigefinger in den Arm. »Und er wird auch nicht wieder in das Diner kommen, so viel steht fest.«

»He, leise da vorne«, rief ein Mann hinter uns. »Wenn ihr reden wollt, habt ihr im Kino nichts verloren.«

Er hatte einen harten deutschen Akzent. Hank drehte sich um und blaffte: »Geh doch zurück nach Europa, wenn du in Ruhe eure seltsamen Kunstfilme sehen willst, du blöder Hunne! Wir sind hier in New York!«

Der Deutsche verstummte und sank tiefer in den roten Plüschsessel.

Als der Film zu Ende war, zeigte sich Lubitsch auf der Bühne und nahm den begeisterten Applaus entgegen. In einer kleinen Rede sagte er in schlechtem, aber charmant vorgetragenem Englisch, dass er sich freue, als deutscher Regisseur in Amerika so gut aufgenommen zu werden. In der ersten Reihe applaudierten ihm stehend Carl Laemmle und Adolph Zukor sowie viele weitere Prominente aus der Filmbranche.

Die Premierenfeier fand bei Delmonico's in der Lexington Avenue statt, einem Restaurant der feinen Gesellschaft, veranstaltet von der Paramount. Wir waren natürlich nicht eingeladen; es gab Bändchen in unterschiedlichen Farben, die man um sein Handgelenk gebunden bekommen hatte, als man die Karten für das Kino abgeholt hatte. Wir hatten nur graue erhalten.

Am nächsten Morgen saß ich mit Hank auf dem 19. Revier in Manhattan und trank schwarzen Kaffee, der mir ein Loch in die Eingeweide ätzte. Draußen schneite es. Vor uns lagen meine Landkarte mit den Markierungen sowie die *New York Times*.

Ich hatte sie nicht wegen der Filmkritik von Alexander Woollcott – Alex mit der Mähne – gekauft, die eloquent, hochmütig, aber durchaus wohlwollend war. Die Schlagzeile auf der Titelseite lautete: DETEKTIV LÄSST SANDS IN BROOKLYN ENTKOMMEN.

»Woher haben die denn das?«, fragte ich wütend und tippte darauf.

»Offenbar haben sie den Polizeibericht von vorgestern in die Finger bekommen«, sagte Hank und zuckte mit den Achseln. »Da steht immer die Wahrheit drin, er schildert genau das, was passiert ist.«

»Ach ja?«, fragte ich. »Kamen Sie auch vor?«

»Auf jeden Fall werden Sie jetzt schuften und all den Hinweisen nachgehen, bis Sie Sands gefunden haben. Eine andere

Chance haben Sie nicht mehr, nachdem er Ihnen davongelaufen ist, Sie verweichlichter Hollywood-Bengel.«

»Neidisch?«, fragte ich. »Weil es bei uns immer so hübsch warm ist? Auf die Sonne und die Orangen und unseren schönen, bronzenen Teint?«

»Ja, vielleicht bin ich neidisch«, sagte er. »Vielleicht wäre ich auch lieber da, wo Mr. Woolwine sitzt, statt hier im Schnee zu frieren.«

Ich ging zu einem Waschbecken in der Ecke und schüttete den Kaffee weg.

»Haben Sie Fingerabdrücke gefunden?«

»Keine, die was taugen«, sagte Hank. »Auf dem Tisch im Diner waren zu viele, und an dem Füller keine vollständigen. Die Kollegen haben alles eingepinselt, aber …« Er breitete die Arme aus.

»Das ist verdammt schade«, sagte ich. »Ich bin sicher, dass er es war. King hätte sie mit denen von Sands abgleichen können, die man in Los Angeles gefunden hat, in Taylors Bungalow.«

»Geht nun mal nicht mit denen hier.«

»Dann prüfen Sie wenigstens, ob der Füller zu den Gegenständen gehört, die Sands Taylor gestohlen hat. Vielleicht kommen wir so darauf.«

Er stierte mich nur an. »Tue ich gleich als Nächstes«, behauptete er. »Na los, wo wollen Sie anfangen?«

»Wir machen das ab sofort zusammen«, sagte ich. »Und ohne dass Sie sich verabschieden, wenn Sie sich gerade danach fühlen.«

»Einen haben Sie gut bei mir, da Sie mich zu der Premiere mitgenommen haben.« Hank beugte sich über die Karte und fragte noch einmal nachdrücklich: »Also: Wo fangen wir an?«

»Ich will noch einmal rüber nach Brooklyn zu *Wolf's Deli*«, sagte ich.

Eine Stunde später parkte ich den Milburn an der Greenpoint Avenue. Die Straßen und die Brücken waren vom dichten Verkehr völlig verstopft gewesen. Ich hatte alles dabei – die Landkarte, sämtliche Hinweiszettel, mein Notizbuch und meine Luger. Sowie Hank.

»Reden Sie mit Wolf«, sagte ich zu ihm, als wir ausstiegen. »Ich will diese Maggie mal alleine sprechen.«

Hank spuckte aus.

»Natürlich wollen Sie das«, sagte er verächtlich. »Wer würde das nicht wollen? Aber das ist hier keine Privatverabredung.«

»Machen Sie's einfach«, sagte ich.

Als wir hineingingen, war wie immer viel los, doch der große Ansturm zur Mittagszeit hatte noch nicht begonnen. Hank nahm Wolf beiseite, und ich ging zu Maggie, die hinter der Theke auf Bestellungen wartete und rauchte.

»Hallo, Maggie«, sagte ich.

»Ach, hallo.« Sie schien etwas verlegen. »Es tut mir übrigens leid, dass er vielleicht doch meinetwegen misstrauisch geworden ist.«

»Ja, kann sein, dass es so war.«

»Ich habe ihn aber nicht absichtlich gewarnt oder so«, schoss sie schnell hinterher. »Falls Sie das denken.«

»Nein, das denke ich nicht, Maggie«, sagte ich. »Und ich glaube Ihnen auch, dass Sie nichts mit Kunden anfangen. Obwohl ich mir schon denken kann, dass Sie ab und zu auch etwas flirten. Macht ja Spaß und die harte Arbeit hier auch etwas leichter.«

Ein junger Mann in einem Tweedanzug ging an uns vorbei und grüßte sie. Die Rothaarige grüßte ihn mit einem Lächeln zurück.

»Ja, das tut es«, sagte sie. »Aber das ist auch alles. Was meinen Sie, was ich alles für Angebote bekomme. Telefonnummern, die mir zugesteckt werden, so was.«

»Hat er Ihnen auch was zugesteckt – dieser Dick? Fällt Ihnen noch irgendetwas ein? Wie das mit diesem literarischen Zirkel?«

»Wenn er mir seine Nummer gegeben hätte, dann hätte ich Ihnen natürlich gleich davon erzählt«, sagte sie beinahe empört. »Ich decke doch keinen Mörder. Er hat mir Trinkgeld gegeben, immer viel zu viel, und einmal hat er mir einen Blumenstrauß zukommen lassen. Aber deswegen habe ich mich trotzdem nicht privat mit ihm getroffen, Mr. Engel!«

»Einen Blumenstrauß?«, fragte ich. »War da etwas dabei, eine Karte?«

Sie überlegte. *»Von Dick«,* sagte sie. »Die Karte habe ich weggeworfen, die Blumen habe ich mit nach Hause genommen. Ein richtig prächtiger Strauß, mit Nelken und Lilien und viel Grün, so etwas Schönes hab ich noch nicht oft bekommen. Er steht noch bei mir, hab ihn nicht weggeräumt, obwohl er inzwischen vertrocknet ist.«

»Wann war das?«, fragte ich. »Es ist sehr wichtig, denken Sie nach, bitte.«

»Ist noch nicht lange her, zehn Tage vielleicht.«

»Also nach dem 1. Februar? So um den 7. herum?«, fragte ich.

»Ja, das kann sein«, sagte sie. »Und als er dann neulich wieder herkam, da hat er sich wahrscheinlich Hoffnungen gemacht … aber ich habe ihn nicht darauf angesprochen, weil ich doch von Ihnen wusste, wer er war!«

»Wer hat den Strauß damals gebracht? Nicht er selbst?«

Sie drehte ihre Halskette zwischen den Fingern.

»Ein Botenjunge«, sagte sie.

»Von welchem Blumenladen?«

Sie runzelte die Stirn.

»Das weiß ich nicht. Habe nicht danach gefragt. Hab dem Kleinen einen Nickel gegeben und an den Blumen gerochen.«

In dem neunten Laden, den Hank und ich in den umliegenden Straßen aufsuchten, hatten wir Glück. Ein kleiner Sizilianer, fünfzehn Jahre alt, mit einer grünen Schürze und einer Warze neben dem Mund, bestätigte, dass er einen Strauß zu *Wolf's Deli* gebracht habe. Er erinnerte sich auch an Maggie. Und *wie* er sich erinnerte.

»Schöne Frau. Sollte jeden Tag Blumen bekommen. Wollen Sie ihr auch welche schicken?«

Hank hielt ihm seine Marke hin, und danach verriet der

Junge, dass der Auftraggeber kein Stammkunde gewesen sei, sondern einer, der von der Straße hereingekommen war. Wir zeigten ihm die Fahndungsbilder. Ja, dieser Mann. Mit blonden Haaren.

»Er war hier, das kannst du bezeugen?«

Der Chef kam dazu, es war sein Vater. Ich ließ ihn das Auftragsbuch holen.

»Am 7. Februar«, sagte er und zeigte es uns in der Spalte, eingetragen mit fein säuberlicher Handschrift wie von einem Grundschüler.

»Er war also definitiv am 7. Februar hier«, wiederholte ich. An diesem Tag war der Brief abgeschickt worden.

»Ein Dollar fünfundsiebzig«, sagte Hank, über das Buch gebeugt. »Hat wohl viel übrig für Rothaarige.«

»Dabei hatte er so viel Bargeld gar nicht dabei«, sagte der Italiener. »Er hat mir einen Scheck ausgestellt.«

Wir stutzten und starrten ihn beide an.

»Haben Sie den schon eingelöst?«, fragte ich.

Er überlegte. »Warten Sie, ich hole ihn.«

Der Mann ging zu seiner Kasse, betätigte den Hebel, und mit einem Klingeln öffnete sich die Schublade. Er holte einen Scheck heraus und zeigte ihn uns.

Dick Calley lautete der Name. Er war von einer Filiale der First National Savings in Warehouse Point, Connecticut.

Hank notierte sich mit stoischer Miene den Namen.

»Das können Sie vergessen. Der Scheck ist wahrscheinlich falsch, wenn das unser Mann ist.«

Plötzlich fuhr ich hoch. Eilig holte ich die Landkarte heraus und die Zettel mit den Hinweisen der Zeugen, die Sands gesehen haben wollten.

Warehouse Point, Connecticut. Das war mir schon einmal untergekommen. Es war der am weitesten von New York City entfernte Punkt, den ich eingetragen hatte.

Ich fand den Zettel, auf dem ein Beamter in Hartford den Anruf des Zeugen routinemäßig aufgeschrieben hatte. Ein Dr. Max Lutin aus Warehouse Point, Connecticut, hatte vor kurzem angegeben, sein Untermieter passe auf die Beschreibung. Er sei seit kurz vor Weihnachten in der Stadt, angeblich aus Chicago zugezogen, ein Schriftsteller.

Dick Calley. Die Adresse von Dr. Lutin war daneben notiert.

Ich breitete die Karte aus, direkt auf dem Tisch, wo gebündelte Schnittblumen lagen. Mein Finger fand die Markierung im Norden, rund hundertzwanzig Meilen entfernt.

Vom Grand Central aus gab es einen Zug in diese Richtung, die New-Haven-Linie, und man musste einmal umsteigen. Direkt daneben war ein Flugplatz verzeichnet, der Hartford Airport.

»Das ist er«, sagte ich. Es klang fast wie eine Frage.

»*Vielleicht* ist er das«, sagte Hank und bewegte den Kopf skeptisch hin und her. »Vielleicht hat er sich am Arsch der Welt versteckt. Vielleicht fährt er von dort immer wieder hierher in die große Stadt, um Post aufzugeben und Pastrami zu essen und sich unter Künstlern umzutun. Klingt sehr vage.«

»Da wohnt er, verdammt noch mal, dort hat er sich einigermaßen sicher gefühlt, und die Post hat er extra hier in Brooklyn aufgegeben, weit weg, aber dann hat er einen Fehler gemacht wegen einer Frau«, sagte ich aufgeregt. »Für mich klingt das schlüssig.«

»Ja, Engel«, spottete Hank. »Für Sie, das glaube ich Ihnen gern.«

»Einen Augenblick«, sagte ich. »Kann ich hier mal telefonieren?«

Der Blumenhändler zeigte mir das Telefon in der Ecke. Ich ließ mich mit dem Algonquin verbinden. Man rief Miss Parker an den Apparat. Sie war gerade mit dem Lunch fertig.

»Das Landhaus, wo Sie sich immer treffen, wo genau ist das, Dottie?«, fragte ich. »In Connecticut, in der Nähe von Hartford?«

»Sie Schlingel«, sagte sie und hustete laut. »So viel Einsatz muss belohnt werden. Ich erwarte Sie dort am nächsten Wochenende.« Sie gab mir die genaue Adresse. Es lag ungefähr zwei Meilen entfernt von Lutins Haus. Ich legte auf und sah Hank grinsend an.

»Da haben wir noch einen hervorragenden Grund, in diese Gegend zu ziehen. Hat vielleicht darauf gehofft, dass er dort einfacher an sie rankommt.«

»Das heißt noch lange nicht, dass er dort auch darauf wartet, dass wir ihn holen kommen.«

»Wir müssen hinfahren, sofort.«

»*Sie* müssen hinfahren«, sagte er, »wenn Sie unbedingt wollen. Und wenn Sie ihn dort antreffen, rufen Sie mich auf dem Revier an. Und dann fahre ich zu Ihnen, während Sie die Füße stillhalten, und wir sehen weiter. Sonst versauen Sie es doch sowieso wieder.«

»Ich habe gedacht, wir machen von nun an alles zusammen«, sagte ich wütend. »Oder ist wieder so ein beschissenes Baseballspiel?«

»Die Drecksarbeit machen Sie schön alleine«, erwiderte er ungerührt.

»Und was ist mit meinem Scheck?«, fragte der Blumenhändler und wollte ihn mir wegnehmen.

»Ist beschlagnahmt«, sagte ich. »Der Detective sagt Ihnen gerne, wie Sie an Ihr Geld kommen.«

33

Bei New Haven wurde das Schneetreiben so dicht, dass die Scheibenwischer kaum mehr dagegen ankamen und ich anhalten und die Windschutzscheibe frei wischen musste. Ich war bei weitem nicht warm genug angezogen und schlotterte vor Kälte.

Zwischen Middletown und Hartford rutschte mein Milburn in den Graben, und erst als ein Schulbusfahrer mir half, eine Decke unter die Reifen zu legen, und mich ein Dutzend Kinder anschob, ging es weiter.

Es war Nachmittag, als ich in Warehouse Point ankam, einem kleinen Weiler einige Meilen entfernt von der Hauptstadt Hartford. ›889 Einwohner‹ stand auf dem Ortsschild. Es gab einen Bahnhof und eine Hauptstraße, an der ein paar Holzhäuser standen, darunter die Bankfiliale der First National Savings und ein Gemischtwarenladen, in dem ich eine aufgeweckte Dame nach dem Weg fragte.

Die Hartford Street war leicht zu finden, sie verlief entlang der Gleise, am Ortsrand. Lutins Haus befand sich ganz am Ende, weit hinter der kleinen Bahnstation, ein frei stehendes Holzhaus. Ich fuhr durch den Schnee darauf zu, über eine unbefestigte Straße an einem weiß leuchtenden Feld vorbei. Als ich aus dem Fenster dorthin sah, erblickte ich etwas, das mich sofort scharf bremsen ließ.

Unter einem großen, kahlen Baum saß ein Mann, an den Stamm gelehnt und den Kopf zur Seite geneigt. Ich stieg aus.

Der blonde Schopf des Sitzenden leuchtete über dem Schneefeld. Er bewegte sich nicht. Ich tastete nach meiner Waffe und rief zu ihm hinüber. Er bewegte sich immer noch nicht.

Die Flocken fielen dicht, und auf dem ganzen Feld waren keine Spuren zu sehen. Sie mussten bei diesem Schneefall binnen Minuten zugeschneit worden sein.

»Mister Sands?«, fragte ich laut. Als ich näher kam, entdeckte ich das blutige Loch in seiner Schläfe, und die Waffe, die ihm direkt daneben aus der rechten Hand gefallen war. Es war ein 45er Colt.

Der Tote war der Mann, der vor mir geflüchtet war.

In Edward Sands oder Dick Calley oder Richard Snyder war kein Leben mehr.

Und es sah ganz so aus, als hätte er sich umgebracht. Das Blut an der Wunde und der Wange war noch feucht.

Verdammt.

Ich drehte mich um und blickte hinüber zu dem zweistöckigen Holzhaus. Ich sah in die andere Richtung, die, aus der ich gekommen war, und schätzte die Entfernung zu den nächsten Häusern und dem Bahnhof auf mindestens dreihundert Fuß. Ich überlegte, ob man einen Schuss bis dorthin hören konnte.

Ein Automobil tauchte am Horizont auf und fuhr auf der Straße mit hohem Tempo auf mich zu. Auf halber Strecke brachen die Hinterräder aus, doch der Fahrer hielt den Wagen nach einem kurzen Schlingern in der Spur. Er bremste scharf vor meinem Automobil. Ein großer Mann stieg aus und sah zu mir herüber.

»Dr. Max Lutin?«, rief ich.

Er nickte heftig und winkte mit einem Arm über dem Kopf.

»Wer sind Sie?«

»Hardy Engel«, sagte ich und lief auf ihn zu. »Ich arbeite mit dem NYPD zusammen und bin wegen Ihrem Hinweis Edward Sands betreffend hergekommen.«

Ich stapfte durch den knöcheltiefen Schnee und blieb vor ihm stehen. Er trug einen Wintermantel und eine Ballonmütze, ein hagerer, bebrillter Mann Mitte dreißig, der nervös und mitgenommen und übernächtigt aussah.

»Der Tote dort nannte sich Dick Calley, aber ich glaube, es ist dieser Sands«, sagte er. »Ich bin sein Vermieter.«

»Ich weiß.«

»Warum sind Sie nicht viel früher gekommen? Ich habe es sofort gemeldet, als das Bild in den Zeitungen war und alle Welt ihn gesucht hat.«

»Es gab sehr viele Hinweise. Niemand hat es ernst genommen, bis ich jetzt eine Spur gefunden habe, nachdem ich von der Westküste herüberkam.« Ich deutete hinter mich. »Haben Sie das da beobachtet?«

Er schüttelte den Kopf. »Nicht direkt. Ich bin der Arzt hier im Ort und war bei einer Entbindung, sie dauerte die ganze Nacht, bis vorhin. Als ich dann nach Hause gefahren bin, habe ich plötzlich den Schuss gehört und habe ihn entdeckt, ist vielleicht eine Viertelstunde her … Hab dort vorne angehalten, etwa da, wo jetzt Ihr Wagen steht …« Er hielt inne und schüttelte sich, als könnte er es nicht glauben.

»Haben Sie eine Ahnung, warum er sich umgebracht haben könnte? Ich meine, ausgerechnet jetzt?«

Der Mann lachte grimmig auf. »Umgebracht? Glaube schon. Als ich ankam und zu dem Baum hinübersah, war da noch ein Mann bei ihm, er sprang gerade auf, rannte zu einem Wagen, der hinter dem Baum stand, und fuhr sofort weg, mit vollem Tempo.«

Ich hörte für einen Moment auf, Atemwolken in die kalte Luft zu blasen.

»Was? Ein zweiter Mann …?«

»Ich bin ausgestiegen und habe den da rasch untersucht, aber er war schon tot, und dann bin ich dem Wagen sofort hinterhergerast.« Er zeigte hinter sein Haus. »Über den Bahndamm, an den Feldern vorbei zur Hauptstraße. An der großen Kreuzung vor der Stadt habe ich es aufgegeben. Zu viele Möglichkeiten, wohin er gefahren sein könnte. Es war ein größeres Automobil als Ihres, ein dunkles, wahrscheinlich dunkelbraun.

Genaueres konnte ich nicht sehen bei dem dichten Schneefall. Ich bin dann direkt hierher zurückgefahren.«

»Vielleicht hat der andere Mann ihn erschossen, oder vielleicht hat er ihn auch dazu gezwungen, es selbst zu tun«, sagte ich. »Damit es wie ein Selbstmord aussieht.«

Ich sah zum Haus.

»Es muss jedenfalls ein Mord gewesen sein«, sagte Lutin nüchtern.

»Haben Sie schon die Polizei benachrichtigt?«

Er schüttelte den Kopf. »Nein. Noch keine Zeit, wie gesagt.«

»Dann lassen Sie uns das jetzt als Erstes tun.«

Wir gingen zu dem Haus hinüber, und er rief in Hartford an. Danach ließ ich mich mit dem 19. Revier in New York verbinden und erwischte eine Telefonistin. Hank Reiner war gerade in der Asservatenkammer, vermutlich wegen des Füllers, und ich ließ ihm ausrichten, dass ich Sands gefunden und identifiziert hätte, er tot sei und dass er seinen Hintern sofort hierherbewegen solle.

Als wir zu der Leiche zurückgingen, hörten wir ein Flugzeug, das vermutlich über den Wolken über uns hinwegflog, wir konnten es nicht sehen. Ich untersuchte den Toten und sah, dass die hellblonden Haare am Ansatz brünett waren, so wie ich es mir gedacht hatte. Er trug nichts bei sich – kein Portemonnaie, keinen Ausweis, keine Uhr, und wir fanden auch keinen Abschiedsbrief in seinen Taschen oder neben ihm im Schnee.

»Zeigen Sie mir bitte sein Zimmer«, sagte ich, und wir gingen zum Haus zurück.

Lutin lebte dort alleine, er hatte nur ein Zimmer vermietet. »Meine Frau ist mir weggelaufen«, sagte er, als ich ihn danach fragte. »Soll der Teufel sie holen.«

Er schenkte uns einen Schnaps ein, den wir hinunterkippten. Dann gingen wir nach oben, wo ich mir das einfache Zimmer unter dem Dach ansah, in dem Sands die letzten Wochen gehaust hatte. Nach Aussage von Dr. Max Lutin war er irgendwann im Dezember aufgetaucht und hatte sich hier einquartiert. Ich fragte ihn, ob er irgendetwas darüber wisse, wo er in der Zeit davor gewesen war. Lutin wiederholte nur, dass er erzählt habe, er komme aus Chicago.

Ich fand auch hier keinen Abschiedsbrief oder Teile der Beute, die er bei Taylor gemacht hatte. Die Anzüge, die in seinem Schrank hingen, waren von der Stange.

Am Waschbecken stand neben den üblichen Utensilien auch eine Flasche mit einem Haarfärbemittel.

In einer Schublade entdeckte ich diverse Papiere, darunter ein Scheckheft der First-National-Savings-Bank. Lutin bestätigte, dass er die Miete mit Schecks bezahlt habe. Er habe sie bei der Bank problemlos einlösen können.

»War er irgendwie anders in der letzten Zeit?«

Er zuckte die Achseln.

»Er hat sich sowieso seltsam benommen. Angeblich arbeitete er an einem großen Roman. Er hatte nicht einmal eine Schreibmaschine. Ich dachte immer, Schriftsteller würden mit einer Maschine schreiben.«

Ich suchte weiter und fand ein Notizbuch, in das Sands in seiner mir bekannten Schrift Kurzgeschichtenanfänge und die ersten Zeilen von Gedichten geschrieben hatte, immer mit einer leeren Doppelseite zwischen den Versuchen und ohne thematischen Zusammenhang. Es war wie bei *Der Mann, den die Frauen liebten:* Er hatte keines der Werke beendet.

»Irgendwelche neuen Kontakte, von denen Sie wissen?«

»Ein Eigenbrötler, meistens sehr mit sich beschäftigt. Er streifte öfter alleine durch die Gegend, machte Spaziergänge in die umliegenden Dörfer.«

Ich fragte, ob Sands sich nach einer Künstlerkolonie erkundigt habe, die sich in der Nähe befinden müsse. Lutin nickte, er habe ihm das bestätigt, denn er wisse, dass es Ärger mit den dortigen Nachbarn gegeben habe, da diese Künstler nackt durch den Wald liefen. Aber sie blieben strikt unter sich. Ich hörte aufmerksam zu.

Er sagte: »Nur einmal ist er richtig aus sich herausgegangen, hat mir ein paar Frauengeschichten erzählen wollen.«

»Was hat er gesagt?«

Der Doktor schüttelte den Kopf. »Ich bin nicht weiter darauf eingegangen, da hat er es gelassen.« Er überlegte. »Er telefonierte ab und zu, mit dem Apparat unten in der Küche. Am Anfang öfter, wenn ich es recht bedenke. Aber er war sehr diskret, richtete es immer so ein, dass ich nicht mithören konnte.« Ich musste an die geheimnisvollen Anrufe bei Taylor denken, im Dezember und Januar, von denen mir Peavey erzählt hatte. »Kein Grund, misstrauisch zu werden. Bei der Polizei habe ich mich deshalb gemeldet, weil mir die Ähnlichkeit mit dem Mann auf den Fahndungsbildern aufgefallen ist.«

»Er hatte sein Aussehen aber ziemlich verändert«, sagte ich.

»Ich lese viele Kriminalromane«, sagte er bedächtig. »Deswegen hielt ich so etwas für möglich.«

»War er manchmal länger weg?«

Er nickte.

»Zwei- oder dreimal. Für ein paar Tage. Sagte, er sei in New York gewesen. Keine Ahnung, ob das stimmt. Aber der andere Grund, warum ich glaubte, er könne es nicht sein, war: Das mit den Zeiten passte nicht. Der Mord an Taylor in Los Angeles geschah doch am 1. Februar?«

»Ja, das ist richtig«, sagte ich.

»Da war er nicht hier. Ich habe am 31. Januar Geburtstag, und den habe ich alleine gefeiert.«

»Wie lange war er genau weg?«

»Das ist es eben … Am Wochenende war er schon wieder da. Ja, Samstag abends, das war der 4. Februar.«

»Sind Sie sicher?«

»Vollkommen. Da habe ich dann nämlich ein Huhn gebraten, mit dem mich ein Patient bezahlt hatte, und das hätte ich nicht alleine verzehrt.«

Ich brauchte einen Moment, um das zu verarbeiten. Das war nur drei Tage nach dem Mord an Taylor.

»Zu wenig Zeit für die Zugfahrt von Los Angeles hierher«, sagte Lutin. »Ich bin die Strecke einmal gefahren, mit meiner Frau, weil sie unbedingt hinwollte. Hat mir nicht gefallen da. Alles nur Fassade – bei den Häusern wie bei den Menschen.«

»Sind Sie sicher, dass er aus New York und mit dem Zug gekommen ist?«

»Zumindest kam er vom Bahnhof.«

»War er danach noch einmal weg? Kurz oder für lange?«

»Für länger nicht. Einmal noch, für einen Tag.«

Ich nickte. Jener Tag in Brooklyn. An dem er den Brief aufgegeben hatte.

Unter dem Bett zog ich einen Koffer mit Kleidern hervor. In einem Fach fand ich einen Briefumschlag, unfrankiert, doch bereits mit einer Empfängeradresse in der mir bekannten Schrift versehen, sie lautete: *Mrs. Owen Robins, 16 Ocean Avenue, Mamaroneck, Long Island, New York.*

Ich notierte sie mir.

»Sagt Ihnen diese Adresse etwas? Oder der Name?«, fragte ich Lutin, der weiter zusah, immer wieder erschüttert den Kopf schüttelte und dem Schnaps zusprach.

»Nein, gar nichts. Wie gesagt. Besucht hat ihn nie jemand.«

»Hatte er einen britischen Akzent?«

»Nein. Klang ganz normal. Wie jemand aus Chicago, aus dem Westen eben.«

»Was er anhat, sind das seine Kleider?«

Er dachte nach und nickte. »Den Anzug habe ich öfter an ihm gesehen.«

Während wir sprachen, hörten wir immer wieder laute Motorengeräusche über uns. Ich fragte, wie weit der Flugplatz weg sei, und Lutin sagte: »Drei, vier Meilen.«

»Hat er dort verkehrt? Hatte er mit Fliegern zu tun?«

»Nicht, dass ich wüsste.«

Wir versuchten dann, nicht mehr allzu viel zu trinken.

Nach einer halben Stunde kamen zwei Detectives aus Hartford an, gleichzeitig mit einem Ermittlungsteam in einem zweiten Automobil. Und gegen Mitternacht traf auch Hank Reiner aus New York ein. Sie hörten sich an, was wir zu sagen hatten, untersuchten und fotografierten die Leiche und sicherten die Fingerabdrücke, bevor sie sie abtransportieren ließen.

Hank befragte Lutin sehr eingehend und nahm alles ins Protokoll auf, was dieser mir gegenüber ausgesagt hatte, auch dass es ein Mord gewesen war. Er versicherte sich, dass Lutin die Leiche wirklich gefunden hatte, bevor ich aufgetaucht war.

Hank sah sich das Zimmer genau an. Seiner Meinung nach sah es nicht so aus, als ob es durchsucht worden wäre. Ich musste ihm recht geben. Außer von mir, der sehr vorsichtig gewesen war und alles wieder an seinen Platz gelegt hatte.

Die Polizisten fuhren dann wieder nach Hartford zurück, und als sie weg waren und Lutin unten noch abspülte, besprachen Hank und ich uns bei einem Glas Schnaps.

Noch bevor ich ihm von dem Brief erzählen konnte, sagte er, man müsse erst einmal untersuchen, ob es sich bei dem Toten, der sich Dick Calley genannt hatte, auch wirklich um Edward Sands handle, durch einen Abgleich der Fingerabdrücke. Er sah nicht einmal hoch von dem Bericht, den er für Mr. Woolwine und Mr. King in Los Angeles schrieb, die sofort über alles genau informiert werden wollten.

»Was?«, fragte ich. »Aber das beweisen doch die Briefe und der Vergleich der Schriften.«

Hank schrieb weiter, während er sagte: »Und vor allem wird sich noch zeigen, ob es nicht doch ein Selbstmord war.«

34

Mamaroneck war ein mittelgroßes Städtchen am Long-Island-Sund, und wenn man von New York nach Connecticut fahren wollte oder umgekehrt, kam man hier zwangsläufig durch.

Im Zentrum des Ortes drängten sich viele anmutige kleine Holzhäuser. Je näher man dem Meer kam, desto größer und prächtiger wurden die Anwesen. Die reichen Leute wohnen immer direkt am Wasser; wegen der schönen Aussicht, der gesunden jodhaltigen Luft, und damit sie jederzeit mit ihren Booten bei Nacht und Nebel abhauen können, wenn etwas schiefgelaufen ist bei den schmutzigen Geschäften, durch die sie reich geworden sind.

Die Ocean Avenue musste ich nicht lange suchen, und Nummer 16 war ein schönes, viktorianisch anmutendes Haus mit einem Erker, einer modernen Garage und einem großen, gepflegten Garten. Der Blick aufs Meer war atemberaubend.

Ein starker Wind wühlte die Wellen auf und verpasste ihnen weiße Schaumkronen, peitschte im Garten die Bäume und fuhr heulend um das Haus herum. Ich blieb zunächst eine Weile in dem Milburn sitzen und beobachtete und überlegte. Im Haus selbst tat sich zunächst nichts. Es war früher Vormittag.

Ich ging das Arsenal an Visitenkarten durch, das ich mitgebracht hatte, und legte mir einen Plan zurecht, wie ich vorgehen würde. Blöderweise fiel mir nichts Besseres ein als die Wahrheit. In diesem Augenblick erklang im Haus Klaviermusik, die durch den Sturm hindurch leise, aber deutlich zu hören war. Ich erkannte die Melodie. Es war *Eine kleine Nachtmusik* von Mozart.

Ich stieg aus dem Wagen aus, ging, meinen Hut festhaltend, zur Gartenpforte und zum Haus. Ich betätigte die Klingel.

Das Klavierspiel brach ab. Dann wurde die Tür geöffnet.

Vor mir stand eine schwarze Frau von etwa dreißig Jahren in einer Dienstboten-Uniform mit weißer Schürze. »Ja bitte?«

Ich räusperte mich und sagte: »Hardy Engel, ich arbeite für das New York Police Department. Ist Mrs. Owen Robins zu Hause? Ich müsste sie sprechen.«

»In welcher Angelegenheit, Mr. Engel?«, fragte das Hausmädchen.

»Eine Routinebefragung. Dürfte ich vielleicht für einen Moment hereinkommen?«, fragte ich. Der Wind zerrte an meinem Anzug.

Das Hausmädchen zögerte und wandte sich halb nach hinten um. Jemand hatte ihr eine Hand auf die Schulter gelegt. Sie trat zur Seite.

Eine weiße Frau Anfang vierzig in einem teuer aussehenden Kleid sah mich fragend an.

»Ich bin Ethel Robins«, sagte sie. »Worum geht es denn?«

Es war eindeutig die Hausherrin. Sie war schön, doch vorzeitig gealtert, und ihre dunklen, lockigen Haare waren von silbernen Strähnen durchzogen. Sie wirkte wie jemand, der einmal sehr lebenslustig gewesen war, doch nun müde und vielleicht auch schwermütig war. Mich überkam das rätselhafte Gefühl, sie zu kennen, obwohl ich sie noch nie zuvor gesehen hatte.

»Entschuldigen Sie, kennen Sie einen Dick Calley?«

Sie stutzte und dachte einen Moment lang nach.

»Nein«, sagte sie. »Sollte ich?«

»Ich untersuche einen Todesfall, und wir haben in seinem Nachlass Ihren Namen gefunden.«

»Meinen Namen?«, fragte sie ungläubig.

Sie war erheblich älter als Edward Sands und wohl kaum sein Typ.

»Es passt gerade nicht sehr gut«, sagte sie und blickte sich auf der Straße um. Sie schien ein wenig nervös zu sein.

»Ich möchte nur prüfen, in welcher Verbindung Sie zu dem Toten standen«, sagte ich mit einer beruhigenden Geste.

»Na schön, kommen Sie herein, das sollte sich schnell aufklären lassen.«

Sie trat beiseite und öffnete die Tür ganz. Das Hausmädchen war verschwunden. Ich trat die Schuhe an der borstigen Matte ab und ging ins Haus.

»Hier entlang, bitte.« Sie wies mir den Weg, und wir gingen in ein Wohnzimmer reicher Leute mit Geschmack, wo ein schöner schwarz glänzender Steinway stand.

»Ihr Mann ist gerade nicht da?«, fragte ich und nahm auf der Couch Platz, nachdem sie sich in einen Sessel gesetzt hatte. Ich nahm den Hut ab und legte ihn neben mich.

»Er ist für ein paar Tage auf Geschäftsreise«, sagte sie. »Aber ich erwarte ihn jeden Moment zurück.«

»Ach, wie angenehm«, sagte ich.

»Vielleicht hat es ja etwas mit dem Restaurant zu tun«, sagte sie ins Ungefähre.

»Wie bitte?«

»Wir betreiben ein Restaurant. Es war mein Name und nicht seiner, den Sie gefunden haben?«

»Das ist richtig. Mr. Calley hat ihn auf einen Briefumschlag geschrieben, und wir haben uns gefragt, ob er vielleicht schon vorher Briefe an Sie geschickt hat?«

»Nein, wie gesagt«, sagte sie, klappte ein goldenes Etui auf und entnahm ihm eine Zigarette. »Calley – der Name sagt mir leider gar nichts.«

Ich beugte mich vor, um ihr Feuer zu geben. »Es kann sein, dass er Ihnen unter einem anderen Namen geschrieben hat. Edward Sands.«

Sie hatte gerade den ersten Zug genommen und sah jetzt erschrocken hoch. Die Hand, die die Zigarette hielt, begann zu zittern.

»Sands …?«

»Sie kennen ihn?«

»Nur aus den Zeitungen«, sagte sie, schon wieder gefasster. »Ich kenne ihn nicht persönlich. Und habe auch keine Briefe von ihm bekommen. Verlassen Sie bitte mein Haus, mehr kann ich Ihnen dazu nicht sagen.«

Sie stand abrupt auf. Ich erhob mich ebenfalls.

»Ich weiß, warum Sie so reagieren«, sagte ich. »Sie sind Ethel Deane-Tanner, nicht wahr?«

Sie schloss krampfhaft die Augen.

»Nein«, sagte sie nervös. Sie schrie es beinahe. »Nein, ich bin Ethel Robins, die Frau von Owen Robins!«

»Sie sind Ethel Deane-Tanner, die frühere Gattin von William Deane-Tanner, und Sie haben wieder geheiratet, nicht wahr?«

»Gehen Sie bitte«, sagte sie. Jetzt war ich sicher.

»Ich verstehe, dass Sie über all das nicht sprechen wollen, vor allem nach dem Mord an William Desmond Taylor und all den Schlagzeilen, aber wir brauchen Ihre Aussage, und besser reden Sie mit mir als mit der Presse«, sagte ich eindringlich. Sie sah mich zitternd an. »Ich war ein Freund von Taylor, ohne von alldem zu wissen«, sagte ich. Ich bat sie mit einer Handbewegung, sich wieder zu setzen, und erstaunlicherweise tat sie es. Ich blieb vorerst stehen.

»Ja, ich bin … ich *war* Ethel Deane-Tanner, und dieser Mensch war mein Mann«, sagte sie und nahm einen Zug von ihrer Zigarette. »Mein Ehemann, der uns plötzlich und aus heiterem Himmel im Stich ließ und verschwand.«

»Sie haben all die Jahre nichts mehr von Ihrem – von Mr. Taylor gehört?«

»Nein. Und ich war froh darüber. Wir dachten, er wäre tot, warum sonst hätte er uns das antun sollen? Können Sie sich die Probleme vorstellen, die ich hatte, alleine mit einer sechsjährigen Tochter und ohne Einkommen, ohne Ersparnisse?«

»Es war sicher sehr schwierig für Sie und Ihr Kind. Sie haben nur eine Tochter, keinen Sohn?«

»Nein, nur Daisy«, sagte sie, in Erinnerungen versunken.

»Und warum haben Sie sich nicht gemeldet, als die Zeitungen von dem Mord berichtet haben? Sie müssen es doch mitbekommen haben?«

»Weil ich es nicht wollte!«, sagte sie impulsiv und sprang erneut auf. Ihre Stimme zitterte vor Hass. »Weil ich mit diesem Mann nichts mehr zu tun haben wollte, und mit dieser ganzen Geschichte nicht! Ich habe ihn für tot erklärt, mich von ihm scheiden lassen und alles, was mich an ihn erinnert hat, vernichtet, auch seinen Namen abgelegt, und dann habe ich neu angefangen.«

»Ein Glück, dass Sie es so gut getroffen haben«, sagte ich, um sie zu besänftigen. »Wann haben Sie Owen Robins denn geheiratet?«

»Vier Jahre später, 1912. Ja, von da an waren wir wieder eine Familie«, sagte sie mit gepresster Stimme.

»Und als Sie in eine andere Stadt gezogen sind und geheiratet und noch einmal den Namen gewechselt haben, da haben Sie gedacht, Sie hätten alles hinter sich gelassen.«

»Aber wissen Sie, was dann geschehen ist?«, sagte sie und paffte Rauch zur Seite weg. »Gerade als es vorbei war und wir wieder glücklich waren?«

Sie lief auf und ab, und ging zu dem Klavier und knallte die Abdeckung herunter.

»Was denn?«

»Wir waren im Kino«, sagte sie, »Owen, Daisy und ich, und sahen einen Abenteuerfilm, *Captain Alvarez,* und da erkannten wir ihn. Der Hauptdarsteller war mein verschollener, totgeglaubter Mann!«

Das schwarze Hausmädchen erschien mit besorgtem Blick in der Tür. Mrs. Robins schickte es mit einer Handbewegung wieder weg.

»Das war sicher ein Schock«, sagte ich. Ich bemühte mich, ruhig zu bleiben und sie zu besänftigen. Sie war vollkommen aufgewühlt, und ihre Wut steigerte sich noch.

»Sie ahnen bestimmt, wie meine Tochter darauf reagiert hat? Sie war inzwischen schon größer und …«

»Ich nehme an, sie wollte ihn treffen?«

»Aber ich wollte das nicht!«, fuhr sie mich an. »Ich habe es ihr verboten. Und trotzdem, all die Jahre, wenn wir ins Kino gegangen sind, um uns wie ganz normale Zuschauer zu vergnügen, haben wir ihn immer wieder gesehen. Er hat in so vielen Filmen mitgespielt.«

»Zum Glück hat er irgendwann nur noch hinter der Kamera gearbeitet«, sagte ich. »Und ist Regisseur geworden. Ein sehr erfolgreicher Regisseur in Hollywood, bekannt und reich. Er hat Ihnen mit Sicherheit viel Geld geschuldet.«

»Wir brauchen kein Geld«, sagte sie schroff. »Wir sind wohlhabend, und von diesem Schurken hätte ich ohnehin nichts angenommen. Ich wollte nie wieder etwas von ihm hören. Ein Glück, dass er jetzt tot ist!«

Sie warf ihre Zigarette in den Aschenbecher, langte noch einmal hinein und drückte sie aus, bis jegliche Glut erloschen war.

»Auch Sands ist tot, gestorben unter einem falschen Namen in dem Nest, in dem er sich versteckt hat«, sagte ich und beobachtete sie. Sie verschränkte die Arme.

»Woher wusste Sands, dass Taylor seine Familie verlassen hatte, und woher kannte er diese Adresse?«, legte ich nach.

»Ich weiß nur, dass er auf einmal anfing, mir Briefe zu schreiben, und mich erpressen wollte«, sagte sie bitter, »und damit drohte, meine Identität zu enthüllen, aber mein Mann weigerte sich, seine Forderungen zu erfüllen, auch nachdem Sands die ersten Informationen über Taylors Vergangenheit herausgegeben hatte.«

Ich holte eines der Fahndungsbilder heraus und zeigte es ihr. »War er hier? Haben Sie ihn getroffen, um mit ihm zu verhandeln? Können Sie bestätigen, dass das Edward Sands ist, der frühere Diener ihres Ex-Mannes?«

Sie sah hoch. »Nein. Wir sind auf seine Kontaktversuche nicht eingegangen. Wir haben ihn nicht getroffen. Das Fahndungsbild kenne ich aus den Zeitungen.«

»Wie hat er Sie ausfindig machen können?«, fragte ich. »Warum ist es niemandem sonst gelungen? Das verstehe ich nicht.«

»Mein jetziger Mann«, sagte sie widerwillig, »hat viel Einfluss in diesem Ort, auch im Rathaus, und hat dafür gesorgt, dass man sämtliche Einträge aus dem Personenregister gelöscht hat, die Meldung der Hochzeit, den Namenswechsel, alles. Ich habe es damals so gewollt. Deshalb hat man uns auch jetzt nicht gefunden. Owen ist ein sehr guter Mann.«

Ich zündete mir eine Chesterfield an, um besser nachdenken zu können.

»Sands ist keine Gefahr mehr für Ihr Geheimnis, und ich bin es auch nicht. Aber ich muss die Wahrheit erfahren«, sagte ich. »Also: Wie konnte Sands überhaupt von der ganzen Sache wissen? Sie haben Ihren Ex-Mann wirklich nie kontaktiert?«

Sie rieb sich die Schläfen mit den Handflächen, als hätte sie Kopfschmerzen.

»Meine Tochter hat es getan«, sagte sie zögernd. »Wir haben uns oft sehr heftig deswegen gestritten, über Jahre, weil sie es unbedingt gewollt und so sehr darauf gedrängt hat. An ihrem achtzehnten Geburtstag habe ich es ihr erlaubt. Sie hat ihrem Vater einen Brief geschrieben, dann haben sie telefoniert, und schließlich haben sie sich getroffen, als er in New York zu tun hatte. Unsere Daisy, sie kann besser mit alldem umgehen als ich.« Sie lächelte nun. »Wir sind sehr stolz auf sie. Sie ist ein tolles Mädchen, so begabt.«

Der Gedanke an ihre Tochter schien sie zu beruhigen. Musste ein echter Sonnenschein sein.

»Wann war das?«

»Im letzten Spätsommer.«

Genau als Sands in Taylors Diensten stand, dachte ich bei mir, also konnte er es damals mitbekommen haben. Vielleicht las er den Brief dieser Tochter und witterte die Chance, seinen Boss zu erpressen. Und dann, nach seinem Tod, auch seine frühere Familie, deren Aufenthaltsort er als Einziger kannte.

»Danach kam sie ihn auch in Hollywood besuchen«, sagte sie beiläufig. »Sie lebt jetzt dort.«

Ich vergaß zu rauchen.

»Haben Sie ein Foto von ihr?«, fragte ich.

»Selbstverständlich. Nicht nur eins, sie schickt uns dauernd neue«, sagte sie und führte mich zu einer Konsole, auf der zahlreiche gerahmte Fotografien standen. Sie lächelte stolz und zeigte darauf. »Hier, das ist Daisy.«

Die Fotografien zeigten eine hübsche, fröhliche junge Frau, die ich kannte.

Es war Polly Brandeis.

DRITTER TEIL

WASSER

35

»Action!«, rief Polly und ließ den rechten Arm niedersausen.

Die beiden Kameramänner links und rechts von ihr begannen, gleichmäßig an ihren Geräten zu kurbeln, und Mary Miles Minter gab ihrem Pferd mit den Fersen das Zeichen, loszutrotten. Der Braune, auf dem sie in einem blütenweißen Kleid thronte, lief gemächlich um die Ecke und auf den Eingang der Famous-Players-Scheune zu. Marys Lockenkopf wippte, und irgendetwas erschien mir seltsam. Sie hatte mehr Haare als beim letzten Mal, als ich sie gesehen hatte.

Ich stand direkt hinter Polly, die mich noch nicht bemerkt hatte und wie gebannt die Szenerie beobachtete, während in ihrer linken Hand eine Zigarette herunterbrannte.

Neben ihrem Regiestuhl saß in einem weiteren mit Leinwandstoff bespannten Sessel Mrs. Charlotte Shelby, Marys Mutter, und überwachte alles mit verschränkten Armen, als wäre sie die Regisseurin.

Ich war vom Bahnhof nach Hollywood gefahren, hatte mir bei Buck ein Automobil geliehen, meinen Koffer bei mir zu Hause abgestellt und mich dann direkt auf den Weg hierher gemacht.

»Langsamer jetzt, Mary«, dirigierte Polly und hielt sich dabei ein trichterförmiges Megafon vor den Mund, das ihre Stimme laut hallend verstärkte. »Ja, sieh dich nach allen Seiten um – niemand scheint dich zu erwarten …«

Vor der Scheune beobachtete der Rest des Filmteams die

Szene, um die fünfzig Männer und Frauen, alle hinter den Kameras aufgereiht. Vom Dach bis zu einem Holzgerüst waren dicht an dicht viele Bahnen weißer Stoff gespannt, die das Sonnenlicht auf dem Set verteilten. Daneben stand eine moderne, neu errichtete Glashalle, in der weitere Sets aufgebaut waren.

»Aber jetzt tritt der Sheriff aus der Tür«, rief Polly. »Carl, bitte!«

Ein Mann kam aus der Scheune, dehnte sich und blickte sich um. Er trug ein Sheriffs-Kostüm mit breitkrempigem Hut und einem Stern an der Weste. Es war Carl Stockdale, der Schauspieler, den ich bei Minter zu Hause kennengelernt hatte.

»Du siehst ihn an, Mary, und – du musst anhalten, anhalten an dem Balken!«

Der Gaul trottete weiter.

»Stopp, stopp, stopp – nein, an dem Balken!«, wiederholte Polly laut.

Mary unterbrach ihr Spiel, sah zu ihr und zog die Zügel an. Das Pferd hielt an, seitlich der Scheune.

»Warum an dem Balken?«, fragte sie unwirsch.

Polly, die soeben einen Zug von ihrer Zigarette hatte nehmen wollen, hielt inne. »Kameras aus!«, rief sie nach hinten. Die beiden Männer hörten auf zu kurbeln und nahmen sofort gleichmütig eine Wartehaltung ein. Auch Carl Stockdale entspannte sich augenblicklich. Polly stand auf und ging zu ihrer Schauspielerin. Auch Mrs. Shelby sprang auf und eilte mit gerafftem Rock zu den beiden.

»Der wievielte Western ist das, den du drehst?«, fragte Polly Mary verblüfft. Sie zeigte auf den langen Balken direkt vor der Scheune. »An dem Balken da bindest du dein Pferd an, so wie jeder das macht!«

Zwei kräftige Männer sprangen herbei und halfen Mary vom Pferd herunter. Sie hoben sie regelrecht aus dem Sattel, da sie mit ihrem schweren Kleid offenbar kaum in der Lage war, sich zu bewegen. Ihre Mutter, Mrs. Shelby, übernahm für ihre Tochter das Reden.

»So kennen wir das aber nicht!«, sagte sie streng zu Polly. »Ein Pferd kann man doch überall anbinden, nicht nur an diesem, diesem …«

»Diesem Anbindebalken?«, sagte Polly.

»Das Wort gibt es doch gar nicht!« Marys Mutter schüttelte den Kopf, als wäre die Bezeichnung vollkommen absurd.

Ihre Tochter sah hilfesuchend zu ihr. Polly musste sich sichtlich zusammenreißen.

»Das drehen wir gleich noch mal. Ist ja keine große Sache. Und ansonsten war es auch sehr gut gespielt, Mary. Und von dir auch, Carl, nur komm jetzt ein wenig früher heraus.«

»Oh nein, wir brauchen eine Pause«, sagte Mrs. Shelby. »Mary muss sich erst pudern. Sie ist ja völlig verschwitzt. Sehen Sie nicht, wie sie glänzt?«

Stockdale holte seinen Tabaksbeutel heraus und ging gemächlich zur Seite, um sich eine Zigarette zu drehen.

»Wir können sie auch hier pudern«, schlug Polly vor und winkte einer jungen Frau, die mit einer Quaste bereitstand.

»Oh nein. In die Garderobe!«, herrschte Mrs. Shelby Mary an. Diese raffte ihren Rock mit beiden Händen hoch und setzte sich in Bewegung.

Mrs. Shelby drehte sich noch einmal zu Polly um.

»Wir wollen ein anderes Pferd!«, verkündete sie.

»Wie, was für eins denn?«, fragte Polly verzweifelt.

»Ein anderes!«

»Was hat der arme Gaul euch denn getan?«

»Ein anderes Pferd!«, wiederholte Mrs. Shelby schrill. »Kein braunes!« Sie drehte auf dem Absatz um, als hätte man sie beleidigt, und die beiden rauschten davon. Einige Frauen aus dem Team folgten ihnen im Laufschritt wie willenlose Sklavinnen.

Polly ließ, kaum dass sie um die Ecke verschwunden waren, einen Seufzer hören und schlug sich die Hand vor das Gesicht. Im nächsten Moment richtete sie sich wieder auf, drehte sich zu ihrem Team um, das alles verfolgt hatte, und hielt sich das Megafon an den Mund: »Kurze Pause. Aber bleibt in der Nähe und haltet euch bereit!«

Sie hielt überrascht inne, mich erst jetzt wahrnehmend, und blinzelte.

»Hallo, Polly«, sagte ich und trat vor. »Na, wie läuft's denn so? Toller Job für jemanden, der gerne viel quasselt, was?«

»Hardy«, sagte sie und warf ihre Zigarette zur Seite weg, »ich habe jetzt keine Zeit für dich! Ich bin hier vollauf beschäftigt.«

»Das sehe ich«, sagte ich und tätschelte das Pferd. »Ein echter Western mit einem echten Star. Herzlichen Glückwunsch.«

Auch sie strich dem Pferd nun über den Rücken. »Es ist nicht deine Schuld«, sagte sie zu ihm. »Du hast es gut gemacht.«

»Danke«, sagte ich und grinste sie an.

»Ich habe Hazelnut gemeint«, sagte sie.

Enrico kam herbeigewackelt und baute sich vor mir auf. Er bellte zweimal.

»Ja, das hab ich mir gedacht, dass du auch vor die Kamera willst, Enrico«, sagte ich, beugte mich zu ihm hinunter und ließ mir zur Begrüßung die Hand lecken.

»Das kommt überhaupt nicht in Frage«, sagte sie. »Nimm ihn bitte mit.« Sie rief nach hinten: »Führt Hazelnut weg und besorgt ein anderes Pferd.«

»Möglichst ein schwarzes«, warf einer der Kameramänner ein, der ältere von ihnen.

»Was auch immer«, sagte Polly achselzuckend. »Es ist sowieso eine Lotterie, irgendwas wird ihnen an dem dann auch wieder nicht gefallen.«

Zwei der bereitstehenden Cowboys liefen los.

Ich bot ihr eine Zigarette an, und sie nahm sie mit einem dankbaren Blick.

»Wozu ist die zweite Kamera?«, fragte ich. »Privatkopie für Mrs. Shelby?«

»Die eine ist für die Totale, die andere filmt nur Mary in einer Nahaufnahme«, sagte sie und ließ sich von mir Feuer geben. »So drehe ich zwei Takes auf einmal und kann es nachher zusammenschneiden.«

Ich nickte anerkennend. So etwas hatte ich noch von keinem Regisseur gehört.

»Ich muss dich sprechen«, sagte ich. »Dir von meiner Reise in den Osten erzählen.«

»Ich bin außer Dienst als Ermittlerin«, sagte sie genervt. »Ich komme hier seit Tagen zu nichts anderem, das ist dir doch wohl klar, und das wird auch so bleiben. Dreharbeiten eben, kennst du doch.«

»Ja, klar. Was ist das eigentlich auf Marys Kopf?«, fragte ich.

Sie stieß Rauch aus und schüttelte sich. »Frag nicht«, sagte sie mit gedämpfter Stimme und ging zwei Schritte zur Seite. Ich folgte ihr. Sie beugte sich vor, und als sie sprach, halblaut, berührte sie mit den Lippen mehrfach mein Ohrläppchen. »Das ist eine Perücke. Das verrückte Huhn ist zu faul, sich jeden Morgen die Haare machen zu lassen, weil das zwei Stunden dauert, deswegen mussten wir ihr eine verdammte Perücke anfertigen lassen, die genauso aussieht wie ihre echten Haare. Die setzt sie einfach auf und glaubt, dass man es nicht sehen würde …«

Sie verdrehte die Augen.

»Wirklich ein erhebendes Gefühl, mit den ganz großen Stars zu arbeiten, was?«, fragte ich tröstend und zündete mir selbst eine Chesterfield an.

Eine der Frauen, die mit Mary mitgegangen waren, kam um die Ecke gerast und bremste direkt vor uns, sodass Staub aufgewirbelt wurde.

»Sie macht es schon wieder«, sagte sie gehetzt und außer Atem. »Und sie will diesmal tausend Dollar, Polly!«

Polly stieß einen lauten Schrei aus und warf ihre Zigarette zu Boden. Enrico sah sie verblüfft an.

»Was?«, fragte ich.

»Glatte Erpressung«, sagte Polly zähneknirschend. »Sie kommt nicht aus ihrer Garderobe heraus, bevor ich ihr nicht das Geld bringe. Sie hat's schon einmal verlangt. Da habe ich sie noch überreden können, ohne Extrabezahlung weiterzuarbeiten. Sie will die tausend Dollar von *mir,* von meinem Geld!

Ich verdiene lange nicht so viel! Und meinen Bonus kann ich auch vergessen, wenn sie den Dreh verzögert, den bekomme ich nur, wenn wir unter dem Budget bleiben!«

»Das muss sie sich von Wally Reid abgeschaut haben«, sagte ich. Reid war der größte Actionstar Hollywoods. »Der macht das auch, hab ich gehört. Er hat's erfunden.«

»Quatsch!«, sagte sie gepresst. »Das kommt von ihrer Mutter! Diese Scheißmutter!« Sie stampfte tatsächlich mit dem Fuß auf. Das Pferd, das gerade von einem Cowboy weggeführt wurde, scheute und stieg, doch er bekam es schnell wieder in den Griff.

»Tja, diese Mütter«, sagte ich. »Wo lebt deine eigentlich? Sprichst du oft mit ihr?«

Sie sah mich irritiert an.

»Wie denn?«, fragte sie. »Ich komme hier ja seit einer Woche kaum zum Pinkeln.«

»Jetzt wäre doch ein guter Moment«, sagte ich. »Der Dreh liegt ja erst mal auf Eis.«

»Blödsinn. Es geht gleich weiter. Das ist ganz normal. Ein ganz normaler Tag für eine Regisseurin. Nichts Besonderes. Ich krieg das schon hin.« Sie riss sich zusammen und schaffte es sogar, optimistisch zu lächeln. Doch ich wollte sie nicht so leicht davonkommen lassen.

»Ich habe mit deiner Mutter geredet«, sagte ich halblaut und grinste zurück. »Ich komme heute Abend vorbei und erzähle dir alles.«

Sie sah mich verblüfft und alarmiert an, suchte in meinem Gesicht nach Anzeichen, ob ich es ernst meinte, und ich ließ sie welche finden. Es war eindeutig, dass sie noch nicht mit ihrer Mutter über unser Treffen in Mamaroneck gesprochen hatte.

»Aber wenn, dann sehr spät«, sagte sie. »Und nur kurz. Wir drehen bestimmt bis in den Abend. Am besten schicke ich Mary einen jungen Mann vorbei, der wird sie schon überreden, herauszukommen. Wie wäre es mit dir, sie scheint dich ja zu mögen?«

Sie meinte es ernst.

»Ohne mich, vielen Dank.«

»Wie du willst«, sagte sie und rief nach hinten: »Carter, kommst du mal bitte?«

Ein sehr junger Mann sprang herbei, der proportioniert war wie ein Olympionike und mit seinen hellblauen Augen und rötlich blonden Haaren zu schön selbst fürs Filmgeschäft zu sein schien.

»Carter, mein Lieber«, sagte Polly, ohne sich besonders ins Zeug zu legen, »wartest du bitte noch genau zehn Minuten und gehst dann zu Marys Bungalow und klopfst an und fragst sie recht nett, ob du ihr etwas zu trinken bringen kannst?«

»Aber natürlich, Miss Brandeis«, sagte der riesige Junge mit einer kieksenden Stimme, die sich anhörte, als wäre er noch im Stimmbruch. Er zog eine goldene Taschenuhr, für die man einen Luxuswagen hätte kaufen können, und konsultierte sie eingehend, während er sich in eine Ecke zurückzog, um sich geflissentlich auf seine Aufgabe vorzubereiten.

»Das ist Carter Poinsettia der Dritte«, sagte sie zu mir, ihm versonnen nachsehend. »Der Sohn des Immobilienmoguls. Ist er nicht ein prächtiger Bursche?«

»Dann will ich lieber gar nicht wissen, wie der Zweite aussieht«, sagte ich.

»Sie wird sich von ihm aufmuntern lassen, meinst du nicht?«, sagte Polly, wandte sich zu mir und kniff ein Auge zu. »Er müsste gar nicht arbeiten, aber er wollte mal ein bisschen die harte Realität kennenlernen, denk dir nur.«

»Da ist er bei Mutter Shelby an der richtigen Adresse. Dann bis heute Abend und viel Spaß beim Geld-Auftreiben«, sagte ich. »Ich muss jetzt sowieso zu Byron.«

Gerade als ich mich umdrehen wollte, kam eine zweite Frau angerannt. Sie war in heller Aufregung, und Tränen strömten über ihr stark geschminktes Gesicht und zeichneten schwarze Schlieren auf ihre Wangen. Man musste kein Genie sein, um zu erkennen, dass sie die Maskenbildnerin war.

»Die Perücke …«, sagte sie, und der Rest ging in einem qualvollen Schluchzen unter.

»Was?«, fragte Polly, nichts Gutes ahnend. »Nun sag schon, was?«

»Sie meinte, die Perücke stinke und müsse gewaschen werden«, japste die junge Frau. »Ich wollte es nicht machen, weil es sie natürlich ruiniert und ... und da hat ihre Mutter sie genommen und selbst gewaschen, im Waschbecken, und jetzt ist sie kaputt ...« Das letzte Wort ging unter in einem lauten Schluchzen, das von den Wänden der Scheune zurückgeworfen wurde, während sie sich haltsuchend auf den Anbindebalken stützte.

Polly feuerte das Megafon auf den Boden, wo es polternd ein paar Salti schlug, und stützte eine Hand in die Hüften. Dann wandte sie sich ihrer hemmunglos weinenden Kollegin zu und nahm sie in den Arm.

»Tja, dann hilft es nichts, Annie, dann musst du eine neue knüpfen«, sagte sie.

»Du weißt doch, wie aufwendig das ist!«, protestierte Annie und rollte verzweifelt die Augen. Polly tätschelte ihr den Rücken.

»Und wenn es die ganze Nacht dauert. Sie wird sonst nicht drehen. Wir können erst weitermachen, wenn du fertig bist.«

»Schon klar ...«, nickte die Kollegin und wischte sich die Tränen ab.

»Na komm«, sagte Polly und ging Arm in Arm mit ihr los.

»Tja«, sagte ich in ihren Rücken. »Ich wünsche dir noch einen schönen, ganz normalen Tag.« Sie drehte sich nicht um.

War vielleicht doch kein so toller Job, Regie zu führen. Auf jeden Fall nichts für mich. Ich hatte ja schon einen tollen Job, in dem ich mit Leuten wie Byron Hamilton zu tun hatte. Er kam soeben um die Ecke und eilte unter dem breiten weißen Baldachin herbei. Immerhin hatte ich seine Mutter noch nicht kennengelernt.

Ich hatte ihn seit meiner Rückkehr noch nicht gesehen, und er kam mir gerade recht, doch er war nicht alleine. Bei ihm war ein junger Mann mit einer gezackten Narbe auf der Wange. Sie liefen sehr nahe beieinander, und Byron hatte die Hand auf den muskulösen Oberarm des Blonden gelegt und redete auf ihn ein.

»Hallo, Byron«, sagte ich.

Er nahm die Hand schnell weg, als er hochsah und mich wahrnahm. Beide sahen ziemlich ertappt aus.

Byron sagte zu dem Blonden: »Also gut, Andy, aber dann von nun an nur noch strikt mit meiner Einwilligung, verstanden?«

Der Blonde nickte eifrig, sagte »Ja, Mr. Hamilton«, drehte sich um und verschwand um die Ecke.

»Wir sind alte Kriegskameraden, ich und Andy«, sagte Byron und sah ihm hinterher. »Kannst du dir das vorstellen, dass ich mit diesem Mann in Frankreich gelegen bin?«

»Oh ja, das kann ich …«, begann ich.

»Einen Moment, Hardy«, sagte er und wollte an mir vorbeigehen. »Es gibt gerade Ärger bei dem Dreh.«

»Nur ein ganz normaler Tag am Set«, sagte ich. »Polly macht das sehr gut, sie wird es schon in den Griff bekommen.«

»Ach so?« Er hielt inne und sah mich fragend an.

»Kein Wunder bei dem Vater«, fuhr ich im selben, arglosen Tonfall fort. »Als Tochter von William Desmond Taylor muss ihr das Inszenieren ja im Blut liegen. Warum hast du mir das eigentlich nicht gesagt?«

Ich sah auf einen Blick, dass er es nicht gewusst hatte. Er wollte sich gerade eine Zigarette in die Elfenbeinspitze schieben, doch sie fiel ihm tatsächlich herunter. Er starrte mich forschend an.

»Wie zum Teufel meinst du das?«

Er hielt es für einen meiner Scherze. Und das schockierte wiederum mich.

»Nun komm schon, Byron. Wenn du in deiner Position das wirklich nicht gewusst haben solltest – was ich kaum glauben kann –, dann gehörst du sofort gefeuert.«

Er packte mich am Arm und zog mich schnell weg von den anderen. Wir gingen an den Rand des Sets, so, dass die gleißende Sonne uns direkt auf die Köpfe schien.

»Polly Brandeis?«, fragte er stotternd. Er kam nahe heran und hatte alle Hemmungen fallengelassen. Er rückte mir richtig auf die Pelle. »Unsere Regisseurin, die hier gerade mit Mary Miles Minter dreht?«

»Oh ja«, sagte ich und beobachtete ihn genau. »Sie ist zwanzig. Vom Alter her passt es, rechne doch mal nach. Eigentlich gar nicht schwer, darauf zu kommen, dass sie die Tochter ist, wenn man es sich recht überlegt.«

Er wirkte, als hätte man ihm ein Brett über den Kopf gezogen. Unfähig, etwas zu antworten, hielt er nur seine leere Zigarettenspitze zitternd und sinnlos in der Hand. Also redete ich. Ich war gerade schön in Fahrt.

»Als ich es herausgefunden habe, habe ich natürlich gedacht, das Studio hätte davon gewusst, als ihr sie als Regisseurin eingestellt habt. Und dass ihr dann, als ihr Vater ermordet worden war, Polly den Wunsch nicht abschlagen konntet, persönlich zu ermitteln, wer dahintersteckt. Und dass ihr es mir nur verschwiegen habt, aus welchen Gründen auch immer. Willst du mir jetzt im Ernst sagen, dass es nicht so war?«

Er steckte die Zigarettenspitze weg und strich sich das makellose Jackett mit den Kreidestreifen glatt. Dann sagte er: »Ich habe es nicht gewusst, Hardy. Das lässt sich ja wohl kaum leugnen, was?« Schnell fügte er hinzu: »Hör mal, hier ist eine ganze Menge los … Warum kommst du nicht morgen um elf in mein Büro, und wir reden in Ruhe über alles?«

»Was ist mit dem Mord an dem Duke, gibt es da etwas Neues?«, fragte ich rasch.

»Kümmere dich nicht darum«, sagte er irritiert. »Das machen Zeigler und seine Leute. Ihre Drogenexperten sind auch eingeschaltet. Morgen Vormittag. In aller Ruhe.«

Er klopfte mir auf den Rücken und ging davon, als habe er es sehr eilig.

36

Ich fuhr zu mir nach Hause, mit einem Oldsmobile 45B Pacemaker, den Buck mir nach meiner Rückkehr zur Verfügung gestellt hatte. Es war eines jener umgebauten Automobile, bei denen man den Acht-Zylinder-Motor durch einen mit zwölf Zylindern ausgetauscht hatte und mit denen die Schmuggler spielend die Wettfahrten mit den Prohibitionsagenten, die sogenannten »rum runnings«, gewinnen konnten. Der Oldsmobile war robust gefedert, hatte einen langen Radstand und zudem einen doppelten Boden, in dessen Hohlraum viele Flaschen Platz hatten.

In meiner Wohnung am Wilshire Boulevard sog ich den Odeur der La Brea Teergruben zum ersten Mal seit langem einmal wieder genüsslich ein. Wenn man bedachte, wie viele Leute nur wegen der guten Luft nach Los Angeles kamen und seine Bevölkerungszahl innerhalb jedes neuen Jahres um sechsstellige Zuwächse nach oben schießen ließ, dann konnte man es nur als Ironie des Schicksals betrachten, dass ich ausgerechnet in einer Gegend wohnte, auf die dies nicht zutraf. Doch ich wollte meine Teergruben und ihren Gestank mittlerweile nicht mehr missen. Ich machte sogar alle Fenster auf und ließ ihn herein.

Nach der Kälte an der Ostküste war es eine wahre Wohltat, wieder zurück im warmen Kalifornien zu sein. Auf der Zugreise nach Westen war es vor den Fenstern mit jedem Tag grüner geworden. Irgendwann waren wir durch die Mojave-

Wüste gefahren, in der alles rot und golden glänzte, und spätestens da warf man Mantel und Pullover in die Ecke.

Hier in Hollywood blendete einen die Sonne mit einer Macht, als wollte sie jeden eintreffenden Reisenden daran erinnern, dass es sie noch gab und dass sie hier an dreihundertfünfzig Tagen im Jahr schien, so grell sie nur konnte.

Ich hatte die lange Reise genutzt, um alles durchzugehen, was ich herausgefunden hatte. Mr. Woolwine und seine Ermittler waren ja schon von Hank Reiner über die Ereignisse in Connecticut informiert worden.

Doch da ich bezweifelte, dass er alles richtig darstellte, hatte ich ihnen in einem Telegramm bereits meine Haupterkenntnis mitgeteilt: dass Sands zweifelsfrei ermordet worden sei und keineswegs Selbstmord begangen habe, wie aus der Aussage von Dr. Lutin klar hervorginge.

Wie nötig es war, dies festzustellen, hatte ich bei meiner Ankunft am Bahnhof vorhin gesehen. Der Fall Taylor beherrschte immer noch alle Schlagzeilen. Der Polizeibericht wurde zitiert, und darin war von einem Selbstmord in Connecticut die Rede, der womöglich mit dem Fall Sands in Verbindung stünde. Mehr nicht, die genaueren Untersuchungen der Behörden liefen noch. Ergebnisse seien in Kürze zu erwarten.

Ich hatte auch Carl Laemmle, der sich mittlerweile mit seiner gesamten Entourage auf dem Weg nach Europa, nach Deutschland, befand, ein Telegramm auf die *Aquitania* geschickt. Darin schrieb ich nur, dass ich Sands gefunden habe, und ebenso die verschollene Familie von William Desmond Taylor. Er hatte mir noch nicht geantwortet.

Meiner Auftraggeberin Mabel Normand wollte ich persönlich Bericht erstatten. Sie kam inzwischen nicht mehr in den Schlagzeilen zu dem Fall vor, doch ich wollte mit eigenem Auge begutachten, wie es ihr ging. Ich verschob es auf morgen, da ich mein Gespräch mit Byron abwarten wollte.

Ich packte meinen Koffer vollständig aus, brachte meine Kleider in die Reinigung um die Ecke, kaufte ein paar Lebensmittel ein und holte unten bei Soerensen die Post ab, die sich in den letzten Wochen angesammelt hatte. Die Begrüßung war herzlich wie immer: Er erinnerte mich daran, ihm die Miete zu geben, die wegen meiner Abwesenheit noch ausstand. Ich bezahlte ihn von meinem dahinschmelzenden Spesengeld.

Ich ging die Post durch, nahm ein Bad, rasierte mich ordentlich und rieb mir das Gesicht mit Kölnisch Wasser ein, dann briet ich mir ein paar Eier, aß sie und zog meinen Sommeranzug an.

Gegen acht fand ich es an der Zeit, zu Polly zu fahren. Ich hatte sie etwas schmoren lassen und ihr außerdem Zeit geben wollen, um mit Mary und ihrer Mutter zu diskutieren, Drehpläne aufzustellen und die Muster der Dreharbeiten anzusehen; und was auch immer Regisseure abends alles noch so zu tun hatten.

Als ich mein neues, renntaugliches Automobil vor ihrem Haus in der Franklin Avenue abstellte, sah ich, dass ihre Wohnung nicht erleuchtet war. Ich stieg trotzdem die Holztreppe nach oben. Als ich vor ihrer Tür stand, hörte ich dahinter Enrico bellen und winseln. Sie müsste also zu Hause sein.

Ich klopfte laut an, doch es geschah nichts, außer dass Enrico durchzudrehen schien und mit den Pfoten und Krallen gegen die Wand schlug. Ich drehte den Knauf, und die Tür ließ sich öffnen. Enrico sprang mich an, winselnd vor Freude, und leckte mir die Hand und jedes Stück Haut, das er erwischen konnte.

Nur im Wohnzimmer, wo wir damals gegessen hatten, brannte eine Kerze. Ich kam langsam näher.

»Hallo, Polly?«, rief ich.

Ich hatte wieder mal ein mulmiges Gefühl.

Plötzlich entdeckte ich ihre nackten Beine ausgestreckt auf dem Teppich. Ich ging um den Tisch herum und sah, dass sie auf dem Boden saß, den Rücken gegen die Wand gelehnt, und stumm vor sich hin starrte.

»Oder: Hallo, Daisy«, sagte ich heiter. Im Grunde war ich vor allem erleichtert, dass sie unversehrt war; und doch sah ich gleich, dass es ihr gar nicht gut ging. Sie rührte sich nicht und blickte mich nicht einmal an.

Über ihr hing an der Wand die Fotografie von Taylor mit der Widmung; die, die ich damals schon so aufmerksam betrachtet und die mich zu ganz falschen Schlussfolgerungen verleitet hatte: *Für die wunderbarste, vielversprechendste junge Frau in Hollywood – William Desmond Taylor.* Die Worte ihres Vaters, wie ich nun wusste, und dieses Wissen verlieh ihnen einen ganz anderen Klang.

»Daisy Deane-Tanner«, sagte ich und lauschte dem Namen nach. »Zugegeben, Polly Brandeis macht sich etwas besser für eine Künstlerin. Obwohl ich Daisy eigentlich sogar ganz schön finde. Ich werde dich aber auch künftig Polly nennen, wenn es dir recht ist. Und auch, wenn nicht.«

Sie sah immer noch nicht hoch. Sie drehte das Gesicht um eine kleine Winzigkeit nach links, weg von mir, das war alles.

»Ich habe sie in Mamaroneck getroffen. War gar nicht so leicht, sie ausfindig zu machen. Muss ganz schön lustig gewesen sein, mitzubekommen, wie die Polizei sich bemüht hat, mehr über Taylors Vergangenheit und Familie herauszufinden. Wenn man das alles schon längst wusste. Und schön den Mund gehalten hat.«

Enrico fiel nun auch auf, dass seine Herrin in schlechter Stimmung war, und er ging zu ihr hin und versuchte, sie aufzumuntern. Er stupste sie mit der Schnauze an, ein paarmal, und legte den Kopf auf ihr Knie. Auch auf ihn reagierte sie nicht.

»Wahrscheinlich hast du auch gewusst, dass Sands sie erpresst hat. Du hast ihr ja immer Fotografien geschickt, und angerufen hast du sie bestimmt auch. Komische kleine Frau, deine Mutter. Nett, aber sehr emotional. Und immer noch sehr wütend, nach all den Jahren.«

Polly schloss die Augen, als ob sie einen plötzlichen Schmerz verspürte.

»Wütend auf William Desmond Taylor – William Deane-Tanner, aber ihr seid ja offenbar alle besessen davon, diesen Namen loszuwerden, die ganze Familie.«

Ich redete weiter, finster entschlossen, mich nicht davon abbringen zu lassen, alles auf den Tisch zu legen und all die Fragen zu stellen, die ich hatte.

»Es war bestimmt nicht einfach, sich gegen sie und ihre Wut durchzusetzen. Aber du hast Kontakt zu ihm aufgenommen, auch wenn deine Mutter erst dagegen war, und ihn getroffen. Und dann bist du nach Hollywood gekommen. Jedenfalls bist du von da an bei Taylor ein und aus gegangen.«

Sie sagte immer noch nichts.

»Und er muss ein verflucht schlechtes Gewissen gehabt haben, dir gegenüber.«

Nichts.

»Du erzählst doch sonst gerne so viel, plauderst alles aus, was dir gerade durch den Kopf geht. Und jetzt, plötzlich so still?«

Sie tat weiter, als wäre ich gar nicht da.

Ich fuhr fort: »Ich kann verstehen, dass du trauerst, schließlich ist dein Vater gestorben, ermordet worden, nachdem du ihn gerade erst wiedergefunden hattest. Das ist verdammt hart. Aber ich habe es dir nicht angemerkt. Oder kaum. Hier und da habe ich es schon gespürt, dass dir irgendetwas zu schaffen macht. Einmal habe ich dich weinen sehen. Aber wie soll ich ahnen, was in dir vorgeht, wenn du den Mund nicht aufbekommst? Es muss schwer für dich gewesen sein, deine Gefühle zu unterdrücken. Warum zum Teufel hast du es getan? Warum hast du mich angelogen?«

Sie sagte mit einer Stimme, die mehrfach brach: »Ich habe inzwischen mit meiner Mutter gesprochen. Sie hat mir von deinem Besuch erzählt.«

Sie drehte mir abrupt das Gesicht zu und sah mich an. Ihre Augen waren voller Tränen, aber sie gestattete ihnen nicht, zu fließen. Stattdessen sprang sie plötzlich auf, sodass Enrico überrascht jaulte.

»Und?«, sagte ich. »Ist das alles?«

»Lass uns einen Spaziergang machen«, sagte sie und zog die Nase hoch. »Der da muss mal raus. Und ich auch.«

Polly schlüpfte in ihre Schuhe und nahm sich die Leine. Sie pfiff Enrico, und dann gingen wir nach draußen. Wir stiegen die Holztreppe hinab und liefen im Dunkeln die Straße entlang, Enrico immer vorneweg. Ab und zu fuhren Automobile mit aufgeblendeten Scheinwerfern an uns vorbei und zeigten uns dann ihre roten Rücklichter.

Sie holte mit zitternden Fingern eine Zigarette heraus, und ich gab ihr Feuer. Das Rauchen schien sie etwas zu beruhigen.

Ich ließ jetzt den Sarkasmus weg.

»Es muss hart gewesen sein für euch, keine Frage. Du warst sechs, als dein Vater verschwunden ist, und plötzlich standet ihr vor dem Nichts, deine Mutter hat es mir erzählt. Ein Mädchen, das ohne Vater aufwächst. Dann kommt ein anderer Vater. Offenbar habt ihr sogar Glück gehabt, weil er wohlhabend ist. Vielleicht hast du deinen echten Vater sogar fast vergessen, hast gedacht, er sei tot, und dass du ihn nie wiedersehen würdest.«

Sie sagte immer noch nichts. Wir waren in eine schmale Straße eingebogen, die von der Franklin abging und einen großen Hügel hinaufführte. Enrico, den Polly inzwischen von der Leine gelassen hatte, lief voraus und hob immer mal ein Bein an einer Laterne oder einer Palme.

»Dann habt ihr deinen Vater im Kino gesehen, auf der Leinwand als Schauspieler. Das muss ein großer Schock gewesen sein. Er hatte einen anderen Namen und war jetzt prominent, ein Star in Hollywood, hatte ein neues, faszinierendes Leben. Als Kinofan hast du das natürlich von da an alles verfolgt, hast alle Filme gesehen und alle Magazine gelesen.«

Wir gingen nun über sanft geschwungene Serpentinen den Hügel hinauf, passierten gerade das Magic Castle, ein verwunschen aussehendes kleines Traumschloss mit Türmchen und Erkern, das irgendein Verrückter hatte bauen lassen. In der Ferne sahen wir unten in Hollywood ein paar Lichter blinken. Es waren nicht viele, und nur hier und da leuchtete eine wie zufällig hingetupfte Lichterkette.

»Du wolltest selbst nach Los Angeles, zu ihm, hast Kontakt

zu ihm aufgenommen und bist Regisseurin geworden. So weit, so gut. Du hast es geschafft. Und du hattest deinen Vater wieder in deinem Leben. Du gabst dir einen anderen Namen – so wie dein Vater –, und niemand sollte es erfahren.«

Wir waren jetzt auf dem Hügel so weit nach oben gestiegen, dass wir einen freien Blick auf die Ebene hatten. Polly blieb stehen. Zur Linken erstreckte sich die Bergkette nach Osten, und ich sah mit Erstaunen, dass in meiner Abwesenheit dort ein Schriftzug aus großen weißen Lettern aufgestellt worden war. Er war selbst bei Nacht weithin zu sehen, denn jeder einzelne riesige Buchstabe war von Dutzenden von Glühbirnen erleuchtet. Dort stand: WHITLEY HEIGHTS. Der Name war der eines Neubaugebiets direkt darunter, wie ich wusste, und der Schriftzug demnach Werbung für die Immobilienfirma des allseits bekannten Mr. Whitley, der sich wohl dieses höchst originelle Mittel hatte einfallen lassen, um die Aufmerksamkeit der potenziellen Grundstückskäufer zu erregen.

»Keine Ahnung, wie ihr das angestellt habt. Byron wusste es jedenfalls nicht. Ihr habt es tatsächlich geschafft.«

Sie starrte hinunter in die Ebene.

»Sie haben mich heute gefeuert«, sagte sie.

»Was?«, sagte ich verblüfft.

Und mit einem Mal kam ich mir wie ein Riesendummkopf vor.

»Paramount. Jemand anderes wird ab morgen Regie führen«, sagte sie, und ihre Unterlippe begann zu zittern.

»Mit welcher Begründung?«, fragte ich.

»Weil ich das alles nicht im Griff hätte und … und weil ich zu jung sei und …«

Sie redete nicht weiter. Sie wandte ihr Gesicht ab, und eine einzelne Träne löste sich und rann ihre Wange hinunter.

»Ich *habe* alles im Griff gehabt …«, sagte sie trotzig und wischte sie weg.

»Das stimmt«, sagte ich. »Ich habe es selbst gesehen. Und ich habe es Byron auch gesagt.«

Sie straffte sich und drehte sich zu mir.

»Was soll's«, sagte sie. »Ich kann froh sein, dass ich Mutter Shelby los bin. Hat mir den letzten Nerv geraubt, die alte Schabracke.«

Sie versuchte sich an einem Grinsen in meine Richtung.

»Und ob«, sagte ich.

Ich versuchte mich auch an einem. Ihres war besser.

»Ich hoffe, es war nicht meine Schuld«, sagte ich. »Ich wollte dich nicht verraten. Aber ich musste doch davon ausgehen, dass sie es wussten. Dass er es wusste.«

»Ich mache dir keinen Vorwurf«, sagte sie. »So ist das Geschäft nun mal.«

Wir schlenderten jetzt weiter. Enrico hatte bereits ungeduldig gewartet, war immer hin und her gelaufen, wie um zu sagen: Kommt endlich.

»Machen wir das Beste daraus«, sagte ich. »Erzähl mal ein bisschen von deinem Vater. Habt ihr euch häufig getroffen?«

»So häufig war es nicht«, sagte sie. Nun begann sie wieder so offen zu reden, wie ich es von ihr gewohnt war. »Er wollte es nicht, und er hatte wenig Zeit, er war immer mit mehreren Projekten beschäftigt. Ich hätte ihn gerne so viel mehr gefragt ...«

Sie verstummte, aber fasste sich gleich wieder, und rauchte.

»Du siehst deinen verschollenen Vater nach so vielen Jahren wieder, und dann trefft ihr euch nur ab und zu? Das ist seltsam«, sagte ich.

»Meinst du, es war einfach? Weder für mich noch für ihn«, sagte sie. »Er wollte nicht, dass irgendwer von seinem früheren Leben erfährt. Auf keinen Fall. Er hat das nicht so gesagt, aber es war offensichtlich.«

»Wie hat das überhaupt funktioniert? Warum hat keiner mitbekommen, dass ihr beide euch getroffen habt?«

»Ich war nur einmal bei ihm zu Hause. Wir haben uns sonst immer nur woanders getroffen, in Restaurants, oder er hat mich mit dem Wagen abgeholt, und wir sind irgendwohin gefahren, aufs Land oder an die Küste.«

»Konspirativ«, sagte ich und musste ein Auflachen unterdrücken. »Wie eine heimliche Geliebte.«

»Er war sehr diskret. Sehr geheimnisvoll.«

»Genauso habe ich ihn auch kennengelernt«, sagte ich und dachte an seinen Rat, mir für meine Rolle ein Geheimnis auszudenken.

»Ich habe ihm natürlich gleich tausend Fragen stellen wollen, aber ich habe schnell gemerkt, dass er nicht bereit gewesen ist, sie zu beantworten.«

Sie schnappte sich eine neue Zigarette. Ich zündete sie ihr an und steckte mir dann selbst eine Chesterfield in den Mund. »Er war nach der Sands-Sache sehr um Diskretion bemüht, regelrecht paranoid. Daher diese konspirativen Treffen. Ich musste ihm versprechen, niemandem zu sagen, wer ich wirklich bin.«

»Und daran hast du dich gehalten«, sagte ich.

»Und dann wurde ich ja ebenfalls Regisseurin und hatte selbst kaum noch Zeit.«

»Und warum hast du ein Pseudonym gewählt?«, fragte ich. »Dein Vater hat ja schon einen anderen Namen gehabt.«

»Falls doch mal jemand darauf kommen sollte, wie er wirklich heißt«, sagte sie. »Na ja, und weil ich den Namen Daisy nicht so sehr mag …« Sie lächelte. Eins der wenigen Male, dass ich sie verlegen sah.

»Wie habt ihr es angestellt, dass du den Job bekommen hast? Ohne jemandem zu verraten, dass du seine Tochter bist?«

»Den hab ich doch nicht seinetwegen bekommen«, sagte sie empört. »Das hätte ich niemals gewollt, auf diesem Weg! Er hat mir eine Filmkamera besorgt, das ist aber auch alles gewesen. Damit habe ich einen Kurzfilm gedreht, mit ein paar befreundeten Schauspielern. Ich habe ihn dem Studio gegeben, er hat nichts damit zu tun gehabt. War doch klar, was sie sonst gedacht hätten.«

»Stimmt«, sagte ich grimmig. »Natürlich hätten sie gedacht, du wärst … jemand wie Mary Miles Minter oder Mabel Normand für ihn … Ich habe es ja auch gedacht!«

Sie zuckte die Achseln. »Sie haben mich jedenfalls eingestellt. Könnte ja sein, dass es deshalb war, weil ich wirklich Talent habe.«

Sie grinste mich an. Ich grinste zurück.

»Warum gibt es von dir keine Briefe an Taylor? Oder gibt es welche?«

»Einen Brief habe ich ihm geschrieben, ganz am Anfang. Aber keine Ahnung, wo er ist, bei seinen Sachen war er offenbar nicht. Danach haben wir nur telefoniert, und ich habe ihn in New York getroffen, bevor er die Europareise gemacht hat.«

»Hast du Sands kennengelernt?«, fragte ich. Sie antwortete zunächst nicht. Eine Welle von Fragen stieg in mir auf. »Weißt du dadurch von seiner Freundin, Virginia Volk, und nicht von Mary?« Sie schüttelte unwillig den Kopf, und beinahe hätte sie sich an die Stirn getippt. »Kam Sands vielleicht durch dich darauf, wo deine Mutter wohnt, und konnte sie so erpressen?«

»Er war ja schon weg, als ich nach Hollywood kam. Kann natürlich sein, dass er den Brief gefunden und an sich genommen hat«, sagte sie.

Ich überlegte und schüttelte den Kopf. »In seinem Nachlass habe ich ihn nicht gefunden. Nur einen Briefumschlag mit der Adresse deiner Mutter.«

»Ich habe einmal mit Sands am Telefon gesprochen, als ich meinen Vater das erste Mal angerufen habe, aus Mamaroneck«, erwiderte sie. »Ich habe gesagt, ich sei die Tochter einer Freundin aus alten Zeiten. Das war alles. Er machte nicht den Eindruck, dass er es nicht glaubt, und hat den Hörer weitergereicht.«

»Wahrscheinlich hat er Taylor belauscht und ausspioniert. Und vielleicht hat er auch den Brief gelesen, ihn aber später vernichtet.«

Wir waren schnell weitergegangen, so als gäbe es Antwort auf all unsere Fragen oben auf dem Gipfel umsonst, ausgeschenkt in Kristallgläsern. Auf dem Plateau des Hügels war ein prächtiger, ausladender japanischer Tempel errichtet worden. *Yamashiro's* stand auf dem Schild in pseudojapanischer Schrift.

Zwei stinkreiche Geschäftsleute aus Hollywood hatten darin ihre Sammlung altasiatischer Kunst untergebracht, und die ganze Stadt sprach darüber, aber bislang war niemand dort drin gewesen und hatte sie gesehen.

Wir standen nun vor dem Tempel und blickten auf die Ebene hinab. Zu unseren Füßen, in der Mitte eines sorgfältig angelegten japanischen Gartens, konnten wir eine große, dicke goldene Buddhastatue ausmachen, deren Gesicht ein breites Grinsen zierte.

»War es denn Sands?«, fragte sie. »War er also der Mörder?«

Sie schnippte mit den Fingern, woraufhin Enrico, der sich anschickte, im Garten herumzustreunen, sofort innehielt.

»Nein«, sagte ich. »Er hat deinen Vater erpresst, das ja, aber den Mord kann er nicht begangen haben.«

Sie wandte den Kopf und sah mich überrascht an.

»Das heißt, die Suche ist noch nicht zu Ende?«

»Ich werde weiterermitteln«, sagte ich. »Wie war das eigentlich? Kurz nachdem er ermordet worden war, bist du als Ermittlerin eingesetzt worden. Ich dachte, sie hätten dich mitmachen lassen, weil du seine Tochter bist. Aber dann habe ich herausgefunden, dass Byron es gar nicht gewusst hat.«

Sie fuhr sich nervös durch die Haare.

»Das stimmt«, sagte sie leise.

»Wer hat also dann dafür gesorgt?«, bohrte ich weiter. »Wer war es?«

Sie antwortete nicht. Sie blickte in die Tiefe und zog abwehrend die Schultern hoch. »Es muss jemand aus dem Studio gewesen sein, jemand, der es entscheiden konnte. Ein mächtiger Liebhaber von dir.« Sie drehte den Kopf weg. »Und warum?« Sie sagte immer noch nichts. »Was teilst du mit ihm für Geheimnisse?«

»Ich habe keine Geheimnisse«, sagte sie. »Ich habe dir gesagt, ich habe mehrere Liebhaber.«

Sie sah sich auf dem Hügel um, unruhig, so, als suche sie etwas, oder jemanden.

»Und einen Vater, den du mir verschwiegen hast. Natürlich

hast du Geheimnisse, so wie er auch welche hatte …«, sagte ich ungeduldig und setzte zur nächsten Frage an.

In diesem Moment wurden zwei Scheinwerfer aufgeblendet, die zu einer großen, langgestreckten Limousine gehörten, die seitlich neben dem japanischen Tempel geparkt war. Wir bemerkten sie erst jetzt. Polly wandte sich ihr sofort zu.

Mir blieb die Frage im Hals stecken.

»Und zu einem dieser Liebhaber gehe ich jetzt, weil ich ihn heute Nacht brauche«, sagte sie. Sie beugte sich hinab und hakte die Leine an Enricos Halsband ein. Sie sah mich nicht mehr an. Und das machte mich wütender, als ich wollte.

»Zu wem gehst du, Daisy Deane-Tanner?«, fragte ich. »Wer ist dein dritter Liebhaber? Ich meine nicht den verheirateten Schauspieler, der wahrscheinlich so alt wie dein Vater ist. Oder den Chauffeur, mit dem du auch etwas hast und der bestimmt alles Mögliche über deinen schwierigen Vater weiß. Ich meine den dritten!«

»Wir sehen uns dann irgendwann, Hardy«, sagte sie und zog Enrico an der Leine hinter sich her. »Wenn ich wieder dazu in der Lage bin, dich und deine Fragen zu ertragen. Gute Nacht.«

Sie ging zu der Limousine, und der Chauffeur in seiner Uniform sprang heraus. Es war ein Mann im mittleren Alter, nicht Howard Fellows, wie ich es erwartet hatte. Er ging eilig um das Automobil herum, öffnete die hintere Tür und hielt sie ihr auf, steif wie eine Statue. Im Fond des Wagens sah ich einen einzelnen, rötlich glimmenden Lichtpunkt. Sie begrüßte den Fahrer mit einem kurzen Nicken. Und als sie und Enrico hinten eingestiegen waren, konnte ich für einen kurzen Moment sehen, wie ihr Cecil B. DeMille Feuer anbot. Der Schein der Flamme fiel auf ihre Gesichter, als er sich zu ihr beugte. Dann schloss der Chauffeur die Tür. Er eilte nach vorne, stieg ein, und dann verschwand die Limousine in der Nacht.

Und ich war alleine mit Buddha. Aber keinesfalls so gelassen wie er.

37

Die Flasche, die mir Buck als Willkommensgeschenk gegeben hatte, war am nächsten Morgen leer. So hatte ich wenigstens irgendwann einschlafen können.

Ich wachte auf, weil mein Telefon laut und schmerzhaft klingelte. Nur damit es endlich aufhörte, nahm ich den Hörer ab.

»Engel?«

»Hier ist Red«, sagte eine helle Männerstimme. »Der Tankwart vom DeMille-Flugfeld.« Ich grunzte irgendetwas, das bedeuten sollte, dass ich wusste, wer er war. »Sie wollten doch Flugstunden nehmen. Heute wär's möglich.« Ich grunzte wieder etwas, doch diesmal sollte es heißen, dass ich mich dazu leider nicht in der Lage fühlte. »Ich dachte nur«, sagte Red fröhlich und stolz. »Weil Pete Holiday sich gerade im Anflug befindet.«

Heute, da die Sonnenbrille ihren Siegeszug angetreten hat und jeder eine sein Eigen nennt, kann man sich gar nicht mehr vorstellen, wie ich es damals nach einer solchen Nacht ohne einen solchen Schutz in der blendenden Sonne ausgehalten habe. Aber heute gibt es ja viele Dinge, die man damals nicht kannte; und auch die Flugzeuge haben sich gewaltig weiterentwickelt.

Als ich nach einer Katzenwäsche und einem schnellen Kaffee auf dem Flugfeld der Mercury Aviation Company ankam, herrschte dort reger Flugbetrieb. Die dröhnenden Motorgeräusche eines landenden Flugzeugs bereiteten mir schlimme Kopfschmerzen. Erst als es auf der Landebahn ausrollte und abbremste, ging es mir wieder etwas besser, und ich konnte mich, ohne zu schreien, mit dem rothaarigen Tankwart unterhalten.

»Hallo, Mr. Engel. Das ging aber schnell. Lange Nacht gehabt?«, fragte er und gab mir die Hand. Er besah sich meine Augenringe und zog eine komplizenhafte Grimasse.

»Fragen Sie nicht.«

Er lachte verschmitzt und zeigte auf den knallroten Doppeldecker, der eben zu der Tankstelle rollte.

»Pete ist gelandet. Da haben Sie wirklich Glück.«

»Ja, Red, ich habe im Moment eine richtige Glückssträhne«, sagte ich heiter.

Ich ging hinüber zu dem Flugzeug, dessen Propeller auskreiselte, und sah zu, wie ein Prachtkerl in einer Fliegerjacke aus dem Cockpit kletterte und eine Leiter hinabstieg. Er nahm die Lederkappe und die Fliegerbrille ab und schüttelte sein dunkelblondes, ungebändigtes Haar. Um die Augen hatte die Brille große weiße Kreise hinterlassen, das restliche Gesicht war mit Motoröl schwarz verschmiert. Er sah trotzdem blendend und irgendwie sehr heroisch aus.

»Pete Holiday? Ich bin Hardy Engel«, sagte ich.

»Freut mich.« Er zog die Handschuhe aus und drückte mir die Hand so, dass es laut knackte. Aber es tat fast gar nicht weh.

»Wo kommen Sie gerade her?«

»Aus Berkeley«, sagte er und zeigte mit dem riesigen Daumen hinter sich.

»Sie studieren dort?«

»Kunst und Geschichte. Aber meine wahre Leidenschaft ist sie hier, die DH-4«, er tätschelte mit der Hand die Tragfläche seines Fliegers. »Ich verbringe jede freie Minute in der Luft.«

Der Tankwart brachte ihm eine Flasche, und er schraubte sie auf und trank im Gegenlicht. Er sah aus wie ein Model in einer Werbeanzeige auf einem dieser neuen Billboards in der Stadt. Es hätte den Absatz gewiss enorm gesteigert, egal von was.

»Darüber möchte ich mit Ihnen reden«, sagte ich.

»Ich gebe auch Unterricht. Ich bin bei der Army. Und mache Frachtflüge, Postflüge, all so was.«

»Davon habe ich gehört«, sagte ich. »Von dem, wo Sie aus New York in Rekordzeit hergeflogen sind. Von Küste zu Küste in nur einem Tag, ist das richtig?«

»Ja, Sir«, sagte Pete stolz und bleckte die weißen Zähne. »Und ich werde es wieder machen. Wir wollen die Post schneller transportieren als bisher mit dem Zug. Nach San Francisco gibt es ja schon eine Linie, ich bin auch mal von Chicago aus geflogen, das spart eine Riesenmenge Zeit.«

»Warum hat sich das noch nicht durchgesetzt?«, fragte ich.

»Es gab schon einige Tote«, erklärte Pete. »Der Flug von New York hierher in nur einem Tag war ziemlich riskant, eine einmalige Sache. Deshalb wollen wir es mit der Luftpost so machen wie früher mit den Postkutschen im Wilden Westen. Eine Art Stafettenlauf von Ost nach West und umgekehrt, ohne die Fracht zwischendurch in Züge umzuladen. Es gibt bisher nur Teilstrecken, aber man könnte ein ganzes Postflugnetz quer über den Kontinent aufbauen. Warum wollen Sie das wissen?«

Selbst in meinem Zustand merkte ich, dass es jetzt an der Zeit war, zum wirklich interessanten Teil überzugehen.

»Machen Sie auch Passagierflüge?«

Er sah in die Ferne, über die Ölfelder am Rand des Flugplatzes, als plante er schon seine nächste Reise.

»Ja, Sir. Man kann mich auch mieten. Wenn man mich entsprechend dafür bezahlt.« Er grinste selbstsicher und steckte sich einen Kaugummi in den Mund.

»Ich wette, Ihre Flüge tragen Sie nicht immer sauber in irgendwelche Listen ein, oder?«

Er lachte nur. »Sehe ich so aus? Da brauchen Sie sich keine Sorge zu machen, Hardy.«

Red begann, Benzin in den Tank des Flugzeugs zu pumpen. Offenbar wollten sie keinerlei Zeit verlieren.

»Nach Hartford, Connecticut vielleicht?«

»Soll ich Sie da hinbringen?« Er sah mich lässig an, als wäre er sofort abflugbereit. »Ist eines der Ziele, die die Jungs regelmäßig anfliegen, wenn sie austesten, wie weit sie es mit den Postsäcken nach Osten schaffen.«

»Die Jungs?«, fragte ich.

Seine Zähne mahlten beständig. Er wirkte gänzlich unbefangen.

»Vier oder fünf von meinem Stützpunkt, Rockwell Field, ein verrückter Haufen, alle vom Army Air Corps. Wir jagen uns ständig die Rekorde gegenseitig ab.«

Er zwinkerte mir grinsend zu.

»Sie sind doch am 7. Februar von New York nach Los Angeles geflogen? Kamen Sie denn davor auch von hier? Und wann war das?«

»Ja, klar. Am 4. bin ich hier gestartet und am 6. in New York angekommen. Unterwegs habe ich noch ein paar Stopps zum Schlafen eingelegt«, sagte er lässig. »Dann habe ich da ein bisschen gefeiert, rasch einen starken Kaffee getrunken, die Postsäcke eingeladen und bin wieder los. Diesmal nur zwei Tankstopps, ich hab's einfach durchgezogen. Ganz spontan.«

»Haben Sie auf dem Hinflug zufällig einen Edward Sands mitgenommen?«, sagte ich, so beiläufig, wie ich es hinbekam. »Diesen Mann hier?«

Und ich hielt ihm eines der Fahndungsfotos hin.

Er warf nur einen kurzen Blick darauf, dann schnaubte er verächtlich. »Nein, den nicht. Ich weiß, wer er ist und warum er gesucht wird. Er ist der Hauptverdächtige im Mordfall Taylor. Der wäre mir aufgefallen, und ich hätte es natürlich sofort gemeldet.« Er wurde beinahe richtig sauer.

»Selbstverständlich«, sagte ich. »Und was ist mit Ihren Kollegen? Entschuldigen Sie die Frage, aber was ist, wenn er vielleicht richtig viel bezahlt hätte?«

Pete richtete sich zu voller Größe auf.

»Hören Sie, wir sind gute Jungs. Wir sind von der Army.«

Ich glaubte ihm. Schon das Datum passte nicht. Nach Dr.

Lutins Aussage war Sands am 4. Februar ja bereits in Connecticut gewesen.

»Das bezweifle ich keine Sekunde, Pete«, sagte ich. »Ich ermittle im Fall Taylor, und ich gehe nur einfach alle Möglichkeiten durch. Kennen Sie oder die anderen einen Mr. Robins? Aus Mamaroneck, Long Island, ein Geschäftsmann, Restaurantbesitzer?«

Er überlegte nicht lange. »Nicht, dass ich wüsste. Aber ich kann ja noch mal rumfragen.«

»Oder eine Polly Brandeis? Jung, hübsch, braune Locken?«

Er lächelte selig. »Jede Menge. Aber nicht mit diesem Namen.« Er entspannte sich wieder. Es war selbst ein echtes Schauspiel, wenn er sich entspannte.

»Sie müssen ein verdammt guter Flieger sein. Sie, und die Jungs auch. Ich kenne Leute von Paramount, vielleicht gibt es dort mal einen Film, bei dem Sie mitmachen können.«

»Da haben wir was gemeinsam«, sagte er. »Hab schon mal für die gearbeitet, erst vor kurzem. Transportflüge bei Dreharbeiten, und ich werde sogar im Film zu sehen sein, wie ich über die Berggipfel hinwegdonnere. Der Regisseur war Micky Neilan.«

»Ach ja?«, fragte ich.

»Ja. Ich arbeite für fast alle Studios. Meistens Luftaufnahmen. Ich starte gleich wieder, dann mache ich Fotografien von oben, von den Studios und von den Sets. Damit man sieht, wie groß sie sind, sie nutzen die Bilder für ihre Publicity. Der lukrativste Job für uns Piloten, weitaus besser, als irgendwo auf dem Land den Bauern Kunststücke für einen Dollar vorzuführen, wie andere Jungs. Wollen Sie mit?«

Er zeigte mit dem Daumen nach oben. Ich hatte mein Notizbuch herausgeholt und meinen Namen und meine Telefonnummer auf eine Seite geschrieben, die ich nun herausriss und ihm hinhielt.

»Nein, danke. Würden Sie sich umhören, ob jemand anderes in dieser Zeit Passagierflüge an die Ostküste unternommen hat, und mich anrufen, wenn Sie mehr wissen?«

»Kann ich gerne für Sie tun, Hardy«, sagte er und steckte den Zettel ein. »Auch wenn ich sicher bin, dass ich das wüsste. Und wenn Sie einmal eine Flugstunde bei mir nehmen wollen, rufen Sie mich an. Jederzeit.«

Er reichte mir zwischen zwei Fingern eine Visitenkarte, zwinkerte mir zu und stieg wieder in sein Flugzeug, das der Tankwart inzwischen aufgetankt hatte. Pete führte noch ein paar Checks durch, bevor er wieder abhob. Und wenn ich eine Blondine gewesen wäre oder eine der vielen namenlosen Brünetten, dann wäre ich gewiss mitgekommen.

»Sie wollten doch mit Jeff sprechen«, sagte Red, nachdem er Pete verabschiedet hatte. »Der Mechaniker. Er ist drüben im Hangar.«

Jeff war, aus der Nähe betrachtet, ein kleiner dünner Mann in einem säuregrünen Overall, der ihm zu groß war und ihm um die Beine und den Leib flatterte. Er war bei weitem nicht so glamourös wie Pete, er hatte Pickel und das Gesicht eines Reptils, mit breiten Wangenknochen, schmalen Augenschlitzen und einer zurückweichenden Stirn. Er sah so aus, als ob er in diesem geschlossenen, lichtlosen Hangar schon sein ganzes Leben lang hauste, wie ein Grottenolm, und er war äußerst misstrauisch.

»Jeff? Ich bin Hardy Engel und untersuche den Mord an William Desmond Taylor. Kann ich kurz mit Ihnen reden?«

Er sah kaum hoch, während er an einem Flugzeugmotor herumschraubte, der an mehreren schweren Eisenketten fixiert von der Hallendecke herabhing. Das dazugehörige Flugzeug parkte daneben. Zahlreiche Motorteile lagen auf dem Boden um ihn herum. Auf einem Holztisch stand ein großer metallener Werkzeugkasten, aus dem er sich bediente.

»Hab zu tun.«

Ich sah ihn wieder vor mir, wie er mit dem Duke und seinen Handlangern redete, als ich ihnen damals gefolgt war. Ich beschloss, ihn nicht gleich darauf anzusprechen.

»Sie haben doch Taylor betreut, wenn er geflogen ist?«

»Hab ein paarmal mit ihm geredet. Aber hab eigentlich nur die Flugzeuge für ihn bereitgestellt. Sie sind wirklich kein Journalist?«, fragte er und blinzelte mit den gelblichen Augen, genau so, wie ich es schon bei Krokodilen im Zoo gesehen hatte. Er konnte vermutlich auch zuschnappen wie eines.

»Nein. Ich bin Privatdetektiv. Er soll ein sehr guter Flieger gewesen sein?«

»Kann man so sagen«, antwortete er maulfaul und widmete sich wieder einer kleinen Ölkanne, aus der er ein paar Tropfen in den Motor träufelte.

»Wie weit ist er denn geflogen? Und wohin?«

»War ja nicht dabei«, sagte er und schickte mir einen Blick, der mindestens so bleihaltig war wie sein Motorblock. Dann stutzte er und ergänzte widerwillig: »Nur einmal, da hat er bei einem kurzen Tankstopp erzählt, dass er nach Santa Barbara fliegt.«

»Nach Santa Barbara, die Küste rauf? Kannte er dort jemanden?«

»Keine Ahnung. Er hatte Wandersachen dabei, einen Rucksack, Seile und so was. Vielleicht wollte er von da in die Berge, was kümmert's mich. Diese Piloten sind sowieso alle völlig verrückt, Mister.«

»Engel. Hardy Engel«, half ich ihm aus. »War mal jemand vom Studio dabei? Der alte Chef von dem Ganzen hier, Mr. DeMille, er ist ja auch Regisseur und ein begeisterter Flieger?«

Er wurde gleich etwas verbindlicher.

»Ja, er und Taylor sind ab und zu mal zusammen geflogen. Ist ja ein Zweisitzer, die Junkers-Larsen, die Piloten sitzen sogar nebeneinander. Und als Taylor die Flugaufnahmen für seinen Film gemacht hat, da hat Mr. DeMille eine der Maschinen gesteuert, einfach so, als wär er bloß ein Stuntman. Hat ihm Spaß gemacht.«

Für seine Begriffe war er jetzt richtig ins Plaudern gekommen.

»Und Mr. Chaplin ist auch mal hergekommen, als sein Bruder noch das Flugfeld drüben besessen hat, da, wo jetzt Rogers sitzt.«

»Charlie Chaplin?«, fragte ich beeindruckt.

Er nickte heftig und voller Stolz.

»Wird über diese Flüge irgendwo Buch geführt?«, sagte ich.

»Nein. Chaplin oder Taylor würden Sie sowieso in keiner Liste finden. Haben sich immer unter anderem Namen angemeldet. Das machen die Stars so.«

»Und die kleine Minter?«

Er nahm einen Schraubenschlüssel und drehte mit großer Sorgfalt eine sehr dicke Schraube sehr fest.

»Ist einmal mit Taylor geflogen. Oder *auf* ihn, haben Sie die Zeitungen nicht gelesen?«, sagte er keuchend, und sein Lachen ging direkt in ein heiseres Husten über. »Das war im Dezember. Danach hat sie ein paar Flugstunden genommen, aber da war er nicht mehr dabei.«

»Sind Sie sicher?«

»Ja, bin ich«, er sah mich abweisend an. »Flugstunden, wollen Sie welche nehmen?«

»Heute nicht«, sagte ich und fügte verschwörerisch hinzu: »Gestern eine wilde Nacht gehabt. Ich glaube eher, ich rede mal mit Mr. DeMille.«

»Wenn Sie einen Termin kriegen«, sagte er und drehte sich um und legte wieder den Schraubenschlüssel an.

Ich tat so, als wollte ich schon gehen. Und dann sagte ich unvermittelt, als wäre es mir gerade eingefallen: »Sagen Sie, Jeff, wissen Sie vielleicht, wo man hier ein bisschen Koks bekommen kann? So als kleinen Muntermacher?«

Ich sah, wie sich sein Rücken versteifte. Dann drehte er sich langsam um.

»Wie kommen Sie denn darauf?«

»Hab Sie mal mit Alexander Rumford gesehen. Mit dem hatten Sie doch auch zu tun?«

Er wurde höllisch vorsichtig.

»War ein Kunde, mehr nicht.«

»Schade. Ich hätte einen guten Preis bezahlt. Die Studios haben ständig Bedarf. Und da der Duke tot ist, werden die Karten doch ganz neu verteilt.«

Wenn ich seinen Blick richtig deutete, war unsere junge Freundschaft schon wieder vorbei. Er ging jedenfalls nicht darauf ein.

»Haben Sie das Zeug aus Mexiko, Jeff? Holen Sie es selbst? Mit dem Flugzeug?«

Er stand einfach nur da, den Schraubenschlüssel wie eine Waffe in der Hand haltend. »Dort war ich bloß mal im Urlaub«, sagte er langsam und fast bedrohlich. »Aber sonst bin ich immer nur hier und passe auf alles auf.«

»Dann passen Sie nur weiter gut auf, Jeff«, sagte ich und tippte mir zum Abschied an meinen Hut.

Als ich über das Flugfeld zu meinem Oldsmobile ging, flog Petes leuchtend roter Doppeldecker gerade in einer weiten Kurve noch einmal quer über den Platz. Er ging extra tief herunter, ich duckte mich ein wenig und hielt meinen Hut mit beiden Händen fest, und er ließ das Flugzeug genau über mir einmal hin und her wackeln. Für einen Moment blitzten die schneeweißen Zähne über einem flatternden Schal auf, dann gewann er wieder an Höhe, und ich sah einen Arm aus dem Flugzeug winken.

Ich überlegte mir einen Moment lang, alles hinzuschmeißen und mein restliches Leben als Flieger zu verbringen, dann schüttelte ich mich, besann mich eines Besseren und stieg in meinen Wagen. Immerhin fand ich darin in dem Hohlraum unter der Bodenplatte noch zwei Flaschen Whisky, offenbar von der letzten Schmuggelfahrt. Ich öffnete eine, tröstete mich mit einem tüchtigen Schluck, ließ meinen Wagen an und tuckerte davon.

38

Die Sycamore-Bäume vor dem riesigen weißen Hauptgebäude der Paramount standen in voller Blüte, und zwei mexikanische Gärtner mit breiten Strohhüten balancierten auf Leitern inmitten der Äste und schnitten einige von ihnen zurück. Zweige voller Blüten fielen zu Boden, und ich hob einen von ihnen auf und nahm ihn mit hinein.

Ich sprang die Treppe nach oben in den ersten Stock, begrüßte vor Byrons Büro seine Sekretärin Cathy und überreichte ihr den Zweig, wobei ich mein strahlendstes Lächeln aufsetzte.

»Hallo, Mr. Engel«, sagte sie und schlug verlegen die Augen nieder, aber es war nur gespielt. »Das wäre doch nicht nötig gewesen. Sie sind mir ja einer …«

»Da wären wir schon zwei«, sagte ich, während sie an dem Mitbringsel roch. Der Safe hinter ihr war ausgetauscht worden, sah tadellos aus und war hermetisch verschlossen.

Sie nahm eine Blüte zwischen ihre zarten Finger und pflückte sie. Dann stand sie auf und trat an mich heran. Sie steckte mir die Blüte ins Knopfloch und blickte mich von unten herauf an.

Da öffnete sich die Tür neben uns, und Byron Hamilton kam herausgeschossen, der sie sofort hinter sich schloss. Cathy stand so dicht vor mir, dass keine Sycamore-Blüte mehr zwischen uns gepasst hätte. Er wollte ihr eigentlich etwas sagen, hielt aber überrascht inne.

»Hallo, Byron«, sagte ich. »Warum habt ihr Polly gefeuert?«

»Es gibt jetzt Wichtigeres«, wehrte er ab. »Da bist du ja endlich. Die Ergebnisse der Untersuchungen aus New York sind eben eingetroffen. Sie haben sie selbst vorbeigebracht.«

»Wer?«, sagte ich irritiert. Ich hatte sofort ein ungutes Gefühl. Er bedeutete mir nur, mitzukommen, und ich folgte ihm in sein Büro.

Hinter Byrons Schreibtisch stand Bezirksstaatsanwalt Woolwine höchstpersönlich, der soeben dabei war, ein Telefonat zu führen. Byron setzte sich ihm gegenüber auf den leeren Stuhl für Gäste. In weiteren Stühlen lümmelten sich bereits meine speziellen Freunde Ulisses Gordon und Vincent Catanza von der Mordkommission in Hollywood.

»Ja, sofort«, herrschte Woolwine jemanden in der Leitung an und tat so, als sähe er durch mich hindurch, während er seinem Gesprächspartner lauschte.

»Hallo, Engel«, sagte Catanza.

»Hallo, Hübscher«, sagte ich zu ihm.

»Schön, dass Sie Ihren Humor nicht verloren haben«, sagte Gordon, und in seinem Mund blitzten die Goldzähne auf. »Sie werden ihn nämlich gleich brauchen.«

Sie hatten die Hüte aufbehalten, als würden sie gleich wieder gehen wollen. Die Stimmung war angespannt, und ich konnte Gordon ansehen, dass ihm etwas gewaltig gegen den Strich ging. Vermutlich, dass er in Begleitung des Oberbosses den Botenjungen spielen musste. Auf dem Schreibtisch lag eine Akte, und sie war aufgeschlagen.

Woolwine sagte ins Telefon: »Ich verlasse mich darauf. Ich will sie alle dabeihaben!«

Und er knallte den Hörer auf die Gabel und sah mich an: »Guten Tag, Mr. Engel.«

Er setzte sich auf Byrons Platz, als wäre das selbstverständlich, und rückte die Akte gerade.

»Also, was ist los?«, sagte ich und lehnte mich gegen einen Schrank. »Haben Sie also tatsächlich schon die Zeit gefunden, die Fingerabdrücke von Sands abzugleichen?«

Catanza lachte laut auf. »Ob wir sie tatsächlich schon abgeglichen haben, fragt er!«

Er sah beifallheischend zu Gordon. Doch der beachtete ihn überhaupt nicht, sondern pulte sich etwas Nagelhaut von seinem Daumen und biss darauf herum. Woolwine wandte sich an Byron. »Sagen Sie es ihm schon.«

Der nickte. »Zunächst einmal zu den Fingerabdrücken, Hardy. Bezirksstaatsanwalt Woolwine und die beiden Detectives haben die Ergebnisse freundlicherweise herübergebracht.«

Catanza grinste wie ein Pantomime. Gordon ließ die Mundwinkel hängen. Woolwine beobachtete mich mit einem Gesichtsausdruck, als hätte er Salzsäure geschluckt.

Byron reichte mir zwei große Abzüge.

Es waren riesenhafte Vergrößerungen zweier Daumenabdrücke, schwarz auf weiß. Unter dem linken stand *Sands, Edward* und ein Aktenzeichen der Polizei von Los Angeles. Und unter dem rechten stand *Calley, Dick* und ein Aktenzeichen der Polizei von Hartford, Connecticut.

Es war auf Anhieb zu erkennen, dass es sich um dieselben Linien und Kreise handelte. Man brauchte keinen Gutachter dafür.

»Dass es sich bei Calley um Sands handelt, ist doch klar«, meinte ich ungeduldig.

»Trotzdem mussten wir es überprüfen. Sagen Sie ihm das andere«, befahl Woolwine und holte etwas aus der Tasche, steckte es in seinen Mund und spülte es dann mit einem Schluck Wasser herunter.

Ich zündete mir eine Zigarette an, um mich zu beruhigen. Doch es wirkte nicht.

»Im Autopsie-Bericht steht, dass Sands Selbstmord begangen hat«, nuschelte Catanza gelangweilt.

»Na und?«, fragte ich. »Natürlich steht das da.«

»Ein aufgesetzter Schuss in die Schläfe. Ein Suizid wie im Bilderbuch«, fügte Gordon hinzu.

»Es ist das eindeutige Ergebnis der Ermittlungen des neuen Kriminallabors in Connecticut«, sagte Woolwine. »Und diese beiden Detectives aus Hollywood können es bestätigen, sie haben alles genau geprüft.«

Er sah Gordon und Catanza an wie zwei Schuljungen. Gordon biss sich auf die Lippe. Catanza nickte dem Staatsanwalt beflissen zu.

Byron schob mir ein Foto hin. Es zeigte den Toten, mit geschlossenen Augen, die Eintrittswunde an seiner Schläfe war deutlich zu sehen.

»Aber es war Mord, wie ich in meinem Telegramm ja schon schrieb«, sagte ich.

Woolwine nahm die Hände vom Tisch und faltete sie wie zum Gebet. Eine senkrechte Falte erschien auf seiner Stirn, als er mich prüfend musterte. »Nein, war es nicht«, behauptete Woolwine.

»Es war Selbstmord«, sagte Gordon zu seinem Knie.

Byrons Telefonapparat klingelte. Woolwine beachtete es nicht weiter. Und auch niemand sonst.

»Es war ein Mord, der wie ein Selbstmord aussehen sollte«, begann ich. »Der Autopsie-Bericht ist nicht so wichtig …«

Woolwine unterbrach mich: »Natürlich ist er wichtig.«

»Nicht so wichtig wie die Zeugenaussage von Dr. Lutin, aus der folgt …«

»Ihre Schlüsse sind mir bekannt, aber die neuen Erkenntnisse der Kollegen drüben lassen etwas anderes vermuten«, fiel er mir erneut ins Wort.

Ein ganz böser Verdacht beschlich mich.

»Was für neue Erkenntnisse?«

Woolwine schüttelte den Kopf und sagte: »Mr. Engel, auch wenn es vielleicht schwer zu akzeptieren ist, wenn man so stolz auf seinen vermeintlichen Ermittlungserfolg ist wie Sie: Es war Selbstmord.«

Der Staatsanwalt stand abrupt auf und sah mich streng an, mit zusammengekniffenen Lippen, als unterdrücke er ein Aufstoßen.

»Und dieses Ergebnis werde ich jetzt gleich auf einer Pressekonferenz der Öffentlichkeit verkündigen. Sie brauche ich dabei nicht.« Bevor ich etwas entgegnen konnte, wandte er sich an Byron: »Erklären Sie es ihm. Alles. Und zwar so, dass er es auch wirklich versteht. Der Fall ist abgeschlossen. Guten Tag.«

Und er ging zur Tür hinaus und knallte sie hinter sich zu.

»Was zum Teufel ist hier los?«, fragte ich in Richtung der beiden Polizisten.

Byron sah mich mit einer Mischung aus Verständnis und Sorge an. Er ging um den Schreibtisch herum und setzte sich auf seinen Platz.

»Sie werden doch nicht den Boten dafür verantwortlich machen wollen, was er ihnen für Nachrichten bringt«, sagte Gordon beinahe sanft.

»Wollen Sie mich verarschen?«

»Nein, wollen wir nicht«, sagte Catanza. »Wenn wir Sie verarschen wollen, setzen wir uns nämlich lustige Hüte auf und bringen eine Tröte mit.«

Gordon sagte gar nichts. Er pulte weiter an seinem Daumen herum und war rot im Gesicht.

»Also los, was sind das für neue Erkenntnisse?«

Byron durchforstete einen Papierstapel, bis er auf das stieß, was er gesucht hatte. »Schmauchspuren an der Hand des Toten. Er hat die Waffe also eindeutig selbst abgefeuert.«

»Wahrscheinlich hat ihn jemand dazu gezwungen«, sagte ich ungeduldig. »Es *sah nur aus* wie Selbstmord, das habe ich ja auch erst gedacht, als ich ihn dort gefunden habe. Aber sein Hauswirt hat doch gesehen, wie ein Mann sich an Sands zu schaffen gemacht hat, am Tatort, und dann von dort weggefahren ist. Dr. Lutin hat ihn sogar verfolgt, aber der andere Wagen ist zu schnell gewesen. Dann fuhr er zurück und traf auf mich, ich kann also seine Geschichte bestätigen. Es war kein Selbstmord.«

Gordon und Catanza wechselten einen schnellen Blick.

Byron fuhr sich mit beiden Händen durch die Haare und ordnete sie, obwohl nicht ein einziges von ihnen das nötig gehabt hätte.

»Oh, diese Aussage hat Lutin zurückgezogen.«

»Was?«, fragte ich wie betäubt.

»Er hat niemanden wegfahren sehen«, sagte Catanza. »Er hat nur ein Automobil gesehen, das gerade die Straße entlanggefahren ist, und er hat es auch nicht verfolgt, wie er Ihnen offenbar gesagt hat. Er hat keinen Mann bei dem Toten gesehen. Er sagt, er habe nur Sie dort getroffen, als Sie sich um den Toten gekümmert haben, und Sie können von Glück reden, dass er Sie nicht belastet hat.«

»Er hat es mir an dem Tag so gesagt«, beharrte ich. »Und es hat äußerst glaubwürdig geklungen.«

»Vielleicht wollte er sich nur wichtig machen, Hardy«, sagte Byron beschwichtigend.

»Ja«, sagte Catanza. »Diese Leute, die bei der Polizei anrufen und etwas melden – über ihren Untermieter oder Nachbarn –, sie wollen sich doch alle nur wichtigmachen. Und wenn dann jemand kommt und sie ernst nimmt, dann blühen sie so richtig auf. Und ihre Fantasie auch. Das ist es, was passiert sein muss.«

»Nein«, sagte ich etwas zu laut und warf meine Zigarette in die Ecke, dass die Glut in Funken wegstob. »Das ist es nicht. Er hat die Wahrheit gesagt.«

»Er hat seine Aussage geändert«, sagte Gordon mit Grabesstimme. »Und zwar aus freien Stücken.«

»Hat er mit Hank Reiner gesprochen?«, fragte ich.

»Ja, unter vier Augen. Er hat den Doktor vor der Presse schützen müssen, die haben ihm alle nachgestellt«, sagte Catanza.

Ich musste einfach lachen. Ich konnte nicht anders.

»Er hat ihn unter Druck gesetzt. Außerdem gibt es keinen Abschiedsbrief. Wieso nicht?«

Ich wollte jetzt alles auf den Tisch legen, das ich hatte. Ich merkte, dass es dringend nötig war.

»Vielleicht gab es nichts mehr zu sagen«, sagte Byron. Er biss sich auf die Lippen. Schnell legte ich nach.

»Und überhaupt, warum hätte Edward Sands Selbstmord begehen sollen? Es ging ihm gut, er hatte die gestohlenen Sachen von Taylor zu Geld gemacht, das wir vermutlich auf seinem

Konto finden können. Es liefen weitere Erpressungen, er hatte ein gutes Versteck, und er konnte nicht wissen, dass ich auf seiner Fährte war. Im Gegenteil, er war mir ja triumphierend entkommen. Sands hatte keinen Grund, sich umzubringen.«

Byron sah auf den kleinen Stapel Papier, der vor ihm auf dem Tisch lag. Er fuhr mit dem Finger eine Zeile entlang.

»Sein Zimmer wurde nicht durchsucht, steht in Reiners Bericht. Von niemandem außer von dir, und du hättest das auch bestätigt?«

»Das ist richtig. Ich habe dabei die Adresse von Mrs. Deane-Tanner gefunden, und ich bin froh, dass ich es gewesen bin. Der Mörder, wer auch immer es war, hatte gar keine Zeit dazu. Noch einmal: Er wurde von Dr. Lutin gestört, kurz nachdem er den Mord begangen hatte, und musste sofort fliehen, was ihm auch gelang. Wer weiß, wenn es nicht passiert wäre, vielleicht hätte er dann auch noch einen Abschiedsbrief gefälscht oder so etwas, und Sands' Zimmer durchsucht. Vielleicht würden wir jetzt hier sitzen und gar nicht wissen, dass es Mord war, sondern es wirklich für Selbstmord halten. Aber so können wir das nicht. Dr. Lutin ist ein verlässlicher Zeuge, und ich glaube seiner ersten Aussage. Nicht der, zu der Hank Reiner ihn offenbar gezwungen hat, warum auch immer.«

»So verlässlich ist er nicht«, sagte Gordon sarkastisch. »Als die Kollegen Lutin noch einmal verhörten, musste er noch so einiges revidieren.«

»Was denn noch?«, fragte ich. Ich hatte einen ganz dicken Frosch im Hals.

»Lutin hat doch behauptet, sein Untermieter wäre am 1. Februar weggefahren und am 4. Februar bereits zurückgekommen«, sagte Byron und sah dabei die Daten in der Akte nach.

Mir war sofort klar, worauf er hinauswollte.

»Ja«, sagte ich. »Das hat er mir gesagt.«

»War aber nicht so«, sagte Byron. »Dr. Lutin ist noch einmal in sich gegangen, und dann hat er ausgesagt, dass Sands erst am 7. wiedergekommen sei. Da sei er sich ganz sicher, so steht es hier.« Er tippte auf das Blatt vor ihm.

»Die Sache stinkt doch zum Himmel«, sagte ich. »Damit eröffnet sich ja auf wundersame Weise wieder die Möglichkeit, dass es Sands gewesen sein könnte, der den Mord begangen hat.«

»Natürlich war er der Mörder«, sagte Catanza.

»Edward Sands war der Mörder!«, wiederholte Byron scharf.

Gordon nickte vor sich hin.

»Und deshalb soll er sich umgebracht haben?«, fragte ich sarkastisch.

»Ja. Weil er einen Mord begangen hat«, sagte Catanza. »An seinem Arbeitgeber. Das hat ihn belastet.«

»Blödsinn«, sagte ich. »Versuchen Sie nicht, mir das Herz mit so einem Kitsch zu brechen. So war Sands nicht.«

Byron breitete seufzend die Hände aus. »Aber er war ganz offensichtlich ein mittelloser Künstler, ein gescheiterter Schriftsteller, dem das Geld auszugehen drohte, und er war allein irgendwo im Niemandsland in einem möblierten Zimmer.«

»Ein gescheiterter Künstler, Engel – da kann man schon mal an Selbstmord denken, oder?«, fragte Catanza grinsend.

Ich sagte nichts mehr. Byron legte besänftigend nach:

»Du kannst es drehen und wenden, wie du willst, Hardy. Aus alldem kann man nur einen Schluss ziehen, und Mr. Woolwine verkündet ihn gleich auf der Pressekonferenz. Der Mörder Edward Sands hat, in die Enge getrieben, Selbstmord begangen. Der Fall ist gelöst.«

Gordon sah plötzlich hoch: »Und wir können uns nun anderen Fällen zuwenden.«

Seine Stimme hatte einen Unterton, den ich noch nie bei ihm gehört hatte.

»Natürlich können wir das«, sagte Catanza beschwichtigend. »Sergeant Zeigler ist derselben Ansicht, und King und Miller natürlich auch. Wir alle.«

»Und wir werden ihnen unsere gesamte Arbeitszeit widmen, bevor wir abends zu unseren Frauen nach Hause gehen«, sagte Gordon und sah hinüber zu Catanza, bevor er höhnisch sagte: »Diejenigen von uns, die eine haben.«

Es schien um mehr zu gehen als nur um seinen üblichen Groll gegen seinen Partner.

Byron legte mir die Hand auf den Arm. »Du hast Edward Sands aufgetrieben, Hardy. Es ist auch dein Verdienst, dass das alles zu Ende ist.«

»Für mich ist es noch nicht zu Ende«, sagte ich. »Als Erstes werde ich beantragen, dass bei dem Toten noch einmal eine Obduktion durchgeführt wird. Es müssen sich Druckstellen oder andere Hinweise finden lassen …«

»Das ist nicht möglich«, unterbrach mich Catanza triumphierend.

»Warum ist es nicht möglich?«, fragte ich.

Es entstand eine Pause. Byron sah zu Boden. Catanza presste sich die Faust auf den Mund und hatte Mühe, nicht zu grinsen.

»Weil sie die Leiche schon kremiert haben«, sagte Gordon und betrachtete dabei seine Hände.

Ich glaubte für einen Moment tatsächlich, er würde sich nur einen Spaß erlauben.

»Sie haben ihn nicht wirklich verbrannt?«, fragte ich.

»Doch«, sagte Byron. »Die Autopsie wurde ja schon durchgeführt, Hardy. Die Leiche wurde von der Polizei in Connecticut freigegeben, niemand erhob Anspruch darauf, und so kam sie ins Krematorium.«

»Und das war das traurige Ende des Selbstmörders Edward Sands«, sagte Catanza.

»Warum hätte ihn jemand denn überhaupt umbringen sollen?«, fragte Gordon und zerrte an seiner Unterlippe, sodass seine Goldzähne aufblitzten.

Alle drei sahen mich gespannt an.

»Das ist eine gute Frage. Ich habe noch keine Antwort.«

Mir fiel sehr wohl eine ein, doch ich wollte sie vorerst für mich behalten.

»Lassen Sie es gut sein, Engel«, sagte Gordon.

»Ich bin immer noch der Sonderermittler der Staatsanwaltschaft, oder?«

»Nein, aber Sie sind auch nicht mehr länger verdächtig«,

sagte Catanza. Er stand auf, griff in seine Tasche und zog eine Waffe heraus. Es war meine Fünfundvierziger, die sie mir zu Beginn abgenommen hatten, und er ließ sie locker auf den Tisch gleiten. »Bitte schön.«

»Komm, lass uns abhauen«, sagte Gordon zu seinem Partner und erhob sich ebenfalls mit einem Ruck. »Ich bekomme sonst ganz schlechte Laune.«

Er drängte sich an mir vorbei zur Tür, und für einen ganz kurzen Moment sah er mir ins Gesicht. Dann ging er schnell weiter.

Catanza dagegen grinste breit und ließ sich Zeit. Er schlenderte an mir vorbei und streifte mich am Ärmel.

»Auf Wiedersehen, Engel. Bis zur nächsten Leiche.«

Und er lüftete seinen Hut und stolzierte hinaus.

Ich drehte mich kopfschüttelnd um, nahm meine Waffe und ging zur Tür.

»Ich warne dich, Hardy. Woolwine wird sich keine Alleingänge mehr bieten lassen. Du bist gut aus der Sache rausgekommen, verdirb dir das nicht«, sagte Byron in meinem Rücken. »Überleg doch mal, jetzt kannst du endlich kassieren. Du weißt ja: Du musst uns dazu nur das Kundenbuch des Dukes geben.«

Ich ließ die Tür zufallen, ohne mich umzudrehen.

39

Ich gehe nicht nur trinken, wenn es mir schlecht geht. Ich gehe auch trinken, wenn es mir gut geht. Oder eher mittelprächtig.

Jedenfalls landete ich an diesem Abend bei Buck, doch diesmal nicht im Jail Café. Es war sein freier Abend, und da er schon mal Ausgang hatte, trafen wir uns im Pink Flamingo, einer neuen illegalen, ebenso streng geheimen wie stadtbekannten Mischung aus Spielhölle und Tanzclub.

Das Cocoanut Grove im Ambassador Hotel war berühmt für die Palmenhaine, in denen Gorillas hingen und zwischen denen Engel auf Schaukeln hin und her schwangen. Im Hotel Alexandria gab es den Palm Court und den Golden Room, der einen mit seiner Pracht blendete und zu privaten Orgien einlud. Das Pink Flamingo, in einer Halle an den Docks von Long Beach gelegen, wartete links mit einer langen Reihe von mit grünem Filz bespannten Spieltischen für Würfel und Karten auf, und rechts mit einer großen Tanzfläche. Auf dem Podium dahinter spielte eine Jazzband ein paar Nummern, die so schnell waren, dass sie die Spieler alle früher oder später zum Tanzen animierten.

Und so laut, dass ich mit Buck in einer Ecke reden konnte, ohne Mithörer befürchten zu müssen. Wir bekamen dank ihm, der als Gastronom und Lieferant in der ganzen Stadt bekannt war, Drinks aufs Haus – Cocktails, von denen die Welt noch nie gehört hatte, und ausländische »Import-Spezialitäten«.

Während wir sie uns schmecken ließen, brachte ich ihn auf den neuesten Stand darüber, was ich an der Ostküste erlebt hatte, und auch, was Polly und ihre Familie betraf.

Er hatte schon alles über Woolwines Pressekonferenz den Abendzeitungen entnommen: Der Tote in Connecticut sei der gesuchte Edward Sands, und er habe Selbstmord begangen, aufgespürt und in die Enge getrieben von dem Detektiv, den man in den Osten entsandt hatte. Ein gewisser Hardy Engel, der im Auftrag des glorreichen Staatsanwalts Woolwine agierte, zusammen mit dem unvergleichlichen NYPD. Ein Foto von mir hatten die meisten nicht noch einmal gebracht, außer der *Record* auf Seite acht. Dafür gab es jede Menge von Bezirksstaatsanwalt Thomas Lee Woolwine und seinen Leuten, die Kinne kantig vorgereckt.

»Sie sind entweder sehr dumm«, sagte ich zum Abschluss meines Berichts und trank mein Glas leer, »oder sehr entschlossen, etwas zu vertuschen. Wahrscheinlich beides.«

»Na schön«, sagte Buck und öffnete nun eine Flasche Tequila, beste Ware, die der Besitzer aus Mexiko herüberschmuggeln ließ. »Wie sicher bist du, dass nicht Sands der Mörder von Taylor war?«, fragte er.

»Ganz sicher. Denn er hat ja ein Alibi, durch die erste Aussage von Dr. Lutin, der ich glaube. Er war am 4. Februar in Connecticut, wie hätte er nach dem Mord so schnell dort hingelangen sollen? Geflogen ist er nicht.«

Buck nickte, und dann fragte er weiter. »Und wie sicher bist du, dass Sands ermordet wurde?«

»Auch ganz sicher«, bekräftigte ich. »Sie haben Dr. Lutin unter Druck gesetzt, seine Aussage zu widerrufen. Das ist sonnenklar.«

Er nahm sich eine Zitrone, schnitt sie in Scheiben und stellte einen Salzstreuer auf den Tresen. Der schwarze Barkeeper ließ ihm vollkommen freie Hand.

»Wer, glaubst du, hat Sands getötet? Wer war der Mann, der weggefahren ist?«

»Wer weiß. Genau das will ich herausfinden.«

»Was ist mit dem neuen Ehemann von Taylors Ex-Frau? Immerhin wurde sie ja von Sands erpresst«, sagte er.

»Genau, Mr. Owen Robins, den ich nicht kennengelernt habe. Offenbar ein respektabler Mann, der sie geschützt hat, dafür gesorgt hat, dass sie nicht gefunden werden können. Der sich nicht erpressen ließ. Dessen Familienglück durch die ganze unglückselige Taylor-Geschichte permanent in Gefahr war, vor allem in letzter Zeit.«

Buck nahm die erloschene Zigarre aus dem Mund. Er hatte vergessen, daran zu ziehen. »Er war nicht da?«

Ich schüttelte den Kopf.

»Nein«, sagte ich. »Er war auf Geschäftsreise. Deshalb kann ich nicht sagen, ob er ein Typ ist, dem ich einen Mord zutrauen würde. Zeitlich würde es passen, und vielleicht war er gar nicht geschäftlich unterwegs.«

»Du kannst Polly dazu befragen. Herausfinden, welches Verhältnis sie zu ihrem Stiefvater hat.«

»Oder überhaupt zu Vätern. Und Vaterfiguren«, sagte ich grimmig.

Buck setzte seine Zigarre wieder in Brand.

»Aber lassen wir die ganzen Nebelbomben mal beiseite und reden wir über Taylor. Wer hat ihn umgebracht? Du bist dir sicher, Sands kann es nicht gewesen sein, euer bisheriger Hauptverdächtiger. Aber wer, denkst du, war es dann?«

Ich nickte und schnippte grimmig Asche von meiner Zigarette.

»Das ist eine verdammt gute Frage, und ich bin froh, dass ich sie endlich mal mit dir besprechen kann. Wenn ich mit Byron oder mit Polly oder mit den ganzen Polizisten rede, muss ich schwer aufpassen, was ich sage.«

»Völlig richtig«, sagte er. »Machen wir das, was die ganze Stadt seit Wochen macht, das ganze Land: Spekulieren wir hemmungslos über den Fall Taylor.«

Ich goss zwei kleine Schnapsgläser voll. Wir prosteten uns zu.

»Ich habe auf der Zugfahrt lange Zeit gehabt, über das

Ganze nachzudenken«, sagte ich und leckte das Salz und trank den Tequila und biss in die saure Zitrone. »Bisher bin ich nur der Spur der Erpressung nachgegangen, aufgrund des anonymen Briefes, den Byron gefunden hatte. Taylor hatte genau die Summe abgehoben, die verlangt worden war, zweitausendfünfhundert Dollar. Es sprach einiges dafür, dass er deshalb ermordet wurde, zumal das Geld nachher verschwand und bislang noch nicht gefunden wurde. Als ich dann den Hinweis von Mabel Normand erhielt, dass Taylor einen Streit mit dem Duke hatte, schien dieser höchst verdächtig.«

»Aber dann hat sich herausgestellt, dass er es nicht gewesen ist. Trotzdem musste er sterben, womöglich, weil er zu forsch aufgetreten war und jemanden provoziert hatte«, sagte Buck und vollzog das gleiche Ritual.

»Oder, weil alle annehmen, dass er sich sein Kundenbuch von mir hat klauen lassen. Auch wenn ich es abgestritten habe und es in deinem Keller gut aufgehoben ist«, sagte ich.

»Ist es, und niemand hat danach gefragt«, bestätigte Buck.

Er schenkte uns wieder nach, und ich schnitt neue Zitronenscheiben zurecht.

»Dann stellte ich bei Blowfish den zweiten anonymen Brief sicher, und der Schriftvergleich ließ keinen Zweifel, dass Edward Sands der Erpresser war. Wodurch ich entlastet war und für Woolwine und King als Sonderermittler an die Ostküste fahren konnte.«

»Vielleicht war das ja auch nur ein Ablenkungsmanöver«, sagte Buck.

»Wahrscheinlich sollte ich Sands dort nie finden, aber ich tat es.«

»Doch er konnte nicht mehr zum Fall Taylor aussagen, weil er ermordet worden war.« Er zog an der Zigarre. »Da scheint jemand bereit zu sein, alles zu tun, um die Wahrheit zu verschleiern.«

»Ablenkungen, Vertuschungen und Manipulationen gab es jedenfalls jede Menge, schon die ganze Zeit«, nickte ich. »Dazu gehören auch diese Dinge, die man bei Taylor gefunden hat –

die Liebesbriefe der Schauspielerinnen, von Mabel, die dann auf höchst mysteriöse Weise an die Öffentlichkeit gekommen sind. Durch wen? Und die Höschensammlung, die einfach nicht zu Taylor passen will. Ich bin mir beinahe sicher, dass irgendwer sie dort platziert hat.«

Wir tranken beide wieder. Wir hofften, dass es unserer Kombinationsgabe auf die Sprünge half. Tequila soll dabei ja enorme Zauberkräfte entfalten.

»Wer? Und warum?«, fragte Buck kopfschüttelnd. »Ging es einfach nur darum, Mabel Normand zu diskreditieren und den Verdacht auf sie zu lenken?«

»Gute Frage«, sagte ich. »Was genau sollte hier vertuscht werden?«

»Vielleicht wollten sie ja wirklich nur den nächsten großen Skandal verhindern und haben es dabei übertrieben?«, sagte Buck aufs Geratewohl. »Taylors Studio, Paramount, Byron, DeMille, Lasky.«

»Oh, das wollten sie bestimmt«, sagte ich. »Laemmle hat mich vor DeMille gewarnt und Druck gemacht. Er wollte, dass ich den Produzenten das Kundenbuch gebe. Die Produzenten sind gefährlich, und ich werde mich noch mit ihnen beschäftigen müssen. Die Frage ist nur: Worin hätte dieser Skandal, den sie so fürchten, bestanden? Auch wenn er offenbar nicht der Mörder gewesen ist, es würde mich brennend interessieren, womit Sands seinen früheren Chef erpresst hat.«

»Ist das nicht klar?«, fragte Buck. »Mit dem Wissen um seine Vergangenheit, um die falsche Identität?«

»Vielleicht gibt es da noch etwas in Taylors Vergangenheit, von dem wir nichts wissen. Bekannt ist uns bisher nur: Deane-Tanner, ein Antiquitätenhändler, Familienvater in den besten Jahren – er war Mitte dreißig –, klaut Geld, verlässt seine Familie und taucht unter. Was hat er gemacht, von 1908 bis 1913, bevor er in Hollywood aufgetaucht ist? Fünf Jahre, über die wir nichts wissen. Wie hat er sie verbracht? Wo, und mit wem? Wer weiß davon, wer war dabei?«

Buck nickte vor sich hin.

Vor uns bewegten sich Pärchen zur Musik wild durcheinander. Ein spektakuläres blondes Mädchen tanzte alleine direkt vor uns und schüttelte sich, als hätte eine Klapperschlange sie gebissen. Der Tanz hieß »Shimmy«, und während man bei anderen Tanzarten nur die Beine bewegte, bewegte man dabei alles. Sie war etwa so auffällig wie ein Flamingo in einem Kolibrigehege. Aber wir nahmen sie kaum wahr.

»Und vor allem: Warum hat er das gemacht? Das ist für mich die große Frage. Denn es ist der entscheidende Bruch in seinem Leben. Nicht zu verstehen für seine Frau und seine Tochter, für niemanden, der ihn kannte, auch für mich nicht. Ihnen tat dieser Schritt besonders weh, und die Sache lässt sie nicht los, bis heute nicht. Warum nur hat er das getan? Das ist die Schlüsselfrage.«

»Abenteuerlust. Langeweile«, sagte Buck und paffte blaue Rauchringe. »Männer gehen manchmal eben weg, auch ohne Grund. Wir alle sind selbst einmal weggegangen, du aus Deutschland, ich aus Schottland, sonst wären wir nicht hier, in Amerika.«

»Aber wir haben niemanden zurückgelassen«, sagte ich.

»Und es hat uns niemand deswegen getötet«, sagte Buck.

Wir grinsten uns an und klickten unsere Tequilagläser aneinander.

»Zumindest noch nicht«, sagte ich heiter und lutschte noch einmal an meiner Zitronenscheibe, obwohl längst kein Saft mehr in ihr war.

»Kommt DeMille auch in Frage?«, erkundigte sich Buck mit schwerer Zunge. »Als Mörder von Taylor, meine ich natürlich.«

»DeMille?«, fragte ich.

»Er scheint sich ja sehr zu engagieren, und er ist Pollys Liebhaber, sagst du. Er war bestimmt emotional involviert.«

»Er hat gesagt, er sei ein guter Freund von Bill Taylor gewesen. Sah äußerst mitgenommen aus auf der Beerdigung.« Ich sah mich um. »Verdammt. Wir haben keine Zitronen mehr.«

»Spricht nicht unbedingt dagegen, eher dafür, oder? Vielleicht hat er ja etwas über diese dubiose Vergangenheit von Taylor gewusst oder erfahren? Und fühlte sich als Chef des Studios betrogen, getäuscht oder sogar bedroht und hatte Angst, dass die Sache durch eine Erpressung auffliegt.« Er schenkte uns wieder ein. »Oder umgekehrt: Taylor gefiel es nicht, dass DeMille etwas mit seiner Tochter hatte, und es gab Streit. Ich spinne einfach nur mal herum.«

Wir tranken den Tequila. Ohne Zitronen, und wir pfiffen auch aufs Salz. Dann fiel es mir ein.

»DeMille war zum Zeitpunkt des Mordes gerade erst in New York angekommen, auf einem Schiff. Dort haben sie ihm die Nachricht überbracht. Er kann es nicht gewesen sein.«

Links an den Tischen brach ein Streit aus, zwei der Spieler prügelten sich und stürzten in die Menge der Umstehenden, mitsamt Würfeln, Karten und Chips, doch mehrere Angestellte in Smokings gingen sofort dazwischen und zerrten sie auseinander. Vielleicht gehörte es auch nur zur Show.

Buck runzelte die Stirn. »Wie sicher ist das?«

»Es gab Telegramme, Telefonate«, sagte ich und schüttelte heftig den Kopf: »Und er war krank, rheumatisches Fieber, er konnte nicht mal richtig laufen und ging am Stock. Nein, das wäre schon ein gigantischer Betrug und eine vollkommen irre Inszenierung gewesen.«

Buck zuckte nur die Achseln: »Na und? Eine irre Inszenierung, klingt doch ganz nach dem Regisseur DeMille, so wie ihn die ganze Welt kennt, oder nicht?«

Wir grinsten uns an. Ich hielt die Tequilaflasche bereit. Zum Einschenken, nicht zum Zuschlagen.

»Da hast du auch wieder recht. Inszeniert wurde in dem Fall eine ganze Menge.«

Der Tequila schmeckte weich und warm. Wir waren uns längst einig, dass auch Buck diese Marke importieren sollte, versteckt in Zitronenlastwagen aus Mexiko.

»Übrigens hat der Duke seine Geschäfte offenbar über den DeMille-Flugplatz abgewickelt. Wäre zumindest mal interessant zu erfahren, was unser Starregisseur davon wusste. Ich werde den Verdacht nicht los, dass diese Drogengeschichte irgendeine Rolle gespielt hat, ich weiß nur noch nicht, welche.«

Buck beobachtete jetzt doch die Blondine, die sich weiterhin vor uns abrackerte. Und er war ganz schön betrunken. Ich hatte ihn selten so gesehen.

»Weißt du was? Meiner Meinung nach«, sagte er, »musst du geradezu froh sein, wie alles gelaufen ist.«

»Spinnst du?«, fragte ich. »Sands kann es nicht gewesen sein, er ist ermordet worden, und ich soll den Fall abschließen, obwohl der wahre Mörder Taylors noch auf freiem Fuß ist. Das ist ein Stück aus dem Irrenhaus.«

»Überleg doch mal«, sagte er. »Wenn sie Sands als Mörder ausgeschlossen hätten, wärst du dran gewesen. Du hast dich verdächtig gemacht, wurdest neben der Leiche gefunden und hast kein Alibi. Also musst du sie besser in dem Glauben lassen, dass es Sands gewesen ist. Und jetzt ist er auch noch tot und kann sich nicht mehr wehren. Es ist eine ideale Lösung.«

»Ich weiß«, sagte ich. »Auch für Woolwine, und er hat mir ja recht deutlich gedroht. Aber es ist nicht die Wahrheit.«

»Die Wahrheit«, sagte er lächelnd, »ist eine verdammt heikle Sache in Hollywood. Hier musst du lügen, so wie jeder eben. Zumindest so lange, bis du den wahren Täter präsentieren kannst.«

Ich wusste, das er recht hatte. Also nickte ich brav. Und fügte hinzu: »Und ich denke, das genau ist der Grund, warum man Sands umgebracht hat: Es ist die ideale Lösung.«

»Er ist ein perfekter Sündenbock, ein vorbestrafter Verbrecher. Und ein Täter, der nicht aus der Filmgemeinde stammt. Passt natürlich prima, wenn man einen Skandal vertuschen will. Um von wem abzulenken?«, fragte er. »Und wer war es?«

»Das ist genau die Frage«, sagte ich. »Und ich werde nicht aufhören, ihr nachzugehen. Du kennst mich ja.«

»Leider.«

Buck grinste, nahm den Salzstreuer und warf sich Salz über die rechte Schulter. Nicht weil es Glück bringen und die bösen Geister abhalten sollte. Sondern weil er damit die wild tanzende Blondine direkt hinter ihm auf sich aufmerksam machen wollte. Sie hörte auch prompt auf, den Oberkörper zu schütteln. Doch sie kam auf *mich* zu.

»Brauchen Sie einen Glücksbringer?«, fragte sie mich.

»Wer braucht den nicht?«, sagte ich und grinste sie an.

Sie kam nahe heran. Sie hatte schwarze, gezupfte Augenbrauen und roch nach Schweiß.

»Ich bin Schauspielerin bei Fox«, sagte sie leise und zutraulich. »Und Sie dürfen sich etwas wünschen, Hardy Engel, der Mann, der den Fall Taylor gelöst hat.«

Sie lächelte vielversprechend und sah auf eine Stelle knapp oberhalb meines Gürtels. Schien eine passionierte Zeitungsleserin zu sein. Ich lachte auf und suchte den Blick von Buck. Doch er sah nicht zu mir. Er war damit beschäftigt, die Blondine anzustarren.

»Dann wünsche ich mir, dass Sie das mit meinem Freund Buck hier besprechen«, sagte ich und zeigte auf ihn. Er konnte nur nicken, nichts sagen.

»Abgemacht.«

Sie lächelte mir zu, packte ihn bei seiner Krawatte und zog ihn mit sich.

40

Am nächsten Morgen erhielt ich sehr früh – gegen elf – per Boten ein Telegramm. Es stammte von Mabel Normand, die erklärte, dass sie zu Dreharbeiten des Sennett-Studios in Wyoming weilte, wo sie eine Westernparodie drehte. Sie hatte dort die Zeitungen gelesen, gratulierte mir zu meinem Erfolg und schrieb, sie würde ihre Bank anweisen, mir den Bonus von zweihundert Dollar auszuzahlen. Ich hatte sie heute aufsuchen und auf den neuesten Stand bringen wollen. Ich hätte ihr gesagt, dass ich weiterermitteln müsse, doch das konnte ich mir nun schenken. Die Dreharbeiten erklärten auch, warum sie wieder zahlungskräftig war. Sie würde sich in der Einöde, in der sie wochenlang würde ausharren müssen, auch jede Menge Alkohol kaufen können, aber das war kein Problem, das ich von hier aus lösen konnte. Ich hatte gerade meine eigenen Alkoholprobleme.

Nachdem ich einigermaßen wach geworden war, ging ich hinunter und fuhr die paar Blocks hinüber zu Western Union. Ich schickte Mabel Normand eine kurze Antwort, in der ich ihr dankte. Das war ich ihr schuldig, fand ich. Ich formulierte das Schreiben so, dass es keine Lüge enthielt und mir die Möglichkeit offenließ, ihr später noch die Wahrheit zu sagen. Mein weiteres Vorgehen wollte ich mir nun überlegen.

Ich fuhr zurück zu mir nach Hause, vorbei an frisch getünchten Gebäuden, die mich mit ihrer weißen Glätte blendeten, als wollten sie mich quälen, und Palmen, die mir höhnisch zuzuwinken schienen.

Zufällig führte mich der Weg durch die Straße, in der das Paramount-Studio lag. Trotz meiner heftigen Kopfschmerzen nahm ich im Vorbeifahren wahr, dass dort ein großer Auflauf herrschte und noch immer der Film mit Miss Minter gedreht wurde. Ich fuhr weiter, die paar Blocks zum Wilshire Boulevard.

Den Rennwagen parkte ich unten an der Straße vor meiner Wohnung. Ich hatte den ganzen Tequila ausgeschwitzt und würde schon wieder mein Hemd wechseln müssen. Ich ging also zunächst zur Reinigung gegenüber und holte meine Kleider ab. In der Bank daneben hätte ich die zweihundert Dollar abheben können. Aber vorerst wollte ich es nicht tun. Ich fand es einfach nicht richtig, da der Fall nicht wirklich gelöst war. Und ich hatte noch etwas Geld übrig von dem Vorschuss, den Mabel mir seinerzeit gegeben hatte.

Die Schlagzeilen der Zeitungen, die an der Straße verkauft wurden, beschäftigten sich noch immer mit dem Taylor-Fall. Sie veröffentlichten Details aus dem Vorleben des vermeintlichen Mörders Sands, und manche ergingen sich in Spekulationen über Mabel Normand oder über Taylors Liebesleben. Die *Times* hatte irgendwie von der Höschensammlung Wind bekommen, zitierte anonyme Quellen und mutmaßte, welchen weiblichen Stars sie gehörten. Die Journalisten wollten den Skandal noch ausschlachten, so lange wie möglich, und ihre Auflagen damit hochhalten.

Ich ging schnell aus der Sonne in mein Haus und mühte mich die Treppe hinauf. Schon unten am Absatz hörte ich ein Schnauben, das mir bekannt vorkam.

Im ersten Stock auf der letzten Treppenstufe saß Polly Brandeis und starrte rauchend ins Leere. Neben ihr sprang Enrico auf und wackelte mir hechelnd entgegen. Ich hätte kaum überraschter sein können.

»Du bist hier?«, fragte ich. »Ich habe gedacht, du wärst …«

Sie wirkte so übernächtigt wie ich, und sie hatte dieselben Kleider an wie neulich, die etwas derangiert wirkten.

»Was?«

Schon einmal hatte eine Frau auf dieser Treppenstufe gesessen. Pepper. Ich schüttelte den Gedanken schnell wieder ab.

»Am Set«, sagte ich. »Wo du weiter Regie führst.«

»Ich hab dir doch gesagt, dass sie mich gefeuert haben.«

Enrico nieste zweimal herzhaft gegen meinen Handrücken. Ich hielt mit der anderen Hand meine Hemden und den Anzug hoch. Mein Vermieter Mr. Soerensen sah unten aus seiner Tür und beäugte uns beide, vor allem Polly. Sie winkte ihm zu. Ich ging zu meiner Wohnung und schloss auf.

»Kommt erst mal rein.«

Enrico nahm begeistert den Raum in Besitz und besabberte erst den Teppich und dann die Schuhe und das Bettzeug. Polly erhob sich mühsam und folgte uns. Ich schloss die Tür hinter ihr und legte die Kleidungsstücke aufs Bett. Ich wies Polly den Sessel zu und fingerte in meiner Jacke nach dem Zigarettenetui.

»Ich hätte gedacht, dein Liebhaber hätte deine Entlassung längst wieder rückgängig gemacht«, sagte ich. »Wenn es jemand könnte, dann DeMille.«

Sie biss sich auf die Lippen, und ihre braunen Augen verdüsterten sich. Erst jetzt bemerkte ich die beachtlichen Ringe darunter.

»Vielleicht hab ich ja gar nicht danach gefragt«, sagte sie. »Vielleicht haben wir den Streit, der der Auslöser für die Kündigung war, ja auch gar nicht beilegen können. Dass ich Karriere machen wollte, war jedenfalls nie der Grund, warum ich mich mit ihm …«

Sie vollendete den Satz nicht. Ich versuchte, nicht allzu glücklich zu wirken. Ich bot ihr eine Zigarette an und gab ihr Feuer.

»Und wer dreht jetzt den Film mit Minter?«, fragte ich.

Als ich mich zu ihr herabbeugte, bemerkte ich, dass sie roch, als hätte sie sich schon länger nicht mehr gewaschen.

»Sie haben ihn Charles Maigne gegeben. Soll der Alte sich mit ihnen amüsieren«, sagte sie.

Sie schlug die Beine übereinander, wobei ihr Rock hochrutschte, und ich sah nun, dass sie an beiden Knien Abschürfungen hatte. Sofort wandte ich den Blick ab und sah danach nicht mehr hin.

»Ich mache uns einen Kaffee«, sagte ich. »Ich glaube, wir brauchen beide einen.«

Ich ging hinüber in meine Küche, füllte den Wasserkessel und stellte ihn auf den Herd. Ich konnte sie im anderen Zimmer beobachten, wie sie sich umsah, mit müden Augen die abgewetzten Möbel betrachtete, das nur notdürftig gemachte Bett. Enrico sah mir aufmerksam zu. Ich goss ihm Wasser in einen Suppenteller und stellte ihn auf den Boden.

Während ich den Kaffee aufbrühte, erzählte ich Polly von dem Gespräch mit Woolwine und den beiden Detectives.

»Ich habe die Zeitungen gelesen«, unterbrach sie mich. »Und mir war sofort klar, dass da etwas nicht stimmt. Zumindest passt es nicht zu dem, was du mir neulich erzählt hast: dass Sands nicht der Mörder gewesen sein kann.«

Ich nickte nur und sagte, ich sei noch immer sicher, dass Lutins erste Aussage stimme. Anschließend schien sie Mühe zu haben, ihre Wut zu zügeln.

»Hast du ihn schon angerufen?«

Ich trug den Kaffee zu ihr hinüber und stellte die Kanne und zwei Tassen auf den Schreibtisch. Dann nahm ich das Telefon und ließ mich mit dem Anschluss von Dr. Max Lutin in Warehouse Point, Connecticut, verbinden. Polly drängte sich an mich, und wir legten die Köpfe zusammen.

Nach einer Weile sagte der *Operator:* »Sie können jetzt mit dem Teilnehmer sprechen.«

»Dr. Lutin?«, fragte ich. »Hier ist Hardy Engel.«

Es dauerte einen langen Moment, bis er antwortete.

»Sie sind's.«

Es hörte sich ganz so an, als sei er betrunken.

»Warum haben Sie Ihre Aussage zurückgezogen?«, fragte ich.

Es entstand eine lange Pause. Polly zog fragende Grimassen. Ich beschwichtigte sie.

»Welche Aussage?«, fragte Lutin dann, gefolgt von einem leisen Stöhnen.

»Die, dass Sie jemanden bei der Leiche beobachtet haben, der nach dem Schuss weggefahren ist? Dass es also Mord gewesen sein muss?«

Stille. Dann kam ein Brummen.

»Und die andere Aussage«, legte ich nach. »Dass Sands am 4. Februar bei Ihnen gewesen sei. Sie haben ihm doch ein Huhn gebraten, erinnern Sie sich?«

Wieder das Brummen. »Ach, Mr. Engel … Ich trinke viel in letzter Zeit, müssen Sie wissen … Und da ich so viel trinke, kann ich mich an nichts mehr verlässlich erinnern. Es tut mir leid …«

Ich hörte das Klirren von Glas, und wie gluckernd eingeschenkt wurde.

»Dr. Lutin. Hat Reiner Sie unter Druck gesetzt?«

Er stöhnte noch einmal. »Ich bin ein Säufer«, sagte er bitter und endgültig. »Seitdem meine Frau mir abgehauen ist.«

Und dann klickte es in der Leitung, er hatte aufgelegt.

Polly schlug wütend auf das Bett, dass meine frisch gebügelten Hemden nur so tanzten und Staub aufwirbelte.

»Denkst du dasselbe wie ich?«, fragte ich.

»Ich denke, dass das Studio gewaltig unter Druck steht, und bestimmt auch die Polizei und der Staatsanwalt, der im Wahlkampf steht, und dass sie deswegen solche Meldungen verbreiten. Man kann sich das alles ja lebhaft vorstellen. Aber der wahre Mörder ist noch irgendwo da draußen.«

»Richtig«, sagte ich. »Und ich habe vor, ihn zu finden.«

Sie sprang auf.

»Ich auch! Natürlich will ich herausfinden, wer meinen Vater umgebracht hat«, sagte sie. »Deswegen habe ich auch alle Akten zu dem Fall zu mir nach Hause gebracht. Und wir werden das auch schaffen. Wir beide.«

Sie stand provozierend vor mir. So wie damals, als wir uns kennengelernt hatten.

»Ja, das werden wir«, sagte ich. »Egal, wie schwer es wird.«

»Gut.«

»Natürlich ohne dass sie es mitbekommen«, sagte ich.

»Natürlich«, sagte sie.

»Mit so etwas hast du ja Erfahrung«, sagte ich.

Sie verdrehte die Augen.

»Also gut«, sagte ich. »Wir beide ermitteln ab sofort zusammen, Daisy Deane-Tanner.«

Ich streckte meine Hand aus und sie ihre, und wir schüttelten sie uns irgendwie feierlich.

»Gut«, sagte Polly. »Und wo fangen wir an?«

»Wir gehen noch einmal alles durch, was wir über den Tattag wissen, und erstellen einen Ablaufplan. Wir fangen also noch einmal bei null an.«

»Okay.«

»Und noch etwas.«

»Was?«

»Wir gehen zum Tatort und stellen den Mord nach, in allen Details.«

Sie sah mich betroffen an. Ich sagte:

»Bist du dazu bereit? Du bist seit dem Mord noch nicht da gewesen, oder?«

Sie zögerte. Dann sagte sie:

»Nein … Auch wenn alles dort drin jetzt mir gehört.« Und auf meinen Blick hin: »Laut Testament bin ich die alleinige Erbin. Sie haben mir den Schlüssel überlassen und den Tatort mittlerweile freigegeben. Also los. Machen wir das.«

Sie schob ihren Rock hoch und holte die kleine Flasche unter ihrem Strumpfband hervor. Sie bemerkte meinen Blick, der wieder zu ihren aufgeschürften Knien gewandert war.

»Nicht alles ist genau das, wonach es auszusehen scheint«, sagte sie und hielt mir die Flasche hin. Ich schüttelte den Kopf.

»Oh nein«, sagte ich. »Es ist immer etwas völlig anderes. Das Tolle an unserer Vereinbarung ist: Ab sofort werden wir uns wirklich *alles* erzählen. Denn ab jetzt ziehen wir ja am selben Strang.«

41

Der Alvarado Court wirkte heute viel freundlicher als damals, beinahe so, als könnte hier nie etwas Schlimmes geschehen. Die Büsche blühten in bunten Farben, und die Pergola auf dem Rasenstück in der Mitte der Bungalows war inzwischen fertig gebaut worden und lud dazu ein, sich dort in der Mittagssonne friedlich niederzulassen und zwischen den antiken Säulen aus Beton auf ebensolchen Bänken die Stille zu genießen. Doch niemand war zu sehen.

Wir gingen mit Enrico über den Innenhof, zu dem Haus mit der Nummer 404B ganz hinten links. Er zog an der Leine. Polly war sehr bleich, was in der Sonne noch mehr auffiel, und kniff geblendet die Augen zusammen.

»Wie oft warst du schon hier, sagtest du?«, fragte ich.

»Nur einmal, das war am Anfang, als ich gerade in Hollywood angekommen war«, sagte sie.

»Und dann hat er darauf bestanden, dich woanders zu treffen?«

Sie nickte nur. Ihre Augen waren kleine dunkle Punkte.

»War deine Mutter jemals hier?«, fragte ich.

»Nein«, sagte sie irritiert. »Sie wollte ihn doch nie mehr sehen. Wieso fragst du?«

»Und dein Stiefvater, Owen Robins?«

»Nein, auch nicht.«

»Er scheint oft auf Reisen zu sein, als Geschäftsmann?«

Wir waren jetzt an der Eingangstür angekommen.

»Ja, schon.«

»Aber in Los Angeles war er nie?«

»Nicht, dass ich wüsste. Meistens hat er in New York zu tun.«

»Sie haben dich auch nie besucht?«

»Nein, Hardy«, sagte sie ungeduldig.

An der Tür war immer noch ein Siegel des LAPD angebracht. Sie holte einen Schlüssel heraus, öffnete die Tür, und das Siegel zerriss in der Mitte.

»Wie ist denn das Verhältnis zu deinem Stiefvater? Nennst du ihn ›Vater‹?«, fragte ich und trat über die Schwelle.

»Owen«, sagte sie und sah sich in dem Vorraum um. Wir blickten beide hinüber zum Wohnzimmer. Enrico lief heftig schnaufend dorthin und schnüffelte an den Möbeln und dem purpurroten Teppich auf dem Boden. Wir folgten ihm.

»Was ist Owen für ein Typ?«

»Eine Respektsperson, jemand, der die Dinge in die Hand nimmt«, sagte sie. »Ich glaube, ich hatte Glück mit ihm.«

»Ist dein Stiefvater auch ein Flieger?«

»Nein«, sagte sie überrascht.

»Dein Vater war ein Pilot«, sagte ich und beobachtete sie. »Ich habe es erst kürzlich erfahren. Bist du mal mit ihm geflogen?«

»Nein. Er hat davon geredet, mich irgendwann mal mitzunehmen und es mir beizubringen, aber …«

Sie verstummte plötzlich und wandte sich dem Hund zu.

»Hier, Enrico!«, zischte sie.

Sie ging mit raschen Schritten zu ihm, denn er drückte die Schnauze auf den Blutfleck, der auf dem leuchtend roten, mit schwarzen Arabesken gemusterten Teppich kaum auffiel. Sie nahm Enrico auf den Arm.

»Da war es«, sagte ich beiläufig.

»Ich weiß«, sagte sie. »Die Zeichnungen waren in allen Zeitungen.«

Sie sah auf das eingetrocknete, sich dunkel abhebende Blut hinab. Der trapezförmige Fleck hatte einen Durchmesser von etwa anderthalb Fuß.

»Es war wirklich seltsam«, sagte ich. »Ich habe damals das Blut gar nicht gesehen, als ich ihn gefunden habe, es ist wohl aus seinem Rücken in den Teppich gesickert. Und als ich ihn untersuchen wollte, kam Peavey dazwischen.«

»Was willst du hier jetzt machen?«, fragte sie. »Lass uns schnell anfangen, ich fühle mich nicht allzu wohl in diesem Zimmer.«

»Wir können es auch sein lassen, wenn du nicht willst.«

»Nein, ich will es machen«, sagte sie und setzte Enrico in einen der Sessel in der Ecke. Er rollte sich dort zusammen, und sie drehte sich zu mir um.

»Wir stellen es nach«, sagte ich. »Ich bin Taylor, und du bist der Mörder.«

»Oder die Mörder*in*«, sagte sie. Sie trat vor mich und sah zu mir auf. So, als würde sie überlegen, wie sie mich anfassen sollte.

»Lass uns schon früher beginnen. Zunächst bist du Mabel Normand«, sagte ich. »Seine letzte Besucherin. Es ist halb acht Uhr abends, du spielst Klavier.« Ich zeigte zu dem Piano in der Ecke. »Henry Peavey verabschiedet sich und geht nach Hause in seine Wohnung in der Third Street. Wir unterhalten uns noch ein bisschen, dann, um zehn vor acht, gehen wir beide hinaus, und ich bringe dich zur Straße. Wir scherzen, wir verabschieden uns, Charles Maigne und weitere Nachbarn beobachten uns dabei. Ich gehe zurück.«

»Die Tür«, sagte sie. »Die Tür hat er offen gelassen. Jemand konnte in dieser Zeit hineingehen, unbeobachtet im Dunkeln.«

»Der Mörder«, sagte ich. »Derjenige, der hinter Taylors Bungalow gewartet haben muss und mehrere Zigarettenstummel hinterlassen hat. Es könnte der Mann gewesen sein, der an der Tankstelle nach Taylors Adresse gefragt hat, oder der, der an der Straße beobachtet worden ist.«

»Mein Vater geht also zurück ins Haus, und dann …«, sie trat nahe an mich heran, nun in der Rolle des Mörders agierend.

»Macht er noch einen Anruf, bei mir.« Ich zeigte auf das Telefon in der Ecke. »Es ist kurz vor acht. Er sagt mir, dass er mich am nächsten Tag sehen wolle, um sieben Uhr morgens, da er einen Auftrag für mich habe. Und er bittet mich, zum Haus von Mabel Normand zu fahren und sie diese ganze Nacht lang zu beobachten. Um zu überprüfen, ob sie sich wieder mit den falschen Leuten einlässt.«

Sie trat einen Schritt zurück und sah mich empört an.

»Und das hast du mir verschwiegen?«

»Sie war meine Auftraggeberin. Und du hast mir auch etwas nicht gesagt, etwas Wichtiges.«

»Und? Hat sie? Sich mit dubiosen Leuten eingelassen?« Sie verschränkte die Arme.

»Nein, es ist gar nichts passiert. Und ich glaube mittlerweile auch nicht, dass dieser Auftrag etwas mit dem Mord zu tun hatte. Vermutlich ging es um den Duke, und das ist nichts, was uns weiterbringt.«

Sie nickte und entspannte sich wieder etwas.

»Vielleicht hat der Mörder, der bereits hier drin war und gewartet hat, das alles mitangehört«, schlug sie vor.

»Aber vielleicht hat der Mörder auch geklingelt oder geklopft, und es hat ihn nur niemand gesehen«, sagte ich.

»Aber in der Nähe des Hauses«, sagte sie, »haben diverse Zeugen einen Mann beobachtet. Etwa um acht.«

»Und sie haben den Schuss gehört«, sagte ich. »Wenn es wirklich der Schuss war und keine Fehlzündung. Gehen wir davon aus. Acht Uhr ist die offizielle Tatzeit.«

»Also der Schuss«, sagte sie und stellte sich dicht vor mich, wie ein Ringer, der seinen Gegner taxiert.

»Der kommt aus nächster Nähe«, sagte ich und fasste ihre Hand und führte sie auf meiner linken Seite zum Rücken.

»Von unten nach oben, die Kugel bleibt in einem der Halswirbel stecken«, ergänzte sie, offenbar aus den Akten zitierend. Ich hob die Arme in die Luft, als bedrohte man mich, senkte sie dann und legte sie um sie.

Wir standen da wie in einer seltsamen Umarmung, und ich konnte ihren Atem spüren und nahm ihren Geruch wahr, den Schweiß von der Liebe mit jemand anderem.

»Der Schusskanal spricht dafür, dass es eine Frau war«, sagte sie. »Die Nähe auch.«

Wir sahen uns an. Sie hatte genau die richtige Größe. Für einen Kuss.

»Oder es war ein Mann, ein kleinerer Mann als der große Taylor, und sie haben gekämpft«, entgegnete ich. »So, wie du es schon einmal gesagt hast.«

Sie machte das Geräusch eines Schusses nach und blies mir dabei Luft ins Gesicht.

Ich hätte Lust gehabt, sie zu küssen. Stattdessen sackte ich zusammen und verkrampfte die Hände vor der Stelle, an der ich getroffen worden war. Sie ließ mich los, und ich fiel, rollte mich ab und lag halb auf der Seite auf dem Teppich. Enrico schnaubte.

»So«, sagte ich. »Und das ist das, was mir von Anfang an wirklich am allerseltsamsten erschienen ist.«

»Was?«

»Die Lage der Leiche. Taylor lag flach auf dem Rücken, die Arme angelegt, friedlich, als würde er schlafen.« Ich streckte mich lang aus, genau so, wie Taylor dagelegen hatte, über dem Blutfleck. »Ich habe es gleich gedacht: Kein Mensch, der erschossen wird, fällt um und bleibt dann in dieser Position liegen. Ob er nun sofort tot war oder nicht, er hat sich nicht selbst so hingelegt. Jemand anderes muss es getan haben.«

Sie blickte angespannt auf mich hinunter, und ich sah zu ihr hinauf.

»Der Täter«, sagte sie.

»Aber warum?«, fragte ich. »Ich glaube, er hat es nicht nur getan, um uns zu verwirren und um die Todesursache zu kaschieren.«

»Aber es hat funktioniert.« Polly schürzte die Lippen. »Du hast zumindest nicht gleich erkannt, dass er erschossen worden ist. Das sagst du ja selbst. Du hättest die Leiche von Taylor bewegen müssen, um die Wunde und das Blut zu sehen, und das hat erst die Polizei getan.«

»Früher oder später musste man es herausfinden, also wozu die Mühe?«, sagte ich. »Vielleicht hat es was mit Liebe zu tun. Vielleicht wollte der Täter ihn in einer würdevollen Position zurücklassen und hat ihn deswegen so hingelegt. Vielleicht auch mit Reue. Offensichtlich wollte der Täter es so aussehen lassen, als wäre der Tote gar nicht ermordet worden.«

Ich richtete langsam den Oberkörper wieder auf. »Aus psychologischer Sicht scheint mir das einleuchtend. Ein Mord im Affekt, und dann der Wunsch, dem Toten noch einen letzten Gefallen zu tun.«

»Also dreht man ihn um und legt ihn hin, als würde er nur schlafen«, überlegte Polly. »Kann sein.«

»Aber das erfordert ganz schön viel Kraft. Und das ist das, was mich stört«, sagte ich.

»Eine kleine Frau hätte ihn mühsam herumwuchten müssen, um ihn so hinzulegen«, sagte Polly. »Aber möglich ist es …«

Ich legte mich wieder auf die Seite, so, wie ich zunächst gefallen war, und machte mich ganz steif. Sie kniete nieder, beugte sich über mich und zerrte mich herum. Vor Anstrengung stöhnte sie auf, und ihr Gesicht bekam Farbe. Sie drehte mich auf den Rücken und kniete sich neben mich. Wir sahen uns aus nächster Nähe an.

»Trotzdem ist es wahrscheinlicher, dass es ein Mann war«, sagte ich.

Es knisterte ganz schön.

»Es geht um Liebe«, sagte ich. »Liebe und ein männlicher Täter, wie passt das zusammen?«

»Wenn es wirklich ein Mann war, war das Motiv Eifersucht«, sagte sie. »Ein Mord aus Eifersucht.«

»Aber wie passt das zu dem liebevollen Hinlegen?«

»Vielleicht hat ihn nicht der Täter so hingelegt«, sagte sie achselzuckend.

Wir sahen uns grübelnd an.

»Und was ist mit dem Geld passiert, das Taylor abgehoben hatte, die zweitausendfünfhundert Dollar, die verschwunden sind?«, fragte sie.

»Die kann jeder mitgenommen haben, ein Schachzug, um das wahre Motiv zu kaschieren. Ich glaube nicht, dass der Mord etwas mit der Erpressung zu tun hat.«

Sie löste sich langsam aus ihrer Position über mir und richtete sich auf.

»Kann sein.«

»Bleiben wir bei der anderen Theorie. Ein Mord aus Liebe. Habt ihr irgendwann einmal über seine Beziehungen geredet?«, fragte ich.

»Nein, um Himmels willen, natürlich nicht«, sagte sie und holte eine Zigarette heraus.

Ich gab ihr kein Feuer. »Nicht über Mabel, oder über Mary, oder über jemand anderen?«

»Darüber habe ich mit meinem Vater nicht geredet, das hätte er auch nicht gewollt.« Sie schrie beinahe. Die Zigarette blieb unangezündet.

Ich stand auf. »Aber das muss dich doch interessiert haben, brennend sogar. Und ebenso, warum er euch verlassen hat! Das hast du ihn auch nie gefragt?«

»Nein!«, brüllte sie. »Du kannst vielleicht bescheuerte Fragen stellen, du Holzkopf!«

»Ist es so undenkbar, dass eine Tochter mit ihrem Vater über die Themen redet, die sich ja nun aufdrängen?«

»Bei uns ja!«, sagte sie. »Ich konnte ihn das nicht fragen. Ja natürlich, ich hätte es gerne gewusst! Dann …«

»Dann was?«

»Dann wüsste ich alles, was ich wissen will … Aber er hat mich ziemlich auf Distanz gehalten …«

»Dann wusste dein Vater auch nicht, dass du etwas mit seinem Freund hattest?«

»Nein, natürlich nicht!«

»Und was ist mit DeMille?«, fragte ich. »Der hat dich nicht auf Distanz gehalten, und er kannte Taylor offenbar gut. Hat er dir etwas zu dessen Vergangenheit erzählt?«

»Nein, verdammt noch mal!« Die Zigarette flog gegen die Wand. Sie konnte ihre Wut nicht mehr zügeln, so wie neulich ihre Mutter. »Geh doch zu ihm und frag ihn selbst, ich tu es jedenfalls nicht. Wenn du es unbedingt wissen willst: Wir haben uns gestritten, weil ich ihm nicht gesagt hatte, dass Taylor mein Vater war!« Ich stutzte. »Ja! Und … und als er es dann neulich erfahren hat … Ich muss jetzt hier raus!«

Und dann lief sie mit bebenden Schultern aus der Wohnung.

42

Sie saß lange schweigend neben mir und paffte blaue Wolken aus dem Fenster, und wir ließen sie in Ruhe, Enrico und ich, während wir durch die Stadt fuhren.

»Kannst du mit zu mir kommen?«, fragte sie irgendwann. »Ich will jetzt nicht allein sein.«

»Kann ich machen«, sagte ich.

Sie verstand mich erst nicht, und ich schrie es gegen den Lärm einer Baustelle an, die wir passierten. Es war die Stelle am Pershing Square, wo früher die Kathedrale gestanden hatte. Inzwischen hatte man bereits einen riesigen, tiefen Schacht ausgehoben, in dem man fast die ganze Innenstadt hätte versenken können, und ein großes Schild verkündete: DAS BILTMORE HOTEL BEGRÜSST SIE HIER IN KÜRZE ALS GÄSTE.

Als wir zwanzig Minuten später vor ihrem Haus geparkt hatten und die Treppe hinaufgingen, sagte sie leise: »Ich bin eben nur so wütend geworden, weil ich es nicht gut ertragen ...«

»Ist doch klar«, sagte ich. Sie setzte an, die Tür zu öffnen. »Es geht schließlich um deinen Vater.«

»Entschuldige«, sagte sie, noch leiser als zuvor und gegen meine Schulter gerichtet. Sie griff nach meinem Arm, als suchte sie Halt, und in mir wurde das Gefühl übermächtig, dass ich es einfach nicht mehr aushielt, ohne ihr näher zu sein. *Viel* näher. Ich nahm ihre Hand und flocht meine in sie hinein.

Ich legte die Stirn an ihre, und unsere Nasen berührten sich. Einmal, zweimal.

Plötzlich küssten wir uns und verknoteten unsere Zungen. Sie hielt erst die Augen geschlossen, dann öffnete sie sie. Wir lösten uns voneinander, grinsten uns an, und sie legte die Hand auf den Türknauf. Als sie die Tür geöffnet hatte, drängte sie sich wieder an mich, und wir küssten uns erneut.

Als wir hineinstolperten, fiel mein Blick auf etwas, was auf dem Boden hinter der Tür lag. Es war ein zusammengefalteter Zettel, der offensichtlich unter der Tür hindurchgeschoben worden war.

»Was ist?«, fragte sie.

Ich weiß noch genau, was ich dachte. Dass es wohl ein Zettel von einem Liebhaber sei. Ich zeigte darauf und sagte:

»Sag du es mir.«

Sie stutzte, bückte sich und hob ihn auf. Sie faltete ihn auseinander und las. Ihr Gesicht verfinsterte sich. Sie starrte ins Leere. Ich sah meine Vermutung bestätigt. Doch dann hielt sie mir den Zettel hin.

Ich nahm ihn und las die mit Maschine geschriebene Zeile:

W. D. TAYLOR WAR HOMOSEXUELL.

Sonst nichts.

Ich lachte auf. »Was soll das denn sein?«

Mein erster Gedanke war: Irgendjemand will uns schon wieder hereinlegen.

»Ich weiß es nicht.«

»Von wem könnte das kommen?«, fragte ich sie.

»Keine Ahnung.«

»Das ist doch Blödsinn«, sagte ich. »Und sogar welcher von der übelsten Sorte. Eine anonyme Nachricht. Die Zeitungen bekommen täglich Dutzende davon. Das Studio bestimmt auch.«

Ihre Miene hatte sich keineswegs aufgeheitert.

»Ja«, sagte sie. »Aber warum lässt jemand *mir* das zukommen?«

Ich sah nachdenklich darauf.

»Es muss nicht unbedingt damit zu tun haben, dass du

Taylors Tochter bist«, sagte ich. »Du hast in dem Fall ermittelt, das wissen ein paar Leute. Und auch, wo du wohnst. Du könntest jederzeit Besuch bekommen, also solltest du deine Wohnung immer abschließen.«

Dann zog ich sie in die Wohnung und schloss die Tür.

»Na schön«, sagte ich. »Nehmen wir die Nachricht mal für einen Moment lang ernst. Die letzte anonyme Nachricht, die Taylor betraf, stammte von Edward Sands. Aber Sands' Briefe waren alle von Hand geschrieben. Diese Nachricht hier nicht. Vermutlich war es ein Trittbrettfahrer.«

Enrico hoppelte zu seinem Platz in der Ecke und legte sich erschöpft nieder.

»Natürlich ist sie nicht von Sands«, sagte sie. »Aber warum schreibt jemand so etwas und legt Wert darauf, es mir zu geben?«

Ich dachte nach. Ich sah Taylor vor mir, bei dem Casting, bei den Dreharbeiten, bei dem Abendessen bei Musso & Frank Grill.

»Fragst du dich ernsthaft, ob da etwas dran sein könnte?«, fragte ich. »Glaubst du wirklich, dass dein Vater schwul gewesen sein könnte? Hast du irgendetwas in der Art mitbekommen?«

»Dass mein Vater Männer geliebt hat?«, fragte sie empört. »Ich bin der beste Beweis, dass es nicht so war, oder? Er hatte eine Frau und eine Familie, Hardy, verdammt noch mal.«

Ich nickte. Dann sagte ich: »Die er verlassen hat.«

Ich ging hinüber zu ihrem Badezimmer, holte den Krug mit dem Gin und goss uns beiden in der Küche zwei ordentliche Gläser davon ein. Wir tranken.

»Ich denke nicht, dass er homosexuell war, aber wenn es so gewesen wäre, hätte es mir nichts ausgemacht«, sagte sie, nun zunehmend wütend. »Allerdings haben wir die Liebesbriefe, heiße, innige Liebesbriefe, die belegen: Er hatte eine Affäre mit Mabel Normand. Und vielleicht auch mit Mary Miles Minter und anderen. Er hatte eine Höschensammlung in seinem Nachttisch, verdammt!«

»Die mir allerdings immer schon ziemlich suspekt vorkam«, sagte ich.

»Ist der Brief vielleicht von Mabel Normand?«, fragte sie plötzlich. Sie drehte den Zettel um, als könnte die Antwort hinten draufstehen.

Ich schüttelte den Kopf. »Die ist in Wyoming und dreht einen Film. Außerdem hätte sie mir das schon längst gesagt. Und schließlich war sie mit ihm zusammen, daran hat sie keinen Zweifel gelassen.« Ich nahm meinen Hut ab und fuhr mir durch die Haare und legte ihn auf den Esstisch.

»Vielleicht hat er Männer *und* Frauen geliebt?«, sagte sie. »Soll's ja geben.«

Ich nickte. »So wie es Menschen gibt, die mehrere Liebhaber auf einmal haben.«

Sie war jetzt nicht in der Stimmung, sich auf dieses Thema einzulassen.

»Und wenn es doch ein Mann war?«, sagte sie, und sie flüsterte beinahe. »Der seine Leiche da so hingelegt hat?«

Sie trank ihr Glas leer.

»Lass dich davon nicht beeindrucken«, sagte ich und nahm ihr den Zettel wieder aus der Hand. »Es könnte ein Trick sein, es könnte Blödsinn von einem Blödmann sein, es könnte am Ende auch die Wahrheit sein, oder ein Teil der Wahrheit. Wir wissen es nicht. Wir werden das wie alles andere für uns behalten, ganz vorsichtig herumfragen und es herausfinden.« Ich stieß mein Glas an ihres, und wir tranken erneut. Der Gin brannte, wenn man ihn hinunterstürzte, und machte einem ordentlich Feuer.

»Ich weiß *nichts* über meinen Vater, nichts …«, sagte sie, und dann brach sie in Tränen aus. Von da an dachte ich nicht mehr darüber nach, was es mit dem Zettel auf sich hatte. Ich umarmte und tröstete und streichelte sie, und wir küssten uns wieder, ein intensiver Wacholderkuss. Ihre Lippen wanderten zu meiner Halsbeuge.

»Du riechst gut. Was ist das …?«, murmelte sie.

»Halt die Klappe«, sagte ich in ihr Ohr.

Wir küssten uns wieder, lange, und es mündete darin, dass wir endlich miteinander ins Bett gingen.

In dieser Nacht schrieb keiner von uns ein Gedicht.

Oder vielleicht könnte man es doch so nennen.

43

Mittwoch, 1. Februar:
9.30: Howard Fellows, Alvarado Court
10.00: Charles Spencer Chaplin, Los Angeles Athletic Club
11.30: Jesse L. Lasky, Paramount
12.30: Lunch, Paramount
2.00: Pacific Frontier Bank, 2500 Dollar
2.30: Juwelier Berenson
3.30: Tanzschule Cobb, Tango
4.30: Buchladen Johnsons Books
5.30: Alvarado Court, Howard Fellows ab
7.00: Mabel Normand
7.50: Mabel Normand ab
7.55: Anruf bei Hardy
8.00: Nachbarn hören Schuss/sehen Mann
… Nacht
Donnerstag, 2. Februar:
7.10: Hardy findet Taylor, tot

Das stand auf dem Zettel, den ich über unser Lotterbett gepinnt hatte.

Sie war bereits fertig angezogen – was ich von mir nicht behaupten konnte –, als wir uns besprachen. Ich hatte länger geschlafen und war erst aufgewacht, als sie mit einer Tasse geklappert hatte, die sie aus dem bizarrem Stapelkunstwerk in ihrer Küchenspüle hatte befreien wollen. Und als Enrico mir mit seiner feuchten Zunge über das Gesicht gefahren war. Er hatte an seinem Platz im Wohnzimmer geschlafen.

»Reden wir noch mal mit allen«, sagte ich. »Auch mit Peavey. Er war schließlich den ganzen Tag in Taylors Haus, von morgens bis abends.«

»Und er ist schwul«, sagte sie.

»Ich fahre mal zu ihm und frage ihn, was ihm zu dem Thema einfällt. Du hast doch seine Adresse?«

Sie holte ihr Notizbuch aus der Ledertasche und schaute nach.

»127 ½, 3rd Avenue. Und ich übernehme den Juwelier, die Tanzschule und Howie Fellows«, sagte sie. »Ich treffe ihn heute Abend sowieso.«

»Und wann treffen wir uns wieder?«, fragte ich und versuchte, mir meine Überraschung nicht anmerken zu lassen. »Um unsere Ergebnisse auszutauschen?«

»Lass uns telefonieren«, sagte sie und gab mir einen Kuss und flatterte hinaus wie ein Schmetterling. Enrico folgte ihr watschelnd. Die Tür fiel ins Schloss, und ich starrte für einen Moment ins Leere. Dann zuckte ich die Schultern. Sie hatte nie einen Hehl daraus gemacht, dass sie mehrere Liebhaber hatte, und warum sollte sich das jetzt ändern.

Ich spritzte mir etwas Wasser ins Gesicht, schlüpfte in meine Kleider und war nicht unfroh, als ich das Chaos ihrer Wohnung hinter mir ließ. Ich ging in den nächsten Drugstore und frühstückte am Tresen. Ich hatte fast nicht geschlafen, doch ich fühlte mich prächtig. Ich roch noch immer nach ihr, und an meinem Hals prangte ein dicker Knutschfleck, der nur zur Hälfte von meinem Hemdkragen verdeckt wurde. Die blonde Kellnerin lachte mich an und wurde rot dabei. Ich legte ihr ein großzügiges Trinkgeld hin.

Ich warf mich in mein Automobil und raste damit hinüber zu dem Apartment, das Taylor für Peavey gemietet hatte. Dort stieg ich flugs die Treppe hinauf wie ein junger Gott, doch ich klingelte vergeblich. Auch auf mein Klopfen hin öffnete niemand. Als ich wieder hinunterging, stieß ich im Erdgeschoss auf eine mürrische Vettel in einem schmutzgrauen Hauskittel, die gerade begann, auf ihren Knien den Holzboden zu wischen. Ich fragte sie nach Peavey.

»Ach, der ...«, sagte sie verächtlich. »Den habe ich schon länger nicht mehr gesehen. Und seine ganzen jungen Männer auch nicht, Gott sei Dank.«

Und sie schickte mir einen Blick, der keinen Zweifel offenließ, was sie von mir dachte.

»Ein Glück, dass ich schon so alt bin«, sagte ich und tippte mir an den Hut.

Ich fuhr weiter zum Cahuenga Boulevard, zum Polizeirevier von Hollywood. Es befand sich in demselben großen Backsteingebäude wie die Feuerwache. Die leuchtend roten Einsatzwagen parkten in der Garage nebenan. Die Feuerwehrmänner saßen davor in der Sonne auf Bänken, die Uniformen aufgeknöpft, und spielten eine Partie Poker. Sie fielen mir besonders auf, weil ich durch sie sofort an die düstere Prophezeiung von Florence Lawrence erinnert wurde. Sie grüßten mich freundlich. Ich ging zum anderen Eingang hinein.

Als ich das Polizeirevier betrat, öffnete sich gerade die Tür von Sergeant Zeiglers Büro, und Gordon kam heraus. Sein Gesicht war dunkelrot, offensichtlich nicht nur wegen seiner Hautkrankheit, und er wankte rasch zum Wasserspender in der Ecke. Er beugte sich hinunter und trank in gierigen Schlucken, und dann verschluckte er sich und hustete sich die Seele aus dem Leib. Sein Mund sah aus wie eine Goldmine, die geflutet wurde, und sein Gesicht und seine Hände nahmen genau dieselbe Farbe an wie der Hut, den die Kardinäle an den hohen Feiertagen aufhaben.

»Ärger?«, fragte ich Gordon von hinten. Er fuhr herum.

»Hören Sie bloß auf«, sagte er sauer.

Catanza gesellte sich zu uns, ohne Jackett, sodass man das Schulterholster und die Waffe darin sah.

»Na, haben Sie schon rausgefunden, wer den Duke umgebracht hat?«, fragte ich ihn. Er sah hoch.

»Kümmern Sie sich um Ihren eigenen Kram«, sagte er und wandte sich an seinen Kollegen. »Was will der denn hier?«

»Hab mich verlaufen. Ich wollte eigentlich zur Feuerwehr und habe Ihren Kollegen für eines der Fahrzeuge gehalten«, sagte ich und zog eine Grimasse zu Gordon und ging weiter zu Zeiglers Tür. Catanza hatte sie offen gelassen, und so steckte ich einfach den Kopf hinein.

Zeigler stand rauchend am Fenster, als müsste er Dampf ablassen.

»Klopfklopf«, sagte ich. »Ich wollte nur kurz nach Henry Peavey fragen.«

Er drehte sich um und blinzelte mich misstrauisch an.

»Wieso das denn?«

»Weil jetzt, wo der Fall Taylor abgeschlossen ist, der alte Bungalow aufgeräumt werden muss. Und da könnte er helfen.«

»Was geht das Sie an?«, fragte er wegwerfend.

»Ich bin einfach ein Menschenfreund, das ist stadtbekannt. Wollte ihm einen Job verschaffen. Haben Sie ihn in letzter Zeit mal gesehen? Oder haben Sie ihn vielleicht sogar verhaftet?«

»Wieso verhaftet?«

»Zu Hause war er schon länger nicht.«

»Wir nicht«, sagte Zeigler gelangweilt. »Für so was ist doch eine ganz andere Abteilung zuständig. Das Sittendezernat. Die bereiten gerade eine Anklage gegen ihn vor.«

»Weil er Minderjährige im Park angesprochen haben soll, wie King mir erzählte?«

Sein Gesicht verzog sich kurz bei der Erwähnung dieses Namens, dann ging er darüber hinweg.

»Ja. Bis ihm der Prozess gemacht wird, wird es noch dauern, soweit ich weiß. Gibt einen ziemlichen Stau an Fällen. Spätestens zu dem Termin muss Peavey vor Gericht auftauchen, aber stellen Sie sich hinten an.«

»Verstehe. Dann warte ich das mal in aller Ruhe ab. Das ist ja manchmal klüger als irgendwelche hektischen Aktionen.«

Ich grinste ihm zu und zeigte noch im Gehen auf die Glastür mit seinem Namen darauf:

»Offen lassen oder zuknallen?«

Seltsam, er antwortete nicht.

Gordon und Catanza stritten sich gerade lautstark, als ich an ihnen vorbeiging. »Komm endlich mal runter von deinem hohen Ross!«, sagte Catanza gerade.

Ich wieherte laut und wünschte ihnen einen wunderschönen Tag.

Ich weiß es noch ganz genau, denn das nächste Mal, dass ich die beiden wiedersah, war es tatsächlich an einem so wunderschönen Tag.

44

Am Abend versuchte ich vergeblich, Polly zu Hause zu erreichen. Sie meldete sich auch nicht bei mir. Vermutlich war sie bei Howard Fellows. Ich horchte in mich hinein und stellte fest, dass es mir nicht egal war.

Mein Telefon klingelte. Schnell war ich am Schreibtisch und hob ab.

»Hardy Engel?«

»Hier ist Byron Hamilton.«

»Hallo, Byron.«

»Gut, dass du da bist. Ich wollte einfach noch einmal mit dir sprechen«, sagte Byron in einem konzilianten Tonfall.

Ich kratzte mich am Kinn. »Danke. Ich wollte dich auch gerade anrufen. Du sollst nämlich wissen, dass ich mich mit den Fakten mittlerweile abgefunden habe.«

»Das höre ich gern, Hardy«, sagte er erleichtert.

»Ihr habt recht, der Fall ist abgeschlossen. Das Gute ist, ich habe bereits einen neuen Fall. Und vermutlich habe ich das sogar eurer guten Presse zu verdanken.«

»Das freut mich aber für dich«, sagte er beinahe warmherzig. »Na siehst du. Und er hat nichts mit dem alten Fall zu tun?«

»Nein, überhaupt nicht. Es geht um etwas vollkommen anderes, das kann ich dir versichern.« Ich log nicht einmal. Genau so sah ich die Sache.

»Fein. Und hol dir bei Gelegenheit doch noch das Geld ab, du weißt schon …«

»Wenn ich mal dazu komme, Byron. Ich muss jetzt auch schon wieder los.«

»Viel Erfolg!«

»Und danke noch mal.«

Ich verbrachte die Nacht allein und damit, wechselweise über Polly nachzudenken und darüber, ob ich einen weiteren Schluck trinken sollte. Ich musste aufpassen, dass ich nicht zum Säufer wurde. Also, mehr als ohnehin schon.

Ich legte mir außerdem einen Plan für den nächsten Tag zurecht. Ich wollte einen alten Freund von Taylor.

Als ich schließlich einschlief, träumte ich davon, dass ich wieder im Schützengraben lag, in Uniform, und dann griffen die Franzosen mit ihren Flammenwerfern an. So wie an der Somme, 1916, doch diesmal entkam ich ihnen nicht. Ich steckte im tiefen Schlamm unrettbar fest, plötzlich fingen meine Hände Feuer, und erst als mich die Flammen vollständig erfasst hatten, wachte ich schweißgebadet auf. Um zu verstehen, was der Traum bedeutete, brauchte ich keinen Sigmund Freud.

Das Anwesen der DeMilles in Laughlin Park sah wie ein kolonialer Landsitz in den Tropen aus, mehr als jedes andere Haus, das ich in Hollywood gesehen hatte. Sogar die Landschaft wirkte tropisch, ganz so, als hätte auch sie sich dem starken Willen des Regisseurs und Hausherrn unterworfen.

Riesige Pinien, Palmen und Föhren rahmten die kiesbestreute Auffahrt ein, auch die auf einem Hügel gelegene Villa mit ihren zahlreichen Rundbögen und dem Schindeldach war vollkommen von gigantischen Farnen und Efeu überwuchert. Es machte den Eindruck, als wären alle kleinen Pflanzen von den großen umgebracht worden. Wenn man oben angekommen war und neben den anderen dort stehenden Fahrzeugen geparkt hatte, empfing einen ein Butler, der sich so britisch gab, dass man sofort Durst auf einen Gin und Tonic bekam. Allerdings war er ein Filipino, nicht viel größer als ein Kind, und perfekt gekleidet.

Zu meiner Überraschung ließ er mich, kaum dass ich meinen Namen genannt hatte, sofort ein, als hätte er meine Ankunft erwartet:

»Selbstverständlich, gehen Sie bitte gleich hinein. Mrs. DeMille und die anderen Bewerber wollten soeben anfangen.«

»Die anderen Bewerber?«

Der Butler beherrschte die Kunst, so auszusehen, als hätte er eine Augenbraue gehoben, auch ohne dass sich in seinem olivfarbenen Gesicht nur ein einziger Muskel rührte.

»Für die Leitung ihrer Kinder-Stiftung. Sie sind natürlich nicht der Einzige, Sir.«

»Ist Mr. DeMille auch dabei?«, fragte ich.

»Das kann sie Ihnen dann gleich sagen«, antwortete er und deutete eine Verbeugung an, während er mich mit einer Geste hereinbat.

Ich beschloss, einfach mitzuspielen. So konnte ich darauf hoffen, DeMille sprechen zu können.

Außerdem, das muss ich zugeben, wollte ich erst einmal die Lage sondieren, schauen, wie es im Haushalt des Liebhabers meiner Liebhaberin so zuging.

Wir durchkreuzten eine Halle, in der fröhlich ein Springbrunnen sprudelte, und betraten eine barocke Bibliothek mit geschnitzten Eichenregalen voller Bücher bis zur Decke. Dort warteten zwei bebrillte Nachtschattengewächse von Männern, in ihren besten Anzügen und nervös die Beine unter den antiken Stühlen verknotend, sowie eine würdevolle Matrone um die fünfzig, die sich sehr gerade hielt, als sie hinter einem schweren, gedrechselten Schreibtisch aufstand, den wir auch alle zusammen ganz sicher niemals hätten hochheben können.

»Wie schön, dass auch Sie sich für den Job interessieren«, sagte sie und streckte mir die Hand entgegen. »Ich bin Constance DeMille, sehr erfreut.« Ihrer Stimme hörte man die Bühnenerfahrung an. Sie war Schauspielerin gewesen, man wusste das in Hollywood, und sie war einige Jahre älter als ihr Mann.

»Hardy Engel. Gleichfalls.«

Der Butler brachte eilends einen weiteren antiken Stuhl herbei, sodass wir nun alle drei vor ihr Platz nehmen konnten. Er zog sich sofort zurück.

Sie nahm uns in Augenschein. Wir waren umgeben von Tausenden von Büchern, auf der rechten Seite führte eine Holztreppe nach oben in den ersten Stock.

»Nun, meine Herren«, begann Mrs. DeMille, »was also befähigt Sie dazu, diese Stellung in der Stiftung meines Mannes übernehmen zu können?«

Ich war ebenso finster entschlossen, erst einmal nichts zu sagen und abzuwarten, wie die beiden anderen, die immerhin wussten, worum es hier ging. Sie beäugten sich nervös und kneteten die Hände. Mrs. DeMille lächelte ein verständnisvolles, weltläufiges Lächeln.

»Nur nicht so scheu, meine Herren. Es ist üblich bei uns, dass wir uns alle Bewerber gemeinsam anschauen. Natürlich warten Sie auf Mr. DeMille, doch mein Mann hat heute einen Termin außerhalb der Stadt, und daher habe ich es übernommen, Sie zu empfangen.«

Ich überlegte mir gerade, die Scharade aufzugeben, als der mittlere der beiden pflichteifrig zu sprechen begann. Er sah aus wie eine vertrocknete kalifornische Pflaume mit einer Brille.

»Eine höchst legitime Vorgehensweise, verehrte Mrs. DeMille. So wie wir drei hier zur Auswahl vor Ihnen sitzen, wird dann auch einer von uns die Ehre haben, auszuwählen. Nämlich aus diesen vielen Büchern eines, aus dem er den Kindern vorlesen wird.«

Höchst verbesserungswürdig formuliert, dachte ich. Und Mrs. DeMille schien auch etwas in dieser Richtung zu denken. Sie lächelte milde und wandte sich dann mir zu. Ein anderer Mann hätte vermutlich das Handtuch geschmissen. Mir begann es gerade Spaß zu machen.

»Und Sie, Mr. Engel? Was verbindet Sie mit Kinderbüchern?«

Doch bevor ich antworten konnte, ertönte im oberen Stockwerk plötzlich das laute Auflachen einer jungen Frau. Und es kam mir auf Anhieb bekannt vor.

Die anderen beiden sahen nach oben. Mrs. DeMille und ich

taten so, als hätten wir nichts gehört. Wir sahen uns unverwandt an.

»Ich habe unzählige davon gelesen«, sagte ich ganz normal zu ihr. »In Deutschland, *Grimms Märchen*. Es ist noch gar nicht so lange her.«

Meine Antwort hatte ihr sichtlich gefallen. Und meine Haltung auch.

»Haben Sie selbst Kinder?«, fragte sie.

Auf der Treppe ertönten Schritte, und wir alle sahen nun dorthin, auch Mrs. DeMille. Wir schauten zu, wie Mr. DeMille langsam die Stufen herunterkam, sich dabei am Geländer festhaltend. Der Haarkranz stand ihm wirr um den ansonsten kahlen Kopf. Er trug einen Anzug, wie immer ohne Krawatte, und er war barfuß und sehr betrunken. Er wirkte wie in Trance; als hätte er in der letzten Nacht nicht geschlafen. Immerhin schien er nach seiner Krankheit wieder bei Kräften zu sein und konnte mittlerweile ohne Probleme laufen. Die beiden Männer starrten erst ihn an und dann seine Frau, die behauptet hatte, er wäre nicht da.

»Mr. … Mr. DeMille …«, stotterte der ältere der beiden und wollte aufstehen und ihm die Hand geben.

Doch DeMille ignorierte uns und seine Gattin vollkommen, er griff in das Regal, holte hinter einer Bücherreihe eine große, volle Flasche hervor, griff sich mit der anderen Hand zwei Gläser, und dann ging er wankend die Treppe wieder hinauf.

Seine Frau sah ihm empört hinterher.

Der Mann neben mir hatte den Daumen im Mund und wirkte so, als würde er ihn am liebsten glatt durchbeißen. Ich sagte in meinem harmlosesten Tonfall, so als wäre nicht das Geringste vorgefallen: »Nein, Ma'am, bisher noch nicht. Aber ich habe fest vor, bald eine Familie zu gründen.«

Sie drehte den Kopf zu mir und gewann sofort ihre Fassung wieder. DeMille war nun nach oben verschwunden, wo ihn offenbar jemand erwartete.

Die beiden anderen wurden sich plötzlich gewahr, welchen Vorsprung ich gewonnen hatte.

»Ich habe bereits Frau und Kind«, sagte rasch der Dritte, der bisher noch nichts gesagt hatte. »Ein Mädchen, anderthalb Jahre alt.«

Aus dem oberen Stockwerk ertönte so etwas wie ein unterdrückter Schrei. Es war die Stimme der jungen Frau, und sie klang irgendwie animalisch.

Und dann noch einmal. Es war ein lustvolles Aufstöhnen.

Mrs. DeMille tat so, als wäre es nicht zu hören gewesen.

»Und Ihre sonstigen Qualifikationen?«, fragte sie tapfer.

Jeder Idiot musste merken, was sie vorhatte, und sich bemühen, mitzuspielen. Die beiden Kollegen hatten aber große Mühe damit.

Von oben setzte jetzt ein lautes, rhythmisches Stöhnen der jungen Frau ein. Ich hatte das sichere Gefühl, die Stimme zu kennen. Mein Herz fühlte sich an wie eine Feuerkugel, und ich vermutete, das von Mrs. DeMille auch.

»Ma … Malinistik …«, sagte der unglückselige Vogel auf Stuhl drei und korrigierte dann schnell: »Magister in Literatur und Anglistik …« Er musste laut reden, um die Schreie von oben zu übertönen. Auch der Bass des Mannes war nun deutlich vernehmbar. Doch dominierend war die Frau. Wir hörten das Klatschen einer Peitsche.

Die Dame vor uns in dem hochgeschlossenen Kleid sah mit eisernem Willen von einem zum anderen. Zweifellos war sie nicht zum ersten Mal in einer solchen Situation.

»Welches Buch werden Sie Ihrer Tochter vorlesen, wenn sie, sagen wir, fünf Jahre alt ist?«

Der Angesprochene rutschte auf seinem Stuhl hin und her und hielt es kaum noch aus. Sein Kopf war so rot, dass er fast zu platzen schien.

»Die Bibel …«, presste er hervor, »ich würde ihr aus der Bibel vorlesen … entschuldigen Sie mich bitte …«

Und dann stand er auf, machte einen Diener und lief einfach davon, Richtung Ausgang.

Der Zweite sah ihm hinterher und schluckte einen dicken Kloß herunter.

Oben näherte sich die Frau hemmungslos dem Höhepunkt.

»Nun ja«, sagte Mrs. DeMille, überlagert durch ein Wummern, als würde gegen eine Holzwand geschlagen. »Es sind auch menschliche Qualifikationen vonnöten, dies ist nun einmal eine Familienstiftung …«

Die Frau war doch noch nicht am Ende. Der Lärm oben hielt an.

»Ich verstehe schon. Auch Diskretion ist ja eine Tugend …«, sagte der Mann neben mir.

Das Mädchen schrie und kreischte.

Meine Fingerknöchel traten weiß hervor.

Die Peitsche knallte wieder und wieder.

»Ent-, Entschuldigung, was haben Sie gesagt?«, sagte Mrs. DeMille so würdevoll wie möglich und sah den Mann an.

Etwas krachte oben zu Boden, und ein Splittergeräusch folgte.

»Nur dass ich mich sehr geehrt fühlen würde«, stotterte der mit der Brille, »für einen Mann wie Mr. DeMille zu arbeiten und …«

Ein unglaublich böser Blick unserer Gastgeberin brachte ihn augenblicklich zum Schweigen. Die Bassstimme des Mannes übertönte nun oben letzte, leisere Schreie der Frau in einem furiosen Finale. Und dann herrschte Stille.

Der Mann neben mir sah entsetzt drein und begriff, was er gesagt hatte.

Ich schwieg und setzte einen leeren Gesichtsausdruck auf.

»Nun ja, ich werde Sie wissen lassen, für wen wir uns entschieden haben«, sagte Mrs. DeMille, erhob sich und strich ihr Kleid glatt. Auch wir sprangen auf.

Der andere versuchte sich doch tatsächlich an einem Handkuss. Sie zog ihm die Hand unwillig weg und reichte sie mir.

»Mr. Engel, lassen Sie uns bitte Ihre Adresse und Telefonnummer hier.«

»Ich habe noch ein anderes Jobangebot, Mrs. DeMille«, sagte ich bedauernd. »Ich glaube, ich nehme lieber das an. Aber haben Sie vielen Dank für die Chance, Sie kennenzulernen.«

Sie nickte vor sich hin.

Der philippinische Butler erschien wie herbeigezaubert. Er musste in der Nähe gewartet haben. Nichts ließ darauf schließen, dass er mitgehört hatte.

»Begleiten Sie die Herren bitte hinaus.«

Im Weggehen hörte ich, wie die Dame des Hauses zu ihm sagte, und ihre Stimme hatte einen giftigen Unterton, den sie sich zuvor verkniffen hatte:

»Ach, und Frederick: Ich habe es mir anders überlegt. Wir fahren morgen zur Paradise Ranch!«

45

Als ich draußen angekommen war, hatte sich der andere Mann offenbar in Luft aufgelöst. Ich setzte mich in mein Automobil und zündete mir eine Zigarette an.

So saß ich da, ohne wegzufahren, und wartete. Nach zwei Zigarettenlängen öffnete sich die Eingangstür, und DeMille kam heraus. Seine Kleider waren in Unordnung, und er wandte sich um.

Aus der Tür trat die junge Frau, mit der er zusammen gewesen sein musste. Es war Cathy, Byrons Sekretärin, in einem höchst zerknitterten Kleid. Sie stellte sich auf die Zehenspitzen und küsste ihn zum Abschied.

Und bei Gott, auch ich hätte den alten Trooper am liebsten auf die Glatze geküsst, als ich erkannte, dass sie es war.

Sie hatte zu viel Make-up aufgelegt und wirkte insgesamt ziemlich durchgeschwitzt. Er half ihr in einen roten Mantel, küsste sie ein letztes Mal, und sie huschte davon wie Aschenputtel.

Sie stieg in ihren Wagen, der auf der anderen Seite geparkt war, und fuhr davon. DeMille winkte ihr hinterher. Bevor er wieder hineingehen konnte, stieg ich aus und sprach ihn an.

»Mr. DeMille«, sagte ich. »Entschuldigen Sie die Störung. Würden Sie mir ein paar Fragen zu William Desmond Taylor beantworten? Mir scheint, Sie sind der Mann, der ihn am besten kannte.«

Der Regisseur maß mich von oben bis unten mit einem

Blick. Er schien immer noch nicht nüchtern zu sein, doch zumindest in der Lage, andere Menschen wahrzunehmen. Offenbar hatte ihn das ausgiebige Liebesspiel erfrischt und seine Sinne wiederbelebt. Vielleicht hatte er auch noch etwas anderes genommen.

»Da bin ich nicht so sicher«, sagte er mit leicht verwaschener Stimme. »Wir können uns bei Gelegenheit gerne über ihn unterhalten, Mr. Engel … Aber nicht jetzt.«

Er wollte wieder hineingehen.

»Nur ganz kurz«, sagte ich. »Ich frage für eine Freundin. Von Ihnen.«

Er hielt inne und sah mich prüfend an.

Dann ging er etwas unsicher zu meiner Beifahrertür, öffnete sie und stieg ein. Ich lief schnell zur anderen Seite und setzte mich neben ihn. Er zog die Tür zu. Ich tat es ihm gleich.

Er zog ein goldenes Zigarettenetui hervor, holte eine Zigarette heraus und hielt sie hoch. Seine Hand zitterte beträchtlich.

»Aber unser Gespräch dauert nur so lange, wie ich brauche, um die zu rauchen.«

»Einverstanden«, sagte ich und fischte mein Feuerzeug aus der Tasche. Typisch Regisseur, dachte ich, immer ein kleines Spielchen spielen.

»Und ich mache es nicht Ihnen zuliebe«, sagte er und ließ sich Feuer geben.

Ich hatte nicht ohne Grund die »Freundin« erwähnt. Und der kleine Trick hatte seine Wirkung nicht verfehlt. Vielleicht sollte ich auch Regisseur werden?

»Also, was wollen Sie wissen? Oder sie?«, fragte er und nahm einen tiefen Zug.

Ich ging blitzschnell alle Optionen durch und beschloss trotz des Zeitdrucks, nicht mit der Tür ins Haus zu fallen.

»Wie lange kannten Sie Taylor schon? Seit 1913?«, fragte ich.

Er verharrte mit erhobener Zigarette und schloss für einen Moment die Augen.

»Ja. Damals drehte ich gerade *The Squaw Man*.«

Ich nickte: Der legendäre erste Langfilm, der in Hollywood gedreht worden war, in jener alten Scheune, um die herum seine Firma ihre Gebäude errichtet hatte; die immer noch als Drehort diente, unter anderem für Filme mit Mary Miles Minter. Jeder wusste das. Er brauchte es nicht extra zu erwähnen. »Wir waren beide gerade erst nach Hollywood gekommen. Bill arbeitete als Schauspieler für diverse Studios.«

»Nannte er sich damals schon so – William Desmond Taylor?«

Er nahm wieder einen tiefen Zug. Die Zigarette verbrannte fast bis zur Hälfte. Ich wünschte mir im Stillen, er hätte eine dicke, lange Zigarre in der Tasche gehabt.

»Ja. Wir lernten uns im Los Angeles Athletic Club kennen, wir wohnten anfangs beide dort. Wie übrigens auch Charlie Chaplin.«

»Der kennt ihn auch schon so lange?«, fragte ich, und mir fiel wieder ein, dass Chaplin mit Taylor am Morgen seines Todestages dort gefrühstückt hatte.

»Ja. Wir kamen alle im selben Jahr in dieses Dorf namens Hollywood, etwa an Weihnachten.« DeMille nahm schon wieder einen Zug, inhalierte genüsslich den Rauch und ließ ihn dann in mehreren Schüben aus Mund und Nase quellen. Natürlich wusste er, dass mich das unter Druck setzte, und natürlich beabsichtigte er genau das und zelebrierte es.

»Wen hat er geliebt?«, fragte ich direkt. »Damals, oder zuletzt? Wen, Mr. DeMille?«

»Über so etwas haben wir nicht gesprochen. Er war sehr diskret. Ich mag diskrete Menschen.« Er sah mich tadelnd an und hob die Zigarette zum Mund. »Warum fragen Sie mich das? Es hat sich doch alles aufgeklärt.«

»Für Polly, seine Tochter«, sagte ich schnell, und dann fuhr ich das schwerste Geschütz auf, das ich hatte. »Die sich nie getraut hat, es anzusprechen, aber alles über ihren toten Vater wissen will. Auch, was er gemacht hat, bevor er nach Hollywood gekommen ist.«

Er ließ den Rauch langsam aus dem Mund quellen. Es war, als wollte er damit seine Gefühle in dichten Nebel hüllen.

»Sprechen Sie mit Chaplin, ich kann Sie bei ihm anmelden. Charlie hat immer Liebesprobleme und kann nicht aufhören, mit anderen über so etwas zu reden. Ich nicht, ich habe keine Probleme. Nie.«

Er nahm die Zigarette zwischen Daumen und Zeigefinger und betrachtete sie. Sie war fast ganz abgebrannt. Einen Zug gab sie noch her. Er fragte nicht nach Polly.

»Sie und Taylor sind zusammen geflogen«, sagte ich. »Wissen Sie etwas über eine Hütte in den Bergen, bei Santa Barbara?«

Er zeigte mir sein Profil und dachte mit gesenktem Kopf nach. Dann sah er auf und nahm den letzten Zug.

»Bill hat davon gesprochen, und wir sind einmal drübergeflogen. Ich kann sie Ihnen zeigen, wenn Sie mal mit mir fliegen.« Er sah mich an. »Aber erst wenn ich meine laufenden Dreharbeiten abgeschlossen habe.«

»Gerne«, sagte ich. »Wir treffen uns dann auf Ihrem Flugfeld.«

»Es ist nicht mehr meines«, sagte er ungeduldig. »Es heißt nur noch nach mir.«

Er schnippte die aufgerauchte Kippe durch das offene Fenster und legte die Hand auf den Türgriff, um auszusteigen.

»Haben Sie auch so eine Höschensammlung wie Taylor?«, fragte ich. »Was teilen Sie noch, Sie und Ihre alten Freunde?«

Ich hatte ihn provozieren wollen, und man konnte ohne Übertreibung sagen, dass es gelungen war. Er stieg abrupt aus, zog die Tür zu und beugte sich noch einmal zum Fenster hinunter, mit einem bösen Blick, wie der Gott aus dem Alten Testament – der grausame, unbarmherzige Gott.

»Ich vereinbare für Sie einen Termin für morgen bei Charlie. Und wir fliegen bald zusammen«, sagte er kalt. »Sofern mir Ihre Frechheiten nicht zu bunt werden.«

46

Zu Hause fragte ich abends als Erstes bei meinem Vermieter Soerensen nach, ob er irgendwelche Anrufe für mich entgegengenommen hätte.

Er zuckte nur die Schultern. »Habe nichts gehört.«

Und er *hätte* es sicher gehört, denn er war gerade im Flur vor meiner Wohnung damit beschäftigt, einen Riss in der Wand zu verputzen, der im ersten Stock beinahe von der Decke bis zum Boden ging. Die Mauern des Hauses verschoben sich offenbar beständig, und laut Soerensen hatte es damit zu tun, dass die Teergruben gegenüber eine offene Stelle des San-Andreas-Grabens waren, der quer unter Los Angeles verlief. Genau hier stießen die Pazifische und die Nordamerikanische Erdplatte gegeneinander.

Ich ging in meine Wohnung und ließ mich mit der Lodge in Wyoming verbinden, die in Mabel Normands Telegramm als Absender angegeben war. Nach zwei kurzen Zwischenstationen bekam ich sie an die Strippe.

»Hallo … hallo?« Der Drehtag war soeben zu Ende gegangen. Ich hörte ihrer Stimme an, dass sie noch nicht allzu betrunken war, aber bereits mit dem Trinken begonnen hatte. Ich versicherte mich, dass sie alleine in dem Hotelzimmer war, und dann sagte ich ihr, ohne es zu sehr aufzublasen, ich hätte einen anonymen Hinweis erhalten, dass William Desmond Taylor homosexuell gewesen sei, und wollte ihre Einschätzung hören.

Sie wirkte überrascht und sagte, ihre Beziehung zu Bill sei in erotischer Hinsicht befriedigend und erfüllt gewesen. »Natürlich nicht so leidenschaftlich und intensiv wie mit jüngeren Männern, aber das ist ja nicht verwunderlich. In unserer Beziehung war die andere Ebene wichtiger.« Weswegen sie dann auch nach seiner Europareise einvernehmlich beschlossen hätten, nur noch Freunde zu sein. Er sei insgesamt kein sehr emotionaler Mensch gewesen, eher kontrolliert, habe niemanden nah an sich herangelassen und sei vor allem ein guter Zuhörer gewesen. Auch über Liebeskummer habe er nicht mit ihr geredet.

Sie glaube nicht, dass er homosexuell gewesen sei. »Wieso fragen Sie, der Fall ist doch aufgeklärt?«, wollte Mabel wissen.

Ich sagte, dass ich noch ein paar Dinge herausfinden wolle, dass sie sich aber keine Sorgen machen solle und ihre Dreharbeiten mit voller Konzentration absolvieren könne. Ob sie im Übrigen gewusst habe, dass Taylor eine Tochter hatte, die in Hollywood lebte? Sie verneinte überrascht, doch bemerkte dann lachend, genau das sei typisch für ihn. So etwas geheim zu halten.

Nachdem wir aufgelegt hatten, ließ ich mich mit Pollys Anschluss verbinden. Heute hatte ich Glück: Sie war zu Hause.

»Hallo, Hardy. Dich wollte ich auch gerade anrufen.«

»Ach ja? Was hast du denn herausgefunden?«

»Nicht viel, um ehrlich zu sein«, sagte sie und gähnte. »Beim Juwelier sagten sie, Mr. Taylor habe sich Schmuck für Damen angesehen, für eine Freundin, habe er gesagt. Aber nicht so teuer, dass es zweitausendfünfhundert gekostet hätte, sagt Berenson. Er selbst ist nicht schwul. Natürlich hätte Mr. Taylor auch mal das eine oder andere Stück für Herren gekauft, aber wohl immer für sich. Der Tangolehrer ist Argentinier, was auch sonst, und hat mit mir geflirtet, was das Zeug hält. Hat Gratisstunden angeboten – hast du Lust?«

»Danke, kein Bedarf«, sagte ich. »Was sagt Howard Fellows?«

»Er denkt nicht, dass mein Vater homosexuell war, und er

glaubt, einen Blick dafür zu haben, er hat mit vielen Schwulen zu tun, und sie mögen ihn sehr – Howie ist ziemlich niedlich, du hast ihn doch mal kennengelernt?«

»Nur flüchtig«, sagte ich. »Wenn Taylor seinem Chauffeur keine eindeutigen Angebote gemacht hat, muss das ja noch lange nichts heißen.«

»Howie hat ihn auch nie an einen Ort gefahren, der als Schwulentreff bekannt ist. Das hätte er mir schon längst gesagt.«

»Nicht unbedingt«, sagte ich. »Aus Diskretion, aus Pietät, dir gegenüber, Taylors Tochter, mit der er zudem ins Bett geht.«

»Kann schon sein«, sagte sie und gähnte wieder. Als wollte sie mir demonstrieren, dass sie gestern eine lange Nacht gehabt hatte, vermutlich mit Howie. »Er sagt nur, mein Vater sei oft auch selbst mit dem McFarlan gefahren, alleine, und er sei auch gern zu Fuß gegangen. Howie weiß also nicht alles.«

»Wie Peavey, der nachts immer nach Hause ging. All seine Angestellten wissen nicht alles«, sagte ich und legte die Beine auf den Schreibtisch, auf dem das Telefon stand. Auch ich wurde allmählich müde. »Bill Taylor war wirklich ein sehr diskreter Mann. Mabel Normand hat übrigens bestätigt, dass sie mit ihm intim war, und sie hält ihn nicht für schwul.«

»Sands scheint etwas gewusst zu haben«, sagte sie. »Weil er bei ihm gewohnt hat. Vielleicht war es das, womit er ihn erpressen wollte.«

»Ich habe versucht, Peavey zu finden und zu befragen, aber er ist abgetaucht«, erzählte ich.

»Ich werde morgen zu Virginia Volk gehen«, sagte sie. »Und sie noch mal befragen, zu Taylor. Natürlich werde ich ihr nicht sagen, dass Sands in Wahrheit ermordet worden ist. Ich will ja nicht die Pferde scheu machen.«

»Gut«, sagte ich und fügte beiläufig hinzu: »Und dann war ich heute auch bei DeMille.« Es dauerte einen Augenblick.

»Du warst *was*?«, fragte sie betroffen.

»Du hast doch gesagt, ich solle ihn fragen, du würdest es nicht tun.«

»Du warst wirklich bei ihm? Im Studio? Oder zu Hause?«

»In seiner Villa, bei ihm und seiner Frau«, sagte ich. Den Rest ließ ich vorerst besser weg. Sie war offenbar hin und her gerissen, ob sie mehr wissen wollte oder nicht.

»Und du konntest mit ihm reden?«

»Oh ja, kurz.«

Sie sagte erst nichts. Sie zündete sich eine Zigarette an, ich hörte ihr Feuerzeug zuschnappen.

»Wirklich? Und, hat er etwas gesagt, das uns weiterhilft?«

»Vielleicht. Willst du nicht rüberkommen, und ich erzähle es dir?«

»Ich bin zu müde«, sagte sie nach einer kurzen Pause.

»Ich werde demnächst mit ihm fliegen. Und ich habe ein paar Spuren, denen ich morgen nachgehen werde. Ich werde mit Charlie Chaplin reden. Wusstest du, dass dein Vater auch ihn schon sehr lange kannte?«, sagte ich.

»Nein.«

»Wenn er mit irgendjemandem über seine Liebesgeschichten geredet hat, dann mit ihm. Chaplin wird mir jedenfalls sagen können, wen Taylor präferiert hat, Männer oder Frauen. Oder soll ich zu dir kommen?«

»Nein, lass mal lieber. Dann bekomme ich doch wieder keinen Schlaf, und ich brauche mal welchen.«

Das war nicht unbedingt etwas, das ich gerne hörte.

»Das Leben ist zu kurz, um ständig zu schlafen«, sagte ich. »Überleg's dir.«

»Ich glaube nicht. Gute Nacht, Hardy«, sagte sie, und dann klickte es in der Leitung.

Ich schlug auf den Tisch, hängte ein und zog die Schublade auf, in der der kanadische Whisky von Buck lagerte. Ich schenkte mir einen tüchtigen Schluck ein und trank. Die Sache mit Byrons Sekretärin wollte ich ihr nicht am Telefon sagen, sondern von Angesicht zu Angesicht, und ihr dann auch die Fragen zu DeMille stellen, die mich umtrieben.

Ich war eben dabei, mir erneut einzuschenken, als das Telefon klingelte.

»Na also«, sagte ich zu mir selbst und hob ab und meldete mich gedehnt und erwartungsvoll mit: »Jaaa?«

»Ich muss mit Ihnen sprechen«, sagte eine Männerstimme leise und etwas gehetzt, so als habe der Sprecher Angst, belauscht zu werden. Sie kam mir sofort bekannt vor, doch ich konnte sie nicht einordnen.

»Wer ist da?«, fragte ich.

»Sie wissen, wer hier ist, Engel«, sagte der Mann, doch er sagte es so leise, dass ich es umso schwieriger fand, die Stimme zu erkennen.

»Ehrlich gesagt, nein. Sagen Sie doch, wer Sie sind, und dann sprechen wir.«

»Ich muss Sie persönlich treffen, aber wir müssen sehr vorsichtig sein.«

Eine leise Ahnung stieg in mir auf.

»Nicht hier auf dem Revier, oder auch nur in der Nähe davon.«

»Gordon?«, fragte ich.

»Wir müssen höllisch aufpassen, auch Sie«, sagte die Stimme, und jetzt war ich mir sicher. Ich hatte Ulisses Gordon nur nicht gleich erkannt, weil ich überhaupt nicht erwartet hatte, von ihm angerufen zu werden. Er war stets ein Gegner gewesen, und ich hatte ihn immer nur im Gespann mit seinem Partner Catanza erlebt. »Aber ich kann das einfach nicht mehr mitmachen, ich bin ein ehrenwerter Polizist.«

Ich steckte mir eine Faust in den Mund, um nicht – Gott behüte – irgendetwas Dummes zu sagen. Dann, als ich mich wieder im Griff hatte, fragte ich: »Waren Sie das mit dem Zettel? Haben Sie uns die Nachricht zukommen lassen?«

»Was für eine Nachricht?«, sagte er unwillig. »Sie *werden* etwas von mir bekommen, seien Sie sicher, deshalb rufe ich doch gerade an – und ich kann Ihnen versprechen, Sie werden ganz schön Augen machen!«

»Da bin ich gespannt, auch wenn ich nur noch eins habe«, sagte ich. »Dann treffen wir uns doch gleich jetzt.«

»Geht nicht. Meine Frau würde es mitbekommen, und ich will sie keinesfalls mit reinziehen«, sagte er leise.

»Denn Sie sind ja ein ehrenwerter Polizist«, kommentierte ich nun doch, und schickte schnell hinterher: »Wann und wo?«

»Ihnen wird das Lachen auch noch vergehen, Engel. Morgen Nachmittag, um drei, der Schießstand des LAPD am Echo Park Lake, da habe ich mein monatliches Training.«

Er redete schneller. Ich hörte eine Stimme etwas fragen. Offenbar war seine Frau hereingekommen.

»Ich weiß, wo das ist. Ich werde da sein. Irgendeine Andeutung, Gordon?«

Er lachte heiser und raunte halblaut: »Das glauben Sie mir sowieso nicht, wenn Sie's nicht selber sehen!« Und er legte auf.

47

Es gibt Tage, an denen man besser gar nicht aufgestanden wäre. Sondern lieber mit einer schönen Frau im Bett geblieben wäre. Aber manchmal ist gerade keine da. Und zudem habe ich die besondere Gabe, ausgerechnet an solchen Tagen voller Tatendrang aus dem Bett zu springen und loszuziehen. Ich fuhr die La Brea Avenue nach Norden. Chaplin hatte vor ein paar Jahren, als er eine eigene Firma gegründet hatte, die Gebäude im Stil seiner Heimat errichten lassen. Kurz vor der De Longpre Avenue stand eine ganze Reihe kleiner, sehr schmaler englischer Cottagehäuser mit Fachwerk und spitzen Giebeln. Über der Hofeinfahrt prangte in einem großen Bogen der Schriftzug: CHARLIE-CHAPLIN-STUDIOS.

Ich hielt beim Pförtner und erläuterte ihm, dass Cecil B. DeMille mich bei Mr. Chaplin angemeldet habe und ich ihn sprechen müsse. Er schob sich die Mütze in den Nacken und kratzte sich am Kopf, so wie eine uniformierte Figur es in einem Chaplin-Film tun würde. »Fahren Sie durch«, sagte er resigniert. »Hier weiß man ja sowieso nie, wen der Chef nun als Nächstes empfangen will, den Herzog von Kent oder einen streunenden Hund oder ein sprechendes Känguru. Fahren Sie einfach durch, das sollen die Herren dann selbst entscheiden!«

Ich konnte ihn gut verstehen. In einer Firma, wo ein Künstler der Chef und Produzent war, war man jeden verdammten Tag seiner Willkür und damit der puren Anarchie ausgesetzt.

Ich fuhr hinein, parkte den Oldsmobile und ging hinüber zu einer großen Halle, wo geschäftiges Treiben herrschte. Durch einen Pulk von rauchenden und durcheinanderschwatzenden Menschen ging ich hinein. Das Dach war ganz aus Glas, wie bei einem Gewächshaus, und darunter waren die weißen Stoffbahnen gespannt, die das einfallende Sonnenlicht verteilten.

In der linken Ecke des Studios waren Arbeiter auf hohen Leitern dabei, die weißen Bahnen durch schwarze zu ersetzen. Darunter war ein Set aufgebaut, das nur mit Kunstlicht beleuchtet werden würde. Die Kulisse stellte ein halbes Kirchenschiff dar, mit Kirchenbänken, einem Podium und einer Kanzel, vor einer Stellwand mit Fenstern aus Buntglasmosaik. Starke Jupiterlampen und zwei neue, hochwertige Kameras auf Stativen warteten darauf, eingesetzt zu werden.

In jeder Ecke der großen Halle waren weitere Sets installiert, doch die Menschen ballten sich in der Mitte. Dort war ein großes Zelt aufgebaut, und direkt daneben befand sich auf einem Podest ein Schminktisch mit einem breiten Spiegel, der von elektrischen Glühbirnen umrahmt war. Ich trat näher. Davor standen im Halbkreis etwa vierzig Männer und Frauen, die alle zu einem Mann blickten, der am Schminktisch saß.

Es war der Chef.

Charlie Chaplin trug ein Priesterkostüm mit schwarzer Soutane und weißem Kragen. Er hatte die Schminke bereits aufgelegt, doch sein kleines Bärtchen noch nicht angeklebt. Eine Assistentin hielt sich neben ihm bereit und beobachtete ihn gespannt. Er hatte den Kopf auf die Hand gestützt und betrachtete sich im Spiegel. Er wirkte unglücklich. Und folglich wirkten auch die vierzig Leute um ihn herum unglücklich.

Seine Mitarbeiter hatten extra links eine Lücke gelassen, sodass er zu dem Kirchen-Set hinübersehen konnte. Und das tat er jetzt.

»Leuchte die Fenster schön von hinten an, Rollie, damit man selbst in Schwarzweiß sieht, wie bunt sie sind«, sagte er mit erhobener Stimme. Der Kameramann, Roland Totheroh, nickte, zeigte ihm den erhobenen Daumen und huschte hinüber zu den Beleuchtern.

Charlie seufzte. »Und erleuchte am besten auch mich …« Er richtete den Blick wieder auf den Spiegel. »Ich kann mir diesen Bart einfach nicht ankleben, bevor ich es nicht weiß!«, sagte er verzweifelt.

Ich schob mich langsam in die erste Reihe der Umstehenden, neben einen Darsteller, der einen riesigen langen Vollbart angeklebt hatte, beinahe so lang wie sein Oberkörper, und einen großen, massiven Mann, der ebenfalls eine Priesteruniform trug. Alle hielten still und schauten wie gebannt auf ihren Herrn. Ich wusste, dass er sie exorbitant bezahlte, damit sie ausschließlich ihm zur Verfügung standen, und zwar rund um die Uhr, wenn es sein musste. Es sollte aber umgekehrt auch vorkommen – und gar nicht so selten, hörte man –, dass er selbst keine Lust zu arbeiten hatte, und dann ruhte der gesamte Betrieb. Jeder in Hollywood hätte für einen solchen Vertrag bei Chaplin getötet.

»Dann guck doch ins Drehbuch, Charlie«, sagte ein Mann in einem Tweedanzug und machte einen Schritt auf ihn zu. »Da steht ja schon alles drin!«

»Es ist aber scheiße!«, sagte Charlie wie ein trotziges Kind und stützte den Kopf diesmal in beide Hände.

»Aber wir haben uns doch vorgenommen, ab sofort nur noch strikt nach Drehbuch zu arbeiten«, drängte Sydney Chaplin, sein vier Jahre älterer Bruder und Manager, der ebenfalls ein Kostüm und Schminke trug. »Weil das die Zukunft des Films ist. Und du hast es selbst geschrieben.«

»Umso schlimmer! Es stinkt!«, sagte Charlie.

»Charlie, wir haben das doch besprochen. Man kann bei Langfilmen nun mal nicht nur improvisieren«, erläuterte Syd mit nur mühsam maskierter Ungeduld. »Und es ist auch viel zu teuer. Aber natürlich, wenn du es in dieser Szene doch so willst …«

Er war auch Komiker gewesen, lange bevor Charlie auf den Plan getreten war. Doch jetzt spielte er nur noch Nebenrollen in den Filmen seines kleinen Bruders, die er produzierte. Und Produzent eines Stars zu sein, das hieß: die zweite Geige zu spielen.

»Du könntest über die Hochzeit von Kanaa predigen, Charlie«, sagte ein Mann, der rechts neben Chaplin auf einem Stuhl saß und einen Notizblock auf dem Schoß hatte. »Wasser zu Wein, du weißt schon, du könntest betrunken herumtorkeln.«

Charlie sah ihn im Spiegel an und machte mit seinen Lippen ein furzendes Geräusch. Der kleine Mann mit der Brille zuckte nur gelassen die Achseln. Offenbar war er so etwas gewohnt.

Als Chaplins Gagautor zu arbeiten, schien kein sehr lustiger Job zu sein. Alle anderen Studios wollten diesen Mann verpflichten, und er musste sich auf Geheiß seines Bosses möglichst unauffällig kleiden, verhalten und bewegen. Sein Name war Gerüchten zufolge Jack Smith.

Sydney Chaplin sah plötzlich zu mir und trat schnell und diskret an mich heran.

»Wer sind Sie?«, fragte er flüsternd.

»Hardy Engel«, stellte ich mich ihm leise vor. »Ich komme von Mr. DeMille. Ich möchte mit Ihrem Bruder sprechen.«

»Haben Sie einen Termin?« Er baute sich vor mir auf, so als wollte er seinen Bruder mit seinem Körper abschirmen.

»Mr. DeMille wollte einen für mich ausmachen. Es geht um William Desmond Taylor. Ich warte gerne auf eine Pause.«

»Mein Bruder ist heute nicht zu sprechen«, sagte Sydney. »Das sehen Sie doch. Er ist in einer heiklen kreativen Phase.«

Mit einem lauten Geräusch wurde ein Schalter umgelegt, und die Jupiterlampen hinter den Kirchenfenstern gingen an, sodass die gesamte Halle in bunten Farben erstrahlte, die auf unseren Körpern und Gesichtern seltsame Muster bildeten.

Charlie sah hoffnungsvoll dorthin, dann hob er einen Zeigefinger, woraufhin alle Gespräche sofort erstarben. Er legte den Kopf in den Nacken, schloss fest die Augen und steckte sich beide Zeigefinger in die Ohren. So verharrte er.

Ich hielt es zunächst für einen Gag und hätte beinahe losgelacht. Syds Blick stoppte mich.

»Er denkt nach«, wisperte er mir ins Ohr. »Er visualisiert den Film, und sieht sich selbst agieren, in verschiedenen Situationen. Sie fliegen ihm einfach so zu. Manchmal hilft es.«

Charlie verharrte eine Weile. Dann nahm er die Finger aus den Ohren und bewegte die Hände, als würde er dirigieren, mit geschlossenen Augen. Seine Leute beobachteten ihn gebannt. Nur sein Gagautor kritzelte derweil etwas auf seinen Block. Er schien eher gelangweilt zu sein und nutzte die Pause, in der sein Chef ihn nicht sehen konnte, um zu tun, was ihm beliebte.

Mit einem Schlag öffnete Charlie wieder die Augen. Die Menge starrte ihn erwartungsvoll an, so wie man vermutlich Jesus vor der Bergpredigt angeschaut hatte. Doch sein ausdrucksvolles Gesicht verzog sich zu einer jämmerlichen Grimasse.

»Nichts«, sagte Charlie klagend. »Schon wieder laufe ich gegen eine Backsteinmauer!«

Die Menge stöhnte auf.

»Gehen Sie!«, sagte Sydney drängend zu mir. »Mein Bruder hat heute definitiv keine Zeit für so etwas. Und das kann noch Tage so gehen!«

Charlie wurde aufmerksam auf uns. Er stutzte, und dann wandte er sich uns mit seinem gesamten Körper zu. Er bewegte sich voller Grazie, wie ein Ballett-Tänzer. Er stand auf und zeigte auf mich.

»Sie!«, sagte er. »Sie kenne ich doch?«

Sydney sah wütend zu mir und verdrehte die Augen. Offenbar wusste er, wie leicht sich sein Bruder ablenken ließ. Und nun war es wieder geschehen.

»Ja«, sagte ich schnell. »Wir sind uns bei Musso und Frank's begegnet. Mr. DeMille wollte Ihnen Bescheid sagen, dass ich heute vorbeikomme.«

»Was meinen Sie denn zu alldem?«, sagte er und kam schnell herbeigelaufen. Und zwar ganz ohne zu watscheln. »Was soll ich tun?«

»Ich denke«, sagte ich, »wenn man eine solche Blockade hat,

hilft es nichts, einen Durchbruch erzwingen zu wollen. Man muss loslassen und sich mit etwas anderem beschäftigen. Und die Idee wird zu einem kommen, genau dann, wenn man es nicht erwartet.«

»Charlie …«, versuchte Sydney einzugreifen. Charlie unterband dies mit einer einzigen Geste und nahm mich beim Arm.

»Interessant. Einverstanden, worüber sollen wir denn zur Ablenkung reden?« Er führte mich am Arm weg, hinüber zu dem Zelt.

»Hardy Engel«, stellte ich mich erneut vor und redete schnell weiter. »Ich habe ein paar Fragen. Es geht um Ihren alten Freund William Desmond Taylor. Erinnern Sie sich, Sie haben am Tag seines Todes mit ihm gefrühstückt.«

Während ich ihm in das Zelt folgte, registrierte ich, wie sein Team sich erleichtert zu zerstreuen begann.

Chaplin zog das Tuch über dem Eingang zu und nickte.

»Nennen Sie mich doch Charlie. Ja, der arme Bill Taylor …« Er ging zu einer Couch aus rotem Samt. Auf einem Tisch lag eine Geige mit Bogen bereit, daneben stand ein großes Cello vor einem Barwagen mit Getränken.

Chaplin wies mir einen Platz zu. Wir setzten uns.

»Was haben Sie eigentlich in der Nacht gemacht, als Taylor starb? Es ist nur eine Routinefrage.«

»Ich habe ein Drehbuch geschrieben, zusammen mit meinem Bruder«, sagte er. »Die ganze Nacht, für diesen Film. Wir lieben es, nachts zu arbeiten.«

Ich nickte vor mich hin.

»Ich wollte noch einmal von Ihnen hören, was Sie mit Taylor besprochen haben. Es ging im Athletic Club um Schnittprobleme, haben Sie gesagt?«

Er wich meinem Blick aus, faltete die Hände zusammen, drückte sie sich gegen die Stirn und atmete tief durch. Dann sagte er theatralisch:

»Sie werden sich dort sicher schon umgehört haben, und deshalb kann ich es genauso gut gleich erzählen: Ja, wir haben uns gestritten, Bill und ich. Ziemlich lautstark sogar. Es waren nicht viele Leute da, aber alle haben es unweigerlich mitbekommen.«

Seine kohlrabenschwarzen Augen blickten mich fragend an. Das war einfach.

»Ja«, sagte ich.

»Es ging um eine Filmidee«, sagte er. »Bill glaubte, dass er die Idee zuerst erwähnt hätte, bei einem Treffen vor einigen Monaten, aber es war natürlich meine Idee.«

»Was für eine Idee?«, fragte ich.

Er atmetete durch, und dann verkündete er feierlich: »Für einen Film über – Napoleon.«

Er sah mich voller Erwartung an.

»Napoleon?«, sagte ich verblüfft.

Seine Augen leuchteten auf, und plötzlich schien er wie neu belebt. »Selbstverständlich. Wer könnte ihn schon besser spielen als ich?« Er sprang auf und zeigte an sich herunter. »Ein kleiner Mann, aus einfachen Verhältnissen, steigt auf zu imperialer Größe. Aber tief drinnen ist er immer noch derselbe geblieben!«

Er schob sich eine Hand in die Falte seines Priestergewandes und begann, in militärischer Haltung auf und ab zu stolzieren, wie Napoleon. Man glaubte sogar die Stiefel knallen zu hören, obwohl er keine trug. Er blieb stehen, schlug die Hacken zusammen und reckte das Kinn empor.

»Ich schwöre Ihnen, dass ich diesen Film machen werde. Als ersten Film für United Artists, wenn ich meinen Vertrag mit First National endlich erfüllt habe! Napoleon Bonaparte ist ideal für mich, die Figur, die Fallhöhe …«

»Ja«, sagte ich. »Ich verstehe.«

»Und das Beste ist: Es gibt darin auch eine großartige Frauenfigur! Denn Napoleon brauchte eine Muse – so wie ich auch eine brauche. Und so kann Edna Purviance Josephine spielen, die Kaiserin. Es wird ein Meilenstein der Filmgeschichte werden!«

»Und Bill Taylor war der Meinung, Sie hätten ihm die Idee geklaut?«

»Ja, absurd, nicht wahr?«, sagte Chaplin und warf die Arme in die Luft. »Dabei gehörte er eher zu den Regisseuren, die gute Handwerker sind, die lassen Kreative ihr Ding machen, die Ideen für ein Studio umsetzen – aber sie nicht selbst haben.«

Ich dachte bei mir, dass das eine adäquate Beschreibung von Taylors Stil war.

»Und wie endete der Streit?«, fragte ich.

»Wir konnten ihn nicht beilegen«, sagte er düster. »Das ist es ja, was mich so bedrückt. So sind wir auseinandergegangen. Und jetzt ist er tot.«

»Sie waren gute Freunde, nicht wahr? Sie und Taylor und Mr. DeMille, er hat es mir erzählt.«

»Ich werde ihm meinen Napoleon-Film widmen«, sagte er plötzlich und schnippte mit den Fingern. »Das ist es! Kommen Sie, wir gehen raus und denken über alles nach!«

Er nahm sich die Geige und den Bogen und tänzelte regelrecht aus dem Zelt. Ich folgte ihm einfach.

Als sein Bruder, der vor dem Eingang wartete, uns kommen sah, zog er eine entsetzte Grimasse.

»Der Napoleon-Film«, sagte Charlie zu ihm. »Wir müssen ihn machen. Hardy hat mich gerade wieder darauf gebracht.«

Sydney sah mich sauer an. Ich schaute möglichst unschuldig drein.

»Und wovon handelt es genau?«, fragte er giftig.

»Das weiß ich noch nicht«, sagte Charlie. »Aber ich werde es mir überlegen.«

»Jetzt?«, schrie Sydney Chaplin und raufte sich die Haare. »Schreib ein verdammtes Drehbuch, irgendwann!«

Charlie begann, auf der Geige zu fiedeln, und tänzelte Richtung Ausgang. Ich ging einfach hinter ihm her und zuckte entschuldigend die Achseln.

Eine halbe Stunde später liefen wir durch die Orangenhaine, die hier am Rand von West Hollywood das Bild bestimmten, kreuz und quer, und Chaplin spielte immer noch auf seiner

Violine. Ich folgte ihm schwitzend, als wäre er der Rattenfänger von Hameln, nur mit einer Geige.

»Und was noch?«, fragte er nach hinten. »Was macht Napoleon noch, dieser kleine Mann, der doch ein ganz normaler sterblicher Mensch mit Alltagsproblemen ist?«

»Was hat der kleine Mann denn für ein Liebesleben?«, sagte ich außer Atem. »Ist er seiner Kaiserin treu?«

»Natürlich ist er treu«, sagte Chaplin und verspielte sich.

Ich wandte ein: »Er ist immerhin der König der Welt, ein Kaiser sogar. Er könnte vermutlich fast jede Frau haben. Sie werfen sich ihm an den Hals.«

Charlie blieb stehen, hielt mitten im Spielen inne und sah mich nachdenklich an.

»Das ist wahr. Er muss sich jeden Tag vielfältiger Versuchungen erwehren. Aber er muss es tun, denn es könnte ihn zu Fall bringen, wenn er an die Falsche gerät … Oh ja, er darf sich auf keinen Fall mit der falschen Frau einlassen …«

Er grübelte weiter, die Geige auf der Schulter und den Bogen streichbereit.

»Wie läuft es denn mit Mrs. Joyce Hopkins?«, fragte ich.

Eine Pause entstand.

»Sehr gut. Sie ist eine höchst ungewöhnliche Frau. Sie inspiriert mich wie keine zuvor«, sagte er. Er zupfte an einer Saite und lauschte dem Klang nach.

Zwei Orangenfarmer, die mit ihren Körben schweißüberströmt bei der Ernte waren, sahen zu uns herüber. Wie Chaplin hier mit seiner Violine herumstreunte, musste ihnen grotesk erscheinen, dachte ich. Doch offenbar waren sie diesen Anblick gewöhnt. Sie winkten ihm zu und machten einfach weiter.

»Wen hat eigentlich Bill Taylor geliebt?«, fragte ich ihn. »In all den Jahren, und vor allem zuletzt?«

»Oh, da scheint es jemanden gegeben zu haben«, sagte er, als fiele es ihm eben ein. »Er hat darüber gesprochen, nun ja, bevor wir uns dann gestritten haben. Und er scheint deshalb sehr unglücklich gewesen zu sein.«

»Wirklich?«, fragte ich.

»Hören Sie«, meinte er plötzlich und legte mir die Hand auf den Arm, »ich möchte aber nicht, dass irgendjemand Probleme bekommt … Ich meine nur, wie die arme Mabel, deren Briefe in der Zeitung waren …«

»Niemand wird Probleme bekommen«, sagte ich. »Also, wissen Sie, wer es war?«

»Nein, eben nicht«, sagte er. »Zu mir sagte er nur, dass wir aufpassen müssten, in wen wir uns verlieben. Es klang düster, nach großem Liebeskummer. Einem gebrochenen Herzen. Er hatte diesen Blick. Ich kenne diesen Blick sehr gut …«

Und Chaplin konnte der Versuchung nicht widerstehen, den Blick nachzumachen. Er geriet zur Karikatur. Und gewiss dachte er dabei selbst an eine bestimmte Frau, vermutlich die Millionärin.

»Mehr weiß ich leider nicht. Aber man könnte es für Napoleon verwenden, meinen Sie nicht?«, meinte er euphorisch.

Als wir kurz darauf zurückgingen und die La Brea Avenue wieder erreichten, fragte ich ihn: »Kennen Sie denn irgendwelche Liebesgeschichten von Taylor von damals, als Sie noch zusammen im Athletic Club lebten?«

Seine Augen leuchteten auf.

»Ja, jede Menge. Wir waren jung, ganz neu in Hollywood, gerade dabei, berühmt zu werden, und wir waren unheilbare Romantiker. Wir haben um so manche Frau konkurriert.«

»Frauen?«, fragte ich. »Welche?«

»Zu viele«, sagte er. »Aber meistens habe ich sie bekommen.«

»Aber er hat auch die eine oder andere abgekriegt?«, setzte ich nach.

»Ja«, sagte er. »Bill hatte ziemlichen Schlag bei Frauen. Und er hat es ausgenutzt. Aber er ist nie lange bei einer geblieben.«

»Erzählen Sie mehr.«

Er blieb stehen, mitten auf der La Brea.

»Fragen Sie mich das alles nur, um es auf die schwarze Liste der Produzenten zu schreiben, Hardy Engel? Sie arbeiten doch für die? Mein Freund Doug Fairbanks hat mir davon erzählt. Wollen Sie auch mich darauf setzen?«

Mir ging auf, dass er sich möglicherweise auch deshalb mit mir abgegeben hatte, aus Sorge.

»Ich erstelle keine schwarze Liste«, sagte ich. »Und wenn Sie nichts Schlimmeres getan haben, als Frauen zu lieben und Filme zu machen, dann haben Sie nichts zu befürchten. Sie doch am allerwenigsten. Sie sind der König dieser Welt, Charlie. Der Kaiser, der Gott von Hollywood.«

Er nickte befriedigt, wie ein vollkommen Verrückter – spätestens jetzt war ich mir sicher, dass er wirklich einer war.

Und dann überquerte er die Straße hinter einem hupenden Automobil, dessen Insassen ihn erkannt hatten und ihrem Charlie zuwinkten. Ein kleiner Junge und ein kleines Mädchen saßen auf der Rückbank, die Gesichter ans Fenster gepresst.

Wir passierten den dösenden Pförtner am Eingang, und er sprang sofort auf, als er Charlie sah. Der wandte sich wieder mir zu:

»In diesem Film spiele ich einen entflohenen Sträfling, der sich als Priester verkleidet hat. Und nun muss er eine Predigt halten, mit der er alle überzeugt, dass er auch wirklich ist, wer er vorgibt zu sein. Welche Stelle aus der Bibel fällt Ihnen auf Anhieb ein, die sich für eine Pantomime eignen würde, Hardy?«

Ich war Pantomime gewesen, leider bei weitem nicht so erfolgreich wie der Mann, der mich jetzt um Rat fragte. Was für eine Gelegenheit, dachte ich. Ich blinzelte in die Sonne, während wir auf die Halle zugingen. Sydney wartete schon vor der Tür, ungeduldig auf und ab gehend.

»Am besten etwas, was Sie besonders betrifft oder berührt?«, drängte Chaplin.

»David gegen Goliath«, sagte ich, ohne zu zögern.

Seine Augen leuchteten auf. »Natürlich, das ist es! Ich sehe es sofort vor mir!« Und er schloss die Augen und steckte sich die Finger in die Ohren, Geige und Bogen noch immer in den

Fäusten. Ich sah zu Syd und hob einen Daumen hoch. Er lächelte schief.

Charlie öffnete die Augen wieder und stürmte in die Halle. Wir folgten ihm.

Seine Angestellten saßen dort untätig herum, manche spielten Karten. Sie hatten natürlich warten müssen.

»Die Grundstücke in den Bergen sind doch viel zu teuer«, sagte Rollie gerade zu einer Frau, die einen Mantel bürstete. »Ich kaufe mir lieber eins drüben am Sunset Boulevard.«

»Mein Bärtchen, schnell!«, rief Charlie. Die Maskenbildnerin am Schminktisch sprang auf. Der Gagautor auch, er hatte gerade Löcher in die Luft gestarrt.

Chaplin war jetzt voller Ideen, schoss Blicke quer durch den Raum, und jedes Ding und jeder Mensch schien ihn zu inspirieren.

»David gegen Goliath«, sagte Chaplin und klopfte mit zwei Fingern sein Bärtchen unter der Nase fest. »Das ist das Thema für die Predigt. Los, los, das drehen wir sofort!«

Sydney lachte übertrieben auf, und alle anderen lachten mit. Manche schlugen sich auf die Schenkel, andere warfen den Kopf zurück und gackerten zutiefst künstlich. Sie waren alle prima Pantomimen; viel besser, als ich es jemals gewesen war.

»Großartig, Charlie!«, sagte der Schauspieler mit dem langen Bart und zeigte auf ihn. »Du übertriffst dich wieder mal selbst!«

»Genial«, sagte Rollie Totheroh mit weit geöffneten Augen und schüttelte den Kopf, als könnte er es nicht glauben. Wahrscheinlich dachte er dabei über Grundstücke nach.

»Eine sensationelle Idee, Charlie!«, rief Sydney und rang bewundernd die Hände.

Und so kam es.

Chaplins Pantomime zeigte erst Goliath, den Riesen, wie er hinunterschaute zu David, und dann den kleinen David, wie er hinaufsah zu Goliath. Sehr konventionell zunächst, aber er spielte es in der Tat einzigartig. Und, das musste ich ihm lassen, er hatte spontan noch eine Idee, die die Szene wirklich besonders machte:

Bei ihm gewann am Ende nicht David, sondern Goliath.

Nach kurzem Vorgeplänkel packte der Riese einfach den imaginären Kleinen, warf ihn in die Luft und kickte ihn in Chaplin-Manier mit dem Absatz nach hinten weg. Ende der Geschichte, kein weiterer Kampf mehr.

Das gesamte Team lachte und klatschte Beifall. Chaplins Gesicht leuchtete vor Glück. Er hob die Hände: »Und jetzt drehen wir den Gegenschuss! Der kleine Junge, der auf der Kirchenbank begeistert applaudiert, weil er instinktiv weiß: Dieser Priester hat recht, so gemein ist das Leben!«

Er wandte sich an mich. »Spielen Sie doch mit, Hardy! Setzen Sie sich ins Bild, Sie haben es verdient.«

Seit ich in Hollywood war, hatte ich von diesem Moment geträumt. Und nun war es so weit. Ich, der gescheiterte Schauspieler Hardy Engel, sollte in einem Chaplin-Film mitspielen.

Doch ich war kein Schauspieler mehr, und ich hatte eine wichtige Verabredung. Ich sah auf meine Armbanduhr. Es war bereits kurz nach halb drei.

»Danke, Charlie«, sagte ich. »Aber David muss woandershin.«

Wenn Sie *The Pilgrim* einmal zu sehen kriegen, achten Sie darauf: Der Kirchenbesucher hinter dem Knaben, das hätte ich sein können.

48

Der Schießstand, an dem ich Gordon treffen sollte, befand sich direkt hinter dem Echo Park Lake, rechter Hand.

Es war kurz vor drei Uhr, als ich die riesige, lärmende Baustelle passierte, wo aus weißem Stein der kreisförmige Angelus-Tempel errichtet wurde. Ich fuhr den kleinen See und die vorgelagerte Parkwiese entlang, um dahinter abzubiegen. Da bemerkte ich am Ufer einen Auflauf von Menschen, vielleicht einem Dutzend. Im See schwamm ein Schwan, und im Weiterfahren sah ich hinter ihm im Wasser noch etwas anderes, viel Größeres.

Es war ein menschlicher Körper, der mit dem Gesicht nach unten trieb, und die Schaulustigen sahen zu ihm hin und zeigten darauf.

Ich stöhnte laut auf und stieg im nächsten Moment heftig in die Eisen, um nicht meinem Vordermann in die Stoßstange zu fahren. Er hatte ebenfalls abgebremst und starrte zum See hinüber.

Rasch lenkte ich mein Automobil über die Gegenspur in den Park, hielt mitten auf der Wiese, zog die Handbremse an und rannte hinüber zu den Menschen.

Der Tote schien ein großer, massiger Mann zu sein, mehr konnte man vom Ufer aus nicht sagen.

»Hat jemand gesehen, was passiert ist?«, fragte ich.

»Nein«, sagte eine Frau mit einem Kinderwagen, deren Stimme zitterte. »Ich habe ihn nur dort treiben sehen, und dann …« Sie schluchzte auf.

»Vertreib nur jemand diesen Schwan«, rief eine andere Frau mit einem roten Hut. »Scheucht endlich diesen verdammten Schwan weg von ihm!«

Der Schwan war zu der Leiche geschwommen und wollte an ihr picken.

»Hat schon jemand die Polizei gerufen?«, fragte ich.

»Ja, der Bootsverleiher«, sagte ein Mann mit einer Mütze und zeigte zur Seite.

Ein Mann kam mit einer langen Stange mit einem Haken am Ende angerannt. Er ging ganz nah an den Rand des Sees und streckte sie aus. Sie war gerade lang genug. Als Erstes stieß er gegen den Schwan. Der beschwerte sich lautstark und schlug heftig mit den weißen Flügeln. Dann flog er ein Stück weit weg, landete platschend und strich beleidigt umher.

»Haben Sie etwas gesehen?«, fragte ich den Mann. Er war ein dürrer Mexikaner mit mandelförmigen Augen. Sein kleines blau gestrichenes Bootshaus und der Steg lagen am hinteren Ende des Sees.

»Nein, ich war auf dem Markt, und als ich zurückkam, hörte ich die Frau schreien. Dann habe ich ihn da entdeckt.«

Er streckte die Stange nun nach dem Körper aus, und beim vierten Versuch erwischte er ihn am Ärmel und zog ihn mühsam heran. Ein anderer Mann kam ihm zu Hilfe.

Eine Sirene war in der Ferne zu hören, der Lärm schwoll langsam an. Ich schaute zu dem treibenden Körper hinüber, der langsam näher kam, und fühlte mich richtig mies.

Und noch mehr, als er sich leicht drehte und ich die linke Hand sah.

Die Haut war purpurrot marmoriert.

Es war Sergeant of Detectives Ulisses Gordon, daran bestand kein Zweifel.

Die Sirene war nun ohrenbetäubend, und wir konnten den Wagen von Norden heranrasen sehen.

Er hielt direkt neben einem dunkelblauen Polizeinotrufkasten an der Straße, und zwei Streifenpolizisten in Uniform sprangen heraus. Die beiden Männer wuchteten gerade die

Leiche aus dem See. Auf dem Rücken war auf der linken Seite des Mantels ein Loch zu sehen. Sie drehten den Toten um. Einer der Polizisten wischte ihm die Haare aus dem Gesicht.

Jetzt war er sehr gut zu erkennen, mitsamt der schlechten Haut, die ihm nie mehr irgendwelche Beschwerden bereiten würde, und den Goldzähnen, die aus dem leicht geöffneten, schiefen Mund hervorblinkten.

»Scheiße«, sagte der Polizist. »Das ist ja Gordon. Von der Mordkommission.«

»Jetzt hat er selbst ne Kugel abgekriegt«, sagte der andere und zeigte auf die linke Brust der Leiche. Dort war der feuchtschwarze Mantel zerrissen und blutverschmiert.

Ich dachte an das, was Gordon mir hatte übergeben wollen. Doch ich bezweifelte, dass er es noch immer bei sich trug.

»Rufen wir seine Kollegen«, sagte der erste Polizist. »Die sind doch zuständig.«

»Wer ist das noch mal?«

»Catanza«, sagte der Erste und erhob sich. »Und Zeigler.«

An Ersteren hatte ich auch gerade denken müssen. Für mich blieb wenig zu tun, und ich hatte nicht vor, mich zu erkennen zu geben.

»Treten Sie zurück, meine Damen und Herren«, sagte der zweite Polizist und breitete die Arme aus.

Ich lief zu meinem Wagen, startete ihn und fuhr schnell um den See herum und dann hinüber zu dem Haus, in dem sich der Schießstand befand. Derweil spielten meine Gedanken verrückt. Ich parkte auf dem großen Parkplatz, auf dem nur zwei weitere Automobile standen.

Vorne am Eingang empfing mich hinter einem Tresen sitzend ein Polizist in Uniform, auf dessen Namensschild *Fowler* stand. Er war vielleicht vierzig, wirkte aber wie sechzig. Seine Haare sahen aus wie ein Nest, das ein sehr altersschwacher Vogel zu bauen versucht hatte, um darin zu sterben. Und seine Augen schauten ungeheuer müde.

»Sie wünschen?«

»Ich bin hier mit Ulisses Gordon verabredet«, sagte ich.

»Den haben Sie knapp verpasst«, sagte er. »Ihn und Catanza.«

»Der war auch da?«, fragte ich überrascht.

»Ja. Die trifft man ja selten allein an. Allerdings kam er ein bisschen später.« Er holte einen Tabakpfriem aus der Tasche und biss mit großen gelben Zähnen ein Stück davon ab.

»Haben sie Schießübungen gemacht? Gemeinsam?«

Ich versuchte, mich zu sammeln und möglichst ruhig zu bleiben.

»Aus welchem Grund sollten sie sonst hierhergefunden haben?«, fragte Fowler kauend. Ich hatte gar nicht gewusst, dass es überhaupt noch Menschen gab, die Tabak in dieser Form genossen. »Hier kommt keiner freiwillig her, das kann ich Ihnen versichern.«

»Wie hat es Sie denn auf diesen Posten verschlagen, Mr. Fowler?«, fragte ich, um ein bisschen für gute Stimmung zu sorgen.

Er malmte eifrig weiter und wandte den Kopf zur Seite, nahm Maß und spuckte dann einen saftigen gelbbraunen Strahl in Richtung eines Messingspucknapfs, der auf dem Boden stand. Er verfehlte ihn leider und traf den Betonfußboden. Es schien ihm aber herzlich egal zu sein.

»Na, wie wohl?«, sagte er. »Hab bei Dingen nicht mitgemacht, bei denen die meisten anderen im Department mitmachen. Da landet man dann in der attraktivsten Stellung, die die Polizei zu vergeben hat. In der Asservatenkammer. Oder eben hier.« Er zeigte mit einem bösen Grinsen hinter sich.

»Verstehe, Mr. Fowler. Das spricht für Sie. Manchem ist es so eben lieber. Und die beiden, die da waren?«

Er blinzelte nur kurz, dann sah er auf den Tresen.

»Fragen Sie sie selbst. Deswegen kommen Sie doch vermutlich her?«

»Oh, ich kenne sie schon lange. Engel, Privatdetektiv.«

»Herzlichen Glückwunsch«, sagte er. »Hab ich auch mal überlegt – mich selbständig zu machen. War mir aber zu blöd. Zu undankbar. Lieber das hier.«

Wieder spuckte er, und wieder traf er nicht.

»Eigentlich habe ich Gordon hier erwartet. Er wollte mich sprechen«, sagte ich. »Haben Sie mitbekommen, über was die beiden geredet haben?«

Er schüttelte den Kopf. »Hab sie nur eingetragen und ihnen ihre Ohrenschützer gegeben. Den Rest machen sie dann selber, am Schießstand.« Er zeigte mit dem Daumen den Flur hinunter, erhob sich mühsam, und ich folgte ihm.

»Na ja, ein bisschen gestritten haben sie schon, wahrscheinlich um die Reihenfolge oder so was. Hab einen Anruf bekommen währenddessen.« Er grinste. »Seltenes Ereignis hier.«

Wir sahen durch eine offene Tür in einen großen Raum, beleuchtet durch nackte Glühbirnen. Durch Säulen waren Schießbahnen voneinander abgegrenzt. In einiger Entfernung waren an der gegenüberliegenden Wand Zielscheiben aus Papier angebracht, die die Umrisse eines Menschen zeigten. In zweien von ihnen waren einige Schusslöcher zu sehen. Ein ganzer Stapel unbenutzter Papierscheiben lag vorne auf einem Tisch bereit.

»Komisch, dass Gordon nicht auf mich gewartet hat«, sagte ich langsam.

»Vielleicht gab's ja was zu tun«, sagte Fowler achselzuckend. »Ich erinnere mich noch dran aus meiner aktiven Zeit, manchmal gab's da was zu tun.«

Wir gingen zurück nach vorn.

»Und sie sind gemeinsam gegangen?«

»Sie sind zusammen raus, während ich telefoniert habe«, sagte er und fügte hinzu: »Hintereinander. Kurz darauf hab ich dann draußen einen Wagen wegfahren hören, sehr schnell, mit quietschenden Reifen. Die müssen es eilig gehabt haben.«

Ich ließ mir einen Moment lang Zeit, darüber nachzudenken.

»Nur ein Wagen?«, fragte ich.

Er hörte auf zu kauen und starrte mich wortlos an.

»Sie sagten, dass Catanza etwas später kam. Heißt das, dass sie nicht mit demselben Wagen gekommen sind?«

Er überlegte und zuckte dann die Achseln.

»Hab nicht darauf geachtet. Kann nur sagen, dass er kurz danach reinkam.«

»Oder ist es möglich, dass sie verfolgt wurden?«, fragte ich weiter.

»Keine Ahnung«, sagte er verständnislos. »Nicht, dass ich wüsste. Wieso sollte das jemand tun?«

»Ich meine nur. Weil sie Gordon gerade da draußen aus dem See gezogen haben«, sagte ich und deutete hinter mich. »Tot. Erschossen.«

Er hörte auf zu kauen und öffnete den Mund. Ein giftiggelber Tropfen hing im Mundwinkel und drohte herabzufallen.

»Und Catanza war nicht dabei«, fuhr ich fort. »Sofern er ihn nicht in seiner Manteltasche stecken hatte.«

Der Tropfen fiel. »Hier ist er jedenfalls nicht erschossen worden«, sagte er schwerfällig, wegen des vollgesogenen Pfriems in seinem Mund. »Ich hab sie rausgehen sehen, beide.«

»Hat Gordon irgendetwas gesagt, was mich betraf?«, fragte ich, schon fast auf dem Weg nach draußen. »Oder sonst etwas, das ein Hinweis sein könnte?«

Er schüttelte nur den Kopf.

Ich stieß die Tür auf und lief zu meinem Oldsmobile zurück. Die beiden anderen Fahrzeuge standen immer noch da, es waren Privatwagen.

Ich startete den Motor und fuhr zurück zum Fundort. Ich hielt auf Höhe des Polizeiwagens an und sah hinüber. Der eine Polizist stand vor dem metallenen, blau lackierten Polizeinotrufkasten, den er mit seinem Schlüssel geöffnet hatte, und hielt sich den Telefonhörer ans Ohr.

Jetzt nahm er ihn herunter und rief seinem Kollegen am See zu: »Zeigler macht sich sofort auf den Weg.« Dann sagte er wieder in den Apparat: »Catanza fährt wahrscheinlich Richtung Westen, die Leute hier haben vorhin einen Polizeiwagen wegfahren sehen.«

Das war alles, was ich wissen musste. Ich gab Gas und fuhr direkt weiter.

49

Es gab zwei Möglichkeiten: Entweder war Catanza in alles eingeweiht gewesen und hätte bei der Übergabe an mich dabei sein sollen, und dann waren sie angegriffen worden. Dabei war Gordon getötet worden, und Catanza hatte abhauen können und war jetzt auf der Flucht, vermutlich verfolgt vom Mörder.

Oder aber er war es, der Gordon hier abgepasst, die Übergabe verhindert und ihn dann erledigt hatte.

In beiden Fällen war es wahrscheinlich, dass das, was Gordon mir hatte geben wollen, sich nun in seinem Besitz befand.

Wenn nicht, hatte es nun der Mörder, und dann war es sowieso zu spät. Die einzige Chance, die mir blieb, war, Catanza so schnell wie möglich zu finden.

Ich jagte über die Temple Street nach Westen. Und diesmal holte ich aus meinem Wagen alles raus. Weitere Sirenen näherten sich mir von vorn, und dann schossen zwei Polizeiwagen hintereinander an mir vorbei.

Vielleicht, überlegte ich, wusste Catanza auch gar nicht, dass ich es war, den Gordon hatte treffen wollen; vielleicht wusste er ja nur, dass Gordon etwas bei sich gehabt hatte, das er nicht hatte herausgeben sollen.

Ich dachte zurück an den Tag, an dem ich mit Polly zur Hall of Records gefahren war und wir dort Gordon und Catanza angetroffen hatten. Sie waren wie immer in Zivil gekleidet gewesen, doch ihr Wagen war ein dunkelblauer Sedan, mit der Aufschrift LAPD auf den Türen.

Ich fuhr weiter und suchte die großen und kleinen Straßen ab, nach dem blauen Sedan Ausschau haltend. Das Viertel lag abseits der Hauptverkehrsadern, zum Glück, denn die Rushhour musste schon begonnen haben.

Die Gegend war immer spärlicher bebaut, je weiter ich fuhr. Es gab nun nur noch eine einzige staubige Straße, die nach Westen führte, mitten im Nirgendwo. Ich gab Vollgas, und der Wagen beschleunigte auf ein wirklich ungeheures Tempo, so als wollte er gleich abheben. Ab und zu donnerte ich an ein paar Bretterbuden oder einer einzelnen Tankstelle vorbei, die allesamt verwaist waren.

In der Normandie Avenue, kurz vor dem Beverly Boulevard, stand ein alter klappriger Wagen mit einer Ladefläche aus Holz, auf der Orangen und Zitronen in zwei Steigen feilgeboten wurden. Ein Holzschild war von Hand beschriftet worden: *Drei Orangen: 5 Cents.* Daneben saßen ein Mann mit einem Strohhut in einem schmutzigen Overall und eine Frau, die auf zwei verdreckte Kinder aufpasste. Sie waren von dem Staub bedeckt, der hier den Tag über aufgewirbelt wurde.

Ich hielt scharf an, was eine gewaltige Wolke aus Sand und Dreck emporsteigen ließ, und ging zu dem Mann.

»Na Mister, was darf's sein?«

»Haben Sie hier vielleicht einen Polizeiwagen vorbeifahren sehen?«, fragte ich.

»Wollen Sie denn auch etwas kaufen?«, fragte er und kaute auf einem Strohhalm herum, den er im Mundwinkel hatte. Dem Akzent nach zu urteilen, stammte er eindeutig aus dem Mittleren Westen, Oklahoma oder Kansas. Seine Frau starrte dumpf vor sich. Die Kinder spielten Fangen, direkt neben der Straße.

»Geben Sie mir ein halbes Dutzend Orangen«, sagte ich und griff in meine Tasche. Jetzt kam Leben in ihn, er nahm eine Papiertüte und versuchte umständlich, sie auseinanderzufalten.

»Hab in der Tat einen gesehen«, sagte er. »Hat da drüben gehalten.« Er zeigte auf die andere Straßenseite. Der Boulevard in Richtung Beverly Hills war nur eine staubige Straße aus festgestampfter Erde, mit Schlaglöchern.

»Ein dunkelblauer Sedan?«, fragte ich.

Er nickte. »Ja, Sir. War ein bisschen seltsam. Erst stand da ein anderes Automobil, schien auf etwas zu warten.«

Er nahm einzelne Orangen, sah sie prüfend an und steckte dann eine in die Tüte.

»Auch ein Polizeiwagen?«

Er schüttelte den Kopf. Drehte gerade die nächste Orange in der Hand. Sie sahen alle nicht besonders frisch aus.

»Privat. Größerer Wagen. Zwei Männer. Der Polizist hat gehalten. Er war in einem Polizeiwagen, aber er hatte keine Uniform an. Da sind die beiden ausgestiegen. Haben sich mit dem Polizisten unterhalten. Ihn rumgeschubst.«

»So ein kleiner Dünner mit einem Ohrfeigengesicht?«, fragte ich. »Italiener?«

»Könnte passen. Sein Hut ist dabei runtergefallen, er hat schwarze Haare gehabt. Dann haben sie ihn gezwungen einzusteigen, in sein Automobil, und der eine hat sich neben ihn gesetzt, und der Zweite ist mit dem anderen Wagen hinterher.«

Ich dachte nach. Er stopfte zwei weitere Orangen in die Tüte.

»Wohin?«, fragte ich.

Er zeigte in Richtung Westen.

»Wie lange ist das her?«

Er zog eine Grimasse. »Zehn Minuten«, sagte er und drehte sich zu seiner Frau um. »Oder, Nettie?«

»Was?« Sie schien nicht zugehört zu haben.

»Entschuldigen Sie meine Frau. Es ist hart, den ganzen Tag hier draußen zu sitzen und was verkaufen zu wollen. Wir sind aus Oklahoma herübergekommen, weil es hier so warm ist und weil alle von Los Angeles geschwärmt haben. Aber das Geschäft läuft nicht gut, und einen verdammten Filmstar haben wir auch noch nicht zu Gesicht bekommen.«

Er gab mir die Orangen.

Ich holte einen Dollar heraus.

»Ich kann nicht wechseln.«

»Egal.« Als er ihn nehmen wollte, hielt ich den Schein fest. »Die beiden Männer, waren das auch Polizisten?«

Er überlegte und verzog nur das Gesicht. »Woher soll ich das wissen?«

»Wie sahen sie aus?« Er grübelte. »Groß und kräftig?« Er zögerte. Dann nickte er. »Beide?«

Er legte nachdenklich den Kopf schief und nickte dann wieder zögernd.

»Hören Sie, sie trugen beide Hüte, und dann diese grelle Sonne ... Ich würde sie nicht wiedererkennen. Ich vertrage die Sonne nicht.«

Ich ließ ihn den Schein nehmen. Er hielt ihn in der Hand und sah darauf, als könnte er es nicht glauben.

»Das, was Sie mir gerade erzählt haben, erzählen Sie bloß niemandem sonst. Und bleiben Sie nicht hier stehen. Ziehen Sie besser weiter, nach Oregon. Da scheint die Sonne nicht so oft – aber dafür geht es auch nicht so heiß zu.«

Ich verlor keine Zeit und raste den Beverly Boulevard entlang, so schnell der Wagen es hergab, und zog dabei eine Staubfahne hinter mir her. Die Sonne stand knapp über den Bergen. Es würde bald dunkel werden, und dann würde ich es vergessen können, Catanza zu finden. Lange begegnete mir nichts und niemand. Ich hoffte inständig, noch rechtzeitig zu kommen und die Männer abzupassen, wo und wie auch immer.

Ich näherte mich nun dem Wilshire Park. Direkt davor ging die Rossmore Avenue ab. Hier standen wieder Häuser, und Richtung Norden ging es nach West Hollywood. Ich fuhr etwas langsamer, und gerade als ich die Kreuzung überqueren wollte, erblickte ich im Rückspiegel den blauen Sedan, der seitlich unter zwei Eukalytusbäumen abgestellt worden war. Er war in der Dämmerung kaum zu erkennen. Ich rollte rechts ran, wendete und fuhr zurück.

Der Polizeiwagen war leer. Ich legte die Hand auf die Motorhaube und zog sie sofort zurück; sie war noch heiß. Ich öffnete die Tür des Wagens und fand nichts, was mir weitergeholfen hätte. Im Handschuhfach befand sich lediglich die Lizenz mit dem Vermerk *LAPD Wagen No. 6, Sgt. of Det. Ulisses Gordon, Det. Vincent Catanza.*

Der andere Wagen, von dem der Okie gesprochen hatte, war nicht zu sehen. Ich lief ein Stück in den Park hinein und blickte mich um, die Hand stets an meiner Waffe. Jeden Busch umkurvte ich vorsichtig, immer in der Erwartung, sie vielleicht anzutreffen, doch vergeblich.

Ich ging zurück zur Rossmore Avenue. Es war inzwischen vollkommen dunkel. Natürlich konnte es sein, dass sie alle in den zweiten Wagen umgestiegen und weitergefahren waren. Trotzdem lief ich die Straße ein Stück entlang. Hier wohnte es sich schön. Einige Villen mit großen Vorgärten, von denen manche in den Park übergingen, wechselten sich ab mit mehrstöckigen Mietshäusern. Ich ging hinüber auf die andere Straßenseite und beschloss, noch bis zur nächsten Kreuzung zu laufen. Es war die Melrose Avenue, und dort herrschte viel Verkehr. Wenn sie hier abgebogen waren, war die Suche nach ihnen vollkommen aussichtslos. Genauso gut hätte ich heute Abend in einer Bar ein nüchternes Starlet suchen können.

Jetzt erreichte ich die Kreuzung. Dort stand ein hohes Haus, ein Bürogebäude mit vier oder fünf Stockwerken, in dessen Erdgeschoss sich eine Eisenwarenhandlung befand. Es gab noch ein paar weitaus höhere Häuser in Hollywood, aber höher als zwölf Stockwerke durfte kein Gebäude sein, so lautete die Bauvorschrift.

Ich betrachtete die beleuchtete Auslage – Hämmer, Schaufeln und Messer – und mein Spiegelbild in dem Schaufenster, das eines traurigen, verschwitzten Mannes, der seine beste Spur verloren hatte. Er zog eine Zigarette heraus, um sich zu trösten, und zündete sie an. Das war's also. Ringsum flammten die Lichter der elektrischen Laternen auf.

Ein lauter Schrei ließ mich den Kopf nach oben reißen und einen halben Schritt zur Seite treten. Es schien kein menschlicher Schrei zu sein. Im nächsten Augenblick streifte mich ein Luftzug, und etwas Großes krachte direkt neben mir auf den Bürgersteig, mit einem äußerst hässlichen Geräusch von berstenden Knochen. Gleichzeitig brach der schrille Schrei abrupt ab.

Ich taumelte zwei Schritte nach hinten und ließ die Zigarette fallen.

Das gekrümmte und verdrehte Bündel auf dem Bordstein vor mir im Schein des Schaufensterlichts rührte sich nicht mehr, und wo der Kopf gewesen sein musste, war nun eine breiige Masse aus Schwarz und Weiß und Rot, viel Rot.

Der Anzug war der von Vincent Catanza.

Ich sah reflexartig nach oben, zum Dach, und meinte dort einen kleinen Lichtpunkt wahrzunehmen.

Automobile bremsten, und Passanten wurden auf den Toten aufmerksam. Ein oder zwei Frauen schrien auf, und daraufhin kam ein Mann mit einer blauen Schürze und einer Schirmmütze aus dem Laden gelaufen.

Ich drehte mich um und rannte los, suchte den Eingang und fand ihn. Ich hatte schon den Fuß auf die erste Treppenstufe gestellt, das besann ich mich anders und lief um das Gebäude herum.

Dort führte eine Feuerleiter vom Dach nach unten. Und zwei Männer sprangen eben, als ich um die Ecke bog, nacheinander auf den Boden. Sie waren groß und kräftig, schwarze Schatten im Dämmerlicht, und trugen Hüte, die sie tief in die Gesichter gezogen hatten. Sie hatten mich offenbar nicht gesehen, doch sie hielten sich nicht lange auf und rannten davon.

Ich hatte keinerlei Zweifel, was sie da oben gemacht hatten, und nahm sofort die Verfolgung auf.

50

Sie rannten die schmale Gasse an der Hinterseite der Rossmore Avenue entlang nach Süden. Der Weg war unbeleuchtet, doch zwischen den Häusern drang das Licht der Laternen hindurch und bildete schmale, helle Rechtecke auf dem Schotter.

Außer den fliehenden Schatten war kein Mensch zu sehen. Überall lag Müll, über den man stolpern konnte, und zwei oder drei Hunde, die darin herumschnüffelten, stoben bellend zur Seite, als sie sie passierten, und bellten wütend, als ich an ihnen vorbeilief.

Sie waren etwa hundertfünfzig Fuß voraus, und mit ziemlich viel Mühe schaffte ich es, dass der Vorsprung nicht größer wurde. Die Männer sahen sich nicht um, sie rannten einfach, so schnell sie konnten. Dann bogen sie plötzlich nach rechts ab und liefen zwischen zwei Häusern in Richtung der Rossmore.

Ich gab alles und beschleunigte noch einmal, um sie nicht davonkommen zu lassen, rannte durch die Gasse, durch die ein breitschultriger Mann gerade so hindurchpasste, ohne anzustoßen. Als ich die Straße erreichte, sah ich, wie sie rechts von mir in einen dort geparkten großen Packard einstiegen. Er stand in einiger Entfernung von dem Polizei-Sedan und meinem Wagen, und ich war vorhin daran vorbeigegangen. Ich hielt an der Ecke für einen Moment an und stützte die Hände auf die Knie, während ich versuchte, zu Atem zu kommen. Dann rannte ich weiter, nach links zu meinem Oldsmobile, der im Dunkeln auf mich wartete.

Die anderen setzten umständlich zurück und fuhren dann nach Norden. Das linke Rücklicht war defekt und flackerte. Ich startete den Wagen und folgte ihnen.

Sie hatten einen kleinen Vorsprung, doch ich konnte dem einäugigen Packard in der Dunkelheit unauffällig folgen. Wir überquerten die Melrose Avenue und fuhren nach Hollywood.

Die Rossmore wurde hier zur Vine Street, und mir fiel ein, dass in dieser Straße das Paramount-Studio lag.

Der Verkehr wurde dichter, und bald schoben sich zwei Fahrzeuge zwischen mich und den Packard. Ich gab Gas und wechselte die Spur, kurvte im Zickzack um trödelnde Fahrzeuge herum, um voranzukommen. Doch der Abstand vergrößerte sich, und ich konnte nur anhand des kaputten Rücklichts bestimmen, welcher von den vorausfahrenden Wagen der Packard war.

Wir bogen nun um eine Kurve, und ich musste abrupt abbremsen, denn direkt dahinter hatte sich ein Stau gebildet. Bauarbeiter waren dabei, den Boulevard zu asphaltieren, und die zwei Fahrspuren verengten sich zu einer rumpeligen Behelfsspur. Zahlreiche rote Rücklichter starrten mich an, manche waren verdeckt, und keines flackerte. Ich konnte nicht sicher sagen, wo der Packard stand.

Arbeiter in Unterhemden schaufelten im Licht der Nachtscheinwerfer den dampfenden Asphalt von der Ladefläche eines Lastwagens auf die Straße, andere verteilten ihn, und wieder andere waren mit roten Flaggen ausgestattet, um uns um das ganze Chaos herumzuleiten.

Fahrzeuge hupten und versuchten, sich in die Spur einzufädeln, schnitten sich dabei den Weg ab und blockierten alles.

Ich konnte nicht anhalten und aussteigen und mich umsehen, sondern nur noch hoffen, bald aus dem Stau herauszukommen und den Packard wieder einzuholen.

Ich fluchte und schwitzte und trommelte nervös auf meinem Lenkrad herum. Es ging nur quälend langsam, Schritt für Schritt, weiter an dem Lastwagen vorbei.

Ich zündete mir eine Zigarette an, während ich so in meinem Wagen an der Baustelle vorbeikroch und den Teergeruch einatmete.

Mit einem Mal erhob sich ein Schwarm Vögel, der in den Bäumen am Straßenrand gesessen hatte, und stob unter lautem Geschrei davon. Ich sah ihm nach und warf die Zigarette aus dem Fenster.

Gerade als ich die Baustelle passiert hatte und wieder beschleunigen wollte, geschah es. Mein Oldsmobile begann plötzlich zu wackeln und wurde in die Höhe gehoben. Ich wurde durchgeschüttelt und hielt mich an der Tür fest. Erst nach ein paar Sekunden begriff ich, dass dies ein Erdbeben war.

Das, von dem ich ganz am Anfang erzählt habe, mein allererstes.

Ein lautes Grollen ertönte, und um mich herum begannen Menschen zu schreien. Der Oldsmobile schien nach rechts zu kippen, dann hielt eine unsichtbare Hand ihn fest und stellte ihn krachend wieder auf alle vier Räder, und ich schlug mit dem Kopf gegen das Dach, abgefedert durch meinen Hut. Ich hörte Glas zerbrechen, das mussten die versteckten Whiskyflaschen im doppelten Boden sein.

Ich sah zur Seite, auf den Lastwagen mit seiner dampfenden Fracht, der hin und her gerüttelt wurde, sodass er wie eine unscharfe Fotografie aussah. Ich sah die Arbeiter taumeln, zu Boden gehen und schreien – einer war in den rauchenden Asphalt gestürzt und brüllte herzzerreißend vor Schmerzen.

Die Holzpfähle mit den elektrischen Leitungen knickten um und fielen auf die Straße. Einer krachte auf die Motorhaube eines Wagens vor mir. Abgerissene Kabel züngelten über den Boden und sprühten Funken, und aus einer Erdspalte entwich fauchend ein Feuerstoß.

Und dann war mit einem Mal alles vorbei. Ich stellte den immer noch laufenden Motor ab. Und dann stieg ich langsam aus dem Wagen.

Menschen brüllten immer noch durcheinander. Die Arbeiter halfen ihrem unglücklichen Kollegen und zogen ihn aus der Grube.

Ich lief zu dem Wagen vor mir und öffnete die Tür. Darin saß ein Ehepaar um die fünfzig, am Steuer ein Mann, der vor Angst zitterte, sodass es wirkte, als bebte der Boden noch immer. Er bewegte die Lippen offenbar in einem stummen Gebet. Er sah zu mir und unterbrach es.

»Das ist die Strafe«, sagte er schrill. »Gott bestraft uns wegen all unserer Sünden.«

Die Frau neben ihm sagte nichts, sie hielt sich nur mit beiden Händen an der Armatur fest. Ihr Hut saß schief auf dem Kopf.

»Sind Sie verletzt?«

»Nein, ich glaube nicht«, sagte die Frau. »Du, Theodore?«

Ihr Mann blickte mich weiter mit großen Augen an.

»Er hat uns das Beben geschickt«, sagte er hysterisch. »Er hat uns verflucht, wegen all dem, was in dieser Stadt geschieht!«

»Theo!«, rief sie besorgt.

Ich gab ihm eine Ohrfeige.

»Blödsinn«, sagte ich. »Es war nur ein Erdbeben. Sogar nur ein leichtes.«

»Ja, Theo«, sagte sie, viel ruhiger als er. »Es ist alles in Ordnung. Es ist vorbei.«

»Wirklich?«, sagte er. Er versuchte, sich zusammenzureißen, und fuhr sich durch die Haare. Ich sah, wie verlegen er war. Die abgerissene elektrische Leitung, die auf der Straße vor ihm lag, bewegte sich hin und her wie eine giftige Schlange.

»Sie müssen raus aus diesem Wagen«, sagte ich und zog ihn hoch. Die Frau auf der anderen Seite stieg selbständig aus.

Der Mann stand auf unsicheren Beinen neben mir, wie ein seekranker Passagier, und begutachtete seine kaputte Motorhaube. Sie kam zu uns.

»Sind Sie beim Film?«, fragte ich. »Oder Priester?«

Er lachte auf. »Versicherungen«, sagte er.

Ich grinste schwach und sah mich um, während er sich hysterisch lachend auf den Wagen stützte. Seine Frau umarmte ihn.

»Diese Stadt ist verflucht«, hörte ich ihn zu ihr sagen. »Ich habe dir immer gesagt, wir sollten wegziehen!«

In der Fahrbahn vor mir war ein Riss, doch der Teil dahinter hatte sich nur um etwa einen Fuß gehoben, sodass man leicht über die Schwelle fahren konnte. Ich ging wieder zu meinem Oldsmobile und drückte den Anlasser. Er sprang ohne Probleme an.

Was dann geschah, wissen Sie bereits. Ich fand die Männer wieder und folgte ihnen, doch sie entdeckten mich.

Kaum hatten mich die aufgeblendeten Scheinwerfer erfasst, fuhr der Packard also mit durchdrehenden Rädern an und direkt auf mich zu.

Sofort gab ich Gas, schlug das Lenkrad hart ein, sodass ich den Wagen um hundertachtzig Grad wendete, um zu der Ausfahrt fahren zu können. Das andere Automobil war dicht hinter mir, als ich sie erreichte. Mit einer Hand warnend auf der Hupe, bog ich in die große Straße ein. Ein Wagen musste scharf abbremsen und der Packard ein Ausweichmanöver machen, um den Unfall zu vermeiden. Ich raste, so schnell es ging, die Straße runter und zog hinüber auf die linke Spur. Der Oldsmobile zeigte, was er konnte, wenn es darauf ankam, und das war eine Menge.

Schnell hatte der Packard wieder an Fahrt aufgenommen und verfolgte mich. Auch er hatte einen starken Motor, fast so stark wie meiner, und ohne Bucks Spezialausstattung hätte ich keine Chance gehabt.

Eine Straßenbahn kam uns auf dem Mittelstreifen entgegen und läutete dreimal ihre Glocke. Hell erleuchtet passierte sie mich, sie war vollbesetzt, und viele der Leute sahen zu uns herüber. Der andere Wagen klebte jetzt fast an meiner Stoßstange.

Als der letzte Waggon auf meiner Höhe war, schlug ich das Lenkrad hart nach links ein, und ohne langsamer zu werden, überquerte ich mit quietschenden Reifen die Gleise. Der Oldsmobile wollte ausbrechen, doch ich lenkte gegen und ging dabei nur kurz vom Gas. Polly wäre stolz auf mich gewesen.

Und sämtliche *Rum Runner* und Alkoholschmuggler auch. Im Rückspiegel sah ich den Packard vorbeischießen und dann eine Vollbremsung hinlegen, dass es nur so kreischte.

Ich röhrte in Gegenrichtung den Boulevard hinunter. Dabei überholte ich mehrere Pferde, die orientierungslos über den Asphalt galoppierten, darunter einen Schimmel. Es dauerte nicht lange, und im Rückspiegel tauchten die beiden Frontlichter des Packard auf. Die Straßenbahn von eben fuhr nun links von mir auf dem Mittelstreifen auf eine Station zu und läutete ihre Glocke wieder, dreimal, *clong clong clong*.

Ich holte das Letzte aus dem Motor heraus und überholte sie, mit der Absicht, diesmal direkt *vor ihr* nach links über die Gleise zu ziehen, sodass die Tram dem Packard den Weg blockieren musste. Ein riskanter Trick, den ich jedoch früher schon einmal mit Erfolg angewandt hatte.

Ich blickte in den Rückspiegel und nahm Maß. Im nächsten Augenblick sah ich, wie die Straßenbahn aus den Gleisen gehoben wurde, die offenbar durch den Erdstoß beschädigt worden waren, nach rechts kippte und dann auf der Seite liegend über die Fahrbahn auf mich zuschlitterte, gefolgt von einem Funkenregen. Glas splitterte. Die Schreie zahlreicher Menschen waren zu hören, und ich drückte das Gaspedal durch. Der vordere Straßenbahnwaggon löste sich, drehte sich auf der Seite liegend einmal um die eigene Achse und blieb dann quer auf der Straße liegen, wo ein weiterer Wagen in ihn krachte.

Der Packard war hinter der Trambahn nicht mehr zu sehen.

Ich fuhr sofort in eine der kleineren Straßen und dann ein paarmal um die Ecke, in einem Zickzackkurs.

Auf dem Weg nach Hause hatte ich zwar immer wieder die Lichter von Automobilen hinter mir, doch die der Mörder von Vincent Catanza schienen nicht dabei zu sein.

51

Wenn ich zu einer Beerdigung von Menschen gehe, die ich gut gekannt habe, habe ich immer eine kleine Flasche mit Hochprozentigem dabei, um zwischendurch einen Schluck davon nehmen zu können und den ganzen Mist besser zu ertragen. Ich hätte mir an diesem Tag gern eine große Flasche mitgenommen, aber das wäre keine gute Idee gewesen, vor allem nicht, wenn man in seinem dünnen Sommeranzug auch noch eine Luger verstaut hatte, Prohibition herrschte und fast das gesamte Los Angeles Police Department um einen herumstand.

Der Hollywood Memorial Cemetery am Santa Monica Boulevard leuchtete blau. Dicht an dicht standen Menschen in Uniformen, komplett mit Mütze, Abzeichen und blankgewienerten Schuhen, die in der unerbittlichen Sonne blitzten. Wie die Waffen der Ehrenformation, die aus zwölf Polizisten bestand, die sich hinter den beiden Särgen aufgereiht hatten und auf ihren Einsatz warteten.

Es waren ein großer Sarg und ein kleinerer, beide waren eingehüllt in die Flagge der Vereinigten Staaten von Amerika, und darauf lagen Polizeimützen, eine große und eine kleinere, und die vergoldeten Polizeimarken, in die die Dienstnummern, Ränge und das Wappen von Los Angeles eingeprägt waren.

Auf diesem Friedhof hatte ich beileibe schon einige Beerdigungen miterlebt, aber noch keine wie diese, und das lag nicht nur daran, dass es diesmal gleich zwei Tote zu betrauern gab.

Ich stand in meinem besten schwarzen Anzug ganz hinten

links, zusammen mit Polly, die ein schwarzes Kostüm trug, das einerseits dem Anlass angemessen war, andererseits aber so geschnitten war, dass es einem schwerfiel, nicht dauernd hinzusehen. Sie hatte eine Handtasche dabei, die sie als Sichtschutz vor die kleine Flasche hielt, wenn wir sie uns hin- und herreichten.

Die acht Tage, die seit dem Tod der beiden Detectives vergangen waren, hatten wir damit zugebracht, uns verschiedene Theorien zurechtzulegen, was der Hintergrund dafür gewesen war.

Und wir waren nicht die Einzigen gewesen. Die Zeitungen waren voll davon gewesen, und auch die Polizisten von Los Angeles hatten sich natürlich ihre Gedanken gemacht, nachdem zwei von ihnen umgekommen waren, nicht nur die der Mordkommission von Hollywood.

In meiner Wohnung an den *La Brea Tar Pits* hatte das Erdbeben vor einer Woche einen Wasserrohrbruch verursacht. Deshalb hatte ich die ersten zwei Nächte bei Polly geschlafen. Inzwischen hatten ich und mein Vermieter Mr. Soerensen die Wasserlachen weggewischt, aber viele der Möbel waren ruiniert, die Teppiche sowieso. Wasser aus der Leitung gab es vorerst keines, weder zum Trinken noch zum Waschen. Immerhin waren das Bett und die Matratze noch in Ordnung. Die letzten Nächte hatte ich wieder dort verbracht, bei weit offenen Fenstern, um der Schimmelbildung entgegenzuwirken. Soerensen meinte, ein Statiker müsse sich das Haus einmal ansehen – wenn endlich mal einer die Zeit dazu fände – und einschätzen, ob es weiter bewohnbar sei.

Sergeant of Detectives Thompson Zeigler, der Chef der Zentralen Mordkommission, trat nun ans Grab, um eine Rede zu halten, nachdem der Pfarrer mit seinen Gebeten und frommen Sprüchen zum Ende gekommen war.

»Liebe Kollegen, liebe Trauergemeinde, liebe Heather und lieber Aaron«, er wandte sich an eine verschleierte Frau in der ersten Reihe, die ihr schwarzes Taschentuch gegen den Mund presste, und einen ungefähr sechsjährigen Jungen daneben, der sichtlich nicht recht wusste, wie ihm geschah. Es mussten Gordons Frau und Kind sein. Von Catanzas Seite waren nur ein alter Mann und eine alte Frau gekommen, die beide so klein waren, dass sie zusammen in einen Vogelbauer gepasst hätten.

»Es ist uns allen eine traurige Pflicht, Abschied zu nehmen von zwei der besten Polizeibeamten, die diese Stadt hervorgebracht hat, Ulisses Gordon und Vincent Catanza«, sagte Zeigler. Er wirkte in der offiziellen, dunkelblauen Sergeant-Uniform, die er heute angelegt hatte, noch schmaler und noch viel älter als sonst. Die Augenbrauen sahen aus, als wollten sie allmählich seine Augen und danach sein restliches Gesicht zuwuchern wie Rosen ein verfluchtes Märchenschloss. »Sie haben sich unzählige Verdienste erworben, indem sie auf zuverlässige Weise ihre Arbeit verrichtet haben, stets im Geiste dessen, was Amerika und Los Angeles, was dieses großartige Land und diese großartige Stadt ausmacht.«

»Oh ja, das haben sie«, flüsterte ich grimmig und fummelte den Deckel der Flasche auf, um sie dann zum Mund zu führen. Polly sah herüber und hielt mir schnell die Handtasche vors Gesicht.

»Und die beide«, fuhr Zeigler pathetisch fort, »in Ausübung ihrer Pflicht zu Tode gekommen sind. Detective Ulisses Gordon durch die feige Kugel eines Mörders, der ihm aufgelauert und ihn hinterrücks erschossen hat. Vielleicht ein entlassener Sträfling, der ihm seine Strafe zu verdanken hatte und sich dafür rächen wollte. Wir wissen es noch nicht, aber wir werden es bald herausfinden, seien Sie dessen versichert.«

»Die feige Kugel eines Mörders?«, wisperte Polly in mein Ohr. »Eine Kugel kann nicht feige sein. Höchstens ein Mörder.«

Ich ermahnte sie zischend, ruhig zu sein. Sie nahm sich die Flasche.

»Detective Vincent Catanza ist am selben Tag gestorben, und das zeigt, was für ein sensibler, feinsinniger Mensch er gewesen ist, was alle wissen, die ihn so gut gekannt haben wie wir.« Ich hätte beinahe laut aufgelacht. Ich fand es wirklich seltsam, dass niemand lachte. »Ob es der Tod seines Partners war, oder der Schock des Erdbebens, oder ob ihn, wie wir glauben, die Last all seiner Aufgaben niedergedrückt und zu diesem Schritt bewogen hat, wissen wir nicht. Er stand in den letzten Wochen, wie wir alle, sehr unter Druck. Er hat alle Bewährungsproben glänzend bestanden, doch man kann in einen Menschen nicht hineinsehen. Jedenfalls hat er an diesem schicksalhaften Tag dann eine einsame Entscheidung getroffen und den Freitod gewählt.« Ich stöhnte auf. Polly reichte mir wortlos die Flasche.

Ich brachte es fertig, gleichzeitig zu trinken und den Kopf zu schütteln.

Gordons Frau brach in lautes Schluchzen aus. Einige der harten Männer um uns herum bissen sich auf die Lippen und unterdrückten ein paar Tränen. Drüben am rechten Rand der Menge erblickte ich Mr. Woolwine, im Cutaway und mit Zylinder, und bei ihm standen King und Miller in ihren Uniformen. Ich glaubte, auch Byron bei ihnen zu sehen, doch einige kantige Männer in ordenübersäten Polizeiuniformen verdeckten mir die Sicht auf die, die noch dabeistanden. Wen ich hingegen deutlich sah, war der Bürgermeister von Los Angeles, George Cryer, auch er in vollem Trauerstaat, mit weiteren Begleitern.

»Wir sollten seine mutige Entscheidung respektieren«, sagte Zeigler noch, und dann verstummte er, denn ein Mann in einer Uniform mit vielen Litzen und Schnüren trat vor und ergriff das Wort.

»Ich bin Louis D. Oaks, der neue Chef des LAPD und Nachfolger des ehrenwerten James Everington. Wir sollten diesen beiden Männern, Gordon und Catanza«, das las er doch tatsächlich von einem Zettel ab, »nun unseren Respekt zollen, und dann unsere Arbeit in ihrem Sinne fortführen, in Hollywood und in allen Divisionen und Abteilungen. Ich bitte um einen Moment des Gedenkens und des Gebetes.«

Oaks faltete die Hände und senkte den Kopf. Und alle anderen taten es ihm gleich. Viele schlossen die Augen.

Oaks' Vorgänger Everington, zum Zeitpunkt von Taylors Ermordung der oberste Polizist, war kein Gauner und Heuchler wie alle, die hier standen. Der beste Beweis dafür war, wie lange er durchgehalten hatte: nur ein paar Monate.

Ich versuchte, meine Wut zu zügeln. Ihr Konzept davon, was »feige« und was »mutig« war, musste ich mir bei Gelegenheit vielleicht noch mal erklären lassen.

Polly stieß mich in die Seite, und wir wechselten einen Blick. Das, was Zeigler soeben als vermeintliche Todesursache verkündet hatte, war in den Theorien nicht vorgekommen, die wir besprochen hatten.

Hier hatte das Erdbeben nicht besonders heftig gewütet. Lediglich ein paar Grabsteine standen etwas schief, das war alles. Für einige Augenblicke herrschte absolute Stille. Nur ein Rabe krächzte von irgendwoher, als meldete er seinen Protest an. Vielleicht war es auch die Stimme von Ulisses Gordon. Vielleicht haben die Buddhisten recht, und wir werden alle wiedergeboren und sitzen dann auf Ästen herum und sehen den Menschen zu.

»Bevor wir unsere beiden toten Helden gleich mit Salut ehren, will ich für die Mordkommission von Hollywood noch Folgendes verkünden«, erhob der neue Polizeichef Oaks wieder seine Stimme. »Zwei entsetzliche Lücken sind in unsere Reihen gerissen worden. Wir müssen sie wieder schließen. Im Zuge der personellen Veränderungen tritt Sergeant Zeigler zur Seite. Er wird bis zur Pensionierung weiter seine Erfahrung einbringen, aber die Leitung der Abteilung in andere, jüngere Hände übergeben. Sein Nachfolger wird nun noch ein paar Worte an Sie richten.«

Der Angekündigte kam nach vorne zu ihm und begann zu sprechen.

Was der Mann gesagt hat, habe ich mir nicht gemerkt. Was er meinte, wurde auch viel besser ausgedrückt durch das laute Krachen der zwölf Schüsse, die danach abgefeuert wurden, die Ehrensalve, während der er mit unbewegtem Gesicht in die Menge schaute.

Er war vergleichsweise bleich in seiner neuen, frisch gebügelten Uniform des LAPD, und er blinzelte in die Sonne, als könnte er noch nicht glauben, mit welcher Kraft sie hier auf alles herunterschien.

Es war Hank Reiner vom New York Police Department.

52

»Also schön«, sagte Polly und nahm einen tiefen Zug von ihrer Zigarette. »Dann nehmen wir doch einfach mal spaßeshalber an, dass hier eine riesige Vertuschung stattgefunden hat.«

Wir hatten uns in den Schatten einiger großer Palmen am Rande des Friedhofes zurückgezogen, rauchten und sahen dem Defilee der Polizisten zu, die in einer langen Schlange an den offenen Gräbern anstanden, um ihren toten Kollegen die letzte Ehre zu erweisen, deren Särge gerade erst hinabgesenkt worden waren. Ich hatte Polly in kurzen Worten erklärt, dass ich den neuen Chef der Mordkommission bereits kannte.

»Und dass Hank Reiner ein Teil davon ist«, sagte ich. »Er war schließlich Kings und Woolwines Verbindungsmann in New York. Hat die Protokolle aufgenommen, nachdem ich den toten Sands gefunden hatte. Und sofort in Frage gestellt, dass es Mord war.« Ich spie den Rauch meiner Chesterfield aus, als wollte ich in seine Richtung spucken. Wir konnten ihn sehen, wie er neben dem linken Grab posierte, neben Zeigler, und die Glückwünsche der Polizisten entgegennahm.

»Du meinst, der neue Job ist eine Art Belohnung?«, fragte sie. Sie schraubte erneut die Flasche auf und trank daraus. Dann reichte sie sie zu mir herüber.

»Könnte sein«, meinte ich grimmig. Ich nahm einen tiefen Schluck – oder vielmehr, ich wollte einen nehmen, aber in der Flasche war nur noch ein kleiner Rest.

»Dafür, dass er Dr. Lutin noch mal in die Mangel genommen hat und ihn dazu gebracht hat, seine Aussagen in den zentralen Punkten zu ändern?«, fragte Polly.

Ich schüttete mir die letzten Tropfen in den weit geöffneten Mund und steckte die Flasche weg.

»Ich frage mich noch etwas anderes«, sagte ich. »Warum ist Hank nicht mitgekommen, als ich zu Sands gefahren bin? Er wusste alles, was ich wusste, kannte den Ort, die Adresse. Jeder normale Polizist wäre mitgekommen. Aber er hat sich rausgezogen und so getan, als wäre er sich zu fein dafür. Ich sollte ihn erst anrufen, wenn ich ihn gefunden hatte.«

Sie sah mich von der Seite an und nickte vor sich hin. Ich nahm mir fest vor, zukünftig doch größere Flaschen mitzunehmen.

»Und, hast du ihn angerufen?«, fragte sie.

»Ja, ich habe ihn aber nicht erreicht. Er sei gerade in der Asservatenkammer, wurde mir ausgerichtet – das klang glaubwürdig, denn ich hatte ihm aufgetragen, dort etwas nachzusehen. Ich hinterließ ihm die Nachricht, er solle sofort kommen, und das tat er dann auch.«

Sie holte eine neue Zigarette heraus und steckte sie an der alten an.

»Aber du glaubst, dass er vielleicht gar nicht in der Asservatenkammer war? Sondern schon nach Connecticut gefahren ist – um Sands umzubringen?«

»Möglich wäre es«, sagte ich. »Ich bin unterwegs in einen Schneesturm geraten und wurde aufgehalten. Und es würde auch zu allem anderen passen. Wenn man annimmt, dass sie Sands umbringen wollten, damit er nicht mehr aussagen konnte. Damit er nicht beweisen konnte, dass er am Taylor-Mord unschuldig war.«

Ich blickte hinüber zu den Gräbern. Hank Reiner schüttelte weiter Hände und lächelte sogar ab und zu dabei.

»Könnte Hank einer der beiden gewesen sein, die Catanza erledigt haben?«, fragte sie.

»Gute Frage«, sagte ich. »Ich habe nicht viel erkennen können im Dunkeln. Es können auch King und der andere Mann gewesen sein, die mich damals zum Verhör abgeholt haben. Ich weiß es einfach nicht.«

Neben Reiner waren gerade einige Pressefotografen damit beschäftigt, Mr. Woolwine zu fotografieren, der vor den Gräbern posierte. Er zeigte ihnen seine Schokoladenseite, die rechte, und reckte das Kinn empor.

»Woolwine ist mitten im Wahlkampf«, sagte Polly, die meinem Blick gefolgt war. »Die ganze Stadt ist voller Plakate von ihm. Noch ein paar Wochen und er ist vielleicht Gouverneur.«

»Und da er punkten wollte, musste er den Fall lösen und der Öffentlichkeit mit großem Getöse den Mörder deines Vaters präsentieren.«

»Und konnte niemanden gebrauchen, der ihm dazwischenpfuscht«, sagte Polly und verzog den Mundwinkel. Ich nahm den letzten Zug von meiner Zigarette und warf sie zu Boden.

»Gordon hat mir am Telefon nicht verraten, was er mir hat geben wollen. Ich würde es erst glauben, wenn ich es selbst sähe«, sagte ich. »Das war das Letzte, was er sagte. Wenn ich darüber nachdenke, was das gewesen sein könnte, dann kriege ich das große Kotzen.«

Ich sah nach links hinüber. An den Friedhof grenzte das alte Brunton-Studio, eines der ältesten im Ort, doch mittlerweile ziemlich heruntergekommen. Die Hallen standen inzwischen alle leer, soweit ich es von hier aus beurteilen konnte.

»Ich hab da drüben mal einen Film gedreht, das war übrigens mit deinem Vater. Ich spielte einen Würfelspieler namens Mr. Robins, das fällt mir gerade ein«, sagte ich.

Sie sah hinüber.

»Im Brunton-Studio? Das jetzt pleite ist?«, fragte sie.

»Ich wusste nicht, dass es pleite ist. Der Film war jedenfalls kein Erfolg. Mr. Robins, der Name hat mir kein Glück gebracht.«

Sie lachte leise.

»Mir schon«, sagte sie. »Welcher Film?«

»*The Witching Hour.* Es war die größte Rolle, die ich als Schauspieler jemals hatte.«

»Den hab ich gesehen«, murmelte sie. »Aber an dich kann ich mich gar nicht erinnern.«

Die Schlange der Kondolierenden hatte sich jetzt aufgelöst, die Menge begann sich zu zerstreuen. Woolwine ging zum Ausgang, verfolgt von dem Schwarm der Pressefotografen.

Polly sagte: »Ich habe genug. Ich muss mich mal ein bisschen abkühlen und fahre runter nach Santa Monica, an den Strand. Kommst du nach?« Ich versprach es ihr, sie verabschiedete sich mit einem Knuff in meine Seite, und ich ging zu den Gräbern hinüber. Ich war einer der Letzten, die sich von den Toten verabschiedeten.

Ich stand eine Zeitlang am Grab von Gordon und sah hinunter auf den Sarg in der Grube. Ich warf Erde mit einer kleinen Schaufel ins Grab, kondolierte seiner Witwe so aufrichtig, wie ich es auch meinte, und strich seinem Sohn über den Kopf. »Dein Vater war ein ehrenwerter Polizist«, sagte ich. Dann ging ich zum zweiten Grab.

»Wo Engel ist, ist eine Leiche«, sagte ich leise Catanzas eigenen Spruch auf. »Wer hätte gedacht, dass du eines Tages eine davon bist.«

Ich warf etwas Erde auch zu ihm hinab und drückte den alten Italienern stumm die Hände.

Danach drängte ich mich zu Reiner hinüber, der umringt war von anderen Polizisten.

»Hallo, Hank«, sagte ich. »Herzlichen Glückwunsch zum neuen Job.«

Er streckte lächelnd die Hand aus, und mir blieb nichts anderes übrig, als sie zu schütteln.

»Hardy«, meinte er. »So sieht man sich also wieder. Na, du wirst ja kaum überrascht sein. Mich hat es einfach ins Warme gezogen.«

Hinter ihm begannen zwei schwarze Totengräber, Erde von einem großen Haufen in die Gräber zu schaufeln. Sie füllten sich schnell, und schon waren die Särge vollkommen bedeckt.

»Willkommen in Los Angeles«, sagte ich. »Hier gibt es garantiert keinen Schnee. Höchstens das eine oder andere kleine Erdbeben. Und leider kein Major-League-Team.«

Er wurde von hinzukommenden Polizisten begrüßt und beglückwünscht, und ich wandte mich ab. Ich wechselte einen kurzen Blick mit Byron, der mir gemessen zunickte und mich aufmerksam ansah. Sonst entdeckte ich niemanden vom Studio. Er kam heran.

»Tragische Sache, was?«, fragte er.

»Ja«, sagte ich. »Ich hatte nun wirklich meine Auseinandersetzungen mit den beiden, aber so ein Ende, das haben sie einfach nicht verdient.«

»Immerhin kennst du Hank ja schon aus New York«, sagte er. »Und weißt, wie er arbeitet, und kannst darauf vertrauen, dass die Mordermittlungen künftig bei ihm in guten Händen sein werden.«

»Oh ja, besser hätte ich es selbst nicht sagen können«, sagte ich, tippte mir an den Hut und ließ ihn stehen.

Als ich in Richtung des Ausgangs ging, an all den Gräbern der Toten vorbei, die ich gekannt hatte, wurde mir wieder bewusst, wie sinnvoll und zugleich makaber es war, dass sich der Friedhof direkt neben einem Filmstudio befand: Man hatte es nicht weit, wenn es wieder einmal so weit war.

Da trat mir ein Polizist in den Weg, ich wäre beinahe um ihn herumgegangen. Er legte mir die Hand auf den Arm und nahm die Uniformmütze ab. Erst jetzt erkannte ich ihn und sein wirres, dünnes Haar.

»Schöne Grabreden, was?«, sagte Fowler, der Mann vom Schießstand. »Hehre Worte und so. Tolle Theorien. Kommen Sie doch bei Gelegenheit mal bei mir vorbei und schauen Sie sich die Realität an. Da gibt's einiges zu sehen.«

Ich merkte, dass er genauso wütend war wie ich und es auf ähnliche Weise zu verbergen versuchte. Auch sein Atem roch wie meiner.

»Wissen Sie was«, sagte ich. »Das mache ich gleich. Nicht, dass an diesem Schießstand noch einmal jemand stirbt, bevor er mir etwas zeigen kann.«

Wir gingen nun nebeneinanderher.

»Was wollen Sie mir denn zeigen?«, fragte ich. »Nur aus Neugier.«

»Was gibt's an einem Schießstand schon zu sehen«, sagte er und blickte starr geradeaus. »Kugeln.«

»Gehen Sie voraus«, sagte ich, blieb stehen und holte eine Zigarette heraus. »Ich treffe Sie draußen links an dem Oldsmobile. Muss ja nicht jeder mitbekommen.«

Er ging weiter, ohne sich nach mir umzudrehen.

53

»Was glauben Sie, warum Zeigler nicht einfach in Rente gegangen ist?«, fragte Fowler mich auf der Fahrt. Er holte seinen Tabakpfriem heraus. Dann stutzte er, bemerkte, dass er den hier drin besser nicht kauen sollte, und steckte ihn wieder weg.

»Sie haben ihn nicht gelassen. Sie sind auf seine Verschwiegenheit angewiesen, und brauchen jemanden, der für sie die schmutzige Arbeit verrichtet, weil sie ihn in der Hand haben.«

Er nickte. »Und warum wurde er degradiert?«, fragte er.

»Weil in seinem Departement etwas schiefgelaufen ist. Beinahe wäre etwas herausgekommen, das sie geheim halten wollen. Da holen sie lieber einen neuen Chef, der gerade zuverlässig für sie einen Auftrag erledigt hat«, sagte ich. »An einem anderen Ort.«

»Wie New York?«, fragte er mit einem Grinsen.

Jetzt nickte ich.

»Danke, dass Sie meinen Besuch anscheinend nicht erwähnt haben«, sagte ich, als wir kurz darauf hinter dem Echo Park Lake geparkt hatten und auf den Schießstand zugingen. »Ich hätte sonst Probleme bekommen. Wäre in die Schusslinie geraten, sozusagen.«

Das Haus zierte nun ein gezackter Riss, der von links oben bis rechts unten verlief. Putz- und Mörtelstücke waren heruntergefallen, und niemand hatte sich bisher die Mühe gemacht, sie wegzuräumen.

»Na ja«, meinte er trocken. »Ich wusste ja, dass Sie es nicht gewesen sein können. Warum hätten Sie sonst zu mir kommen sollen?«

»So ist es«, bestätigte ich.

Er schloss die Tür auf und ließ uns hinein.

»Auch wenn ich hier draußen am See sitze und verrotte, bin ich immer noch ein guter Polizist«, sagte er. »Der seine Schlüsse zieht und ihnen vertraut. Mehr als dem, was die hohen Herren in ihren Amtsstuben so ausgewürfelt haben.«

Jetzt biss er ein Stück von seinem Tabak ab und begann, darauf herumzukauen.

»Und was sind das für Schlüsse?«

»Zunächst einmal, dass Sie wirklich an der Aufklärung dieses Mordes interessiert sind. Und dass wahrscheinlich noch mehr dahintersteckt.«

»Ich ermittle im Mordfall Taylor«, sagte ich. »Zusammen mit Taylors Tochter. Und bin dabei zu anderen Erkenntnissen gekommen als die Staatsanwaltschaft und die Mordkommission. Und wie es schien, war auch Gordon nicht mehr auf deren Seite und wollte mir deshalb etwas geben.«

»Sands war es also gar nicht?« Er nickte grimmig vor sich hin. »Und Sie wissen nicht, was er Ihnen geben wollte?«

»Leider nicht. Ich nehme an, dass man es ihm weggenommen hat.«

Er ging voran in den Raum, in dem der Schießstand war, und ich folgte ihm. Er knipste das Licht an.

»Ist hier seitdem geschossen worden?«, fragte ich.

»Nein. Diese Burschen finden immer wieder einen Weg, sich davor zu drücken, obwohl ein regelmäßiges Training vorgeschrieben ist.« Er verzog das Gesicht. »Oder sie üben halt gleich im Einsatz. Natürlich tun sie das viel lieber.«

Er ging zu einer Bahn in der Mitte.

»Das hier war die Bahn von Gordon«, sagte er. Er ging eine Reihe weiter und zeigte in Richtung der Wand, an der immer noch eine durchlöcherte Zielscheibe hing.

»Und hier hat Catanza geschossen. Mit seiner Browning

45er. Er hat im Einsatz nicht die Dienstwaffe verwendet, sondern stets seine private Waffe. Wie Sie wissen, ist das erlaubt. Und viele der Jungs vertrauen lieber auf ein größeres Kaliber. Ich selbst hatte immer eine Smith & Wesson dabei.«

»Eine Browning«, sagte ich in Gedanken und sah auf die Zielscheibe. Die drei Einschüsse lagen alle in dem Kreis, der das Herz des abgebildeten Menschen markierte.

»Er hat nur drei Schüsse abgegeben. Ich habe mir die Mühe gemacht, eine seiner Kugeln aus der Wand zu pulen«, sagte Fowler. Er holte etwas aus der Hosentasche und ließ es klirrend auf den metallenen Ablagetisch gleiten. »Und wissen Sie, was Sie jetzt machen können?«

Neben dem hohen Stapel mit den unbenutzten Zielscheiben aus Papier lag eine plattgedrückte, golden glänzende Kugel.

»Ich könnte sie vergleichen«, sagte ich und beugte mich darüber, »mit der Kugel, die Gordon verpasst bekam. An die muss ich aber erst einmal irgendwie rankommen.«

Er grinste mich nur bedeutungsvoll an und kaute auf seinem Pfriem herum.

»Hat die Mordkommission denn schon nach den Kugeln hier drin gefragt? Zeigler, oder irgendjemand anderes?«, fragte ich.

Er schüttelte den Kopf und grinste noch immer.

»Unglaublich, nicht? Aber es wird noch besser.«

Er wartete. Ich wollte ihm den Spaß natürlich nicht verderben. Ich zögerte, als traute ich mich nicht, es auszusprechen, und dann tat ich es doch.

»Tatsächlich? Wieso?«

Er spuckte den Pfriem aus. Dann spitzte er den Mund und sagte, jedes Wort genüsslich zelebrierend:

»Hab einen Kumpel, in der Asservatenkammer. Der dort aus ähnlichen Gründen gelandet ist wie ich hier. Jemand wie Sie und ich. Er heißt Hardcastle. Ich werde ihn in die Sache einweihen, wenn Sie wollen, und Ihnen dann Bescheid sagen, wenn Sie den Vergleich vornehmen können.«

Ich grinste ihm zu, nickte zustimmend und steckte die Kugel ein.

Dabei wischte ich mit dem Ärmel über den Papierstapel mit den Zielscheiben und hätte ihn beinahe umgestoßen. Er verrutschte nur ein bisschen. Im oberen Drittel ragte nun die Kante von etwas heraus, das zwischen die Blätter gelegt worden war.

Wir starrten beide darauf. Ich griff zu und zog es heraus.

Es war der hellbraune Pappdeckel einer Akte mit dem Stempel des LAPD, die von einem Gummiband umspannt war.

Eine Zeitlang sagte keiner von uns etwas.

»Das muss Gordon da reingeschoben haben, als Catanza ihm klargemacht hat, dass er aufgeflogen ist«, sagte Fowler.

Ich nickte. »Heimlich. Vielleicht, während Catanza da geschossen hat.«

»Nur dreimal. Um sich die restlichen Kugeln aufzusparen«, sagte er. »Gordon hat schon vorher geschossen. Hat sein Magazin leergeschossen.«

»Wahrscheinlich hat Catanza ihn sogar mit der Waffe bedroht, als sie raus sind, und hat ihn vor sich herlaufen lassen«, überlegte ich. »Und Sie haben es nicht bemerkt, weil Sie telefoniert haben.«

»Er hat seine Jacke ausgezogen«, sagte er. »Hat sie über dem Arm hängen gehabt.«

»Mit fällt kein anderer Grund ein«, sagte ich, »warum er die Akte da versteckt haben soll. Gordon wusste, dass er dran war.«

»Warum Catanza das wohl getan hat?«, sagte Fowler leise. »Und warum musste er dann selbst sterben?«

»Vielleicht, weil er nur ein Handlanger war«, sagte ich. »Vielleicht auch deshalb, weil er es nicht geschafft hat, das hier Gordon abzunehmen, und ohne es zu seinen Auftraggebern zurückgekommen ist.«

Ich zeigte auf die Akte und nahm sie in die Hand.

»Machen Sie das nicht hier auf«, sagte Fowler. »Ich will nicht wissen, was es ist. Ich will gar nichts wissen.«

»Ich verstehe. Sie haben recht.«

»Vielleicht eines Tages.«

»Vielleicht.«

54

Ich fuhr zum Ocean Park Beach in Santa Monica, so schnell ich konnte. Hier unten hatte das Erdbeben kaum Schäden verursacht. Der Holzpier war intakt, und in der großen Achterbahn und den anderen Fahrgeschäften und Vergnügungstempeln und an den Eisständen vergnügten sich die Leute, als wäre nichts geschehen.

Ich musste nicht lange nach Polly suchen: Sie lag auf dem schmalen Streifen Strand vor der Promenade und winkte mir entgegen. Ich ging auf dem hellen Sand zwischen den anderen Badegästen hindurch zu ihr, setzte mich, wischte mir den Schweiß ab und zog meine Schuhe aus. Enrico beschnüffelte sie eingehend.

»Deine Badehose habe ich auch mitgebracht«, sagte sie grinsend zur Begrüßung und zeigte auf ihre Tasche. Pollys Trikot gab mehr von ihren Reizen preis, als es verbarg. Und anders als die vielen anderen verstreut um uns herumsitzenden Leute hatte sie an diesem heißen Tag keinen Sonnenschirm aufgespannt, sondern bräunte auf einem türkisen Strandtuch ihren Körper in der kalifornischen Sonne. Sie trug zum Schutz lediglich ein Kopftuch, wild um die Haare geschlungen wie einen Turban. Dass aufgrund der gebräunten Haut alle Welt denken würde, sie wäre ein Arbeitermädchen, das draußen schuften musste, war ihr vollkommen egal.

Ich erzählte Polly langsam und nicht zu laut, was geschehen war und was ich mitgebracht hatte, und sie drückte sich aufgeregt an mich: »Zeig her!«

Ich sah mich zuerst sorgfältig um, bevor ich die Akte öffnete. Direkt neben uns lag lediglich ein junges Paar mit einem Säugling, das sich ausschließlich mit diesem beschäftigte und sich im Schatten eines riesigen gestreiften Schirms verbarg. Auf der anderen Seite hatte sich ein dicker Mann mit Glatze und Schnauzbart in einem zeltartigen Trikot auf dem Rücken ausgestreckt und schnarchte selig.

In der Pappakte waren nur Abzüge von Fotografien, sonst nichts, kein Schriftstück, und es war auch keine Nachricht dabei. Klar, Gordon hatte mir ja alles Weitere persönlich sagen wollen.

»Es ist dein Vater«, sagte ich zu Polly, als ich den Deckel der Akte aufgeschlagen hatte, zog mein Jackett aus und rollte die Ärmel hoch. »Willst du sie dir wirklich ansehen?«

Sie nickte grimmig und beugte sich zusammen mit Enrico über die Fotos.

»Natürlich!«

Wir sahen beide gleich, dass es Tatortfotos waren. Sie zeigten die Leiche von William Desmond Taylor.

Ich legte die Fotos auf dem Strandtuch zwischen uns aus. Polly holte ihre silberne Flasche heraus, die sie wieder aufgefüllt hatte, und goss uns zwei Lederbecher voll.

»Hast du die schon mal gesehen?«, fragte sie kopfschüttelnd. »Ich nicht. In der Akte, die ich bekommen habe, sind sie nicht drin gewesen.«

Wir tauschten einen irritierten Blick und beugten uns erneut darüber. Ich nahm meinen Hut ab und beschattete die Bilder damit.

Auf dem ersten Foto lag Taylor so da, wie ich ihn gefunden hatte – ausgestreckt auf dem Rücken, die Arme an den Seiten angelegt, und über seinem rechten Fuß der Stuhl, halb umgefallen wie nach einem Kampf, angelehnt an die Couch in Taylors Wohnzimmer.

»Auf den ersten Blick jedenfalls nichts Neues.« Ich wischte mir mit einem Taschentuch die Stirn ab, setzte den Hut wieder auf und legte den Abzug unwillig beiseite. Wir führten beide mechanisch unsere Becher zum Mund und tranken.

Auf dem nächsten Foto war Taylors Leiche auf dem Teppich zur Seite gerollt worden, von dem Coroner, der neben ihm kniete. Nun konnte man unter der Achsel die dunkle Schusswunde sehen, die zuvor verborgen gewesen war. Noch markanter war jedoch die Blutlache auf dem Teppich, glänzend und viel auffälliger als bei unserer Besichtigung. Sie sah aus wie ein dunkler See. Das Bewegen des Körpers hatte das Blut verschmiert, auf dem Teppich und auf der Seite von Taylors Körper.

»Wie du gesagt hast. Sie mussten ihn drehen, um das alles zu entdecken«, sagte sie. Das Baby neben uns begann laut zu schreien. Ich beugte mich näher zu Polly.

Ich grübelte und kam nicht darauf, was mich an dem Bild störte.

»Aber wir wissen das alles ja schon aus dem Autopsie-Bericht. Vielleicht wollte er einfach nur, dass du die Tatortfotos hast«, schlug Polly vor.

»Nein«, sagte ich. »Es ist etwas anderes. Und es gibt einen Grund, warum wir sie bisher noch nicht zu sehen bekommen haben.«

Enrico wackelte los und lief bis zum Bauch ins Wasser, in der vagen Hoffnung, vielleicht einen Hai zu reißen. Polly pfiff ihn zu uns, und er folgte sofort.

»Warum wollte Gordon sie dir jetzt geben und kündigte es derart geheimnisvoll an?«

Ich sah zwischen den Fotos hin und her und rieb mir die Nase mit dem Finger.

»Das Blut«, sagte ich. »Ich habe das Blut nicht gesehen.«

»Ja. Aber das ist ja alles erklärbar …«, sagte sie. »Da musste ja Blut sein …«

Ich hielt inne, nahm die Hand herunter.

»Es ist noch feucht«, sagte ich, und plötzlich war ich sehr aufgeregt. »Zu dem Zeitpunkt, als sie die Leiche bewegten, war es noch feucht. Später ist es getrocknet – siehst du hier?« Ich zeigte auf das letzte Foto. »Darüber habe ich noch nicht nachgedacht.«

»Worüber?« Sie sah verständnislos auf das Foto.

»Über den Zeitpunkt. Ich habe die Leiche um sieben Uhr gefunden … Natürlich!« Ich dämpfte die Stimme. Das Baby hatte sich eben beruhigt, die Mutter wechselte ihm nun die Windel. Der Mann neben uns schlief zum Glück immer noch.

»Was?«

»Von acht Uhr abends bis sieben Uhr morgens sind es elf Stunden«, sagte ich. »Das Blut hätte längst getrocknet sein müssen!«

»Ja …«

Sie legte das nächste Foto daneben.

Es zeigte Taylors Leiche kurz vor dem Abtransport, wieder auf dem Rücken liegend, doch nun waren die Arme merkwürdig angewinkelt. Die Blutlache, die mit Nummern markiert worden war, glänzte nicht mehr, war zu einem stumpfen, dunklen Fleck geworden.

»So wie hier, zwei oder drei Stunden später. Sie sind kurz nach mir da gewesen, um sieben Uhr dreißig oder acht Uhr, spätestens. Und sein Blut war noch feucht, als sie die Leiche bewegten – sie *konnten* die Leiche bewegen, das ist es ja überhaupt …«

»Die Leichenstarre«, sagte sie.

»Wenn er um acht Uhr abends ermordet worden wäre, wäre sein Körper am nächsten Morgen schon so steif gewesen, dass sie seinen Arm niemals hätten bewegen können«, sagte ich. »Und das Blut wäre getrocknet gewesen. Nach sechs, sieben Stunden, spätestens. Ich habe das in meiner Ausbildung gelernt, in Deutschland.« Ich wischte mir erneut den Schweiß ab.

»Der Raum war sehr kalt, als ich hineinkam. Er hatte die Heizung nicht an«, sagte ich und sah alles noch einmal vor mir. »Aber das Blut war nicht geronnen. Er kann nicht um acht Uhr umgebracht worden sein.«

»Aber das ist der offiziell festgestellte Todeszeitpunkt«, sagte sie irritiert.

»Ja. Doch es muss viel später passiert sein, Stunden später. Und das ist es, was uns Gordon zeigen wollte!«

Polly legte sich die Hände auf das Gesicht und knetete es einmal durch. Dann nahm sie die Hände weg und atmete laut aus.

»Das heißt ja, dass alle Alibis irrelevant sind. Denn alle haben nur eines für acht Uhr.« Auf der Achterbahn auf dem Pier kreischten ein paar Fahrgäste übermütig auf, deren Waggons soeben in eine Talfahrt stürzten.

»Natürlich. Nicht für die Nacht. Außer Mabel«, sagte ich. »Und dir, du warst bei Howie Fellows. Alle anderen haben keins. Wir müssen höllisch aufpassen.«

Ich schlug die Faust in den heißen Sand. Enrico kam zu uns getrabt und bellte.

»Auch du hast kein Alibi«, sagte Polly.

»Oh, das von mir war so oder so nichts wert. Ich war um acht alleine zu Hause, was niemand bestätigen kann, und in der Nacht stand ich vor Mabels Haus, was ich ebenfalls nicht beweisen kann.«

»Wer weiß, was sie daraus machen würden«, sagte sie düster. »Glaubst du, das Studio steckt hinter der Vertuschung?« Sie hielt Enrico die Schnauze zu. Er leckte ihr die Hand.

»Oder die Polizisten aus Hollywood. Oder Woolwine, oder King und seine Leute. Das können wir uns aussuchen«, meinte ich grimmig.

»Vielleicht ist das da Teil des Spiels.« Sie zeigte auf die Fotos.

»Nein, damit wollte uns Gordon nur klarmachen, dass sie was verbergen wollen. Und deshalb haben sie auch Sands zum Sündenbock gemacht. Aus keinem anderen Grund.«

»Was ist mit den Aussagen der Nachbarn, um acht einen Mann gesehen zu haben?«, fragte Polly. Sie streckte ihre bereits rötlich verfärbten schlanken Beine lang aus und wackelte mit den Zehen.

»Vielleicht haben sie wirklich jemanden gesehen, aber es war nicht der Täter.«

Sie wollte noch einmal nachschenken. Ich hielt die Hand über die Becher.

»Wir brauchen einen klaren Kopf«, sagte ich. »Jetzt mehr denn je.«

»Alles ist wieder offen«, sagte sie.

Wir schwiegen beide eine Weile. Das Kreischen der Möwen und Tölpel über uns, das erneute Schreien des Babys, die langgezogenen Rufe und das Lachen der Achterbahninsassen – all diese Strandgeräusche schienen mit einem Mal ohrenbetäubend laut zu sein.

»Wir wissen nur eins«, sagte ich. »Sie haben gelogen, was den Todeszeitpunkt betrifft. Und die Beweise unter Verschluss gehalten.«

»Aber ist es nicht irrsinnig, wer da alles mitgespielt haben muss?«, fragte sie fast schrill.

»Nur der Gerichtsmediziner und die gesamte Mordabteilung«, sagte ich trocken. »Zeigler und unsere beiden toten Detectives. King und Miller und die Ermittler von der Staatsanwaltschaft wussten es ganz bestimmt auch. Und jetzt haben sie ihren Verbündeten Reiner in die Mordkommission geholt. Ob Woolwine von der Sache weiß, keine Ahnung. Vielleicht regeln sie das auch, ohne ihn einzubeziehen, da er mitten im Wahlkampf steht.«

Ich sammelte die Fotos ein, legte sie auf einen Stapel und dann in die Akte.

»Können wir damit zu Byron gehen?«, fragte sie.

Ich schüttelte den Kopf. »Wir müssen ungeheuer vorsichtig sein. Wir können einfach nicht wissen, wer da alles mit drinsteckt. Byron kam ja später am Tatort dazu. Er könnte eingeweiht sein, immerhin ist er der Sicherheitschef des Studios. Vielleicht ist er sogar derjenige gewesen, der das alles angestoßen hat. Er oder jemand anderes von Paramount. Kein Wort zu irgendwem, Polly!«

»Eins ist jedenfalls sicher«, sagte sie plötzlich. Ich sah sie an, gespannt, was sie schon jetzt wieder für eine Idee hatte. »Na, wir müssen zusammenbleiben und aufeinander aufpassen!«

Ich war überrascht. Wenngleich nicht unangenehm.

»Einverstanden«, sagte ich und sah mich nach den Strandkabinen an der Promenade um. »Aber vorher gehe ich mich umziehen und schwimme noch eine Runde. Warst du schon im Wasser?«

»Ja«, sagte sie und rieb sich getrocknetes Salz von den Armen. »Es ist herrlich!«

»Danach fahren wir zu mir, und ich hole meine restlichen Sachen aus der Bruchbude. Aber dich lasse ich derweil nicht alleine. Dich und diese Fotos«, sagte ich und nahm ihre Tasche, die sie mir hinhielt. »Du kommst mit.«

»Ja«, sagte sie heiser und räusperte sich. »Und Enrico auch.«

Wir gingen jeder noch einmal im Pazifik schwimmen, nacheinander, da wir die Fotos nicht aus den Augen lassen wollten. Das Wasser leuchtete hellblau und war ungeheuer klar und kühl und weich. Es umhüllte einen, als könnte es einen beschützen vor allem Bösen, das an Land lauerte. Vom Meer aus wirkte der Strand mit den vielen bunten Sonnenschirmen friedlich, doch ich überlegte, ob uns nicht vielleicht jemand beobachtete.

Wir blieben noch, bis die Sonne golden im Ozean unterging, und küssten uns, während Enrico Möwen nachjagte. Dann stärkten wir uns noch, indem wir in einem Restaurant an der Strandpromenade ein ausgiebiges Mahl mit Fisch und Meeresfrüchten zu uns nahmen.

Erst danach fuhren wir wieder zurück.

55

Wir hatten die ganze Zeit das Gefühl, dass wir beobachtet wurden.

Ich fuhr ein paar Umwege durch dunkle Straßen, und dann noch einmal um den Block. Schließlich hielt ich vor dem Apartmenthaus am Wilshire Boulevard und stieg vorsichtig aus. Niemand zeigte sich uns, als wir die Treppe zum Haus hinaufgingen. Trotzdem war uns mulmig zumute, und Polly fasste meine Hand.

»Sei froh, dass du hier wegkommst«, sagte sie. »Hier stinkt's.«

Ich grinste ihr zu und atmete ein letztes Mal den würzigen Geruch der Teergruben ein.

Von der Außenwand direkt neben dem Eingang war Putz abgebröckelt und in die sklerotischen Berberitzenbüsche davor gefallen, die dadurch nur noch verkommener aussahen. Der Statiker war immer noch nicht da gewesen, soweit ich wusste, aber eigentlich war klar, was mit dem Haus geschehen würde. Ausnahmsweise hatte Soerensen es mir gestattet, die Bezahlung der Miete auszusetzen, auch wenn es ja nicht seine Schuld sei, dass in Los Angeles ab und zu die Erde bebte, wie er betonte. Höhere Gewalt.

Ich klopfte bei Soerensen im Erdgeschoss an die Tür und rief mehrmals seinen Namen, doch er öffnete nicht. Überhaupt wirkte das Haus verlassen. Die elektrischen Leitungen waren zerstört worden, aber dafür hatte ich ja meine Handlampe aus dem Automobil mitgebracht. Alles, was mir in der Dunkelheit half, mich nicht ganz so unwohl zu fühlen, war mir höchst willkommen.

Ich schaltete sie ein und leuchtete uns den Weg durch das schiefe Treppenhaus. Wir stiegen vorsichtig die Stufen nach oben. Auch sie hatten Wasser abbekommen, das aus den geplatzten Rohren in die Wände gelaufen und in das Holz gedrungen war. Es wirkte morsch und mürbe unter unseren Füßen.

Die Tür meiner Wohnung hatte sich durch das Beben noch mehr verzogen und hing leicht schief in den Angeln. Eigentlich war ich es ja schon gar nicht mehr gewohnt, sie verschlossen vorzufinden.

Ich drückte sie auf, wozu ich einige Kraft aufwenden musste, und ließ den Schein der Lampe umherwandern, als ich vorsichtig hineinging. Der Holzfußboden knarrte bei jedem Schritt. Polly und Enrico folgten mir.

»Ich hatte ja keine Ahnung, wie schlimm es bei dir aussieht«, sagte Polly fast empört. »Hier kannst du doch nicht wohnen bleiben!«

Enrico knurrte zustimmend. Ihm schien es hier überhaupt nicht zu gefallen.

In meiner Wohnzimmerwand war ein breiter, gezackter Riss, der sich an der Decke fortsetzte, und fast alle Gegenstände waren auf dem Boden verteilt, einige waren zerbrochen. Mein Koffer stand auf dem Tisch, zur Hälfte verformt und fleckig, da er auf dem Boden im Wasser gelegen hatte. Meine Kleider aus dem Schrank hatte ich auf dem Bett ausgebreitet.

»Wir packen das nur zusammen, und dann hauen wir ab«, sagte ich und machte zwei Schritte vorwärts.

Ich leuchtete in Richtung des Bades, und der Lichtstrahl streifte die Beine eines großen Mannes, der im Sessel am Fenster saß, uns zugewandt. Er trug schwarze Schuhe und einen schwarzen Anzug. Ich verstummte sofort.

Polly schrie auf. Ich stieß sie zur Seite und duckte mich, um uns aus der Schusslinie zu bringen. Fahrig tastete ich nach meiner Waffe und registrierte dann, dass niemand schoss. Ich richtete den Strahl der Taschenlampe auf das Gesicht des Mannes.

Es war Sergeant of Detectives Ulisses Gordon.

Die Augen waren halb geöffnet, und er saß ganz gemütlich in dem Sessel und sah in meine Richtung, so als hätte er mich erwartet.

Es war wirklich Ulisses Gordon.

Oder besser gesagt, seine Leiche; so, wie sie im Sarg gelegen hatte, im schwarzen Anzug.

Ich weiß nicht, was Sie machen, wenn man Ihnen einen Toten zu Hause in den Wohnzimmersessel setzt; einen, der gerade erst in Ihrem Beisein beerdigt wurde.

Ich jedenfalls kriege keinen Ton raus. Ich hab's bei der Gelegenheit rausgefunden.

Und danach wechsle ich die Wohnung – zumal wenn das Haus unbewohnbar ist und jederzeit über einem zusammenstürzen könnte – und verabschiede mich von meinem Vermieter; nicht ohne all meine Sachen mitzunehmen, auch die, die ich in Geheimverstecken dort verborgen habe.

Danach helfe ich anwesenden Frauen und Hunden, den Schock zu überwinden, und gehe mit ihnen gemeinsam ganz rational das eben Erlebte durch und schenke uns allen – auch den Hunden – so lange alkoholische Getränke ein, bis uns alles Rationale so richtig schön piepegal ist.

Aber aufhören zu ermitteln, obwohl das offenbar gewisse Leute wollen – das gehört *nicht* zu den Dingen, die ich dann mache.

VIERTER TEIL

FEUER

56

Natürlich waren Polly und ich uns einig, dass wir gemeinsam weiterermitteln würden, jetzt erst recht. Und ebenso, dass wir mit unserer neuen Information nicht hausieren gehen würden, daher konnten wir die Verdächtigen nicht einfach nach ihren Alibis für die Tatnacht befragen.

Und ebenso wenig hatten wir natürlich vor, den Coroner oder Zeigler oder die anderen Ermittler auf die Vertuschung des Todeszeitpunkts anzusprechen. Zumindest noch nicht.

Genauso gut hätten wir uns nämlich gleich mit zu Gordon ins Grab legen können.

Was uns diejenigen, die seine Leiche wieder ausgegraben, aus dem Sarg geholt und bei mir zu Hause drapiert hatten, hatten mitteilen wollen, darüber machten wir uns keine Illusionen. Zwar hatte es in Hollywood schon ähnlich skurrile Streiche gegeben, von Buster Keaton und einigen seiner Freunde. Uns war jedoch klar, dass es sich hier nicht um einen bösen Witz, sondern um eine ziemlich harsche Warnung handelte. Nur von wem sie genau kam, wussten wir nicht.

Wir zeigten die Sache selbstverständlich nicht bei der Polizei an, ließen Gordons Leiche von der Friedhofsverwaltung diskret abholen und erneut beerdigen und stellten sicher, dass Mrs. Gordon nichts davon mitbekam.

Fowler hatte bezüglich unserer Entdeckung am Schießstand dichtgehalten. Die Polizei interessierte sich nach wie vor erstaunlich wenig für die Umstände von Gordons und Catanzas Tod, und dass Gordon mir etwas hatte zukommen lassen, davon wussten nur Polly und ich etwas. Und Enrico.

Die Zeitungen schrieben zwar noch über den Mord an den Polizisten, doch auch sie gaben sich mit den offiziellen Erklärungen zufrieden. Eine Verbindung zum Fall Taylor stellten sie nicht her.

Ich hatte Polly meine zweite Waffe gegeben, die Fünfundvierziger, und ihr gesagt, sie solle sie immer bei sich tragen. Sie hatte inzwischen das Erbe ihres Vaters angetreten und die Sachen aus seinem Haus am Alvarado Court räumen lassen. Der McFarlan, Taylors Luxusautomobil, stand nun vor ihrer Haustür, den Cadillac hatte sie verkauft. Seine Möbel und alles Weitere hatte Polly auf einer Auktion anonym versteigern lassen, sie wollte nichts davon haben. Sie verfügte jetzt über ein beträchtliches Vermögen und hatte angeboten, mir ein Honorar zu bezahlen. Ich hatte abgelehnt. Ich wollte unabhängig bleiben.

Und das war auch gut so, wie sich zeigte, als wir unser weiteres Vorgehen diskutierten.

Entscheidend sei herauszufinden, sagte ich, wer für diese gigantische Vertuschung verantwortlich war und wer damit geschützt werden sollte. So weit stimmte Polly mir zu.

Im Laufe der Ermittlungen seien wir immer wieder auf falsche Fährten geführt worden, fuhr ich fort. »Wer war es, der die Briefe von Mabel an die Presse weitergab? Wir beide waren es nicht. Sie waren im Safe gesichert, und nur ein paar wenige Leute wussten davon. Das ist der beste Ansatzpunkt, den wir haben.« Und ich wisse auch schon ganz genau, wen ich danach fragen würde.

Dass ich damit weder Byron meinte noch meinen Lieblingsjournalisten Arthur Blowfish, sondern Byrons Sekretärin Cathy, und dass ich alleine zu ihr gehen wollte, weil ich mir davon am meisten versprach – das störte Polly jedoch gewaltig, und schon hatten wir ihn, unseren ersten großen Streit.

Sie war ganz einfach ungeheuer eifersüchtig, auch wenn sie

es natürlich abstritt. Seltsam, wenn man bedachte, wie viele Liebhaber sie hatte und dass ich ihr noch nicht einmal erzählt hatte, dass ich Cathy bei DeMille begegnet war.

Polly stemmte wieder einmal wütend die Hände in die Seiten: »Und was ist es genau, was du dir davon versprichst? Warum willst du mich nicht dabeihaben?«

Aber einen besseren Vorschlag hatte sie auch nicht zu bieten.

Also machte ich mich auf den Weg zu Cathy und nahm einen Zweig voller Jacaranda-Blüten daran mit, den ich von einem Busch vor Pollys Haus abbrach, und dass sie es beobachtete, trug sicher nicht zu ihrer Besänftigung bei.

Jacaranda-Bäume blühen besonders prächtig, und ihre Blüten verströmen einen betörenden Duft.

»Oh, die mag ich so gern«, sagte Cathy und roch daran. »Vielen Dank, Mr. Engel.«

Sie drehte den Zweig zwischen den Fingern hin und her. Die Nägel waren verziert mit einem hellrosa Nagellack und perfekt manikürt. Aber zwei der Nägel waren eingerissen.

»Sagen Sie doch Hardy.«

»Haben Sie hier etwa auf mich gewartet?«, fragte sie, rückte sich den Hut zurecht und sah sich um. Sie war gerade von der Arbeit gekommen. Ich hatte sie vor dem schmalen, hohen Haus aus braunen Backsteinen in Downtown abgepasst, in dem sie ein kleines Apartment bewohnte.

»Ja, Cathy«, sagte ich und lächelte sie an. »Ich habe Sie vermisst.«

»Ich Sie auch, Mr. Engel«, sagte sie und errötete. »Ein bisschen zumindest.«

»Hardy. Darf ich Sie zum Abendessen einladen?«

»Nein, Hardy, das … das geht doch nicht«, sagte sie und sah zu Boden. »Mr. Hamilton hätte gewiss etwas dagegen.«

»Er muss es ja nicht erfahren. Sagen Sie bloß nicht, Sie haben schon etwas vor heute Abend«, meinte ich.

»Doch, ich fürchte, das habe ich …«

Ich beugte mich vor und legte echte Besorgnis und Anteilnahme in meine Worte. »Cathy. Sie haben wirklich etwas Besseres verdient, als sich von alten Männern, mögen sie noch so mächtig sein, auspeitschen zu lassen«, sagte ich halblaut.

Sie riss die Augen auf und wurde knallrot.

Sie aß einen Waldorfsalat und hatte Petersilie zwischen den Zähnen, als sie sich zu fragen traute.

»Woher wissen Sie das?«, flüsterte sie. Sie schwitzte mehr, als den sommerlichen Temperaturen angemessen war.

»Sagen wir einfach, ich war zur richtigen Zeit am richtigen Ort. Aber das spielt doch keine Rolle«, sagte ich. »Und solche Details haben ja auch niemanden sonst zu interessieren.«

Wir saßen einander am Tresen des Drugstores in der 9th Street gegenüber. Sie aß den Salat, ich ein Club-Sandwich, und wir tranken jeder eine Flasche Soda, während die Kunden des Ladens um uns herumwuselten. Nicht der romantischste Ort der Welt für ein Dinner, eher etwas für Botenjungen und Dienstmädchen, aber ich hatte sie ganz bewusst in diesen Laden gebracht.

»Bitte«, sagte sie panisch. »Bitte sagen Sie es nicht Mr. Hamilton.«

»Natürlich nicht. Sie leisten doch so gute Arbeit für ihn. Ich finde übrigens«, sagte ich, »dass jemand wie Sie Liebesbriefe *bekommen* sollte. Und sich nicht nur mit den Liebesbriefen von anderen beschäftigen sollte.«

»Das ist nett von Ihnen«, sagte sie, mit der Gabel auf halber Höhe zum Mund verharrend. »Ich bekomme wirklich ungeheuer gerne Liebesbriefe. Aber viel zu selten.«

Ich trank einen Schluck von meiner Soda, und dann sagte ich es, ganz beiläufig.

»Sie haben damals die Briefe für Mr. Blowfish hier deponiert, nicht wahr? Die dann vom *Examiner* veröffentlicht worden sind? Sie haben sie hierhergebracht, anonym und in einem unbeschrifteten Umschlag, im Auftrag von Mr. Hamilton?«

Sie wurde kreideweiß und ließ die Gabel fallen. Sie blieb

auf dem Teller in einem Würfel Hühnerfleisch stecken, in einem Fünfundvierzig-Grad-Winkel.

»Das wissen Sie also auch«, sagte sie leise.

»Sie haben sie abfotografiert, nicht wahr? Und dann wieder zurückgelegt in den Safe, den Byron aufgebrochen hatte?«

Sie begann zu weinen.

»Andy …«, sagte sie schluchzend und kaum verständlich, »Es war Andy …«

Ich erinnerte mich an den großen blonden Mann mit der gezackten Narbe, Byrons Mitarbeiter.

Unsere Tresennachbarn sahen nur kurz zu Cathy, dann zu mir und wieder weg. Offenbar war eine solche Szene hier nichts Ungewöhnliches. Vermutlich wurden an diesem Drugstore-Tresen genauso viele Trennungen verkündet und Herzen gebrochen, wie Sandwiches und Salate serviert wurden. Passenderweise gab es in den Regalen um uns herum jede Menge Pillen zu kaufen, gegen jeden erdenklichen Kummer.

Ich nahm ihre Hand und streichelte sie, tröstend.

Sie nickte.

»Ja, das habe ich, Mr. Engel. Genau, wie er es mir aufgetragen hat.«

Zwanzig Minuten später saß ich auf der Couch in ihrem Einzimmerapartment und hielt mich an einem Glas Wein fest. Keine Ahnung, ob es meine Berührung gewesen war, aber sie hatte aufgehört zu weinen, und als ich vorgeschlagen hatte, zu ihr nach Hause zu gehen, wo wir in Ruhe weiterreden könnten, hatte sie gleich eingewilligt. Jetzt hatte sie sich gerade »für einen Moment entschuldigt«, mit nervösem Grinsen und an ihren Haaren zupfend, und war ins Badezimmer gegangen.

Das war mir recht, denn so konnte ich das tun, weswegen ich hier war: mich in Ruhe umsehen. Es war schwer zu sagen, was das Trostloseste war: die Enge ihrer kleinen Sekretärinnen-Wohnung und die winzige Kochnische, die Ausstattung mit alten abgenutzten Sachen, die nicht zueinanderpassten, oder das trübe Licht aus einer Gasfunzel, das alles mehr schlecht als recht erhellte. Lediglich ein Standspiegel mit einem goldverzierten Rahmen, zentral aufgestellt, wirkte prunkvoll. Hier konnte sie sich jeden Morgen in all dem Elend betrachten, aus dem sie zu entkommen hoffte, und überprüfen, ob sie sich so zurechtgemacht hatte, dass reelle Hoffnung darauf bestand.

Die Kanne mit Wein hatte Cathy aus einem kleinen Schränkchen neben ihrem Bett geholt. Sie hatte ihn selbst zubereitet, aus einer dieser Fertigpackungen mit getrockneten Trauben und Glyzerin, die mit der scheinheiligen Warnung versehen waren: *Auf keinen Fall Wasser zugeben und 20 Tage stehen lassen, sonst erhalten Sie verbotenen Wein!* Und obwohl er lange genug gestanden hatte, schmeckte er grauenvoll. Nach dem ersten Schluck beschloss ich spontan, vorerst abstinent zu bleiben.

In dem kleinen Badezimmer hörte ich das Wasser laufen. Immerhin hatte sie fließendes Wasser in ihrer Wohnung.

Ich öffnete das kleine Schränkchen und sah hinein.

Neben einer Menge Frauenkram und einer Bürste mit dunkelblonden Haaren darin entdeckte ich eine Lederpeitsche. Ich befühlte sie. Sie war rau und hatte mehrere harte Knoten in der Schnur. Darunter lag ein einzelnes Blatt Papier. Es war ein zusammengefalteter Briefbogen ohne Umschlag. Ich starrte ihn an und wischte mir mechanisch die Hände ab. Dann nahm ich ihn mit spitzen Fingern und faltete ihn auseinander.

Es war ein Brief, in einer schönen, geschwungenen Handschrift geschrieben, auf einem Bogen ohne Namen und Adresse, und er war auch nicht unterzeichnet. Er war an Bill Taylor gerichtet, und ich hatte ihn noch nie zuvor gesehen. Er begann mit *Bill – Liebe meines Lebens* und endete nur mit *Für immer Dein,* ohne Unterschrift.

Es war ein Liebesbrief, man musste nur die ersten und die letzten Zeilen lesen, um es zu erfassen.

Die Schrift war eine andere als die in den mir bekannten Liebesbriefen an Taylor. Eine schöne, geschwungene Schreibschrift, ob von einem Mann oder einer Frau, konnte ich nicht sagen. Ich sah nochmals in das Schränkchen. Mehr Briefe lagen dort nicht.

Das Wasser hörte auf zu rauschen. Die Badtür wurde geöffnet. Ich schob den gefalteten Brief in meine Jacketttasche und sah ihr entgegen.

Cathy ging mit wiegendem Schritt auf mich zu und setzte sich doch tatsächlich auf meinen Schoß.

»Aber Cathy«, sagte ich.

»Was denn, Hardy?«, fragte sie. »Das hast du doch gewollt, oder?«

Sie hob ihre Bluse hinten ein Stück an. Ich sah eine Menge roter Striemen von einer Peitsche, ihr Rücken sah aus wie ein Gemälde von Kandinsky.

»Sag mal, Cathy?«, fragte ich.

Sie drehte sich nach vorn und drückte ihre Nase an meiner Wange platt.

»Was? Möchtest du mich auch auspeitschen?«

Sie drehte sich zum Schränkchen. Ich ergriff ihre Hand.

»Gab es noch andere Briefe?«

Sie stutzte. »Wie bitte …?«

Sie wollte die Hand wegziehen. Ich hielt sie weiter fest.

»Du hast mich schon verstanden. Gab es noch andere Briefe als die, die ich und Miss Brandeis zu sehen bekommen haben? Briefe, die Mr. Hamilton am Tatort gefunden hat? Und die er dann versteckt hat?«

Sie zögerte. Es fiel ihr nicht leicht.

»Nein«, sagte sie trotzig.

»Ach wirklich? Hast du hier in deiner Wohnung mehr als diesen einen Brief, Cathy?«

Und ich zog das Blatt hervor. Sie zuckte zusammen und sah zu dem Schränkchen und wieder zu mir und drückte mir die Hand so fest, als wollte sie sie auswringen.

»Von wem ist dieser Brief, Cathy?«, fragte ich.

Sie schüttelte heftig den Kopf.

»Ich weiß es nicht«, stieß sie hervor. »Ich habe ihn nur an mich genommen, weil … weil ich ihn so schön finde!«

Sie verzog den Mund zu einer Art wahnsinnigem Lächeln.

»Aber es gibt noch mehr davon? Wo bewahrt er die anderen auf? Sie waren nicht in dem Safe, oder?«

»Er hat sie alle mitgenommen … Aber wohin, das weiß ich auch nicht …«

Sie presste den Kopf an meine Schulter und begann zu weinen. Aber es war so ein Weinen, bei dem keine Tränen kamen.

»Von wem?«, fragte ich noch einmal, so eindringlich ich konnte.

»Ich weiß es wirklich nicht, Hardy«, sagte sie schluchzend.

Und obwohl ich merkte, dass sie mir nicht die volle Wahrheit sagte, immer noch etwas zurückhielt, ließ ich es damit bewenden. Ich faltete den Brief wieder zusammen, steckte ihn ein und sagte:

»Ich muss ihn behalten. Vielleicht schreibt ja eines Tages auch dir einmal jemand so einen Liebesbrief, Cathy. Der Mann mit der Peitsche wird es jedenfalls nicht tun. Und er wird deinen Job auch nicht retten, wenn es einmal darauf ankommt, nur weil er das mit dir machen darf. Das solltest du bedenken.«

Ich schob sie sanft von meinem Schoß und stand auf. Sie sah mir betroffen zu, wie ich zur Tür ging. Doch auch als ich diese erreichte und langsam öffnete, um hinauszugehen, hielt sie mich nicht auf.

57

»Ich glaube, es ist eine Frauenschrift«, sagte Polly.

»Es könnte auch eine Männerschrift sein«, sagte ich. »Mir kommt sie sogar bekannt vor, aber ich kann sie nicht einordnen.«

Bill – Liebe meines Lebens!

Seit wir uns getrennt haben, ist keine Stunde vergangen, in der ich nicht an Dich gedacht habe. Egal, wo ich bin, was ich tue, mit wem ich rede, Du bist immer bei mir, und manchmal lächle ich, weil ich mir vorstelle, dass Du neben mir sitzt.

Es folgten eine ganze Menge euphorischer Sätze, in denen es andauernd um seine Augen ging. Meine Güte, ich hatte Taylors Augen gesehen, und er hatte zwei davon, eines auf jeder Seite, wie die meisten Menschen.

Der Brief schloss mit den Worten:

Wenn Du nur nicht so viel zu tun hättest! Wenn wir beide nur nicht so viel zu tun hätten! Wir sollten hauptberuflich Liebende sein, wir sollten den ganzen Tag und die ganze Nacht nichts anderes tun, als uns zu küssen und zu liebkosen.

Ich zähle die Stunden, ach, die Minuten, bis wir uns wiedersehen.

Für immer Dein

»Du wirst sehen, dass ich recht habe«, beharrte Polly und schüttete Enrico Futter in seinen Napf. Er leckte sich mit der Zunge über das Maul. »Einen so schönen Brief könntest *du* niemals schreiben! Der ist nicht von einem Mann.«

Ich zündete mir eine Chesterfield an, faltete den Brief sorgfältig zusammen und steckte ihn in meine Jacketttasche. »Wie dem auch sei. Jedenfalls gibt es offenbar noch eine ganze Menge anderer Briefe, die Byron vor uns versteckt.«

»Und diese Cathy erzählt dir einfach so davon?«, sagte sie schnippisch und stellte Enrico den Napf auf den Boden. So kräftig, dass ein paar Fleischstücke daraus auf den Fußboden platschten. Er leckte sie sofort auf. »Wie hast du das denn angestellt?«

»Du bist doch nicht etwa eifersüchtig?«, fragte ich.

»Ich? Blödsinn!« Sie setzte sich in den Sessel gegenüber und holte sich ebenfalls eine Zigarette heraus. »Ich habe ja auch andere Liebhaber, du kannst machen, was du willst.«

Sie ließ ihr Feuerzeug aufschnappen. Das Anzünden klappte erst beim dritten Versuch.

»Bleiben wir doch mal beim Thema«, sagte ich. »Diese anderen, geheimen Briefe – warum sind sie so wichtig, dass Byron sie unter Verschluss hält?«

»Und sind sie alle von ein und derselben Person?«, ergänzte sie und stieß einen Rauchring hervor. Enrico schlabberte lautstark in dem Napf herum. Er hatte einen gesegneten Appetit, der Kleine.

»Vielleicht sind sie von dem wahren Mörder, Byron weiß, wer es ist, und muss es vertuschen. Das ist eine Möglichkeit. Aber es wäre sehr einfach«, sagte ich. »Oder sie sind von verschiedenen Absendern. Vielleicht will Byron einfach nur verheimlichen, dass es noch mehr Liebesbriefe gibt. Womöglich weil die Absender prominent sind, oder weil es Männer sind.«

»Und um davon abzulenken, hat er die Briefe von Mabel an die Presse weitergegeben«, überlegte sie.

»Cathy hat es zugegeben, sie hat es für ihn arrangiert«, fügte ich hinzu.

»Scheint mir ja ein ganz schönes Früchtchen zu sein«, sagte sie und schnippte Asche beiseite.

»Da muss eine ganze Menge mehr dahinterstecken«, sagte ich. »Byron hat diese anderen Briefe eingesammelt, sie müssen in dem verschlossenen Schreibtisch deines Vaters gewesen sein. Er hat sie dann einfach aussortiert und uns nur den Brief des Erpressers gegeben, der uns auf eine andere Spur geführt hat.« Sie nickte nachdenklich. »Was hat er noch am Tatort verändert? Die Höschensammlung – ich glaube jetzt mehr denn je, dass Byron sie dort platziert hat.«

Sie sah mich stirnrunzelnd an. Der Rauch ihrer Zigarette stieg kerzengerade direkt vor ihrer Nase auf.

»Hatte er denn die Möglichkeit dazu?«

»Ja«, sagte ich. »Er kam von Dreharbeiten auf dem Land, aus Lone Pine in der Sierra Nevada, das sind drei Stunden Fahrt mit einem schnellen Wagen. Die Mordkommission, der Gerichtsmediziner und King waren schon vor Ort und haben den Tatort abgesichert und untersucht. Sie alle hatten die Möglichkeit, Dinge verschwinden zu lassen oder zu platzieren. Nur Peavey könnte uns sagen, ob etwas verändert wurde, und von wem.«

»Jaja, der Butler ... Du musst mir nicht dauernd unter die Nase reiben, dass ich bei ihm noch nicht weitergekommen bin«, sagte sie. »Da bin ich dran.«

Ich machte eine ungeduldige Handbewegung.

»Wo würdest du die wichtigen Briefe aufbewahren?«, fragte ich. »Die von dem, den du wirklich liebst? Im Nachttisch, sodass du sie vor dem Einschlafen lesen kannst? Oder im Schreibtisch, wo du sie einschließen kannst?«

Sie dachte darüber nach, intensiv, wie ihr Gesichtsausdruck verriet.

»Na ja, *wenn* ich welche hätte ... zum Beispiel von dir ... Ach, was *ich* alles tun würde mit solchen Briefen ...«, sagte sie und winkte ab. »Aber weißt du, ich habe ja auch keinen Butler, der den ganzen Tag in meinem Haus ist und überall herumschnüffelt.«

»Erst Sands und dann Peavey, sie haben es sicher beide getan«, sagte ich.

»Mein Vater war ja streng darauf bedacht, seine Geheimnisse zu schützen. Ich denke, dass er sehr darauf geachtet hat, private Dinge nicht offen rumliegen zu lassen und selbst die Leute, die ihm nahestanden, nur Dinge wissen zu lassen, die ihm genehm waren.«

Sie richtete den Blick auf Taylors Foto an der Wand, und dann nahm sie ganz langsam einen Zug von ihrer Zigarette, inhalierte und stieß den Rauch in seine Richtung aus. Auch ich sah auf das Foto.

»Ja, du hast recht«, sagte ich.

Sie kam herüber und setzte sich neben mich, zog die Knie an und umfasste sie mit den Händen, ein bisschen wie ein kleines Mädchen, das sich anschickte, etwas zu besprechen.

»Man könnte auch sagen, er war ziemlich berechnend. Dadurch dass er einen immer auf Distanz hielt, erschien einem das wenige, das er sich entlocken ließ, ungeheuer wichtig, und man war geschmeichelt. Aber stets war er es, der die Kontrolle hatte. Das war es, worum es ihm ging.«

»Wie bei den meisten Regisseuren«, sagte ich. »Du meinst, es war in Wahrheit ein Machtspiel?«

»Ja«, sagte sie. »Vielleicht wollte er sich mit seinem Schweigen schützen, aber es war auch eine Waffe und ein Mittel, sich interessant zu machen. Und das hat funktioniert. Niemand konnte ihn so richtig einschätzen, aber jeder mochte ihn, und er war äußerst erfolgreich.«

»Weißt du was«, sagte ich. »Die einzige Regieanweisung, die er mir damals gab, war: ›Denken Sie sich ein Geheimnis aus, das Ihre Figur hat und von dem niemand weiß. Behalten Sie es für sich, und es wird alles bereichern, was Sie tun.‹«

Sie sah mich konsterniert an. »Genau den Tipp hat er mir auch gegeben fürs Regieführen. Und er schlägt bei jedem Schauspieler, dem man das sagt, gewaltig ein«, fügte sie kopfschüttelnd hinzu.

»Diese Maestros haben alle eine Trickkiste, in die sie greifen, und stets präsentieren sie das weiße Kaninchen, als wär's das erste Mal«, erwiderte ich grimmig. »Taylor war eben ein ganz normaler Regisseur. Vielleicht finde ich am Ende auch raus, dass er mir die Rolle nur gab, weil er mit mir ins Bett wollte.«

»Vielleicht hatte er sich ja auch in dich verliebt«, meinte sie sanft und strich mit dem Zeigefinger über meinen Oberschenkel.

»Wir brauchen die Aussage von Peavey«, sagte ich. »Verdammt, wir müssen ihn unbedingt finden! Den hat King damals in die Mangel genommen, so wie Hank Reiner Dr. Lutin in die Mangel genommen hat, und ihn gezwungen, Dinge zu verschweigen. Es muss sich um etwas sehr Wichtiges handeln.«

Ich holte mein Zigarettenetui heraus und nahm mir eine Chesterfield. Sie ließ sich das silberne Etui reichen und betrachtete den aufgeklappten Deckel.

»Für meinen herzensguten Mann Dietrich Engel – 15. Februar 1890«, las sie vor, was darin eingraviert worden war.

»Hat meine Mutter meinem Vater geschenkt«, sagte ich. »Zur Hochzeit.«

»Wie ist eigentlich dein Verhältnis zu deinen Eltern?«, fragte sie.

»Sind beide tot. Bei einem Automobilunfall gestorben, vor ein paar Jahren.«

»Das tut mir leid«, sagte sie.

»Das Verhältnis zu meinem Vater war schwierig. Er war selbst Kriminalkommissar, und es gefiel ihm nicht, dass ich nach dem Krieg lieber Schauspieler werden wollte. Sie starben, kurz bevor ich emigrierte.«

Sie strich tief in Gedanken versunken mit dem Zeigefinger über die Gravur. »Sie sind also zusammen gestorben. Und sie müssen sich sehr geliebt haben … Wie romantisch! Und kurz danach bist du nach Amerika gegangen?«

»Natürlich nicht deshalb …«, begann ich.

Das Telefon klingelte.

Sie legte das Zigarettenetui neben mich, ging hinüber und hob den Hörer ab.

»Hallo?« Ihr Gesicht leuchtete auf. »Hallo, Mami! … Nein, ich habe gerade Besuch von einem Freund, aber kein Problem …«

Sie zwinkerte mir zu. Ich zog eine zustimmende Grimasse und steckte mir die Zigarette an.

»Wie geht es dir?«, fragte sie und lauschte dann eine Weile in den Hörer, wobei sie ab und zu mit einem »Ja« oder einem Kichern auf das reagierte, was ihre Mutter ihr erzählte. Zwischendurch zeigte sie mit dem Finger auf mich und bedeutete mir, ich solle ihr ihre Zigaretten bringen, und ich tat es und gab ihr eine und zündete sie ihr an. Sie grinste:

»Ach, nur der, den du auch kennengelernt hast, der bei dir gewesen ist, Hardy …« Sie lachte plötzlich auf. »Ja, ja!«, sagte sie zustimmend, und dann zu mir: »Meine Mutter lässt dich grüßen!«

»Ebenso«, sagte ich unbestimmt.

»Ebenso«, sagte sie in den Hörer, mich ansehend. »Also, Mami, lass es dir gut gehen, und grüße Owen von mir.«

Sie legte auf und ging mit einem breiten Lächeln zum Sessel zurück.

»Ach, meine Mami …«, sagte sie liebevoll. »Ich soll mal ein Foto von uns machen, sagt sie.«

Doch mich beschäftigte etwas anderes.

»Owen Robins«, sagte ich.

Sie stutzte.

»Was ist mit ihm?«

»Er war nicht am Telefon«, sagte ich. »Telefoniert er nie mit dir?«

»Er hat so viel zu tun«, sagte sie achselzuckend. »Ist dauernd unterwegs.«

»Ich würde gerne mal mit deinem Stiefvater reden«, sagte ich.

»Kein Problem«, antwortete sie. »Das kannst du ja bei Gelegenheit.« Sie sah mich forschend an. »Du meinst, über den Fall? Über Taylor?«

»Ihr redet nicht über eure wahren Gefühle, du und deine Mutter, deine ganze Familie, oder?«

Sie sah zu Boden.

»Nicht so richtig«, sagte sie leise.

»Was ist eigentlich mit dir?«, fragte ich. »Du bist doch auch

Regisseurin. Hast zahlreiche Liebhaber. Vielleicht kommst du ja nach deinem Vater?«

»Du meinst, so, wie wir gerade von ihm gesprochen haben? Oh Gott, das hoffe ich nicht«, sagte sie ehrlich entsetzt und schlug sich die Hand vor den Mund. »Ich bin doch nicht berechnend! Bitte sag mir, dass ich nicht so bin!«

Mir fielen all die Ungereimtheiten und Fragen, die sie bisher noch nicht beantwortet hatte, wieder ein.

»Wir wollten uns doch alles erzählen. Wie hast du eigentlich noch mal von dem Mord erfahren?«, fragte ich.

»Durch einen Anruf vom Studio, von Byrons Sekretärin. Cathy rief Howie Fellows an, nicht mich, aber ich war doch bei ihm, was sie nicht wissen konnte. Er war schließlich Taylors Fahrer, und Cathy sagte ihm, er müsse heute nicht kommen, weil sein Chef tot sei.«

Einen Moment war Stille.

»So hast du es erfahren?«, fragte ich.

»Ja«, sagte sie. »Ich war nicht überrascht, so seltsam es klingen mag. Es war, als hätte ich nur darauf gewartet, dass er wieder aus meinem Leben verschwindet. So plötzlich wie damals, als ich klein war.«

»DeMille hat dafür gesorgt, dass du in den Fall eingeschaltet wirst?«, fragte ich.

»Ja«, sagte sie. »Ich habe ihn dazu gedrängt. Ich habe sofort in New York angerufen und ihn gleich nach seiner Ankunft erwischt. Und es hat mir geholfen, mich mit den Ermittlungen abzulenken.«

»Weißt du, dass auch Cathy etwas mit ihm hat?«

»Was?«, fragte sie vollkommen ungläubig.

Ich musste es jetzt einfach fragen. Ich konnte nicht anders.

»Hast du immer noch etwas mit ihm?«

»Und du? Was hattest du denn mit Cathy?« Sie verzog das Gesicht. Sie wollte es mir nicht erzählen. Davon ließ ich mich provozieren.

»Ich habe mich nicht mit ihr eingelassen, nur mit ihr geflirtet. Was für Sachen hast du mit ihm gemacht?«

»Nur geredet, und ja, wir haben uns auch geküsst und angefasst … Aber wir haben keinen Sex gehabt!«

Ich schüttelte sauer den Kopf. »Und das soll ich glauben?«

»Es war ihm jedenfalls nicht genug«, sagte sie. »Deswegen haben wir uns getrennt. Na ja, und weil ich ihm verschwiegen habe, dass Taylor mein Vater war. Meine Herren, war der wütend! Deshalb habe ich auch meinen Job als Regisseurin verloren.«

»Sag es mir lieber gleich. Hast du dich von DeMille auspeitschen lassen? So wie Cathy?«, fragte ich.

Sie starrte mich an, für einen Moment sprachlos, und wandte sich betroffen ab.

»Blödsinn!«

»Na schön. Ich werde auf jeden Fall noch mal mit ihm reden«, sagte ich. »Das kommt mir nämlich sehr seltsam vor mit Taylor und DeMille, mit dieser ganzen Geschichte von den alten Freunden stimmt was nicht.«

»Du hast ihn im Verdacht?«, fragte sie verblüfft. »Er war in New York, Hardy!«

»Er muss es ja nicht selbst getan haben«, sagte ich. »Aber vielleicht hatte er was damit zu tun. Mein Instinkt sagt mir, bei DeMille gibt es noch irgendetwas zu finden, das uns weiterbringt.«

»Na, wenn der große Detektiv mit seinem Instinkt das meint …«, sagte sie böse. »Ich werde jedenfalls nach Peavey suchen. Davon verspreche ich mir mehr.«

»Das werden wir ja sehen«, erwiderte ich. Wir schauten uns herausfordernd an. »Wir sind schon ein tolles Team, wir beide, was?«

»Sei nicht schwierig, Hardy«, sagte sie. »Ich mag es nicht, wenn es schwierig wird.«

»Wieso, was machst du, wenn es schwierig wird?«, fragte ich ungehalten. Und dann sagte ich den Satz. »Rennst du dann weg, so wie dein Vater?«

Sie schoss mir einen bösen Blick zu und stand auf. Dann nahm sie den vollen Aschenbecher vom Tisch und warf ihn gegen die Wand. Glassplitter und Zigarettenstummel flogen umher. Enrico jaulte auf.

Ich stand auf, nahm meinen Hut und ging. Weil ich sonst auch etwas gegen die Wand geworfen hätte.

Wenn ich diesen Satz nicht gesagt hätte, wäre alles Weitere nicht passiert.

58

»Frauen«, sagte Buck, als ich zu Ende erzählt hatte, und atmete tief durch. Er sah düster auf den Aschenbecher auf dem Tresen und die Zigarre, die darin lag, und den dünnen blauen Rauchfaden.

Ich sah überrascht hoch. Schon als ich ins Jail Café hereingekommen war, hatte ich seine schlechte Stimmung gespürt. Es war auch nicht besonders schwer zu erkennen gewesen.

»Na ja«, sagte ich. »Blöderweise mögen wir ja auch einiges an ihnen.«

Er griff nach hinten, stellte zwei Gläser auf den Tisch und goss uns ein. Der Laden war rammelvoll, aber die junge Blondine von neulich war nicht zu sehen, auch in keiner der Gefängniszellen.

Eine Zeitlang sagte keiner von uns etwas.

»Probleme?«, fragte ich.

Buck winkte nur ab.

Wir tranken.

Nachdem wir uns ziemlich betrunken hatten, berichtete ich ihm, was wir über den Mordzeitpunkt herausgefunden hatten – woraufhin wir noch mehr Lust bekamen, etwas zu trinken, und so übernachtete ich später bei Buck. Ich schlief schlecht, und nicht nur, weil auf Bucks Sofa eine Feder durch das Polster stieß.

Am nächsten Tag tauchte zu meiner Überraschung Mabel Normand im Jail Café auf, und sie war in keiner guten Verfassung. Sie hatte so tiefe Augenringe, dass ich erst dachte, sie trüge noch die Filmschminke, und wirkte, als hätte sie nicht viel mehr als eine Stunde geschlafen.

»Ich wusste gar nicht, dass Sie wieder in der Stadt sind«, sagte ich.

»Und ich wusste nicht, dass ich Sie hier treffen würde«, meinte sie. Wie sich herausstellte, hatte sie gehört, dass Buck hervorragenden Alkohol verkaufe.

Ich gab ihm einen Wink und verhinderte das Geschäft, und dann ließ ich ihr einen Kaffee aufbrühen und brachte sie auf den neuesten Stand. Dass der Mord an Bill Taylor nun immer noch nicht aufgeklärt war, schockierte sie so sehr, dass sie hinausstürzte, um sich zu übergeben.

Später fuhr ich Mabel aufs Land hinaus, nach Orange County, und lieferte sie dort in eine Privatklinik ein. Ich kannte eine in der Stadt, von Nonnen betrieben, doch ich wollte vermeiden, dass sie von Journalisten gefunden werden konnte, und dieser Tipp war von Buck gekommen. Die Alkoholschmuggler wissen immer noch am besten, wie man von ihrem Zeug wieder loskommt.

Am nächsten Morgen erreichte mich eine Nachricht von Cecil B. DeMille. Soerensen hatte ihn an Buck verwiesen. Er sei bereit, meine Bitte zu erfüllen, mit ihm zu fliegen, und er bot mir an, ihn jetzt gleich auf dem nach ihm benannten Flugfeld zu treffen.

Ich dachte nicht lange nach und fuhr los. Den Brief, den ich in Cathys Wohnung sichergestellt hatte, ließ ich bei Buck, die Luger nahm ich mit.

»Sie sind wirklich noch nie geflogen?«, fragte mich DeMille so überrascht, als wäre das vollkommen ungewöhnlich. Er trug wieder das berühmte Outfit, das er immer am Filmset anhatte: hohe Reitstiefel bis zum Knie und Breeches sowie ein Flanellhemd mit Schal. Darüber hatte er heute eine mit Lammfell gefütterte Fliegerjacke aus braunem Leder gezogen.

»Nein.«

»Sie werden es lieben«, versicherte er mir und setzte sich eine Mütze auf, ebenfalls gefüttert und über die Ohren reichend, die er unter dem Kinn zusammenband. Er zeigte auf einen Tisch, wo eine komplette Fliegerausstattung bereitlag – Jacke, Mütze, Brille und Schal.

»Zeigen Sie mir die Hütte? Die, die Taylor gehört hat?«

»Ich werde Ihnen noch viel mehr zeigen mit meiner *Jenny*«, sagte er. »Nun ziehen Sie das da schon an, meine Zeit ist begrenzt!«

Der Mechaniker Jeff schlich an uns vorbei, wischte sich mit einem Lappen die Hände ab und sah misstrauisch zu mir herüber. DeMille beachtete ihn nicht weiter.

Kurz darauf nahm ich in dem Curtiss-Doppeldecker Platz. Jeff warf den Propeller an, verabschiedete uns mit erhobenem Daumen, und schon rollten wir die Startbahn entlang und hoben ab.

Ich saß im vorderen der beiden Sitze, direkt unter der Tragfläche, und krallte mich an der Außenverkleidung fest, während ich versuchte, nur nach vorn zu sehen. Dort lagen die bläulich schimmernden Hollywood Hills, zu deren Füßen sich der kleine Weiler zusammendrängte.

Der Motor am Bug knatterte überlaut, und ein herb duftender, feiner Sprühnebel aus Öl wurde mir ins Gesicht geweht und legte sich auf die Brillengläser.

DeMille saß hinter mir und lenkte mit dem Steuerknüppel die Maschine. Er tippte mich an, und als ich mich umdrehte, grinste er mir zu und hob den Daumen. Dann ging er in eine Rechtskurve.

Wir verließen den Luftraum über Hollywood und flogen die Küste entlang nach Norden. Tief unten lag glitzernd das Meer, mit einem weißen Saum entlang der Strände.

Dann flog DeMille ein Stück landeinwärts über endlos erscheinende Bergketten und breite Hochplateaus. Kaum eine menschliche Ansiedlung war zu sehen.

Ich begann allmählich, den Flug zu genießen, und beobachtete fasziniert die Kraterlandschaft unter mir, den gelben und roten Sand der Wüste, an die ein Flickenteppich aus grünen, gelben und braunen Feldern grenzte, nur hier und da zerschnitten von einem Fluss.

DeMille fasste mir an die Schulter und deutete nach rechts, weit in der Ferne sah man die hohen, schneebedeckten Gipfel der Sierra Nevada, von denen manche über neuntausend Fuß hoch waren. Irgendwo dort, in der Nähe des Mount Whitney, des höchsten Berges Amerikas, lag auch Lone Pine, wo Byron bei den Filmarbeiten gewesen war, als er von dem Mord erfahren hatte.

DeMille hielt wieder auf den Ozean zu. Wir überquerten eine Bergkette, über der er eine Schleife flog. Er ließ das Flugzeug absinken und zeigte auf eine Hütte, die auf einem Berg oberhalb der Baumgrenze stand. Ein Weg führte in Serpentinen zu ihr hinauf. Ich verstand. Dies war also die Hütte, in der Taylor übernachtet hatte, wenn er zum Wandern in diese Gegend geflogen war, wie Jeff vermutet hatte.

Wir ließen die Berge hinter uns und näherten uns einer kleinen Stadt, die an der Küste lag. Nun brachte DeMille die Curtiss JN-4 in den Sinkflug, und ich entdeckte eine Landebahn aus rotem Sand. Als wir hart aufsetzten, machte die Maschine einige Hopser, und ich befürchtete kurz, die Gummireifen würden platzen, doch sie rollte weiter auf eine kleine Tankstelle zu.

»Ich muss tanken für den Rückflug«, sagte DeMille, als wir aus dem Doppeldecker kletterten.

Ich schwankte, kaum dass ich wieder festen Boden unter den Füßen hatte, als hätte ich ein Schiff verlassen, und musste mich hinsetzen.

Es war nicht einmal ein richtiger Flugplatz, aber alle hier in Santa Barbara schienen DeMille zu kennen und zu verehren. Ein Mechaniker, der wenig erstaunt über sein Auftauchen war, brachte uns zwei Flaschen Soda in das kleine Büro der Tankstelle, und wir tranken und rauchten, während die Maschine aufgetankt wurde.

»Was ist die weiteste Distanz, die Sie jemals geflogen sind?«, fragte ich ihn.

Er sah aus dem Fenster in die Ferne.

»San Francisco«, sagte er. Es wirkte so, als müsste er erst darüber nachdenken.

An der Wand des Büros hing eine Fotografie, die drei Männer vor einem Flugzeug aus Leichtmetall mit geschlossener Passagierkabine zeigte; laut aufgemalter Kennung eine JL-6. Es waren Cecil B. DeMille, William Desmond Taylor und Charles Spencer Chaplin, alle in Pilotenausrüstung und mit strahlendem Lächeln. Die drei Freunde aus dem Los Angeles Athletic Club, die sich 1913 kennengelernt hatten. Ich besah es mir genau.

»Ist Chaplin auch mitgeflogen?«, fragte ich.

»Nur dieses eine Mal, mit seinem Bruder, Syd«, sagte DeMille in Gedanken. »Er hat das Foto gemacht.«

»Waren Sie jemals mit Taylor in dieser Hütte?«, fragte ich.

»Nein. Sie ist sehr schwer zu erreichen, oben in den Santa Ynez Mountains, und zum Bergsteigen fehlt mir die Geduld. Bill hatte sie mir nur einmal aus der Luft gezeigt, so wie ich Ihnen. Ich weiß nicht, was er dort gemacht hat.«

»Was wissen Sie über seine Vergangenheit? Was hat er Ihnen über die Jahre erzählt, bevor er nach Hollywood gekommen ist?«

Er sah auf das Foto an der Wand und legte die hohe Stirn in Falten.

»Mir fällt nur eine Sache ein«, sagte er sinnend. »Einmal, da sprach er von seiner Zeit am Yukon …«

»Am Yukon?«, fragte ich überrascht. »In Alaska?«

»Ja. Er hat dort nach Gold gesucht, das haben viele getan, nachdem man in der Gegend welches gefunden hatte. Er hat wohl mehrere Jahre damit verbracht. Damals sei er auch zum ersten Mal als Schauspieler aufgetreten, sagte er, auf einer Laienbühne. Vermutlich hat er dabei entdeckt, dass er Talent dafür hat.«

Ich dachte über all das nach. »Na schön«, sagte ich. »Halten Sie es für möglich, dass er Männer geliebt hat?«

Die Frage traf ihn sichtlich unvorbereitet, und das sollte sie auch. Die Augen weiteten sich wütend.

»Nein«, sagte er feindselig. »Und ich weigere mich, mich mit solchem Schmutz zu befassen. Mehr kann ich Ihnen zu Bill leider nicht sagen.«

Eine Böe wirbelte Sand auf der staubigen Landebahn auf.

Er fuhr ungehalten fort: »Wenn Sie jetzt fertig sind, Mr. Engel, dann sage *ich* Ihnen mal was. In Zukunft lassen Sie bloß meine Frauen in Ruhe.«

»Ich wohne nun mal bei Polly, wir haben etwas miteinander«, sagte ich und blies Rauch in die heiße Wüstenluft.

»Ich meine nicht Polly, die können Sie behalten«, sagte er verächtlich. »Schleichen Sie sich nicht wieder in mein Haus! Meine Frau hat mir alles erzählt.«

»Was ist das Problem mit Polly?«, fragte ich. »Warum haben Sie sie fallengelassen?«

Sein Gesicht färbte sich lila.

»Geben Sie nichts darauf, was sie sagt. Sie lügt wie gedruckt. Ein kleines Mädchen, das so tut, als wäre es erwachsen. Sie werden es schon selbst merken.«

»Reden Sie nicht so über sie«, sagte ich. »Nennen Sie mir den wahren Grund.«

Wir starrten uns böse an.

»Das habe ich gerade.«

»Sie sind verärgert, weil sie Ihnen verschwiegen hat, dass sie Taylors Tochter ist. Ich halte es für möglich, dass Taylor von Ihrem Verhältnis gehört hat und Sie deswegen Streit mit ihm bekommen haben. War es so?«

»Nein. Er hat nichts davon gewusst, und ich habe erst lange nach seinem Tod davon erfahren, als Byron Hamilton es mir erzählt hat«, erwiderte er und sah weg.

»Mr. Hamilton, der Polly auf Ihr Drängen als Ermittlerin eingesetzt hat«, sagte ich. »Womit haben Sie ihn denn noch alles beauftragt?«

»Ich weiß nicht, was Sie meinen«, sagte er. »Mit nichts weiter. Wir Geschäftsführer von Paramount wissen nicht alles, was er tut. Das wollen wir auch gar nicht. Dafür hat man doch gerade einen Sicherheitschef – er erledigt all die Dinge, mit denen man sich nicht belasten möchte. Er ist nur ein Lakai, wenn Sie so wollen – Sie haben den Job doch selbst gemacht, für Laemmle.«

Er sah mich mit einem feinen Lächeln an.

»Der Mann für die schmutzigen Dinge«, sagte ich. »Zu mir hat der Job nicht gepasst. Aber er passt zu Byron.«

Er wandte sich schon zum Flugzeug, und ich folgte ihm. Ich war sehr wütend wegen dem, was er über Polly gesagt hatte.

»Eine Frage hätte ich noch, wo wir gerade dabei sind«, sagte ich. »Warum zum Teufel tragen Sie eigentlich immer diese Reithosen, DeMille, und die Stiefel? Das würde mich wirklich mal interessieren. Hier reiten Sie doch gar nicht.«

»Wegen der Klapperschlangen natürlich«, sagte er mit einem vernichtenden Blick. »In den Bergen, in der Prärie, überall sind Schlangen, und ich weiß morgens nicht, wohin es mich bei Dreharbeiten oder bei Flügen verschlägt. Also trage ich stets Stiefel, denn sie schützen mich vor Bissen und erlauben es mir, flexibel zu sein. Kapiert?«

Ich sah nur stumm auf seine Stiefelspitzen.

Kurz darauf starteten wir wieder, und DeMille flog auf direktem Weg in Richtung Los Angeles, immer an der Küste entlang. Mir kam der Rückflug viel schneller vor, und ich genoss ihn weitaus weniger als den Hinflug.

Plötzlich türmte sich vor uns eine gewaltige Nebelbank auf. Links von uns waren die Berge, rechts das Meer. Wir flogen hinein, und schon konnten wir nichts mehr sehen. DeMille zog das Flugzeug höher und korrigierte mehrmals den Kurs, wie improvisierend. Er selbst war nur schemenhaft zu erkennen, wenn ich mich umdrehte, so dick war die Suppe, in der wir steckten.

Auf einmal riss der Dunst auf, und wir flogen im grellen Sonnenschein aus ihm hinaus. Entsetzt entdeckte ich rechts von uns die Berge, drehte mich um und zeigte hinüber. DeMille nickte, dann zog er das Flugzeug nach links.

Gerade als ich mich erleichtert zurücklehnen wollte, begann der Motor zu stottern. Im selben Moment machte der Doppeldecker erst einen kleinen Hopser und sackte dann so tief nach unten, dass ich es in der Magengrube spürte. Unglücklicherweise hatte ich heute Morgen ein reichhaltiges Frühstück zu mir genommen. Rühreier mit Speck. Jetzt nicht ans Essen denken, Hardy, dachte ich.

DeMille tippte mich wieder an und schrie mir etwas zu. Ich drehte mich zu ihm, doch das Dröhnen des Motors war ohrenbetäubend laut, ich verstand nicht, was er sagte.

DeMille zeigte mit einer Hand nach unten und schrie wieder etwas. Ich war nun überzeugt, dass es ein Problem gab und er mich auf unseren drohenden Absturz vorbereiten wollte. Den Ausdruck seines Gesichts zu deuten, war aufgrund der Schutzbrille völlig unmöglich. Ich zeigte auf meine Ohren und schüttelte den Kopf.

Er hob eine Hand, als habe er verstanden.

Dann plötzlich setzte der Motor aus.

Die Propellerblätter hörten auf, sich zu drehen. Und mein Herz hörte auf, zu schlagen. Ich sah über die Schulter zu DeMille.

»Das vorhin passiert manchmal, Mr. Engel«, sagte DeMille, nun gut verständlich, »ohne Sicht verliert man im Nebel schnell die Orientierung.«

Er schob in aller Seelenruhe seine Brille auf die Stirn.

»Sie werden doch hoffentlich den Motor wieder anbekommen?«, fragte ich nervös.

Das Flugzeug begann zu sinken. Ich sah hinunter und entdeckte nun das Straßennetz von Hollywood, in dem immer wieder Glasscheiben in der Sonne aufblitzten. Die Häuser schienen näher zu kommen.

»Ich habe ihn nur ausgeschaltet, damit wir uns unterhalten können«, sagte DeMille ohne einen Hauch von Nervosität. »Sie waren nicht ganz ehrlich. Sie haben mich all das nicht nur wegen Polly gefragt, nicht wahr?«

»Machen Sie ihn wieder an, sofort«, rief ich zurück und überprüfte schnell den Sitz meines Gurtes, der eng anlag und mich fixierte. Fallschirme, das sollte ich noch erwähnen, gehörten damals nicht zur Ausstattung, ebenso wenig wie Funkgeräte.

»Sie ermitteln immer noch weiter, Mr. Engel?«, rief DeMille.

Wir fielen, und das Flugzeug trudelte im Kreis. Ihm schien es nichts auszumachen. Mir schon.

»Ich tue eben, was ich tun muss. Landen Sie das Flugzeug!«

Wir stürzten immer schneller. Ich sah den Erdboden näher kommen.

»Aber nein«, schrie DeMille in den Wind und lachte auf. »Zuerst werde ich Ihnen noch ein Kunststück vorführen. Das ist doch der größte Spaß!«

Bevor ich meinen Protest herausbrüllen konnte, startete er den Motor wieder und schob die Brille vor die Augen. Der Propeller begann sich zu drehen, sodass wir wieder stiegen, doch ich war keineswegs beruhigt.

DeMille zog die Maschine hoch, der Lärm wurde schriller, und wir stiegen steil in den Himmel.

Ich wurde in meinen Sitz gepresst und fing an, DeMille nicht wenig zu hassen. Das Flugzeug stieg jetzt beinahe senkrecht in die Luft, und mein Magen fühlte sich seltsam an. Dann übersteuerte er den Doppeldecker, und dieser drehte sich in einem halben Looping auf den Kopf.

Es war ein erstaunlich gekonntes Manöver. Wir hingen nun beide nach unten, durch nichts als unsere Gurte im Flugzeug gehalten, und sahen direkt auf Hollywood, aber es schien, als hinge es drohend über uns.

In diesem Moment konnte ich nicht mehr anders, als mich zu übergeben. Ich kotzte auf Hollywood, mit all seinen Produzenten, seinen Regisseuren und seinen Schauspielern, aus fünftausend Fuß Höhe, in sattem Strahl.

Vermutlich traf er dort unten jemanden, der zunächst glaubte, dies wäre endlich der langersehnte südkalifornische Regen.

Nachdem ich mich tüchtig übergeben hatte, drehte mein Pilot die Jenny wieder um, und wenig später landeten wir auf dem DeMille-Flugfeld. Dort war er sehr freundlich zu mir, so als wäre nicht das Geringste vorgefallen. Er stellte keine weiteren Fragen.

Auch ich sagte nichts mehr dazu. Doch bevor wir uns trennten, bat ich ihn trotz allem um ein Autogramm. Um eine Erinnerung an den historischen Tag meines Erstfluges mit ihm zu haben, wie ich ihm sagte.

DeMille holte eine Karte mit einem Foto heraus, das ihn in voller Reitmontur zeigte, und schrieb mir eine freundliche Widmung darauf:

Für Hardy Engel, am Tag seines ersten von hoffentlich vielen Flügen.

Herzlich, Ihr Pilot – Cecil B. DeMille.

Ich sah sie aufmerksam an, als ich ihm dankte.

DeMille hatte eine wahre Sauklaue. Und es war eine andere Schrift als die in dem Brief, den Cathy mir gegeben hatte.

59

Ich fuhr zu Buck, wusch mich und erholte mich. Ich erzählte ihm von meinem Abenteuer, und er nahm kopfschüttelnd die Zigarre aus dem Mund und schwor, dass er sich niemals in ein Flugzeug setzen werde, komme, was da wolle.

Ich schaute auch in ein paar Zeitungen. Obwohl der Mordfall ja gelöst war, beschäftigten sich die Journalisten immer noch mit dem Taylor-Skandal, schlachteten ihn aus, diskutierten über das glamouröse Personal und die »menschliche Abgründe«. Ein weiteres Thema war die bevorstehende Gouverneurswahl, das Duell von Woolwine und seinem republikanischen Konkurrenten Friend Richardson. Er war ein Zeitungsverleger aus Berkeley, der in seinen eigenen Gazetten tüchtig Werbung für sich machen ließ.

Gegen Abend fand ich, es war an der Zeit, mal wieder bei Polly vorbeizuschauen, nahm alle meine Sachen mit und fuhr zur Franklin Avenue. Ich wollte nachsehen, ob sie sich inzwischen wieder beruhigt hatte, und ihr von meinem Gespräch mit DeMille berichten, zumindest teilweise. Und ja, gegebenenfalls wollte ich mich auch entschuldigen, für meinen blöden letzten Satz.

Der McFarlan stand vor dem Haus geparkt. Als ich die Außentreppe hinaufging, hörte ich Enrico bellen.

Ich klopfte an die Tür, doch sie öffnete nicht. Es war wie neulich, als ich sie drinnen auf dem Boden sitzend vorgefunden hatte. Die Tür war wieder nicht abgeschlossen. Typisch Polly.

Enrico begrüßte mich vor Freude jaulend und sprang an mir hoch und konnte sich kaum mehr einkriegen.

»Polly?«, fragte ich laut. Ich wiederholte es ein paarmal, doch sie antwortete nicht. Ich ging ins Wohnzimmer, ohne sie dort zu finden, dann in die Küche, ins Bad, ins Schlafzimmer. Sie war nicht da.

»Wo ist sie?«, fragte ich Enrico. Er sah mich nur mit seinen großen, blutunterlaufenen Augen treuherzig an. Mir wurde klar, dass sie ihn niemals freiwillig hier alleine gelassen hätte.

Außerdem parkte ihr Wagen vor dem Haus.

Ich gab dem Mops erst einmal etwas zu fressen, aus einer angebrochenen Büchse Hundefutter, die ich im Kühlschrank fand. Daneben lag die Fünfundvierziger. Mir gefiel überhaupt nicht, dass sie ihre Waffe hier zurückgelassen hatte.

Enrico stürzte sich ausgehungert auf das Fleisch. Ich streichelte ihn, machte einen Schritt rückwärts und trat plötzlich in etwas Weiches.

Es war Hundekacke. Enrico hatte auf dem Teppich ein Häufchen gemacht. Ich fluchte. Enrico unterbrach seine Mahlzeit und sah mich schuldbewusst an.

»Du kannst ja nichts dafür«, sagte ich, zog meinen Schuh aus und versuchte, ihn mit einer herumliegenden Zeitung notdürftig zu säubern. WOOLWINE LIEGT IN UMFRAGEN ZUR GOUVERNEURSWAHL KNAPP ZURÜCK lautete die Schlagzeile des *Examiner,* die ich braun beschmierte. Es stank bestialisch. Enrico fraß weiter, als ginge es um sein Leben.

Niemand war mit ihm draußen gewesen, niemand hatte ihm zu fressen gegeben. Das gefiel mir überhaupt nicht. Ich ging hinüber ins Bad und goss mir einen tüchtigen Schluck Gin aus einem der Krüge ein. Nachdenklich ging ich zurück zu Enrico und tätschelte ihn, während ich trank.

Das Telefon klingelte. Wir schreckten beide hoch. Ich humpelte auf einem Schuh dorthin, so schnell ich konnte, stieß mir unterwegs den großen Zeh an und hob außer Atem vor Schmerz ab.

»Ja?«

»Keine Namen am Telefon«, sagte die Stimme eines Mannes, die fast greisenhaft hoch war. »Sie wissen, wer hier ist.« In letzter Zeit hörte ich diesen Satz etwas zu oft. Aber diesmal merkte ich gleich, es war Fowler, der Beamte vom Schießstand, dem ich diese Nummer hatte zukommen lassen.

»Ja«, sagte ich und lauschte gespannt.

»Der Freund, von dem ich Ihnen erzählt habe, hat etwas für Sie«, sagte er. »Fahren Sie gleich zu ihm. Sie wissen doch, wen ich meine? Der Kollege?«

Ich erinnerte mich daran, dass er mir von einem Freund erzählt hatte, der in die Asservatenkammer abgeschoben worden war. Auch der Name fiel mir wieder ein: Hardcastle.

»Ich weiß, wen Sie meinen.«

Ich tastete in meiner Hosentasche nach der Kugel vom Schießstand. Die von Catanza abgefeuert worden war.

»Er hat jetzt Nachtdienst. Nehmen Sie eine Kamera mit.«

Es klickte in der Leitung, Fowler hatte aufgelegt.

Ich vermutete, dass der Anruf nichts mit Pollys Verschwinden zu tun hatte. Aber man konnte ja nie wissen. Hier herumzusitzen war auch keine Option.

Ich ging ins Schlafzimmer, sah mich um und holte unter dem Bett die Tasche mit der Kamera hervor, die dort neben einigen anderen Sachen lag. Es war die, mit der Polly damals den Erpresserbrief fotografiert hatte.

»Komm, Enrico«, sagte ich und schnappte mir die Leine. »Wir gehen noch mal Gassi und machen einen kleinen Ausflug.« Ich nahm den Oldsmobile. Diesmal schloss ich die Tür ab, mit dem Wohnungsschlüssel, den sie mir gegeben hatte.

Die Asservatenkammer befand sich unten im Keller des Hall of Records in der Temple Street. Im ersten Stock hatten Woolwine und King ihre Büros.

Ich spazierte mit Enrico einfach zum Eingang hinein, die Kameratasche umgehängt, sagte am Empfang, ich müsse mit Mr. Hardcastle sprechen, und wurde eingelassen. Ich stieg die Treppe nach unten.

Hardcastle war ein großer Mann Mitte vierzig mit grauen Schläfen und der Körperform eines Brummkreisels. Er saß an einem Schreibtisch, die Füße hochgelegt, während er ein Filmmagazin las, auf dessen Titelblatt Mary Miles Minter mit ihrem süßesten Lächeln abgebildet war.

Er sah hoch und hielt inne, als er mich und Enrico kommen sah; ein Zivilist mit einem Mops an der Leine.

»Hunde sind hier nicht erlaubt«, sagte er abweisend. Wahrscheinlich hielt er mich für irgendein neues Arschloch oberhalb der Uniformränge, für jemanden, der ihm jetzt und in Zukunft gewaltig auf die Nerven gehen wollte. Und damit anfing, dass er seinen verdammten Köter zur Arbeit mitbrachte, und gleich würde er ihn womöglich bitten, eine Weile auf ihn aufzupassen.

»Ich bin Hardy Engel, Mr. Hardcastle«, sagte ich. »Und das ist Enrico.«

Sein Gesicht entspannte sich augenblicklich. »Das ist etwas anderes, Mr. Engel«, sagte er, nahm die Füße vom Tisch und beugte sich zu Enrico hinab. Der leckte ihm die Hand, und Hardcastle ging zu einem Waschbecken, drehte den Hahn auf und füllte eine Schale, die er vor Enrico auf den Boden stellte.

»In letzter Zeit müssen Sie eine Menge neuer Leute hier ein und aus gehen gesehen haben«, sagte ich. »Wahrscheinlich lauter angenehme Typen.«

»Das können Sie laut sagen«, brummte Hardcastle und streichelte Enrico, der zu trinken begann, und richtete sich dann auf. »Aus so tollen Städten wie New York und so. Spucken überhaupt keine großen Töne, die Leute von dort. Zumal wenn sie Mr. Woolwine kennen und das gesamte Innere seines Darms vom Drin-Rumkriechen. Wussten Sie, dass so ein menschlicher Darm unfassbar lang ist? So lang, dass man womöglich nie mehr rausfindet.«

»Nein«, sagte ich. »Das wusste ich nicht. Ich war noch nie in einem.«

Er versuchte sich an einem Grinsen. Er hatte eine wulstige Unterlippe, und so sah es besonders schief aus. »Ich auch nicht. Da bin ich viel lieber hier, wo es nicht so stinkt und schön kühl und übersichtlich ist, und überall sind Zettel und Nummern dran.«

Wir sahen uns an und versicherten uns stumm, dass wir uns mochten. Er öffnete eine Schublade, griff hinein und legte ein kleines, durchsichtiges Zellophanbeutelchen auf den Tisch. Es war beschriftet und mit einer Nummer versehen.

Darin lag eine kleine, plattgedrückte Kugel.

»Das ist die, die sie aus Gordon rausgeholt haben«, sagte er. »Ich kann sie Ihnen nicht mitgeben, aber ich sehe, Sie haben Ihre Kamera dabei.«

Ich nickte und holte den Apparat aus der Tasche. Hardcastle sah mir dabei zu.

»Hab Gordon gern gehabt«, sagte er. »Ekelhafte Haut, netter Mann. Für einen Detective«, sagte er und grinste wieder. Er ließ die verformte, golden glänzende Kugel aus dem Tütchen auf den Tisch fallen, dort, wo das Licht seiner Leselampe sie am besten beleuchtete.

»Sie haben von Fowler die andere Kugel vom Schießstand, nicht wahr? Und Sie wissen, wie man die beiden vergleicht?«

Ich nickte, holte das zweite Projektil aus meiner Hosentasche und brachte die Kamera in Position. »War selbst einmal Polizist. In Deutschland.« Ich machte von beiden eine Nahaufnahme und zwinkerte ihm zu. »Bin's nicht mehr. Jetzt ermittle ich privat.«

»Herzlichen Glückwunsch.«

Da fiel mir etwas ein.

»Haben Sie zufällig auch die Kugel da, die Taylor erwischt hat? Dann könnte ich die bei Gelegenheit auch noch vergleichen, kann ja nicht schaden.«

Er starrte mich mit einem undurchdringlichen Blick an.

»Na klar. Dies ist schließlich die Asservatenkammer«, sagte er einfach, drehte sich um und ging sie holen.

»Hier«, sagte er wenig später und hielt mir ein zweites Tütchen hin. »Das ist sie, die legendäre Kugel aus seinem Nacken.«

Wir sahen sie uns aus der Nähe an. Diese hier war verformt wie ein Kunstobjekt, und im Grunde sah sie harmlos und wunderschön aus.

»Dafür würde die Presse ganz hübsch was zahlen, oder?«, sagte er nachdenklich. »Einer hat sogar danach gefragt, hat vor meiner Haustür gewartet. Den hab ich so abblitzen lassen, dass er's nie wieder tun wird.«

Ich machte noch eine Aufnahme. Enrico sah uns interessiert zu. Plötzlich hob er schnüffelnd die Schnauze und begann zu bellen.

»Was hast du denn, Enrico?«, fragte ich und versuchte, ihn zu beruhigen.

»Vielleicht riecht er die Drogen«, sagte Hardcastle, als er die Kugel wieder wegpackte, und zeigte hinter sich. »Alles, was sichergestellt wird bei Razzien, liegt da. Ist 'ne ganze Menge. Ein ganzer Raum voll, der ist natürlich extra gesichert. Aber manche Hunde riechen das.«

»Was passiert mit den Drogen?«, fragte ich. Enrico hörte nun auf zu bellen und wandte sich wieder dem Wasser zu.

»Ab und zu holt jemand welche ab, um sie zu verbrennen«, sagte er. »Zumindest ist das die offizielle Version. Und sie machen dann schöne Fotos davon, mit Mr. Woolwine vor dem lodernden Feuer. So wie die von all den Branntwein- und Whiskyfässern, die zerschlagen werden.«

»Klingt so, als ob Sie Ihre Zweifel hätten bei den Drogen«, sagte ich.

»Hab ich«, sagte er. »Aber das wird ganz oben entschieden und angeordnet. Also wird es schon seine Ordnung haben.« Und wieder lächelte er sein schiefes Lächeln.

»Wie weit oben?«

»Ich werde es Ihnen nicht sagen«, brummte er. »Aber zufälligerweise liegt hier die Liste meiner Besucher herum, in die Sie sich übrigens nicht eintragen müssen.«

Und er schob mir ein aufgeschlagenes Buch herüber.

Ich ging die Namen durch, bis ich auf einen stieß, den ich kannte: *Sergeant of Detectives Edward King, L. A. County* stand da. Es war, soweit ich es gesehen hatte, der ranghöchste Beamte auf der Liste.

»Gehen Sie jetzt besser, bevor Sie noch jemand sieht«, sagte Hardcastle.

Er wollte sich schon umdrehen, um die Asservate wieder wegzubringen.

»Eine Freundin von mir ist verschwunden«, sagte ich schnell. »Die Besitzerin von Enrico hier. Haben Sie vielleicht irgendetwas gehört? Ihr Name ist Polly Brandeis.«

»Nein«, sagte er und sah auf Enrico. »Tut mir leid.«

»Irgendeine Leiche eingeliefert worden, gestern oder heute?«, fragte ich und bereute es im nächsten Moment.

»Keine Frau«, sagte er schnell. »Sonst jede Menge, ein halbes Dutzend diese Woche schon, aber keine Frau.«

»Danke«, sagte ich, nahm meine Tasche und zog Enrico von der Schale weg.

»Viel Glück«, sagte Hardcastle.

60

Der Anruf weckte mich um zehn Uhr vormittags. Ich hatte gedacht, dass ich nicht würde schlafen können, aber offenbar war ich doch sehr erschöpft gewesen.

»Ja«, sagte ich schlaftrunken. »Hardy Engel?«

Ich musste mich kurz zurechtfinden. Niemand war in der Nacht über mich hergefallen. Die Tür hatte ich von innen verriegelt. Und Polly war immer noch nicht wieder da.

Gestern Abend hatte ich ihr Zimmer sorgfältig nach Spuren abgesucht und dabei in ihrem ganzen Chaos etwas gefunden, das mich tatsächlich ins Grübeln gebracht hatte.

»Hier ist Cathy«, sagte Cathy mit eisiger Stimme und fügte höchst überflüssigerweise hinzu: »Mr. Hamiltons Sekretärin bei Paramount. Gut, dass ich Sie erreiche. Mr. Hamilton möchte mit Ihnen sprechen, persönlich. Und ich soll Ihnen ausrichten, dass es sehr dringend ist.«

Ihr Tonfall war hochoffiziell. Sie klang beleidigt.

»Ich bin gerade selbst mit dringenden Angelegenheiten beschäftigt«, sagte ich und bekam meinen morgendlichen Hustenanfall.

»Ja, das hört man«, sagte sie schnippisch. »Kommen Sie sofort ins Hollywood Hotel. Mr. Hamilton und ich erwarten Sie im Ballsaal.« Damit legte sie auf.

Ich ging mit Enrico Gassi. Vor dem Haus stand immer noch Pollys Wagen. Dann setzte ich mich mit ihm in den Oldsmobile und fuhr los.

Das Hollywood Hotel lag am Hollywood Boulevard und war das älteste und traditionsreichste Hotel der Gemeinde. Der Mitteltrakt, erbaut um die Jahrhundertwende, hatte viele Türmchen und sah aus wie eine überdimensionierte Zuckertorte aus Wien oder aus einem Märchen. Man hatte ihn nach und nach um einige Anbauten erweitert und sich dabei des gerade angesagten Stils bedient. Links standen drei spanische Villen in unterschiedlichen Größen mit Markisen, rechts ein schlichter Bau mit maurischen Verzierungen, der in eine Art germanischen Wehrturm überging, wie ich ihn zuletzt bei alten Festungen in meiner Heimat gesehen hatte. Der Bau war ohne jeden Respekt vor Architektur oder Geschichte zusammengeschustert worden, die perfekte Allegorie Hollywoods. Die Stars liebten das Hotel, viele residierten hier, und donnerstags fanden im Ballsaal große Tanzveranstaltungen statt, die legendär waren. Natürlich war ich noch nie dabei gewesen.

Dorthin ging ich nun mit Enrico an der Leine. Die Türen des Ballsaals standen offen, und direkt daneben saß Cathy an einem Tisch und hielt Ausschau, als wolle sie nichts und niemanden verpassen.

Sie sprang auf, kaum dass sie mich sah, mit einem angespannten Gesichtsausdruck.

»Hallo, Cathy«, sagte ich.

»Einen Augenblick bitte, Mr. Engel«, sagte sie förmlich und trat mir in den Weg.

Selbst ein Blinder hätte erkannt, dass sie wütend auf mich war und mir zeigen wollte, dass ich mir in keiner Weise einbilden sollte, durch den Besuch bei ihr irgendwelche Privilegien erworben zu haben. Nicht bei ihr.

»Ich habe nicht viel Zeit«, sagte ich.

Im Hintergrund hörte ich ein Klavier spielen und Stimmengewirr.

»Sie wollen doch hoffentlich nicht, dass ich auf den da aufpasse«, sagte sie mit einem Blick auf Enrico. »Ich hasse Hunde.« Sie sagte es so, als hätte sie eigentlich statt »Hunde« »Männer« sagen wollen.

»Keine Sorge«, sagte ich. »Ich nehme ihn mit.«

»Mr. Hamilton erwartet Sie dadrin«, sagte Cathy eisig, zeigte in den Saal und trat zwei Schritte zurück, damit ich ihr auch ja nicht zu nahe kam.

Ich kümmerte mich nicht weiter um sie und ging mit Enrico an ihr vorbei.

Auf einer Bühne ganz am Ende des riesigen Saales war rund ein Dutzend junge Tänzerinnen in Trikots dabei, zu proben. Ein Mann an einem Klavier und einige andere Herren beobachteten sie von unten. Die Atmosphäre war entspannt, beinahe träge, und was sie aufführten, wirkte unfertig und seelenlos.

An einem der vielen Dinnertische, mit denen der Saal vollgestellt war, saß Byron Hamilton, so positioniert, dass er sowohl die Bühne als auch den Eingang im Blick hatte. Er schien hier zu arbeiten. Ein Telefonapparat stand vor ihm, ein Tintenfass mit Feder und ein silbernes Kästchen, in dem seine Visitenkarten lagen. Diverse Papiere lagen ausgebreitet auf dem Tisch.

»Hallo, Byron«, sagte ich. »Das da ist Pollys Hund, ich muss mich gerade um ihn kümmern. Was gibt es denn so Wichtiges?«

Byron sah aufgeregt und übernächtigt aus, so als habe er eine bewegte Zeit hinter sich. Sein Anzug war teuer und gut geschnitten, doch er war an den Ärmeln zerknittert und wies den einen oder anderen Staubfussel auf. Seine Haare hatte er jedoch wie immer mit Brillantine nach hinten gekämmt, und sein schmaler schwarzer Schnurrbart war frisch gestutzt.

»Hallo, Hardy. Setz dich doch«, sagte er und wies auf den Platz ihm gegenüber.

»Ich habe nicht viel Zeit«, wiederholte ich und blieb stehen. Er hatte heute ein neues Parfüm benutzt, das nach Zitrus und Holz roch. Enrico schnüffelte und war sich offenbar unschlüssig, ob er es mochte. So wie ich auch. Im Hintergrund wurde weiter geklimpert und getanzt, und Kommandos wurden gerufen.

»Nur eine Probe, die ich überwachen muss«, sagte Byron mit einer Geste. »Für die Zehn-Jahres-Feier unserer Firma. Wie läuft dein neuer Fall? Der, den du unseren positiven Pressemeldungen zu verdanken hast?«

»Bin zufrieden«, sagte ich knapp. »Ich komme jeden Tag ein Stück voran.«

»Ich habe gute Nachrichten für dich«, sagte Byron und lächelte, ein bisschen zu breit.

»Ach ja?«

»Nicht nur, dass du jetzt Freunde bei der Polizei hast, bei der Mordkommission und anderswo«, sagte er, als hätte ich einen Preis gewonnen. »Wenn du mal Hilfe brauchst, kannst du immer auf sie zählen.«

Ein Choreograf ging hinauf zu den Mädchen und schob sie auf der Bühne herum, als wären sie Schaufensterpuppen. Ich drehte mich weg von ihnen.

»Das soll eine gute Nachricht sein?«, fragte ich.

»Die gute Nachricht ist«, sagte Byron, und er stand auf und holte etwas hervor, »dass ich hier etwas für dich habe. Du bekommst dein Geld, den Bonus für deine erstklassige Arbeit. Fünfhundert Dollar.«

Er hielt mir einen Briefumschlag hin.

Enrico lag unter dem Tisch und hechelte vor sich hin.

»Na, was sagst du jetzt?«

Ich nahm den Umschlag nicht. Byron kam um den Tisch herum und zeigte mir die fünf Hundert-Dollar-Scheine. Er grinste immer noch so breit, als hätte ich in der nationalen Lotterie gewonnen. Oder er.

»Na, nimm es schon. Du hast es dir doch redlich verdient.«

»Was soll das?«, fragte ich. »Ihr wolltet mir das Geld nur geben, wenn ich euch das Kundenbuch zukommen lasse.«

»Wir sind sehr zufrieden mit deiner Arbeit«, sagte Byron, souverän darüber hinweggehend. »Damit kannst du dir ein neues Büro leisten. Und einen Wagen. Du musst nicht mehr jeden Tag ums Überleben kämpfen, du kannst dir aussuchen, welche Fälle du übernimmst. Lukrative, spannende Fälle, im Auftrag von Paramount, von den anderen Studios, es wird gewiss jede Menge geben!«

Ich seufzte auf und legte den Kopf in den Nacken. An der Decke konnte man einen Sternenhimmel sehen, und über jedem Tisch standen die Namen von Hollywoodstars, offenbar, um ihre Stammplätze zu markieren. Direkt über mir stand der Name *Rudolph Valentino.*

»Von wem kommt das?«, fragte ich. »Von DeMille?«

In seinem Gesicht zeigten sich erste Zeichen von Ungeduld.

»Hardy. Nimm das Geld.«

»Nein«, sagte ich. »Ich habe ja nicht mal den Fall gelöst. Es waren Woolwine, King und Reiner, die die Lösung präsentierten.«

Byron senkte den Blick und sah auf den Umschlag. Dann sah er noch einmal hoch. Sehr ernst diesmal.

»Nimm das Geld. Fünfhundert Dollar.«

Oh mein Gott, dachte ich. Ihr müsst so richtig Dreck am Stecken haben.

»Nein. Nicht, wenn ich dafür alles tun muss, was ihr wollt.«

Er drehte sich um und warf den Umschlag auf den Tisch zu den Papieren.

»Du lässt mir keine andere Wahl. Dann wirst du es ohne Geld machen müssen. Glaub mir, ich sage das jetzt nicht gerne.«

»*Was* muss ich machen?«, fragte ich. »Und wie wollt ihr mich dazu bringen?«

Er ging wieder um seinen Tisch herum, als suche er dahinter Deckung.

»Polly Brandeis«, sagte er, »oder Daisy Deane-Tanner ist an einem Ort, den du niemals finden wirst.«

Eine Mücke flog durch die Luft, drehte eine Schleife und landete auf dem Telefon.

»Was?«, fragte ich, als ich wieder dazu imstande war.

»Wir werden sie nur freilassen, wenn du tust, was wir sagen.«

Ich konnte es wirklich kaum fassen. Ich hatte mit allen möglichen Tricks und Lügen gerechnet, aber nicht mit so etwas.

»Ihr habt sie gefangen genommen – um mich zu erpressen?«

»Ich sage doch, wir hatten keine andere Wahl.«

Heute, da ich dies schreibe, sind Geiselnahmen an der Tagesordnung. Damals war das noch anders. Tatsächlich hörte ich in jenem Moment zum allerersten Mal von dieser Methode. Entsprechend schockiert war ich.

»Und ihr wollt ernsthaft ihr Leben eintauschen gegen … gegen was?«

Byron verschränkte die Finger ineinander und sagte in einem sachlichen Tonfall:

»Du wirst ein Geständnis schreiben, dass du mit Edward Sands gemeinsame Sache gemacht hast. Mit dem Mann, der William Desmond Taylor erpresst und erschossen hat.«

Wir hörten Enrico hecheln und die hallenden Schritte und unverständlichen Kommandos auf der Bühne, sonst nichts.

»Was?«, fragte ich erneut.

»Ein komplettes Geständnis, dass du in die Erpressung involviert warst, dass du, nachdem Sands Taylor ermordet hatte, in seinem Auftrag das Geld geholt hast, das er in der Aufregung vergessen hatte, dass Peavey dich dann dort in flagranti angetroffen hat. Alles, was die Presse schon am ersten Tag über dich geschrieben hat, stimmt. Und dass du dann Edward Sands im Streit um die Beute in Connecticut erschossen hast«, sagte er. »Du wolltest es wie Selbstmord aussehen lassen. Dein schlechtes Gewissen hat dir keine Ruhe gelassen, deshalb rückst du jetzt doch mit der Wahrheit heraus.«

Es war das Idiotischste, was ich jemals gehört hatte. Sie mussten absolut verzweifelt sein.

»Aber es ist nicht wahr«, sagte ich leise.

»Doch. Spätestens wenn wir die Aussage von Dr. Lutin veröffentlichen, dass er dich bei der Leiche gesehen und danach verfolgt hat, werden uns alle glauben. Und annehmen, er hätte vorher nur aus Angst vor dir gelogen. Glaub mir, das wäre kein Problem.«

Ich schloss die Augen. »Oh nein«, sagte ich.

Auf der Bühne begannen die Mädchen jetzt, die Choreografie aufzuführen, untermalt von leisem Klavierspiel.

»Doch«, sagte er. »Das ist eine glaubwürdige Wendung und

eine echte Sensation. Und deine Freundin wird wieder auftauchen und weiterleben.«

»Wer verlangt das?«, fragte ich mit bebender Stimme. »Wer ist ›wir‹?«

Byron schüttelte den Kopf und hob einen Finger. »Und«, sagte er streng, »du wirst uns außerdem das Kundenbuch geben. Wir wissen, dass du es dem Duke gestohlen hast.«

»Nein, habe ich nicht«, sagte ich.

Er war vollkommen ruhig, und er genoss es sichtlich, das alles zu sagen.

»Ich weiß, dass du die Liste hast. Du musst sie uns geben, zusammen mit dem Geständnis, außerdem den Brief, den du Cathy abgenommen hast. Nur wenn all diese drei Dinge vorliegen, wirst du Polly wiedersehen.«

»Ihr würdet sie wirklich umbringen?«

»Sie wird verschwinden. Du lässt uns keine andere Wahl.«

Danach konnte ich nicht mehr an mich halten. Ich beschimpfte ihn, Enrico bellte und knurrte, aber Byron hinter seinem Dinnertisch blieb so ruhig wie zuvor. Ich beharrte darauf, zu erfahren, wer hinter dem Auftrag steckte und davon wusste. Vergeblich. Die anderen Leute im Saal sahen zu uns herüber.

Ich dämpfte meine Stimme etwas und drohte, sollte Polly auch nur im Geringsten etwas geschehen, dann würde ich ihn umbringen.

»So wie Sands?«, fragte er grinsend. Ich hätte Lust gehabt, mich auf ihn zu stürzen. Und die ganze Zeit tanzten die Mädchen auf der Bühne und schwangen die Beine.

Ich riss mich zusammen und sagte, dass ich Zeit bräuchte, um mir das Ganze zu überlegen. Er lächelte und erwiderte, gewiss würde ich mir einen Ausweg suchen wollen, aber es gäbe keinen. Doch ihm sei klar, dass ich das Kundenbuch und den Brief bestimmt nicht mit mir herumtrüge und erst aus dem Versteck holen müsste, um sie ihm zu geben. Außerdem müsse ich ja noch das Geständnis schreiben.

»Ich habe es nicht eilig. Mir ist es egal, wie lange Polly gefangen bleiben muss. Du hast es in der Hand.«

Ich musste Enrico an der Leine von ihm wegzerren. Ich sagte, dass ich erst einen eindeutigen Beweis wolle, dass es Polly gut gehe und sie noch am Leben sei, und stützte mich dabei auf seinen Tisch auf. Er wandte sich lächelnd um und sah, als interessierte es ihn, zur Bühne, wo jetzt richtig schwungvoll getanzt wurde. Diesen Moment nutzte ich und nahm, einer Eingebung folgend, unauffällig eine von Byrons Visitenkarten vom Tisch und steckte sie ein, einfach so, und dann rauschten Enrico und ich ab, ohne uns zu verabschieden.

Cathy bedachte mich draußen vor dem Saal mit einem triumphierenden Lächeln.

»Sie haben mich neulich überrumpelt«, sagte sie grinsend. »Sie haben gedacht, Sie wären schlauer als ich. Sind Sie aber nicht. Ich habe Mr. Hamilton alles erzählt. Mr. DeMille ist auf meiner Seite, er lässt mich nicht fallen.«

Jetzt zeigte sie mir, wer sie wirklich war: eine moderne, selbständige Frau aus Hollywood.

61

»Zur Polizei brauchst du jedenfalls nicht zu gehen«, sagte Buck kurz darauf. »Das kannst du dir wirklich sparen. Sie sind ja an der ganzen Vertuschung beteiligt.«

Ich nickte. »Sie scheinen sogar bereit zu sein, Dr. Lutin unter Druck zu setzen, damit er gegen mich aussagt. Die hängen mit drin, alle miteinander, das haben wir uns schon gedacht, Polly und ich. Und wahrscheinlich haben sie selbst den einen oder anderen umgebracht. Catanza, zum Beispiel, weil er ohne die Beweisstücke zurückkam, die Gordon entwendet hatte.«

Wir standen in dem Hinterzimmer des Jail Cafés, wo Buck seine Dunkelkammer eingerichtet hatte. Er war früher Kameramann beim Film gewesen und ein passionierter Fotograf, der gerne Landschaften oder die Gäste in seiner Bar ablichtete. Und über ein vollständiges Equipment verfügte.

»Richtig«, sagte er. »Und sie haben dir Gordons Leiche ins Zimmer gesetzt und all so was. Gewiss macht unser Freund Byron Hamilton das nicht alleine.«

Er hatte ihn bei dem Fall im letzten Jahr kennengelernt, als wir beide mit Byron einen denkwürdigen Abend in Chinatown verbracht hatten. Während wir die neuesten Ereignisse besprachen, entwickelte er im Rotlicht die Fotos, die ich in der Asservatenkammer gemacht hatte, von den Projektilen, die Gordon getötet und die Catanza am Schießstand verschossen hatte. Er vergrößerte sie so, dass wir die Rillen und Einkerbungen darauf vergleichen konnten. Es war der übliche Weg, herauszufinden, ob sie aus derselben Waffe abgefeuert worden waren.

»Wobei ich Byron einiges zutraue«, sagte ich kopfschüttelnd. »Er ist ja als Soldat im Krieg gewesen, ist mit der *Medal of Honor* ausgezeichnet worden, hat seine Tapferkeit bewiesen und getötet. Wer weiß, wen er angeheuert oder bestochen hat. Verdammt, wenn sie schon zu solch plumpen Drohungen und Methoden greifen, dann muss es wirklich jemand ganz Großes sein, den sie beschützen wollen.«

»Das ist wahr«, sagte er und drehte am Vergrößerer herum. »Eine Regisseurin des eigenen Studios zu entführen, die Tochter ihres prominenten ermordeten Starregisseurs …«

»Sie haben ihr gekündigt«, sagte ich. »Und dann hat sie unbedingt weiterermitteln wollen, mit mir zusammen. Natürlich ist sie eine Gefahr für sie, sie müssen damit rechnen, dass sie als Tochter nicht aufhören wird, bis sie die Wahrheit weiß.«

»Trotzdem, sie ist die Ex-Geliebte von DeMille, oder?«, er sah mich fragend an, beinahe fassungslos.

»Sie haben sich zerstritten, offenbar sehr heftig«, sagte ich. »Er war wirklich wütend auf sie. Wie ernst die Affäre war, weiß ich nicht. Sie haben nicht miteinander geschlafen.«

Buck nickte grimmig vor sich hin. Er belichtete das Fotopapier und las die Zeit von seiner Taschenuhr ab.

»Diese verrückten jungen Dinger«, stieß er hervor. »Bilden sich was drauf ein, dass sie einen nur küssen und anfassen und es einem mit der Hand besorgen, aber nicht mehr. Ist offenbar irgend so eine neue Mode von diesen Mädchen, die sich ›Flapper‹ nennen.«

Er war dabei, richtig sauer zu werden.

Ich musste an die Blondine denken, mit der er neulich losgezogen war, sah ihn unauffällig von der Seite an und redete einfach weiter, während er mit einer wütenden Bewegung den Lichtschalter betätigte.

»Außerdem hat Polly ihm verschwiegen, dass sie die Tochter seines Freundes Taylor ist. Weil sie es alleine in Hollywood zu etwas bringen wollte. Weil sie ein verdammt halsstarriges Mädchen ist. Danach war für DeMille der Ofen aus, vermutlich konnte er ihr nicht verzeihen, dass sie ihn angelogen hatte. Er hat jedenfalls sehr schlecht über sie geredet. Falls er weiß, was da gerade passiert, hat er, fürchte ich, kein Problem damit.«

»Das ist eine Sauerei. Gerade weil Taylor DeMilles Freund war«, sagte Buck und ließ den Abzug ins Entwicklerbad gleiten. Ich schenkte uns zwei schöne Portionen von seinem besten Single Malt nach, während er arbeitete.

»So wie Charlie Chaplin, gute Freunde alle drei, von Anfang an, sind sogar mal zusammen geflogen.«

Wir tranken den Whisky. Wir brauchten jetzt beide einen kräftigen Schluck.

»Frauenhelden allesamt, wenn man DeMille und Chaplin glauben kann«, ergänzte ich. »Auch Taylor zu jener Zeit. Nach wie vor weiß ich nicht, was ich davon halten soll.«

Buck bewegte den Abzug in der Flüssigkeit mit der Zange hin und her, dann hielt er inne. Es geht also um jemanden, der für einen *wirklich* großen Skandal sorgen könnte …«, sagte er.

»Ja, verdammt noch mal. Wieso?«

»Wie lautete noch mal Chaplins Alibi?«, fragte Buck und nahm das Glas wieder.

»Hat mit seinem Bruder Drehbuch geschrieben«, sagte ich. »Die ganze Nacht.«

Er sah mich mit hochgezogenen Augenbrauen an, nahm den Abzug mit einer Zange heraus und wässerte ihn in der zweiten Wanne.

»Warum sollte er Taylor umbringen?«, fragte ich.

»Streit um eine Frau«, sagte er ohne Zögern. »Chaplin hat immer Probleme wegen irgendwelcher Frauen, was man so hört. Hat sich schon geprügelt deswegen, mehr als einmal.«

»Sie haben sich gestritten«, sagte ich. »Im Athletic Club, am Todestag. Er hat es zugegeben. Angeblich ging es um eine Filmidee. Aber vielleicht ging es um etwas ganz anderes. Er glaubte, es erwähnen zu müssen, weil es vielen aufgefallen sein musste.«

»Chaplin steht nur auf junges Gemüse«, sagte Buck. »Auf ganz junges. Hat unter anderem eine Minderjährige geschwängert und musste sie dann heiraten.«

Er griff sich den Abzug mit einer Zange, holte ihn heraus und ließ ihn abtropfen.

»Ich weiß«, sagte ich. »Mit Ausnahme dieser Millionärin, Mrs. Hopkins. Alle waren sie so jung wie Mary Miles Minter, die aber ausschließlich hinter Taylor her war. Ihm Tonnen von schwülstigen Briefen geschrieben hat.«

Wir sahen uns an.

»Jedenfalls müssen die Produzenten in die Entführung eingeweiht sein«, sagte Buck. »Sonst wäre das mit dem Kundenbuch nicht Bestandteil der Forderung. Das muss doch von ihnen kommen.«

Ich wiegte den Kopf.

»Das können wir nicht wissen«, sagte ich. »Es ist schließlich Byrons Job, so etwas stillschweigend zu regeln und sie da rauszuhalten. Er ist ihr Lakai. DeMille hat das selbst gesagt.«

»Jedenfalls ist das Buch im Versteck so sicher wie in Buck Carpenters Schoß«, sagte er grinsend, dann stutzte er. »Ein Gedanke, Hardy. Könntest du sie damit nicht auch erpressen? Und mit den anderen Indizien?«

Buck tauchte den Abzug jetzt ins Fixiererbad ein.

»Und dann so enden wie der Duke?«, sagte ich. »Was ich bisher habe, reicht außerdem bei weitem nicht. Ich müsste Taylors wahren Mörder finden und der Öffentlichkeit präsentieren können. Genau das wollen sie ja eben verhindern.«

»Und was jetzt? Wirst du ihnen das Buch geben?«

»Ich will ihnen gar nichts geben«, sagte ich.

»Interessant, dass sie auch den Brief wollen, den du bei Cathy gefunden hast«, sagte Buck.

»Der leider keinen Aufschluss über den Absender gibt«, sagte ich.

»Vielleicht gibt es ja noch mehr Briefe, und Byron versteckt sie irgendwo.«

»Cathy hat behauptet, es gäbe keine anderen«, antwortete ich. »Ich habe meine Zweifel, ob das stimmt. Ich glaube sogar, dass ich die Schrift kenne, aber ich komme einfach nicht darauf, woher. Er könnte sowohl von einer Frau als auch von einem Mann stammen.«

Buck stutzte. »Wenn ich dich richtig verstehe, schließt du wirklich nicht aus, dass Taylor schwul war?«

»Es ist eine Möglichkeit«, sagte ich. »Es kann sein, dass es dem Studio auch darum geht, dies zu vertuschen.«

Mit der Zange holte Buck den Abzug aus der dritten Wanne und ließ ihn abtropfen.

»Aber wenn es so wäre«, brummte Buck, »warum wäre das so schlimm? Es gibt schließlich viele mehr oder weniger heimlich Schwule in Hollywood, und wir beide kennen sie fast alle. Bekannte Schauspieler, Regisseure, alles dabei.«

»Weil es hier um Mord geht«, sagte ich.

Buck nickte langsam und schaltete auf normales Licht um. Für einen Moment geblendet, blinzelten wir.

»Hast du Byron erzählt, dass du von dem wahren Mordzeitpunkt und der Vertuschung weißt?«

»Buck. Natürlich nicht.«

»Angenommen, sie haben Byron den Auftrag gegeben, könnte er den Mord denn begangen haben?«, fragte er.

Ich schüttelte den Kopf. »Nein. Er war in Lone Pine, in der Sierra Nevada. Bei Dreharbeiten, wo er in dieser Nacht Probleme lösen musste. Dafür muss es Zeugen geben, aus dem Team, das kann er nicht erfunden haben. Er kam dann erst morgens hergefahren.«

Er legte den noch triefenden Abzug neben das Bild der anderen Kugel.

Wir besahen uns die nebeneinanderliegenden Fotos. Um die Feinheiten zu erkennen, musste ich mich tief hinabbeugen.

»Du könntest ihnen den Brief und das Kundenbuch geben«, schlug er vor. »Wir könnten beides vorher fotografieren.«

»Ich werde ihnen nichts geben, wenn es sich vermeiden lässt. Ich will nur Polly wiederhaben.«

Ich versuchte, mich auf den Vergleich der beiden Fotografien zu konzentrieren.

»Pass auf, dass du nicht zu emotional wirst und Fehler machst«, sagte Buck, drängend, aber doch behutsam. »Nur weil du schon einmal jemanden verloren hast und jetzt natürlich die Sorge hast, dass das noch mal …«

Ich schickte ihm einen bösen Blick, und er verstummte augenblicklich und hob abwehrend die Hände.

»Was meinst du?«, fragte ich und zeigte auf die Fotos. »Selbst für einen Halbblinden wie mich ist es eindeutig: Die Kugeln stammen aus derselben Waffe. Catanza hat also Gordon umgebracht, weil dieser bei der Vertuschung nicht mehr hat mitmachen wollen.«

»Das sehe ich ganz genauso wie du«, sagte er und zündete seine Zigarre an.

»Und danach wurde er selbst umgebracht, weil – ?« Ich sah ihn fragend an.

»Weil er Catanza war. Ein unzuverlässiger, impulsiver Tunichtgut, der zu viel redete und für die anderen eine Gefahr bedeutete«, sagte er achselzuckend. »Aber was bringt dir das? Du musst wissen, mit welcher Waffe *Taylor* umgebracht wurde.«

»Und das muss ich schnell herausfinden«, sagte ich. »Verdammt schnell, denn sonst ist Polly tot. Als Erstes werde ich dahin fahren.« Ich zog eine Landkarte von Südkalifornien aus der Tasche, auf der eine Stelle mit einem Kreuz markiert war. »Die habe ich in ihrer Wohnung gefunden, unter dem Bett, da, wo die Kamera war.«

Das war es, was mich so ins Grübeln gebracht hatte. Buck beugte sich darüber.

»Was soll dort sein?«

Die Markierung befand sich oberhalb von Malibu, fernab größerer Ansiedlungen. Daneben stand eine Adresse in Pollys Handschrift: *586 Clearwater Drive.*

»Ich weiß es nicht. Und auch nicht, ob sie dort war oder vorher entführt wurde. Ich weiß nicht mal, ob es etwas mit ihrem Verschwinden oder mit dem Fall zu tun hat. Aber ich werde es herausfinden. Das ist nur eine Stunde Fahrt.«

»Eher zwei. Du brauchst wieder ein schnelles Automobil«, sagte er.

»Und ich weiß auch schon, welches ich diesmal nehme«, sagte ich.

Enrico bellte vor Freude darüber, dass es jetzt losgehen sollte.

»Kann ich ihn bei dir lassen?«, sagte ich.

Buck klopfte dem kleinen Mops auf den Rücken. »Klar. Du bleibst hier.«

62

Der McFarlan, der einst William Desmond Taylor gehört hatte, war ein höchst auffälliges Automobil, das jeder auf der Straße angaffte, aber ich fand, es war das passende für diese Fahrt. Es hatte gewaltig viel Kraft unter der Haube, und ich durfte keine Zeit verlieren.

Regisseure kauften sich nun mal keine kleinen, langsamen Wagen, sondern röhrende Geschosse, der stille Mr. Taylor war in diesem Punkt keine Ausnahme.

Das Automobil machte einen Satz wie ein hungriger Panther, als ich damit losfuhr, und wenn man das Gaspedal nur ganz leicht antippte, zog er so schnell an, dass man tief in den Fahrersitz gedrückt wurde. Nichts gegen Bucks Rennwagen, aber das war eine andere Liga.

Ich fuhr die üblichen Umwege, um zu testen, ob mir jemand folgte, wechselte immer wieder die Spur und gab hier und da überraschend Gas, woraufhin der McFarlan die anderen Automobile einfach stehen ließ. Ich raste an Pferdefuhrwerken vorbei, in einem Tempo, das dem zwanzigsten Jahrhundert angemessen war.

Schließlich bog ich auf den Santa Monica Boulevard, der hinter Hollywood nur eine lange, staubige Piste war, auf der ich auf achtzig Meilen beschleunigte. Nach einer halben Stunde erreichte ich den Pier und den Strand, wo sich wieder Hunderte Müßiggänger herumtrieben, und fuhr entlang der Pazifikküste Richtung Malibu. Die Straße wand sich im Schutz der steil ansteigenden Berge und Klippen zur Rechten in sanften, langgezogenen Kurven nach Norden. Linker Hand lag der Ozean. Unter anderen Umständen hätte ich es genossen, die Strecke mit einem solchen Automobil zu fahren.

Plötzlich jagte hinter mir ein anderer schneller Wagen heran. Ich beschleunigte, doch er holte auf. Es war ein verdammter Pierce-Arrow. Als er an einer breiteren Stelle zum Überholen ansetzte, ging ich vom Gas. Der andere schoss an mir vorbei und verschwand hinter der nächsten Kurve.

Offenbar nur ein passionierter Fahrer. Die Straße war eine beliebte Rennstrecke unter Hollywoodstars, die ihren Wagen ausfahren wollten, und es war hier schon zu tragischen Unfällen gekommen.

Ich fuhr durch Malibu hindurch und weiter, bis ich die Ausfahrt zum Encinal Canyon erreichte. Ich nahm sie und fuhr in die Berge. Es ging in Serpentinen nach oben, doch ich hatte keinen Sinn für den atemberaubenden Ausblick auf das Meer und die in der Ferne liegende Insel Santa Catalina.

Wer wohnte hier oben? Wen hatte Polly hier suchen wollen? Würde ich sie womöglich selbst hier finden?

Schließlich fand ich den Clearwater Drive und ein Tor mit der Nummer 568, ohne Namenschild, es stand offen. Vor mir lag ein kleines Wäldchen aus Pinien und Palmen. Ich fuhr langsam den Weg hinunter, der zwischen den Bäumen hindurchführte. Ich hielt an. Am Ende des Weges sah ich eine dreistöckige Villa, weiß und beige im spanischen Stil und mit einem großen Garten. Alles sah sehr friedlich aus.

Plötzlich sprang mir jemand auf die Motorhaube und presste das Gesicht gegen die Windschutzscheibe. Ich schrak zurück. Die blöde grinsende Fratze eines Mannes starrte mich an. Er hatte verfilzte Haare und wirkte vollkommen verrückt. Ich wollte instinktiv Gas geben, um ihn abzuschütteln.

Da trat jemand von links an ihn heran und nahm ihn am Arm. Es war ein junger Mann in einem langen, blütenweißen Overall, und er sagte: »Na komm schon Horatio, lass den schönen Wagen in Ruhe und sei hübsch brav.«

Horatio lachte ein lautes, völlig irres Lachen, als wären sie Kinder und hätten Fangen gespielt. Aber er war ein großer braunhaariger Mann um die dreißig, der mindestens zweihundertzwanzig Pfund wog.

»Entschuldigen Sie bitte, Sir«, sagte der Mann zu mir. »Er ist ganz harmlos. Ich hole ihn da sofort runter.«

Ich nickte nur. Der Pfleger – denn das schien er zu sein – zog Horatio an seinem Schlafanzug – denn das, was er anhatte, sah aus wie einer – langsam von der Motorhaube herunter, bis er ihm übermütig lachend in die Arme fiel.

»Tut mir leid«, sagte der Mann zu mir. »Ich bringe ihn sofort zurück.«

»Kann ich Sie beide das Stück mitnehmen?«, fragte ich.

»Gerne«, sagte er. »Oder was meinst du, Horatio, wollen wir mit dem Automobil fahren?«

Horatio nickte eifrig. Er schien nicht sprechen zu können. Beide stiegen hinten ein und setzten sich, und dann fuhr ich los, auf die Villa zu.

»Ich hoffe, Ihr schöner Wagen hat keinen Kratzer abbekommen«, sagte der Pfleger und zog eine große Spritze aus der Tasche.

»Damit muss man rechnen, wenn man ein Irrenasyl besucht«, sagte ich.

»Wir bevorzugen den Ausdruck ›Anstalt für geistige Gesundheit‹, Sir«, sagte der Pfleger routiniert. »Kann ich Ihnen helfen?«

Und während ich vor dem Haupteingang anhielt, gab er Horatio die Spritze in den Arm. Er jaulte kurz auf, dann wurde er sehr ruhig. Der Pfleger zog die Nadel wieder heraus.

»Ich möchte jemanden besuchen«, sagte ich.

»Es ist aber gerade keine Besuchszeit, Sir.«

Er und Horatio kletterten aus dem Wagen.

»Ich komme von Paramount«, sagte ich und fügte hinzu: »Byron Hamilton.«

Ich stellte den Motor ab und stieg ebenfalls aus.

»Verstehe«, sagte der Mann respektvoll und führte seinen

Patienten die drei Stufen hinauf. »Kommen Sie doch mit. Wen wollen Sie denn besuchen?«

Ich folgte ihnen durch die große, weiße Eingangstür.

»Ich muss zuerst den Chef sprechen«, sagte ich.

»Er ist gerade beschäftigt, aber ich kann ihm Bescheid sagen. Bitte warten Sie hier bei Jeannette«, sagte der Pfleger und schob Horatio in einen nach rechts abgehenden Flur, während er mit dem Kinn auf einen Tresen wies, hinter dem eine Krankenschwester saß. »Sag schön: Auf Wiedersehen, Mr. Hamilton.«

Ich setzte schon an, ihn zu korrigieren. Dann hielt ich inne und ließ es bleiben. Horatio winkte, nach hinten gewandt.

»Auf Wiedersehen, Horatio«, sagte ich nur. Ich sah mich schnell in der Vorhalle um, bevor ich mich Jeanette zuwandte. Ich hatte keine Ahnung, was ich hier suchte und wie ich mich verhalten sollte. Eine Treppe führte nach oben, und ein langer Flur nach links und einer nach rechts. Aus der Ferne ertönte ein irrer Schrei, der kaum menschlich klang, dann noch einer, und dann war es wieder still. Unheimlich still.

Jeanette war auf mich aufmerksam geworden. Sie war eine züchtig wirkende Vierzigjährige mit einer altmodischen Hochsteck-Frisur und einer Brille.

»Hallo, Jeanette«, sagte ich. »Ich bin Byron Hamilton von Paramount.«

Und ich gab ihr Byrons Visitenkarte.

Wenn so viele Menschen sich einen anderen Namen gaben, dann konnte ich das ja wohl auch einmal machen.

»Hallo, Mr. Hamilton, Sir«, sagte sie und sah die Karte an und legte sie neben sich.

Sie wandte sich wieder einem Buch zu, in das sie langsam und mit großen Buchstaben etwas schrieb. Sie hatte neben sich einen Wagen stehen, auf dem ein Haufen Kleider lag. Offenbar machte sie eine Bestandsaufnahme.

Ich ging in der Halle auf und ab, als wäre ich gelangweilt, und sah mich weiter um. Jeanette ging Kleidungsstück um Kleidungsstück durch und schrieb immer etwas in ihr Buch, wenn sie eins weglegte.

»Wo geht es denn zur Frauenstation?«, fragte ich im Tonfall harmloser Konversation.

»Die liegt in diesem Flügel, Sir«, sagte Jeanette freundlich und wies zur Linken. »Und da geht es zu den Herren.« Sie deutete nach rechts und nahm sich ein hellblaues langes Kleid mit einem Rüschenkragen vor. Nichts, was Polly getragen hätte.

»Und oben?«, fragte ich.

»Die schweren Fälle«, sagte sie und lächelte komplizenhaft. Ich lächelte zurück.

Schritte erklangen. Über den Flur auf der rechten Seite kam ein großgewachsener Mann in einem Arztkittel auf uns zu, der einen seltsam wippenden Gang hatte. Er war etwa vierzig Jahre alt, hatte kurzgeschnittene schwarze Haare und freundliche, wache Augen hinter einer Hornbrille.

»Ich bin Doktor Tomlinson. Freut mich, Sie endlich einmal persönlich kennenzulernen, Mr. Hamilton«, sagte der Mann und gab mir kräftig die Hand. »Wenn Sie vorher angerufen hätten, hätte ich gleich Zeit gehabt.«

»Das macht doch nichts, Doktor«, sagte ich.

»Was kann ich für Sie tun?«, fragte er erwartungsvoll, beinahe devot. »Es muss ja etwas Wichtiges sein, wenn Sie selbst kommen.«

Das hätte ich selbst gern gewusst.

»Das können Sie sich doch vermutlich denken«, sagte ich und blickte noch einmal zu Jeanette, die eben eine karierte Golfhose vom Wagen nahm. Ich stutzte.

Sie war schreiend bunt, und ich hatte sie schon einmal gesehen. So etwas Grelles trug vermutlich in ganz Los Angeles nur ein Mann: der Butler von William Desmond Taylor.

»Ich möchte zu Henry Peavey«, sagte ich.

»Selbstverständlich, Mr. Hamilton«, sagte der Doktor und wandte sich um. »Kommen Sie mit.«

Ich grinste Jeanette noch einmal zu und folgte ihm den Gang hinunter.

»Was ist mit Polly Brandeis, oder Daisy Deane-Tanner?«, fragte ich beiläufig, während wir nebeneinander hergingen.

»Entschuldigen Sie, von wem sprechen Sie?«

»Oh, ich dachte nur, Sie hätten vielleicht telefoniert«, sagte ich. »Sie arbeiten für mich.«

Wir näherten uns einer weiß lackierten Eisentür. Sie hatte die Nummer 27. Es war eine von vielen, sie waren alle geschlossen.

»Sie werden sehen, er hat es sehr komfortabel«, sagte der Doktor und zog einen Schlüssel hervor. »Er ist inzwischen sehr ruhig, für seine Verhältnisse.« Er drehte den Schlüssel dreimal im Schloss und stieß die Tür auf.

Auf einem weiß bezogenen Bett mit einem Eisengestell saß, in einem ähnlichen Schlafanzug wie zuvor Horatio, Henry Peavey, der dumpf vor sich hin starrte und nur langsam den Kopf mit den wirren Locken zu uns drehte. Ohne die bunte Kleidung sah er einfach nur wie ein trauriger, kranker Mann aus. Auf seinem dunklen Gesicht mit den eingefallenen Wangen zeigte sich plötzlich ein Ausdruck des Erkennens.

»Ich bin Byron Hamilton, Mr. Peavey«, sagte ich schnell und trat zu ihm. »Wie geht es Ihnen?«

Er hielt inne und sah mich mit großen Augen an.

»Danke«, flüsterte er, mit einer Stimme, die ich nicht von ihm kannte. Sie war tief und voller Grauen.

»Ich lasse Sie beide dann alleine«, sagte der Doktor und lächelte mir zu, bevor er sich umdrehte und hinausging. Als er die Tür geschlossen hatte, sackte Peavey zusammen und umfasste meine Taille, als suchte er Schutz.

»Bitte holen Sie mich hier heraus, Mr. Engel«, sagte er leise flehend.

»Das werde ich, Henry«, sagte ich und schob ihn wieder auf das Bett zurück. »Wenn Sie mir ein paar Fragen beantworten, und zwar diesmal ehrlich.«

»Alles, was Sie wollen«, sagte er. »Sie ahnen ja nicht …«

»Wie lange sind Sie schon hier drin?«

Ich setzte mich auf einen Stuhl, der neben dem Waschbecken stand. Der ganze Raum war kahl und so steril, dass man spätestens hier drin verrückt werden musste, wenn man es bei der Einlieferung nicht schon gewesen war. Das Fenster war vergittert, und man blickte auf einen Berghang.

»Drei Wochen«, sagte Henry, und ihm kamen die Tränen. Ich reichte ihm mein Taschentuch.

»War Miss Brandeis hier?«, fragte ich.

»Nein, wieso?« Er sah mich angsterfüllt an.

»Gut.« Es konnte auch sein, dass er es einfach nicht wusste. »Haben Sie uns die Nachricht zukommen lassen, dass Taylor homosexuell war?«

Er nickte heftig. »Ja … Miss Brandeis hat mich befragt und mir ihre Adresse gegeben, falls mir noch etwas einfällt. Ich habe es einen Freund mit der Maschine schreiben lassen, aber es war ein schlimmer Fehler, sie müssen mich beobachtet haben. Danach haben sie mich abgepasst und hierhergebracht …« Er beugte sich nach vorne. »Sie geben mir Spritzen …!«

»Das alles wird ein Ende haben, Henry. Wer hat Sie gefangen genommen?«

»Ein junger blonder Mann mit einer Narbe, ich kannte ihn nicht. Er war brutal und ließ nicht mit sich reden. Er hatte eine Waffe.«

»Keiner von den Polizisten?«

»Nicht, dass ich wüsste.«

Ich zog eine Zigarette heraus und hielt sie ihm hin. Er lehnte ab. Ich steckte sie mir in den Mund und zündete sie an.

»William Desmond Taylor liebte also Männer?«

»Ja …«

»Warum haben Sie das damals nicht gesagt?«

»Weil sie es mir strikt verboten haben«, sagte er panisch.

Ich erinnerte mich an die Befragung, von der wir gehört hatten. »King?«

Er nickte. »Er hat mich unter Druck gesetzt. Er hat gesagt, wenn ich nicht meinen Mund halte, dann werden sie mich bei dem Prozess richtig ficken. Das hat er genau so gesagt, denken Sie nur!«

»Der Prozess«, sagte ich. »Weil Sie minderjährige Männer im Park angesprochen haben? Ein paar Tage vor dem Mord?«

»Das habe ich doch nicht für mich gemacht«, sagte Peavey verzweifelt. »Sondern für ihn!«

»Für Taylor?«, fragte ich fassungslos. »Er hat Ihnen das aufgetragen?

»Sie sollten ihn trösten, Sie sollten …« Er schluchzte auf.

»Hat er das öfter gemacht?«

»Nein. Er hatte Liebeskummer«, sagte Peavey weinend und atmete heftig dabei. »Zwei Wochen vor seinem Tod hat er mich das erste Mal darum gebeten. Vorher wusste ich gar nicht, dass er Männer …« Seine Stimme brach.

Ich musste an das denken, was mir Chaplin erzählt hatte. Dass Taylor ihm sein Herz ausgeschüttet habe. Und ich sah wieder vor mir, wie Chaplin Taylors Blick nachahmte.

»Wieso hatte er Liebeskummer, Henry?«, fragte ich. »Was ist passiert? Wer war der Liebhaber?«

»Ich weiß es doch nicht«, sagte er.

»Sie müssen es mir sagen, verdammt noch mal«, sagte ich hart und stand auf. »Sonst hole ich Sie hier nicht heraus!«

»Aber ich weiß es wirklich nicht«, sagte er beschwörend und ängstlich. »Glauben Sie mir. Ich habe ja nicht bei ihm gewohnt, ich bin jeden Abend fortgegangen. Er hat ihm offenbar Briefe geschrieben und mit ihm telefoniert, aber ich weiß nicht, wer es war, das ist die Wahrheit!«

Ich glaubte ihm.

»Aber Sie denken, dass dieser Liebhaber der Mörder war?«, fragte ich. »Wer auch immer er war? Und es war ein Mann?«

»Seine wahre Leidenschaft galt Männern, das hat er mir gestanden, aber mehr weiß ich nicht, mein Gott, auch nicht, wer ihn umgebracht hat. Nach dem Mord wollten sie jedenfalls verhindern, dass herauskommt, dass er homosexuell war. Um jeden Preis.«

Ich überlegte. Es war verdammt schwierig, irgendetwas daraus zu schließen.

»Das ist alles, was ich sagen kann. Bitte holen Sie mich hier heraus«, schluchzte er.

»Keine Sorge, Henry, das werde ich tun«, sagte ich. »Ich

brauche Ihre Aussage. Und es ist viel geschehen. Miss Brandeis ist verschwunden. Offenbar hat sie Sie gesucht, aber sie hat Sie nicht gefunden.«

»Wie furchtbar«, sagte er und zitterte am ganzen Leib. »Menschen einfach verschwinden zu lassen!«

»Kommen Sie.«

Ich ging mit ihm nach draußen. Er schlurfte langsam neben mir her, halb sediert und ängstlich. Ich sagte dem Doktor, der vorne in der Halle wartete, ich würde Henry wieder mit nach Los Angeles nehmen, jetzt gleich.

Der Doktor hatte keine Einwände. »Wenn Sie möchten, Mr. Hamilton, selbstverständlich.«

Peavey neben mir zitterte.

»Gibt es noch Rechnungen zu begleichen?«, fragte ich. »Oder muss noch etwas anderes geregelt werden, dann machen wir das gleich?«

»Sie haben ja schon mehr als genug bezahlt«, sagte der Doktor lächelnd.

»Behalten Sie doch einfach den Rest«, sagte ich.

Ich hielt Henry davon ab, seine Kleider zurückzufordern, und dann gingen wir einfach durch die Tür ins Freie.

Ich lud ihn in den McFarlan, das Automobil seines Herrn, das er sofort erkannte, woraufhin er wieder in Tränen ausbrach, und dann fuhren wir zurück in das andere große Irrenasyl, nach Hollywood.

63

»Und Mr. Hamilton wusste Bescheid?«, fragte ich, als wir die Küstenstraße entlangfuhren. Durch das offene Fenster wehte Salzwasserluft und ein Gestank nach verfaulten Algen und Verwesung herein.

»Ja. Er war der Erste, den ich angerufen habe. Nachdem ich Sie am Tatort getroffen habe …«

Ich dachte zunächst, er müsste sich versprochen haben.

»Der Erste?«, fragte ich verblüfft. »Ich dachte, Sie hätten die Polizei gerufen?«

»Nein«, sagte er verzweifelt. »Ich habe natürlich zunächst das Studio angerufen. Die kümmern sich doch um alles, wenn es ein Problem gibt. Mr. Hamilton tut das. So wie damals, als es den großen Ärger mit Miss Minter gab.«

»Welchen großen Ärger? Wann?«

Er sah mich beinahe herablassend an. »Na, im Dezember. Sie stieg Mr. Taylor so hartnäckig nach, schrieb ihm so viele Briefe, dass es ihm einfach zu viel wurde. Dann kam noch ihre Mutter, Mrs. Shelby, und beschuldigte ihn, Mary Hoffnungen zu machen. Da hat Mr. Taylor Byron Hamilton zum ersten Mal angerufen, und er ist vorbeigekommen und hat sich der Sache angenommen.«

Ich überlegte, was das bedeutete, und wechselte in einer Kurve die Spur. Ein Wagen hupte.

»Das heißt also, er kannte die Briefe von Mary bereits?«, fragte ich. »Er hat sie schon im Dezember gelesen?«

»Aber gewiss. Und Mr. Hamilton hat daraufhin eine Kontaktsperre erlassen. Miss Minter musste sich von da an fernhalten von Mr. Taylor. Falls sie es nicht täte, sollten wir ihn wieder anrufen. Und bei jeglichen anderen Problemen auch.«

Ein Sturm wehte, und Wolkenfetzen jagten über den Himmel und überholten uns beinahe. Die Möwen, die über der Gischt segelten, kreischten unablässig, so als wollten sie uns an etwas Wichtiges erinnern.

»Ich verstehe. Deshalb haben Sie ihn nach dem Mord also gleich angerufen. Und Mr. Hamilton hat dann die Polizei verständigt, von Lone Pine aus?«, fragte ich.

»Wieso Lone Pine?«, fragte er. »Er war in Hollywood.«

»Wie bitte?«, fragte ich perplex. »Sie haben Mr. Hamilton in Hollywood erreicht? Um halb acht Uhr morgens, nach dem Mord?«

Ich musste scharf abbremsen, um nicht den Wagen vor mir zu rammen. Henry stützte sich am Handschuhfach ab und richtete sich dann die wirren, langen Haare.

»Ja, natürlich«, sagte er. »Zu Hause. Unter der Nummer, die er uns für Notfälle gegeben hatte.«

»Wie kann das sein?«, murmelte ich, mehr zu mir selbst.

»Das weiß ich nicht. Ich habe angerufen, und Mr. Hamilton hat abgenommen, Mr. Engel. In seiner Wohnung.«

Ich hatte Mühe, den großen, schweren Wagen in der Spur zu halten.

Ein starker Wind wehte, und neben uns schlug die aufgewühlte See hohe Wellen gegen den schmalen hellen Streifen Sand.

»Und dann?«, fragte ich.

»Dann ist er gekommen, so schnell er konnte, nach vielleicht zwanzig Minuten, und hat sich die Leiche angesehen, und ich habe ihm erzählt, was passiert ist.«

»Während ich in dem Kabuff festsaß«, sagte ich.

»Ja«, sagte er verlegen.

»Er war der Erste, der am Tatort eintraf, und er sah sich alles an. Hat alles gefilzt«, sagte ich.

»Ja.«

»Den Schreibtisch. Und das Zimmer oben?«

»Ja«, er nickte eifrig.

»Hat er Sachen an sich genommen?«

»Das hat er, in der Tat.«

Ich dachte an die vielen Briefe. An die von Mary, mit dem penetranten Lavendelgeruch, und an die von Mabel. Und ich dachte an die vielen Damenhöschen, alle mit Zetteln versehen, als hätte Taylor sie kartiert.

»Und er hat auch Dinge mitgebracht? Und sie irgendwo platziert?«

»Ja, Mr. Engel. Ich habe es nicht genau gesehen, ich habe derweil mit den Nachbarn gesprochen. Aber ich bin sicher, er hat es getan. Er hatte eine Aktentasche dabei und war eine ganze Weile alleine dort oben. Erst dann hat er die Polizei gerufen.«

»Das war *er* …«, sagte ich vor mich hin. »Und ich habe die ganze Zeit gedacht, er wäre an dem Morgen aus Lone Pine gekommen, so schnell er konnte … Dabei war er bereits da. Die Frage ist nur, wie lange schon?«

Henry sah mich verzweifelt an, die Augen voller Tränen und orientierungslos.

»Ich weiß es nicht. Bitte, glauben Sie mir!«

Ich bog auf den Santa Monica Boulevard Richtung Hollywood. Sofort ließ der Wind nach. Die Sonne stand tief über den Bergen und schien uns grell ins Gesicht, als wir ihr entgegenfuhren.

»Wissen Sie, wo Mr. Hamilton wohnt?«

64

Ich quartierte Henry in einer schlichten Pension in einer abgelegenen Seitenstraße des Sunset Boulevard ein und schärfte ihm ein, sich nicht wegzubewegen und am besten erst einmal auszuschlafen. Ich bezahlte für ihn im Voraus und versprach ihm, neue Kleidung vorbeizubringen.

Dann rief ich von einer Telefonzelle aus im Studio bei Byron an, erreichte jedoch nur Cathy.

»Mr. Hamilton ist schon weg«, sagte sie.

»Es ist äußerst dringend.«

»Er ist wirklich nicht hier«, sagte sie spitz. »Er ist bei einem Geschäftsessen in der Stadt. Kann ich ihm morgen früh etwas ausrichten, Mr. Engel?«

»Ja. Sagen Sie ihm, ich will unbedingt diesen Beweis haben, dass es Miss Brandeis gut geht, und ich komme morgen Vormittag vorbei, um ihn mir anzusehen.«

Ich legte auf und wählte die Nummer, die mir Henry gegeben hatte, die von Byron Hamiltons privatem Anschluss in seiner Wohnung in der Formosa Avenue. Niemand ging dran; weder er selbst noch irgendein Hausangestellter. Ich ließ es so lange klingeln, bis ich sicher war, dass niemand zu Hause war.

»Der Teilnehmer meldet sich nicht«, sagte die Stimme des *Operators.* »Versuchen Sie es bitte später noch einmal, Sir.«

Die Nacht war bereits hereingefallen, als ich vor dem Haus in der Formosa Avenue parkte. Mich vollständig umsehend, stieg ich aus.

Ich war entschlossen, aufs Ganze zu gehen. Ich machte mir große Sorgen um Polly. Zwar ging ich davon aus, dass sie sie erst einmal am Leben lassen würden, aber wer konnte das schon garantieren, nach all den Morden, die bereits begangen worden waren? Keine Sekunde lang glaubte ich, dass sie sie freilassen würden, wenn ich mein Geständnis und alles Weitere ablieferte. Vermutlich würde ich sie selbst befreien müssen, wo auch immer sie gefangen gehalten wurde.

Ich ging um das Haus herum, sah in die Fenster und stellte fest, dass es keinen Portier gab. Ich hatte eine Auswahl an Dietrichen und eine Handlampe dabei, die ich zuvor bei Buck abgeholt hatte. Und ich hatte meine Luger. Alles andere brauchte ich heute Nacht nicht.

Die Eingangstür unten war nicht verschlossen. Ich trat in eine prächtige Halle mit einem Deckengemälde, das Michelangelo nicht besser hinbekommen hätte. Über eine Marmortreppe ging es nach oben. Offenbar wohnten nur drei Parteien in dem Haus. Es war so exklusiv und diskret, dass sie am Empfang niemanden sitzen haben wollten, der beobachtete, wer kam und ging.

Es war nicht das erste Mal, dass ich heimlich in Byron Hamiltons Wohnung einbrach; das wurde allmählich zu einer lieben Gewohnheit, dachte ich. Im letzten halben Jahr hatte er einen steilen Aufstieg hingelegt, der ihm erlaubt hatte, umzuziehen und sich noch einmal deutlich zu verbessern.

Die Wohnung hier erstreckte sich über zwei Stockwerke und verfügte im oberen über einen zweiten Eingang, eine kleinere, schmale Tür ohne Schild daran. Ich legte das Ohr an das Holz und lauschte. Drinnen tat sich nichts. Ich hörte das Ticken einer Uhr und das Brummen eines Kühlschranks.

Ich erhoffte mir, dort noch weitere Briefe jenes Absenders zu finden und darüber hinaus noch weitere Hinweise. Vermutlich hatte ein Sicherheitschef wie Byron ein ganzes Arsenal von Dingen, die er bei Gelegenheit hervorholen konnte, wenn es ihm oder dem Studio in den Kram passte.

Ich ging wieder ein Stockwerk tiefer, holte meine Dietriche heraus und besah mir das Schloss. Es war ein neues Sicherheitsschloss mit einem winzigen Zylinder. Meine Fähigkeiten als Türöffner waren gut, aber nicht überragend.

Nach fünfzehn Minuten elender Fummelei freundete ich mich mit dem Gedanken an, dass ich die Tür aufbrechen und eindeutige Spuren hinterlassen musste. Ich unternahm noch einen letzten Versuch. Da hörte ich es endlich in dem Zylinder klicken, und die Pforte öffnete sich geräuschlos wie auf ein Zauberwort hin.

»Na, geht doch«, sagte ich ganz leise, schlüpfte hinein und schloss die Tür wieder hinter mir.

Die Wohnung war dunkel, und sie roch nach Byrons neuem Parfüm. Zitrus- und Holznoten. Nichts rührte sich. Ich fühlte mich im Dunkeln höchst unwohl. So, als wäre ich wieder vollkommen blind, wie in der Zeit, die ich zu vergessen versuchte.

Schnell knipste ich meine Handlampe an und leuchtete den Raum ab. Ihr Strahl erfasste eine Treppe, die nach oben führte. Ich ließ ihn weiterwandern. War Byrons letztjähriges Apartment noch eine klassische Junggesellenwohnung gewesen, so war dies nun das Heim eines Großbürgers, mit teurer Ausstattung. Links der Treppe befand sich eine moderne, offene Pantryküche in Schwarz und Weiß, mit einem Eisschrank und einem Tresen, an dem zwei Barhocker auf Gäste warteten. An den Wänden hingen abstrakte Gemälde, die er selbst anfertigte, im modernen Stil, nicht einmal schlecht. Auf der rechten Seite stand eine Sitzgruppe aus Leder vor einer gemauerten Feuerstelle, und vor dem Fenster befand sich ein schwerer Palisander-Schreibtisch mit Intarsien, der prächtiger war als der von William Desmond Taylor.

Ich bewegte mich sehr leise darauf zu. In der Wohnung darunter war das Licht an gewesen. Meine Schritte wurden von einem dicken türkisen Teppich geschluckt.

Der Schreibtisch hatte mehrere Schubladen.

Gerade als ich die oberste aufziehen wollte, nahm ich ein leises Geräusch wahr. Es kam aus dem oberen Stockwerk. Sofort knipste ich meine Lampe aus, stand ganz still da und lauschte. Da war das Geräusch wieder. Ich versuchte, ganz flach zu atmen, steckte die Lampe weg und zog die Luger heraus. Dann ging ich auf Zehenspitzen über den Teppich zu der Treppe. Ich stieg hinauf, setzte vorsichtig Fuß vor Fuß. Zum Glück knarzten die Holzdielen nicht. Es waren gute Dielen, aus edlem Holz.

Oben stand ich in einem kleinen Flur und blickte auf zwei Türen. Die erste stand offen, und aus dem Raum drang ein leises, stetes Röcheln. Kein Schnarchen, aber ohne Zweifel schlief dort jemand. Ich ging zur Tür und sah hinein.

Es war das Schlafzimmer, mit einem großen Bett, das von einem Baldachin gekrönt wurde. Darin lag ein Mann. Er schien sehr tief zu schlafen.

Ich schlich langsam näher. Bis ich direkt vor ihm stand. Es war Andy, der Blonde mit der Narbe aus Byrons Büro, er war offenbar nackt unter dem Laken, und er schien betrunken zu sein. Es roch stark nach Alkohol, und neben dem Bett lag eine leere Flasche. Beinahe wäre ich mit dem Fuß dagegengestoßen. Ich ging in die Knie, nahm sie hoch und roch daran. Es stank wie das Benzin, das auf dem Flugplatz in die Tanks gefüllt wurde. Entsprechend tief war Andys Schlaf. Er rührte sich kein bisschen. Auf dem Nachttisch stand ein Telefonapparat, doch der Hörer hing herunter bis auf den Boden.

Nachdem ich eine Weile Andy beim Schlafen zugesehen hatte, drehte ich mich um und ging langsam und leise die Treppe hinunter.

Dort machte ich meine Handlampe wieder an und näherte mich dem Schreibtisch. Ich musste es riskieren, ihn zu durchsuchen. Ich setzte mich auf den Palisander-Stuhl.

Die Schubfächer hatten keine Schlösser.

Ob Andy nun als Wachmann hier war oder aus anderen Gründen, Byron fühlte sich offenbar sehr sicher in der durch und durch korrupten Welt, in der er lebte. Und er hatte wohl – von Andy abgesehen – kein Hauspersonal. Aus guten Gründen. Er hatte bei Taylor mitbekommen, wie viel Ärger es einem bereiten konnte.

Ich atmete einmal tief durch und holte den Brief aus meinem Jackett. Der anonyme Liebesbrief aus Cathys Apartment. Ich legte ihn auseinandergefaltet auf den Schreibtisch, hielt meine Lampe bereit, und dann öffnete ich das oberste Schubfach.

Es war voller Briefe, sorgfältig gestapelt.

Ich holte den obersten heraus und sah auf den ersten Blick, dass es dieselbe Schrift war. Doch dieser hier war unterschrieben.

In ewiger Liebe, Dein Byron.

Ich musste an mich halten, um nicht laut aufzustöhnen. Deswegen war mir die Schrift bekannt vorgekommen. Ich hatte schon einige von Byron verfasste Schriftstücke gesehen.

Die Briefe waren alle von Byron, doch nur der allererste war unterschrieben. Es mussten jene Briefe sein, die er am Tattag aus Taylors Bungalow entfernt hatte.

Ich war so irritiert, dass ich die Hand auf den Tisch sinken ließ und dabei ein Tintenfass umstieß. Zum Glück war es geschlossen, wie ich im zitternden Strahl der Lampe sah, doch es kam klirrend auf der Schreibtischplatte auf – ein lautes, nachhallendes Klirren. Ich erstarrte und lauschte. Das müsste Andy eigentlich gehört haben. Mir war es so laut vorgekommen wie die Glocken des Jüngsten Gerichts. Ich machte die Lampe aus und verharrte. Doch ich hörte kein Geräusch, und niemand kam die Treppe herunter.

Ich wartete eine Weile und knipste die Handlampe wieder an. Ich musste weiter auf die Wirkung von Andys Fusel vertrauen, mir blieb nichts anderes übrig. Also legte ich meine Pistole griffbereit auf den Schreibtisch, breitete daneben die Briefe aus, exakt in der Reihenfolge, in der sie gestapelt gewesen waren, und las sie alle.

Byron Hamilton war William Desmond Taylors Liebhaber gewesen, und man konnte sich fast den ganzen Verlauf ihrer Affäre aus den Briefen erschließen:

Im Dezember hatte Byron eingreifen und der liebestollen Mary Miles Minter sagen müssen, sie solle sich künftig von Taylor fernhalten, sonst würde das Studio sie feuern. Unterstützung erhielt er von Mrs. Shelby, die nicht wollte, dass ihre

Tochter mit *irgendwem* etwas anfing. So begann die Affäre zwischen Byron Hamilton und dem Chefregisseur des Studios, der zwanzig Jahre älter war und seine Neigung zu Männern im Geheimen auslebte.

Schnell wurde es sehr heiß, gingen sie miteinander ins Bett. Byrons Briefe klangen so verliebt wie der, den ich bereits kannte, und Taylor schien ebenso entflammt gewesen zu sein.

Dann, im Januar, ging Byron in seinen Briefen schon wieder auf Distanz. Er beschwerte sich, dass Taylor zu seiner Ex-Freundin Mabel Normand eine engere Beziehung habe als zu ihm. Auf sie war Byron offensichtlich eifersüchtiger gewesen, als er auf jeden Mann hätte sein können. Ähnlich wie Polly machte er Taylor den Vorwurf, er sei unfähig, jemanden an sich heranzulassen. Von Polly, Taylors Tochter, war nie die Rede.

Byron schien sich generell schnell und leicht zu verlieben. Am 24. Januar schrieb er Bill, dass er jemand anderen getroffen habe und ab sofort mit Taylor nur noch professionell verkehren wolle.

Den Namen des neuen Liebhabers nannte er nicht, nur dass er jünger sei, offensichtlich ein rechter Teufelskerl – vermutlich, dachte ich, jener Mann, der dort oben seinen Rausch ausschlief (auch weiterhin, zum Glück).

Ich öffnete die zweite Schublade und fand darin Taylors Briefe an Byron, ebenso chronologisch geordnet. Sie ergänzten das Bild: Taylor war gewaltig verliebt gewesen, auch wenn er das natürlich vor anderen zunächst strikt geheim gehalten hatte.

Aber dann schlug dies um in ebenso gewaltigen Liebeskummer, als sein junger Freund sich wieder von ihm abwandte. Taylor schrieb ihm zahlreiche Briefe – fast so viele wie er von der kleinen Minter erhielt. Seine Liebe zu ihm sei echt, viel stärker als die zu Mabel Normand, wie er schrieb.

Es half ihm nichts. Byron hatte nur noch einmal geantwortet, wenige Tage vor dem Mord, am 26. Januar. Er forderte kühl, Taylor solle seinen Wohnungsschlüssel, den er noch hatte, im

Büro abgeben, er wolle ihn vorfinden, *wenn ich von den Dreharbeiten aus Lone Pine zurückkomme*. Taylor bettelte ihn daraufhin in seinem letzten Brief an, doch vorzeitig zurückzukehren und wenigstens noch einmal mit ihm zu reden. Doch ich fand keinen Hinweis auf eine Verabredung der beiden für den Tattag oder etwas in der Art.

Nachdem ich alles gelesen hatte, saß ich da und überlegte mir, ob ich die Wohnung nach einem Drink absuchen sollte, denn ich brauchte dringend einen. Ich entschied mich dagegen. Ich wollte mein Glück nicht noch weiter strapazieren. Außerdem hatte Andy vermutlich alle Vorräte selbst ausgetrunken.

Der Brief war also am 27. Januar zugestellt worden, und wie ich mir erschloss, war dies der Tag gewesen, an dem Henry Peavey abends losgezogen war, um im Park Jungs für Taylor aufzutreiben, die ihn hatten »trösten« sollen. Henry hatte es mir noch einmal ganz genau erzählt: Erst als Taylor Liebeskummer hatte und die Fassung verlor, hatte er ihm gestanden, dass er Männer liebte. Peavey war erwischt worden, hatte die Sache auf sich genommen, und Taylor war zum Polizeirevier gefahren und hatte ihn gegen zweihundert Dollar Kaution ausgelöst.

Ich durchsuchte die anderen Schubfächer und fand keine Waffe – was mich wunderte, aber vielleicht hatte Byron eine im Büro, oder trug sie immer bei sich. Dafür stieß ich auf diverse andere Gegenstände – einige Fläschchen Morphin, ein Briefchen Koks, Damenschlüpfer aus Seide und zwei Penisnachbildungen, eine aus Holz und eine aus Elfenbein. Solche Dinge. Offenbar armselige private Kleinodien von Studio-Angestellten, eingesammelt von dem Sicherheitschef.

Ich schloss die Schublade wieder und sah auf die Uhr. Es war bereits nach zehn.

Ich konnte und wollte diese Briefe nicht mitnehmen und Byron dadurch wissen lassen, dass ich ihm auf der Spur war. Das hätte Polly in Gefahr gebracht, es reichte aus, dass ich bereits einen Brief besaß und nun den Inhalt der anderen kannte.

Was ich aber dazu noch unbedingt brauchte, war ein klarer Beweis, dass Byron in jener Nacht bereits in Los Angeles gewesen war, nicht erst am Morgen.

Also verstaute ich die Briefe wieder in den Schubfächern, genau so, wie sie darin gelegen hatten, steckte den Brief, den ich mitgebracht hatte, wieder ein und verließ die Wohnung auf leisen Sohlen. So still und heimlich wie ein Liebhaber, der nicht gesehen werden wollte.

65

Am nächsten Vormittag fuhr ich zu meiner Verabredung mit Byron zum Paramount-Gelände. An der Scheune sah ich, dass Charles Maigne immer noch dabei war, vor der Scheune den Film mit Mary Miles Minter zu drehen, und ich konnte hinter dem Regiestuhl des Veteranen stehend Mrs. Shelby ausmachen, deren kupferroter Schopf leuchtete wie ein Feuermelder. Ihr Nachbar Carl Stockdale, der Sheriff, ging rauchend die Straße auf und ab und grüßte mich, als ich ihn passierte, nach Western-Art mit zwei Fingern an seinem Cowboyhut.

Im Hauptgebäude warteten ein paar Überraschungen auf mich.

Die eine schaute mich an, als ich das Vorzimmer von Byron Hamilton betrat. Sie war vielleicht Mitte zwanzig, trug ihr Kostüm wie eine Rüstung, und ich hatte sie noch nie in meinem Leben gesehen.

»Hallo«, sagte ich. »Sind Sie neu?«

Sie war so blond, dass man geblendet wurde, wenn man sie ansah, und hatte äußerst dünne Lippen, die sie auch noch angestrengt zusammenkniff.

»Ja«, sagte sie. »Ich bin Rosa. Und Sie müssen Mr. Hardy Engel sein?«

»In der Tat. Gerade erst angefangen?«

Sie reckte sich und strich ihr schiefergraues Kostüm glatt. »Mr. Hamilton hat mir gesagt, dass ich nicht mit Ihnen reden soll«, sagte sie abweisend. »Klopfen Sie bitte selbst. Er erwartet Sie.«

Sie hatten sich wirklich verbessert. Diese hier war noch schlauer als Cathy.

Ich klopfte an Byrons Tür, und er rief mich hinein.

Ich begrüßte ihn kühl und wollte erst einmal abwarten, was er mir zu sagen hatte.

»Unsere Cathy hat sich leider dazu entschlossen, eine neue Herausforderung anzunehmen«, sagte Byron, während er aufstand, sein Jackett schloss und mir die Hand reichte. »Doch sie hat mir noch ausgerichtet, was du ihr gestern gesagt hast. Und natürlich habe ich mich darum gekümmert. Wir wollen ja schließlich zu einer Vereinbarung kommen, wir beide.«

Für einen Moment sah ich ihn und Taylor als Liebespaar vor mir; wie sie sich umarmten und küssten. Dann schüttelte ich die Vorstellung schnell wieder ab.

»Und wie soll dieses Lebenszeichen nun aussehen?«, fragte ich und sah mich um. »Ist Polly selbst da, oder lässt du mich mit ihr telefonieren?«

»Ich habe lange darüber nachgedacht«, sagte er und versuchte sich an einem verbindlichen Lächeln. »Wobei mir natürlich klar war, dass du dich nicht würdest hereinlegen lassen.«

Ich glaubte nicht, dass er irgendetwas von meinen gestrigen Aktivitäten wusste; von Peaveys Befreiung oder dem Einbruch bei ihm zu Hause. Doch ich war auf sämtliche Eventualitäten vorbereitet.

»Als ich heute Morgen die Zeitungen gesehen habe, kam mir gleich die Idee. Hast du sie auch schon gesehen?«

»Nein«, sagte ich. Ich hoffte sehr, dass sie nicht mit Polly aufmachten.

»Dann wirst du's am Datum erkennen können, ganz oben auf der ersten Seite«, sagte er und drehte sich zum Schreibtisch. Dort lagen Zeitungen, doch er griff daneben in einen Stapel, holte eine Fotografie hervor und hielt sie mir hin. Ich nahm sie.

Sie zeigte Polly, ungeschminkt und die Locken nicht frisiert, die auf einem Stuhl vor einer Steinwand saß und sich eine Ausgabe des *Los Angeles Examiner* vor die Brust hielt. Es war die von heute, das Datum war deutlich zu lesen, und die dicke Schlagzeile ganz oben lautete: MARY MILES MINDERJÄHRIG.

»Das ist heute Morgen aufgenommen worden«, sagte Byron und hob eine der Zeitungen hoch, es war die Ausgabe des *Examiner,* die auf dem Foto zu sehen war.

»Wie originell«, sagte ich und sah das Bild genau an.

Polly schaute ernst und angespannt in die Kamera, die Augen zwei starre schwarze Punkte, und ihr Anblick verursachte bei mir ein Brennen in der Magengrube. Sie schien unversehrt zu sein. Darüber hinaus gab mir das Foto keinen Hinweis auf ihren Aufenthaltsort: Die Wand hätte überall stehen können, und das Stück von der Stuhllehne, das zu sehen war, half mir auch nicht weiter.

»Sie lässt dich übrigens grüßen«, sagte Byron bemüht nett und fügte hinzu: »Dich und ihre gesamte Familie, ganz herzliche Grüße auch an Mr. Robins, darauf hat sie besonderen Wert gelegt. Euch allen soll ich sagen, es gehe ihr ausgezeichnet.«

Ich nickte langsam, dann drehte ich mich um und sah aus dem Fenster hinaus auf das Studiogelände.

Zwei Arbeiter schoben eine große babylonische Statue aus Pappmaché auf einem Holzwagen über die Straße hinüber zu einem Studio. Ein gutes Dutzend Statisten lungerte im Schatten einiger Pfefferbäume herum und rauchte und plauderte und schlug die Zeit zwischen zwei Aufnahmen tot. Dahinter waren Handwerker damit beschäftigt, an einem Holzgebäude die Schäden des Erdbebens zu reparieren und die Dachschindeln einzusammeln, die immer noch davorlagen.

Ich drehte mich wieder um.

»Ich hoffe, ihr behandelt sie gut«, sagte ich. »Ich will nachher nicht hören, dass die Kerle, die sie bewachen, irgendetwas gemacht haben, das mir nicht gefällt.«

»Keine Sorge«, sagte Byron. »Es geht ihr bei uns gut, glaub mir.«

Ich zog mein Zigarettenetui aus der Tasche, das silberne mit der Gravur, das meine Mutter meinem Vater zur Hochzeit geschenkt hatte, holte eine Zigarette heraus und klopfte sie ein paarmal auf den Deckel, bevor ich sie ansteckte.

Wir starrten uns eine Weile an. Ich nahm einen tiefen Zug.

»Also gut«, sagte ich. »Du bekommst, was du willst. Wir machen es so: Ich gehe zu meinem alten Freund Arthur Blowfish, heute Abend um acht Uhr, und gebe ihm eine Erklärung ab, in der ich den Mord an Sands gestehe und sage, dass ich sein Komplize gewesen sei. Er wird sie dann veröffentlichen.«

»Gut. Sehr gut sogar. Das wird aber nicht reichen«, sagte Byron.

»Keine Sorge. Danach, wenn das erledigt ist, treffen wir uns. Ihr bringt Polly mit und ich die geforderten Sachen. Ihr lasst sie frei, und dann erst bekommt ihr alles. Mir geht es nur darum, sie wohlbehalten wiederzubekommen.«

»Natürlich«, sagte Byron. Er wirkte erleichtert, aber er versuchte, es sich nicht zu sehr anmerken zu lassen. »Also gut. Treffen wir uns an einem neutralen Ort.«

Einen Moment war es still. Er wartete. Und ich wartete auch.

»Wo?«, fragte ich.

Er sah sinnend zur Decke, als würde er wirklich erst jetzt darüber nachdenken.

»Auf dem Friedhof«, sagte er, »auf dem Hollywood Memorial Cemetery. Soll nicht symbolisch sein – ich brauche dich wohl kaum daran zu erinnern, was ihr blüht, wenn du irgendetwas Dummes versuchst. Es ist einfach ein guter Ort. Einer, der gut einzusehen ist.«

»Ich verstehe schon«, sagte ich.

»Um zehn Uhr abends, das lässt dir genug Zeit. Du kommst alleine zum Treffpunkt«, sagte Byron. »Keine Tricks, verstanden? Sonst ist sie tot.«

»Das hast du schon gesagt. Und ich habe gesagt, dass ich einverstanden bin und euch gebe, was ihr wollt. Du hast gewonnen.«

Er blickte mich prüfend an, dann nickte er zufrieden und hielt die Zeitung hoch.

Was auch immer Sie noch über Byron Hamilton hören werden, das eine muss man ihm lassen: Er war derjenige, der zuerst darauf kam, die aktuelle Zeitungsausgabe als Beweis zu nutzen, dass eine Geisel noch lebte. Er war wirklich ein Pionier.

»Ziemlich böse Sache übrigens, das da«, sagte Byron jetzt im Konversationston. »Wir wussten das auch nicht, wer hätte so etwas ahnen können.« Er reichte mir die Zeitung herüber.

Ich nahm sie und las, was dort stand: Einer von Blowfishs Journalisten war nach Louisiana gereist, in den Heimatort von Mary, und hatte dort auf einem Friedhof einen Grabstein gefunden. Ein Foto zeigte die Inschrift: *Mary Miles Minter 1893–1907*.

Nach dieser schockierenden Entdeckung hörte er sich unter den Angehörigen um und fand heraus, dass der Filmstar Mary und ihre Mutter in Wahrheit Juliet und Charlotte Reilly hießen. Jene Mary Miles Minter, die in dem Grab lag, war ihre Cousine, die bereits im Alter von sieben Jahren gestorben war. Nachdem Juliet Reilly als Kinderstar beim Film Karriere gemacht hatte, reizten sie auch die Erwachsenen-Rollen in Hollywood. Der ehrgeizigen Mutter konnte es nicht schnell genug gehen, also benannte sie sie kurzerhand um: Juliet nahm die Identität der Cousine Mary an und wurde dadurch schlagartig vier Jahre älter. Sie durfte dann alle Dreharbeiten ohne Einschränkungen absolvieren und sogar Automobile fahren. Mary Miles Minter war also nicht ihr echter Name, und sie war in Wahrheit nicht neunzehn, sondern erst fünfzehn Jahre alt.

Ich legte die Zeitung wieder auf den Schreibtisch.

»Ziemlich einfallsreich, die beiden.«

Byron sagte: »Der Western ist schon abgedreht, ihr Vertrag

läuft bald aus. Wir werden Miss Minter unter diesen Umständen natürlich keinen neuen geben.«

»Wahrscheinlich hattet ihr das sowieso nicht vor«, sagte ich. »Sie ist viel zu teuer, und sie und ihre Mutter machen jede Menge Ärger. Und jetzt wartet ihr einfach, bis sie volljährig ist, und dann nehmt ihr sie für einen Pappenstiel wieder unter Vertrag, so wie ich euch kenne.«

Byron sah mich mit einem seltsamen Lächeln an und schüttelte sachte den Kopf.

»Heute Abend, Hardy«, sagte er abschließend. »Leg vor der Presse dein Geständnis ab, danach erhältst du Polly wieder. Und ich verspreche dir, du wirst einen fairen Prozess bekommen und einen Anwalt vom Studio. Wir brauchen einen Abschluss für die ganze unglückselige Taylor-Geschichte.«

»Ich weiß, Byron«, sagte ich und wiederholte: »Alle in dieser Stadt brauchen den. Es wird alles gut.«

Gegenüber dem Studio-Eingang fand ich an der Vine Street ein Diner mit einem Fernsprecher. Ich warf eine Münze ein und ließ mich mit Buck verbinden.

Ich fragte ihn, ob er noch länger auf Enrico aufpassen und ich ihn später treffen könne. Ich hätte ihm einiges zu erzählen.

»Heute Abend ist die Übergabe, das habe ich eben mit Byron ausgemacht.«

»Bist du wahnsinnig?«, fragte er. »Sie bringen sie trotzdem um. Und dich auch.«

»Natürlich tun sie das«, sagte ich. »Und selbst wenn nicht, wäre mein Leben vorbei, nach meinem falschen Mordgeständnis. Aber so weit werde ich es gar nicht erst kommen lassen.«

»Und wie willst du das anstellen, Hardy? Weißt du, wer Taylors Mörder ist?«

»Ich glaube ja, aber ich habe noch nicht alle Beweise zusammen«, sagte ich. »Aber dafür habe ich etwas anderes. Ich weiß, wo sie Polly festhalten.«

66

»Danke, dass du das möglich gemacht hast«, rief ich laut gegen den brausenden Wind an.

»Aber für dich doch immer, Hardy!«, rief Pete Holiday. »Es ist mir eine Ehre, dir deine erste eigene Flugstunde zu geben …«

Ich saß neben ihm, hoch oben in der Luft, in dem Schulflugzeug des DeMille-Flugplatzes. Es war eine Junkers-Larsen-6, die über eine Doppelsteuerung verfügte, sodass der Fluglehrer dem Schüler das Steuern überlassen, aber jederzeit eingreifen konnte. Wir saßen in der offenen Pilotenkanzel nebeneinander.

»Wenn man Hollywood einmal von oben gesehen hat«, antwortete ich, »dann will man das immer wieder erleben.«

Er grinste mich mit seinen blitzenden Zähnen unter der Fliegerbrille an, dass es eine Freude war.

»Das sage ich auch immer!«

Ich hatte ihn angerufen und gesagt, dass ich das Fliegen lernen wolle, und daraufhin war er tatsächlich sofort bereit gewesen, sich am Nachmittag mit mir zu treffen. Er war angeflogen gekommen und pünktlich gelandet. Ich hatte ihm vor dem Start eingeschärft, mit mir keine waghalsigen Manöver zu fliegen, sondern mir nur eine Einführung zu geben und ein bisschen über West Hollywood herumzukurven.

Die JL-6 war eines der ersten Passagierflugzeuge, die Weiterentwicklung einer deutschen Junkers-F-13, wie Pete mir stolz erklärt hatte, und bot in der geschlossenen, beheizbaren Kabine hinter uns, die jetzt leer war, Platz für vier Reisende. Das Flugzeug aus Leichtmetall schien trotz seiner Größe äußerst gut manövrierbar. Wir trugen beide einen Höhenmesser ums Handgelenk, der aktuell *1483 Fuß* anzeigte, und das einzige andere Instrument, das man im Blick haben musste, war die Tankanzeige. Ansonsten müsse man nur fliegen, erklärte Pete lächelnd.

»Was machen wir jetzt?«, fragte ich.

»Eine Platzrunde zur Orientierung«, rief er und zeigte nach unten. »Sieh dich doch einmal um und sag mir, was du erkennst und wo genau wir sind. Wenn wir zum Flugplatz zurückwollten, wohin müssten wir?«

Ich beugte mich zur Seite und sah nach unten.

»Wir müssten in eine Linkskurve gehen«, rief ich.

Er nickte eifrig und hob den Daumen und neigte das Steuerkreuz.

Rein zufällig flogen wir gerade, knatternd in mittlerer Höhe, über das Gelände des alten Brunton-Studios hinweg. Es war jenes, in dem ich vor Jahren einmal einen gewissen Mr. Robins gespielt hatte, wie ich Polly erzählt hatte; zufällig war das auch der Name ihres Stiefvaters.

Das Brunton-Studio, das inzwischen pleite war und dessen Räume leer standen. Ich konnte sie deutlich sehen, sechs Hallen, parallel angeordnet. Vor der zweiten Halle, in der Mitte des Geländes, parkte ein großes Automobil, dessen Scheiben in der Sonne aufblitzten, und ein Mann mit einem Hut lehnte daran, in bequemer Haltung, vielleicht rauchend. Genauer erkennen konnte ich ihn nicht.

»Das ist das Brunton-Studio«, rief Pete herüber. »Für die habe ich schon mal gearbeitet.«

»Ich auch!«, sagte ich.

Direkt daneben lag der Hollywood Memorial Cemetery. Wir überflogen viele Reihen aus Grabsteinen. Ganz hinten links in der Ecke fand gerade wieder eine Beerdigung statt, dort drängte sich ein Haufen schwarz gekleideter Menschen.

Wir flogen einen Bogen, und unter uns war nun wieder das Brunton-Gelände zu sehen. Von dem Mann abgesehen war kein Mensch zu sehen. Er ging eben in die Halle hinein, ohne Notiz von unserer Maschine zu nehmen. Der Anblick von Flugzeugen am Himmel von Hollywood war inzwischen etwa so außergewöhnlich wie der von Orangen an einem Obststand.

»Sag mal, Pete, dein Rekordflug damals von dreiundzwanzig Stunden – da musst du ja wohl auch nachts geflogen sein? Wie machst du das in der Dunkelheit?«, fragte ich. Es war in der Tat ein Mysterium. Die Instrumente, mit denen man heute fliegt, wurden erst später erfunden. Viele Jahre später.

Er lächelte stolz. »Man muss die Strecke sehr gut kennen. Man kann auch nach Straßenkarten navigieren, oder sich an den Bahnlinien und den Lichtern der Städte orientieren. Natürlich nur bei gutem Wetter, und man muss einfach mutig sein!« Er zwinkerte mir zu und strahlte mich an. »Aber das kommt später … Willst du jetzt auch mal das Steuer übernehmen?«

»Deswegen bin ich ja hier!«, rief ich zurück.

»Bring uns nur nicht auf den Friedhof«, rief er. »Ganz ruhig halten, okay?«

Er gab mir ein Zeichen und ließ das Steuerkreuz los, und nun lenkte ich, Hardy Engel, wirklich das Flugzeug.

Es war ein wahrhaft großer Moment, und nicht nur, weil ich diesmal nicht kotzen musste.

Als wir eine halbe Stunde später wieder auf dem DeMille-Flugfeld gelandet waren – ein Manöver von Pete, natürlich, nicht von mir –, war ich sehr glücklich, was jedoch weniger mit dem Flug zu tun hatte, als Pete annahm.

Er umarmte mich euphorisch, kaum dass wir aus der offenen Pilotenkabine der Junkers-Larsen geklettert waren. »Deswegen liebe ich es so sehr, Fluglehrer zu sein«, rief er. »Das erste Mal vergisst man nie. Deine Fliegertaufe, Hardy, das müssen wir feiern!«

Er wollte mich gar nicht mehr loslassen.

»Das machen wir gerne, aber ein anderes Mal«, sagte ich und löste mich aus der Umarmung. »Wusstest du übrigens, dass das Brunton-Studio pleite ist?« Er reagierte nicht, es schien ihn nicht zu interessieren. Ich fügte hinzu: »Aber was soll's, du hast ja gute Verbindungen zur Paramount …«

Er starrte an mir vorbei, und ein Schatten huschte über sein Gesicht.

In diesem Moment kam mir der Gedanke.

»Du warst der Liebhaber von Byron Hamilton, oder?«

Er sah mich getroffen und überrascht an. Ich erkannte sofort, dass es stimmte.

»Du bist mit ihm zusammengekommen, als du für das Studio gearbeitet hast, nicht wahr?«

»Ja«, sagte er mit einer kläglichen Stimme. Er sah jetzt überhaupt nicht mehr aus wie der strahlende Fliegerheld, den ich kannte.

Und plötzlich wusste ich alles, sah es klar vor mir, wie von hoch oben aus der Luft.

»Es war beim Dreh in Lone Pine, nicht wahr, Ende Januar? Du bist dort für sie geflogen …« Ich beugte mich zu ihm. »Und du hast Byron mit dem Flugzeug nach Hollywood gebracht, in der Nacht, als Taylor gestorben ist.«

Er sah zu Boden und ließ die mächtigen Schultern hängen.

»Ja«, sagte er. Dann fing er an zu weinen.

»Wie lange fliegt man da?«, fragte ich. »Eine Stunde? Wahrscheinlich weniger.«

Er schüttelte erst den Kopf, dann nickte er und sagte:

»Wenn das nur niemals passiert wäre.«

»Danach hat er Schluss gemacht«, sagte ich, und es war eine Feststellung. »Wie lief das genau? Was hast du alles mitbekommen?«

»Ich weiß nicht viel, ich habe ihn auf dem Flugplatz abgesetzt und danach nicht mehr gesehen …«

Er weinte jetzt richtig, flennte aus tiefstem Herzen. Er hatte gewaltigen Liebeskummer.

»Wann seid ihr losgeflogen?«, fragte ich.

Er schüttelte schluchzend den Kopf.

»Ich war betrunken. Ich weiß es nicht mehr«, sagte er. »Wir hatten Streit.«

»Du bist betrunken geflogen? Erzähl mir doch keinen Blödsinn.«

»Ich bin einer der Besten«, sagte er stolz unter den Tränen. »Ich kann in jedem Zustand fliegen.«

»Und auch im Dunkeln«, wiederholte ich das, was er vorhin so stolz erzählt hatte. Er nickte:

»Ich habe hier angerufen, und sie haben den stärksten Navy-Scheinwerfer zur Orientierung in den Himmel strahlen lassen. So ein Leuchtfeuer sieht man meilenweit. Mehr brauchte ich nicht.«

Er schniefte und zog die Nase hoch. Ich reichte ihm mein Taschentuch.

»Wann in der Nacht?«

»Er hatte eine lange Besprechung mit dem Regisseur, Micky Neilan«, sagte er mühsam gefasst. »Es war alles ganz schwierig. Dann bekam er einen Anruf. Nach Mitternacht, so viel weiß ich.«

Er schnäuzte sich herzhaft.

»Von Taylor?«, fragte ich. Das passte zu dem verzweifelten letzten Brief.

Er hob die Schultern. »Keine Ahnung. Danach musste ich ihn sofort nach Hollywood fliegen. Einen Grund hat er nicht genannt. Er hat es mir nicht verraten, obwohl ich eifersüchtig gewesen bin und immer wieder gefragt habe. Wahrscheinlich genau deswegen. Als wir gelandet sind, ist er sofort zu seinem Wagen gelaufen und losgefahren.«

Er begann wieder zu weinen.

»Eine Stunde Flug, also könnte er irgendwann zwischen ein und zwei Uhr bei Taylor gewesen sein …?«, sagte ich. »Wann genau seid ihr angekommen?«

»Ich weiß es wirklich nicht«, sagte er.

»Aber es war noch lange nicht hell?«, fragte ich.

Er überlegte und schüttelte den Kopf.

»Ich habe nicht auf die verdammte Uhr gesehen! Hab mich weiter betrunken.«

Ich biss mir auf die Unterlippe und sah ein, dass ich ihm das glauben musste, auch wenn es mir nicht gefiel. Aber ich wusste nun, was ich wissen musste.

»Er hat dich verlassen«, sagte ich. »So wie er zuvor jemand anderen für dich verlassen hatte. William Desmond Taylor. Und inzwischen hat er schon wieder einen neuen Liebhaber, seinen Kriegskameraden Andy, so geht's.«

»Warum macht er das?«, fragte er schluchzend. »Er liebt mich doch, das weiß ich genau. Aber warum kann er nicht einfach …« Er brach mitten im Satz ab.

»Wie geht es ihm?«, fragte er heiser. »Du hast ihn doch gesehen?«

»Ach, Pete«, sagte ich. »Warum bist du denn nicht zur Polizei gegangen, als du gehört hast, dass Taylor ermordet worden war?«

Er schüttelte nur heftig den Kopf, mit bebenden Schultern.

Jeff, der Mechaniker, schaute aus der Halle heraus. Er war vor dem Abflug noch nicht hier gewesen. Als er uns beide so sah, drehte er sich um und verschwand sofort wieder in dem Hangar.

»Weil du in ihn verliebt warst? Erzähl mir doch keine Ammenmärchen!«

Er weinte weiter. Ich sah noch einmal Jeffs Blick vor mir.

»Hatte er etwas gegen dich in der Hand? Habt ihr Drogen transportiert, du und deine sauberen Freunde, die Rekordflieger, ›die guten Jungs‹? Von Mexiko hierher, für den Duke? Und Byron hat davon erfahren?«

Er sah mit verzerrtem Gesicht hoch, ertappt. Am Boden zerstört. Keine Blondine der Welt hätte ihn jetzt noch knuddeln wollen.

»Er wird nicht zu dir zurückkommen, Pete«, sagte ich. »Such dir lieber jemand anderen. Oder mach wieder einen Rekordflug. Byron ist ein ganz ausgekochter Bursche. Er hat dich nur benutzt und hat längst einen anderen. Du musst ihn nicht mehr beschützen.«

Er zog die Nase hoch und stützte sich gegen sein Flugzeug, den einzigen Freund, der ihm geblieben war.

»Dieses Schwein«, sagte er. »Dieses miese, dreckige Schwein!«

»Danke noch mal«, sagte ich, »für die unvergessliche Lektion.«

So ließ ich ihn zurück, das größte Fliegerass seiner Zeit.

67

Ich fuhr hinüber zum Griffith Park und dort um ein paar Ecken zu einer großen freistehenden Backsteinvilla.

Dies war das geheime Warenlager von Buck und seinen Kollegen, und er hatte mir gesagt, dass ich ihn hier finden könne. Laut Aufschrift residierte darin die *California Orange Juice Ltd.*, doch mit Vitaminen hatten sie hier nichts am Hut. Ich sagte der Wache am Tor das Codewort: »Saft«, fuhr hinein und parkte neben mehreren Automobilen, vermutlich alle mit besonderer Ausstattung. Dann ging ich runter in Bucks Büro, wo er bei der Abrechnung saß. Bei ihm war Enrico, der mich voller Freude bellend ansprang und hechelnd ableckte.

Als ich Buck alles erzählte, hörte er gar nicht mehr auf, den Kopf zu schütteln. »Warum hast du die Briefe gestern nicht mitgenommen?«, fragte er dann als Erstes. »Warum präsentierst du sie Byron nicht und zwingst ihn, Polly dafür herauszugeben? Wäre das nicht sicherer, zumindest einen Versuch wert?«

»Das Risiko ist mir zu hoch«, sagte ich. »Wir müssen Polly da rausholen, bevor Byron und seine Leute auf dumme Gedanken kommen.«

Von dem improvisierten Büro aus konnte man in einen anderen Kellerraum sehen, der vollgestellt war mit Holzkisten und Fässern. Mexikanische und kanadische Importware, vermutete ich. Einige vierschrötige Männer waren dabei, sie sorgsam bis unter die Decke zu stapeln. Sie kamen wohl alle aus dem

Heimatland des Whiskys, wie Buck, und wussten, wie man einen Dudelsack spielte.

»Dafür brauchst du aber einen guten Plan«, sagte Buck. Er ging zur Tür und schloss sie. Enrico saß zwischen uns und sah immer wieder von einem zum anderen, als wüsste er ganz genau, dass wir Pollys Rettung planten.

»Dazu komme ich gleich«, sagte ich. »Ich werde Byron heute Abend stellen. Danach können wir uns die Briefe immer noch holen, sie sind bei ihm gut aufgehoben. So haben wir einen Wissensvorsprung. Er muss total verzweifelt sein, sonst hätte er das nicht getan.«

»Weil er der Mörder ist«, sagte Buck, biss das Ende seiner Zigarre ab und spuckte es in den Aschenbecher. »Und Taylors Liebhaber.« Er schüttelte wieder den Kopf. »Und ich habe gedacht, Byron wäre nur der, der für die anderen den Dreck wegräumt und alles vertuscht …«

Das Interessante war, dass Buck seine Zigarre gerade schon einmal abgebissen hatte. Er hatte es aber wieder vergessen.

»Das haben wir doch alle gedacht«, sagte ich. »Und ohne die Information von Pete würden wir das immer noch tun.«

Buck steckte sich die Zigarre in den Mund und zündete sie endlich an.

»Du bist dir wirklich sicher, dass sie in der Halle ist?«, fragte er.

»Hundertprozentig«, sagte ich. »Dort stört sie kein Mensch, und es gibt alles, was sie brauchen. Toiletten, eine Küche. Ich hoffe nur, sie ist nicht …«

»Cleveres Mädchen«, sagte Buck durch eine Rauchwolke hindurch – er unterbrach mich, um mich zu beruhigen. »Gibt dir einen Hinweis, den nur du verstehen kannst, und Byron merkt nicht mal ansatzweise, was er da weitergibt.«

»So gut kennen wir uns eben schon«, sagte ich und zündete mir eine neue Chesterfield an der alten an. Ich hatte den Eindruck, Enrico hätte am liebsten mitgeraucht. »Wir sind ein gutes Team.« Ich tätschelte ihn.

»Wir müssen das alles alleine lösen«, sagte Buck. Er ging zu einem Schrank und holte eine Fünfundvierziger Smith & Wesson heraus und ein Paket mit Munition. Er begann, das Magazin zu füllen.

»Die Mordkommission und die Staatsanwaltschaft sind eingeweiht, davon müssen wir jedenfalls ausgehen«, sagte ich und streckte mich. »Sie sind korrupt bis auf die Knochen, so ist es nun mal in dieser Stadt, in jeder Behörde.«

»Das heißt nicht, dass sie auch wissen, wer der Täter ist«, wandte Buck ein. »Aber klar, das Studio hat sie bestochen, damit sie stillhalten. DeMille und Lasky und Zukor.«

Er setzte das Magazin in die Pistole ein, voll mit Patronen des schweren Kalibers.

»Davon würde ich ausgehen«, sagte ich.

»Und wer hat all die Leute umgebracht? Den Duke? Sands? Catanza? Wer hat dir Gordon in die Wohnung gesetzt? Waren das die Polizisten oder Byrons Leute?«

»Wir werden es herausfinden«, sagte ich. »Heute Abend.«

Buck öffnete einen zweiten, größeren Schrank, der bis zur Decke reichte. Darin befanden sich weitere Schusswaffen. Die meisten waren Repetiergewehre. Er griff nach einer großen, bösartig aussehenden Maschinenpistole mit einem langen, dünnen Lauf.

»Ich dachte, du arbeitest immer ohne Waffen?«, fragte ich. Buck nahm sich ein kreisrundes Trommelmagazin, setzte es mittig an und ließ es einrasten.

»Wenn es um Alkoholschmuggel geht«, sagte er grimmig. »Hier geht es um Mord und Erpressung, um die größten Gangster von Hollywood: Filmleute. Da leihe ich mir die Tommy Gun, brandneu, eine Maschinenpistole.«

»Die bei deinen Kollegen einfach mal so rumliegt.«

»Sicher ist sicher.«

Buck schaute auf den Lauf der Thompson und dann herüber zu mir.

»Weißt du, ich habe mir was überlegt. Ich werde mich bald aus dem Schmuggelgeschäft zurückziehen.«

Ich blickte zu der Rechenmaschine auf dem Schreibtisch.

»Wirklich? Läuft es nicht gut?«

»Doch, und wie«, sagte er grimmig. »Aber ursprünglich wollte ich ja nur meine Bar mit Alkohol versorgen. Inzwischen arbeite ich hier mit Leuten, die halb Hollywood beliefern, und das Geschäft könnte weiter wachsen. Doch irgendwann würde ich dabei wahrscheinlich draufgehen. Rivalen, die Polizei, irgendjemand würde mich umbringen. Ich habe jedenfalls in mich hineingehorcht und festgestellt, dass ich gerne lebe und vorhabe, es noch lange zu tun. Es gibt wichtigere Dinge als Geld.«

»Die Blonde von neulich?«, fragte ich.

Er hatte gegrinst, doch jetzt wurde er schnell wieder ernst. »Ach, die … Stell dir vor, ich habe sie erwischt, wie sie im Keller vom Jail Café herumgeschnüffelt hat.«

»Wirklich?«, fragte ich alarmiert.

»Ja. Wir haben neulich im Büro übernachtet, da ist sie heimlich aufgestanden und hat unten am Schloss des Whiskykellers rumgefummelt.« Er hob die Augenbrauen. »Sie hat es natürlich nicht aufgekriegt. Enrico hat mich geweckt.« Er erzählte es nicht gern. Rückte deshalb erst jetzt damit heraus.

»Sie müssen sie auf dich angesetzt haben«, sagte ich und tätschelte Enrico dankbar.

»Besser gesagt, auf dich«, ergänzte Buck trocken. »Mir hat Sally im Pink Flamingo gleich gefallen, aber sie hat ja *dich* angesprochen.«

»Stimmt«, sagte ich. »Aber du hast nicht aus ihr rausbekommen, wer sie beauftragt hat?«

Er schüttelte den Kopf. »Sie war ein absoluter Profi. Angeblich Schauspielerin bei Fox. Ich habe ihr dann gesagt, sie soll besser ganz schnell abhauen. Ich war dabei, mich zu verlieben.«

»Das tut mir leid für dich«, sagte ich. »Verdammt, was ist so wichtig an diesem Kundenbuch? Mehr als die Namen steht da nicht.«

Wir beide sahen uns ratlos an. Er hatte immer noch die Maschinenpistole in der Hand.

»Wir dürfen Byron jedenfalls nicht unterschätzen. Er war im Krieg«, sagte er.

»Das waren wir auch.«

»Ja, Hardy.« Er nahm die Trommel noch einmal heraus, überprüfte sie und ließ sie dann wieder einrasten. Sie bot Platz für fünfzig Patronen. »Und wie wollen wir es anstellen? Du bringst ihm also wirklich um zehn Uhr alles mit, was er haben will – dein Mordgeständnis, den Brief? Das Kundenbuch? Und hoffst, dass sie Polly wirklich dabeihaben und freilassen?«

Jetzt war es an mir, den Kopf zu schütteln.

»Wir gehen nicht zur Übergabe«, sagte ich. »Weder ich noch du. Und was wir tun, tun wir lange vor zehn, und auch vor acht.«

Und dann erzählte ich von dem Termin um acht Uhr mit Blowfish. Ich hatte ihn angerufen und mich mit ihm verabredet, ohne zu verraten, um was es ging. »Ich wollte sowieso noch mit Ihnen über das alles sprechen«, hatte er gesagt. Er hätte noch einige Fragen, die den Mord an Taylor und den Selbstmord von Sands beträfen, ich schulde ihm die Antworten. Ich hatte ihm versprochen, dass ich sie ihm geben würde.

Früher oder später würde ich das auch.

Doch ich hatte nicht vor, den Termin wahrzunehmen, hatte ihn nur ausgemacht, um sie abzulenken. Mit Sicherheit wollten Byron und seine Leute diesen Zeitpunkt nutzen, um sich um Polly zu kümmern. Es war auf jeden Fall besser, dort noch vor acht aufzutauchen und sie in Sicherheit zu bringen.

Um kurz nach sieben fuhren wir in Richtung des Brunton-Geländes. Unterwegs kamen wir bei Musso & Frank Grill vorbei und hielten kurz an. Ich ging in den Hinterhof und stellte mit einem Blick durch das Fenster fest, dass fast alle Produzenten an dem Tisch zum Dinner versammelt waren, an dem sie damals mit mir den Fall des Dukes besprochen hatten. Nur Carl Laemmle fehlte, er war noch immer verreist. Man hätte es für einen Zufall halten können, dass sie heute Abend zusammenkamen. Doch ich glaubte nicht an solche Zufälle.

In der Dämmerung kundschafteten wir das Gelände aus und fuhren einmal rund um den Block. Vor der einen Halle stand immer noch nur das Automobil, das ich aus der Luft gesehen hatte.

Wir parkten vor dem Friedhof und ließen Enrico in Bucks Wagen zurück. Ich versprach ihm, dass wir mit Polly wiederkommen würden.

Als die Dunkelheit hereingebrochen war, pirschten wir uns an die mittlere Halle heran. Derjenige von uns, der die guten Augen hatte und sich in der Dunkelheit so gerne bewegte und so gut zurechtfand wie eine Katze, schlich sich zunächst an das Automobil heran, suchte dort Deckung und huschte dann vorsichtig weiter bis zum Eingang, der aus einer geschlossenen Flügeltür bestand. Buck lauschte, dann schüttelte er zu mir gewandt den Kopf. Er machte mir ein Zeichen, dass er außen herumgehen würde, zum hinteren Eingang, so wie wir es vereinbart hatten. Dann verschwand er mit der Maschinenpistole um die Ecke.

Die Halle war die kleinste auf dem Gelände, aber immer noch sehr groß, ungefähr fünfzig Fuß lang und zwanzig breit. Ihre Wände waren aus grün lackiertem Holz, und die Fenster befanden sich so weit oben, dass wir nicht hineinsehen konnten. Licht drang aus ihnen heraus. Offenbar war das Gebäude früher ein Pferdestall gewesen, und die Tiere waren durch diese Luken mit Futter versorgt worden.

Ich schlich nach vorne zum Eingang, denselben Weg nehmend, den Buck genommen hatte. Ich erreichte die Tür und presste das Ohr dagegen. Drinnen hörte ich leise eine Männerstimme. Zu leise, um sie zu erkennen. Ich hörte eine Frau antworten. Mein Herz schlug so heftig, dass mir jede einzelne Rippe weh tat.

Es war genug Zeit vergangen, um Buck die Gelegenheit zu geben, den hinteren Eingang zu erreichen. Ich steckte mir meine Luger in den Hosenbund und richtete mich auf.

Dann drückte ich die Klinke der großen Flügeltür hinunter. Sie war aus Eisen und quietschte. Von drinnen war nichts mehr zu hören. Ich lehnte mich dagegen und drückte sie auf.

Das Deckenlicht der Halle blendete mich.

»Stopp!«, rief die Männerstimme. »Langsam reinkommen, und Hände hoch.«

Ich breitete die Arme aus und ging langsam in die Halle hinein. Der junge große blonde Mann stand vor mir und zielte mit einer Pistole auf meinen Kopf.

»Ganz ruhig, Andy«, sagte ich.

Die Halle war an den Seiten voller Regale, in denen sich silberne Filmbüchsen stapelten. In ihrer Mitte stand zwischen den Resten einer alten Filmdekoration ein Bett, und darauf saß gefesselt Polly.

»Hardy!«, rief sie.

»Maul halten!«, rief der Blonde, ohne sich umzusehen. Er zielte weiter auf mich. Der Junge mit der gezackten Narbe, den ich anfangs nur für einen Laufburschen gehalten hatte. Byrons neuer Liebhaber, der neulich in seinem Bett geschlafen hatte.

»Hallo, Polly«, sagte ich und gab ihr ein aufmunterndes Lächeln.

»Idiot«, sagte Andy zu mir. »Verpatzt dir deine Überraschung.«

Ich sagte gar nichts. Ich wartete. Auf Buck.

Doch Buck *ließ* auf sich warten.

Plötzlich erklang eine Salve von Schüssen, die die Halle erschütterte wie ein Donnerschlag. Metall wurde getroffen. Im nächsten Moment flog die hintere Tür auf, und Buck erschien, die Tommy Gun im Anschlag.

Der Blonde fuhr herum, und ich zog im selben Augenblick meine Luger aus dem Hosenbund und richtete sie auf ihn, während ich aus Bucks Schusslinie wich.

»Runter!«, schrie ich Polly zu.

Sie ließ sich auf das Bett fallen und drückte sich in die Kissen. Der Blonde legte auf Buck an, doch im selben Moment schossen wir, Buck und ich.

Wir trafen ihn beide.

Ich erwischte ihn an der Hüfte, er wurde zur Seite gerissen, während er seine Waffe abfeuerte, als wäre es sein letzter Atemstoß. Die Salve aus Bucks Maschinenpistole riss ihm ein Stück der Schädeldecke weg, und es regnete Blut. Dann fiel er um, schlug mit dem Kopf hart auf den Holzplanken auf und blieb regungslos liegen.

Ich stürzte zu Polly hinüber. Sie konnte sich nur mit Mühe wieder aufrichten. Sie war zu schwach, und ihre Hände waren hinter dem Rücken zusammengebunden und an den Bettpfosten gefesselt. Ich umarmte sie, und sie drückte ihr Gesicht gegen meine Brust.

»Hardy, endlich«, sagte sie leise. »Wusste, dass du es kapieren würdest.«

Ich streichelte ihren Lockenkopf, als wäre ich wahnsinnig.

Dann hielt ich sie von mir weg, und wir sahen uns glücklich an. Sie war bleich.

»Dir geht's wohl nicht besonders, Junge?«, murmelte sie. »Du siehst irgendwie gar nicht gut aus!« Dabei konnte sie sich selbst kaum aufrecht halten.

»Die Tür war verschlossen«, erklärte Buck. »Musste sie aufschießen.«

Ich griff hinter Pollys Rücken, um ihre Fesseln zu lösen. Die Hände zitterten mir, und Buck reichte mir ein Messer. Ich durchschnitt das Seil, und sie rieb sich die Handgelenke.

»Dieser Arsch«, sagte sie und hustete. »Hat mich nicht mal auf die Toilette gelassen. Sagte, ich würde sowieso sterben. Hat mich ins Bett machen lassen …« Sie sah an sich hinunter. Ihr Kleid war beschmutzt, ich roch es jetzt auch.

Ich schaute wütend zu dem Toten. »Hat er dir sonst etwas …?«

»Nein«, unterbrach sie mich. »Nein, hat er nicht.«

Buck sah verlegen zur Seite.

»Das ist übrigens Polly Brandeis«, sagte ich. »Das ist Buck Carpenter.«

»Sehr angenehm«, sagte Buck und grinste sie an. »Es ist mir sogar eine Ehre.«

»Ebenfalls«, sagte Polly. »Bringt mich hier raus. Und ich will eine rauchen und was trinken und mich waschen.«

Sie versuchte aufzustehen, schwankte und musste sich am Bettpfosten festhalten.

Ich sah Buck an. »Mach du das. Bring sie schnell weg hier. Ich hab noch was zu erledigen.« Er nickte. Polly drückte meine Hand und grinste mich an und sagte etwas zu mir, indem sie lautlos die Lippen bewegte. Ich verstand es trotzdem.

Ich beobachtete, wie sie, auf Buck gestützt, barfuß zum Vorderausgang hinkte. Sie sah wunderschön aus.

Dann ging ich zu der Leiche und schleppte sie hinüber zum Bett.

68

Meine Armbanduhr zeigte genau acht Uhr an, als an die Eisentür geklopft wurde. In einem bestimmten Rhythmus, mit einer Pause dazwischen.

Byron erhielt keine Antwort, obwohl er sehen musste, dass das Licht an war. Quietschend wurde die Klinke heruntergedrückt, dann öffnete sich die schwere Tür einen Spalt, und er sah in die Halle.

Auf den ersten Blick schien vermutlich alles so zu sein, wie er erwartet hatte. Dann stutzte er. Er trat schnell ein und ging näher an das Bett heran.

Fünf Schritte davor hielt er abrupt an und schluchzte auf.

Der Mensch, der auf dem Bett lag, war nicht Polly, sondern sein toter Liebhaber, dessen Augen seelenlos zur Decke glotzten. Ich hatte ihn immerhin so hingelegt – auf den Rücken –, dass seine fürchterliche Kopfwunde nicht zu sehen war. Ich war einigermaßen gnädig gewesen.

Byron stand vor dem Bett und rang um Fassung.

»Bill – Liebe meines Lebens«, las ich laut und trat hinter dem Regal hervor. In der einen Hand hielt ich den Brief, in der anderen die Luger, die ich auf Byron gerichtet hatte.

»Wenn Du nur nicht so viel zu tun hättest! Wenn wir beide nur nicht so viel zu tun hätten!«

Er sah zitternd hoch.

»Wir sollten hauptberuflich Liebende sein, wir sollten den ganzen Tag und die ganze Nacht nichts anderes tun, als uns zu küssen

und und zu liebkosen … Für immer Dein – ›Byron‹«, ergänzte ich und sah ihn herausfordernd an. »Ein wirklich schöner Liebesbrief. Nicht zuletzt deswegen hat sich William Desmond Taylor ja auch so heftig in dich verliebt.«

»Du hast Andy erschossen«, sagte er mühsam.

»Womöglich. Wir waren zu zweit. Aber ja, sagen wir einfach, statt das Geständnis abzulegen, habe ich deinen Liebhaber erschossen, so wie du deinen Ex erschossen hast. Taylor. Mach nichts Dummes, sonst erschieße ich auch dich.«

Er sah mich aus feuchten Augen an, unfähig, etwas zu erwidern. Ich steckte den Brief wieder weg.

»Hast du dem da auch so schöne Briefe geschrieben? Andy? Deinem Handlanger, der Polly entführt und was weiß ich noch für dich getan hat? Die Briefe an Taylor kenne ich alle, und ich kenne auch die von ihm an dich. Ich weiß alles – wie es begonnen hat, und wie verzweifelt er am Ende gewesen ist, als du ihn verlassen hast.«

»Woher?«, fragte er heiser, und er musste das Wort wiederholen, weil es beim ersten Mal nicht zu verstehen war.

»Ich war gestern in deiner Wohnung. Andy hat selig geschlafen, fast so tief wie jetzt.« Byron erstarrte. »Davon habe ich niemandem etwas erzählt. So wie du niemandem erzählt hast, was du alles am Tatort sichergestellt hast. Die Briefe, die Taylors Homosexualität belegen. Und verraten, wer sein Liebhaber war. Du.«

»Ach ja?«, sagte er und räusperte sich.

»Ich weiß alles. Du brauchst dir keine Hoffnungen zu machen«, fuhr ich fort. Ich stand jetzt direkt vor ihm, drei Armlängen entfernt, und zielte auf seinen Kopf. »Ich weiß, dass du die anderen Briefe so platziert hast, dass man sie finden würde, die von Mabel, und die von Mary. So mussten alle denken, dass Taylor ein großer Frauenheld war. Und ich weiß, dass du Mabels Briefe an die Presse gegeben hast, aber das hat dir Cathy ja vermutlich schon gebeichtet. Was ich nicht weiß, ist, woher die Höschensammlung kam.«

»Das war seine«, sagte Byron schnell.

»Ach wirklich?« fragte ich höhnisch. »Er soll sie als Trophäen behalten haben? Nein, so ein Mann war Taylor nicht, das habe ich gleich gesagt. Damit hast du es eindeutig übertrieben. Ich bin mir sicher, es war die von DeMille, oder von jemand anderem aus dem Studio. Du hast die Höschen von zu Hause mitgebracht, wo du alles Mögliche gelagert hast.«

»Und wie soll ich das gemacht haben?«, fragte er tapfer, jetzt darum bemüht, die Kontrolle wiederzuerlangen. Und herauszufinden, wie viel ich wusste. »Ich war doch in Lone Pine, das weißt du doch.«

»Ich weiß, dass du noch vor der Polizei am Tatort warst. Peavey, den ich aus dem Irrenasyl befreit habe, hat es mir erzählt. Und ich weiß auch, dass Peavey an dem Morgen zuerst dich angerufen hat. Erreicht hat er dich in deiner Wohnung, in Hollywood.«

Byron sah hoch, zur Decke, eine Parodie des Grübelnden. Er hatte sich ganz gut im Griff.

»Aber wie bin ich da nur hingekommen? Aus Lone Pine, das drei Fahrstunden entfernt liegt?«

»Du bist geflogen, noch in der Nacht. Pete Holiday hat es mir gesagt.« Er schnaufte kurz auf und schloss die Augen. Jetzt wusste er, er hatte verloren. »Der arme Junge ist vollkommen am Boden zerstört. Was hast du nur an dir, dass die Männer dich so verehren? Hast du ihm auch so betörende Briefe geschrieben? Oder vollführst du so tolle Nummern im Bett? Und warum musst du die Jungs immer sofort wieder verlassen und ihnen das Herz brechen? Hast du nicht allmählich genug geübt? Oder macht es dir einfach nur Spaß?«

Er sagte nichts.

»Mein Gott«, sagte ich. »Taylor war wirklich schlimm, er spielte selbst gerne mit Menschen, bezirzte weibliche Stars, um sie gefügig zu machen. Aber im Vergleich zu dir war er nur ein Waisenknabe. Es hat dir nichts ausgemacht, dass er etwas mit Frauen hatte, aber du hast es ihm vorgehalten, um einen Grund zu haben, ihn zu verlassen.«

»Du glaubst wohl, du bist wahnsinnig schlau«, sagte er lahm. »Aber da täuschst du dich. Gewaltig.«

»Ich glaube gar nicht, dass ich so schlau bin. Was ich zum Beispiel noch nicht weiß, ist, ob du die Sachen erst am Tatort hinterlegt hast, als du morgens nach dem Anruf dort eingetroffen bist. Oder ob du es schon in der Nacht getan hast, nachdem du Taylor ermordet hattest.«

»In der Nacht?«, fragte er und schluckte. »Er wurde um acht ermordet. Als ich in Lone Pine war, das kann das ganze Team bezeugen. Pete Holiday lügt, aus Rache, weil er hoffnungslos in mich verliebt ist.«

Ich schüttelte den Kopf.

»Ich weiß, dass Taylor in der Nacht gestorben ist. Ich habe die Unterlagen bekommen, die Tatortfotos, die ihr mir vorenthalten habt.« Byron hob eine Hand erschrocken zum Kopf, dann strich er sich übers Haar, um die unüberlegte Geste zu kaschieren. »Ja, Gordon hat sie noch verstecken können, bevor Catanza ihn ermordet hat, am Schießstand, und ich habe sie gefunden. Taylor wurde in der Nacht erschossen, nach Mitternacht, wahrscheinlich zwischen eins und zwei. Du hattest genug Zeit, aus Lone Pine hierherzufliegen und ihn umzubringen.«

»Und warum«, fragte Byron, und er wirkte jetzt tatsächlich fast schon wieder arrogant, »sollte ich das gemacht haben? Nachdem ich ihn doch längst verlassen und mit der Sache abgeschlossen hatte?«

»Weil Taylor das einfach nicht akzeptieren wollte«, sagte ich. Er biss sich auf die Lippen. »In deinem letzten Brief an Taylor hast du ihm geschrieben, dass du einen neuen, jungen Liebhaber hättest. Pete Holiday, das Fliegerass. Und dass du nur noch eines von Taylor willst: deinen Wohnungsschlüssel. Für den jungen Nachfolger. Oder dessen Nachfolger.« Ich sah zu dem Toten auf dem Bett. »Aber Taylor gab nicht auf, er schrieb dir verzweifelte Briefe, bettelte dich um ein Treffen an. Und dann, Pete hat es erzählt, hast du in Lone Pine einen Anruf bekommen, und natürlich ist er von Taylor gewesen. Er hat dir die Hölle heißgemacht, vielleicht hat er sogar gedroht, euer Verhältnis öffentlich zu machen, was weiß ich. Jedenfalls hast du dich daraufhin sofort zu ihm nach Los Angeles fliegen lassen und bist zu Taylor geeilt, um das ein für alle Mal zu klären. Mitten in der Nacht, er muss dich erwartet haben. Ihr habt euch gestritten, und die Gefühle sind hochgekocht. Irgendwann hast du die Pistole gezogen, und vielleicht ist es nur ein Unfall gewesen. Jedenfalls hast du ihn erschossen. Mit einer Achtunddreißiger, die du dann ganz schnell hast verschwinden lassen.«

»Interessant«, sagte er, nun wieder einigermaßen gefasst. »Für so einen ausgekochten Burschen hältst du mich also?«

»Du warst unter Schock«, fuhr ich fort. »Deswegen hast du die Leiche auch so hingelegt, als wolltest du den Mord an deinem früheren Liebhaber wieder ungeschehen machen.«

Er schüttelte heftig den Kopf.

»Hardy Engel«, sagte er. »Du taugst wirklich nichts als Detektiv.«

»Du hast ihn erschossen«, insistierte ich. »Und danach hast du dir überlegt, wie du es vertuschen könntest. Du hast dich vermutlich um deine Briefe gekümmert, gleich als Erstes, die dich verraten hätten. Hast deinen Wohnungsschlüssel an dich genommen. Du hast deine Tat dem Studio gebeichtet, und ihr habt eine Abmachung mit den Ermittlern getroffen, um den Skandal zu verhindern. Mord unter Homosexuellen, beides höchst prominente Studioangestellte, das durfte nicht an die Öffentlichkeit kommen. Zum Glück kann man alle diese Polizisten kaufen und es hinbiegen.«

»Ach ja?«, sagte er. »Glaubst du, so war's? So einfach?«

»Nur dumm, dass ich dazwischengekommen bin. Taylor hatte mich angerufen und mir den Auftrag erteilt, ohne dich einzuweihen. Warum hast du dich nicht um die Erpressung gekümmert? Weil ihr da schon Streit hattet?«

»Er wollte es nicht, wollte mit mir nur privat verkehren, im Gegensatz zu mir«, sagte er widerwillig. »Natürlich hätte ich ihm von dir abgeraten, wenn ich es gewusst hätte.«

»Vermutlich hast du auch die zweitausendfünfhundert Dollar an dich genommen und gedacht, die Sache wäre damit erledigt. Aber nachdem ich dir von dem Auftrag berichtet hatte, hast du mir eben von dem Erpresserbrief erzählt, um mich auf die falsche Spur zu lenken. Und du hast dann auch Peavey dazu gebracht, gewisse Dinge zu verschweigen, zusammen mit King und Zeigler. Als Polly und ich dann immer weiter ermittelt haben, hast du ihn verschwinden lassen. Und dann hast du die Entführung von Polly in Auftrag gegeben. Einfach war es eigentlich gar nicht. Du hast dich immer mehr verstrickt, und jetzt kommst du aus der Sache nicht mehr heraus.«

»Du irrst dich gewaltig«, sagte er. »Typisch für dich. Ich war es nicht. Und wer sagt, dass der Anruf von Taylor kam? Hast du Zeugen?«

Ich zuckte die Schultern. »Von wem soll er sonst gewesen sein?«, fragte ich. »Du wirst schon noch alles gestehen. Jetzt wirst *du* ein Geständnis schreiben, nicht ich.«

Er schloss die Augen und schüttelte den Kopf.

Dann hob er langsam die rechte Hand und führte sie zu seiner linken Jacketttasche. »Ganz langsam und vorsichtig«, sagte ich. Ich beobachtete angespannt, wie er sich sachte in die Tasche griff und dann etwas hervorzog. Doch es waren nur eine Zigarette und ein Feuerzeug.

»Das ist eine ganz beschissene Idee«, sagte ich und zeigte auf die Regale um uns herum. »Rauchen strengstens verboten, hier ist alles voller Nitratfilme, hochentzündlich.« Er steckte sich die Zigarette in den Mund, als hörte er mich nicht, hob das Feuerzeug und zündete sie an. »Die ganzen Filmbestände des Brunton-Studios, uraltes Zeug aus der Anfangszeit. Jetzt liegen sie hier in den Regalen herum und stauben ein. Lustige Filme, spannende Filme, erbauliche Filme. Nur noch altes Zelluloid in Büchsen. Irgendwo hier ist auch ein Film, in dem ich einen gewissen Mr. Robins spiele.« Er sah mich mit einem seltsamen Blick an, nahm einen tiefen Zug und stieß den Rauch wieder aus. Ich grinste ihn an. »Ein fürchterlicher Streifen, zu Recht längst vergessen, außer von mir und Polly.« Ich zwinkerte ihm zu. »Filme, für die sich schon kurz nach dem Erscheinen niemand mehr interessiert. Sind sie es wert, was ihr für sie tut? Sind sie es wert, zu morden, zu lügen und zu vertuschen? Alles nur, damit viele weitere solcher Filme produziert und irgendwann hier abgelegt werden können? Ein Mord aus Leidenschaft, der viele Morde nach sich zieht, Polizisten, die einander umbringen, weil sie die Lügen nicht mehr ertragen? Nein, natürlich ist es das nicht wert. Ihr seid doch alle völlig verrückt geworden.«

Er führte die halb aufgerauchte Zigarette zu den Lippen, zog daran und hielt sie von sich weg, zwischen dem linken Daumen und Zeigefinger, und sah sie an.

»Mach die Zigarette aus«, sagte ich. Er reagierte nicht. Ich zielte immer noch auf ihn.

Plötzlich schnippte er die brennende Kippe in meine Richtung, knapp an mir vorbei über meine linke Schulter. Ich wich instinktiv aus und wandte ihm dabei die Seite mit dem Glasauge zu. Diesen Moment nutzte er aus.

Er sprang mich an, und wir krachten gegen das Regal mit den gestapelten Filmbüchsen. Es kippte nach hinten um, wir fielen zu Boden, und die Büchsen purzelten scheppernd durcheinander und gaben ihren Inhalt frei. Ich hielt meine Pistole fest, damit er sie mir nicht wegnehmen konnte, und versuchte mich aufzurappeln. Byron lag auf meinen Beinen und umklammerte sie. Aus dem Augenwinkel sah ich, wie ein loser Streifen Zelluloid, der aus einer Rolle wie eine Lunte herausragte, auf die am Boden liegende glühende Kippe fiel. Im nächsten Augenblick fing er Feuer, es raste empor und entzündete die Rolle.

Ich trat nach Byron. Er fiel nach hinten, sah erst jetzt das Feuer und stutzte. Ich kam auf die Beine, so schnell ich konnte. Die Zelluloidrolle brannte lichterloh. Schon breiteten die Flammen sich auf weitere Rollen aus.

Byron zog hektisch eine Pistole aus der Tasche. Ich hob meine Waffe, doch er schlug sie zur Seite, als er mit seiner Pistole hochkam. Wir rangen miteinander, jeder versuchte die Pistole des anderen wegzudrücken. Er schlug mich mit der freien Hand, und ich stolperte. Ich kam hart auf, und das silberne Zigarettenetui meines Vaters fiel aus meiner Tasche und holperte über den Boden.

Hinter uns standen die Regale bereits in Flammen. Ich spürte die Hitze im Rücken, während ich mit Byron rang. Plötzlich schoss mir durch den Kopf, was Florence Lawrence mir damals prophezeit hatte: »Ich sehe Sie in dem Feuer. Und Sie werden darin umkommen.«

Panik ergriff mich. Byron drückte mich nach unten, und hinter mir loderte das Feuer, das sein Gesicht über mir hell erleuchtete und sich in seinen Augen spiegelte. Mit letzter verzweifelter Kraft riss ich die rechte Hand los und richtete den Lauf der Luger nach oben. Ich schoss sofort, zweimal, aus nur einem Fuß Entfernung. Byron jaulte auf, ließ seine Waffe fallen, griff sich an die Brust und fiel zur Seite.

Heftig atmend stemmte ich mich nach oben und taumelte von den Flammen weg. Byron lag auf dem Boden und rührte sich nicht. Die anderen Regale hatten ebenfalls Feuer gefangen, und es drohte mich einzuschließen. Ich stolperte zur Mitte des Raumes, vorbei an dem Bett mit dem Toten.

Zwischen Wänden aus orangeroten, brüllenden Flammen und unter einer schwarzen Rauchdecke rannte ich auf die offene Tür zu. Ich sah mich nicht mehr um. Ich hechtete hinaus, rollte mich draußen auf der Erde ab und rappelte mich auf, so schnell ich konnte. Ich sprintete los, das Inferno hinter mir zurücklassend. Erst auf dem Parkplatz blieb ich stehen und sah mich um.

Das Holzhaus brannte vollständig, und die Flammen schlugen höhnisch knisternd aus den Fensterluken und verzehrten das Dach. Eben griff das Feuer auf die nächste Halle über.

»Florence Lawrence«, sagte ich und lachte wie ein Irrer und musste husten. »Was für eine miese Hellseherin du bist …!«

FÜNFTER TEIL

BLUT

69

Als Erstes nahm ich wahr, dass sich Polly über mich beugte und mich lange und intensiv küsste. Doch ich war noch nicht wach genug, um mitzumachen.

Allmählich fand ich mich wieder zurecht: Ich lag im Bett meiner neuen Wohnung in der Gardner Street.

Nachdem Buck in der Nacht zuvor zum Studio zurückgefahren war, hatte er mich zwischen den brennenden Hallen gefunden und weggebracht. In der Ferne hörten wir schon die Sirenen der Feuerwehr und der Polizei. Wir rasten los und fuhren zu Byrons Wohnung, wo ich schnell alle Briefe aus dem Schreibtisch holte. Danach fuhren wir ins Jail Café, wo Polly inzwischen Zeit gehabt hatte, sich zu waschen und zurechtzumachen. Sie trug ein Kleid, das eines von Bucks Zigarettenmädchen ihr überlassen hatte, und war frisiert und geschminkt, sodass man nicht mehr sah, wie blass sie war. Gerade als wir ankamen, brachten ihr zwei Köche einen riesigen, doppelstöckigen Hamburger mit einem Haufen *French Fries,* und sie aß mit glänzenden Augen in ungefähr fünf Minuten alles auf. Enrico ruhte zu ihren Füßen, und so, wie sie aß – mit Händen, die den Burger kaum halten konnten, und einem Mund, in den er nicht passte –, fiel immer wieder mal etwas zu ihm hinunter. Wir gaben ihm auch etwas Alkohol.

Nur beim Rauchen ließen wir ihn nicht mitmachen.

Sie kaute selig und kicherte übermütig, während Buck die Schrammen an meinem Kopf mit Jod versorgte.

Wir gelangten dann schnell zu der Einsicht, dass wir vorläufig nicht in Pollys Wohnung zurückkehren sollten. Buck bot uns an, bei ihm zu bleiben, aber wir schnappten uns eine Zeitung, gingen die Wohnungsanzeigen durch und wurden fündig. Und so waren wir in der Gardner Street gelandet, nicht weit von Pollys Apartment, im Westen von West Hollywood.

Der Vermieter, den wir aus dem Bett geklingelt hatten, stammte aus Deutschland, ein misanthropischer Franke Mitte fünfzig mit Haaren wie ein Borstenvieh. Ich hatte mir einen von Pollys schlichten Kupferringen übergestreift, und wir gaben uns als verheiratetes Paar aus, Mr. und Mrs. Tanner. Eine Heiratslizenz wollte Mr. Wagner zum Glück nicht sehen, er wollte nur eines wissen. »Sie sind doch keine Schauspieler?«, fragte er misstrauisch. »Ich vermiete nicht an Schauspieler.«

Wir versicherten ihm, dass wir nicht im Traum daran dächten, uns in das gigantische Heer der hoffnungslosen Darsteller einzureihen, und so bekamen wir die kleine, möblierte Wohnung mit zwei Zimmern und Küche, zu dem erstaunlich niedrigen Preis von 4,50 Dollar pro Woche.

Jetzt, am Morgen, stellten wir fest, warum sie so billig war: Direkt gegenüber war eine Baustelle, und unter lautem Gedröhne und Gehämmere wurde die Fassade eines neuen Gebäudes hochgezogen.

Wir ließen uns nicht davon stören.

»Frühstück ist fertig«, sagte Polly voller Energie. »Ich war einkaufen und habe dir eine Grapefruit mitgebracht.«

»Solange es kein Chili gibt«, sagte ich grinsend. Ein Blick in den Spiegel zeigte mir, dass ich tiefe Ringe unter den Augen hatte. Und ein paar Wunden auf der Stirn.

»Na, setz dich schon«, sagte sie fürsorglich und zog mich an den gedeckten Küchentisch, wo Kaffee, Toast und Eier bereitstanden und besagte Grapefruit. Das sei eine Kreuzung zwischen einer Orange und einer Pampelmuse und äußerst vitaminreich, wie sie mir erklärte. Ich hatte noch nie eine gegessen, bestand aber darauf, dass wir sie uns teilten. Enrico lag unter dem Tisch, fraß und sah sehr zufrieden aus.

Polly hatte auch die Morgenausgabe des *Examiner* mitgebracht, und sie machten mit dem Brand und dem grausigen Fund im Brunton-Studio auf. In den Überresten der zerstörten Hallen habe man zwei bis zur Unkenntlichkeit verbrannte Tote gefunden, schrieb Sonderkorrespondent Arthur Blowfish, und die Behörden gingen davon aus, dass einer von ihnen der Privatermittler Hardy Engel sei, dessen Zigarettenetui man darin gefunden und anhand der Gravur eindeutig zugeordnet habe. An der Identifizierung des zweiten, dessen verkohlte Leiche man auf einem Bett gefunden habe, arbeite man noch. Zu der Frage, ob der Tod von Engel womöglich mit dem Taylor-Fall in Verbindung stehe, zu dem er auch noch am Abend seines Todes dem *Examiner* eine Ankündigung habe machen wollen, wolle sich die Polizei derzeit noch nicht äußern.

Selten fühlte ich mich so gut und so lebendig wie in dem Moment, als ich verbrannt und für tot erklärt worden war und meine erste Grapefruit aß.

»Tote haben mehr vom Leben«, sagte ich. Wir lachten ausführlich darüber.

Das Wichtigste hatte ich ihr gestern bereits berichtet: dass nun auch Byron tot war. Zu mehr waren wir noch nicht gekommen. Als sie mitbekam, wie ich Byrons Briefe Buck gab, damit er sie in seinem Whiskykeller zu den anderen Sachen tat, fragte Polly nach, was denn dort sonst noch liege.

»Das Kundenbuch des Dukes«, sagte ich und grinste schwach.

»Du hast es also doch?«, schrie sie und schlug mir gegen das Schlüsselbein. »Hab ich's mir doch gedacht!«

»Tut mir leid, dass ich dich angelogen habe«, sagte ich. »Ja, ich habe es sichergestellt, aber es war besser, es zu verschweigen. Sie haben verlangt, dass ich es ihnen im Austausch für dich gebe. Habe ich anders gelöst.«

»Und was hast du damit jetzt vor?« fragte sie. »Und mit den anderen Beweisstücken?«

»Das können wir uns zusammen überlegen«, sagte ich. »In aller Seelenruhe.«

Wir grinsten uns daraufhin breit an.

»Aber erzähl *du* mal«, sagte ich jetzt kauend zu Polly. »Wo und wann haben sie dich eigentlich entführt?«

»Es war grauenvoll«, sagte sie mit vollem Mund und wischte sich Honig vom Kinn. »Am nächsten Tag war ich erst unterwegs, bei Virginia Volk, Sands' Freundin, und sie gab zu, dass sie für ihn das Geld bei Taylor abholen sollte, aber dazu kam es ja nicht mehr. Zu Hause klopfte es dann bei mir an der Tür, und ich dachte, du wärst es, kämst zurück nach dem großen Streit, und riss die Tür auf, und dann schnappte er mich. Der von gestern. Enrico hat sich als Wachhund nicht bewährt.« Sie sah streng nach unten, Enrico blickte schuldbewusst zu seiner Herrin hinauf. »Aber vermutlich besser so, sonst hätte dieser Mistkerl ihn womöglich erschossen. Hat mich gefesselt, mir einen Sack über den Kopf gestülpt und mich in die Halle gebracht. Dort hat er mich ans Bett gebunden. Verdammt fest! Er hat sich so sicher gefühlt, dass er mich nachts sogar allein gelassen hat.«

»Mist«, sagte ich. »Das war Andy, Byrons Freund. Entschuldige bitte. Es tut mir leid, was ich zu dir gesagt habe.«

»Vielleicht hattest du ja recht«, sagte sie und winkte ab, als würde sie eine Fliege verscheuchen. »Ich hatte Angst, dass du denkst, ich wäre jetzt wirklich weggerannt.«

»Vergiss es«, sagte ich. »Mich interessiert noch etwas anderes. Wie hast du eigentlich herausgefunden, dass Peavey in dem Irrenasyl ist? Dass du noch nicht in Malibu gewesen bist, weiß ich – aber wie bist du darauf gekommen, wo sie ihn festhalten?«

Sie ließ das Brot sinken und zog die Stirn in Falten.

»Wieso Peavey?«

»Ich bin dort gewesen und habe ihn rausgeholt«, sagte ich ungeduldig. »Durch seine Aussage fand ich heraus, dass Byron der Täter war.« Sie sah mich immer noch verdutzt an. »›Die Anstalt für geistige Gesundheit‹! Ich habe die Karte gefunden, auf die du die Adresse geschrieben hast.«

»Doch nicht wegen Peavey«, sagte sie langsam. »Belle Simpson ist dort!«

»Wer?«, fragte ich. Jetzt war es an mir, dumm aus der Wäsche zu schauen.

»Belle Simpson«, wiederholte sie. »Bitte sag mir, dass du sie auch da rausgeholt hast. Dass sie dadrin nicht immer noch schmort?« Sie sah mich ungeduldig an.

»Hab ich nicht!«, sagte ich. »Wer zum Teufel ist Belle Simpson?«

Sie schlug auf den Tisch, dass die Tassen umfielen.

»Na, die schwarze Köchin«, sagte sie, als wäre es das Selbstverständlichste der Welt. »Die von Mary Miles Minter!«

70

Beinahe stritten wir uns schon wieder, als wir in dem McFarlan auf der Küstenstraße in Richtung Malibu rasten. Polly fuhr. Und *wie* sie fuhr!

»Nach Peavey habe ich ja auch gesucht, aber da bin ich nicht weitergekommen«, erklärte sie und blies Rauch knapp an meinem Kopf vorbei. »Dann bin ich zu Marys Haus und hab mich dort umgehört – na, weil das Alibi doch nichts mehr wert gewesen ist, schließlich ist Taylor erst in der Nacht gestorben!«

»Du hast Mary danach gefragt?«

»Doch nicht sie selbst, die waren ja alle bei den Dreharbeiten, Mary, Mutter und Großmutter«, erklärte sie ungeduldig. »Ihr Personal! Ich habe mit ihrem Hausmädchen gesprochen. Sie konnte mir nichts zu der Nacht sagen, in der der Mord geschehen ist, aber hat mir ganz alarmiert erzählt, dass Belle spurlos verschwunden sei. Die Köchin, du hast sie doch gesehen, als du da gewesen bist!«

Ich erinnerte mich an meinen Besuch am Hobart Boulevard. An den Auftritt von Mrs. Shelby, und wie die Großmutter die sehr ängstlich wirkende Köchin angewiesen hatte, dem Filmstar Mary Huhn und einen Salat ohne Dressing zu bringen, reine Diätkost.

»Es habe Streit zwischen ihr und Mrs. Shelby gegeben, und am nächsten Tag sei sie weg gewesen. Aber das Mädchen hat ein Telefonat mitbekommen und sich dabei die Adresse notiert, weil sie sich Sorgen um Belle gemacht hat. Sie hat mich richtig angefleht, hinzufahren und dort nachzusehen. Das konnte ich dann nicht mehr. Es ist also ein Irrenasyl?«

»Ja«, sagte ich. »Das klingt, als würden sie etwas wissen, die ganze Familie. Als hätten sie etwas vertuscht, vielleicht mit Hilfe von Byron. Vielleicht war es doch kein Zufall, dass ich dort auch Peavey fand, vielleicht ist es einfach der Ort, an dem sie unliebsame Menschen entsorgen.«

»Die etwas ausplaudern könnten«, sagte sie.

»Ich glaube immer noch, dass es Byron gewesen ist«, sagte ich. »Es passt alles: Er war Taylors Liebhaber, und er kam in der Nacht mit dem Flugzeug nach Hollywood. Als ich ihn mit meinem Verdacht konfrontiert habe, hat er es zwar geleugnet, doch warum hätte er das auch zugeben sollen.«

»Hoffen wir nur, dass Belle noch dort ist«, sagte Polly grimmig und trat das Gaspedal durch. Wir flogen nur so um eine Kurve. Über uns kreischten die Möwen.

Wir hielten noch einmal kurz an, am Postamt von Malibu, wo ich ein Telegramm aufgab. Es war an Jesse L. Lasky gerichtet, den Studiochef von Paramount, und der Inhalt lautete: BIN AUF DEM WEG NACH NORDEN – DRINGENDE ANGELEGENHEIT – MELDE MICH WIEDER – BYRON HAMILTON.

»Wir müssen verdammt aufpassen dadrin«, sagte sie, als wir oben am Clearwater Drive vor dem Haus aus dem Automobil stiegen und auf den Eingang zugingen.

»Ich weiß. Aber wir haben keine andere Wahl, wir müssen es riskieren«, sagte ich. Ich zog meine Jacke beiseite und zeigte ihr den Griff der Luger, der aus meinem Hosenbund ragte. Ich hatte sie zu Hause geladen.

»Und was mich betrifft: Ich bin ja tot«, fügte ich hinzu. »Aber Byron Hamilton, der ist am Leben.«

Ich versuchte, die Tür zu öffnen, doch sie war verschlossen. Ich klingelte und grinste Polly zuversichtlich zu. Es dauerte einige Augenblicke, dann hörten wir Schritte, und die Krankenschwester von neulich öffnete.

Sie blickte mich über ihre Brille hinweg an.

»Mr. Hamilton«, sagte sie. Polly zuckte mit keiner Wimper.

»Schönen guten Tag, Jeanette«, sagte ich freundlich. »Jetzt bin ich schon wieder da. Diesmal wollen wir zu einer anderen Patientin. Miss Belle Simpson.«

Sie zögerte nur ganz kurz.

»Kommen Sie doch bitte herein, Mr. Hamilton«, sagte sie und trat beiseite. Sie schloss die Tür und folgte uns. »Wenn Sie einen Moment warten würden – ich hole den Doktor.«

»Sie müssen ihn nicht stören«, sagte ich.

»Eine Minute«, sagte sie und eilte den linken Flur hinunter.

»In diesem Flügel sind die Frauen«, erklärte ich Polly, die sich nervös umsah. »In dem anderen die Männer.«

Viel mehr Zeit hatten wir nicht, um zu reden. Eine Tür öffnete sich, und der großgewachsene Doktor kam in seinem weißen Kittel auf uns zu. Wieder fiel mir sein seltsam wippender Laufstil auf. Die Schwester eilte hinter ihm her.

»Guten Tag, Mr. Hamilton«, sagte er freundlich und gab mir die Hand. »Ich hoffe, Mr. Peavey geht es gut?«

»Danke«, sagte ich. »Doktor Tomlinson, das ist Polly Brandeis, sie arbeitet mit mir, ich habe Ihnen ja bereits von ihr erzählt.«

»Sehr angenehm«, sagte er und gab auch ihr die Hand. Er sah sich uns beide ganz genau an. Die klugen Augen hinter seiner Hornbrille verrieten nicht, was er dachte, doch er schien nicht im Geringsten besorgt zu sein und wirkte nicht, als habe er irgendeine Warnung erhalten. Polly sagte nichts, auch sie beobachtete alles erst einmal nur.

»Was kann ich diesmal für Sie tun?«, fragte der Arzt.

»Wir wollen zu Belle Simpson.«

Er sah von mir zu Polly und dann wieder zu mir.

»Ich kann Ihnen versichern, dass es ihr bei uns gut geht«, sagte er.

»Wir wollen Sie sehen. Persönlich«, sagte ich.

»Also schön. Ich wünschte nur, Sie hätten vorher angerufen«, sagte er und wollte sich eben umwenden, da steckte die Schwester den Kopf aus dem Zimmer seitlich des Tresens.

»Kann ich Sie rasch sprechen, Herr Doktor?«, rief Jeanette. »Es ist sehr dringend.«

»Entschuldigen Sie mich einen Moment«, sagte er und ging zu ihr hinein. Die Schwester schloss die Tür. Wir konnten sie durch ein Fenster sehen, und sie uns.

»Was ist da los?«, fragte Polly leise, doch mit lächelndem Gesicht, für unsere Zuschauer.

»Keine Sorge«, sagte ich, ebenso unverfänglich grinsend. »Sie haben Byron Hamilton nie kennengelernt.«

Der Doktor kam wieder heraus.

»Nun aber«, sagte er freundlich. »Hier entlang, bitte.« Er zeigte zur Treppe und ging voran.

Ich dachte daran, dass dort oben »die schweren Fälle« untergebracht waren, wie mir die Schwester damals erklärt hatte.

»Haben Sie sich am Kopf verletzt, Mr. Hamilton?«, fragte der Doktor über die Schulter.

»Keine große Sache«, sagte ich.

Er nickte nachdenklich und ging die Treppe hinauf.

»Ach, sagen Sie doch«, meinte er, »wer war es noch gleich, der Miss Simpson bei uns einlieferte?«

Polly und ich sahen uns an.

»Keine Ahnung, wen meine Sekretärin Cathy damals beauftragt hat«, sagte ich vorsichtig.

Wir erreichten jetzt die obere Etage und wandten uns nach links. Der Arzt steuerte zielstrebig auf eine Tür zu und klopfte dagegen. Sie wurde geöffnet, und zwei große, breitschultrige Pfleger schauten heraus. Der nette von neulich war dabei, der sich um Horatio gekümmert hatte. Der Doktor wechselte einen Blick mit ihnen und ging weiter, und sie folgten uns. Der nette gab durch nichts zu erkennen, dass er sich an unsere Begegnung erinnerte. Er wirkte heute ernst und professionell. Die Pfleger gingen hinter uns und der Doktor voraus.

Der Arzt hielt an einer weiß lackierten Eisentür, holte einen großen Schlüssel heraus und öffnete sie.

»Miss Belle Simpson«, sagte er zu uns und blieb stehen. »Gehen Sie doch gerne hinein.«

Hinter ihm konnten wir eine schwarze Frau sehen, die auf dem Bett fixiert lag. Sie wandte müde den Kopf, doch sie schien uns gar nicht richtig wahrzunehmen.

»Danke«, sagte ich, ohne hineinzugehen. »Aber wir wollen sie gleich mitnehmen, holen Sie sie doch bitte heraus.«

Der Doktor rückte seine Brille zurecht, als müsse er nachdenken.

»Ich fürchte«, sagte er, »das kann ich nicht zulassen.«

Die beiden Pfleger bauten sich vor uns auf. Sie waren größer als ich, und sie waren sehr viel größer als Polly.

»Warum nicht?«, fragte ich. »Das Geld haben Sie doch schon bekommen. Und wenn es nicht reicht …«

Es war nur ein Versuch.

»Es geht nicht ums Geld«, sagte der Arzt freundlich. »Wir müssen Sie beide leider hierbehalten. Sie brauchen auch eine Therapie.«

Er nickte den beiden Pflegern zu. Im nächsten Augenblick, bevor sie irgendetwas tun konnten, stellte sich Polly vor mich, verzerrte das Gesicht und begann, mir mit beiden Fäusten gegen die Brust zu trommeln.

»Oh, Mr. Hamilton«, sagte sie verzweifelt schluchzend. »Sie haben mir doch versprochen, dass Sie mich nicht ins Irrenasyl bringen! Ich bin nicht verrückt, das wissen Sie doch genau, Sie Schwein!«

Und sie schlug mir ins Gesicht, und als ich versuchte, sie wegzuschieben, drückte sie sich heftig gegen mich.

»Holt sie da weg«, sagte der Arzt herrisch, und die beiden Pfleger rissen Polly von mir los. Sie schrie hemmungslos und trat um sich wie eine Verrückte. Einer von ihnen hielt sie fest, und der, den ich kannte, umklammerte mich, so, dass ich nichts mehr ausrichten konnte.

»Sie bekommen jeder ein eigenes Zimmer auf diesem Stockwerk«, sagte der Arzt. »Wer auch immer Sie wirklich sind, Sie haben eine schwere Persönlichkeitsstörung. Aber keine Angst, unsere Medikamente wirken Wunder, und unsere Therapie wird Sie letztlich von allem kurieren.«

Polly warf mir einen Blick zu. Ich nickte, während der Pfleger hinter mir noch fester zupackte. Was mir ganz wunderbar gefiel, war, wie locker mein Hosenbund plötzlich saß. Der Pfleger hob mich hoch und zerrte mich weg. Gewiss würde er mir gleich auch eine Spritze geben.

Plötzlich entwand sich Polly dem Griff ihres Bewachers, trat einen Schritt zur Seite und zog meine Luger hervor, die sie in der Tasche ihres Kostüms versteckt hatte. Sie zielte auf den Kopf des Arztes.

»Keine Bewegung«, sagte sie. »Ich schieße sehr gut, und ich habe kein Problem damit, abzudrücken. Sie da, lassen Sie ihn los.« Sie zeigte mit der Pistole langsam und kontrolliert auf uns und dann wieder auf den Doktor. Der Pfleger war stehen geblieben und sah Doktor Tomlinson an. Er reagierte nicht.

»Sofort!«, schrie Polly. Nichts geschah.

Sie richtete die Waffe auf den Boden und schoss. Die Kugel schlug direkt vor den Schuhen des Arztes ein, Holz splitterte. Er sprang vor Schreck ungefähr vier Fuß in die Luft.

»Lass ihn los«, sagte er dann gehetzt. Der Pfleger gehorchte. Ich taumelte nach vorn und stellte mich neben Polly. Durch die offen stehende Tür konnten wir immer noch Belle Simpson sehen.

»Sie da, gehen Sie rein und machen Sie die Frau los«, sagte Polly zu dem Pfleger, der sich um sie gekümmert hatte. »Sonst erschieße ich den Doktor.« Sie hielt die Waffe weiter auf ihn gerichtet. Doktor Tomlinson nickte seinem Untergebenen zu.

Der Pfleger ging hinein. Ich drehte mich derweil um und bedeutete der Schwester, die oben am Treppenaufgang erschienen war, stehen zu bleiben. Sie tat es erschrocken.

»Es ist ein Polizist gewesen, nicht wahr«, fragte ich den Arzt, »der Miss Simpson hergebracht hat?« Er antwortete nicht und sah weg.

Der Pfleger öffnete die Fesseln, die Belle Simpson an das Bett fixierten. Dann half er ihr auf und führte sie hinaus zu uns. Sie wankte und musste sich am Türrahmen festhalten. Sie trug nur ein weißes Nachthemd.

»Rein da, los, alle!«, rief Polly.

Zögernd gingen die Pfleger in das Zimmer. Polly hielt den Doktor in Schach.

»Die Schlüssel, ganz vorsichtig«, sagte sie. Er griff in die Tasche und hielt sie hoch, und ich schnappte sie mir. Er ging in das Zimmer, mit einem Gesicht wie ein Schulhofschläger, der in den Karzer muss. Ich winkte die Krankenschwester heran. Sie trippelte eilig an Polly und mir vorbei. Das kleine Zimmer war nun ganz voll.

Ich schloss die Tür und drehte den großen Schlüssel zweimal um. Dann lief ich zu Belle Simpson und stützte sie. Von der anderen Seite half Polly. Gemeinsam brachten wir sie nach unten, wo wir mit einer Schere die Telefonleitung durchtrennten.

»Polly Brandeis«, sagte ich. »Du bist ja doch eine Schauspielerin. Sag das bloß nicht unserem Vermieter Herrn Wagner.«

71

Zurück in Hollywood quartierten wir Belle Simpson in derselben kleinen Pension ein wie Henry Peavey, dem ich neue, unterwegs gekaufte Kleider mitgebracht hatte, die ihm nicht gefallen hatten. Sie waren ihm zu unauffällig.

Als die Köchin der Minters wieder klar im Kopf war und etwas gegessen und getrunken hatte – ungefähr zwei Mahlzeiten auf einmal und dazu eine große Flasche Limonade –, erzählte sie uns die ganze Geschichte.

Das Alibi von Mary Miles Minter für die Tatnacht war hinfällig. Mary hatte uns gegenüber behauptet, dass sie an jenem Abend alle im Haus am Hobart Boulevard zusammengesessen hatten und Mary ihnen aus ihrem Lieblingsbuch, dem Südseeroman *The cruise of the Kawa* von Walter Traprock, vorgelesen hatte. Die Großmutter, die Mutter und der Nachbar Carl Stockdale hatten das bestätigt. »Das stimmt auch«, sagte Belle Simpson und nahm einen kräftigen Biss von einem Eiersalat-Sandwich. »Aber dann um Mitternacht, als ich gerade alles aufräumte, wollte Mary noch einmal losgehen. Es gab einen großen Streit deswegen.«

»Mit der Mutter, Mrs. Shelby?«, fragte ich.

»Nein, die war schon zu Hause, sie wohnt doch in dem Haus in der New Hampshire Avenue, das gerade umgebaut wird. Die Großmutter wollte Mary nicht weglassen. Sie sagte, sie wisse ganz genau, wo sie hinwollte, aber das könne sie nicht zulassen nach allem, was passiert sei.«

»Und wohin wollte sie?«, fragte Polly.

»Das wurde nicht gesagt«, antwortete Belle und spülte den Bissen mit Limonade hinunter. »Sie ging jedenfalls trotzdem. Sie nahm den Wagen und fuhr los.«

Polly und ich sahen uns an.

»Zu Taylor«, sagte sie.

»Und dann war sie die ganze Nacht weg?«, fragte ich Belle.

»Sie kam irgendwann wieder, es muss schon nach zwei Uhr gewesen sein. Ich bin davon wach geworden«, sagte sie. »Da gab es noch einmal einen großen Streit. Irgendwann hörte ich auch Mrs. Shelby herumschreien, die Großmutter hatte sie wohl alarmiert. Sie hat Mary ziemlich heruntergeputzt, aber ich habe nicht verstanden, was gesagt worden ist. Ich wollte ja lieber gar nichts davon wissen …«

Beinahe begann sie zu weinen.

»Und am nächsten Morgen haben Sie dann gehört, dass Mr. Taylor ermordet worden ist?«

Sie biss sich auf die Lippen und nickte. »Und plötzlich haben alle davon geredet, dass sie den ganzen Abend hier gesessen hätten, zusammen, bis spät in die Nacht, auch Mr. Stockdale. Dabei ist der überhaupt nicht dabei gewesen.«

Polly, die ihr noch ein Sandwich zubereitete, hielt mit erhobenem Buttermesser inne.

»War er nicht?«, fragte Polly.

»Nein. Aber von da an hat er immer bei uns am Hobart Boulevard gesessen und hat alles bestätigt, was sie gesagt haben.«

»Wahrscheinlich bekam er dafür Geld, weil sie einen Zeugen von außerhalb der Familie brauchten«, sagte ich. »Und eine Rolle in ihrem neuen Film.«

»Mir wollten sie auch Geld geben, damit ich es bestätige«, sagte Belle. »Aber ich wollte es nicht nehmen. Sie haben mich bedrängt. Mrs. Shelby vor allem. Ich habe sie gefragt: Wieso ist das wichtig? Weil doch in den Zeitungen stand, dass der Mord schon um acht gewesen wäre. Irgendwann kam dann ein Polizist und nahm mich mit, so ein großer Mann. Angeblich zum Verhör. Ich dachte, jetzt klärt sich alles auf, ich war bereit auszusagen, die ganze Wahrheit. Aber dann brachte er mich in die Klinik und …«

Sie konnte nicht weiterreden. Sie musste es auch nicht.

»Ihr seid wirklich komplett wahnsinnig«, sagte Buck kopfschüttelnd. »Im Grunde wäre es richtig gewesen, euch dazubehalten!«

Wir saßen am nächsten Vormittag in Bucks Oldsmobile, Polly, Buck und ich, am Santa Monica Boulevard und besprachen die Lage. Die beiden anderen vorne und ich hinten, neben Enrico, auf der breiten Ladefläche, mit dem doppelten Boden und dem Hohlraum darunter.

»Wir mussten sie da rausholen«, sagte ich.

Gegenüber auf der anderen Straßenseite fand auf dem Hollywood Memorial Cemetery gerade wieder einmal eine Beerdigung statt.

»Und jetzt wissen wir, was wirklich passiert ist. Was es war, das sie so aufwendig vertuschen wollten«, sagte Polly.

Ich sah hinüber zu der Trauergemeinde, die sich um das offene Grab versammelt hatte. »Das bedeutet, dass Byron nicht notwendigerweise der Mörder war. Vielleicht kam er nur, um die Lage zu retten, nachdem sie ihn in der Nacht in Lone Pine angerufen hatten.«

Es war die komischste Beerdigung, die ich jemals erlebt hatte.

»Ihr glaubt, dass die kleine Mary Miles Minter, die so sehr in Taylor verliebt gewesen ist, in dieser Nacht zu ihm gefahren ist? Und dass sie ihn erschossen hat, dass sie die Mörderin ist?«

Es war *meine* Beerdigung.

Diesmal hatte ich eine große Flasche mit Hochprozentigem dabei. Ich hatte sie aus dem Hohlraum unter dem Boden geholt. Wir ließen sie im Wagen ständig herumgehen. Niemand sah oder hörte uns hier.

»Na ja«, sagte ich. »Vieles spricht dafür. Der Zeitpunkt, zu dem sie losgefahren ist, auch ihre Rückkehr in der Nacht …«

Wir hingegen konnten alles mitverfolgen, was auf der anderen Straßenseite geschah und in großen Reden, die über Lautsprecher übertragen wurden, volltönend gesagt wurde. Über mich, über mein Leben, über meinen furchtbaren Tod in den Flammen. Jetzt trat Thomas Lee Woolwine gemessenen Schrittes nach vorne, erneut in voller Trauerkleidung mitsamt Zylinder.

»Sie hat vom Studio ein Kontaktverbot auferlegt bekommen«, sagte Buck.

»Das hält in dieser Familie niemanden von irgendetwas ab«, sagte Polly. »Im Gegenteil, es muss sie erst so richtig wild gemacht haben. Und selbst wenn sie gewusst hätte, dass mein Vater eigentlich nur Männer liebte, dass er wegen der Probleme mit ihr Byron nähergekommen war und sich in ihn verliebt hatte, es hätte sie nicht davon abgehalten, ihm nachzustellen.«

»Hardy Engel war ein guter Detektiv«, sagte Woolwine zu der Menge, seine Worte drangen deutlich zu uns herüber. »Aber erfolglos, er bekam nicht die Anerkennung, die er seiner Meinung nach verdiente.«

Es waren reichlich Polizisten und Ermittler gekommen, Eddie King, Miller, Zeigler; der neue Chef der Mordkommission, Hank Reiner, sowie der neue Polizeichef. Alle trugen sie Galauniformen. Auch Arthur Blowfish und viele andere von der Presse waren da, lauschten aufmerksam und schrieben alles mit. Woolwine wurde von allen Seiten fotografiert, und ihm schien das sehr recht zu sein. Ich hatte einen wirklich schönen Sarg – wer auch immer dafür aufgekommen war –, aus hellem Zedernholz und mit vergoldeten Griffen. Ich sah Mr. Lasky und Mr. DeMille, und auch Carl Laemmle stand an meinem Grab, braun gebrannt, er war offensichtlich wieder aus Europa zurückgekehrt. Sonst keine Produzenten.

»Mary ist zu ihm gefahren, als ihre Mutter nicht da gewesen ist, das wissen wir von Belle«, sagte ich. »Vermutlich hat sie bei Taylor geklingelt, der in der Nacht noch gearbeitet hat, und hat ihn zur Rede gestellt, ihm noch einmal ihre Liebe gestanden, ihn in ihrer pathetischen Art mit einer Waffe bedroht, was weiß ich. Und als er ihr eine Abfuhr erteilt hat, hat sie ihn vermutlich erschossen. Aus Enttäuschung, oder vielleicht nicht einmal absichtlich, als sie sich umarmt haben, beim Abschied, könnte sich ein Schuss gelöst haben. Jedenfalls muss sie am Boden zerstört gewesen sein und ihn so hingelegt haben, sanft, liebevoll, wie er gefunden worden ist.«

»Engel hatte große Geldsorgen«, sagte Woolwine drüben. »Und deshalb hat er sich dazu verleiten lassen, gemeinsame Sache zu machen mit Edward Sands, dem Mörder und Erpresser von William Desmond Taylor, den er vermutlich aus New York gekannt hat.«

Alle Zuhörer horchten auf. Die Polizisten unter ihnen wirkten weniger überrascht.

»Das muss doch jemand gehört haben«, sagte Buck. »Den Schuss, mitten in der Nacht. Wenigstens der Nachbar, der das Haus nebenan hat …«

Er sah mich fragend an.

»Charles Maigne«, sagte ich. »Der Regisseur, der für ihren Film engagiert worden ist.«

»Mein Nachfolger«, sagte Polly grimmig.

»Vermutlich als Belohnung für die falsche Aussage, die er in meiner Gegenwart gemacht hat.«

»Ob Engel aus Habgier handelte oder ob ihn sein wohlbekannter Hass auf die Filmbranche leitete, wissen wir nicht. Es kam jedenfalls zum Streit mit seinem Komplizen«, sagte Woolwine scheinbar tief erschüttert. »Wir hielten ihn die ganze Zeit für verdächtig, ließen ihn jedoch für uns ermitteln, um ihn überwachen zu können. Am Ende hat ihm seine Gier, vielleicht auch seine Hybris, den Tod gebracht. Unter welchen Umständen er gestorben ist, müssen wir noch herausfinden. Wir haben ihn des Mordes an Edward Sands überführen können, weitere Geheimnisse hat er mit ins Grab genommen und wichtige Beweismittel unterschlagen, die wir wohl nicht mehr finden werden.«

Sie wussten ganz offenbar noch nicht, wer der zweite Tote

war. Aufgrund meines Telegramms wähnten sie Byron Hamilton wohl »im Norden«. Polly hatte bei seiner neuen Sekretärin angerufen – natürlich unter falschem Namen, denn sie galt ja selbst als verschollen – und erfahren, dass auch diese nichts Näheres wusste. Auch Doktor Tomlinson hatte offensichtlich nicht Alarm geschlagen. Das alles war ihm wohl so peinlich, dass er lieber stillhielt.

»Ihr glaubt wirklich, dass die Kleine dazu imstande ist?«, fragte Buck zweifelnd. »Wir haben doch gerade in der Zeitung gelesen, dass Mary erst fünfzehn ist, eine Sklavin ihrer ehrgeizigen Mutter.«

»Sie war waghalsig und eigenständig genug, um Flugstunden zu nehmen«, gab ich zu bedenken. »Sie ist schon eine ganz schön wilde Hummel.«

»Warum war sie so heiß auf Männer?«

»Gerade weil man ihr den Umgang verboten hat«, sagte Polly. »Diese schreckliche Mutter, die sie ständig gegängelt hat. Mary hat mir da was erzählt, bei den Dreharbeiten. Sie hatte vor zwei Jahren schon einmal eine Affäre mit einem ihrer Regisseure. Sie wurde sogar schwanger, und deshalb musste sie es ihrer Mutter beichten, und Mrs. Shelby zwang sie zu einer Abtreibung.«

Ein Schwarm Krähen erhob sich aus den Palmwedeln über uns und flog davon.

»Es muss ein Duell zwischen Mutter und Tochter gewesen sein, ein richtiges Drama«, sagte ich. »Die Kleine wollte unbedingt ausbrechen, wer kann es ihr verdenken. Sie hat ja auch mit mir geflirtet, als ich da gewesen bin, und die Mutter hat es dann unterbunden. Sie hat mich sogar bedroht.«

»Das Mädchen hat ein Talent für dramatische Auftritte, weiß Gott. Aber da ist sie bei meinem Vater an den Falschen geraten«, sagte Polly.

»Und er an die Falsche. Deshalb wird das Studio ihren Vertrag nicht verlängern, weil sie die Täterin ist – nicht wegen ihres Alters«, sagte ich.

»Das müsst ihr alles erst einmal belegen können«, sagte Buck und rieb sich über die Spalte in seinem Kinn. »Kann es nicht trotzdem Byron gewesen sein? Und wie wollt ihr Mary jemals zu einem Geständnis bringen? Sie scheint in ihrer ganz eigenen Welt zu leben.«

»Diese Mutter ist imstande, alles zu vertuschen«, nickte ich. »Sie bezahlt alle von der fürstlichen Gage ihrer Tochter. Die Unbestechlichen lässt sie ins Irrenhaus stecken.«

Drüben wurde der Sarg in die Grube hinabgesenkt. Die Reden waren beendet, und alle Umstehenden beteten für mich und meine Zukunft im Jenseits; ob nun im Paradies oder, viel wahrscheinlicher, in der Hölle. Mr. Laemmle schüttelte traurig, ja verzweifelt den Kopf. Woolwine posierte für die Fotografen.

Eigentlich waren es nicht sehr viele Leute, und darunter immer noch einige, die ich bei meiner Beerdigung lieber nicht dabeigehabt hätte.

Ich nahm einen großen Schluck aus meiner Flasche.

»Was wird das?«, fragte Buck und nahm sie mir weg. »Ein Selbstversuch, wie viel in so einen Detektiv hineinpasst?«

»Das ist meine verdammte Beerdigung«, sagte ich. »Wart's ab, wie viel du auf deiner trinkst.«

Polly, immer noch in Gedanken, schüttelte den Kopf. »Warum hat Byron, der einen Skandal doch hat verhindern wollen, ausgerechnet Marys Briefe ausgelegt?«

»Das habe ich mich auch schon gefragt«, sagte ich. »Aber nehmen wir mal an, der Anrufer – wer auch immer es war – hat Byron bei diesem eiligen, nächtlichen Telefongespräch nur gesagt, dass Taylor ermordet worden sei und er sofort kommen und einen Skandal verhindern solle, mehr zunächst nicht. Wahrscheinlich lief dann alles sehr chaotisch ab. Byron war klar, dass alle von Taylors Homosexualität erfahren würden, wenn die Polizei und die Presse sich auf den Tatort stürzten, und es ging ihm auch darum, seinen eigenen Ruf zu retten. Er eilte als Erstes dorthin, ließ die Briefe verschwinden, die ihn betrafen, und platzierte dann die Briefe von Mary und von Mabel. Sie standen ihm zur Verfügung und waren aus seiner Sicht das perfekte Ablenkungsmanöver. Möglicherweise wusste er zu diesem Zeitpunkt noch gar nicht, dass Mary die Mörderin war. Er wird es uns nicht mehr sagen können.«

»Eigentlich riskierte er, dass sie als Verliebte bloßgestellt wurde«, sagte Buck. »Nur weil sie Taylor Briefe geschrieben hatte, musste sie nicht in Mordverdacht geraten. Und für ihr Alibi haben sie ja gesorgt.«

Jetzt stellten sie sich alle an meinem Grab auf, um Erde hinabzuwerfen und Abschied zu nehmen. Der Erste war Carl Laemmle. Seine Trauer schien echt zu sein.

»Vielleicht ist es auch gar nicht Mary gewesen, die Byron in der Nacht angerufen und benachrichtigt hat«, sagte Polly.

»Aber wer dann?«, fragte Buck.

Ich sah zu den beiden Paramount-Moguln hinüber. Sie hatten die Hände gefaltet wie zum Gebet.

»Vielleicht war es der Mann, der den Mord aus unmittelbarer Nähe mitbekommen haben muss und für Paramount arbeitet«, sagte ich und zog mir den Hut tiefer ins Gesicht. »Ich werde gleich zu ihm fahren.«

72

Ich konnte auf den ersten Blick sehen, dass Charles und Violet Maigne noch nicht von meinem Tod gehört hatten.

Sie schienen vollkommen mit sich und ihren eigenen Sorgen beschäftigt zu sein. Violet, eine verblühte Schönheit, die um die Jahrhundertwende jung gewesen sein musste und sich die Haare rotblond färbte, öffnete mir mit umschleiertem Blick die Tür von Alvarado Court 404A, und ich hatte Glück, dass sie es war und nicht ihr Ehemann, der mich vermutlich gar nicht erst hereingelassen hätte.

Er starrte mich keineswegs überrascht, aber misstrauisch an, als ich das Wohnzimmer betrat, gefolgt von seiner Gattin.

»Was wollen Sie denn hier, Mr. Engel?«, fragte er mich barsch.

»Aber Charles, der junge Mann hat dir bei Taylors Beerdigung doch so nett geholfen, und er hat nur ein paar kurze Fragen, sagt er«, beschwichtigte ihn seine Frau und wandte sich an mich. »Darf ich Ihnen eine Tasse Tee anbieten, Mr. Engel?«

»Gerne, sehr nett von Ihnen«, sagte ich, bevor der knochige Veteran einschreiten konnte. Sie nickte freundlich und verschwand nach nebenan.

Maigne saß in dem Sessel am Kamin, da, wo ich seinerzeit bei dem Verhör gesessen hatte. Es brannte kein Feuer darin. Er rauchte Zigaretten, und das schien derzeit seine Hauptbeschäftigung zu sein. Er bot mir keinen Platz an. Ich setzte mich trotzdem, auf das Sofa gegenüber.

»Sie sind tagsüber zu Hause, Mr. Maigne?«, fragte ich interessiert. »Müssen Sie nicht den Film schneiden, den Sie gerade fertiggestellt haben, den mit Mary Miles Minter?«

Er griff missmutig nach seinem Zigarettenetui. Der Aschenbecher vor ihm quoll beinahe über.

»Die Arbeiten sind zur Zeit gestoppt. Aber das geht Sie nicht das Geringste an.«

Er zündete die Zigarette mit seinem Feuerzeug an, zog daran und hustete. Hinter ihm schien die Sonne durch das Wohnzimmerfenster, das auf den begrünten Innenhof mit der Pergola ging, und blendete mich.

»Wie haben Sie eigentlich den Regieauftrag bekommen?«, fragte ich. »Das muss doch äußerst kurzfristig gewesen sein.«

In der Küche konnten wir seine Frau mit dem Kessel und den Tassen klappern hören.

»Reiner Zufall«, sagte er und paffte blaue Rauchwolken in die Luft, als wollte er sich dahinter verbergen. »Ich bin fest angestellt beim Studio und hatte gerade zwischen zwei Projekten noch etwas Zeit. Sie waren der Ansicht, dass Polly Brandeis vielleicht doch zu unerfahren für die Sache war, und dann sprachen sie mich an.«

»Byron Hamilton?«, fragte ich.

»Mr. DeMille«, sagte er. »Der neue Chefregisseur, Produzent und Mitgründer dieses Studios. Worauf wollen Sie hinaus, Mr. Engel?«

»Durch diese Fenster sieht man den Hof.« Ich zeigte darauf. »Sie können alles beobachten, was dort draußen passiert. Wer kommt, und wer geht. Und Ihr Bungalow grenzt direkt an den von Mr. Taylor.«

Er sah mich so pikiert an wie einen Statisten, der ihm eine aufwendige Aufnahme ruiniert hatte.

»Das ist doch offensichtlich«, sagte er. »Und ganz und gar nicht neu.«

»Neu ist, dass Taylor nicht um acht Uhr abends ermordet worden ist. Sondern in der Nacht, vermutlich zwischen Mitternacht und zwei Uhr.«

Es war sehr still. Man konnte nur die viktorianische Standuhr in der Ecke ticken hören.

»Wer sagt das?«, fragte er.

»Das beweisen die Tatortfotos der Staatsanwaltschaft, die ich gesehen habe«, sagte ich. »Was haben Sie in dieser Nacht gehört, Mr. Maigne? Sie und Ihre Frau? Sie *müssen* etwas gehört haben, laut und deutlich. Und vermutlich haben Sie auch etwas gesehen.«

Er griff sich an die Brust und begann langsam, sie zu massieren, dort, wo das Herz saß.

»Ich habe nichts gehört und nichts gesehen. Und ich will, dass Sie jetzt mein Haus verlassen«, sagte er.

Ich wandte den Kopf in Richtung der Küche und erhob mich unvermittelt.

»Oh, ich glaube, Ihre Frau braucht Hilfe mit dem Tee«, sagte ich. Und schon war ich nach drüben verschwunden. Ich nahm noch wahr, dass er sich aus dem Sessel hochzustemmen versuchte und dass es ihm schwerfiel und nicht gleich gelang.

Mrs. Maigne war dabei, den Tee aufzubrühen, und sie starrte auf das Sieb, als könnte sie dort in den Teeblättern ihre Zukunft lesen. Sie wirkte schwermütig und abwesend.

»Mrs. Maigne«, sagte ich. Sie blickte unter Mühen hoch, und ihre Unterlippe zitterte leicht. Man konnte auch vom Küchenfenster aus auf den Innenhof sehen.

»In der Tatnacht, zwischen Mitternacht und zwei Uhr, was haben Sie da gehört?«, fragte ich freundlich.

»Oh«, sagte sie und wollte sich erst an der Kanne aus chinesischem Porzellan festhalten, dann stützte sie sich an dem Küchensims ab. »Ja … Es hat sich wie ein Schuss angehört … Vielleicht war es aber auch eine Fehlzündung, von einem Automobil …«, fügte sie schnell hinzu.

»Es war gewiss viel lauter und kam eindeutig von nebenan«, sagte ich nett. »Und deshalb haben Sie nachgeschaut und haben Mary Miles Minter aus Mr. Taylors Bungalow herauskommen sehen.«

Es war eine Feststellung, keine Frage, aber im Konversationston.

»Ja«, sagte sie, beinahe mit einem nervösen Kichern, »ja, genau so war's.«

Hinter mir ging die Tür auf, und Mr. Maigne kam in die Küche hereingeschnauft. Er hatte einen hochroten Kopf und sah seine Gattin voller Panik an.

»Und es war ungefähr um ein Uhr?«, fragte ich ungerührt weiter, an sie gewandt.

»Etwas später.« Sie lächelte unsicher zuerst mich und dann ihren Mann an.

»Du darfst ihm das nicht sagen«, sagte Charles Maigne verzweifelt. »Das darfst du ihm auf keinen Fall sagen, Violet!«

»Aber es ist doch wahr«, sagte sie. »Und er wusste es ja sowieso bereits.«

»Aber das war nicht alles, was Sie gesehen haben«, sagte ich langsam und machte eine Pause.

Schon wandte sie den Kopf zu mir.

»Violet«, sagte der Regisseur warnend. Sie zögerte.

»Sie war nicht alleine«, behauptete ich. »Jemand war bei ihr. Wer?«

Maigne schüttelte beschwörend den Kopf. Er wirkte, als würde er in Kürze einen Herzanfall erleiden, und hatte panische Angst. Also lag ich richtig.

»Wer war es, Mrs. Maigne?«

»Das … das kann ich Ihnen wirklich nicht sagen«, wisperte sie mit gesenktem Kopf, schuldbewusst und voller Furcht.

»Wer? Es hat Streit gegeben, lautstarken Streit, nicht wahr, erst zwischen Miss Minter und Mr. Taylor vor dem Schuss, und dann noch einmal, danach. Mit wem hat sie sich da gestritten? Wer kam noch dazu? Und zu welchem Zeitpunkt?« Sie zögerte. »Sie wissen es. Sagen Sie es mir.«

»Das ist … unmöglich, Mr. Engel«, sagte Mr. Maigne flehend.

»Bitte verzeihen Sie uns«, flüsterte Violet Maigne und krampfte die Hand um eine Porzellantasse. Ich hatte Angst, sie würde sie zerbrechen und sich schneiden.

»Haben Sie Mr. Hamilton angerufen?«, fragte ich. »In Lone Pine? Haben Sie ihm Bescheid gesagt?«

Er zupfte an seinem Tweed-Jackett und strich mehrmals darüber. Dann schüttelte er den Kopf.

»Wann hat Mr. Hamilton Ihnen gesagt, was Sie aussagen sollen?«, fragte ich. »Noch in der Nacht, als er hier war?«

»Mehr kann ich Ihnen nicht erzählen.«

»Sie haben sich sehr professionell verhalten«, sagte ich. »Beinahe hätte ich Ihnen geglaubt.«

Er sagte nichts. Beide sagten kein einziges weiteres Wort.

»Trinken Sie den Tee«, sagte ich. »Eine gute Tasse Tee hilft gegen alles.«

73

Ich warf mich in meinen Wagen und jagte durch den einsetzenden Berufsverkehr hinüber zur New Hampshire Avenue. Dort setzte ich mich in Bucks Automobil zu Polly, die bereits seit einer Stunde das frisch renovierte Haus von Mrs. Shelby beobachtete, wie wir es verabredet hatten. Sie hörte sich an, was ich von meinem Besuch zu erzählen hatte, und knurrte so grimmig, dass Enrico sich auf dem Rücksitz ganz still verhielt.

»Die anderen Nachbarn brauchen wir nicht zu fragen«, sagte ich zu ihr. »Sie haben sie zu den Aussagen gezwungen, um den wahren Tatzeitpunkt zu verschleiern.«

»Zu Stockdale müssen wir auch nicht gehen«, sagte Polly und zeigte auf ein kleineres Haus neben dem von Shelby und Minter. »Er wird seine Aussage nicht ändern. Seine Belohnung hat er bekommen, die Rolle des Sheriffs, und wenn wir ihn befragen, schlägt er Alarm.«

»Das habe ich mir auch schon überlegt«, sagte ich.

»Aber was machen wir dann?«, fragte sie. »Zu Mary gehen und sie damit konfrontieren, was wir wissen?«

Ich schüttelte heftig den Kopf.

»Natürlich nicht, solange die Mutter zu Hause ist«, sagte sie. »Jetzt ist sie aber noch da. Ich hab Mary bisher nicht gesehen, nur die Alte, am Fenster.«

»Auch nicht, wenn sie weg ist«, sagte ich. »Mary hat viel zu viel Angst. Sie haben ja alle viel zu viel Angst. Offenbar vor dieser zweiten Person, die am Tatort war.«

»Du hattest recht«, sagte sie und zupfte an ihrer Lippe herum. »Mary hätte die Leiche nicht alleine so hinlegen können. Und sie *war* nicht allein, das ist die Lösung.«

»Ich glaube, da steckt noch eine ganz andere Geschichte dahinter.«

»Hätten sie hier bloß den Umbau nicht gemacht«, sagte Polly. »Dann wäre Mrs. Shelby bei ihrer Tochter gewesen, in dem anderen Haus, und hätte verhindert, dass sie ihn besucht.«

Ein Schulbus kam die Straße entlanggefahren. Er hielt an der Ecke, und fünf kleine Kinder stiegen aus. Sie winkten ihm hinterher, als er weiterfuhr.

»Immerhin hat die Mutter nach dem Mord alles darangesetzt, ihren Goldesel zu retten«, sagte ich. »Gewiss hat Mary ihr gleich voller Panik Bescheid gesagt. Wahrscheinlich hat Mrs. Shelby dann Byron angerufen und nach Hollywood geholt. Sie muss ihm ja nicht alles erzählt haben. Wer Taylor ermordet hat oder woher sie es gewusst hat.«

»Vielleicht hat sie auch jemand anderen vom Studio angerufen«, sagte Polly.

»Lasky, oder DeMille in New York, der gerade mit dem Schiff angekommen war«, sagte ich. »Einer der Chefs, zu dem sie einen Draht hatte.«

Sie zuckte die Achseln. »Und der hat dann Byron beauftragt.«

»Vielleicht wurde Taylor auch von jemand anderem erschossen«, sagte ich. »Der zweiten Person, aus welchem Grund auch immer. Vielleicht aus Eifersucht. Jemand, der in die kleine Minter verliebt war, aber sie nicht haben konnte, weil sie ganz auf Taylor fixiert war.«

»Reine Spekulation, Hardy. Wie können wir das wissen? Wie sollen wir herausfinden, wer die zweite Person ist?«, sagte sie.

»Das ist die entscheidende Frage«, sagte ich. »War es Minter, die ihn erschossen hat, und die zweite Person hat ihr nur mit der Leiche geholfen? Oder war es jemand anderes, *wegen* Minter, dieser Kindfrau, wegen der ja offenbar eine ganze

Menge Männer durchdrehen? Und sie kam dann nur dazu oder konnte es jedenfalls nicht mehr verhindern?«

Polly tippte mich an. Wir beobachteten, wie jemand aus dem Haus der Shelbys kam. Es war ein großer, breitschultriger Mann. Als er sich nach vorne wandte, erkannte ich ihn und seine schmutzig grauen Haare: Es war Edward King, der Sonderermittler der Bezirksstaatsanwaltschaft, mein besonderer Freund. Hinter ihm tauchte der kupferfarbene Schopf von Marys Mutter auf. Sie schienen sich gut zu kennen. Mrs. Shelby redete auf ihn ein und gestikulierte wild. King erwiderte etwas, und dann drehte er sich um und ging die Stufen hinunter. Sein Motorrad hatte er hinter einem geparkten Wagen abgestellt, deshalb hatten wir es nicht sehen können.

»Der muss lange da gewesen sein«, sagte Polly und duckte sich. »Ich habe ihn nicht kommen sehen.« Auch ich tauchte ab.

»Sieh mal einer an, Eddie King und Charlotte Shelby«, sagte ich.

King brauste auf seiner Maschine an uns vorbei. Wir kamen beide wieder vorsichtig hoch.

»Vielleicht hat sie damals auch King angerufen …?«, fragte Polly grübelnd.

Charlotte Shelby stand noch auf den Stufen und sah ihm sinnend nach. Nun ging sie wieder hinein und schloss die Tür hinter sich. Es war eine riesige Pforte, zwei Stockwerke hoch, aber die kleine Frau bewegte sie mühelos.

»Meinst du, er handelt auf eigene Faust?«, fragte Polly. »Ohne dass Mr. Woolwine davon weiß?«

In diesem Augenblick fiel mir etwas wieder ein, das ich über King herausgefunden hatte. Und ich wusste, mit wem ich darüber reden konnte.

74

Der gute Mechaniker Jeff hatte gewiss vieles erwartet, aber nicht, dass Hardy Engel in seinen Hangar am Flugplatz hineinspazieren würde. Er wurde jedenfalls kreidebleich, als er hochsah und mich erkannte. Hinter ihm lag auf einem Tisch die noch druckfeuchte Nachmittagsausgabe des *Examiner*. Blowfish hatte wohl von meiner Beerdigung berichtet.

Ich hatte mir wieder den Oldsmobile genommen. Polly saß noch immer vor dem Haus, sie wollte das Mysterium lösen, wo Mary abgeblieben war.

»Jeff, Jeff, Jeff«, sagte ich. »Wir hatten ja keine Gelegenheit, noch mal in Ruhe zu sprechen.«

Bei meinen Flügen mit DeMille und Pete Holiday hatte ich ihn zwar gesehen, aber nicht weiter beachtet, und er selbst hatte sich ziemlich im Hintergrund gehalten. Jetzt brachte er nur mit Mühe ein paar Sätze heraus.

»Hab gehört, Sie sind tot«, stieß er hervor. »Hab's in der Zeitung gelesen.«

Sein Gesicht leuchtete so weiß, man hätte die Lampen hier drin ausmachen und den Raum nur mit ihm beleuchten können.

»Bin ich nicht. Und es ist an der Zeit, dass wir es mal tun. Reden.«

Er hatte sich jetzt wieder einigermaßen gefasst.

»Ach ja?«, sagte er gedehnt. »Ist es das?« Er wischte sich die Hände an einem Tuch ab, an dem ich mir die Hände nicht abgewischt hätte.

Er kniete gerade vor einem Propeller, der auf dem Boden lag und von dem ein Stück abgesplittert war. Die kleine Flamme an dem Schweißgerät neben ihm brannte. Ich hielt vorsichtshalber etwas Abstand.

»Ihren Job hätte ich gerne«, sagte ich. »Auf Du und Du mit den Stars. Und sogar einen guten Draht zur Polizei.«

Er zog eine Zigarette hervor, dann hob er das Schweißgerät und entzündete sie mit der Flamme.

»Ich repariere nur, was kaputt ist«, sagte er.

»Sie machen viel mehr als das. Sie und Mr. Holiday«, sagte ich.

Er nahm einen tiefen Zug.

»Also schön«, sagte er und wandte den Kopf ruckartig zu mir, wie eine Eidechse. »Glauben Sie nur nicht, ich hätte nicht schon mit Leuten Ihres Schlags zu tun gehabt. Sagen Sie schon, was Sie wollen.« Wenn er den Mund aufmachte, erwartete man beinahe, dass eine gespaltene Zunge herauszüngelte.

Ich grinste. »Dass Sie das Geschäft des Dukes übernommen haben und die Drogen mittlerweile von Pete und den anderen aus Mexiko einfliegen lassen, ist mir klar«, sagte ich. »Was mich interessiert, ist die Zeit davor. Da haben Sie ja auch schon mit dem Duke zusammengearbeitet. Und da bezog er seinen Stoff noch von woanders.«

»Wirklich? Woher?«, fragte er, und es sollte gelangweilt klingen.

»Aus der Asservatenkammer. Von King und Catanza. Ich hab mir das Buch dort angesehen. Statt sie zu verbrennen, haben sie die Drogen hierhergebracht, und dann hat der Duke sie abgeholt. Was ist dann geschehen? Warum wurden die Lieferungen gestoppt? Warum musste der Duke sterben?« Er legte den Finger auf einen der silbernen Propellerflügel und rieb einen kleinen Fleck weg, die Zigarette im Mundwinkel. »Sie sind aufgeflogen, nicht wahr?«, fragte ich weiter. »Mrs. Shelby, die Mutter von Mary Miles Minter, hat es beobachtet, wahrscheinlich als sie ihre Tochter zu ihren Flugstunden begleitet hat, wie zu allem. Sie kam darauf, dass die Behörden in den

Drogenhandel verwickelt waren. Und sie hat sie damit erpresst. Sie wusste, sie würden ihr alles geben, um ihr Schweigen zu kaufen. Und der Duke und Sie mussten eine neue Quelle auftun und alles ganz neu organisieren. Und da kamen unsere Fliegerhelden und die Mexikaner ins Spiel. Ist gewiss sogar viel billiger, als die Polizei zu schmieren, und man lebt nicht so gefährlich.«

»Wenn Sie schon alles wissen«, sagte er, »reden Sie hier nicht lange kluges Zeug. Sagen Sie einfach, wie viel Sie wollen. Es ist ein großer Kuchen, und für Sie ist da auch ein Stück übrig.«

»Wie weit hinauf ging es denn?«, fragte ich. »Ist Mr. Woolwine auch beteiligt? Oder war nur Mr. King involviert?«

»Fragen Sie ihn doch selbst«, sagte er trotzig. »Sie kennen die hohen Tiere doch so gut. Fliegen sogar mit meinem alten Boss DeMille.«

Er drückte seine Zigarette aus und wandte sich dem Werkzeugkasten zu.

»Was Sie jetzt alles tun, interessiert mich nicht«, sagte ich. »Mich interessiert nur die Zeit davor. Als Sie noch mit unseren Gesetzeshütern zusammengearbeitet haben.«

»Hören Sie«, sagte er. »Ich habe denen nur ein Zwischenlager angeboten, weil sie natürlich nicht mit dem Duke gesehen werden wollten. Was kann ich dafür, wenn die alte Shelby die einen kommen und die anderen gehen sieht und eins und eins zusammenzählt?«

»Eigentlich waren es doch nur die Polizisten von der Staatsanwaltschaft, oder? War Catanza der Einzige von der Mordkommission, der daran beteiligt war?«, fragte ich. Gordons und Zeiglers Namen hatte ich nicht in dem Besucherbuch gefunden.

Er zögerte, dann nickte er langsam. »Von Anfang an. Gordon hat dann von Catanzas Geschäften erfahren, und anstatt sich auch bezahlen zu lassen, hat er gepetzt. Hatte wohl von alldem genug, anders als Zeigler, der einfach nur wegsah. Also musste er sterben. Aber weil es Catanzas Fehler gewesen war, musste auch er dran glauben, nachdem er Gordon erledigt hatte«, sagte Jeff.

»Wer hat Rumford umgebracht?«, fragte ich. Er schüttelte unwillig den Kopf.

»Der Duke ist jedenfalls tot, und Sie können froh sein, dass Sie's nicht sind, wie auch immer Sie es angestellt haben, zu überleben.« Er griff in den Werkzeugkasten und holte etwas heraus. Es war eine Browning, Kaliber 32. Er betrachtete sie und warf mir dann einen kurzen Blick zu. »Überlegen Sie sich's. Sie könnten viel Geld bekommen, Sie könnten es sich nächste Woche abholen. Ansonsten ...« Er wog die Pistole in der Hand und legte sie dann wieder zurück. »Ich mache jetzt hier weiter.«

Er nahm die Schweißbrille, die ihm um den Hals hing, und setzte sie sich auf. Dann drehte er die Flamme auf und bearbeitete eine Stelle an dem Propeller mit einem blaugelben Feuerstrahl, als gäbe es nichts Wichtigeres, in aller Seelenruhe.

Ich bin mir sicher, Jeff dachte, ich würde das Geld nehmen und mich kaufen lassen, wie jeder in seiner Welt – zumindest die, die überleben wollten –, aber das hatte ich nicht vor.

Doch da ich in letzter Zeit keine so guten Erfahrungen mit Feuer gemacht hatte, drehte ich mich um und ging aus dem Hangar hinaus in die Sonne und zu meinem Wagen, der am Rand neben anderen geparkt stand.

An der Tankstelle bediente heute nicht Red, sondern ein mir unbekannter Tankwart, und er hatte eine Menge zu tun. Das Fluggeschäft schien gut zu laufen. Gerade machte sich eine Gruppe Reisender bereit, um in die größte Maschine für Passagierflüge zu klettern, die JL-6, die sie irgendwohin bringen sollte, nach San Francisco oder San Diego oder vielleicht nach Mexiko, als Urlauber, weil es dort so schön und billig war.

Ich beobachtete sie und zündete mir eine Zigarette an und dachte nach. Nur ein Teil des Puzzles fehlte noch. Blöderweise war es ein entscheidendes. Während ich so dasaß, fuhr eine große, silbergrau glänzende Limousine quer über das Flugfeld, wartete die Landung einer Curtiss ab und rollte dann bis an den Hangar heran. Es war ein neuer Rolls-Royce Silver Ghost.

Der Fahrer stieg aus, eilte um den Wagen herum und öffnete die hintere Tür. Es war ein Japaner, und er kam mir bekannt vor. Charlie Chaplin entstieg dem Fond. Er trug einen Hut und huschte blitzschnell in den Hangar, aber ich konnte ihn klar erkennen.

Ich blieb sitzen und sah hinüber, so lange, dass der Aschekegel meiner Zigarette herunterfiel und meine Hose einstaubte. Der Japaner stand die ganze Zeit an der Limousine wie eine Statue.

Jetzt kam Chaplin wieder heraus. Er steckte etwas in seine Jacketttasche, das wie eine kleine Medizinflasche aus Glas aussah. Der Fahrer riss ihm die Tür auf, und er schlüpfte hinein. Ich warf meine Zigarette weg und startete mein Automobil. Der Lärm der auf die Startbahn rollenden Passagiermaschine übertönte alles.

Der Rolls-Royce fuhr los, in Richtung der Straße, und ich folgte ihm.

Er fuhr den Wilshire Boulevard entlang, und wir passierten die Teergruben. Das Haus, in dem ich bis vor kurzem gewohnt hatte, war nur noch ein Schutthaufen, abgebrochen und in kleine Einzelteile zerschlagen. Ich schaute nur kurz hin, denn der Rolls bog schon wieder ab.

Ich hielt auf der Fairfax Avenue nach Norden eine Wagenlänge Abstand und hatte ihn gut im Blick. Auf dem Hollywood Boulevard fuhr er nach rechts, entlang der Straßenbahngleise an den vielen Baustellen vorbei.

Die ganze Zeit grübelte ich, für wen die Drogen wohl sein könnten. Ich glaubte nicht, dass er sie nur für sich gekauft hatte. Für Peggy Joyce Hopkins, die Millionärin, die ihn angeblich so inspirierte? Eine gestandene Frau im besten Alter, kein junges, minderjähriges Mädchen wie die, hinter denen Chaplin sonst her war.

Nahm sie Drogen? Und er also auch?

Nun, wer nahm sie nicht?

Der Rolls fuhr immer geradeaus. Bucks aufgemotzter Schmuggelrennwagen folgte ihm spielend.

Mir fiel ein, dass wir noch immer nicht wussten, wo Mary war. Mary Miles Minter, die gerade einmal fünfzehn Jahre alt war. Genau Charlies Beuteschema, dachte ich. Sogar *ganz* genau. Von solchen Mädchen konnte er die Finger nicht lassen.

Auf der Highland Avenue, in der Nähe meiner neuen Wohnung, nahm der Rolls die Abzweigung nach links. Ein Schild warb für die Eröffnung des neuen großen Kinos von Sid Grauman, des Egyptian Theatre, nur eine Viertelmeile den Boulevard hinunter. Zum Auftakt war die Galapremiere von Douglas Fairbanks' neuer Großproduktion *Robin Hood* annonciert.

Wir steuerten auf den Cahuenga-Pass zu, der über die Hollywood Hills hinweg ins San Fernando Valley führte. Wir passierten die Hollywood Bowl, eine neu errichtete riesige Naturbühne an einem Berghang, auf dem Holzbänke aufgebaut waren.

Ich musste noch einmal an meinen Besuch bei Charlie im Studio denken. An unser Gespräch über seinen alten Freund Bill Taylor; über den Streit, den sie im Athletic Club gehabt haben sollen, und über den großen Liebeskummer, den Taylor erwähnt habe. Ich musste daran denken, wie Charlie den gramvollen Blick von Taylor nachgeahmt hatte.

Hatte auch Charlie Chaplin Liebeskummer? Wegen Mary, die ihn wegen Taylor abgewiesen hatte? Und war er vielleicht in dieser Nacht zu ihm gefahren, weil er sie bei ihm wähnte? Oder um mit seinem alten Freund alles zu klären?

Sein Alibi für die Nacht schloss dies jedenfalls nicht zwingend aus; gut möglich, dass sein Bruder Syd ihn nur deckte.

Und jetzt fuhr er mit einer Portion frisch gekaufter Drogen ins Valley, und ich war sicher, dass ihn, den größten Filmstar der Welt, dort jemand sehnlich erwartete.

Ich griff in die Tasche und überprüfte für alle Fälle, dass meine Luger sich darin befand.

Als die Limousine von der Passstrasse abfuhr, hängte ich mich an sie. Der Wagen vor mir beschleunigte, aber ich glaubte nicht, dass sie mich entdeckt hatten. Wir fuhren eine ganze Weile mit hohem Tempo durch die Straßen des Tals, ließen die Universal Studios von Carl Laemmle rechts liegen und passierten eine ruhige Wohngegend. Dahinter hielt der Rolls auf die bläulich schimmernden Berge zu, die sich hier am Los Angeles River sanft erhoben. Ich ließ mich etwas zurückfallen, da ich sonst in dieser einsamen Gegend ziemlich aufgefallen wäre.

Ich sah den Wagen auf ein Grundstück fahren, auf dem ein einzelnes Haus stand. Dort hielt er an, gehüllt in die Staubwolke, die er hinter sich hergezogen hatte. Ich folgte ihm langsam und vorsichtig und wartete, bis sie ausgestiegen und hineingegangen waren. Ich ließ das Automobil das letzte Stück mit ausgeschaltetem Motor bis hinter die Limousine rollen und zog die Bremse. Daneben stand noch ein weiterer großer, neuer Wagen.

Ich stieg aus. Es war ein hübsches, zweistöckiges Haus im viktorianischen Stil mit zwei Giebeln und einem Vorgarten, der erkennbar gepflegt wurde. Hier hatte sich jemand mit Geld einen behaglichen Rückzugsort geschaffen.

Ich beschloss, die Luger vorerst nicht zu ziehen, sondern nur griffbereit zu halten, und betrat das Haus. Ich ging einen mit Teppichen ausgelegten Flur entlang und hörte Stimmen.

Entschlossen ging ich weiter und in den Raum hinein.

Charlie Chaplin saß auf einer Couch, ganz nah neben einer Frau. Es war weder Mary Miles Minter noch Peggy Joyce Hopkins. Sie war um die fünfzig, hübsch und eine auffallende Persönlichkeit, mit schwarzen krausen Haaren, und sie trug ein geblümtes Nachthemd.

Charlie sagte gerade: »Hier, das ist für dich.«

Er hielt der Frau ein kleines Fläschchen hin, das mit Pillen gefüllt war.

Ich sah die beiden verblüfft an. Sie hatten mich noch nicht bemerkt.

Charlie sagte: »Du musst sie nehmen, Hannah, bitte.«

Die Frau sah jetzt hoch und erblickte mich. Doch anstatt zu

erschrecken, breitete sich ein seliges Grinsen auf ihrem Gesicht aus, und sie erhob sich.

»Hallo«, sagte sie erfreut. »Wer sind Sie denn?«

Charlie fuhr herum und zuckte zusammen, als er mich erkannte.

Ich war völlig verwirrt und wusste nicht recht, was ich von der Szene halten sollte. Die Frau in dem Nachthemd kam mit ausgestreckten Armen auf mich zu. Freundlich ergriff sie meine Hand, als wären wir beste Freunde.

»Sie …?«, sagte Charlie fassungslos und kam ebenfalls zu mir.

»Sagen Sie nichts, ich weiß es«, sagte die Frau im Nachthemd zu mir und lächelte verschmitzt: »Sie sind Jesus Christus!«

Sie meinte es vollkommen ernst.

»Mama«, sagte Charlie peinlich berührt. »Nimm deine Medizin!«

»Mama?«, hörte ich mich fragen.

»Ja, das ist meine Mutter, Mr. Engel, Hannah Chaplin …«, er stotterte. »Sie ist … Wir haben sie im letzten Jahr aus England geholt und ihr ein Haus gekauft, damit sie in unserer Nähe ist …«

In diesem Moment kam mir der Gedanke, und ich packte ihn hart am Arm.

»Natürlich«, sagte ich, »es ist die Mutter!«

Er befreite sich und rieb sich den Arm.

»Oh, mein Lieber«, sagte er gequält lächelnd, »ist es nicht *immer* die Mutter?«

»Aber ja«, sagte ich auflachend zu mir selbst, als wäre auch ich völlig verrückt geworden. »Sie muss es gewesen sein, wer sonst!«

»Bitte segne mich, Jesus Christus«, sagte Hannah Chaplin zu mir. Die Ähnlichkeit zwischen den beiden war nicht zu übersehen.

»Sie verstehen das nicht«, sagte Charlie mit einem verlegenen Blick. »Aber wie sollten Sie auch. Meine Mutter hat

Syphilis, schon seit vielen Jahren, und der Wahn kommt und geht in Schüben. Manchmal ist sie ganz normal, aber dann, ohne ihre Medikamente … Deswegen verstecken wir sie hier, und versorgen und besuchen sie, sooft wir können.«

»Sie machen das sehr gut, Charlie«, sagte ich erleichtert, »und Sie haben mir sehr geholfen. Sie beide.«

Mutter Chaplin ergriff erneut meine Hände und strahlte mich an. Ich machte mir ein wenig Sorgen, dass sie mich auch gleich würde umarmen wollen.

Sydney Chaplin kam aus dem hinteren Raum mit einem gefüllten Wasserglas.

»Hier, Mama, damit bekommst du es runter …« Er sah hoch, blieb überrascht stehen und verschüttete etwas Wasser.

»Sie leben?«, fragte er mich verblüfft. »Sie waren doch tot! Wie kann das sein?«

Hannah Chaplin horchte auf, sah zu mir und nickte dann bedeutungsvoll.

»Segne mich bitte, Jesus«, sagte sie. »Tue das Wunder.«

Und dann hob ich einfach die rechte Hand und segnete sie.

75

Ich versicherte den Chaplins, dass ich Stillschweigen wahren würde, und fuhr wieder zurück nach Hollywood. Am Abend trafen Polly und ich uns in unserer schauspielerfreien, möblierten Wohnung, und ich erzählte ihr von meinem Verdacht. Sie teilte meine Meinung, und dann fuhren wir noch einmal hinüber und redeten mit Belle Simpson. Da uns beiden klar war, dass uns morgen ein entscheidender Tag bevorstand, ließen wir für den Rest des Abends und der Nacht die Finger vom Alkohol.

Aber nicht voneinander. Es war himmlisch, sie wiederzuhaben, gesund und mit ihrer eigenwillig komischen, seltsam vertrauten Art und ihrem Polly-Grinsen. Unser deutscher Vermieter war zum Glück weggefahren, um ein Stück die Küste hinauf Verwandte zu besuchen, und wir hatten das Haus für uns.

Buck hatte es übernommen, nach seiner Nachtschicht im Jail Café die Observierung der Shelbys zu übernehmen, sodass wir am nächsten Morgen zusammen frühstücken konnten, Polly, Enrico und ich, bevor wir uns zu Mrs. Shelby aufmachten.

Wir lasen die Morgenzeitung, und der Aufmacher lautete: WOOLWINE: NEUE ERGEBNISSE IM FALL SANDS – TOTER PRIVATDETEKTIV SCHWER BELASTET. Daneben waren riesige Fotos von Staatsanwalt Woolwine abgedruckt, und viel kleiner darunter Archivfotos von mir und die Bilder von meiner Beerdigung.

Als wir schnell umblätterten, sahen wir die Meldung, dass heute in der Hollywood Bowl die Amtseinführung des neuen Film-Zensors Will H. Hays stattfand, der dafür extra nach Hollywood gereist war.

Gerade als wir aufbrechen wollten, rief Buck an und meldete, dass er soeben Charlotte Shelby und Mary Miles Minter zur Bowl gefolgt sei. Es seien weit über zwanzigtausend Menschen dort versammelt, darunter praktisch die gesamte Filmgemeinde von Hollywood. So beschlossen wir, ebenfalls dorthin zu fahren. Wenn ich meinen Hut tief ins Gesicht zöge und wir ganz am Rand säßen, würden wir bei einem solchen Massenauflauf kein großes Risiko eingehen. Ich wollte unbedingt hören, was Hays sagte, der Mann, der im vergangenen Jahr im Zuge des Arbuckle-Skandals zum Vorsitzenden der neuen Produzentenvereinigung und zum Saubermann der Filmbranche bestimmt worden war. Er würde von nun an die Regeln diktieren, und da ich ihn kennengelernt hatte, machte ich mir keine großen Illusionen darüber, was das bedeutete.

So stiegen Polly und ich kurz darauf zusammen mit Buck, der uns vorne am Eingang der Bowl erwartet hatte, den Berghang hinauf, seitlich an den schier endlosen Reihen von Menschen vorbei, die sich auf den provisorischen Holzbänken zusammendrängten. Viele von ihnen hatten Picknickkörbe mitgebracht. Das Wetter war recht ungemütlich, ein starker Wind wehte über den Hang.

Wir setzten uns ganz oben in die hinterste Reihe, die unbesetzt geblieben war, und nahmen die neue Freilichtbühne zum ersten Mal in Augenschein. Hier saß man wie in einem Amphitheater. Ganz unten, vor der Straße zum Pass, war die Rednertribüne aufgebaut worden, die sonst für Gottesdienste genutzt wurde. Hays sprach bereits. Ein Mikrofon und eine Lautsprecheranlage übertrugen seine Worte, seine hohe, fast meckernde Stimme.

»Es wird ein neues, ein saubereres und besseres Hollywood sein, das wir schaffen«, sagte er gerade volltönend. »Wir, die

Mitglieder der *Motion Pictures Producers and Distributors Association,* die wir letztes Jahr gegründet haben. Damit steht uns eine glorreiche Zukunft bevor – auch Ihnen, darf ich sagen, und dieser wunderbaren Stadt Los Angeles, deren Einwohnerzahl in Kürze die magische Marke von einer Million erreichen wird.«

Ein Mann in der Reihe vor uns riss soeben mit den Zähnen Fleischfetzen aus einer Hühnerkeule und kaute mit fettigen Lippen.

Ich hatte mir Bucks Fernglas ausgeliehen und hielt es vor das linke Auge. Ich suchte den Redner, Mr. Hays, und stellte es scharf. Der kleine, spindeldürre Mann mit den weit abstehenden Ohren und dem viel zu großen Kopf trug einen Strohhut und einen gestreiften Anzug, der ihm einen seriösen Anstrich geben sollte. Seine Stimme war alles andere als angenehm, aber er war ein hervorragender Redner, geschult durch die Zeit in der Politik, als er Postminister und erfolgreicher Wahlkampfmanager von Präsident Warren G. Harding gewesen war.

»Wir werden die Skandale der Vergangenheit weit hinter uns lassen. Den Arbuckle-Skandal, den Taylor-Mord – wir haben all diese Fälle bereits geklärt. Der Mörder von William Desmond Taylor ist tot, sein Komplize auch.«

Es war, als hätte ich das Geständnis, das Byron von mir gefordert hatte, wirklich abgegeben.

»Das halte ich für ein Gerücht«, tuschelte Polly und drückte mir den Arm.

»Die Details wird unser großartiger Bezirksstaatsanwalt Thomas Lee Woolwine gewiss noch klären.«

Hays zeigte nach vorne in die erste Reihe, und Applaus brandete auf. Bestellter Applaus. Einige Leute hielten Wahltransparente in die Höhe, die Woolwines Porträt zeigten.

Im selben Moment überflogen zwei Flugzeuge die Arena, und Flugblätter regneten auf uns herab. Zuletzt hatte ich so etwas im Krieg gesehen, als die Engländer uns zur Kapitulation aufforderten.

Wie all die anderen Menschen vor uns nahm auch ich eines

von ihnen auf. Unter der Überschrift WÄHLT THOMAS LEE WOOLWINE ZUM GOUVERNEUR! wurde vollmundig erklärt, warum man dies tun sollte.

Ich richtete das Fernglas auf die Ehrentribüne ganz vorne. Dicht an dicht saßen dort die Stars und die Produzenten. Ich sah Douglas Fairbanks und Mary Pickford, das prominenteste Paar, Rudolph Valentino und Natacha Rambova, neben ihnen Charlie Chaplin und Peggy Joyce Hopkins. Ich entdeckte auch Ernst Lubitsch, der inzwischen einen Vertrag mit United Artists abgeschlossen hatte, um mit Mary Pickford zu drehen. Carl Laemmle saß dort und Adolph Zukor aus New York mit den anderen Chefs von Paramount, Lasky und DeMille, Louis B. Mayer und Samuel Goldwyn, Lewis B. Selznick und William Fox.

Mabel Normand und Mary Miles Minter machte ich zwei Reihen dahinter aus. Sie hatten keine Plätze in der ersten Reihe erhalten.

»Wir werden Verhaltensregeln aufstellen, und Moralklauseln in die Verträge aller Filmschaffenden schreiben«, tönte Mr. Hays Stimme über den Platz. »Und wenn jemand sich nicht daran hält, werden wir davon erfahren. Wir werden eine Liste all dieser Menschen aufstellen und sie kompromisslos aus unserer Gemeinschaft ausschließen!«

Thomas Woolwine saß mitten unter ihnen, ohne Hut, und reckte den Kopf, sodass ihn möglichst jeder sah. Er war in Begleitung einer Frau. Sie hatte einen kupferroten Schopf, es war Mrs. Charlotte Shelby. Sie saßen da und wirkten vertraut, als wären sie ein Paar.

»Wir werden den Blick nun nach vorne richten«, sagte Hays dröhnend und deutete mit dem Zeigefinger in die Ferne, wo er wohl die Zukunft vermutete. »Und uns freuen auf die große Premiere zur Eröffnung des neuen Egyptian Theatre von Mr. Grauman. Eine ganz neue Epoche wird morgen beginnen. *Robin Hood,* der Rächer, der von den Reichen nimmt und es den Armen gibt. Ein wahrhaft edles Vorbild!«

Diesmal applaudierten alle. Zwanzigtausend Menschen

standen auf und klatschten sich die Seele aus dem Leib, weil sie zeigen wollten, wie sehr sie wahrhaft edle Vorbilder schätzten. Selbst der Mann vor uns lüftete seinen Hintern, und dann furzte er laut, gerade als Hays hinzufügte, dass Mr. Woolwine nun zu Wahlkampfauftritten nach Norden aufbrechen würde, bevor er dann morgen Abend zur Premiere nach Hollywood zurückkehren würde, die er sich natürlich keinesfalls entgehen lassen wolle.

Wir gingen vorzeitig, um nicht mehr hören zu müssen, was Hays danach noch sagte. Auf der anderen Seite der Arena sahen wir Woolwine und seine Entourage aufbrechen.

Als wir auf dem Weg zurück nach Hollywood die zahlreichen Marketender passierten, die rund um die Bowl Hot Dogs und gegrillte Würstchen und Hamburger und Sodaflaschen zu überhöhten Preisen anboten, konnten wir sehen, womit wir es bald vermehrt zu tun haben würden. Fliegende Händler, die jede Gelegenheit nutzten, einen schnellen Dollar zu verdienen. *Das* war die Zukunft. Es war eine gewaltige, mächtige Masse, gegen die wir würden ankämpfen müssen.

Gegen drei Uhr nachmittags sahen Polly und ich zu, wie das blaue Automobil von Mary in die New Hampshire Avenue bog. Ihre Mutter steuerte es in die neue Garage, die sie hatten errichten lassen, und sie und Mary kamen heraus und gingen ins Haus.

Wir warteten noch zehn Minuten und besprachen uns. Kein weiteres Automobil kam, weder Mr. Woolwine noch Mr. King leistete ihnen Gesellschaft. Dann stiegen auch wir aus, gingen zur Tür und klingelten.

Mrs. Shelby öffnete selbst. Sie riss die Tür auf, als erwarte sie jemanden. Dann sah sie uns – mich – und erstarrte.

»Sie?«

»Ja, ich lebe noch«, sagte ich. »Wir müssen mit Ihnen sprechen, mit Ihnen und Ihrer Tochter Mary.«

Sie starrte mich nur an, mit einem Blick, mit dem sie wahrscheinlich schon ein paar Menschen zum Weinen gebracht hatte. Hinter ihr erschien jetzt verspätet das Dienstmädchen, guckte und verschwand schnell wieder.

»Nun kapieren Sie es endlich. Die Nachricht von meinem Tod ist stark übertrieben, und Byron Hamilton ist tot und so weiter«, sagte ich ungeduldig. »Lassen Sie uns schon rein.«

»Das werden Sie dann sehr bald der Polizei und der Staatsanwaltschaft erklären müssen, Mr. Engel«, sagte Mrs. Shelby nach einer kurzen Pause. »Ich hoffe, Sie haben eine richtig gute Erklärung.«

Sie war schon eine bemerkenswert kaltblütige kleine Teufelin.

»Das habe ich«, sagte ich.

»Ich weiß nicht, was wir mit Ihnen zu besprechen hätten. Mit Ihnen beiden.« Sie wollte die Tür schon wieder schließen.

»Wir haben Belle Simpson befreit«, sagte Polly schnell. »Und sie hat uns alles erzählt. Deswegen sollten Sie unbedingt mit uns sprechen.«

Mrs. Shelby hielt inne, die Hand auf der Klinke. Dann stieß sie die Tür entschlossen wieder auf.

»Also gut. Kommen Sie doch herein. Wir haben nichts zu verbergen.«

Ich lachte herzlich, während ich mir die Füße abtrat und hinter Polly an ihr vorbeispazierte.

In einer Wohnhalle, die erheblich größer war als das Zimmer in dem provisorischen Quartier, saß Mary in einem Sessel am Fenster, von wo aus sie uns beobachtet haben musste. Wir konnten deutlich sehen, wie angeschlagen sie war. Die Ereignisse – die Enthüllung ihrer wahren Identität und die Kündigung ihres Millionen-Vertrages – hatten ihr schwer zugesetzt. Und sie durfte sich nicht einmal mit Alkohol oder Zigaretten trösten. Ihre Mutter hätte ihr das nie gestattet, und sie war ja auch wirklich viel zu jung dafür. Sie war viel zu jung für alles.

»Erschrick nicht, mein Kind«, sagte Mrs. Shelby scharf und schickte uns einen anklagenden Blick. »Dies ist nur ein weiterer schmutziger Trick von diesen Menschen. Nun täuschen sie schon ihren eigenen Tod vor.«

»Nicht schmutziger als Ihre Tricks, nicht wahr, Mary – oder Juliet?«, fragte ich.

Mrs. Shelby setzte sich und fuhr ungerührt fort: »Aber sie werden damit nicht durchkommen.«

Uns bot sie keinen Platz an. Wir blieben stehen.

»Das wird sich noch herausstellen«, sagte Polly. »Und es ist ja wirklich jemand gestorben: mein Vater, William Desmond Taylor alias William Deane-Tanner. Hallo, Mary.«

Mary sah erschrocken drein, als hätte sie ein kalter Windstoß erfasst. Mir ging auf, dass dies das erste Mal war, dass Polly und Mary miteinander sprachen, seit Polly gefeuert worden war.

»Sie haben uns nie erzählt, dass Sie seine Tochter sind.« Mrs. Shelby sah Polly kalt und herablassend an. Diese konnte ihre Wut nur mit Mühe zügeln. »Also, worüber wollen Sie mit uns sprechen?«

»Heute kommt alles auf den Tisch«, sagte ich. »Fakten, denen auch Sie sich stellen müssen. Und ebenso Polizei und Staatsanwaltschaft.«

Ich sah, dass Mary unruhig auf ihrem Sessel hin und her rutschte. Ihre Mutter saß hingegen da wie in Erz gegossen.

»Belle Simpson«, sagte Polly, »die Sie in der Anstalt in Malibu entsorgen wollten, wurde von uns dort herausgeholt und erzählte uns den Grund, warum Sie sie zum Schweigen bringen wollten.« Mary zuckte zusammen. Ich fügte hinzu:

»Sie kann Ihr Alibi für die Mordnacht widerlegen, und sie ist entschlossen, auszusagen.«

»Es gibt eine Menge Zeugen, die unser Alibi bestätigen können«, sagte Mrs. Shelby kalt. »Und so steht dann Aussage gegen Aussage. Eine schwarze Köchin gegen einen hochangesehenen, bekannten Schauspieler, Carl Stockdale.«

»Sie können nicht alle kaufen«, sagte Polly. »Auch nicht die Maignes.«

Mrs. Shelby krampfte die Hand in ihr Kleid. Dann entspannte sie sich wieder.

»Es hat sich einiges getan«, sagte ich und wandte mich an

Mary: »Nicht nur, dass Sie Ihren Vertrag verloren haben. Miss Simpson kann bezeugen, dass Sie in jener Nacht noch weggefahren sind. Und die Maignes, die Nachbarn von Bill Taylor, haben Sie dort gesehen und es auch zugegeben.«

Marys panischer Blick irrlichterte hinüber zu ihrer Mutter. »Das kann nicht sein!«

»Hör doch nicht auf sie, Kind. Sie bluffen nur«, sagte Mrs. Shelby und steckte sich eine Zigarette an. Sie rauchte sie ohne Spitze, etwa so anmutig wie ein Hilfscowboy.

»Du warst bei Taylor«, sagte Polly zu Mary. »Trotz des Kontaktverbotes, das das Studio ausgesprochen hatte. So sehr warst du in meinen Vater verliebt, wir kennen ja die Briefe. Dabei liebte er Männer, und vor allem einen ganz bestimmten Mann, Byron Hamilton. Du wusstest davon. Mein Vater hat es dir gesagt, um dir die Aussichtslosigkeit deiner Liebe ein für alle Mal klarzumachen, oder?«

Wir hatten abgesprochen, dass wir zunächst Mary angingen. Es war hart, aber es war nötig. Und es zeigte große Wirkung. Mary senkte den Kopf und begann zu weinen. Ihre Mutter stand auf und ging zu ihr hinüber.

»Aber Sie wollten es nicht wahrhaben«, fuhr ich fort. »Oder konnten es nicht ertragen. Also fuhren Sie trotz des Verbots zu ihm. Und Sie haben Ihren Revolver mitgenommen, nicht wahr?«

»Das stimmt nicht«, schluchzte Mary.

»Hören Sie auf, sie zu quälen«, sagte Mrs. Shelby scharf.

»Hören *Sie* lieber damit auf«, erwiderte Polly. »Sie sind ihr hinterhergefahren. Natürlich hat die Großmutter Sie sofort benachrichtigt, kaum dass Mary sich zu Taylor aufgemacht hat und die Katastrophe abzusehen gewesen ist. Sie waren auch dort. Wir wissen das.«

»Das ist nicht wahr«, sagte Mrs. Shelby, in einem etwas schrilleren Tonfall als zuvor. »Ich war hier, und auch dafür gibt es Zeugen.«

Mary wandte rasch den Kopf zu ihr. Wir hatten sie beinahe so weit.

»Sie waren dort«, legte ich nach, »Sie wollten verhindern, dass noch einmal so etwas geschah wie damals im Dezember. Was das war, kann ich belegen durch die Briefe, die sich Byron und Taylor geschrieben haben. Da steht drin, was sich damals ereignete.« Ich sah Mrs. Shelby an, doch eigentlich sprach ich ausschließlich mit Mary. Und sie hörte mir ganz genau zu, und jedes Wort traf sie. »Dass Mary Taylor damals bedrängte, sie zu heiraten, obwohl er so viel älter war, obwohl er ihr deutlich sagte, dass er sich nur eine Freundschaft mit ihr vorstellen könne. Sie hat einfach nicht aufgehört.«

»Er hat dem Kind den Kopf verdreht«, fuhr mich ihre Mutter an. »Einer Minderjährigen, hat ihr Hoffnungen und schöne Augen gemacht!«

»Sie haben Ihre Tochter vor sich selbst schützen wollen«, sagte ich. »Also haben Sie sie damals da rausgeholt, im Dezember.«

»Nein, das war nicht alles«, stieß Mary plötzlich hervor. »Oh, ich habe es so satt! Mit Mord gedroht hat sie ihm – wenn er mich noch einmal treffen würde, dann würde sie ihn erschießen. Du hast mit dem Revolver auf ihn gezielt, und wir alle haben gedacht, du würdest es wirklich tun!«

»Pass auf, was du sagst!«, schrie ihre Mutter sie an. »Was redest du da nur für einen Unsinn!«

»Ich mache das nicht mehr mit!«, schrie Mary zurück. »Du hast ihn vorher schon bedroht, und in jener Nacht im Februar hast du ihn dann wirklich erschossen. Nur weil ich ihn noch einmal sehen wollte, ohne dich, die alles zerstört hat! Ich wollte ihn aufmuntern, und ich hätte es auch geschafft, das weißt du genau, aber dann musstest du ja dazukommen und es kaputt machen! Du hast ihn erschossen! Er war das Liebste, das ich auf der Welt hatte! Und wohin hat uns das gebracht? Jetzt denken alle nur das Schlechteste von mir, und wir sind selbst tot, tot, tot, so tot wie Bill!«

Sie brach zusammen und presste das Gesicht weinend gegen die Sessellehne. Ihre Mutter ging drei Schritte zurück, als ekelte sie sich vor ihr.

»Diese Behauptung ist vollkommen haltlos!«, sagte sie. »Meine Tochter weiß nicht, was sie da redet. Sie ist in Behandlung.«

»Sie werden Sie aber nicht nach Malibu bringen«, sagte Polly empört. »Sie nicht!«

»Sie können nichts darauf geben, was sie sagt«, sagte Mrs. Shelby voller Verachtung. »Niemand wird ihr glauben. Sie haben nichts!«

»Da haben wir ja Glück«, sagte ich, »dass Belle Simpson uns noch etwas ganz anderes verraten hat.«

»Ja«, ergänzte Polly und trat neben mich. »Wo sich der Revolver befindet. Er ist nämlich immer noch hier im Haus. Und wir wissen genau, wo.«

»Das ist doch Blödsinn!«, sagte Mrs. Shelby nach einer Pause.

Mary sah unter Tränen hoch. Plötzlich schien sie Hoffnung zu schöpfen.

»Da haben Sie recht, es ist totaler Blödsinn gewesen«, sagte ich. »Ihn aufzubewahren und hier zu verstecken, was auch immer Sie dazu bewogen hat. Sie müssen sich sehr sicher fühlen, weil Sie Mr. Woolwine und Mr. King mit der Drogengeschichte erpresst haben.«

Die Mutter sah sehr alarmiert drein. »Mr. Woolwine«, sagte Mrs. Shelby, »ist ein guter Freund. Und als solchen unterstütze ich ihn finanziell in seinem Wahlkampf. Er wird zum Gouverneur gewählt werden, und dann wird er für Gerechtigkeit sorgen.«

»Bleiben wir doch einfach bei der Waffe«, sagte ich. »Wir holen sie uns jetzt.«

»Ja«, sagte Mary hoffnungsvoll. »Die Waffe. Holen Sie sie doch ruhig hervor.«

»Belle Simpson hat es uns gesagt, Mary«, sagte Polly. »Sie hat gesehen, wo deine Mutter sie versteckt hat. Gutes Personal weiß so etwas, vor allem, wenn die Herrschaften dazu neigen, unkontrolliert mit der Waffe herumzufuchteln, und man befürchten muss, dass sie dabei einmal losgeht und jemanden tötet.«

»Und wo soll sie sein?«, fragte Mrs. Shelby lächelnd. Ihr blieb kaum eine andere Wahl, als sich in Arroganz zu flüchten.

Polly und ich grinsten uns an und gingen hinaus auf den Flur.

An der Treppe, die nach oben führte, lockerten wir die Holzleiste der dritten Stufe. Polly hebelte sie aus, und Mrs. Shelby und ihre Tochter sahen zu, wie ich den Revolver mit einem Taschentuch herausholte. Es war eine Achtunddreißiger Smith & Wesson, und eine Schachtel Patronen lag auch dabei.

»Die Fingerabdrücke werden wir uns genau anschauen«, sagte ich. »Und die Kugeln vergleichen. Und dann zeigen wir es der Polizei und Staatsanwaltschaft. Keine Sorge, Mary.«

Das Mädchen sah seine Mutter unverhohlen wütend an.

Doch die kleine Frau wirkte vollkommen ungerührt.

»Das wird Ihnen nichts bringen«, sagte sie. »Deshalb.«

Und dann zog sie aus der Tasche ihres Kleides eine andere Pistole und richtete sie auf mich. Es war eine kleine Zweiundzwanziger.

Wir erschraken alle drei.

»Wusste ich's doch«, sagte ich. »Dass Sie mit einer Waffe umgehen können. Dass Sie imstande sind, zu schießen.«

Ich hielt den Revolver so in der Hand, dass ich nichts damit anfangen konnte. Ich musste ihn so halten, um nicht die Fingerabdrücke zu verwischen.

»Tu das nicht, Mutter«, presste Mary hervor. »Nicht noch einmal!«

Ich hob beschwichtigend die Hände. Polly tat es mir gleich, das Stück Holz umklammernd.

»Sie brauchen nicht die Hände zu heben«, sagte Mrs. Shelby. »Ich werde Sie so oder so erschießen. Und Miss Brandeis auch. Reine Notwehr, Sie sind ein Einbrecher und haben die Waffe in der Hand, mit der Mr. Taylor ermordet wurde. Gute Nacht, Mr. Engel.«

Sie lächelte. Mir wurde verdammt mulmig. Und dann richtete sie die Pistole auf meinen Kopf. Polly entfuhr ein lautes Stöhnen. Ich schloss nicht das Auge, sondern sah direkt in ihr vor Wut entstelltes Gesicht. Sie drückte ab. Doch der Hammer der Waffe erzeugte nur ein leises Klicken. Mrs. Shelbys Blick flackerte panisch. Sie drückte erneut ab, ohne dass sich ein Schuss löste, griff mit der zweiten Hand an den Schaft und fummelte daran herum.

»Ich habe die Patronen herausgenommen«, zischte Mary plötzlich, so gehässig und böse, wie nur kleine Mädchen es können. Ihre Mutter wandte überrascht den Kopf.

Polly holte aus und schlug, ohne zu zögern, mit der Holzleiste zu. Sie erwischte Mrs. Shelby voll an der Schläfe, und es krachte, als hätte jemand mit einem Baseballschläger einen Homerun geschlagen. Sie knickte ein und fiel bewusstlos zu Boden, die Pistole polternd daneben.

»Nicht jetzt, Mutter«, sagte Polly grimmig.

76

Die Pension in der Nähe des Sunset Boulevards bekam noch einen dritten Gast durch uns. Wir hatten Mary mitgenommen, die heilfroh war und es kaum glauben konnte, ihrer Mutter endlich entronnen zu sein. Diese hatten wir bewusstlos in der Obhut des Dienstmädchens zurückgelassen, nachdem wir sie untersucht und uns versichert hatten, dass sie wieder aufwachen würde.

Am darauffolgenden Tag päppelten wir Mary auf, und sie bekam alles zu essen und zu trinken, was sie wollte, anders als zu Hause. Sie verlangte keinen Alkohol, den wir ihr natürlich verweigert hätten, sondern wünschte sich Limonade, so süß und bunt wie nur möglich, und überhaupt jede Menge Süßigkeiten und Kuchen und Bonbons. Sie war eben ein fünfzehnjähriges Mädchen, und noch dazu eines, das all diese Dinge hatte entbehren müssen.

Nachdem wir die Fingerabdrücke von Mrs. Shelby gesichert hatten, gab ich mit der Achtundddreißiger in Bucks Whiskykeller einen Probeschuss ab, pulte die Kugel aus der Wand, und dann fotografierten und verglichen Polly und ich sie mit den Bildern der Kugel, die Taylor getötet hatte. So hatten wir den Beweis in den Händen, dass sie aus derselben Waffe abgefeuert worden war. Wir wussten, wir würden ihn brauchen; ihn und die anderen Dinge, die hier unten gelagert waren. Ich zeigte Polly das Kundenbuch des Dukes, und wir blätterten es zusammen noch einmal durch. Damit uns nichts entging, trennten wir sogar mit einem Messer den Einband vorne und hinten auf, fanden aber keine versteckten Einträge oder dergleichen.

Wir wussten auch schon, wo wir unsere Ermittlungsergebnisse präsentieren und die maximale Aufmerksamkeit erhalten würden: auf der feierlichen Eröffnung des Egyptian Theatre.

Kinomogul Sid Grauman, ein kleiner Hansdampf mit großen, intelligenten Augen, hatte diesen neuen Palast am Hollywood Boulevard wie einen ägyptischen Tempel ausstatten lassen, mit riesigen Statuen antiker Gottheiten, gewaltigen Säulen und bunten Freskenmalereien im Hieroglyphen-Stil an den Wänden des langgestreckten Innenhofes.

Robin Hood war die erste große Produktion von United Artists, dem neuen Studio der Superstars Douglas Fairbanks, Mary Pickford, Charlie Chaplin und D.W. Griffith, für sie veranstaltete Grauman eine gewaltige Premierenshow mit einem spektakulären Rahmenprogramm.

Ganz Hollywood wollte dabei sein, und er hatte alle, wirklich alle Stars eingeladen, die es in dieser Stadt gab. Außerdem Will H. Hays und Thomas Lee Woolwine, selbstverständlich. Das normale Publikum musste, wenn es diesen einmaligen Abend miterleben wollte, dafür sage und schreibe fünf Dollar Eintritt bezahlen. Sonst kostete ein Kinobesuch nicht mehr als fünfundzwanzig Cents. Viele hatten Grauman für verrückt erklärt und ihm prophezeit, dass er seinen Saal zu diesen gesalzenen Preisen niemals füllen würde. Er fasste zweitausend Zuschauer. Doch schnell waren alle Tickets ausverkauft.

Polly ergatterte nur deshalb noch drei Karten für uns, weil eine Freundin von ihr dort als Platzanweiserin arbeitete. Wir würden zusammen auf die Premiere gehen, sie, ich und Mary. Und für einen Programmpunkt sorgen, der nicht vorgesehen war. Für einen der unvergesslichen Sorte.

Gegen fünf Uhr drängten wir uns durch die Menge, die sich auf dem abgesperrten Hollywood Boulevard genau gegenüber von Musso & Frank Grill eingefunden hatte, zum Eingang, wo uniformierte, goldbetresste Portiers die Karten kontrollierten. Eine Kolonne von Automobilen allererster Klasse bewegte sich hupend durch die wimmelnden Menschenmassen. Alle versuchten, einen Blick auf die Zelebritäten darin zu erhaschen.

Für diese Premiere hatte Grauman sich etwas einfallen lassen, das es noch nie zuvor gegeben hatte, in keinem seiner Kinopaläste, etwa im Million Dollar Theatre in Downtown. Zwar hatte man dort schon mal für die Stars einen Teppich ausgelegt, doch es war nur ein kleiner gewesen, auf dem Bürgersteig, in Dunkelrot, eher ein Fußabtreter.

Hier aber hatte er nun einen sehr langen, schmalen Teppich verlegen lassen, den ganzen Weg von der Straße über den Hof bis zum Kinoeingang, und ihn mit Kordeln abgesperrt, sodass das Volk sich drum herum drängen und zusehen konnte, wie die Stars nacheinander zur Premiere schritten. Die Farbe, die er für diesen Teppich gewählt hatte, war ein leuchtendes Rot, das mich unwillkürlich an frisches Blut denken ließ, als wäre er damit getränkt worden. Und auf gewisse Weise, dachte ich, war es auch so.

Heute ist das genauso üblich wie die vielen Radioreporter, die damals zum ersten Mal mit ihren riesigen Mikrofonen bewaffnet auf die Prominenten warteten, ihre Stimmen einfingen und über den Äther in alle Welt ausstrahlten, ebenso wie die Kameraleute der diversen Wochenschauen, die sie filmten, um die Aufnahmen später im Rahmenprogramm der Kinos zu zeigen.

Lauter Sensationen spielten sich auf dem blutroten Teppich ab: Charlie Chaplin redete. Buster Keaton lachte. Douglas Fairbanks, der Star des Films, und seine Frau Mary Pickford zeigten ein Zahnpastalächeln, das selbst die riesigen Navyscheinwerfer zu überstrahlen schien, die gen Himmel gerichtet waren und deren gleißendes Licht sich erst weit oben an ein paar kümmerlichen Wölkchen brach.

Ernst Lubitsch war da und Starregisseur David Wark Griffith, an dessen Arm ich eine glamourös gekleidete junge Frau in einem neuen Hermelinpelz entdeckte, die ich niemals in seiner

Begleitung vermutet hätte: Cathy, Byrons frühere Sekretärin, mit einem Habitus, als wäre sie selbst ein Star. Manche Katzen hatten in Hollywood offenbar mehr als neun Leben. Mein alter, unliebsamer Bekannter Wallace Reid und seine Frau Dorothy schritten an uns vorbei, und für einen Moment trafen sich unsere Blicke. Er sah schnell weg. Direkt hinter ihnen kam Mabel Normand, stark geschminkt und maskenhaft grinsend, am Arm des riesigen, dicken Fatty Arbuckle, ihrem alten Komödien-Partner. Beiden schien bewusst zu sein, dass alle Welt bei ihrem Anblick sofort an die vergangenen Skandale denken musste, und sie versuchten verzweifelt, es zu ignorieren. Sie taten mir leid. Ein Blick auf beide genügte, um zu sehen, dass sie sich ordentlich Mut angetrunken hatten, auch Mabel, trotz des kürzlich erfolgten Entzugs.

Florence Lawrence, der erste Filmstar Hollywoods, hatte einen ihrer seltenen öffentlichen Auftritte, sie trug einen Schleier, der die Brandnarben verdeckte, und ging am Arm von Universal-Mogul Carl Laemmle, ihrem Entdecker, den sie bei weitem überragte. Das Publikum kam aus dem Staunen gar nicht mehr heraus. Die Götter waren aus dem Olymp herabgestiegen – oder wie auch immer der Olymp im alten Ägypten geheißen hatte, das wusste in Hollywood sowieso niemand. Und nun erschien ihr Gottvater, Zeus, und alle Blicke und Kameras richteten sich auf ihn: Will Hays, der seine neue Rolle sichtlich genoss. Er war jetzt der Mann, auf den es ankam; auch bei dem, was wir gleich vorhatten.

Wir drei selbst mieden den roten Teppich, auch Mary, die ihren breiten Hut tief ins Gesicht gezogen hatte, denn wir wollten hier kein Aufsehen erregen. Die Platzanweiserin, mit der Polly sich verabredet hatte, schleuste uns in ihrer rotgoldenen Uniform langsam durch die wartende und in die andere Richtung gaffende Menge.

Wie gut Graumans Riecher gewesen war, wurde erst ein paar Monate später klar. Ein britischer Archäologe namens Howard Carter entdeckte im ägyptischen Tal der Könige die Grabkammer von Tutanchamun, und ein richtiges Ägyptenfieber brach aus. Deswegen scheint uns heute dieses ferne, antike Land so vertraut, als lebten wir selbst an den grünen Ufern des Nils, als wäre Nofretete die Hure im Bordell die Straße runter und Moses der Fleischer nebenan, der jeden Tag mit seinem Beil die Rippchen teilt.

Kurz bevor wir den Seiteneingang erreichten, sahen wir auf dem roten Teppich Thomas Lee Woolwine und Mrs. Charlotte Shelby. Sie drehten sich zwischen den mächtigen Säulen noch einmal um und posierten für die Fotografen.

Marys Mutter trug einen ausladenden Hut, der das blaue Auge und die gewaltige Beule verdeckte. Buck hatte es in den letzten Stunden übernommen, sie zu überwachen. Sie habe den Tag im Bett verbracht, hatte das Dienstmädchen ihm berichtet. Erst am späten Nachmittag sei sie wieder in der Lage gewesen, aufzustehen. Danach sei sie hierhergefahren und zu ihrem soeben erst zurückgekehrten Freund Mr. Woolwine gestoßen. Uns war das recht. Beide rechneten nicht mit uns und konnten vor der Premiere nichts mehr unternehmen, was unseren Plan hätte durchkreuzen können.

Mary blickte zu ihnen hinüber, und sie sah ziemlich mitgenommen aus.

»Wusstet ihr, dass Mr. Woolwine Krebs hat?«, wisperte sie mir und Polly zu. »Unheilbaren, der Arme?«

Wir wechselten einen überraschten Blick und sahen zu ihm hinüber. Wenn man es wusste, machte der Bezirksstaatsanwalt von Los Angeles County in der Tat einen kränklichen Eindruck, wirkte sein Gesicht grau und eingefallen. Man hätte es auch den Mühen des tobenden Wahlkampfs zuschreiben können.

»Aber warum kandidiert er dann als Gouverneur?«, fragte Polly irritiert.

Mary sah aus, als würde sie gleich in Tränen ausbrechen, während auf dem roten Teppich Bilder der beiden geschossen wurden. Ich legte ihr beschwichtigend die Hand auf den Arm.

»Nicht, dass sie uns noch umfällt«, flüsterte ich Polly zu. »Wir brauchen sie.«

Polly zog sie weiter, und wir huschten unbeachtet hinter der Platzanweiserin in die Lobby des Kinopalastes. Polly tuschelte mit ihrer Freundin, und diese versorgte Mary mit einem eigenartig aussehenden Snack, den sie geistesabwesend knabberte, während wir warteten.

»Was ist das?«, fragte ich Polly leise.

»Gepuffte Maiskörner. Schmeckt gar nicht schlecht.«

Die Platzanweiserin schleuste uns durch einen Personaleingang hinter die Kulissen und dann an einer Absperrung vorbei zu dem Vorraum, von dem aus die prominenten Gäste in den für sie abgesperrten Bereich in den vorderen Reihen des Kinopalastes gehen konnten. Heute wäre das nicht mehr möglich, und vierschrötige, gutgeschulte Männer würden Nichtgeladene wie uns davon abhalten. Aber damals schon: Es war in vielerlei Hinsicht eine Premiere.

Wir konnten durch einen Spalt im schweren Brokatvorhang beobachten, wie sich der Kinosaal unter der prächtigen, mit Goldornamenten verzierten Decke langsam füllte; zunächst mit dem normalen Publikum, das die hinteren Reihen und die Empore besetzte und Feldstecher herausholte, durch die es seine Lieblinge ganz vorne so nah wie möglich heranholen würde.

Während wir hinter dem Vorhang seitlich der reservierten Plätze der Moguln und Stars warteten, die von den Fotoreportern draußen aufgehalten wurden, entdeckte ich Douglas Fairbanks, verkleidet als Robin Hood mit grünen Strumpfhosen und einem Lederwams, einem roten Hut mit den Fasanfedern und Pfeil und Bogen.

Er stand neben einem Trampolin, das am Bühnenrand aufgestellt worden war. Ich wusste, dass Fairbanks es in dem Film für spektakuläre Stunts genutzt hatte, eine Idee des erfahrenen Regissseurs Allan Dwan. Fairbanks hatte sich damit etwa an der Wand einer hohen Festung auf magische Weise emporkatapultiert, wie ich gelesen hatte. Es stand bereit für seinen Auftritt. Und ich wusste in diesem Moment, wie ich *meinen* gestalten würde.

Ich ging hinüber zu Doug, der mich leutselig grüßte, und flüsterte ihm etwas zu.

Die Musik des Orchesters aus dem Graben vor der Bühne setzte ein. Erst jetzt bewegten sich die Prominenten aus dem Vorraum langsam in Richtung ihrer Plätze. Graumans Rahmenprogramm war reichhaltig, und sie hatten noch Zeit.

Erst hier, in dieser exklusiven kleinen Lobby, hatten sie die Gelegenheit, einander zu begrüßen, und so entstand ein Stau, ein Pulk aus durcheinanderredenden Filmmenschen. Es waren genau jene Leute, die unser ganz spezielles Publikum sein sollten, und während sie noch beieinanderstanden, hatte plötzlich der Held des Abends seinen großen Auftritt und sprang von dem Trampolin auf ein hohes Sims, auf dem ihn alle sehen konnten.

Es war nicht Robin Hood, sondern ein Privatdetektiv in einem schwarzen Anzug, der schon bessere Tage gesehen hatte. Der wahre Rächer der Enterbten. Alle Köpfe wandten sich ihm zu.

»Meine Damen und Herren«, sagte ich laut, mit meiner besten Bühnenstimme, zu den hier Versammelten. »Ich heiße Hardy Engel und habe eine echte Sensation für Sie. Die Auflösung des Mordfalles William Desmond Taylor.«

Alle Gespräche brachen sofort ab, während drinnen die Musik weiterspielte und das Publikum auf den Hauptfilm einstimmte.

Die Produzenten und Stars starrten mich an.

Charlotte Shelbys Mund stand weit offen. Der von Woolwine auch.

Von so einem Auftritt hatte ich immer schon geträumt; seit ich Schauspieler geworden war.

Mabel Normand jauchzte auf und schlug entzückt die Hände vors Gesicht. Carl Laemmle trat impulsiv einen Schritt vor und rief: »Hardy! Sie leben!«

Neben ihm rührte sich nun auch Florence Lawrence und begrüßte mich freudig.

Ich sah von meinem erhöhten Platz aus, dass Arthur Blowfish es als einziger Reporter in diesen exklusiven Bereich geschafft hatte. Auch er sah mich zutiefst verblüfft an.

Auf einmal redeten alle durcheinander. Das Stimmengewirr verstärkte sich noch, als Polly und Mary nun zu mir eilten. Ich sah deutlich die Überraschung, ja Panik in den Augen von DeMille und den anderen, als sie merkten, dass auch Polly lebte und Teil dieser Show war.

Hays und Woolwine, Sid Grauman und einige der Moguln kamen zu uns. Darunter waren Lasky, Goldwyn und Mayer, alle, die damals bei Musso & Frank Grill dabei gewesen waren, sowie Zukor und DeMille. Sie waren bemüht, den Eklat hier im Vorraum klein zu halten. Sid Grauman sah nervös hinüber zum Zuschauerraum, wo immer noch die Musik spielte, und scheuchte Fairbanks dort hinein. Er ging nur widerwillig hinüber, mitsamt seinem Trampolin, um mit der Show zu beginnen.

In der folgenden Diskussion bestand ich darauf, die Gelegenheit zu bekommen, ihnen meine Beweise zu präsentieren. Die Filmbosse waren strikt dagegen und wollten es Woolwine überlassen, alles aufzuklären. Ich sollte meine Beweismittel ihm aushändigen, meinten sie.

»Nein. Wenn Sie mir zuhören, übergebe ich Ihnen im Gegenzug etwas, das Sie schon lange suchen«, sagte ich und zog das kleine Buch hervor, das ich aus Bucks Whiskykeller mitgebracht hatte. »Ich habe hier das Kundenbuch von Alexander Rumford. Für die Produzentenvereinigung, wie gewünscht.«

Alle starrten es an.

»Ist es das wirklich? Wir wissen doch alle, wie gerne Sie bluffen«, sagte Zukor. Ich blätterte es auf und zeigte ihnen kurz die beschriebenen Seiten. Ich sah beeindruckte Blicke, und auch besorgte, von Mabel oder Chaplin.

»Ich wusste es«, sagte Carl Laemmle lächelnd.

»Ich wusste es zuerst!«, übertrumpfte ihn Mayer.

Dann steckte ich es wieder weg.

DeMille sagte: »Lasst es ihn machen.«

Mr. Fox ergänzte: »Aber nicht vor allen.«

In diesem Moment sprang drinnen im Kinosaal auf einen Wink von Sid Grauman Doug Fairbanks vom Trampolin hoch in die Luft, und als er auf der Bühne aufkam, brach im Publikum tosender Jubel los.

Und während Fairbanks eine launige Rede hielt und der Film gestartet wurde, dessen erste Bilder mit ohrenbetäubendem Klatschen begrüßt wurden, gingen Mary, Polly und ich mit den anderen nach hinten, in den Raum direkt hinter der Leinwand.

Dort begann ich mit meiner Präsentation, untermalt von der auftrumpfenden Filmmusik, die das Orchester nun im Saal intonierte.

Vor mir standen die Moguln: Lasky, DeMille, Zukor, Laemmle, Sennett, Goldwyn, Selznick, Mayer und Fox, Mr. Hays, Staatsanwalt Woolwine und Mrs. Shelby, die vergeblich versucht hatte, sich zu drücken. Auch Chaplin, Florence Lawrence und Mabel Normand waren mitgekommen, während Fatty Arbuckle schon ziemlich angetrunken mit einer Flasche in den Kinosaal getaumelt war. Und selbstverständlich hatte ich auch meinen alten Bekannten Arthur Blowfish von der Presse dazugeholt. Er hatte sich von mir, dem wiederauferstandenen Toten, nicht lange bitten lassen und seinen Notizblock gezückt. Ihrer aller Gesichter wurden von dem Flimmern der Filmbilder auf der riesigen Leinwand beleuchtet, hinter der wir standen und auf der seitenverkehrt die prächtigen Szenen abliefen, während die Musik den Film begleitete und das Publikum immer wieder aufstöhnte.

An meiner Seite standen Mary und Polly bereit.

»Wir haben den Fall aufgeklärt«, sagte ich und zeigte auf Polly. »Und wir beide wären dabei beinahe gestorben. In den Flammen sind Byron Hamilton, der Sicherheitschef von Paramount, und sein Killer Andy gestorben. Byron sollte im Auftrag des Studios verhindern, dass die Wahrheit ans Licht kommt, und es gab eine ganze Menge zu vertuschen.«

»Und das wäre, Mr. Engel?«, fragte Mr. Hays mit seiner unangenehmen Stimme. Wie gesagt, wir hatten uns im letzten Jahr kennengelernt. Wir mochten uns immer noch nicht.

»Zunächst einmal, dass Taylor in Wahrheit Männer liebte. Byron wollte auf gar keinen Fall, dass die Welt davon erfuhr. Zumal er selbst Taylors Liebhaber gewesen war.«

Empörte Ausrufe meiner Zuhörer folgten. Die meisten von ihnen hatten es offenbar nicht gewusst. Oder taten zumindest so. Chaplin und Mabel wirkten ehrlich verblüfft.

»Man soll die Toten ruhen lassen, Mr. Engel«, sagte DeMille kopfschüttelnd.

»Man soll die Morde aufklären«, sagte ich. »Nicht wahr, Herr Bezirksstaatsanwalt?«

»Dann wollen Sie also Edward Sands entlasten und den Mord einem Toten in die Schuhe schieben?«, fragte Woolwine verächtlich. Mrs. Shelby neben ihm kniff die Lippen zusammen und sah zu ihrer Tochter hinüber, als wollte sie sie hypnotisieren.

»Nein, es war nicht Byron«, sagte ich. »Er sollte mich nur zu einem falschen Geständnis zwingen, im Auftrag all dieser Herren hier. Dazu hat er meine Freundin entführt, Daisy Deane-Tanner, und gedroht, sie umzubringen.« Ich zeigte auf sie. Polly machte einen kleinen Knicks, das Luder. »Sie wissen doch, dass Daisy, oder Polly Brandeis, wie sie sich als Regisseurin nennt, die Tochter von Bill Taylor ist?«

Weiteres Durcheinandergerede zeigte, dass dies bei einigen von ihnen nicht der Fall war. Will Hays sah fast angeekelt von einem zum anderen. Sie hatten es ihm natürlich verschwiegen.

»Wir hatten damit nichts zu tun«, behauptete Zukor ungerührt. »Da hat Mr. Hamilton dann wohl auf eigene Faust gehandelt.«

»Ich wusste es auch nicht«, sagte DeMille herrisch. »Wirklich nicht. Sie glauben doch nicht, dass ich so etwas Brutales zugelassen hätte?«

Er wandte sich empört an Polly.

»Natürlich nicht«, sagte sie spöttisch. »Andererseits hätte es für euch alle eine ganze Menge Probleme gelöst.«

»Sehr praktisch, aber lassen wir das, es wird ja noch besser«, ergänzte ich. »Mr. Hamilton hat den Tatort manipuliert und seine eigenen Liebesbriefe entfernt. Die Briefe von Mary Miles Minter und jene von Mabel Normand«, ich sah von der einen zur anderen, »sind hingegen von ihm dort platziert worden, und die von Mabel hat er sogar an die Presse gegeben, um Taylor als Frauenhelden darzustellen.«

»Ebenso die Höschensammlung, die er von jemand anderem hatte«, sagte Polly und guckte in die Luft. »Er ist hier im Raum, und er kann sehr wütend werden, wenn man ihm keines geben will.« Die Umstehenden blickten sich ratlos an. Nur DeMille starrte auf Polly, und das äußerst böse.

»Wer?«, fragte DeMille schneidend.

»Ja, wer war das?«, fragte Goldwyn ebenso neugierig wie ungerührt.

»Eigentlich ist es vollkommen egal«, antwortete ich. »Ob sie nun von Taylor stammte, oder von einem der anderen Herren, die schon seit 1913 hier sind, die mächtigen Hollywood-Pioniere, die eine bestimmte Art von Hobbys pflegen.«

Chaplin sah zu Boden und kratzte sich am Kopf. DeMille biss sich auf die Lippen.

»Außerdem wurde der falsche Mordzeitpunkt angegeben. Taylor wurde nicht um acht Uhr abends ermordet, sondern etwa um ein Uhr nachts«, sagte Polly. »Eine ganze Menge Leute wurde bestochen, der Gerichtsmediziner, der die Lüge in seinen Bericht schrieb, die Zeugen und Nachbarn, die Herren Maigne und Stockdale und all die Polizisten am Tatort.«

»Sergeant Gordon«, sagte ich. »Der dann aussteigen und mir die entscheidenden Beweise übergeben wollte, musste dafür sterben. Er wurde von Detective Catanza umgebracht, was ich durch den Abgleich der Kugeln eindeutig beweisen kann.« Ich holte die Vergrößerungen der Fotos der Patronen hervor und präsentierte sie ihnen. »Ich war dabei, als Catanza dann auch ermordet wurde, und verfolgte die Mörder.«

Niemand widersprach mir. Woolwine kniff die Lippen zusammen.

»Wer war es?«, fragte Laemmle.

»Dazu später mehr«, sagte ich. »Hier sind jedenfalls die Tatortfotos vom Taylor-Mord, die belegen, dass er viel später als behauptet gestorben ist – sehen Sie, das Blut ist noch feucht. Man wollte sie unterschlagen.« Polly hielt auch sie hoch. »Damit sind alle Alibis hinfällig. Außer dem von Miss Normand.« Mabel lächelte mir dankbar zu. »Wie ich dann herausfand, kam Mr. Hamilton schon in jener Nacht nach Hollywood, mit dem Flugzeug. Man hatte ihn direkt nach dem Mord benachrichtigt und ihn den Tatort aufräumen lassen.«

»Wer hat ihn angerufen?«, fragte Mr. Woolwine, als wäre das alles zutiefst lachhaft.

»Das ist eine gute Frage. Ich glaube, Sie waren es«, sagte ich.

Meine Zuhörer stöhnten überrascht auf. Das Publikum drüben im Saal tat es ihnen gleich, als auf der Leinwand Doug Fairbanks seinen ersten großen Auftritt als Robin Hood hatte.

»Wie zum Teufel meinen Sie das?«, fragte Woolwine streng.

»Ja, was wollen Sie denn damit sagen?«, fragte Mr. Hays und sah ihn an. »Der Bezirksstaatsanwalt? Sind Sie verrückt?«

»Keineswegs. Ebenso wenig wie die Leute, die er hat verschwinden lassen, mit Hilfe von Mr. Hamilton, in einem Irrenasyl in Malibu, wo wir sie entdeckt und herausgeholt haben.« Ich sah Polly an, und sie ergänzte:

»Durch ihre Aussagen können wir es belegen. Mr. Woolwine deckt die Mörderin.«

Wir hatten die volle Aufmerksamkeit unserer Zuhörer.

»Eine Frau? Wer ist die Mörderin, Hardy?«, fragte Carl Laemmle drängend.

»Spannen Sie uns nicht auf die Folter, sprechen Sie es schon aus!«, rief Mr. Goldwyn und leckte sich gierig die Lippen.

»Er deckt sie, weil sie seine Freundin ist und ihn im Wahlkampf unterstützt, eine Frau, die ihn sowohl bestochen als auch erpresst hat. Es ist Charlotte Shelby.«

Ich zeigte auf Marys Mutter. Ihre Augen im Schatten der Hutkrempe waren zwei schwarze Löcher.

»Das ist vollkommener Blödsinn!«, zischte Mrs. Shelby empört.

»Ich hoffe doch sehr, du kannst das belegen?«, fragte Mack Sennett, ebenso streng wie scheinheilig.

»Und ob«, sagte Polly. »Wir dachten zunächst, es wäre ihre Tochter gewesen, Mary Miles Minter, da wir von ihrer Köchin wussten, dass sie in der Nacht zu Taylor gefahren war. Den sie geliebt hat, den sie mit Briefen so sehr bedrängt hat, dass man ihr ein Kontaktverbot auferlegt hat. Und genau deswegen fuhr ihr auch die Mutter nach, um sie zurückzuholen. Sie wollte nicht, dass Mary Kontakt zu Männern hatte, und die arme Mary wollte ihn deshalb nur umso mehr.«

Ich sah zu Mary, die an Pollys Arm immer tiefer in sich zusammensank. Sie sah nicht gut aus. Ich redete schnell weiter.

»Die Mutter fand Mary bei Taylor. Er konnte nichts dafür, doch sie zog ihre Waffe hervor, eine Achtunddreißiger, mit der sie ihn schon einmal bedroht hatte. Diesmal, wie auch immer es dann dazu kam, erschoss sie ihn.«

»Beweise, Mr. Engel!«, sagte Woolwine kaltblütig und selbstsicher.

»Kein Problem«, sagte ich. »Hier ist die Waffe von Mrs. Shelby, die wir bei ihr sichergestellt haben, und hier sind die Fotografien, die belegen, dass die Kugel, die Taylor getötet hat, damit abgefeuert worden ist. Ich habe sie in der Asservatenkammer fotografieren können, heimlich und mit Hilfe eines Tricks.«

Ich zog die Waffe und die vergrößerten Fotos hervor und hielt sie in die Höhe.

Für einen Moment herrschte Stille. Mrs. Shelby sah verlegen zu Woolwine. Dieser starrte erst mich böse an, dann sie. Er hatte nicht gewusst, was gestern passiert war. Sie hatte es ihm noch nicht erzählt.

»Das sind schlimme Anschuldigungen«, sagte Mr. Lasky. »Das müssen wir nachprüfen.«

»Tun Sie das gerne. In Wahrheit wissen Sie doch sowieso schon längst Bescheid, Sie alle. Und Sie haben zugelassen, dass man mich auf meiner Beerdigung als Mörder bezeichnet hat, ich habe es selbst mitangehört«, sagte ich und steckte die Sachen wieder weg.

»Wir haben uns auf die Aussage von Byron Hamilton verlassen«, sagte Zukor schnell. »Der jetzt leider nicht mehr unter uns ist.«

Ich ignorierte ihn und wandte mich wieder an Mr. Hays, der das alles noch nicht gewusst hatte. »Oh, und auch Catanza wurde von Woolwines Leuten ermordet, vermutlich von Mr. King und einem Helfer, Miller oder vielleicht auch Hank Reiner. Der höchst ehrgeizige New Yorker Detective, der in Woolwines Auftrag Edward Sands umbrachte, es als Selbstmord deklarierte und dafür hierher versetzt wurde.«

»Warum sollte er den Mord beauftragt haben?«, fragte Mr. Selznick verblüfft.

»Sands sollte der Sündenbock sein, nachdem ich entlastet worden war. Ich fand heraus, dass er in Connecticut war, doch er durfte keinesfalls aussagen, also musste er sterben.«

Polly sagte grimmig: »Als wir weiterermittelten, wurden wir wieder zur Zielscheibe, und eine Menge weiterer Leute musste sterben, und wir beinahe auch.«

»Und warum soll Mr. Woolwine das alles veranlasst und vertuscht haben?«, fragte Mr. Hays entgeistert. »Der Staatsanwalt dieses Bezirks?«

Alle blickten Woolwine an. Er sah ernsthaft krank aus. Ich antwortete für ihn.

»Nicht nur, weil er sich als Gouverneur bewirbt, das Rennen zu verlieren droht und Erfolge vorweisen muss. Weil er korrupt und erpressbar ist. Und Mrs. Shelby hat das ausgenutzt. Sie hat herausgefunden, dass beträchtliche Mengen Drogen aus der Asservatenkammer von Woolwines Leuten, King und Miller, und später auch Catanza, an den stadtbekannten Drogenhändler Alexander Rumford weitergegeben worden sind, genannt ›der Duke‹. Sie hat Woolwine damit erpresst, ob dieser dann ganz ausgestiegen ist, weiß ich nicht. Jedenfalls musste der Duke von da an seine Methode ändern und ließ die Ware aus Mexiko einfliegen. Trotzdem fühlte er sich durch diese Verbindung unantastbar. Ein fataler Fehler: Er wurde getötet. Und sein Mörder folterte ihn sogar vorher, weil er sein Kundenbuch haben wollte. Weil er dachte, dass darin nicht nur die Namen der Kunden stünden, sondern auch, wer mit ihm ebenjene Drogengeschäfte machte.«

»Und wer hat ihn umgebracht?«, fragte Mr. Zukor.

Florence Lawrence, Rumfords frühere Geliebte, die zwischen Carl Laemmle und ihm stand, ballte die Fäuste und sah zu Boden.

»Jeff vom Flughafen, vielleicht aber auch Catanza, was spielt das letztlich schon für eine Rolle? Auf den Auftraggeber kommt es an, der seine Interessen schützen wollte, nicht wahr, Mr. Woolwine?« Ich grinste ihm zu. Er grinste nicht zurück. »Und der seine Position ausnutzte, um in Verhören herauszufinden, was ich darüber wusste. Das Lustige ist nur, Sie stehen gar nicht in dem Buch, Mr. Woolwine. Ich habe es mir genau angesehen. Sie haben ihn ganz umsonst umbringen lassen.«

Der Staatsanwalt blickte wütend, wie anklagend zu DeMille und Lasky.

Polly grinste Marys Mutter an und fuhr fort: »Mrs. Shelby wiederum, die geschickter vorging als der Duke, wurde von Mr. Woolwine für ihr Schweigen großzügig bezahlt und unterstützte ihn im Wahlkampf. Die Beziehung wurde enger, sie ist seine Freundin, seine Lebenspartnerin.« Woolwine sah verlegen zu Mrs. Shelby, die allerdings keineswegs verlegen war. »Darüber hinaus hat sie ihn immer noch in der Hand und kann weitere Gefallen von ihm fordern. Und als sie meinen Vater im Affekt umgebracht hatte, rief sie ihn natürlich sofort an.«

»Er beauftragte Byron Hamilton und traf eine Abmachung mit ihm«, sagte ich. »Sie wären damit durchgekommen, wenn ich nicht von Taylor zu ihm bestellt worden wäre und seine Leiche gefunden hätte.«

»Sie bewegen sich auf sehr dünnem Eis, Mr. Engel und Miss Deane-Tanner«, sagte Woolwine mit unterdrückter Wut.

»Deshalb waren auch die Produzenten so hinter dem Buch her«, fügte ich hinzu. »Weil Woolwine, der Ihnen half, den Skandal zu verhindern, sie unter Druck setzte.«

»Ihre Beweise müssen sehr gut sein«, sagte Mr. Fox lauernd. »Ob all das reicht, was Sie da haben …«

»Sie haben sie aus der Asservatenkammer?«, fragte Woolwine. »Mit einem Trick beschafft, das ist doch wohl höchst fragwürdig!«

»Das ist nicht alles«, sagte ich gelassen. »Wir haben eine Kronzeugin. Mary Miles Minter. Sie war dabei. Sie hat mitansehen müssen, wie ihre Mutter, die sie jahrelang tyrannisiert hat, obwohl sie von ihr abhängig ist, die große Liebe ihres Lebens erschossen hat.«

»Sie hat es uns gestern erzählt«, bestätigte Polly, »und wir haben sie herausgeholt und dem Einfluss ihrer furchtbaren Mutter entzogen.«

»Ich bin keine furchtbare Mutter«, stieß Mrs. Shelby gepresst hervor.

»Sie wird es Ihnen selbst erzählen«, sagte Polly. »Mary, bitte.«

»Sag ihnen, dass es nicht wahr ist«, sagte Mrs. Shelby. »Sag ihnen, dass ich eine gute Mutter bin. Die für dich sorgt, auch finanziell, jetzt, wo sie dir den Vertrag nicht verlängert haben, die dich nicht in die Welt da draußen hinausstoßen wird ohne Geld, ohne Freunde, ohne alles!«

Es war eine geschickt verpackte Drohung. Mary zitterte am ganzen Leib.

»Und woher haben Sie Ihr Geld?«, fragte ich. »Abgesehen von den Filmhonoraren, die nur Mary zustehen? Erpressung und windige Geschäfte haben Sie reich gemacht.«

»Sie verdient es mit Immobilien«, sagte Florence Lawrence plötzlich, und ihre Stimme zitterte vor Wut. »Die man Ihnen nach fürchterlichen Drohungen überschreiben musste, in Bel Air!«

Ich sah überrascht zu ihr. Woolwine ebenso, und sie blickte wieder zu Boden.

»Da hörst du es«, sagte Mrs. Shelby triumphierend zu ihrer Tochter. »Da hörst du, wie geschickt ich für dich sorge, wohingegen dich dein Studio fallengelassen hat! Ohne mich wirst du noch mit leeren Händen dastehen!«

Mary zuckte zusammen. Polly neben ihr schickte mir einen besorgten Blick.

»Na los, Mary. Sagen Sie ihnen, was passiert ist. So, wie Sie es uns gestern erzählt haben«, sagte ich zu ihr.

»Sag ihnen, dass ich es nicht war, Juliet!«, schrie Mrs. Shelby. »Er lügt doch!«

»Ja«, sagte Mary plötzlich und schoss mir einen Blick zu. »Er lügt. Es ist alles nicht wahr!«

»Mary!«, sagte ich beschwörend. »Tun Sie es für sich, sagen Sie die Wahrheit.«

»Das sagt sie doch nur, weil sie Angst vor ihrer Mutter hat«, fügte Polly hinzu.

»Nein«, erwiderte Mary und schüttelte heftig den Kopf mit den Locken. »Nein, es ist nicht wahr.«

»So ist es gut, Juliet«, sagte Mrs. Shelby.

»Aber du hast es uns gestern selbst gesagt. Du hast alles bestätigt, alles, was wir schon gewusst haben«, sagte Polly eindringlich.

»Sie haben uns gesagt, was Sie gesehen haben: dass Ihre Mutter Taylor umgebracht hat, Ihr Liebstes auf dieser Welt!«, insistierte ich.

»Weil ich Angst vor Ihnen hatte«, sagte Mary, am ganzen Leib bebend, und ihre Stimme klang wie die eines sehr kleinen Mädchens. »Vor *Ihnen,* nicht vor meiner Mutter!«

Und sie stürzte vor und umarmte ihre Mutter.

Mrs. Shelby drückte sie fest an sich, und über den Kopf ihrer Tochter hinweg schickte sie mir und Polly ein böses Lächeln.

»Ich fürchte, Mr. Engel«, sagte Woolwine triumphierend, »das war's mit Ihrer kruden Theorie!«

»Ich habe die Beweise«, sagte ich. »Und die Aussagen der anderen Zeugen, die Miss Minter und Mrs. Shelby in jener Nacht am Tatort gesehen haben.«

»Wenn die nicht auch noch umfallen …«, raunte Mr. Lasky.

»Einen Prozess führt in diesem Land immer noch der Staatsanwalt«, wandte Mr. Hays ein. »Und der von diesem Bezirk ist Mr. Woolwine.«

»Ihr miesen Typen«, sagte Polly außer sich. »Ihr schmutzigen, blöden Lügner, ihr solltet daran ersticken, wie dumm und verlogen ihr seid!«

»Polly«, sagte DeMille beschwichtigend.

»Sie werden diesen Prozess nicht gewinnen«, sagte Mr. Woolwine. »*Wir* werden ihn gewinnen. Wir werden Ihre Beweise anfechten, vermutlich wird sie ohnehin kein Richter anerkennen wegen der zweifelhaften Art und Weise, wie Sie sie beschafft haben.«

»Wir könnten Sie sogar wegen Falschaussage und Irreführung der Behörden anklagen, Mr. Engel«, sagte Mrs. Shelby.

»Und vermutlich sogar wegen des Mordes an Byron Hamilton und dem zweiten Mann im Brunton-Studio«, sagte Woolwine. »Nicht zu vergessen der Mord an Edward Sands!«

»Geben Sie uns das Buch, Hardy«, sagte DeMille. »Geben Sie uns endlich die verdammte Liste, und wir geben sie Mr. Hays, und dann lassen wir Sie davonkommen!«

Er streckte die Hand aus. Ich starrte sie wütend an, sie alle.

Mabel blickte mich ängstlich und verzweifelt an.

Marys Kopf ruhte schluchzend an der Brust ihrer Mutter. Polly trat neben mich und hatte Mühe, sich zurückzuhalten.

»Tun Sie es, Hardy«, sagte Mr. Laemmle sanft. »Sehen Sie, man hat mir erzählt, was passiert ist. Und ich muss Ihnen sagen, Sie haben keine Chance.«

»Nicht einmal die Presse wird diese Geschichte veröffentlichen«, sagte Woolwine, an Blowfish gewandt. »Denn sie würde damit unzulässigerweise Einfluss nehmen auf eine Gouverneurswahl, ohne Fakten nennen zu können, die von einem Gericht anerkannt würden.«

Blowfish biss sich auf die Lippen und ließ den Notizblock sinken.

»Was sollte ich auch schreiben«, sagte er und sah mich an.

»DETEKTIV BENENNT MARY MILES MINTER ALS KRONZEUGIN, ABER SIE WIDERRUFT AUSSAGE?«

Ich schloss für einen Moment die Augen vor Wut.

»Oh Mary«, sagte ich. »Jetzt haben Sie für immer verloren. Sie tun mir so leid.«

»Du wirst es für den Rest deines Leben bereuen«, legte Polly nach. »Mann, Mary! Du willst doch nicht dein Leben lang immer nur das machen, was deine Mutter dir befiehlt. Das kannst du doch wirklich nicht wollen, glaub mir!«

Doch wir konnten beide sehen, dass es nichts mehr helfen würde. Mary umarmte ihre Mutter, als wäre sie weder neunzehn noch fünfzehn, sondern fünf. Sie hatte es nicht geschafft, sich von ihr zu lösen. Sie hatte es einfach nicht geschafft.

»Sie leben, und Sie haben Ihre Freundin zurück, Mr. Engel. Sie haben sie retten können, geben Sie sich damit zufrieden«, sagte Mr. Hays mahnend. »Und leben Sie Ihr Leben.«

»Sie bekommen Ihre fünfhundert Dollar«, sagte Mr. Laemmle.

»Tausend«, sagte Mr. Mayer und sah zu Polly.

»Ich verzichte auf Ihr Geld«, sagte ich.

Polly nickte heftig. »Ich auch!«

»Wir machen Sie zum Sicherheitschef von Paramount«, schlug Mr. Lasky vor. »Der Posten ist gerade frei.«

»Her mit dem Buch!«, sagte DeMille und streckte die Hand aus.

Ich sah Mabel an und dann Chaplin. Mabels Kulleraugen waren mit Tränen gefüllt. Ich sah ihre Furcht, für immer erledigt zu sein, wenn ich es übergab. Chaplin biss sich auf die Lippen. Auch er wusste, dass sein Name darin stand. Er zuckte kaum merklich die Achseln. Ich zögerte.

»Jetzt haben Sie immer noch nicht verstanden, wie es läuft in dieser Stadt«, sagte Mr. Hays bedauernd zu mir. »Nach allem, was schon passiert ist.«

Ich griff langsam in meine Tasche, holte eine Zigarette hervor und steckte sie mir in den Mund. »Wissen Sie was«, sagte ich, »ich fange gerade erst an, die Regeln zu verstehen. Und ich finde langsam Gefallen daran.«

Dann zog ich mein Feuerzeug hervor und hielt gleichzeitig das Buch hoch.

Polly grinste und sah mich an. »Ich auch«, sagte sie. »Sie wollten das Buch ja gar nicht veröffentlichen, sondern es unter Verschluss halten.«

»Viel interessanter als die Namen der Kunden sind die der Hintermänner, von denen nichts darin steht«, fügte ich hinzu. »Und wenn wir die Heuchelei einmal weglassen, Sie alle sollten auf diese schwarze Liste, das habe ich Ihnen schon einmal gesagt. Die hier soll nur Ihre Macht stärken, doch die werden wir Ihnen nicht überlassen.«

Und dann zündete ich das Buch an.

Im selben Moment griff sich Polly einen Feuereimer und hielt ihn mir hin, und ich warf es hinein. Die anderen waren starr vor Schreck.

Mabel lächelte mich dankbar an. Ich nickte ihr stumm zu.

Es war verbrannt, bevor irgendjemand etwas dagegen tun konnte.

Und da gleichzeitig auf der Leinwand der gesetzlose Robin Hood einen großen Kampf gegen den Sheriff von Nottingham gewann, ertönte dazu der Applaus von zweitausend Menschen.

77

Einige Tage später fuhren wir auf der Schnellstraße an der Pazifikküste entlang nach Norden, Polly, Enrico und ich.

Wir hatten Buck beruhigt und davon abgehalten, seine Tommy Gun wieder zu laden und loszustürmen, wohin auch immer.

Es hatte in der Zeitung, deren Seiten dominiert waren von der Berichterstattung über die glamouröse Premiere von *Robin Hood,* nur eine kleine Notiz gegeben, versteckt auf der letzten Seite, dass der für tot gehaltene Ex-Schauspieler und Privatdetektiv Hardy Engel von Polizei und Staatsanwaltschaft nicht mehr als Verdächtiger geführt werde und dass er ebenfalls an der Premiere teilgenommen habe. Das war alles. Blowfish sollte sich später einmal bei mir dafür entschuldigen.

Alle, die meinem Vortrag gelauscht hatten, behielten ihr Wissen offenbar für sich, denn nicht einmal Gerüchte machten die Runde. Sie alle hatten eine Karriere zu verlieren in Hollywood.

Robin Hood war ein gigantischer Kassenerfolg für United Artists, noch größer als *Die drei Musketiere,* erstaunlich für einen über zwei Stunden langen Film. Die Menschen standen in langen Schlangen vor den Kinos an, bis hinaus auf die Straße und um den Block.

Ich hatte mit Hardcastle telefoniert und mir dann bei einem abendlichen Treffen mit ihm und Fowler das Zigarettenetui aus der Asservatenkammer aushändigen lassen, das meines Vaters, das den Brand erstaunlich gut überstanden hatte. Wenn ich schon nicht bezahlt wurde, wollte ich wenigstens das wiederhaben. Wir tranken zusammen drei Gläser Whisky. Sie erzählten mir, dass man ein paar Drogenhändler verhaftet habe, am Flughafen, Pete Holiday und andere Piloten. Sie hätten angeblich auf eigene Faust einen internationalen Drogenring aufgebaut, doch die glorreiche Polizei von Los Angeles und Bezirksstaatsanwalt Woolwine hätten ihn ein für alle Mal zerschlagen. Nur ihren einstigen Komplizen, den Mechaniker Jeff, den sie ebenfalls eiskalt mit hochgehen lassen wollten, hätten sie noch nicht geschnappt. Er sei untergetaucht und auf der Flucht.

Ich und Polly hatten geschlafen und gegessen. Enrico hatte es uns gleichgetan. Dann fuhren wir am Abend los, um zu tun, was wir zum Abschluss noch tun wollten. Es war bereits dunkel.

»Ich kann mich immer noch nicht damit abfinden, dass wir es dabei belassen sollen«, sagte Polly nach einem langen Schweigen. »Aufgeben sollen.«

»Ich weiß«, sagte ich. »Aber was bleibt uns, ohne Zeugen? Die Beweise alleine reichen vor Gericht nicht, das hat uns Woolwine ja klargemacht.«

»Wenn wir an diesen Jeff herankommen und ihn zur Aussage zwingen würden«, sagte sie hoffnungsvoll. »Ihn als Kronzeugen gegen Woolwine und seine alten Komplizen gewinnen könnten, dann vielleicht …«

»Vielleicht«, sagte ich. »Dann müssten auch Blowfish und seine Zeitung darüber berichten. Die Wahrheit schreiben.«

»Ist das so undenkbar?«

»In Hollywood ist heutzutage alles denkbar.«

Als ich den McFarlan an einer Kreuzung in Richtung des Schildes *Santa Barbara* gelenkt hatte und eine Meile gefahren war, fragte Polly: »Sie folgen uns, oder?«

»Ja«, sagte ich.

Hinter uns fuhren in gewissem Abstand die ganze Zeit schon zwei Männer auf Motorrädern. Wir sahen im Dunkeln ihre Frontlichter.

»Glaubst du, es sind King und Reiner?«, fragte sie nach einer Pause.

»Ja.«

»Die beiden, die Catanza umgebracht haben und die Gordons Leiche in deine Wohnung gesetzt haben und für Sands Tod verantwortlich gewesen sind? Woolwines Killer?«

»Ja.«

Wir fuhren an den Ausläufern einer Bergkette entlang, die sich links der Straße steil erhob.

»Und du glaubst, sie wollen auch uns umbringen?«

Ich zündete mir erst eine Chesterfield an und stellte mich absichtlich etwas ungeschickt an dabei.

»Kann sein.«

Polly steckte sich ebenfalls eine Zigarette an und sah sich im Schein ihres Feuerzeugs die Karte von Südkalifornien an, auf der wir den Weg eingezeichnet hatten.

»Egal. Lass uns trotzdem dort hinauffahren. Und wenn es das Letzte ist, was wir tun!«

»Selbstverständlich machen wir das«, sagte ich.

Kurz vor Santa Barbara bog ich auf den Weg, der in die Berge führte. Wir sahen in der Dunkelheit, dass die Motorräder hinter uns zurückblieben und uns nicht folgten.

Ich blendete die Scheinwerfer auf, und es war eine wahre Freude, mit dem Wagen die Serpentinen hinaufzukurven. Wir schwiegen beide. Enrico saß majestätisch auf dem Rücksitz. Wenn der Wald sich an manchen Stellen lichtete, sahen wir unter uns schemenhaft das schmale Tal mit den wenigen beleuchteten Häusern.

Nach einer Weile erreichten wir die Baumgrenze und fuhren den kahlen Rest des Berges hinauf, weiter bis ganz nach oben, wo die Hütte stand, wie ich wusste. Unsere Verfolger waren nicht mehr zu sehen.

Ich fuhr nah an die Hütte heran, die Scheinwerfer auf sie gerichtet. Es war eine einfache Blockhütte, aus Baumstämmen zusammengefügt und mit einem verwitterten Dach, das mit Pech regenfest gemacht worden war. Ich holte die Luger und meine kleine Leuchte aus dem Handschuhfach, löschte das Licht des Automobils, und wir stiegen aus.

Die Holztür war mit einem großen Vorhängeschloss gesichert. Ich nahm einen Stein, und nach einigen Versuchen gelang es mir, es abzuschlagen. Polly drückte entschlossen gegen die Tür, und sie öffnete sich langsam und quietschend. Wir betraten die Hütte, Enrico wackelte hinter uns her. Ich leuchtete den dunklen Raum mit meiner Handlampe ab. Es gab einen Herd, einen Kamin, in dem ein Aschehaufen und einige angekohlte Scheite lagen, einen Holztisch und zwei Stühle und in der Ecke ein einfaches Bett mit einem Strohsack und einer groben Decke. Alles sah aus, als wäre es vor gar nicht allzu langer Zeit benutzt worden.

Ich riss ein Streichholz an und entzündete den Kerzenstummel, der sich in einer kleinen Laterne auf dem Tisch befand. In dem flackernden Licht sahen wir uns weiter um.

Über dem Herd war ein Brett an der Wand angebracht mit Geschirr und Besteck darauf. Außerdem stand dort eine kleine Zigarrenkiste aus Olivenholz. Ich nahm sie herunter. Darin klapperte etwas. Ich ging zum Tisch und stellte sie vor Polly ab. Sie betrachtete sie eine ganze Weile lang unschlüssig, dann öffnete sie sie.

Ganz oben lag ein kleiner Hammer, nur wenig länger als meine Hand, der aussah, als ob man eine Menge Steine mit ihm zerschlagen hätte. Der Holzstiel war abgegriffen und der metallene Kopf oxidiert und voller Kerben. Polly nahm ihn in die Hand und sah ihn an, als könnte er ihr etwas über die Vergangenheit verraten.

Darunter lag ein Brief.

»Mein Brief an Vater«, flüsterte Polly und zeigte ihn mir. Es war der, mit dem sie sich seinerzeit aus Mamaroneck zum ersten Mal bei ihm in Hollywood gemeldet hatte. Hier hatte Taylor ihn aufbewahrt. Das Blatt war nicht alt, sah aber abgegriffen und zerknittert aus, als hätte er es oft in der Hand gehabt.

In der Kiste lagen außerdem zwei Fotos. Ich nahm eines und schaute es an.

Es war ein Familienfoto der Deane-Tanners, aufgenommen auf der Promenade von Coney Island mit dem Vergnügungspark im Hintergrund: der Vater William, ungefähr Mitte dreißig, ein stattlicher, gutgekleideter Mann, der ernst und stolz für die Kamera posierte, seine hübsche dunkelhaarige Gattin Ethel, und davor die kleine, fünfjährige Daisy, mit Zöpfen, die unter einem Hut mit Bändern heraushingen. Sie strahlte in die Kamera. Eine ganz normale, harmonische Familie.

Polly sah es an und biss sich auf den Daumen. Enrico legte sich auf ihre Füße.

Sie nahm das zweite Foto hoch und hielt es ins Licht.

Es zeigte William Desmond Taylor, und er sah darauf ganz anders aus. Er war etwas älter, was ihm stand, er trug keinen Anzug, sondern einen Arbeitsoverall, und er lächelte breit, glücklich, geradezu selig. Er stand offenbar in den Bergen im Schnee, und rechts neben ihm war im Anschnitt gerade noch die Schulter eines Mannes zu sehen, dem er sich halb zuwandte, doch mehr nicht. Vielleicht hatte gerade jemand einen Scherz gemacht.

»Glaubst du, das ist am Yukon?«, fragte sie leise und hielt den kleinen Hammer daneben. Ich hatte ihr von DeMilles Aussage erzählt.

»Sieht so aus«, sagte ich. »Vielleicht hat er den da beim Goldsuchen benutzt. Jedenfalls muss er ihm etwas bedeutet haben.«

Ich drehte das Foto um. Von Hand stand dort geschrieben: *1910.*

»Was hat er dort gemacht, außer nach Gold zu suchen?«, fragte sie leise. »Warum war es ihm so viel wert, dass er das Foto aufhob?«

»Ich weiß es nicht«, sagte ich.

»Hat er seine Liebe zu Männern am Yukon entdeckt?«, flüsterte sie. »Oder hat er schon ein Doppelleben geführt, als er noch bei uns gewesen ist? Warum hat er uns verlassen? Ich wüsste es einfach gern.«

»Ich weiß nur, dass er euer Familienfoto immer bei sich gehabt haben muss. Überall, die ganze Zeit. Es war ihm wichtig. So wie später auch der Brief seiner Tochter.«

Ich hob das Bild hoch, auf dem sie zu sehen war.

»Ich erinnere mich nicht daran«, sagte sie.

Sie nahm es in die Hand, und eine Träne löste sich und lief ihre Wange hinunter.

Ich ließ sie mit ihren Gedanken alleine, trat zu dem kleinen Fenster und machte mir meine eigenen.

Der Mord an William Desmond Taylor war aufgeklärt. Ob der Tote nun ein manipulativer Mensch gewesen war, ein ganz normaler Hollywood-Karrierist oder ein sensibler, diskreter Mann, der in dem Versuch, seine wahre Persönlichkeit zu verbergen, andere verletzt hatte, war am Ende egal. Er hatte mir immerhin zwei Jobs gegeben: meine größte Rolle und einen Auftrag. Warum auch immer. Und so hatte ich seine Tochter kennengelernt.

Weit unten sah ich in der Dunkelheit zwei einzelne Lichtpunkte, die sich langsam auf uns zubewegten.

Ich holte meine Luger heraus.

»Sie kommen«, sagte ich.

Sie sah hoch und wischte sich über das Gesicht. Dann legte sie die Sachen in die Kiste zurück. Ich ging zu der Lampe und pustete die Flamme aus.

Enrico bellte.

Polly hielt ihm die Schnauze zu und beruhigte ihn.

»Was machen wir?«, fragte sie.

»Abwarten«, sagte ich.

Wir lauschten.

»Als mein Vater dir gesagt hat, du sollst ein Geheimnis für deine Figur erfinden – was war das für eins?«, fragte sie plötzlich.

»Dass ich heimlich eine Frau liebe, mit der ich arbeite. Der ich es aber nicht sagen kann. Eine Frau, die bereits vergeben ist. Eine richtig tolle Frau.«

Wir hörten die Motorräder näher kommen, dann anhalten, das Brummen erstarb. Polly zog ihre große Fünfundvierziger, die sie mitgebracht hatte.

Wir warteten eine ganze Weile, die Pistolen schussbereit.

Nichts geschah.

Vom Fenster aus sah ich, dass King und Reiner bei ihren Motorrädern standen, ohne sich zu verstecken, und rauchten, zwei Silhouetten im Mondlicht und zwei glühende rote Lichtpunkte.

Wir hätten sie abschießen können.

»Komm«, sagte ich zu ihr. Sie nahm die Zigarrenkiste. Wir stellten uns neben die Tür, und ich öffnete sie langsam.

Polly hielt Enrico zurück. Ich ging als Erster hinaus, die Waffe gesenkt in der Hand, und niemand schoss auf mich. Polly und Enrico folgten mir, zusammen gingen wir auf die beiden Männer zu.

Ein eiskalter Windstoß fuhr über den kahlen Berg und ließ uns frösteln.

Eddie King und Hank Reiner standen einfach da und sahen uns an.

Wir stoppten dicht vor ihnen. Sie hatten ihre Helme auf, die Brillen hochgeschoben, und die Hände hielten sie so, dass wir sie sehen konnten.

»Das war Taylors Hütte«, sagte ich.

Sie blickten mich nur an. Polly neben mir bewegte sich keinen Inch.

»Na ja«, sagte King langsam. »Trauern um einen Toten, das muss ja erlaubt sein, das verstehen wir schon.«

»Aber aus Trauer durchdrehen und blöde Sachen machen, das geht nicht«, fügte Reiner hinzu.

Ich fühlte mich sehr unwohl in der Dunkelheit.

»Heute muss niemand sterben«, sagte ich.

»Heute nicht«, sagte King nach einer Pause.

»Wir sind nicht so schlimm, wie Sie denken«, sagte Reiner.

»Stimmt«, sagte Polly. »Ihr seid zwei ganz liebe Herzchen, ihr beiden.«

Dann gingen wir langsam an ihnen vorbei zum Wagen.

Sie blieben hinter uns, immer in einem respektvollen Abstand. Es begann gerade zu dämmern, als wir die Küstenstraße erreichten. Wir fuhren entlang der steil abfallenden Klippen, tief unter uns das Meer mit seiner weißlichen Gischt, und behielten die beiden sorgfältig im Auge.

»Ich werde in Hollywood bleiben«, sagte ich, als wir Santa Monica vor uns liegen sahen. »Man kann die Stadt nicht solchen Menschen überlassen.«

»Ich auch. Ich werde nicht wegrennen, da siehst du's«, erwiderte sie.

»Gut«, sagte ich. »Seit ich dich zuschlagen gesehen habe, kann ich mir eine gemeinsame Zukunft vorstellen.«

»Aber ich werde auch andere Liebhaber haben«, meinte sie.

»Und ich andere Frauen«, sagte ich.

»Wir müssen übrigens noch ein Foto machen. Ich hab's doch versprochen.«

Als wir von Santa Monica nach Hollywood fuhren, ballten sich am Himmel über den Bergen dunkle Wolken.

Die beiden auf ihren Indian Chiefs waren immer noch hinter uns.

»Es gibt keinen Mr. Robins, oder?«, fragte ich.

»Nein«, antwortete sie. »Wir haben ihn erfunden, Mutter und ich, weil es so besser zu ertragen war.«

»Ich weiß. Ich habe nachgesehen. Deine Mutter ist die Bürgermeisterin von Mamaroneck. Eine der ersten Frauen in diesem Amt.«

Wir sahen uns für einen Moment an. Sie hielt immer noch die Zigarrenkiste an sich gepresst. Sie öffnete sie und sah noch einmal hinein.

»Wer war mein Vater nun wirklich?«, fragte Polly. »Wer ist irgendwer? Wer bist du? Wer bin ich?«

»Wir sind alle ganz normale Amerikaner«, sagte ich. »Und jeder hat eine besondere Geschichte.«

Wir fuhren gerade nach Hollywood hinein, als es zu regnen begann.

An einer Kreuzung mussten wir anhalten, während ein

Schutzmann den kreuzenden Verkehr passieren ließ. Links von uns lag das Polizeirevier, offenbar das Ziel unserer Begleiter, wir hatten sie quasi bis vor die Tür gebracht. King und Reiner auf den Motorrädern fuhren links und rechts neben uns, um sich zu verabschieden.

Ich wandte mich zur Seite und blickte zu Hank. Er hob die behandschuhte Hand zum Gruß.

In diesem Moment fiel mit lautem Knall ein Schuss. Reiner riss erstaunt den Kopf herum, wurde von einem weiteren Schuss getroffen und bäumte sich auf. Ich sah nach vorne. Am Straßenrand stand Jeff in Regenmantel und Hut, in der Hand seine Browning, aus der es aufblitzte. Er musste den beiden Männern auf den Motorrädern hier aufgelauert haben, um seine Rechnung zu begleichen.

Hank Reiner fiel zur Seite und wurde unter seinem Motorrad begraben. Jeff schwenkte die Pistole herum, um King zu erwischen, dabei schoss er weiter. Unser Automobil wurde getroffen, ein lauter Schlag auf Metall ertönte.

Polly schrie auf.

»Runter!«, brüllte ich.

Ich duckte mich und zog sie mit hinab, meine Waffe hervorziehend. Die Frontscheibe splitterte. Ich lugte aus dem Beifahrerfenster und sah, wie King ebenfalls seine Waffe zog und das Feuer eröffnete. Die Kugeln schlugen in das Blech seines Motorrads ein, Funken sprühten. Auch unser Wagen wurde wieder getroffen, einmal, zweimal. Polly war abgetaucht, ich beugte mich aus dem Fenster und zielte auf Jeff, doch ich sah ihn bereits auf der Straße liegen, mit verdrehtem Körper, und seine Waffe lag auf dem Asphalt neben seinem Hut. Noch ein Schuss fiel, King hatte ihn abgegeben, bevor er im Regen mit dem Motorrad langsam umfiel. Dann war Stille. Ich sah zu Reiner, der regungslos auf dem Boden lag, das Motorrad halb auf ihm. Ich stieg aus, immer noch geduckt, obwohl nicht mehr geschossen wurde. Die Tropfen prasselten auf mich herunter.

Der Verkehrspolizist kam über die Kreuzung auf uns zugerannt.

»Alles in Ordnung, King?«, rief ich über die Schulter und beugte mich zu Reiner hinab, der mit halb geschlossenen Augen dalag und dessen Körper zu zucken begann. Unter ihm bildete sich eine Blutlache.

Ich drehte mich zu King um und sah, wie er sich aufrappelte und auf Jeff zulief, der sich nicht mehr rührte. Er zielte mit der Waffe auf seinen Kopf, doch er musste nicht mehr schießen. Jeff war tot.

Der Regen fiel aus dem schwarzen Himmel.

Reiner versuchte etwas zu sagen, doch es quoll nur Blut aus dem Mund. Ich packte ihn am Kragen.

»Hank«, sagte ich. »Gestehen Sie es. Wen haben Sie getötet, Edward Sands?«

Er stieß mühsam etwas hervor, das nicht zu verstehen war, und spuckte dunkles Blut. Ich konnte sehen, dass es zu Ende ging. Er hatte zwei Wunden an seinem Oberkörper, und eine am Hals.

»Und wen noch?«, fragte ich drängend. »Catanza?«

Ich sah jemanden neben mir auftauchen. Es war King. Er hatte die Waffe immer noch in der Hand.

»Lassen Sie's«, sagte er zu mir.

»Rufen Sie einen Arzt!«, sagte ich. Er lächelte mich nur an, sah auf uns herab und schüttelte den Kopf.

»Der braucht keinen mehr«, sagte er. »Und der andere auch nicht.«

Er wies auf Jeff, seinen Komplizen. Der nun nicht mehr aussagen konnte.

»Na los!«, drängte ich ihn dennoch und rief nach hinten: »Polly, einen Arzt, schnell!«

Es war zu spät. Wir sahen zu, wie Reiner starb. Sein Kopf fiel zur Seite.

»Kümmern Sie sich lieber um Ihre Freundin«, sagte King, stand auf und steckte seine Waffe weg. »Die hat was abgekriegt.«

Ruckartig drehte ich mich um. Ich sah, wie Polly aus dem Automobil kroch und sich mit verzerrtem Gesicht auf den Boden setzte, gegen das Trittbrett gelehnt. Sie atmete schwer und hielt dabei immer noch das Kästchen umklammert. Ich eilte zu ihr.

»He, Sie, rufen Sie einen Arzt, sofort!«, sagte ich zu dem Verkehrspolizisten. Er drehte sich um und rannte los, vorbei an den beiden Toten.

Der Kopf von Enrico erschien im Fenster, und er blickte uns beide an.

»Polly …«, rief ich und schaffte es nicht, die Panik in meiner Stimme zu unterdrücken. Sie lächelte mir schwach zu, mit einem ganz seltsamen Ausdruck in den Augen. Mir war so elend zumute, als wäre ich selbst angeschossen worden.

Die linke Seite ihres Mantels war blutbefleckt. Es war sehr viel Blut, und ich konnte nicht genau sehen, wo sie getroffen worden war.

»Ist nicht so schlimm, Hardy …«, sagte sie halblaut.

Ich hielt ihr die Hand. Der Regen fiel immer dichter. Weit in der Ferne waren Sirenen zu hören.

EPILOG

Heutzutage kursieren in der Öffentlichkeit viele verschiedene Theorien darüber, wer William Desmond Taylor umgebracht hat.

Ich selbst wurde vollends entlastet. Dr. Max Lutin gab kurz vor seinem alkoholbedingten Tod Reportern gegenüber zu, dass seine Aussage falsch gewesen sei. Edward Sands sei unschuldig gewesen. Das löste eine Welle neuer Spekulationen aus, wer den Mord begangen haben könnte und warum.

Das Rätselraten geriet zum Hobby vieler Leute, und der Fall wurde zu einer Hollywood-Legende, während Hollywood selbst zur Legende wurde.

Die Menschen lieben eben Mythen und Geschichten. Und so gilt William Desmond Taylor manchen immer noch als der Frauenheld mit den vielen Verehrerinnen.

Was Polly und ich herausgefunden hatten, kam nie an die Öffentlichkeit. Weitere Bekenntnisse von Eingeweihten oder Beteiligten sind nicht zu erwarten.

Die Karriere von Mabel Normand erholte sich nie mehr von den Gerüchten. Ich hatte sie nicht retten können. Sie gab sich wieder den Drogen und dem Alkohol hin, und beging die größte Sünde, die eine Frau in Hollywood begehen konnte: Sie wurde älter. Aber nicht *sehr* alt: Sie starb sogar noch vor Fatty Arbuckle, im Jahr 1930.

Mary Miles Minter lebt noch, wie man hört, zurückgezogen in ihrer eigenen Welt. Sie drehte ab 1923 keinen einzigen Film mehr. Sie und ihre Mutter stritten sich mehrfach vor Gericht um Geld, doch Mary kam nie wirklich von ihr los.

Bezirksstaatsanwalt Thomas Lee Woolwine verlor die Wahl zum Gouverneur von Kalifornien im November 1922 deutlich. Im folgenden Sommer trat er ab, schwer gezeichnet von seinem Krebsleiden, an dem er zwei Jahre später starb. Asa Keyes, der mindestens ebenso korrupt war wie er, übernahm sein Amt. Charlotte Shelby muss auch ihn für sein Schweigen fürstlich bezahlt haben. Vielleicht kam das Geld auch von den Studios.

Henry Peavey und Belle Simpson verschwanden irgendwann aus Hollywood, ich weiß nicht, wohin. Als ich später noch einmal das Irrenasyl von Doktor Tomlinson in Malibu aufsuchen wollte, befand es sich nicht mehr dort, ein neuer Eigentümer hatte das Haus übernommen.

Das Gelände des verlassenen, halb abgebrannten Brunton-Studios wurde bald darauf an Paramount verkauft.

Ich könnte noch ergänzen, dass Chaplins Napoleon-Film nicht gedreht wurde und er stattdessen einen Film über einen anderen großen Diktator machte, der uns zurzeit mehr beschäftigt.

Und dass mein Landsmann Ernst Lubitsch einer der wichtigsten Regisseure in dieser aufblühenden Stadt wurde und noch mehr Deutsche nachholte.

Aber ist das wichtig, nach allem, was damals geschehen ist?

Mit dem Fall Taylor hatten die Produzenten endgültig durchgesetzt, dass sie die Geschichte jedes Skandals umschreiben konnten, wie sie wollten, als handle es sich um eines ihrer Drehbücher. Und dies sogar mit behördlicher Hilfe.

Der neue Chef der Produzentenvereinigung Will Hays sorgte auch in Zukunft dafür, dass alles vertuscht wurde, was vertuscht werden konnte. Und natürlich gab es schon bald weitere Skandale, denn Moral ließ sich nicht mit Klauseln verordnen.

Im Jahr darauf starben wieder einige Menschen unter mysteriösen Umständen. Darunter einer der größten Filmstars sowie der Präsident der Vereinigten Staaten.

Ich habe in diesen Fällen ermittelt. Ja, ich schaffte es, irgendwie weiterzumachen, versuchte trotz allem, die Wahrheit ans Licht zu bringen, und ich war dabei nicht alleine – Sie werden die ganze Geschichte erfahren.

Hardy Engel
Hollywood, Los Angeles,
30. März 1942